밤의 문이
열리면

밤의 문이 열리면

1판 1쇄 찍음 2016년 06월 27일
1판 1쇄 펴냄 2016년 07월 04일

지은이 이윤주
펴낸이 정 필
펴낸곳 (주)뿔미디어

출판등록 2002년 9월 11일 (제1081-1-132호)
주소 경기도 부천시 원미구 소향로 17, 303(두성프라자)
전화 032)651-6513   팩스 032)651-6094
E-mail  bbulmedia@hanmail.net
홈페이지 http://bbulmedia.com

ISBN 979-11-315-7216-0 04810
ISBN 979-11-315-7215-3 04810 (SET)

※파본은 구입하신 서점에서 교환하여 드립니다.

I

# 밤의 문이 열리면

이윤주
장편소설

# c o n t e n t s

열리는 문    ···7

1    ···12

2    ···40

3    ···65

4    ···114

5    ···150

6    ···196

7    ···249

8    ···316

9    ···367

10    ···399

# 열리는 문

도시는 생각보다 찬란하지 못했다. 건물의 좁은 도로를 넓히느라 공사 소음이 심했고 부족한 주택단지를 조성하기 위해 바닥에 함부로 쌓아 놓은 건축 자재들은 위험스럽기만 했다. 뿐인가. 줄지어 달리는 마차들 사이를 함부로 가로지르는 사람들로 인해 그야말로 무질서의 혼돈이었다.

영국은 수천 년 동안 농사를 짓고 가축을 기르던 농경사회였다. 그러나 세계의 중심지로 탈바꿈하기 시작한 지금은 그 누구도 농업에 의지하지 않는다.

"여기가 런던이에요?"

나는 옆에 서 있는 남자에게 물었다. 큰 키에 마른 몸을 한 남자는 대답 대신 내 머리를 부드럽게 쓰다듬었다. 수렵을 하는 그의 손은 굳은살이 자리 잡아 투박하고 거칠었다.

"그래. 버킹엄 궁전도 이곳에 있어. 도시란 아름답고 우아하지?"

나는 먼 거리를 이동해 온 터라 지치고 힘없는 눈동자로 런던을 차분히 눈에 담았다. 복잡하고 시끄러운 만큼 전체적으로 화려한 곳인 건 틀림없었다. 웅장하고 커다란 아치형의 저택들과 우아한 옛 건물들이 과거부터 이곳이 얼마나 호화롭고 부유한 곳이었는지를 단면적으로 보여 주고 있었기 때문이다. 하지만 들판 위에 건물을 세운다면 이런 형태일까. 나는 산업화로 인해 과거와 현재가 무질서하게 섞여 있는 도심의 모습을 보며 마음이 조금 불편해졌다.

"이제 우린 어디로 가요?"

"항구로 갈 거야. 동쪽의 런던 항 인근으로."

"여기서 멀어요?"

"조금은. 하지만 무리할 정도의 거리는 아니야. 혹시 배고프니? 뭘 좀 먹고 움직일까?"

남자의 말에 나는 급히 고개를 저었다. 아침은 이미 먹은 후다. 오후가 됐다고 점심까지 먹는 사치를 부릴 생각은 전혀 없다. 돈이 넉넉하게 남아 있지 않다는 건 이미 며칠 전부터 파악한 상태다. 런던까지 오는 여정은 길었고 생각보다 비싼 물가 때문에 예정된 여비는 예산 초과였다. 나는 단순히 우리가 정착할 곳이 어딘지 궁금했을 뿐이라고 변명했다.

"배가 고프면 참지 말고 말하도록 해. 그 정도 돈은 있으니까."

"하나도 배고프지 않아요. 조금도요. 아빠는 배고파요?"

그는 내 물음에 빙그레 웃었다. 다정한 미소가 걸린 얼굴은 얼마나 딸을 애정하는지 보여 주는 듯했다.

"아니. 전혀 배고프지 않아."

나는 빈곤한 그 웃음에 힘을 실어 주고자 그를 따라 활짝 미소 지었다.

"항구까진 천천히 걸어가도록 하자. 볼거리가 많을 거야. 네가 보고 싶어 하던 성도 구경하고."

"그래도 돼요?"

"그럼."

"친구를 먼저 만나지 않아도 돼요?"

"친구를 만나기 위해서 항구로 가는 거니까 괜찮아."

"그럼 친구의 도움 없이 도시를 구경할 수 있는 거예요? 아빠는 도시의 지리를 잘 알아요?"

"조금은."

우리 부녀는 도심이 처음이다. 내가 알기론 그랬다. 그런데 이곳의 지리를 안다니 의아했다. 그러고 보니 우리는 도심으로 오는 동안 사람들에게 길을 물은 적이 없다. 처음 도시에 도착해 우왕좌왕하는 다른 사람들과 달리 우리 부녀는 너무나 자연스럽게 도심 속에 스며들었다. 하지만 이상할 건 없다. 그는 지금껏 나의 호기심과 궁금한 질문들에 단 한 번도 해답을 내놓지 않은 적이 없을 만큼 명석하고 지식이 넘치는 사람이었다. 나의 지식도 모두 그로부터 쌓인 것들이다.

"아빠는 모르는 게 없어서 좋아."

나는 그의 손에 볼을 비볐다. 그는 그런 나를 사랑스럽게 내려다보더니 두 팔로 번쩍 안았다. 나는 어엿한 열한 살의 숙녀로 누군가가 내 몸을 허락 없이 안는 것에 대해 무례하다고 생각하지만 아버지의 손길은 결코 뿌리치지 않는다. 나는 말 잘 듣는 당나귀처럼 고분하게 따뜻한 아빠의 품에 안겼다.

"그럼 슬슬 움직여 볼까. 해가 지기 전에 우리가 머물 곳도 미리 찾아봐야 하니까."

우리는 대로변을 구경하며 천천히 항구를 향해 걸어가기 시작했다. 그는 도심이 어떤 곳인지 차근히 설명해 주었고 중요한 유적지 앞을 지나갈 때는 잠시 걸음을 멈추고 과거의 역사를 알려 주기도 했다. 내딛는 걸음마다 세상에 대한 소식과 지식을 가르쳐 주는 그는 정말 박식했다.

"런던은 세계에서 가장 커다란 도시야. 외국의 모든 지역과 연결되는 유일한 곳이자 가장 많은 식민지를 만들고 있는 나라지."

그로 인해 런던은 세계 각지에서 흘러들어 온 다양한 인종과 문화의 도입으로 문화도 새롭게 창출해 내고 있다고 했다. 파리나 베를린이 유럽 대륙의 중심도시를 둘러싸고 발전할 때 런던은 유럽을 넘어서 세계를 지배하기 시작한 것이다. 기존의 도시를 버리고 또 다른 도시를 만들어 내는 런던.

"도시에 안개가 많아요."

"그래. 저것들이 모든 것을 빨아들이는 역할을 하지. 모든 문물과 인종을 유혹한 뒤 흡수하고 감추고 변화시키는 능력 말이야."

그는 런던을 이렇게 정의했다.

"여긴 과거와 현재와 미래가 공존하는 놀라운 신세계야."

과거와 현재와 미래가 공존하는 신세계. 나는 익히 들어 보지 못했던 새로운 단어들을 작은 입술로 천천히 따라 했다.

"신세계. 기대돼요."

"아벨라."

"네, 아빠."

"새로운 세계에 입성한 걸 축하한다."

나는 기대와 흥분이 배제된 조용한 축하를 소중하게 받았다.

런던에 오기까지 우리의 여정은 사실 녹록지 않았다. 노숙이 빈번했고 끼니도 많이 걸렀으며 강도를 피해 야밤에 강을 건너기도 했다. 사고 없이 무사히 도착한 것도 따지고 보면 나름대로 행운이었다. 19세기의 영국은 찬란했으나 그 영광은 사실 그 뒤에 가려진 사회하층민과 약소국의 희생 덕택에 가능한 것이었다. 빛과 어둠의 시대. 영광의 이면에 잔혹한 착취를 숨기고 있던 시대.

1837년 내 나이 열한 살.

나는 수렵꾼인 아버지와 함께 그 시대에 첫발을 들여 놓았다. 나의 이름은 아벨라 모리스Avella Morris다.

# 1

템스 강엔 부두가 많았다. 영국의 강대함은 작은 부두를 통해 차츰 역사를 이뤘기 때문에 당연한 것이라고 그가 설명해 주었다.

부둣가가 생기면서 자연스럽게 짐을 넣어 두어야 할 창고가 생겼다. 망가진 배를 수선하기 위해 물품을 만드는 공방이 들어섰고 공방이 생겨나니 이번엔 인력이 필요해 그들을 위한 숙소와 술집이 생겨났다. 그래서 항구가 늘어날수록 국가는 튼튼해지고 문화는 새로워지지만 항구지역은 난장판이 되고 만다.

나는 그의 설명을 들으며 도시를 벗어나 근교로 이동할 때 본 광경을 떠올렸다. 이륜마차에서 내리는 신사들을 향해 꽃을 파는 어린 소녀들의 굶주린 얼굴. 신사의 구두를 닦는 소년들의 부르튼 손. 굴뚝 청소를 하고 나온 청소부의 얼룩진 옷과 지친 병사들의 낡은 군화들을.

이곳은 도시와는 전혀 다른 광경이 펼쳐지고 있었다. 크고 작은 배에서 쉴 새 없이 짐을 내리는 인부들이 가득했고, 그들을 통솔하는 사람들의 고함소리로 아수라장이었다. 무엇보다 불결한 쥐들이 아무런 제지도 없이 길 위에서 활개를 치고 다니고 있었다. 나는 시뻘건 눈의 그것들을 바라보다가 갑자기 한쪽 발을 땅 아래에 붙잡히고 말았다. 느닷없이 나타난 진흙 웅덩이에 발이 빠진 것이다. 신발 안으로 묵직하고 물컹한 무엇이 한꺼번에 파고들어 왔다. 진흙 속으로 감춰진 발을 보며 난감해하는 나를 그가 위로 들어내 마른 땅으로 옮겨 주었다.

"강 주변이라 진흙 구덩이가 많으니 조심해야겠다."

그가 진흙 속에 파묻힌 신발을 꺼낸 나를 업었다. 나는 그의 등에 업힌 채 발에 달라붙은 진흙을 털어 내기 위해 한쪽 다리를 열심히 흔들어 댔다.

"이곳은 깨끗하지 않아요."

"항구는 어디든 깨끗하지 않아."

"어째서요?"

"열려 있는 공간이기 때문이지. 배를 이용해 외국의 범죄자가 제일 먼저 도착하는 곳이기도 하고. 그들을 통해 전염병이 가장 먼저 상륙하는 곳이 바로 여기야."

짐만 실어 나르는 게 아니라 사람도 함께 오기 때문에 문제가 많다는 항구. 아벨라는 다양한 인종들이 오고 가는 항구를 구경하며 그의 등에 바짝 매달렸다.

"여관을 찾을 때까지 조금만 참아. 그럴 수 있지?"

"네. 얼른 찾으면 좋겠어요."

그는 나를 업은 채 많은 여관을 돌아다녔다. 외지인을 무시하는 여관주인들이 터무니없는 가격으로 숙박비를 제시했기 때문이었다.

매일 들어오는 배의 선원들과 짐꾼들은 언제나 부족한 방을 두고 쟁탈전을 벌였다. 그래서 여관주인들은 굳이 뜨내기를 받지 않았다. 그들을 투숙시키지 않아도 숙박업은 이미 최고의 호황을 누리고 있기 때문이었다. 그런 이유로 우리는 해가 진 늦은 저녁에서야 빈방이 있다는 문구가 적힌 선술집을 겨우 찾아낼 수 있었다.

"선원이나 계약된 공장 노동자가 아니라면 가격은 불변이오. 며칠을 묵을 거라고 했지?"

선술집 위층의 마지막 방을 빌리기로 한 우리에게 주인은 뭐가 못마땅한지 영 불친절한 태도를 보였다.

"3일요. 하지만 그 이상일 수도 있습니다."

"아이까지 합쳐 반값 더. 머물 거면 제시한 가격을 주고 지내고 아니면 관둬요. 방 필요한 사람은 많으니까."

주인은 더 이상 우리에게 눈길을 주지 않았다. 그는 시끄러운 선술집의 내부를 가만히 둘러보더니 이내 머물겠다고 결정을 내렸다.

"방을 쓰겠습니다."

"선불."

"후불 아닙니까?"

"잠깐 묵는 척하며 애 버리고 도망가는 것들이 어디 한둘이어야지. 무조건 선불. 아니면 다른 데로 가든가."

그가 돈을 지불하기 위해 업고 있던 나를 잠시 내려놓았다. 나는 맨발 아래로 스며드는 찬 기운에 발가락을 움츠리며 그의 옆에 바짝 붙어 섰다. 초저녁이었지만 이미 술에 취한 사내들이 자리에 앉아 우리를 힐끔거렸다. 무례한 시선이었다. 여차하면 시비를 걸 것처럼 짜증이 뒤섞인 눈빛이었다. 주인이 돈을 받으며 위층의 방 열쇠를 건네주었다.

"식사는 하루 두 번이야. 아침저녁 한 조각의 빵이 제공되고 추가는 돈을 더 받소."

"겨우 빵 한 조각이란 말입니까?"

"서비스를 해 줘도 싫어? 그렇다면 관두든가."

불친절한 주인이었다. 한마디 한마디가 무례하고 경망스러웠다.

"혹시 아이가 씻을 만한 곳이 있습니까?"

주인은 대답 대신 돈을 세는 것에 열중한 모습을 보이는 걸로 그런 곳이 없다는 걸 알려 주었다. 나는 우리를 보는 사람들의 시선이 불편해 그런 건 상관없다는 듯 그의 손을 잡아당겼다. 그는 나의 그런 마음을 알아차리고 말없이 열쇠를 쥔 뒤 다시 나를 업었다.

우린 삐걱거리는 낡은 계단을 올라 이 층의 마지막 방으로 들어갔다. 비좁은 방 안에는 침대 하나가 전부일 뿐 아무것도 없었다. 방에서는 눅눅한 곰팡내가 났다. 내가 코를 막기 전 그가 창문을 열어 환기를 시켰다. 활짝 열린 창문으로 강바람의 축축한 습기가 꾸역꾸역 흘러들어 왔다.

"배고프지? 먹을 걸 사 올 테니 쉬고 있어."

그가 나가고 나는 깨끗하지 못한 침대 모서리에 억지로 걸터앉아 발바닥에 말라붙은 진흙을 손으로 떼어 냈다. 나는 흙먼지가 되어 떨어지는 진흙을 손가락으로 뭉개며 런던으로 오기 전 우리가 살던 곳을 생각했다.

숲 속의 오두막집은 부족한 게 없었다. 산줄기를 타고 흐르는 맑은 물과 신선한 공기가 가득했고, 산짐승과 강의 물고기 등이 지천에 있어 먹을 것이 풍족했다. 산은 학습의 장으로 매일 새로운 모습으로 나와 놀아 주었고, 계절은 푸근한 어머니처럼 자연의 세계를 보여 줬다. 지금처럼 먼지와 곰팡내와 상쾌하지 않은 강바람과는 차원이 다른 곳이었다. 나는 다소 우울해졌다.

"런던은 별로야."

어쩐지 기분이 가라앉은 나는 걸터앉은 침대 모서리에 오랫동안 앉아 있었다. 한참이 지나 그가 마실 물과 마른 빵 두 덩이를 들고 들어왔다. 마른 진흙을 손으로 뜯어내고 있는 나의 손을 홀홀 털어 깨끗하게 해 주고 제일 큰 빵을 손에 놔 주었다. 나는 빵을 만지작거리며 물었다.

"아빠 친구는 이곳으로 오나요?"

"여기로 와 달라고 연락을 하면."

"빨리 와 주면 좋겠어요."

"그렇게 될 거야."

그가 나를 다독이며 딱딱한 빵을 뜯어 입안에 넣어 주었다. 만든 지 오래된 듯 온기와 고소함이 없는 그것을 씹으며 그가 내민 물도 마셨다. 그리고 늘 먹는 약도.

숲에서의 생활이 행복했던 건 아빠와 함께였기 때문이다. 나를 웃게 하고 기쁘게 하고 사랑해 주는 그가 있었기 때문에 모든 것에 부족함이 없었다. 그런데 어쩐지 오늘은 힘이 나지 않았다. 런던에 오고 나서부터일까, 아니면 이 방에 들어오면서부터일까. 나는 딱딱한 빵을 반도 못 먹고 그의 품에서 잠이 들었다.


숲에서 놀던 날의 꿈을 꿨다. 오랜만에 숲에 돌아왔다고 생각하자 나도 모르게 기분이 좋아 숲 속을 폴짝폴짝 뛰어다녔다. 저 멀리 내가 살던 오두막집이 보였다. 아빠가 집 앞에서 장작을 패고 있는 모습이 눈에 들어왔다. 나는 신이 나 그 먼 거리를 숨 한번 안 쉬고 달려갔다. 숲으로 돌아와서인지 몸이 무척이나 가볍고 빨랐다. 이상했다. 나는 심장이 약해 달릴 수 없는 몸인데 심장이 터지도록 달리자 기분이 너무 상쾌했다. 그런 나를 보고 그가 기특한 얼굴로 웃어 주었다.

"때 맞춰 왔네. 마침 물이 끓던 중이었는데. 오늘 식사는 그거니?"

무슨 말인지 몰라 내가 고개를 갸웃하자 그가 괜찮다며 웃었다.

"괜찮아. 먼저 맛봤다고 큰일 나는 건 아니니까. 아빠는 고기만 있으면 돼."

그가 나를 향해 손을 내밀었다. 나는 손에 뭔가를 들고 있었다. 언제부터였는지 모른다. 숲에 들어가 뛰어놀면서 뭘 했었지? 갑자기 기분이 좋았던 건 왜였지? 손에 쥐고 있는 것의 정체는 대체 뭐지? 그러고 보니 아까부터 뜨끈한 무언가가 다리를 타고 흘러내리고 있었다. 툭, 툭 소리를 내며 발을 적시고 있는 붉은 액체. 나의 하얀 발가락 사이로 스며드는 붉은 피는 누구의 것?

나는 소스라치게 놀라 손에 쥐고 있던 것을 바닥에 떨어트렸다. 그것은 작은 혓바닥을 길게 빼고 죽어 가는 어린 양이었다. 흰색의 순결한 털을 가진 양이 목을 물어뜯긴 채 피에 젖어 있었다. 나는 경악해 뒤로 몇 걸음 물러났다. 이슬을 품고 가물가물 지는 눈동자가 나를 쳐다보았다. 연약한 눈동자가 원망스러운 눈으로 나를 올려다보았다. 나는 손에 묻은 피를 무의식적으로 옷에 닦다가 울음이 터질 뻔했다. 옷에는 그것보다 더 많은 피가 묻어 있었기 때문이다.

"아빠."

도움을 요청하는 나의 목소리에 그가 고개를 끄덕이더니 어린 양의 목을 도끼로 내리쳤다.

"아빠!"

내 입에서 비명처럼 외침이 터졌다. 도와 달라고 한 건 어린 양을 죽여 달라는 의미가 아니었다.

"어째서 무참히 양을 죽인 거야?"

"어째서라니."

그가 나를 향해 돌아서며 미소 지었다.

"식사는 이렇게 하는 거 아니었어?"

잘린 양의 머리가 내 두 손에 놓였다. 어린 양의 눈에서 피눈물이 흘렀다. 눈물을 흘리는 양의 얼굴을 보며 나도 같이 울었다. 하지만 눈물을 닦아 주는 따뜻한 손길은 없었다. 언제나 온화했던 아빠는 내게 차갑게 한마디 했을 뿐이다.

"아빠가 한 말을 또 잊었구나. 음식은 식기 전에 먹어야 착한 아이라고 했지?"

그가 내 입을 벌리려고 하는 순간 나는 꿈에서 깨어났다. 미지근한 눈물이 눈가에 매달려 있었다. 울지는 않았으나 울고 싶을 만큼의 악몽이었던 게 분명하다. 나는 손등으로 눈꼬리에 매달린 눈물을 닦아 내고 가만히 어둠을 응시했다. 전에도 이런 꿈을 꿨던가. 어린 양의 슬픈 모습이 낯설지 않은 게 그런 것도 같았다.

침대가 약간 흔들렸다. 여정에 지친 얼굴로 깊이 잠이 든 그가 몸을 움직였기 때문이다. 꿈에 대한 이야기는 비밀이다. 나는 언제나처럼 입술을 앙다물고 꿈의 공포를 홀로 이겨 내고자 했다. 지친 아빠에게 또 다른 짐을 안겨 줄 수는 없었다. 나는 나약하고 어렸고 동시에 병까지 있는 존재로 그에게 큰 짐이 되는 딸이었다.

'꿈 이야기를 하면 아빠가 또 슬픈 얼굴을 할 거야.'

언젠가 이상한 꿈을 꿨다고 말했을 때 아빠는 한없이 슬픈 얼굴을 했다. 그 뒤로 꿈 이야기는 나만의 비밀이 되었다. 왜 자꾸 꿈에서 아빠가 잔인하고 무서운 사람으로 나오는지 이해할 수 없었지만 나의 이해를 위해 그에게 슬픈 질문을 할 수는 없었다. 꿈은 꿈일 뿐이고 현실의 그는 여전히 다정한 아빠였으니까.

일주일이 지났다. 우리는 여전히 선술집의 이 층 마지막 방에서 생활했다. 아빠의 친구라는 사람에게서는 여전히 아무 소식이 없었다. 하루에 한 통씩 친구에게 보낸 우편 편지만 일곱 장이 넘었다.

아빠는 인내심을 가지고 기다렸지만 선술집 주인은 우리를 인내하지 않았다. 선불인 숙박비를 독촉했고 숙박비가 제대로 지불되지 않자 하루 두 끼 빵을 제공하지 않으며 심통을 부렸다.

"애가 묵는 값은 반값을 더 내야 한다고 했잖아. 돈도 없으면서 남의 집에 붙어 있는 심보는 대체 뭐야?"

성미 급한 그의 목소리는 이 층 복도를 쩌렁쩌렁 울렸다. 나에 대한 숙박비가 하루 밀리자 그는 당장 오늘 밤 떠나라고 했다. 아빠는 낡은 주머니에 남아 있는 동전을 탈탈 털어 주인에게 넘긴 후 오늘 안에 숙박비를 내겠다고 약속을 했다. 성난 주인의 언행은 나를 놀라게 하기에 충분했다. 기가 죽어 주인장의 발소리가 사라질 때까지 문 뒤에 숨어 있던 나를 보며 그가 애써 웃어 보였다.

"밖에 좀 나갔다 올게."

"또 친구한테 편지를 보내려고요?"

"아니. 일거리를 찾아보고 오려고. 이런 말까지 하고 싶진 않았는데 돈이 바닥이 났구나."

그가 미안한 표정을 지으며 혼자 있을 수 있는지 물었다. 나는 당연하다며 고개를 끄덕였지만 어린 딸을 혼자 두고 가야 하는 그의 불안감까지 털어 내진 못했다.

"아빠 열쇠를 가지고 갈 테니 안에서 문 꼭 잠그고 있어."

그는 몇 번이나 다시 돌아와 챙김의 말을 늘어놓았다. 아무래도 아래층이 술집이다 보니 쉽게 발이 떨어지지 않는 모양이었다. 그가 가고 허름한 선술집 이 층에 홀로 남겨졌다. 나는 멍하니 닫힌 문을 바라보다가 잠시 훌쩍였다. 협소한 방 안은 답답하고 외로웠다. 나는 놀 거리 하나 없는 그 방 안에서 아침을 보내고 낮을 지나쳐 밤까지 혼자 있었다.

창문을 통해 템스 강의 찰랑이는 물결 소리가 들렸다. 바다와 만난다는 저 강은 서쪽에서 동쪽으로 흐르는 흙탕물이라지? 희한하게도 강바닥 아래 갯벌이 자리 잡고 있다지? 크기도 작은데 온 세상의 배가 이곳을 통과하려고 아등바등한다지? 저 물속에 뭐가 가라앉아 있는지도 모르고.

나는 혼자서 템스 강에 대한 생각을 하다가 문득 생각을 멈췄다. 그가 내게 템스 강에 대한 이런 이야기를 해 줬던가. 아니다. 항구에 대한 이야기는 들었을지 모르나 강에 대한 이야기는 듣지 못했다. 그럼 이 지식은 어떻게 알고 있을까. 난 항구는 처음이고 템스 강은 평생 본 적도 없는데.

"더구나 물속에 가라앉아 있는 게 있다니 대체 뭐가."

나는 창문에서 물러났다. 저 검은 물이 평소의 나를 흔드는 느낌이 들었다. 내가 아닌 또 다른 나를 아는 것처럼 검은 입을 벌리고 출렁출렁 다가오는 것 같았다. 나는 잠긴 방문 앞에 등을 기댄 채 템스 강을 경계했다.

"아빠. 대체 언제 올 참이야?"

우린 하루도 떨어져 지낸 적이 없는 가족이다. 떨어져 있다는 게 이렇게 공허하고 견디기 힘든 걱정을 주는지 몰랐다. 밖으로 나간 그가 어떤 일을 구하고 있는지 뒤늦게 걱정이 됐다. 낯선 도시에서 방황하진 않는지, 오는 길을 잊어버리진 않았는지, 모든 게 걱정이고 근심이 되어 나를 힘들게 했다. 나는 어서 그가 돌아오기를 기다리며 잠긴 문 앞에 쪼그리고 앉았다. 그리고 눈이 빨개지도록 그를 기다리다가 늦은 새벽에 다시 그를 만났다.

"아, 아빠."

놀랍게도 주인이 그를 업고 들어왔다. 주인은 곧장 침대 위의 이불을 바닥에 던져 버리고 그 위에 그를 눕혔다. 이상했다. 그는 아침에 헤어진 내 아버지의 모습이 아니었다.

"철근을 옮기다가 그 아래 깔렸다더라. 함께 일하던 노동자 둘은 그 자리에서 죽고 너희 아빠는 용케 꺼냈는데 이미 다리가 잘린 뒤라더군."

나는 입을 틀어막고 비명을 삼켰다.

"그렇게 서 있지만 말고 물수건으로 피나 좀 닦아. 네 아비를 죽게 내버려 둘 참이 아니라면."

나는 충격을 억지로 참아 내며 그의 입속을 단단히 틀어막고 있는 천을 꺼내기 위해 서둘러 손을 뻗었다.

"그건 놔둬. 고통을 못 이기고 무의식적으로 혀를 잘못 물면 더 낭패니 놔둬야 해. 아무리 어려도 그렇지, 정말 아무것도 모르는 거냐?"

주인이 어리석은 나를 밀쳐 내고 정신을 잃은 그를 살펴 주었다. 누군가 물이 든 나무통을 들고 와 침대 옆에 놔 주었다. 주인은 절단된 다리를 동여맸던 천을 풀고 새 걸로 갈아 줬으며 침대 아래로 떨어지는 핏물을 대충 닦아 물통에 다시 담았다. 기절한 그는 무의식 속에서도 고통을 느끼는지 잘린 허벅지를 연신 움찔거렸다.

"의사는요? 의사는 언제 와요?"

나는 다급하지만 애원하는 목소리로 주인에게 물었다.

"그런 건 없어."

"없다뇨? 그게 무슨 말이에요?"

"서쪽에 사는 의사가 지저분한 동쪽의 항구까지 와 줄 것 같냐? 당장 죽어 가는 사람보다 귀족들의 뒤꿈치에 붙은 각질을 떼어 주느라 바쁜 게 그들이야. 그러니 의사가 와 줄 거라는 헛된 희망은 갖지 말고 다리 지혈이나 잘해. 아비 없는 고아가 되기 싫으면. 알겠냐?"

주인은 귀찮은 고생을 했다며 신경질을 냈다.

"밖이 소란스러워 구경하던 게 잘못이지. 잠도 못 자고 이게 무슨 소란인지, 원."

주인이 말하길 아비는 그가 살린 거나 다름없다고 했다. 또한 내일 아침이면 방을 비우고 밖으로 나가야 한다는 걸 다시 한 번 상기시켜 주면서 지혈하기 위해 쓴 천 값은 제외해 주겠다고도 말했다.

그가 돌아가고 나는 방에서 혼자 울었다. 끊어질 듯 간헐적인 숨소리로 아직 살아 있음을 증명하는 그의 모습을 무기력하게 바라보며 눈물만 흘렸다.

"아빠. 아빠 친구는 언제 와요? 그는 왜 아빠를 만나러 오지 않는 거예요?"

나는 눈을 뜨지 않는 그에게 밤새 그것을 묻고 또 물으며 울기만 했다.

피 냄새가 가득한 방 안에서 웅크리고 있던 내가 울음을 그친 건 다음 날 늦은 오전, 그가 눈을 떴을 때였다. 안개가 아침 해를 가린 시간에 그가 죽음에서 벗어난 목소리로 나를 찾았다.

"……아벨라."

익숙한 목소리에 감정이 격해진 건 말할 것도 없었다. 밤새 그의 손을 잡고 있었으면서 나는 그 손을 놓칠세라 더욱 깊이 움켜쥐었다. 그러나 안도감과 원망이 섞인 마음에 나는 그에게 따뜻한 말 한마디 하지 못하는 죄를 저질렀다. 눈을 떠서 다행이라거나, 이제 괜찮은 거냐는 말 대신 밤새 중얼거리던 질문을 했을 뿐이다.

"대체 왜! 아빠 친구는 아빠를 만나러 오지 않는 거예요?"

그가 힘겹게 어색한 미소를 지어 보였다. 그 또한 나를 향해 걱정하지 마, 오래 기다렸지, 라는 말을 하지 않았다.

"뭔가 바쁜 일이 있는 모양이야."

"우리가 여기 있는 걸 모르는 건 아니구요? 아빠가 주소를 잘못

쓴 건 아니에요?"

그는 고개를 저으며 그렇지 않다고 했다.

"만남이 쉽지 않아. 말했듯이 그는 높은 신분의 사람이니까."

"편지를 다시 보내 봐요."

"매일 보내고 있어."

"내가 직접 전달할게요. 친구가 있는 곳이 어딘지 알려 줘요."

"그에게 보내는 건 일반적인 편지가 아니야. 네가 그에게 편지를 보낼 수는 없어."

"그게 무슨 말이에요?"

"우리의 만남엔 절차가 있다는 말이야. 복잡한 표식의 절차. 그는 평범하지 않아서 그를 만나려면 그런 방법을 써야 해."

"친구잖아요. 친구끼리 편지조차 쉽게 전달되지 않는다면서 어떻게 친구라고 할 수 있어요?"

그는 질문에 대답하지 않았다. 답답함이 더욱 커졌다. 뭔가를 숨기고 있는 게 분명한데 자꾸 대답을 독촉하기도 어려운 상황이라 아벨라는 그를 회유했다.

"그러지 말고 우리 그만 돌아가요. 네?"

"그럴 수는 없어."

"제발, 아빠. 우린 지금 가난한 상태잖아요."

"걱정 마. 아빠 친구는 돈을 받지 않을 거야. 네 말대로 친구잖아."

"아빠!"

"날 믿어."

"내 병은 아빠 친구도 별수 없을 거예요. 아빠도 알잖아요."

나는 하지 말아야 할 말을 하며 죄스러움에 고개를 숙였다. 우리가 런던에 온 이유는 내 병을 고치기 위해서였다. 사냥꾼인 그가 목숨을 걸고 잡은 곰의 가죽과 다양한 산짐승들은 높은 가격으로 팔릴 수 있었으나 병치레 비용을 위해 모두 헐값으로 사라졌다.

"달리지 않을게요. 앞으로 무리해서 뛰지 않을 거라고 약속할게요. 지금껏 말 잘 들었잖아요. 그러니 돌아가요. 우리가 살던 숲으로."

나는 촉촉해진 눈을 차마 숨기지 못한 채 그를 보챘다. 내 병을 고치려 무리하게 이곳까지 왔다가 그가 다쳤으니 죄책감이 생기는 건 당연했다.

"내가 병을 고친다 해도 아빠가 이렇게 다치면 아무 소용없어요. 내 유일한 가족은 아빠뿐인걸요."

나는 울었고 그는 울음을 참았다. 우린 서로의 손을 꼭 붙잡은 채 한참 그렇게 있었다. 내가 방을 나온 건 그가 물을 찾으며 목마름을 토로했을 때였다. 아래층으로 내려가 물을 찾는 내게 주인은 그 정도라면 고비는 넘겼으니 방을 빼라고 했다.

"약속한 날이다. 사정은 어느 정도 봐줬으니 냉정하다 생각 마."

"물부터 주세요. 한 잔이면 돼요."

"내 말 못 들은 거야? 눈을 떴으면 대충 짐을 챙겨 나가라구."

"물부터!"

주인을 노려보는 내 눈이 예의 없었음을 알고 있다. 그의 입장을 모르는 것도 아닐뿐더러 이해하고 인정한다. 그러나 나는 그가 조금은 친절하길 바랐다.

"물부터 달라구요."

"뭐, 뭐야? 이 조그만 게 어디서!"

"이곳에 아는 사람이 있어요. 그에게 이미 연락을 해 놓은 상태구요. 방값은 내고 갈 거예요. 더도 말고 덜도 말고 처음에 말했던 액수 그대로 지불할 거야. 그러니 물부터 줘요. 깨끗하고 맑은 물로.

템스 강의 썩은 물이 아닌 사람이 마실 수 있는 물!"

내가 어떤 눈초리를 했는지 나는 모른다. 나는 단지 감정을 숨기지 않고 드러내고자 했을 뿐이다. 지금의 억울한 상황과 분노와 절망의 감정을 그대로 노출해서 상대가 알아주기를 바랐다. 그러니 주인이 약간 놀란 얼굴로 서둘러 컵에 물을 따라 건네준 건 나의 눈빛 때문이 아닐 것이다. 어린아이의 치켜뜬 눈동자가 어른을 협박할 수는 없는 법이니까.

나는 까치발을 들고 주인이 내민 물컵을 서둘러 받아 이 층으로 달려갔다. 아빠의 친구는 오지 않을 것이다. 아니, 온다 해도 지금의 상황에 도움이 되지 않을 것 같았다. 그는 심장을 고치는 의사지 잘린 다리를 복원시키는 능력을 가지고 있진 않을 테니까.

물을 마신 그는 다소의 고통이 사그라드는지 다시 깊은 잠에 빠졌다. 나는 그가 자신을 놔두고 외출을 했던 것과 동일하게 밖에서 문을 잠그고 선술집을 빠져나왔다. 그리고 무턱대고 들녘으로 달려가 들에 핀 꽃을 무던히도 많이 뽑았다. 아무거나 무작위로 뽑은 꽃의 뿌리는 하천에 씻었고 줄기는 날카로운 돌로 가지런히 다듬어 크기를 통일했다. 나는 그것을 품에 안고 서쪽으로 미친 듯이 달려갔다.

"꽃 사세요. 꽃 사세요."

길에는 이미 꽃을 파는 소녀가 있었다. 누추한 차림의 그 소녀는 지나가는 사람들에게 꽃을 사 달라고 애원했다. 어제 딴 꽃인지, 아니면 그제 딴 꽃인지 알 수 없는 시들한 꽃을 봐 주는 사람은 없었다. 맨발의 소녀에게는 생기가 없었다. 부모의 강제적인 압력에 의해 억지로 꽃을 파는 표정이었다. 더구나 길을 지나가는 모든 사람들이 여유가 있는 건 아니라는 걸 소녀는 모르는 듯했다.

나는 그 소녀를 보며 전략을 짰다. 가난한 행인들은 모두 제외하고 한눈에 봐도 화려한 옷차림을 한 사람들만 지켜보다가 곧장 그들에게 달려가 꽃을 내밀었다.

"아침 이슬을 머금은 꽃이랍니다. 햇살의 기운을 가지고 있어 사랑하는 당신의 연인에게 최고의 선물이 될 거예요. 향내를 맡아 보시겠어요? 하루 종일 당신의 집에 싱그러움을 선사할 거예요."

마차의 마부들은 거지들에게 넌더리가 나는 듯 마차로부터 떨어지라며 지팡이나 채찍을 휘둘러 댔지만 모두 실패한 건 아니었다. 나는 세 번 중 한 번은 성공했다.

"말하는 게 음유시인 같구나. 그래, 꼬마 아가씨. 그 꽃은 얼마에 팔지?"

"얼마의 값어치가 있다고 보시나요? 포장이 되어 있지 않지만 들꽃의 아름다움을 그대로 간직하고 있어 값을 매길 수가 없어서요."

한 신사는 당돌한 내 말에 껄껄 웃으며 마차 안에 있는 애인에게 꽃의 반을 사 주기도 했다. 나의 빈 주머니는 그렇게 동전으로 가득 찼다. 지폐도 있었다. 그러나 꽃을 전부 다 팔기 전에 나는 그 거리를 관리하는 불량배들에게 끌려가 몰매를 맞았다. 지역마다, 구역마다, 골목마다, 주인이 있다는 걸 그날 처음 알았다. 동전은 모두 빼앗겼지만 다행히 지폐는 빼앗기지 않았다. 입안에 욱여넣고 결코 입을 벌리지 않았기 때문이다. 덕분에 돈을 사수하느라 비명이 새어 나오지 않아 뒷골목에서 참으로 오래도록 맞았다.

"독한 계집애네. 질렸다."

내가 하고 싶은 말이었다. 나를 때리고 짓밟는 아이들 중에 제일 무자비했던 건 아까 길에서 본 꽃 파는 소녀였다. 소녀는 비실했던 얼굴과 달리 마지막까지 나를 때리다가 사라졌다. 희망이었던 꽃은 짓이겨졌고 신발은 도둑맞았다. 나는 자리에서 일어나 한동안 멍하니 앉아 있다가 터벅터벅 동쪽의 선술집을 향해 돌아왔다.

엉망인 내 모습을 보고 주인이 놀라 눈을 찌푸렸다. 나는 그 앞에서 입속에 넣어 둔 지폐를 꺼내 내밀었다.

"방 값이에요. 침이 묻어 더럽지만 여전히 돈이 맞아요."

주인은 입을 쩌억 벌리고 놀라워했다. 나는 아무 일도 없었던 것처럼 행동했지만 이 층의 끝 방으로 들어가기 전에는 차림새를 바르게 하고 헝클어진 머리를 매만졌으며 터진 입술을 빨아 피를 멎게 했다.

잠들어 있던 그가 인기척에 눈을 떴다. 여전히 누워 있었으나 안색은 조금 안정을 찾은 듯했다. 나는 누워 있는 그의 이마에 손등을 올려 열을 재 보았다.

"다행이에요. 아침보다는 열이 내린 것 같아요."

"계속 찾았다. 아빠한테 말도 안 하고 어딜 갔다 온 거야?"

"그냥 여기저기."

"신발은 어쩌고 맨발이야?"

나는 그 소리에 발가락을 냉큼 움츠렸다. 흙투성이가 된 발은 그새 피딱지가 앉아 있었다.

"신발을 잃어버렸지 뭐예요. 미안해요, 아빠. 발이 자라기 전까진 계속 신었어야 했는데 내 부주의 탓이에요."

그는 나의 말에 아무 말 없이 내 머리카락에 묻어 있는 꽃잎을 떼어 주었다.

"꽃밭에서 뛰어놀다가 잃어버렸나 보구나."

분명 머리를 매만지고 정리했는데 뒤통수에 묻은 꽃잎은 떼어 내지 못했나 보다. 나는 화들짝 놀라 변명도 하지 못했다.

"괜찮아. 네 탓이 아니야. 너무 큰 걸 신고 있었던 게 문제였어."

그가 침대 위로 올라오라며 공간을 만들어 주었다. 나는 온순한 양이 되어 침대 위로 올라갔다. 그가 엉망이 된 나의 발을 어루만져 주었다. 따뜻하고 다정한 손길에 길었던 하루의 일과를 위로받는 느낌이었다.

"예전에 고명하신 공주님의 발을 본 적 있어. 대리석이 깔린 궁정에만 계신 분이니 거친 흙바닥은 편치 않았는지 몇 걸음 걷지 못하고 구두에서 발이 빠지고 말았지. 순간 찬란한 보석이 박힌 구두 속의 흰 발이 정체를 드러냈는데 그 발이 어찌나 살집이 많고 못생겼는지, 나는 정말 웃지 않을 수 없었단다. 그 발에 비하면 우리 아벨라의 발은 신의 축복을 받은 것처럼 아름답고 예뻐. 뿐인가? 우리 딸의 얼굴은 공주님 저리 가라지."

그는 상처투성이인 내 발에 축복을 빌며 입을 맞췄다.

"내가 공주님보다 예뻐요?"

"그럼."

"공주님도 나처럼 흑갈색의 머리예요?"

나는 흑발에 가까운 흑갈색의 머리가 언제나 싫었던 참이었다. 숱이 많고 억세고 약간은 구불거리는 왕성한 검은 머리칼은 결코 고귀해 보이지 않아 속상했다.

"붉은 머리, 갈색 머리, 금발은 흔한 색이잖아. 그러니 특이한 검은 머리는 공주님만의 머리칼이라 할 수 있는 것 아니겠어? 하지만 우리 딸이 시시한 공주가 될 존재는 아니지. 넌 여왕이니까."

기분이 좋아진 내가 그의 농담을 받아쳤다.

"그럼 나는 언제쯤 여왕님이 될 수 있어요?"

"이 밤이 지나면."

그가 비밀을 말하듯 작은 목소리로 속삭였다.

"정말이야. 이 밤이 지나고 나면 넌 네가 원하는 여왕이 되어 있을 거야. 그러니까 기운 내, 맨발의 공주님. 여왕이 되고 나면 이 모든 슬픔도 한순간에 사라질 테니까."

그가 자장가를 불러 주었다. 맨발의 내 발을 만져 주면서. 나는 그 안에서 평화로움을 느꼈다. 산속 오두막집에 있는 것 같은 기분이 들었고 그래서 행복하다고도 생각했다. 오랜만의 행복감이다. 포근하고 따뜻하며 한없이 안정되는 이 기분. 내일은 더 많은 꽃을 팔아야지. 그래서 아빠를 치료해 줄 의사를 데려오고 아빠의 다리를 대신할 튼튼한 지팡이도 사야겠다. 살 것이 많네. 살 것이 많아. 나는 급해진 마음에 꿈에서조차 들판의 꽃을 꺾느라 바빴다.

"가련한 부녀 같으니."

어둠 속에서 낯선 누군가가 말했다. 문은 열리지도 않았고 창문은 여전히 닫혀 있는 상태였다. 소리도 없고 움직임도 없었는데 신기하게도 한 남자가 그들의 방에 들어와 있었다. 비몽사몽 잠들었던 나는 낯선 목소리에 잠에서 깨어났다.

"내가 늦었나?"

남자의 말에 나에게 자장가를 불러 주던 그가 말라비틀어진 입술로 대답했다.

"조금."

"항구에서 만나길 원하다니 여전히 취향은 쓰레기군. 세월이 흘러도 촌스러운 본능은 고쳐지지 않나 보지?"

"우리가 만나기엔 최적의 장소라고 생각하는데 아니었나?"

그의 말에 남자가 묘하게 웃었다.

"하긴. 항구는 낮엔 역동적이고 활기가 넘치지만 반대로 해가 진 밤엔 무법천지라 시체를 처리하기에는 제일 좋지. 저 드넓은 강 속에 시체를 다 넣으려면 대체 몇 년을 살아야 하는 거야? 지겹게시리."

흑빛의 강을 등진 남자가 지루함을 표시하며 은근히 웃었지만 그는 웃지 않았다.

"몰골이 꽤나 재밌군."

"철근을 옮기다가 다쳤어."

"누군가에게 판 건 아니고?"

"다리를 파는 인간도 있나?"

"인간이 아닌 어떤 이들은 그렇게 하기도 해. 연금술사들은 불사의 고기를 끓인 물을 먹는다더군. 마력을 증진시키기 위해서라나? 하여튼 이놈의 런던은 문제가 많아. 동서양의 비책이라는 이름하에 터무니없는 것들이 다 유입되니 별 뜬소문이 다 떠돌잖아. 안 그래?"

남자는 우중충한 런던의 날씨가 사람을 미치게 한다며 쓸데없는 몇 마디를 더했다.

"그런데 손님 대접이 형편없네. 흔한 홍차 한 잔 내놓지 않을 텐가?"

남자는 앉을 의자 하나 없는 것이 영 마음에 들지 않는 듯 미간을 일그러트렸다. 그는 남자의 모든 말을 무시했다. 자신의 상황을 보고서도 느긋하게 차 타령을 하는 건 그의 원래 성격이었다고 쳐도 지금은 농담을 주고받을 만한 여유가 없었다.

"편지를 일곱 통이나 보냈다."

"열 통을 보냈어도 올 수 없었어. 먼 곳으로 사냥을 갔었거든. 신선한 것이 있다고 해서 말이야."

남자는 묘한 말을 흘리며 잠들어 있는 내 쪽을 바라보았다. 나는 여전히 잠든 척한 채 그의 품에서 새근새근 숨소리마저 냈다. 갑자기 나타난 남자는 아빠의 친구일까? 어른들의 대화는 이해되지 않았다. 스무고개 하듯 주고받는 말이 모두 의문투성이라 더욱 그랬다. 나는 피곤했던 일과 때문에 다시 잠들고 싶었으나 그러질 못해 눈은 감은 채 귀를 열고 있었다.

"낭패야. 계집이라니. 아들이면 네 명성을 이었을 텐데 애석하게도 계집이 그 피를 이었군. 어미는 역시 그녀인가?"

그는 대답하지 않았다. 남자는 이미 대답을 들은 것처럼 어둠 속에서 초를 밝혔다. 다 타 버린 터라 불이 붙지 않았던 초는 그가 손을 대자 신기하게도 불빛을 뿜어냈다.

"그래서 나를 찾은 이유는? 촌구석에 처박혀 수렵이나 하다 보니 도시가 그리워졌나? 이곳에 머물 생각이야? 자리를 마련해 줘?"

"그럴 수 있다면."

"그럼 돈이 필요하겠군. 원하는 액수를 말해. 그 정도는 적선의 의미로 줄 수 있다."

"그것보다 묻고 싶은 게 있을 텐데."

직설적인 질문에 남자가 싱긋 웃었다.

"서론이 길었지? 아이는 인간인가?"

그 질문에 나를 안고 있던 그가 침대에서 상체를 일으켰다. 그의 팔에 안겨 자고 있던 나는 잠결인 양 등을 돌려 뒤돌아 누웠다. 그는 새근거리며 잠든 나를 측은하게 바라보더니 내 머리를 다정하게 쓰다듬었다.

"아이가 산에 풀어 놓은 염소를 몰러 갔다가 절벽에서 떨어진 적이 있어. 모두가 죽을 거라고 했지. 아이를 구조했을 때 이미 맥박이 희미했거든. 나는 죽어 가는 아이를 안고 집으로 돌아와 마지막이라는 심정으로 짐승의 피를 마시게 했어. 아이는 오래 앓기는 했지만 결국 살아났지. 단 하나의 상처도 없이."

"좋은 소식이야. 뱀파이어로군."

"하지만 아이는 나이를 먹고 조금씩 자라고 있어."

"그럼 인간? 뱀파이어는 늙지 않으니까."

"그런데 피를 받아들였지. 단 한 번이지만 아주 강하게."

"귀족들 중에 그런 자들이 있어. 미식가를 사칭해 그런 걸 즐기는 식욕 이상자들 말이야. 아이는 인간이로군."

"귀족들은 피를 마시면 죽지 않고 살아나나? 인간의 귀족은 그래?"

남자가 미끈한 미간을 살포시 일그러뜨렸다. 다소 날카롭게 되묻는 그의 목소리가 거슬린 탓이다.

"뭘 말하고 싶은 건지 모르겠군. 질문은 내가 했어. 지금 네 딸이 어떤 존재인지 내게 묻는 거냐?"

남자의 질책에 그는 복잡한 얼굴을 했다. 침묵하는 그의 얼굴에 고뇌가 깊이 서렸다.

"아이는 하프야. 지금껏 평범하게 인간의 음식을 먹고 생활해 왔는데 그 일이 있고 난 뒤 가볍게 넘어지기만 해도 피를 마셔야 하는 게 아니냐고 물어. 어렸을 때 일을 기억하는 거야."

"피를 마셨으니 각성했겠지. 맛만 본 게 아니라 피를 마시고 살아났으니 이제 슬슬 갈증이 나는 거다. 그걸 예측 못 하고 아이에게 피를 줬다니, 후회해 봤자 네 잘못이야."

"그럼 아비로서 죽게 내버려 뒀어야 해?"

"아이를 낳아 본 적 없어서 아비의 마음이 어떤지 난 몰라. 하지만 그렇게 애가 타면 다른 방법을 강구했어야 되는 거겠지."

"어떤 방법을 썼어야 하는데?"

"글쎄. 기억을 지워 버린다면 좀 나으려나?"

"기억을 지우면 본성도 사라지나? 지우고 나면 그다음은? 본성은 감추고 무시한다고 없앨 수 있는 게 아니야. 그건 드러날 수밖에 없고 들춰지는 거야. 인간들과 함께 있다가 그게 드러나면 내 딸은 어떻게 되지?"

"어떻게 되긴."

남자는 당연한 걸 묻는다며 그의 무지함을 타박했다.

"당연히 사람들에 의해 죽겠지. 마녀라고 오해를 받아 화형당하거나 흡혈귀로 낙인 찍혀 심장에 말뚝이 박혀서 생매장당하거나. 인간들은 새로운 것을 처음 봤을 때 꽤나 배타적으로 행동하거든. 그것에 적응하기까지 강하게 반발하고 즉시 제거해 버리는 습성이 있어. 그러니 네 딸은 죽지 않을까?"

처음부터 유들하고 가벼운 말투를 유지하는 남자는 죽음이라는 단어를 아주 가볍게 사용했다. 그러나 남자의 언행을 아빠는 나무라지 않았다. 그의 천성을 아는 것처럼, 그의 본능은 원래 그런 것처럼.

"난 마술사나 연금술사가 아니야. 기억을 지우는 힘은 없어."

"그렇겠지. 동물이나 잡아먹고 사는 하급계층인 네가 뭘 할 줄 알겠나."

남자는 잠든 나를 바라보며 말을 이었다.

"아이에겐 그동안 뭘 먹였나? 넌 전사니 인간 사냥을 했나?"

"아이는 갓 구워 낸 빵을 좋아해. 스프는 감자나 고구마. 신선한 야채도 좋아하고 가끔 염소 고기를 구워 주면 기분이 좋아져 많이 웃어."

"나와 비슷하군. 나도 싱싱한 인간의 피를 마시면 힘이 나고, 들뜬 여자의 피는 입속을 간질여서 좋아하지."

"본성을 죽이고 인간들과 함께 살자니 내가 늙지를 않는군. 아이는 계속 자라서 어른이 될 텐데 아비는 언제나 서른 살의 모습을 그대로 유지한다면 어떻겠어?"

"역시 겪어 보질 않아서 몰라, 나는."

"아이에게 숨기고 감추는 법을 가르쳐 줄 생각이야. 스스로를 컨트롤해서 살아갈 방법을 말이야. 생존의 방법."

"그런 방법은 네가 제일 잘 알고 있지 않나? 넌 전사잖아."

"안타깝게도 나는 나를 죽이려고 찾아오는 적들을 물리치는 것만으로도 벅찬 상태야."

남자의 얼굴이 드디어 뭔가를 알았다는 듯 화색이 돌았다.

"이제 알았다. 갑자기 숲을 버리고 런던으로 온 이유가 뭔가 했더니 은신처가 발각돼서 그런 거였군."

"나와 있으면 아이는 계속 위험 속에서 살게 돼. 난 아이만은 안정적으로 살길 원한다."

"그래서 아예 적진으로 들어온 거야? 아이의 안전을 바란다면서?"

"놈들이 끝장을 보고 싶어 하니 나도 이제 그만 끝을 낼 수밖에."

뜬금없이 다리가 잘렸다 싶더니. 남자는 대충 상황이 어떻게 돌아가는지 알겠다는 듯 고개를 끄덕였다.

"사정을 알았으니 이제 우리의 대화도 슬슬 끝을 내야겠군. 네가 죽인 두 뱀파이어의 비명이 어젯밤 이 도시를 흔들었다. 그들에게도 들렸을 거야. 그들은 동족을 죽인 자들에게만큼은 잔인한 대가를 받아 내지. 그들이 이곳으로 오기 전에 들어야겠다. 나를 찾은 이유는?"

"이 아이를 당신들의 사교계에 데뷔시켜 줘."

그는 어느 때보다 진중하고 신중한 표정을 지었다.

"전후에 그런 일이 없을 만큼 아름답고 화려한 데뷔를 시켜 줘. 최고의 이슈메이커가 되어 모두의 이목을 받을 수 있게끔 멋지게 말이야."

"글쎄. 내가 그렇게 해 줘야 할 이유가 있던가?"

"그냥 하는 부탁은 아니야. 그에 상응하는 진상품이 있으니 거절 못 할 거다."

계약을 할 때는 반드시 상대가 만족할 만한 선물을 하는 게 좋다. 아빠의 말에 남자는 계산을 하는 것 같았다. 무엇을 받고 무엇을 해 줄 것인지를.

"퇴출당한 뱀파이어의 자식이라는 사실이 발각되면 네 딸은 그 자리에서 목이 달아날 텐데 그래도 데뷔를 시키겠다고? 더구나 아이는 잡종이야. 이 바닥에서 전사보다 더한 처우를 당하는 게 하프인 걸 모르는 건 아닐 테지?"

"최고의 이슈거리로 데뷔시키면 돼. 이 아이가 짐승의 왕이 배우자로 맞이하고 싶어 했던 미하이의 딸이라는 사실을 밝히면 가능할 거야."

그의 말에 남자가 꽤나 놀란 듯 눈을 크게 떴다. 그러다 차츰 입꼬리를 올리더니 이 방에 들어온 이래 제일 조용한 미소를 지어 보였다.

"미하이의 미모는 과히 최고였지. 그녀의 눈길을 사로잡고자 목숨을 버린 사내도 여럿이었으니까. 너의 말대로 사교계가 들썩이겠군."

"그래. 사교계에선 미하이의 아름다움을 여전히 미담처럼 말하곤 하지. 딸이 살아서 뒷세계를 전전하고 있다는 걸 알면 반드시 손을 뻗는 자가 있을 거야. 어차피 평범하게 살 수 없는 아이라면 나는 내 아이를 아예 그 세계로 보내 보호받게 만들겠어."

"산속에 틀어박혀 수렵만 하다 보니 세상 물정 잘 모르나 본데, 착각하지 마. 누가 퇴출당한 전사의 딸을 보호해 주려 하겠나? 그런 강심장을 가진 자는 없어."

그는 잠든 척 눈을 감고 있는 내 등을 애정 어리게 쓰다듬었다.

"아니. 내 딸을 사랑하게 되면 누구든 목숨을 버리면서까지 이 아이를 지키게 될 거야. 나처럼."

그가 눈을 감고 있는 나의 이마에 따뜻한 입맞춤을 해 주었다. 그 따뜻함이 얼마나 깊고 충만한지 나는 하마터면 억지로 감고 있던 눈을 뜰 뻔했다.

"과연 이 비린내 나는 아이에게 흠뻑 빠질 누군가가 있을까?"

"아이는 계속 크고 있어. 성인이 됐을 때 미하이를 뛰어넘는 미모를 가지고 세상을 흔들 거야. 그러면 인간과 어울려 살지, 뱀파이어와 함께 살지는 내 딸에게 결정할 권리가 생길 테지."

남자가 다가왔다. 발소리는 나지 않았지만 감은 눈 위로 꺼져 가는 촛불이 흔들리는 것이 느껴져 알 수 있었다. 남자는 자고 있는 나를 한참 내려다보며 의심과 의구심의 눈초리를 보냈다.

"이 작은 계집이 과연, 정말, 그렇게 될까."

그는 중저음의 목소리로 입을 열었다. 내겐 그런 느낌이었다. 기대감을 전혀 갖지 않는 약간의 비아냥이 그의 목소리에 내재되어 있었다.

"그래서 진상품은 뭐지?"

몸이 잠시 흔들렸다. 그가 안고 있던 나를 놔두고 침대에서 홀연히 일어났다.

"나."

그와 남자가 서로를 보고 마주 섰다. 남자가 조금 웃은 듯했다.

"피테르. 끝까지 날 웃길 셈이냐?"

남자는 아빠를 보고 피테르라고 불렀다. 피테르. 순고하고 정의로운 이름 피테르.

"이건 진심이야. 그러니 나의 요구를 들어줘."

문득 가물거리던 촛불이 흔들거리기 시작했다. 아빠가 창문 너머 먼 곳을 바라보았다. 그들이 오고 있었다. 동족을 죽인 자를 처벌하기 위해 저 멀리서 빠른 속도로 이곳을 향해 날아오고 있었다. 그 진동이 이곳의 공기를 흔들기 시작한 것이다. 생각보다 빨리 노출된 모양이다. 그가 남자를 향해 서둘러 말했다.

"계약해."

독촉하는 그의 말과 달리 남자는 심드렁한 표정으로 서 있는 그의 주변을 맴돌았다. 원을 그리며 걷는 그는 느긋한 태도로 진상품을 훑어보기 시작했다. 그 여유는 정말이지 소름 돋을 만큼 객관적이어서 눈을 감고 있는 나의 손에 땀을 쥐게 했다.

"제발 계약한다고 말해. 당신의 미하이를 빼앗은 나를 죽일 기회는 오늘뿐이야."

초조하게 되묻는 그가 어두운 창문을 보며 재촉을 거듭했다. 온다. 오고 있다. 멀쩡한 창문이 덜덜 떨리기 시작하는 걸 보니 그들이 얼마나 전속력으로 그를 죽이기 위해 달려오는지 알 수 있었다. 그가 나를 봤다. 나도 상황이 이상하게 돌아가고 있다는 걸 감지하고 감고 있던 실눈을 살포시 떴다. 우리 두 사람의 눈이 마주쳤다. 그 순간 창문이 산산조각 나며 깨졌다.

"마티어스!"

그의 입에서 절규 같은 한마디가 터졌다. 창문을 부수고 들어오는 다섯 개의 날카로운 갈고리가 순식간에 그를 덮쳤다. 그러나 갈고리보다 먼저 그를 낚아채는 것이 있었다. 마티어스라는 남자가 그를 향해 두 팔을 뻗더니 곧장 그의 목을 뽑아 버렸다.

퍼억!

두 손에 들고 있는 건 누구의 얼굴? 떨어지는 피는 누구의 피? 내가 놀라 침대에서 벌떡 상체를 일으키자 남자가 말했다.

"계약 성립."

목이 뽑힌 그의 몸뚱이가 내 쪽으로 서서히 쓰러졌다. 나의 유일함이며 나의 안식처인 단 하나의 가족이!

"아빠아아아아아!"

나는 어둠 속에서 괴성에 가까운 비명을 내질렀다. 살인자의 손에서 비명도 없이 그가 죽었다.

"안 돼애애애애애!"

쟁반 위에 놓여 있던 머리는 어린 양이 아니었나. 목이 잘려 슬피 울던 건 내 아버지의 눈물이었나. 나는 경악스러운 광경을 목격하곤 쓰러진 그를 향해 손을 뻗었다. 그러나 침대 위의 나와 그의 몸과의 간격은 어마어마했다. 그를 향해 있는 힘껏 손을 뻗었지만 내 손은 어둠의 허공을 허우적거릴 뿐 아무것도 잡아채지 못했다.

어떻게 된 거지? 혼란과 분노 속에서 나의 몸은 바보처럼 움직이질 않았다. 촛불이 꺼진 어둠 속에서 내 몸은 딱딱하게 굳은 채 도무지 움직이질 못했다. 그때 내 얼굴을 확 덮쳐 온 무언가가 있었다. 마치 물을 끼얹은 듯 주르륵 흐르는 무엇인가가. 나는 그것이 무엇인지 모르지 않았다.

"……피?"

뜨끈한 그것이 얼굴을 타고 흘러내려 목과 가슴과 배를 적셨다. 비린내와 고약한 냄새들이 후각을 후벼 파고들어 왔다.

나는 느꼈다. 그리고 눈치챘다. 촛불이 꺼진 저 어둠 속에서 무자비한 폭력과 야만적인 살인이 자행되고 있다는 걸. 창문을 뚫고 들어온 갈고리들이 단 한 명에 의해 모두 죽어 나가고 있다는 걸. 하여, 내 온몸을 뒤덮은 그것이 갈고리들의 피라는 것도 알게 되었다.

나는 그제야 덜덜 떨리는 손을 들어 얼굴을 감싼 채 새된 비명을 내지르기 시작했다.

아아아아악.

비명을 삼키는 어둠. 어둠 속에서 움직이는 또 다른 어둠. 나는 그곳을 벗어나기 위해 몸부림치듯 소리 지르다가 결국 침대 아래로 고꾸라지며 기절하고 말았다.

2

정신이 없다. 머리가 멍하다. 여기는 어딜까. 눈은 떴지만 아직 이
곳이 어딘지 분간하기가 힘들었다. 아벨라는 시야에 들어온 천장을
멍하니 바라보며 두 눈을 껌벅거렸다.

"……여기가 어디지?"

선술집의 이 층 방이 아니었다. 그 방의 천장을 유심히 보지 않아
어떤 문양을 하고 있는지 기억나진 않지만 분명한 것은 대리석은 아
니었다는 것이다. 머리가 아팠다. 오래 잠을 잔 것처럼 무거운 느낌
도 들었다. 아침에 꽃을 팔고 선술집으로 돌아와 뭘 했더라. 신발을
잃어버렸다고 아빠에게 고백한 뒤 위로를 받았고 그와 함께 잠이 들
었다. 그리고 깊은 밤, 그곳에 누가 찾아왔었다.

"그가 누구더라. 누가 찾아왔더라."

머리가 유난히 아팠다. 기억 또한 맑지 못했다. 아벨라는 깨질 듯
한 머리를 붙잡고 천천히 자리에서 일어나다 우뚝 몸을 멈췄다.

기억이 났다. 아빠의 목이 잘린 게. 생각이 떠올랐다. 아빠가 죽었다는 게. 그녀가 스프링처럼 벌떡 몸을 일으키며 허겁지겁 침대 주변을 살폈다. 아무것도 없었다. 아무도 없었다. 흥건한 피도, 무시무시한 갈고리를 가진 이상한 정체의 그들도. 그리고 아빠도.

"⋯⋯아빠."

그녀가 그를 부르며 침대를 벗어났다. 그때 발목을 감싸고 있던 부드러운 천이 바닥으로 떨어졌다. 실크 이불이다. 아벨라는 뒷걸음질 쳤다. 이곳은 낡고 비좁은 선술집이 아니었다. 다른 곳이었다. 그것도 크고 화려한 침실.

아벨라는 이해되지 않는 광경에 충격을 받고 무작정 그곳을 빠져나왔다. 문을 열고 밖으로 나오자 대리석이 깔린 긴 복도가 나타났다. 아벨라는 좌우를 살피기 무섭게 무작정 앞을 향해 내달리기 시작했다.

"아빠! 아빠아아아! 어디 있어요? 어디로 사라진 거예요?"

불안감이 휘몰아쳤다. 소름이 끼치도록 무서웠던 지난밤의 일로 인해 심장은 여전히 쿵쾅거리는데 살인을 당한 그가 보이지 않자 무서움이 전신을 훑었다. 그때였다. 복도를 내달리는 그녀의 팔을 누군가 확 낚아채 걸음을 멈추게 했다.

"너."

아벨라는 깜짝 놀라 비명을 내지를 뻔했다. 자신의 팔을 잡아챈 사람은 하녀복을 입은 오십 대 중반의 뚱뚱한 여자였다. 그녀는 손에 잔뜩 힘을 준 채로 두 눈을 무섭게 부라렸다.

"저기서 뭘 하고 있었던 거야? 네가 왜 저기서 나와?"

그건 아벨라가 묻고 싶은 말이었다. 자신이 왜 낯선 침실에서 깨어난 건지 진심으로 묻고 싶었다. 하녀는 아벨라가 대답을 하지 못하자 재빨리 주변에 사람이 없는 것을 확인하고 다짜고짜 빈방으로 아벨라를 밀쳐 넣었다.

"너 어디 소속이야? 처음 보는 얼굴인데 벌써 나리 눈에 든 거냐?"

아벨라는 그녀의 말을 하나도 알아듣지 못했다.

"그게 무슨 말이에요? 우리 아빠 어디 있어요? 여긴 어디예요?"

"술이 아직 덜 깼어? 그건 내가 해야 할 질문이잖아. 벌거벗고 복도를 활보하는 이유가 뭐야? 아무리 밤새 나리에게 시달렸다 해도 그렇지, 옷도 안 입고 돌아다니는 건 앞으로 바뀔 팔자를 예상해 자랑이라도 하고 싶어서 그러는 거냐?"

아벨라는 하녀가 무슨 말을 하는지 전혀 이해하지 못했다. 하녀는 자신의 말을 듣고서도 어정쩡하게 서 있는 아벨라를 향해 버럭 화를 냈다.

"계속 멍청하게 굴래? 언제까지 알몸으로 서 있을 거야?"

"네?"

"옷! 네 옷 어디다 벗어 놓고 왔냐구!"

그제야 아벨라는 자신이 실오라기 하나 걸치지 않은 알몸의 상태라는 것을 알았다. 그녀가 황급히 두 손으로 자신의 몸을 가렸다.

"내, 내가 왜 옷을……?"

아벨라는 도대체 뭐가 뭔지 알 수 없는 현실에 놀라 자리에 주저앉아 버렸다. 다리가 후들거려 더 서 있을 수도 없었다.

"대체 너 어디 소속이야? 이렇게 멍청한 애가 어떻게 나리의 눈에 띄어 여기까지 온 거지?"

하녀는 답답한 듯 꼼짝 말고 이곳에 있으라는 말을 남긴 채 아벨라가 나온 침실로 가서 누더기 옷 한 벌을 빠르게 가져왔다.

"내게 걸린 걸 다행으로 알아. 그렇잖아도 오늘 저택에서 있을 파티 준비로 인해 잔뜩 신경이 예민하신 마님께 걸렸다면 넌 이 자리에서 바로 채찍질당해 피투성이가 되었을 거다.”

“이건…… 내 옷이 아니에요.”

“네 게 아니라면 누구 거라는 거야?”

“이건 너무 커서 입을 수가 없어요. 어른의 옷이잖아요.”

“무슨 헛소리를 하는 거야? 나리의 침실에 나뒹구는 건 이거 하나
였어. 우리 하녀들은 이런 옷을 입지 않아. 이런 누더기를 입을 사람
이 지금 여기 너 말고 또 있을 거라 생각하는 거냐?”

아벨라는 하녀의 윽박지름 때문이 아니라 알몸을 감추기 위해
억지로 누더기 옷을 입었다.

창피하고 수치스러웠다. 아빠도 그녀가 목욕을 할 때는 어린 그
녀를 배려해 집 밖으로 자리를 비켜 주었다. 존중과 배려만을 받아
온 그녀가 생판 모르는 남에게 실오라기 하나 걸치지 않은 몸을 보
여 준 것은 몹시 충격적이었다.

“아무래도 저택에 팔려 온 모양인데 기본 지식도 없는 애를 혼자
돌아다니게 하다니, 네 사수를 찾아 당장 혼쭐을 내 줘야겠다. 오늘
같이 중요한 날, 벌거숭이 계집애가 나리의 침실 근처를 어슬렁거린
게 알려지기라도 해 봐. 너는 당연하고 관리 못 한 우리도 함께 매질
당할 일이야.”

하녀는 생각만 해도 아찔하다며 몸서리를 치더니 옷을 입는 아벨
라를 한심하게 노려보았다.

“나리도 참. 아무리 불같은 성정의 마님 눈을 피해 몰래 여자를
안는다고 해도 그렇지, 이제 하다 하다 이런 부랑자 같은 애를 침실
로 끌어들이시는 거야? 밥도 제대로 못 먹고 산 듯 삐쩍 마른 계집
을. 이런 몸뚱이를 보고도 그걸 하고 싶은 마음이 드나?”

하녀는 살집 하나 없이 바짝 달라붙은 가슴과 흉하게 말라 부러질
것 같은 아벨라의 두 다리를 보며 진저리를 쳤다.

"하여튼 천하의 난봉꾼 같으니."

하녀의 퉁명스러운 투덜거림에 아벨라는 누더기를 입은 자신을 내려다보았다. 분명 옷이 클 거라 생각했는데 어떻게 된 일인지 제법 맞았다. 더구나 말랐다는 말에 자신을 몸을 내려다보니 정말 보기 흉할 만큼 온몸이 삐쩍 말라 있었다. 어떻게 된 걸까. 분명 또래 아이들처럼 적당한 체격을 유지하고 있었는데.

아빠의 정성으로 오히려 도시의 굶주린 아이들보다 더 풍족한 의식주 생활을 해 왔던 그녀다. 이해되지 않는 게 한두 가지가 아니라 아벨라는 불현듯 뭔가 잘못되었다는 걸 알아챘다. 퍼뜩 고개를 들어 다시 한 번 낯선 이곳이 어딘지 살펴보았다.

그때 반대편에서 두 명의 귀족 아가씨가 그들이 있는 쪽으로 걸어오고 있었다. 고급스러운 치장을 한 여자들은 부드러운 깃털이 달린 부채를 살랑살랑 흔들며 여유로운 수다를 나누고 있었는데, 인형처럼 잘 꾸민 차림새가 아벨라의 시선을 끌었다.

지척에서 귀족을 본 건 처음이었다. 아빠와 함께 먼 거리에서 궁전을 구경한 적은 있어도 이렇게 가까운 거리에서 본 적은 없었다. 마차를 타고 내리던 귀족들보다도 한층 신분이 높아 보이는 여자들. 아벨라는 예쁜 그녀들을 보다 자기도 모르게 중얼거리고 말았다.

"공주님들인가 봐."

공주들이 틀림없었다. 어린 아벨라는 생전에 이렇게 화려한 옷을 입은 예쁜 여자들을 본 적이 없었다. 그러나 그 말이 화가 됐다. 걸어가던 한 명이 아벨라를 향해 다시 걸어왔다. 깜짝 놀란 하녀가 황급히 아벨라의 머리를 눌러 숙이게 했지만 이미 늦고 말았다.

"조금 전 그 말. 누가 한 거지?"

하녀는 귀족의 말에 화들짝 놀라며 바닥에 즉시 무릎을 꿇고 머리를 조아렸다.

"용, 용서하세요. 그렇잖아도 일을 처음 하는 애라 제가 당장 교육을 시킬 참이었습니다."

그러나 귀족 여자는 하녀의 말은 듣지도 않고 아벨라의 턱을 부채 끝으로 슬쩍 들어 올리는 듯하더니 세차게 뺨을 내리쳤다.

철썩.

부채 끝에 달려 있던 청동 장식이 아벨라의 뺨에 고스란히 상처를 냈다. 아벨라는 너무 아파 소리도 내지 못한 채 자신의 뺨을 감싸 쥐었다.

"공주님이 지나간다는 걸 알면 무릎 꿇고 인사를 해야지, 고개를 빳빳이 들고 있는 이유는 뭐지?"

귀족 여자는 기분이 언짢다며 부채로 아벨라의 머리통을 툭툭 두들겼다.

"귀족이 지나갈 때 어떻게 해야 하는지 모르는 거야? 당장 길을 비켜서서 고개를 숙이고 머리를 바닥까지 조아려야 될 거 아냐? 네 옆에 있는 뚱뚱하고 못생긴 하녀처럼."

귀족 여자는 우물쭈물하는 아벨라를 보며 입꼬리를 비틀었다.

"애 좀 봐. 아직도 말귀를 못 알아듣네?"

그녀가 당장 바닥에 머리를 조아리라며 두 손으로 아벨라를 확 밀쳤다. 무방비 상태인 아벨라가 뒤로 나자빠졌다. 순식간에 벌어진 일이라 미처 피하지 못해 피해가 더 컸다.

콰당.

대리석 바닥에 그대로 뒤통수를 찧고 만 아벨라의 입에서 괴로운 신음소리가 흘러나왔다. 그 모습에 귀족 여자가 조금은 기분이 풀린다는 표정을 지었다.

"어머, 나자빠진 모습 좀 봐. 마치 밟혀 죽은 개구리 같네. 이것들

45

은 꼭 행동으로 보여 줘야 굽실거린다니까."

"운 좋은 줄 알아, 이 누더기 하녀야. 만약 내가 진짜 공주였다면 넌 근위대에 밟혀 즉사했을 테니까. 초청받고 온 몸이라 남의 집 하녀를 죽일 수 없으니 이 정도에서 끝내 주는 거야."

귀족 여자 한 명이 일어나지 못하는 아벨라를 향해 침을 탁 뱉었다. 귀족의 우아함과 배려는 전혀 없는 악질적인 모습이었다. 하지만 전혀 문제될 것 없는 모습이기도 했다. 신분의 차이에서 오는 현실은 실상 이런 것이니까.

"우리 집 하녀였다면 당장 지하실로 끌고 가 채찍질을 했을 텐데."

고개를 숙이고 바닥에 납작 엎드려 있던 하녀는 그녀들의 모습이 완전히 사라진 후에도 한참 동안 그 자세를 유지했다. 그리고 발소리가 나지 않고 적막이 흐른다 싶을 때 가만히 눈치를 보며 몸을 천천히 일으켰다. 하녀는 두 손으로 머리를 붙잡고 신음을 흘리는 아벨라를 일으켰다. 괜찮냐는 걱정의 말이나 위로는 없었다. 이런 일은 흔한 일이라는 듯 오히려 대수롭지 않아 했다.

"오늘은 이곳 복도 청소를 하도록 해. 될 수 있으면 아래층으로는 내려오지 말고. 파티에 초대된 손님들의 눈 밖에 났으니 자칫 오고 가다 마주치면 정말 큰일을 치르게 될 테니까. 내 말 알아들었지? 저 사람들은 신입 하녀라고 해서 봐주지 않아. 저번 달에 너처럼 이곳에 팔려 온 새로운 하녀가 마님이 아끼는 홍차 잔을 깨서 맞아 죽은 일이 있어. 오래 살고 싶으면 입조심하고 행동 조심해. 알아들었지?"

하녀의 주의와 당부는 거칠었지만 현실적이었다. 그녀는 복도 청소를 하기 위해 들고 왔던 자신의 물통과 걸레를 아벨라에게 건네주었다. 아벨라는 충격과 혼란에 빠져 여자가 건네준 걸레를 받지도 못했다.

"노파심에서 하는 말인데, 나리가 다시 널 찾을 거라는 꿈은 버려. 초대된 손님들 중에는 가난한 귀족 아가씨들도 많아. 그녀들이 나리의 눈에 들려고 얼마나 애를 쓰는지 알아? 몸 바칠 기회를 가지기 위해 갖은 아양을 떤다구. 하물며 한 번 품은 하녀는 기억도 못 할 거야. 어제 화장실에 가서 똥을 쌌는지 안 쌌는지는 기억해도 너는 기억 못 한다구. 너처럼 어리바리한 누더기 하녀는 특히 더."

하녀는 조금 전 아벨라를 괴롭힌 귀족 여자 두 명도 그 무리 중 한 명일 거라고 알려 주었다.

"아니라면 예의범절을 중시하는 저들이 대낮부터 나리의 침실 근처를 벌써 어슬렁거릴 리 없거든. 하긴, 귀족으로 태어나도 돈이 없으면 허울뿐인 거지 뭐. 가난한 귀족은 몸이라도 팔아 명예를 유지해야 하고, 돈 많은 귀족은 배불리 먹고 하루하루 새로운 여자와 음탕하게 지내며 시간을 축내는 게 그들 일인 걸."

하녀는 달관한 사람처럼 중얼거리더니 느슨해진 앞치마를 다시 한 번 질끈 묶고 아무 일도 없었다는 듯 계단을 내려갔다.

"네 담당을 찾아서 네가 어디에 배치된 아이인지 알아 오마. 그 전까진 여기 꼼짝 말고 있어."

아벨라는 그녀가 놓고 간 걸레를 들어 머리카락에 묻은 침을 천천히 닦아 냈다. 그러다가 곧 고개를 숙이고 가녀린 어깨를 떨었다. 대체 어떻게 된 걸까? 뭐가 어떻게 돌아가는 걸까? 아빠는 어디 갔고 선술집에 있던 나는 왜 이곳에 있는 걸까? 이곳은 어디고 저 여자는 대체 무슨 말을 하고 있는 거지?

울음이 터지려 했다.

"그 밤을 마지막으로 대체 무슨 일이 벌어지고 있는 거야?"

아벨라는 애써 눈물을 참으며 자리에서 일어났다. 그 순간, 갑자기 머리를 강타하는 무지막지한 고통을 느꼈다. 참을 수 있는 고통이 아니었다. 아벨라는 곧바로 자리에 주저앉고 말았다. 머리가 깨질 듯 아팠다. 조금 전 바닥에 머리를 부딪힌 여파라고 하기엔 고통이 너무 심했다. 그때였다.

"제길. 꼴같잖은 것들이."

갑자기 입에서 거친 말이 툭 튀어나왔다.

"전부 죽여 버릴까 보다. 모두 없애 버릴까 보다."

그녀의 두 눈이 난간 아래를 향해 희번덕거렸다. 조금 전 자신을 괴롭힌 두 귀족 여자를 찾기 위해서다. 성마른 분노가 치솟았다. 모욕당한 걸 생각하니 당장 씹어 먹어도 부족할 것 같았다. 하지만 전신을 휘감는 또 다른 고통이 머리의 뒷부분에서 퍼져 나와 그러질 못했다.

"머리에 불이……!"

뒤통수에 불이 붙은 것 같았다. 머리카락이 타들어 가고 철퇴가 연속해서 머리를 가격하는 느낌이었다. 무자비한 고통이었다. 그 아픔이 얼마나 생생한지 그녀의 마른 두 손이 잡고 있던 난간을 우지끈 부러지기까지 했다.

아벨라는 더 이상 고통을 참지 못하고 그 자리에서 그대로 기절하고 말았다.

얼마나 지났을까. 홀로 외롭게 두통을 이겨 낸 그녀가 한참 뒤에야 감긴 눈을 천천히 떴다. 등줄기에서 식은땀이 흐르고 있었다. 아벨라는 두통이 주는 고통을 참기 위해 가지고 있던 체력을 다 소진한 듯 힘없이 벽에 머리를 기댔다. 조금 전 어떤 일이 있었는지 전혀 알지 못하는 그녀였다. 그런데 혼란과 놀라움의 연속이란 이런 걸 말하는 걸까. 기진한 모습으로 바닥에 앉아 있던 그녀는 문득 복도

쪽 창가에 비친 자신의 모습을 보고 어리둥절해했다.

"이게…… 뭐야?"

아벨라가 무릎걸음으로 창가로 다가갔다. 잘못 본 거라고 생각했다. 낯선 모습은 자신이 아닐 거라고 생각했다. 그런데 아니었다. 창가에 어렴풋이 비친 모습은 분명 자신이 맞았다.

"이게…… 누구 얼굴이야? 내가 왜 이래?"

아벨라는 말도 안 된다며 하녀가 놓고 간 물통을 들여다보았다. 그곳에도 조금 전 창가에 비친 얼굴이 똑같이 나타났다.

"이게 나라고? 내 얼굴이 이런 얼굴이었다고?"

오밀조밀 하얗고 작은 얼굴이 어느새 완연한 성인이 되어 있었다. 그러나 앙상한 양 볼 위에 푹 꺼진 커다란 눈은 아사 직전의 사람처럼 온전하지 못했다. 오랫동안 굶은 듯 뼈밖에 안 남은 광대뼈가 힘겹게 얼굴을 지탱하고 있을 뿐이었다. 더구나 길고 풍성하던 머리카락은 온데간데없고 남자들의 머리처럼 바짝 잘려 삐뚤삐뚤했다. 아벨라는 기겁을 하며 물통에서 뒷걸음쳤다.

"아, 안 돼. 이건 말도 정말 안 돼!"

놀랄 수밖에 없었다. 하루 사이에 자신이 어른이 되어 있다니 놀라지 않을 수 없었다.

"이건 정말 말도 안 돼. 있을 수 없는 일이야. 어떻게 하룻밤 사이에 열한 살의 아이가 성인이 되어 있을 수 있어?"

벌어진 입에서 연신 경악의 물음이 터져 나왔다. 두려움이 느껴졌다. 모든 게 낯설고 무서워졌다.

"뭔가 잘못됐어. 대단히 잘못됐어. 그래. 침착해야 해, 아벨라. 생각을 집중하자. 현명하게 행동해야 해."

아벨라는 스스로에게 주문을 걸며 두려움을 타파하기 위해 애썼다. 아빠의 죽음을 본 후로 떠오르는 것은? 그 뒤로 기억나는 일들은 뭐지? 갈고리처럼 날카롭고 무서운 다섯 개의 손가락이 창문을 깨고 들어와 아빠를 낚아채려 할 때 그것보다 더 빠른 손이 아빠의 목을 뽑아 버렸다. 그걸 보고 나는 어떻게 했지? 나는!

"대체 하룻밤 사이에 내게 무슨 일이 일어난 거야?"

아빠의 죽음을 본 후 기절했던 자신이 성인이 될 때까지 정신을 잃고 지냈단 말인가. 아니다. 그럴 리가 없다. 그런 일은 가능하지 않다. 그럼 귀족의 집 하녀가 되어 있는 이유는 뭘까? 자신의 신분이 한순간에 바뀌어 있는 이유는 대체 뭐지?

"당장 이곳을 나가야 해!"

뭔가 잘못 돌아가고 있었다. 꿈이라면 깨야 했고 아니라도 이곳에 더 이상 머물면 안 된다는 판단이 들었다. 선술집으로 가야 한다. 그곳으로 돌아가 기억을 다시 찾고 생각을 정리해야 했다.

"아빠를 찾아야 해!"

아벨라는 복도를 내달렸다. 처음 자신을 질책했던 하녀가 내려간 계단을 그대로 따라 내려가 출구를 찾기 시작했다. 그러나 커다란 저택의 복도는 긴 터널처럼 끝이 보이지 않았다. 방들이 즐비했고 어디든 커다란 로비가 자리 잡고 있었다.

"뭐야? 어떻게 된 거야? 어떻게 이 넓은 곳에 사람이 한 명도 없어?"

모두 파티가 열리고 있는 일 층에 모여 있다는 사실을 모르는 아벨라는 그렇게 저택 안에서 길을 잃은 듯 여기저기를 뛰어다니다가 닫혀 있는 커다란 문 하나를 발견했다. 출구라고 생각했다. 어디든 출구는 큰 법이다. 아벨라는 그 문을 향해 있는 힘껏 달려들었다. 그리고 문이 열리는 그 순간, 갑자기 몸이 허공에 붕 뜨며 그대로 밑으로 추락하고 말았다.

와장창창.

그녀가 떨어진 곳은 파티가 한창인 일 층 중앙 홀. 닫힌 문은 난간 공사 중인 이 층 발코니 입구로, 아벨라는 그 문을 출구로 착각해 연 것이다. 아름다운 음악 선율이 멈췄다. 동시에 홀에 있던 모든 사람들도 일제히 행동을 멈췄다.

"저게 뭐야?"

허공에서 느닷없이 떨어진 물체에 놀란 사람들이 수군거렸다. 그도 그럴 것이 파티를 위해 준비해 놓은 커다란 포도주통이 한순간에 박살이 나며 부서졌기 때문이다. 맛이 좋아 사람들이 칭찬해 마지않던 포도주가 입도 대기 전에 전부 바닥에 쏟아지는 대형 참사가 일어났다. 붉은빛의 포도주가 알싸한 알코올 냄새를 풍기며 바닥을 적셔 나가자 누군가가 이 사달의 원인이 누구냐며 불쾌한 목소리를 냈다. 그때 아벨라가 정신을 차리며 고개를 들었다. 포도주를 흠뻑 뒤집어써 핏빛이 된 채로.

사람들이 뜨악해했다. 심성이 약한 어떤 여자는 깜짝 놀라 짧은 비명을 내지르기도 했고 누군가는 아벨라를 보며 파티를 위한 새로운 쇼냐며 호기심을 보이기도 했다. 핏빛의 붉은 물을 뒤집어쓴 여자의 모습이었으니 누구든 놀라기에 충분했다.

"누굽니까, 당신은?"

아무나 함부로 들어올 수 없는 파티장에 난데없이 나타난 여자가 귀족이 아닐 리 없다. 선뜻 다가서진 못했지만 자못 용기 있는 한 신사가 나서서 묻자 사람들은 더욱 숨을 죽이며 아벨라를 쳐다보았다. 정적이 흐르고 침묵이 오갔다. 무수한 사람들의 시선을 한 번에 받으며 아벨라는 당황한 얼굴로 조심스럽게 자리에서 일어났다. 부딪힌 어딘가가 아팠지만 사람들의 시선보단 아프지 않았다.

차갑고 경멸스러운 눈빛들 속의 호기심.

그때 귀족들은 보았다. 핏빛 포도주를 뒤집어쓴 여자가 입고 있는 옷을. 그리고 그것이 귀족은 결코 입지 않는 누더기라는 것을 알았다. 다가왔던 신사가 기가 막힌 듯 헛웃음을 짓는가 싶었다. 그가 무섭게 눈을 부라리더니 손에 들고 있던 크리스털 잔을 아벨라에게 던졌다.

"이런 되먹지 못한 거지가!"

이어지는 말은 더 심했다.

"감히 여기가 어디라고 들어온 거야? 누가 이 거지 좀 끌어내요! 어떻게 거지가 파티장에 들어온 거야?"

남자의 고함이 끝나기 무섭게 아벨라는 곧장 누군가에게 멱살을 잡혔고 뺨을 맞았으며 그 자리에서 짐승처럼 끌려 나갔다.

"이, 이거 놔요! 내게 이러지 말아요! 나는⋯⋯!"

뒷말은 남자의 발길질에 의해 그대로 사라졌다. 달려온 사내들이 아벨라의 머리채를 붙잡은 채 개처럼 질질 끌고 나갔다. 아벨라는 발버둥 치며 있는 힘껏 소리쳤다.

"실수였어요! 문을 잘못 열고 들어온 내 실수예요! 용서해 주세요. 용서해 주세요!"

소리치는 그녀의 입으로 주먹이 쑤시고 들어왔다. 아벨라는 고통의 소리도 내지 못했다. 폭력은 무자비했고 거침없었으며 그녀를 짐승처럼 때리고 짓밟았다. 그들은 그녀를 사람으로 생각하지 않는 게 분명했다. 그렇지 않다면 이렇게 무식하고 흉포하게 매질할 리 없었다.

"그⋯⋯만둬요. 나는⋯⋯ 겨우 열한 살이에요. 열⋯⋯한 살의⋯⋯ 아벨라."

털썩.

피투성이가 된 그녀는 마구간에 던져졌다. 파티를 망친 존재는 인간 대접을 받을 필요가 없다는 이유 때문이다. 갑자기 나타난 사람들을 보고 말들이 놀란 듯 제자리에서 경중경중 뛰었다. 하인들은 아벨라를 바닥에 던져 놓고는 또다시 매질했다. 그들은 매질하는 내내 왜 중요한 파티를 망쳤는지 되물었다.

"왜 말을 안 해? 어떻게 저택에 기어들어 온 거냐고 묻잖아!"

"물건을 훔치려고 들어온 거야? 도둑인 거야? 이 층에선 뭘 하고 있었어? 거기서 뭘 하고 있었냐니까!"

그녀도 모르는 이유를 그들은 끈질기게 대답하라고 요구했다. 폭력이 무서워 실수를 인정하고 잘못했다고 빌었지만 소용없었다. 그들은 또다시 왜 그런 실수를 했는지 물고 늘어졌고 결국 아벨라가 기절해서야 그 질문을 멈췄다.

"어라? 이것 봐라. 벌써 기절했네."

"야. 죽으면 곤란해. 나리께서 파티가 끝나면 직접 벌을 준다고 했는데 그 전에 죽어 버리면 우리가 골치 아파진다구."

저택의 늙은 주인은 화를 참지 못해 룸에 들어가 괴성 같은 고함을 연신 내질렀다고 했다. 수석 하녀와 하인들은 그의 분노를 받들어 당장 아벨라를 끌고 나가 몰매를 거듭했지만 주인의 화는 사그라들 줄 몰랐다. 손님들 앞에서 분노를 감추느라 결국 입꼬리에 경련까지 난 그는, 지하실에 뜨거운 쇠꼬챙이를 달궈 놓으라는 말을 남기고 나서야 조금 화가 누그러진 듯 다시 파티장으로 들어갔다고 했다.

그러니 죽으면 안 된다는 하인들의 말에 아벨라는 정신을 잃지 않으려고 노력했다. 여기서 또 다른 고통을 받는다면 정말 죽을 것 같았기 때문이었다.

사내들이 마구간 문을 잠그고 나갔다. 그들이 사라진 뒤에도 말들은 이상하게 계속 흥분한 채였다. 기둥에 묶인 줄을 풀기 위해 필사적으로 날뛰었고 아벨라로부터 멀어지려고 자꾸만 푸르릉거렸다. 왜? 단순히 피투성이 사람을 봤기 때문에? 아니면 자신들의 마구간을 침입한 사람이 기분 나빠서?

아니다. 말들은 두려워 날뛰고 있었다. 기절해 있는 아벨라를.

힘이 센 수컷 말이 허공을 향해 앞발을 들어 올리며 연속해서 발길질을 하더니 급기야 묶인 줄을 끊었다. 마구간엔 스물두 마리의 말이 있고 그 안엔 자신의 암컷 말이 있었다. 자신은 이곳의 우두머리로서 위험한 불청객인 아벨라를 그냥 두고 볼 수 없었다. 말은 기절한 듯 미동도 없는 아벨라의 주변을 뱅글뱅글 돌더니 큰 결심을 한 듯 앞발을 들어 아벨라의 머리를 콱, 내리찍었다.

콰악.

땅바닥을 정확히 내리찍는 소리가 마구간 안을 울렸다. 지켜보던 말들이 한순간에 소리를 죽였다. 수컷 말의 앞발이 목표물을 정확하게 제거했는지 보기 위해서다. 하지만 기절해 있던 아벨라는 여전히 그대로였다. 말들은 놀랐다. 아벨라가 수컷 말의 앞발 하나를 꽉 잡고 있다는 걸 뒤늦게 알았기 때문이다. 수컷 말은 당황했다. 분명 정신을 잃은 것을 확인했는데 영문을 알 수 없었다.

그 순간 아벨라가 손에 힘을 꾹 주는가 싶더니 말의 앞발이 반대로 확 꺾였다. 부러진 앞다리 때문에 말이 허무하게 앞으로 쾅 고꾸라졌다. 순식간이었다. 아벨라의 이빨이 말의 배를 꽉 문 것은.

"히이이잉!"

수컷 말이 쓰러진 채 뒷발과 앞발을 심하게 버둥거렸다. 부러진 앞발의 고통을 이겨 내고 자리에서 일어섰지만 배에 매달린 아벨라는 거머리처럼 떨어지지 않았다. 껑충껑충 제자리 뛰기를 해도 소용없었다. 말은 다친 다리와 배에서 느껴지는 고통에 다시 쓰러졌다. 단단한 근육덩어리인 말가죽을 단 한 번에 파고들 수 있는 것이 무엇일까. 날카로운 그것의 힘이 얼마나 크고 험악한지 젊은 수컷 말은 한참 콧구멍을 벌름거리고 머리를 흔들며 네 다리를 허우적거리다가 결국 눈을 감았다.

말들이 비명을 내질렀다. 흔치 않은 말의 비명소리는 듣기 거북했으나 그마저도 시간이 흐를수록 점점 작아져 이내 들리지 않았다. 총 22마리의 말 중 20마리가 차례로 죽었기 때문이다. 죽은 말들 사이에 그녀가 앉아 있었다. 삐쩍 마른 그녀의 배가 볼록하게 올라와 있었다. 입 주변을 손으로 닦아 낸 아벨라는 멍한 표정으로 중얼거렸다.

"맛없어."

저택의 주인이 다시 찾아올 것이라는 말은 그녀를 두렵게 만들었다. 살아야 한다는 본능에 희미하게 정신을 차릴 무렵, 난리치는 말들의 진동이 느껴졌다. 땅의 울림. 전신을 적시고 있는 적포도주의 냄새와 살아 움직이는 말들의 냄새. 무엇보다 매질에 살이 터져 누더기 옷 밖으로 흘러내린 진한 피 냄새가 후각을 간질였다.

피. 힘의 원천이자 생명을 불어넣어 주는 피.

아벨라는 앞뒤 생각 없이 자신에게 달려든 말을 물고 늘어져 그 피를 마셔 버렸다. 열심히, 끈질기게, 마시고 삼키고 들이켰다.

"하아."

그녀가 죽은 말들 사이에서 숨을 길게 내쉬었다. 추운 겨울도 아닌데 입에서 하얀 입김이 가볍게 흘러나왔다. 피를 마셔서일까. 어쩐지 그녀의 모습이 피를 마시기 전과 다르게 변해 있는 것 같았다.

아벨라는 자리에서 일어났다. 스무 마리 말의 피를 전부 마셨지만 허기는 가시지 않았다. 그래도 체력 보강은 어느 정도 된 모양인지 부실한 다리에 힘이 생겼다.

몸을 일으키는 그녀의 신체가 아까보다 한결 살이 올라 있었다. 확실히 흡혈 전후의 모습이 다르다. 마른 몸은 여전했지만 푹 꺼졌던 볼에 조금은 도톰히 살이 올라왔고, 부러질 듯 흔들거리던 손마디가 제법 자리를 잡아 자연스럽게 움직였다. 사내들에게 맞아 피를 흘리지 않았다면 보다 안정적으로 신체가 복구됐겠지만 이 정도의 복구도 나름 마음에 들었다.

마구간에 남은 두 마리 말은 동료들의 죽음을 지켜본 충격 때문인지 네 발로 서 있지도 못하고 입에서 흰 거품을 쏟아 내며 경련을 일으키고 있었다. 그녀는 그런 말들에겐 더 이상 관심 없는 듯 주변을 쭉 살피더니 마구간 창문 위로 휙 날아올랐다. 편안하고 자연스러운 동작이었다. 마치 늘 그래 왔다는 듯 익숙한 모습이기도 했다.

창문을 통해 지붕 위로 올라간 그녀의 시야에 어두운 밤이 들어왔다. 기분 좋은 어둠은 언제나 환영이다. 등 뒤에서 음악 소리가 들렸다. 파티가 열리고 있는 저택에서 나는 소리였다. 한적한 외지에 우뚝 자리 잡은 저택은 그녀가 알고 있는 곳이 아니었다. 그녀는 저택을 물끄러미 바라보더니 관심 없다는 듯 고개를 돌렸다.

"이상한 곳에 와 버렸군."

방향을 가늠해 본다. 이곳은 그녀가 살던 곳이 아니었다.

"내가 밤 나들이를 나왔었나?"

그녀가 마구간 지붕 위에서 훌쩍 내려와 땅 위에 안착했다. 착지와 함께 몸에서 찰랑거리는 소리가 났다. 아벨라는 자신의 다리를 내려다보았다. 발목에 굵고 단단한 쇠사슬이 묶여 있었다. 이상했다.

"내가 왜 다리에 이런 걸 달아 놨지?"

하인들이 채워 놓은 것이지만 기억이 나지 않는지 아벨라는 고개를 갸웃하며 쇠사슬을 툭 끊어 버렸다. 양쪽 발목에 채워진 쇠사슬이 싱겁게 끊어졌다. 아벨라는 발목의 족쇄를 풀지 않은 채 끊어진 쇠사슬을 질질 끌며 어딘가로 걸어가기 시작했다.

마구간에서 걸어 나와 마을의 어딘가를 계속 걷던 아벨라는 걷다가 짧게는 한 번, 길게는 몇 번씩 자꾸만 자리에서 멈춰 섰다. 머리가 아파 왔기 때문이다. 기분 나쁜 두통이었다. 별이 보일 만큼 맑은 밤하늘은 자신이 좋아하는 것이다. 그런 날 머리가 아프다니 드문 일이었다. 아벨라는 마을의 이름 모를 골목을 걸어가다가 자리에 가만히 앉았다. 아무래도 몸 어딘가가 안 좋은 모양이다. 이유를 알 수 없었다. 기억나는 게 아무것도 없었다.

아벨라는 차가운 돌바닥에 가만히 앉아 어둠 속에서 휴식을 취했다. 어둠은 그녀에게 안정을 찾게 해 줄 것이다. 두통을 사라지게 할 것이다. 그것은 누가 알려 주지 않아도 본능적으로 알고 있는 지식이다.

그런데 휴식이 길지 못했다. 골목 안으로 한 사내가 젊은 여자를 끌고 들어왔기 때문이다. 여자는 발버둥 치며 남자의 손에서 달아나려 애쓰고 있었고 사내는 여자의 입을 틀어막은 채 질질 끌고 오는 중이었다. 그리고 골목 끝, 아벨라가 앉아 쉬고 있는 곳까지 왔을 때 남자는 짐승같이 날카로운 이빨을 드러내며 여자의 목덜미를 향해 그 이빨을 박으려 했다.

아벨라의 존재가 드러난 건 여자 때문이었다. 어둠 속에 앉아 있는 묘한 존재가 자신을 보고 있다는 사실에 여자는 당장 납치당한 상황보다 더 놀란 얼굴로 손을 들어 아벨라를 가리켰다. 남자가 송곳니를 드러낸 채 여자가 가리키는 곳을 힐끔 돌아보았다. 시선이 마주친 건 찰나.

"왜?"

어둠 속 아벨라가 물었다. 사내는 여자의 입을 틀어막았던 손을 놓고 말았다. 여자가 비명을 지르며 골목을 달려 나갔다.

"왜 쳐다보는 건데? 네 구역이라 이거야?"

아벨라가 묻자 사내는 뒤로 화들짝 놀라 물러섰다. 그리고 도움을 청하고 싶은 얼굴로 주변을 두리번거리며 어쩔 줄 몰라 했다.

"그, 그게 아니라."

"됐어. 가려고 했어."

아벨라는 더 이상의 휴식은 힘들다고 생각했는지 바닥에서 일어났다. 사내가 몸이 언 듯 제자리에서 달달 떨었다. 같은 동족인 걸 알면서도 그의 행동은 좀 이상했다. 그걸 아는지 모르는지 다시 골목 밖으로 걸어 나가던 아벨라가 문득 손을 들어 자신의 뒤통수를 만졌다. 질긴 두통이 영 기분 나빠 혹시 문제가 있나 확인하는 것이었다.

"이상하게 기분이 안 좋아. 집으로 가야겠다."

집으로 가서 편히 쉬어야겠다. 그래야 될 것 같았다. 그러나 몇 걸음 떼지도 못하고 아벨라는 또다시 걸음을 멈췄다.

"그런데 집이 어디더라."

그녀의 눈이 허공에서 잠시 방황했다. 아벨라는 먼 하늘을 바라보았다. 그녀는 갈 곳을 잃어버린 것처럼 그렇게 꽤 오랫동안 자리에 서 있기만 했다.

그로부터 나흘 후 아벨라가 나타났던 구역에 '그들'이 찾아왔다. 골목에서 아벨라를 만났던 예의 사내는 자신을 찾아온 그들을 보고 내심 의아해했다. 그들은 자신들을 런던에 사는 동족이라고 했다. 보통 같은 종족이라도 서로의 존재를 밝히는 걸 꺼리는데 지금 사내 앞에는 뱀파이어라고 밝힌 자, 세 명이 서 있었다.

"그러니까 그날 일을 다시 한 번 자세히 설명하자면."

사내는 느닷없이 찾아온 그들 앞에서 아벨라를 만났던 상황을 반복해서 설명하는 중이었다. 그것도 세 번째로.

"그녀는 누더기 옷을 입은 채였습니다. 맨발이었고 발목엔 끊어진 쇠사슬이 달려 있었어요. 피를 뒤집어쓴 듯한 얼굴과 손, 다리에 말라비틀어진 피딱지가 여기저기 달라붙어 있었습니다."

"엉망인 모습이었는데도 용케 동족임을 알아봤군."

똑같은 질문도 세 번째. 사내는 흐르지도 않는 땀을 닦아 냈다. 자존심이 상했으나 어쩔 수 없었다. 지금껏 혼자 지내 온 자신은 무리가 없었다. 이곳은 인적이 드문 시골 마을이었고 여기서 근 오십 년간 자신이 아닌 뱀파이어를 만난 적은 없었다. 특히 등 뒤에 무기를 감추고 있는 세 명의 뱀파이어에게선 어쩐지 위화감이 들어 깍듯한 행동이 저절로 나왔다. 시키지도 않았는데 높임말을 하는 이유는 그 때문이었다. 사내는 성심성의껏 설명했다.

"우리는 서로를 한눈에 알아볼 수 있죠. 그게 우리의 생리니까요."

"본능적으로 알아본단 말이로군."

"대부분이 그렇죠. 당신들이 날 알아보고 말을 건 것처럼요."

세 명 중 우두머리 같은 남자를 향해 사내가 대꾸했다. 특별한 외향은 아니었다. 중년의 나이임에도 불구하고 평범한 사람보다 키가 크고 체격이 좋아 보인다는 것뿐이었다.

"이곳이 자네 터전인가?"

우두머리인 더스틴이 다시 물었다.

"오십 년간요. 그 전엔 다른 지역에서 살았죠."

"근간에 본 여자 동족은 지금 말한 그녀 한 명뿐이고?"

사내는 그렇다고 대답했다. 더스틴은 그 말을 십분 이해한다는 표정을 지어 보였다. 여자 뱀파이어는 흔하지 않다. 뱀파이어들의 세계는 성비가 고약할 만큼 불균형했다.

"떠돌이 뱀파이어라 흡혈을 못 한 모양이에요. 그녀의 몸에서 이상한 냄새가 잔뜩 맡아졌으니 떠돌이가 분명해요."

"냄새라니?"

"더러운 걸레 냄새. 썩은 포도주 냄새. 여자 향수 냄새와 분 냄새. 하찮은 짐승의 피 냄새. 그리고 말똥 냄새요."

사내는 그녀에게 왜 그런 역겨운 냄새가 맡아졌는지 의문이었다고 덧붙였다.

"누더기를 입고 있었다고 했지?"

"네."

더스틴은 흐음, 하고 뜻 모를 소리를 냈다. 누더기는 그녀가 입고 있던 옷이 아니다. 시간이 흘렀으니 그사이 옷 정도는 얼마든지 갈아입을 수 있겠지만, 눈앞의 뱀파이어가 만난 여자가 그들이 찾는 뱀파이어와 동일한지는 직접 봐야 알 것 같았다.

더스틴은 다시 질문했다. 그의 질문은 밤을 샐 기미였다.

"그녀가 어디로 간다고 하던가?"

"어디로 간다는 말은 못 들었습니다."

"방향은?"

"걸어간 곳은 서쪽 방향이에요."

"서쪽이라면 런던과 반대 방향이로군."

더스틴은 나머지 두 명의 패밀리들과 소곤거리며 한참 대화를 나눴다. 사내는 그들의 대화를 들으며 주변을 물끄러미 돌아보았다.

허기가 진다. 며칠 전 사냥감을 놓친 뒤로는 식사를 제대로 하지 못했다. 어서 이 껄끄러운 대면을 끝내고 원래의 일상으로 돌아가면 좋겠는데 언제까지 이들에게 그날의 일을 설명해야 하는지 짜증이 났다. 아무리 여자 뱀파이어가 흔치 않은 존재고 귀하다고 하지만 오랫동안 거리 생활을 한 거지까지 찾아 나서는 이유를 모르겠다.

"근데 말이지. 그녀를 본 건 자네뿐인가? 여기 남서쪽은 따로 패밀리가 형성되어 있지 않다고 들었지만 교류하는 동료나 동족은 없나?"

"잘 모르지만 아마 그럴걸요. 전 혼자 사냥합니다. 이곳은 지방이라 동족을 보기 쉽지 않아요."

"그럼 이 구역엔 자네뿐이겠군."

"제 구역이니까요."

"좋아. 의견 잘 들었다."

더스틴이 그만 자리를 떠야겠다며 일어섰다. 사내 또한 이제야 지겨운 대면이 끝난 건가 싶어 굳은 어깨를 펴고 돌아서려 했다. 그때였다. 살랑하고 미풍이 불며 그의 후각에 미세한 어떤 냄새가 맡아졌다.

"뭐지?"

뭔가 이상했다. 근처에 사람이 있던가. 검은 천을 뒤집어쓴 그들에게서 인간의 냄새가 났다. 동족에게서 인간의 냄새가 날 리 없는데 찰나적으로 스치듯 맡아진 냄새는 분명 인간의 살냄새였다. 후각은 거짓말을 하지 않는다. 그가 잘못 맡을 리도 없었다. 사내가 천천히 뒤돌아보았다. 자신을 보고 있던 그들이 어느새 사내의 등을 향해 무기를 치켜들고 있었다.

"너희. 나의 동족이 아니었나?"

사내의 말에 더스틴이 비웃었다.

"이제 알았나? 생각보다 꽤 아둔한 놈일세. 지금껏 만났던 짐승들 중에 으뜸인 것 같아."

"뭐라고?"

"감히 사람에게 짐승인 뱀파이어라고 하다니 정신이 멀쩡하진 않은 것 같아서 말이야."

더스틴이 걸치고 있던 망토를 확 벗었다. 그동안 사냥해 온 뱀파이어의 겉옷을 모두 나눠 입고 있었다. 그게 사람의 고유한 체취를 잠시나마 없애 주는 데 도움이 된다는 건 그들도 오늘 알았다. 망토를 벗어 버린 세 사람은 모두 똑같은 옷을 입고 있었다.

가슴팍에 새겨진 독특한 십자가 표식이 보였다. 사내는 그것이 무엇을 의미하는지 알지 못했지만 결코 범상치 않다는 건 눈치챌 수 있었다.

"너, 너희 뭐야?"

눈앞의 자들이 동족임을 빙자해 자신을 속였다는 것을 안 사내가 뒤늦게 어수룩하게 물었다.

"사람 흉내 내는 짐승을 잡는 사냥꾼이지."

그들이 사내를 즉각 에워쌌다. 원 형태로 사방의 탈출구를 막자 사내는 천천히 뒷걸음질 쳤다. 그들의 손에 든 무기가 심상치 않아 보였다. 그러고 보니 전신을 덮고 있던 망토는 무기를 감추기 위함이었던 모양이다.

"크르르르."

사내는 무시무시한 이빨을 드러내며 위협했지만 앞으로 나서진 못했다. 세 사람의 손에 들린 커다란 검이 위협적으로 느껴졌고 아무래도 자신은 이미 바보처럼 덫에 걸려든 뒤인 것 같았기 때문이다.

"욱!"

그때 사내의 입에서 울컥하고 피가 터져 나왔다. 어떻게 된 건가 싶어 자신의 가슴 쪽을 내려다보니 여러 개의 투명한 실이 심장 쪽에 박혀 있었다. 그 실을 타고 무수한 피가 바닥으로 흘러내렸다.

"언제 이런 게 내 심장에 박혔지?"

"아마 네가 쉬지 않고 입을 놀릴 때가 아니었을까?"

사내가 실을 타고 떨어지는 무수한 핏방울을 내려다보았다. 실을 타고 피가 흘러내리지 않았다면 투명한 실은 보이지도 않았을 것이다. 사내는 실의 끝을 잡고 있는 더스틴을 쳐다보았다. 더스틴이 웃는 듯했다. 그의 입가에 미소가 서린다 싶을 때 그게 신호가 되어 가슴에 박힌 여러 개의 실이 사방으로 확 잡아당겨졌다.

파악!

어둠을 가르는 날카로운 비명이 허공에서 메아리쳤다. 사내의 심장이 산산조각 났다. 실 끝에 걸려 있던 물건이 누군가의 손으로 돌아갔다. 그때 더스틴이 사내의 목을 즉각 베어 버렸다.

서 있는 사람들은 허무하게 쓰러져 서서히 말라 가는 사내의 몸을 무심히 내려다보았다. 그것은 영생을 가지고 있다는 뱀파이어의 허무한 죽음의 모습이었다. 재가 되어 바람에 흩어지며 먼지처럼 사라지는 모습.

"뱀파이어는 이래서 좋아. 인간처럼 뼈와 가죽이 남는 게 아니라서 뒤처리가 필요 없거든."

더스틴의 시선이 석궁 끝에 매달린 실을 회수하는 남자에게 향했다.

"안 그런가, 피테르?"

피테르란 이름을 가진 남자가 더스틴의 말에 고개를 꾸벅 내렸다 올렸다.

"다리를 다친 게 아직 회복되지 않았을 텐데 깔끔하게 처리해 줘서 고맙네."

"아닙니다, 수장님. 6개월 정도 지나고 나니 이제 활동하는 데 지장 없습니다."

다친 다리는 활동하는 데 전혀 문제가 없다며 맑은 미소를 지어 보이는 그의 얼굴은 무척이나 평범해 보였다. 무시무시한 뱀파이어를 잡는 사람이라고 생각되지 않는 반듯한 이미지에 제법 순해 보이기까지 했다. 적당한 키에 톤 다운 된 갈색의 머리카락을 지닌 그.

그는 아벨라의 아버지 피테르였다.

# 3

아벨라는 마을을 벗어나 들판을 배회 중이었다. 그녀는 마구간에서 하인들에게 폭행을 당한 뒤, 그 이후에 일어난 일들을 전혀 기억하지 못했다. 말의 피를 흡혈하고 스스로 마구간을 걸어 나온 것을 알지 못했다. 그래서 지금 자신이 왜 들판을 걷고 있는지도 몰랐다. 단지 발목에 걸려 있는 족쇄의 쇠사슬이 끊어져 있는 걸 보고 자신이 운 좋게 탈출했다는 것만 짐작할 수 있었다.

'어떻게 마구간에서 도망쳐 나올 수 있었을까? 누군가의 도움? 아니면 그들이 기절한 나를 이곳에 버린 걸까?'

이유가 뭐든 무자비한 폭력에서 벗어나게 된 것은 천만다행이었다.

아벨라는 족쇄를 풀려고 애를 썼지만 발목에 단단히 채워진 족쇄는 열쇠가 없는 한 결코 풀어지지 않을 듯 꼼짝하지 않았다. 그로 인해 그녀는 어쩔 수 없이 족쇄와 한 몸이 되어 지낼 수밖에 없었다.

갈 곳이 없어 노숙을 했다. 들판에서 서늘한 추위와 어둠을 견뎠고 이슬을 핥아 수분을 섭취했다. 머리카락과 몸에서 거북한 냄새가 심하게 났다. 몰골도 형편없는데 좋지 않은 냄새까지 풍기니 부랑자가 따로 없었다. 아벨라는 흙바닥에 주저앉아 발목의 쇠사슬을 만지작거렸다.

"……아빠."

세상에 혼자라고 생각하니 모든 것이 슬펐다. 천애고아가 됐다고 생각하니 이대로 죽고만 싶었다.

"이제 어떡하지?"

뭘 해야 할지 모르겠다. 계속 이렇게 들판을 걸어 다니며 방황할 수도 없는데 큰일이었다. 아벨라는 밤이 되길 기다렸다가 용기를 내 마을로 들어갔다. 밤은 모습을 감춰 준다. 얼룩진 옷도, 타다 만 머리카락도, 보기 흉한 족쇄도. 하지만 모든 사람들의 시선을 완벽하게 차단할 수 있는 건 아니었다.

"에구머니. 깜짝이야. 웬 거지가 골목에 숨어 있어?"

"뭐라고? 거지?"

"저 흉측한 몰골 좀 봐."

"죽은 거 아냐? 살아 있는 게 맞아?"

"살아 있어. 우리 목소리를 듣고 도망치잖아. 얼마나 굶고 살았길래 몸이 저렇게 삐쩍 말랐지? 숨을 쉬고 있는 게 신기할 정도인 몰골이네."

"다가가지 마. 저런 떠돌인 전염병을 옮길지도 몰라. 더 큰 부정이 타기 전에 당장 마을에서 내쫓아야 해!"

그녀를 본 사람들은 빗자루와 몽둥이를 휘둘렀다. 음식을 구걸한 것도 아니고 허락 없이 동네 우물물을 마신 것도 아니었다. 하지만 사람들은 모두 한결같은 반응으로 아벨라를 냉대했다. 심술궂은 누군가는 이유 없이 돌을 던지기도 했고 질이 안 좋은 사내들은 먹을 것을 내밀며 그녀를 잡아끌기도 했다.

아벨라는 결국 마을에서 쫓겨나듯 도망쳐 사람이 없는 곳으로 숨어들어야 했다. 어디로든 도망쳤다. 발길 닿는 대로 달리고 뛰었다. 고립은 그렇게 타의에 의해 이루어졌다. 난관을 헤쳐 나갈 지혜가 없으니 스스로를 보호하기 위해 아벨라는 어두운 곳을 찾아 들어갈 수밖에 없었다.

"……안 돼. 그러지 말아요. 때리지 말아요. 나는 아직 어려요. 난 잘못한 게 없어요."

아벨라는 인적이 드문 야산에 숨어 홀로 악몽과 싸웠다. 불빛 하나 없는 어둠은 환상을 보여 줬고 무서운 마귀가 되어 그녀를 흔들고 옥죄였다.

"싫어. 무서워. 그러지 마. 내게 돌을 던지지 마."

뜨거운 열이 온몸을 달구고 식은땀이 흘러도 누구 하나 그녀를 도와주거나 돌봐 주는 이가 없었다. 아벨라는 꿈속에서조차 아빠를 찾으며 울부짖었다. 그러나 목이 없는 시체는 그녀에게 어떤 말도 해 주지 못했다.

"마티어스."

아벨라는 그 이름을 떠올렸다. 그날, 야만적인 폭행이 자행된 그 방 안에서 아빠는 분명 그를 그렇게 불렀다. 마티어스라고. 아벨라는 그를 생각하며 분노에 몸을 떨었다.

문제는 그가 어디 있는지 알지 못한다는 것이다. 그가 누군지, 뭘 하는 사람인지 아무것도 아는 게 없었다. 아벨라는 얼굴도 모르는 그를 어떻게 찾을까 골몰했다. 그를 찾을 단서가 없었다. 단서가 없다. 아는 게 없다. 그것은 아벨라를 또다시 고뇌에 빠지게 만들었다.

"단서를 찾아야 해. 단서가 필요해. 그를 찾아낼 단서가!"

아벨라는 어둠 속에서 어떻게 하면 그를 찾을 수 있을까 고심했다. 그의 몸짓, 행동, 목소리, 그리고 그가 풍겼던 그만의 냄새까지.

"아."

아는 건 전부 기억해 내야 한다는 생각에 모든 것을 떠올렸던 아벨라가 문득 해결법을 찾은 듯 표정을 바꿨다.

"그래. 냄새. 나는 그의 냄새를 기억해. 왜 그걸 몰랐을까? 난 그의 냄새를 알아."

아벨라는 눈을 감고 숨을 크게 들이마셨다. 그것은 어둠을 마시듯 폐부 깊숙이까지 들어가 그녀의 지혜를 깨웠다. 잊었던 본능을 두드렸다. 그러나 이곳에서 그의 냄새는 맡아지지 않았다. 하지만 런던이라면. 그가 머문 선술집이라면 그의 냄새를 찾아 추적할 수 있지 않을까?

"런던의 그 선술집."

불현듯 선술집이 생각났다.

"그래. 그곳으로 가야 해. 그곳이 모든 일의 시발점이야. 그곳을 시작으로 마티어스를 찾아야 해."

아벨라가 고개를 틀었다. 옅은 붉은색으로 바뀐 그녀의 눈동자가 런던을 향했다. 저 안에 그가 있다. 그의 냄새가 저곳에서 피어나고 있다고 후각이 알려 주고 있었다. 아벨라는 자신의 후각을 믿었다. 아빠와 숲에서 살 때 그녀의 후각은 천재적으로 빛났다. 저 먼 천 리 길 밖에서도 다친 동물을 용케 찾아낼 줄 아는 능력이 있었으니 말이다.

아벨라는 천천히 자리에서 일어났다. 노숙으로 인해 형편없는 몰골의 그녀가 숲을 걸어 나가기 시작했다. 조금 전까지와는 사뭇 다른 눈빛을 가진 채로 런던을 향해 걸었다. 런던으로 가면 만나게 될 것이다. 그를 만나면 모든 문제가 풀릴 것이다. 아벨라는 반드시 그래야만 해, 라는 말을 내뱉으며 걸음을 재촉했다. 족쇄에 달린 쇠사슬이 기이한 소리를 내며 그녀와 함께 움직였다.

런던으로 가는 길은 멀었다. 대체 자신은 어디까지 흘러와 있던 걸까. 런던항의 선술집에서 어디까지 떠나와 있는 건지 가늠되지 않는다.

폭우가 내렸다. 오직 런던으로 가야 된다는 생각만으로 길을 나섰던 그녀는 자연과 날씨에 무책임하게 노출된 상태로 고생을 많이 했다. 차가운 바람을 견뎌 낼 옷은 얇은 누더기 하나뿐, 신발도 없어 흙과 돌에 치인 발은 생채기투성이였고, 오랫동안 씻지 못한 얼굴은 땟국물로 이목구비를 알아보기 힘들 지경이었다.

아벨라는 그걸 아는지 모르는지 오로지 마티어스만 생각하며 내리는 비를 그대로 맞았다. 그러나 그것이 문제였을까. 두통이 스멀스멀 밀려왔다. 미약한 두통이라 치부하고 런던으로 가는 발걸음을 늦추지 않았는데 어느 순간 버틸 수 없는 지경에까지 이르렀다. 아벨라는 잠시 쉴 곳을 찾다가 썩은 나무 기둥 안으로 몸을 피했다.

폭우는 천둥 번개를 동반해 하늘까지 가려 버렸다. 빛이 없는 세상은 무서웠다. 아벨라는 나무 기둥 속에서 바들바들 떨었다. 몸의 체온이 점점 떨어지고 있었다.

"하필이면 이런 때에."

들판에서 온기를 찾기란 어려운 일이다. 하물며 세상을 집어삼킬 듯 쏟아지는 폭우 속에선 더욱이 힘든 일이었다. 아벨라는 두 팔로 있는 힘껏 자신의 몸을 감싼 후 덜덜 떨리는 몸을 진정시키느라 애를 썼다. 전신에 추위를 이기지 못한 소름이 오소소 돋아났다. 추위를 버텨 보려고 이를 악물었지만 큰 효과는 없었다. 아벨라는 두통과 오한을 견디지 못하고 고개를 아래로 떨궜다.

푸드드드득.

그때 어둠 속에서 새의 날갯짓과 비슷한 소리가 들리더니 이내 정체 모를 무언가가 나무 기둥 안으로 쏙 들어왔다. 그것은 잔뜩 몸을 웅크린 채 힘겨워하는 아벨라의 손등에 가만히 앉더니 끼룩, 하고 이상한 소리를 냈다.

"새?"

보이지 않았지만 손등 위에 느껴지는 건 분명 조류의 두 다리였다.

"너도 비를 피할 곳이 없었나 보구나."

아벨라는 작은 날짐승을 향해 말했다. 새는 아벨라의 손등에서 홀쩍 날아 이번에는 어깨 위로 올라섰다. 그리고 마치 지치고 슬픈 그녀를 위로하듯 한참 '끼리릭, 끽끽' 하고 기이한 소리를 냈다. 새의 소리치곤 듣기 좋은 소리는 아니었지만 어둠 속에 혼자 있을 때보단 한결 위로가 됐다.

"그래. 우리 함께 이 비를 피하도록 하자. 자고 일어나면 비는 그쳐 있을 거야. 그러니까……."

아벨라는 어깨 위의 새에게 죽기 전 아빠가 한 말을 해 주었다.

"그러니까 울지 말고 오늘 밤을 버텨 내야 해. 그러면 난 여왕이 되어 있을 테니까. 눈을 뜨면 이 악몽에서 벗어나 여왕이 되어 있을 테니까 말이야."

아빠는 늘 그 말을 해 주었다. 자장가처럼 따뜻하고 사랑의 고백처럼 달콤한 여왕 이야기. 아벨라는 주문처럼 그 말을 되뇌다가 결국 스르륵 눈을 감았다.


푸드드드득.

수많은 새들이 한꺼번에 하늘로 날아 올라갔다. 쫓아내도 도망가지 않고 주변을 빙빙 도는 그것들은 놀랍게도 수백 마리의 박쥐 떼였다.

"이 흡혈 박쥐새끼들! 대체 이 많은 박쥐들이 어디서 나타난 거야?"

나무 기둥 안을 가득 채우고 있던 건 다름 아닌 흑색의 박쥐들이었다. 긴 나무 막대기를 휘두르며 박쥐를 내쫓는 집시가 연신 놀라운 목소리를 내다가 급기야 비명을 내질렀다.

"으아아악!"

"왜 그래? 무슨 일이야? 또 뭐가 있어?"

"사, 사람이! 사람이 죽어 있어!"

막대기를 휘두르던 집시 뒤로 두 명의 집시가 더 나타났다.

"사람이?"

"나무 기둥 안을 가득 채우고 있던 박쥐 무리를 쫓아내고 나니까 거기에 사람이 죽어 있었어."

집시들이 죽었다는 사람을 향해 고개를 쭉 들이밀었다. 나무 기둥 안쪽에 어린아이처럼 웅크리고 누워 있는 사람이 보였다. 집시 한 명이 나뭇가지를 들어 아벨라를 쿡 찔렀다. 그때까지 날아가지 않고 아벨라의 어깨 위에 앉아 있던 박쥐 한 마리가 사납게 이빨을 드러내며 그들에게 달려들었다. 그 소란스러움에 아벨라가 눈을 떴다. 집시들이 그 모습을 보고 더욱 기겁을 했다.

"어, 어떻게 된 거야? 살아 있잖아! 죽지 않았어!"

집시들의 고함소리에 놀란 아벨라가 황급히 나무 기둥 안으로 바짝 몸을 피했다.

"뭐, 뭐예요. 당신들……?"

낯선 남자가 나무 기둥 앞을 막고 서 있었다. 그것도 세 명이나. 아벨라는 놀라 비명 같은 목소리를 냈다.

"말을 하잖아! 시체가 아니었어?"

"맙소사! 저 몸으로 살아 있단 말이야?"

집시 한 명이 들판을 향해 누군가를 불렀다.

"대모! 대모, 이리 와 봐요! 여기 이상한 일이 있어요! 어서요!"

늙은 노파 한 명이 그들 사이로 모습을 드러냈다. 팔과 목에 크고 작은 액세서리를 주렁주렁 달고 있는 노파는 자초지종을 듣고 나서 나무 기둥 안에 숨어 있는 아벨라를 차근히 뜯어보았다.

"썩은 나무 기둥 속에 사람이 있었군. 거지가 분명한데. 남자야, 여자야?"

노파가 나무 기둥 안을 보다 자세히 보기 위해 상체를 수그리자 아벨라가 겁에 질려 날카로운 비명을 내질렀다.

"오오. 진정해. 놀라지 마. 여자였구만. 우린 이상한 사람들이 아니야. 침착해요, 아가씨."

노파는 더 이상의 오해가 생기기 전에 자신들이 누군지 설명해 주었다.

"우린 이 지역의 집시들이야. 여기 나무 기둥은 일시적이지만 우리의 숙소였어. 떠나기 전 두고 간 짐이 있어서 그걸 가지러 온 것뿐이야. 안을 살펴봐."

아벨라는 그 말에 기둥 안을 서둘러 살피다가 정말 짐 하나를 발견했다.

"맞아. 그거야. 우리 생필품이 담긴 짐이지. 그런데 어떻게 된 일인지 나무 기둥 안에 박쥐 수백 마리가 있는 거야. 그것들을 내치고 짐을 꺼내려고 했는데 그 안에 아가씨가 있었어."

그제야 상황을 파악한 아벨라는 나무 안에 있던 짐을 꺼내 노파에게 내밀었다.

"죄, 죄송합니다. 용서해 주세요. 침입자가 될 생각은 없었어요.

정말이에요."

아벨라는 겁먹은 표정으로 즉시 엎드려 빌었다.

"임자 있는 곳인지 몰랐어요. 정말이에요. 밤에 비를 피할 곳을 찾다가 이곳에 들어왔는데 잠이 들었나 봐요. 그러니까…… 너무 추워서……."

집시들은 갑자기 용서를 비는 아벨라를 보며 뜨악해했다. 노파는 나무 기둥 입구를 막고 있는 남자 집시들을 뒤로 물러서게 했다. 사람을 보자마자 엎드려 비는 행동이 아벨라의 신분을 짐작케 했기 때문이다.

"침입자라니. 그런 매몰찬 말은 도시에 사는 사람들이나 하는 말이야. 비를 피하기 위해 들어왔었다면 우리의 친구인 것을."

노파는 주름진 손으로 아벨라를 일으켜 세워 나무 기둥에서 나오게 했다. 아벨라는 불안한 눈동자를 한참 굴리더니 노파의 손을 잡고 그곳에서 걸어 나왔다. 노파가 어깨에 걸치고 있던 자신의 낡은 망토를 아벨라의 어깨에 걸쳐 주었다. 그녀가 흠칫했다. 그 모습이 사람의 손길에 익숙지 않은 것처럼 보였다.

"괜찮아. 몸이 얼음장 같구나. 밤새 폭우로 인해 기온이 많이 내려갔는데 용케 잘 버텼어. 자, 다들! 어서 뜨거운 물과 모포를 가져와. 어서어서. 이대로 두다간 아가씨가 얼어 죽겠어."

노파의 말에 집시들이 빠르게 움직였다. 노파는 아벨라를 부축해 작은 불을 피운 곳에 앉게 했다. 아벨라는 거부하지 않았다. 기진한 몸은 그럴 여력이 없었다.

"아가씨. 어디 다친 데나 아픈 곳은 없어?"

아벨라는 고개를 저었다.

"추워요. 무섭고 많이 추웠어요."

"그래. 그래. 이제 걱정 마. 우리가 발견했으니까."

노파는 아벨라의 목을 확인했다.

"다행히 문제는 없는 것 같군."

"무슨 문제요?"

"동굴에 사는 저것들이 해가 뜬 아침에도 무리를 지어 나왔다는 건 나름대로 문제가 있기 때문이거든. 수십 마리도 아니고 수백 마리잖아. 그런데 저것들이 아가씨와 밤새 나무 기둥 속에 있었다니 의아하고 이상해서 말이야."

아벨라는 노파가 가리키는 박쥐를 보았다. 나무 주변을 낮게 날고 있는 박쥐 떼들. 그 수는 어마어마했다.

"수가 너무 많아. 끔찍할 정도로. 저것들은 그냥 박쥐도 아니고 흡혈박쥐야."

노파는 박쥐 떼를 노려보았다. 아벨라는 박쥐를 처음 보았다. 날개가 달린 검은색의 박쥐들은 그녀의 시선이 머물자 묘하게도 소리를 죽이고 조용한 비행을 했다.

"이곳을 빨리 떠야겠어. 우리 말고 아가씨 말이야."

"저요?"

"박쥐가 아가씨 몸 위에 앉아 있었어. 전신을 틈 없이 덮고 있었지. 이유는 모르지만 이유가 있을 거야. 짐작이지만 먹으려고 했던 게 아닐까?"

아벨라는 노파의 말을 이해하지 못했다.

"박쥐가 사람도 먹어요?"

"박쥐의 모습을 한 뱀파이어가 사람을 먹지. 생명의 기원인 인간의 피를 말이야."

"피를요?"

"믿지 못하겠지만 사실이야. 우리 집시들은 불행하게도 그들의 역사를 잘 알고 있어."

마침 다른 집시가 뜨거운 물을 가져와 아벨라에게 건네주었다. 아벨라는 오랜만에 느끼는 온기를 반기며 컵 안의 물을 호오, 호오 불어 마셨다. 그 모습이 어린아이처럼 착하고 순수해 보여 노파는 그녀를 더욱 챙겼다.

"행색은 우리와 비슷한데 무리가 없는 걸 보니 떠돌이야?"

아벨라는 가만히 고개를 끄덕였다.

"문제가 생겨 아빠를 잃어버렸어요. 아빠를 만나러 가기 위해 길을 나섰다가 길도 잃어버렸구요. 몰골이 이러다 보니 번번이 마을에서 쫓겨나서 도움을 구할 수도 없었어요."

"발목의 족쇄는?"

아벨라는 두 발을 움츠렸다.

"귀족의 저택에 잘못 들어갔다가 그만……."

노파는 뒷말은 듣지 않아도 알겠다는 표정을 지었다.

"큰 곤욕을 치렀겠구나. 듣지 않아도 알겠어. 족쇄를 보고 도망친 하녀이거나 노예인 줄 알았는데 그게 아니라니 다행이야. 아들들아, 이리 와 아가씨 발목에 있는 이 흉측한 것 좀 떼어 내거라."

노파가 저 멀리 있는 집시들에게 말하자 사내 둘이 즉시 도구들을 들고 왔다. 족쇄가 얼마나 튼튼한지 두 명이 그것을 풀어내는 데도 시간이 한참 걸렸다.

"아가씨는 이제 어디로 가? 우리는 바로 떠날 생각인데."

"여기가 어딘지 모르겠어요. 이곳이 어디예요?"

"가고 싶은 곳이 있어?"

"런던이요."

"도시는 우리가 가는 곳은 아니야. 하지만 우리 목적지는 그 방향과 비슷해. 어때? 근처까진 함께 가도 좋은데 태워 줄까?"

"정말요? 그래도 돼요?"

"물론이지."

아벨라는 기쁜 마음에 펄쩍 뛰며 노파를 바라봤다.

"고마워요. 정말 고맙습니다."

"그 전에 몸은 좀 씻고 출발해야겠다. 이유는 알지?"

아벨라는 부끄러움에 슬그머니 고개를 숙였다. 코를 찌르는 악취가 몸에 배어 있다는 걸 알고 있기 때문이다.

"우리는 세속적인 걸 즐기지 않아. 돈이 없다는 얘기지. 그래서 아가씨에게 새 옷을 사 줄 수는 없어."

"전 그런 걸 바라지 않아요."

"걱정하지 마. 대신 이곳 어디에서 몸을 씻어야 하는지는 잘 알고 있으니까. 우린 어느 지역에 뭐가 있고 누가 살며 어떤 역사를 가지고 있는지 알고 있거든. 날이 가물 때 어디서 물을 길어 와야 하는지 알고 민둥산 어디에서 나무가 자라고 있는지를 안다는 말이야."

노파는 인자하게 웃었다.

"몸을 씻고 입은 옷을 빨면 몰골도 나아지겠지. 지금 몰골은 딱 부랑자야."

노파는 아벨라를 마차로 안내했다. 아벨라는 떠나는 마차 안에서 여전히 나무 주변을 맴도는 박쥐들을 바라보았다. 정말 많은 수였다.

"할머니. 박쥐가 제 몸을 덮고 있었다고 했죠?"

"온몸에 개미 떼처럼 달라붙어 있었다는구나. 상상만 해도 징그럽고 흉측해."

"정말 저를 먹으려고 했던 걸까요?"

"포유동물로서 유일하게 날개가 있는 게 저것들이야. 이빨을 가지고 있고 사람처럼 새끼를 낳지. 수가 많았으니 물고 뜯었다면 넌 정말 죽었을 거야."

먹으려고 달려든 건 아닐 것이다. 그랬다면 이미 밤새 먹혔을 테니까. 그럼 이유는 단 한 가지. 아벨라는 멀어지는 박쥐 떼를 바라보며 속으로 중얼거렸다.

'날 도와준 거야. 추위를 이겨 내라고 온기를 나눠 준 거야.'

아벨라는 마음으로나마 나무 위를 비행하는 박쥐 떼에게 고마움을 전했다. 박쥐 떼는 그런 아벨라의 마음을 느꼈는지 두 번 더 나무 주변을 비행하다가 어딘가로 사라져 버렸다. 박쥐들이 간 곳은 어디일까.

아벨라는 사라진 박쥐들을 바라보며 그곳을 떠났다.

런던으로 다시 돌아왔다.

얼마 만에 되돌아온 건지 가늠할 수 없었다. 집시 무리는 그사이 정이 들었는지 아벨라를 런던까지 데려다주었다. 그들의 일정에서 벗어난 배려였다.

"자신감을 가져. 도시가 아무리 화려하다 해도 정신만 바짝 차리면 별일 없을 테니까."

"그럴게요."

"늘 아가씨의 머리카락이 눈에 밟혔어. 어쩌다 이렇게 됐는지는 모르지만 그것도 다 사연이 있는 거겠지? 이걸 쓰도록 해. 한결 나을 거야."

노파는 자신의 목에 두른 스카프를 그녀의 머리에 예쁘게 씌워 주었다.

"새 머리카락이 날 때까지 두르고 있어. 자칫 나쁜 사람들이 아가씨의 이런 단점조차 물고 늘어질 수 있으니 될 수 있으면 잘 숨기고. 알겠지?"

아벨라는 고마움에 그저 고개만 끄덕거렸다.

"단정하게 차리니 이제 좀 사람다워 보이는구나. 어쩌면 폭우가 내리던 날, 박쥐들이 아가씨를 덮친 건 우리가 보지 못하는 아름다움을 보았기 때문일지도 모르겠어. 짐승도 보는 눈이 있거든."

노파의 칭찬이 거짓말이라는 걸 알지만 아벨라는 수줍게 고개를 숙였다.

"큰 신세를 졌는데 감사의 표시를 할 게 없어서 어떡해요? 보름 동안 먹을 거 입을 거 전부 공짜로 받았는데. 그것도 마차의 상석에 편히 앉아서요."

"음식이 넉넉지 못해서 배불리 먹지 못했잖아. 더구나 아가씨가 먹은 건 이 늙은이의 하루 식사량도 되지 않는 소량이었어."

노파는 아벨라에게 축복의 기도를 해 주었다. 알아들을 수 없는 언어였으나 모두 그녀를 위한 것임을 느꼈다.

"오래 굶고 산 사람들은 종종 먹는 법을 잊기도 한다고 하더구나. 그래도 억지로라도 음식을 먹어야 해. 자신이 심하게 마른 걸 알고 있지?"

"네."

"지금처럼 새 모이 먹듯 하지 마. 먹고사는 게 쉽지 않은 세상이지만 아빠를 찾으려면 잘 먹고 몸이 튼튼해야 돼."

"명심할게요. 아참, 아빠를 찾고 나면 만나러 가도 돼요? 그동안 저에게 이런 호의를 베풀어 준 사람은 아무도 없었어요. 신세를 갚고 싶어요."

"우린 집시야. 세상을 떠돌지. 인연이 되면 만나게 될 거다. 자, 이건 선물."

노파는 낡은 신발 한 켤레를 내밀었다.

"처음 만난 날부터 계속해서 맨발로 다닌 게 마음에 쓰였어. 발이 이미 상처투성이지만 여긴 도심이라 맨발로 다녔다가는 사람들의 조롱을 받을 거야. 새 신발은 아니지만 이거라도 신고 다니도록 해."

아벨라는 울컥하는 마음에 노파를 와락 안았다.

"고마워요. 이 따뜻함, 결코 잊지 못할 거예요."

노파는 진저리를 쳤다. 아벨라는 아차 싶어 뒤로 물러섰지만 이미 늦은 후였다. 이유를 알 수 없지만 아벨라는 갑자기 차가운 몸의 소유자가 되어 있었다. 머리부터 발끝까지 온몸이 얼음장이다. 그 사실을 알게 된 건 불과 며칠 전, 집시들과 지내면서였다.

"죄송해요. 제 몸이 차가운 걸 또 깜박했어요."

멋쩍게 웃는 그녀를 보며 노파도 이 빠진 입을 벌리고 웃었다. 그래도 포옹의 한파가 아직 남았는지 노파는 마차에 오르며 몇 번 더 어깨를 떨었다.

"잘 가요, 할머니."

마차가 출발했다. 인파 속으로 사라지는 마차를 바라보며 아벨라는 천천히 뒤돌아섰다. 행색은 여전히 초라했지만 과거처럼 기가 죽어 있진 않았다.

가끔 눈이 마주친 행인이 형편없게 마른 그녀를 보며 눈살을 찌푸리긴 했지만 그 이상의 반응은 보이지 않았다. 그만큼 무관심한 사람들이었지만 아벨라는 그 무관심을 기뻐하며 서둘러 항구 쪽의 선술집으로 향했다.

항구 주변을 돌아 몇 시간을 헤맨 뒤 드디어 그곳을 찾아냈다. 아빠와 묵었던 선술집을.

"여기야. 이곳이 분명해."

선술집은 달라진 게 없었다. 기억 속 그대로였다. 아벨라는 그날의 기억이 되살아나 두려움을 느꼈지만, 용기를 내 낡은 나무문을 열고 안으로 들어갔다. 선술집 주인은 밤새 영업으로 지저분해진 가게를 정리 중이었다.

"누구쇼? 아직 가게 문 열지도 않았는데."

그가 갑자기 들이닥친 아벨라를 보고 의아한 눈을 했다. 차림새는 이곳 항구에 사는 사람들과 비슷한 초라한 행색이었기 때문에 특별한 건 없어 보였으나 너무 마른 몸이라서 시선이 갔다. 아벨라는 그를 보고 놀라움과 충격을 동시에 받았다.

'어, 어떻게 이런 일이. 주인도 그대로야. 선술집만 그대로인 게 아니었어.'

시간은 그녀에게만 변화를 준 모양이다. 이곳은 아무것도 변한 게 없었다. 변한 건 자신뿐, 모든 게 그대로였다.

"궁금한 게 있어요! 하루 전! 아니, 며칠 전! 아니, 날짜는 중요하지 않아요. 여기 이 층에 어린 딸과 함께 묵었던 손님 기억나죠? 방값을 못 내서 굶주리다가 다리가 잘린 채 돌아온 남자 말이에요."

"갑자기 그게 무슨 소리요?"

"그 남자의 시신은 어떻게 됐어요? 경찰이 처리했나요? 장례는요? 혹시 무덤이 어디 있는지 알 수 있어요?"

주인은 속사포처럼 쏟아 내는 아벨라의 말을 전혀 알아듣지 못하는 얼굴을 했다. 답답한 아벨라가 참지 못하고 무작정 이 층 계단으로 뛰어 올라갔다.

"어어? 이봐요! 거긴 왜 올라가는 거야?"

주인은 깜짝 놀라 그녀를 후다닥 뒤따라 왔다.

"이봐요! 아가씨! 대체 뭘 하는 거요? 여긴 손님들이 자고 있는 곳이오!"

"알아요! 나도 여기에 묵었던 손님이에요. 내가 기억 안 나요? 꽃을 팔아서 밀린 방세를 지불하던 열한 살짜리 여자아이를 못 알아보겠어요? 내가 바로 그 아이예요!"

주인은 기가 막혀 했다. 그는 아벨라를 막아선 채 황당한 표정을 감추지 못했다.

"허참. 이 아가씨 보게. 지금 자신을 열한 살짜리 아이라고 하는 거요? 그래서 나보고 옛날 일을 기억해 내라고?"

"제발! 그날 죽은 사람이 바로 내 아빠예요. 살인사건이 일어나서 여기 선술집 장사에 큰 방해가 됐다는 건 알지만 부디 알려 주세요. 그의 시신이 어떻게 됐는지를요."

아벨라의 간곡한 요청에 주인은 그녀의 전신을 쭈욱 훑었다.

"그러니까 아가씨 말은 여기 내 집에서 살인사건이 일어나서 사람이 죽었는데 그 사람이 바로 아가씨의 아버지다?"

"맞아요."

"근데 내 집에 묵은 건 어제도 아니고 그제도 아닌 열한 살 때라고?"

주인은 기가 막힌 얼굴로 뭐 이런 게 다 있냐는 표정을 지었다.

"이거 미친 여자 아니야? 멀쩡히 장사하는 집에 와서 갑자기 살인사건이 나지 않았냐니 무슨 얼토당토않은 말이야? 누구 장사 망하게 할 일 있어? 우리 집에선 그런 일 없었으니까 당장 나가!"

문도 안 연 아침부터 알지도 못하는 여자가 들이닥친 게 이상하다고 생각했다. 그런데 다른 것도 아니고 있지도 않은 살인사건이 이곳에서 일어났다고 하다니 주인은 기분이 나빠져 당장 나가라고 소리쳤다.

"내 말 안 들려? 어서 나가지 못해?"

"그런 일이 없었다뇨! 분명 이곳에서 살인이……!"

"이게 아직도!"

주인은 그녀를 쫓아낼 빗자루를 찾았다. 아벨라는 신경질적으로 반응하는 그를 멍하니 바라보며 다시금 충격을 받았다. 항구도 그대로고 선술집도 그대로고 주인도 그대로다. 그런데 살인사건만 없었다는 반응을 어떻게 받아들여야 할지 알 수 없었다.

'앞뒤가 맞지 않아. 아빠는 분명 이곳에서 마티어스에게 목이 잘려 죽었어! 그런데 왜!'

그녀는 곧장 주인을 밀쳐 내고 자신이 묵었던 방의 문을 확 열어젖혔다. 무례하고 뻔뻔스럽다는 걸 알지만 직접 확인하지 않고서는 믿을 수 없어 그랬다.

그런데.

닫힌 문을 열자 그곳은 오랫동안 사용하지 않은 듯 뿌연 먼지가 바닥에 수북이 쌓여 있었다. 매트도 없는 침대는 다리 한쪽이 부러진 채 벽에 세워져 있었고 창문은 실타래처럼 거미줄이 반 이상 내려와 빛을 가리고 있었다. 믿을 수 없었다. 그날의 아수라장을 누군가 치웠다고 하기엔 쌓여 있는 먼지들이 너무나도 안정적이었다.

"어떻게 이런 일이. 아빠는 분명 여기서 살해당했어. 그런데 어떻게 여긴 이렇게 멀쩡할 수가 있는 거지?"

"이 방은 손님을 안 받은 지 오래됐어. 보고도 몰라? 수북이 쌓인 이 먼지들이 안 보이냐구!"

"그럴 리 없어요! 아빠는 여기서 살해당했어요! 분명 이 방이 맞다구요! 당신! 내 아빠의 시신을 어떻게 한 거야? 설마 살인자들과 한패인 거야? 그들과 한패지? 그렇지?"

"이 여자 진짜 안 되겠구만! 멱살을 잡고 내쫓아야 그만둘 거야? 이리 나와! 나오라구!"

주인은 아벨라의 뒷덜미를 잡아채 험악하게 끌어냈다. 아벨라는 반항했지만 완강한 힘에 밀려 그대로 밖으로 쫓겨났다. 정녕 아무 일도 없었던 것인가. 그 어떤 일도? 흙바닥에 내동댕이쳐진 아벨라는 무릎걸음으로 걸어가 닫힌 선술집의 문을 미친 듯이 두들겼다.

혼돈이 그녀의 이성을 집어삼켰다. 선술집도 그대로고 주인도 그대로인데 오직 그날의 일만 없었던 일이라니 혼란이 밀려와 흥분하지 않을 수 없었다. 그때 문이 벌컥 열리고 주인이 양동이에 가득찬 물을 확 뿌렸다.

좌아아악.

"걸레 빤 더러운 물이다. 물벼락을 맞았으니 이제 정신 좀 차려, 이 미친 여자야. 또 소란 피우면 그땐 매질을 할 테니 알아서 해. 알겠어?"

주인은 재수 없다며 아벨라의 얼굴을 향해 양동이를 휘둘러 보이는 위협을 가하더니 다시 문을 닫았다.

콰앙.

부서져라 닫힌 문 앞에서 아벨라는 두 눈만 껌뻑거렸다. 선술집 주변에서 무료하게 시간을 보내던 사람들의 비웃음 소리가 등 뒤에서 들려왔다. 아벨라는 물벼락에 정말 정신을 차렸는지 떨리는 두 손을 꾹 움켜쥔 채 자리에서 일어났다. 상황을 지켜보고 있던 누군가가 그녀에게 끈적한 농담을 날렸다.

"아가씨. 옷 말릴 곳이 없다면 이리로 와. 내 방 침대서 아주 바짝 말려 줄게."

"그건 안 되지. 저 녀석 집엔 마누라가 있어서 머리채 잡히기 십상이야. 걸레 빤 물을 뒤집어쓴 널 받아 주는 놈은 아무도 없을 테니 편하게 나한테 오는 게 나아. 우리 집엔 빵도 있어. 어때? 하룻밤 같이 있는 건? 응?"

아벨라는 농담을 날리며 추근거리는 사내들을 더 이상 견디지 못하고 그 동네를 뛰쳐나왔다.

젖은 옷차림으로 내달린 아벨라는 또다시 부랑자가 되어 갔다. 음탕한 사내들을 피해 숨을 곳을 찾다가 어두운 다리 밑으로 들어갔고 빛 한 점 들지 않는 그 어둠 속에서 더러운 쥐들과 며칠을 보냈다.

"목말라."

배는 고프지 않았으나 가끔 목이 말랐다. 그러나 낮에 물을 마시기 위해 밖으로 나갔다가 질 나쁜 사내들의 희롱을 받은 뒤론 밖으로 나가기가 꺼려졌다.

"사람들은 이기적이야. 단순히 내가 더럽다는 이유로 물조차 함께 나눠 마시길 거부해. 분수대의 물은 넘치도록 흐르는데도."

도심엔 비가 자주 왔고 비가 오면 다리 아래엔 쥐들이 더 들끓었다. 웅크리고 앉아 있는 아벨라의 근처를 오고 가는 수많은 녀석들의 소리. 그것은 불결한 하수도의 실제 모습이었고 아벨라가 인식해야 할 현실이었다.

그러나 다행스럽게도 쥐들은 그녀의 등을 타고 오르거나 연약한 다리를 물어뜯지 않았다. 오히려 아벨라를 피해 비켜 다녔다. 이해할 수 없었지만 이해해야 할 일도 아니었다. 덕분에 보다 편히 숨어 있을 수 있어 다행일 뿐이었다.

안개가 낀 새벽에 분수대의 물을 몰래 마시고 돌아가는 도중 아벨라는 길에 버려진 옷 한 벌을 발견했다. 주변을 둘러봤지만 옷의 주인은 보이지 않았다. 주인은커녕 사람의 그림자도 없었다. 옷은 누군가 일부러 버리기라도 한 듯 깨끗한 상태였다.

아벨라는 지나가던 걸음을 멈추고 다시 돌아와 그 옷을 주워 손에 쥐었다. 그리고 다리 아래에서 갈아입었다. 언제까지 숨어 지낼 수는 없었다. 아벨라는 집시 노파가 주었던 스카프로 머리를 단정히 감싸고 넝마 옷으로 얼굴을 대충 문질러 닦은 뒤 다리 아래에서의 생활을 끝냈다.

그 시각.

옷의 주인인 테라는 집으로 돌아가려다가 자신의 옷이 사라진 걸 뒤늦게 알았다.

"어떻게 된 거야? 내 옷이 어디로 갔지?"

그녀는 후작 댁의 하녀로 새벽에 저택을 몰래 빠져나와 남자친구의 집에서 머물고 있던 참이었다. 사랑을 나눈 후 다시 돌아가기 위해 의복을 찾던 테라는 아연실색해졌다. 있어야 할 옷이 보이지 않았기 때문이다.

"그만 퍼질러 누워 있고 당장 나와서 내 옷 좀 찾아봐. 나 목 날아가기 전에."

테라와 사랑을 나누던 남자가 그녀의 날이 선 목소리에 게슴츠레 눈을 떴다.

"왜 그래? 옷이 뭐 어쨌다구."

"옷이 없어졌다구! 내 옷! 하녀복 말이야!"

테라의 성화에 남자가 밖으로 나와 옷을 찾았지만 아무것도 발견하지 못했다.

"정말 어떻게 된 거지? 하녀 옷인 걸 뻔히 알면서 누가 가져갈 리도 없을 텐데."

"이게 다 너 때문이야. 그러게 뭐가 급하다고 밖에서부터 옷을 벗긴 거야? 이제 어떡할래?"

"어떡하긴 뭘? 이렇게 된 이상 한 번 더 하고 가면 되지. 아직 해도 뜨지 않았어."

남자가 능글맞게 테라의 맨가슴을 움켜쥐었다. 테라가 신경질을 내며 그 손을 탁 쳐 냈다.

"멍청한 놈아. 옷을 잃어버린 걸 알면 마귀 같은 하녀장이 가만 놔둘 것 같아? 몇 달 동안 외출 금지령이 내려질 거 아냐! 그렇게 되면 앞으로 날 못 만나게 될 텐데 이런 상황에서 그 짓이 또 하고 싶어?"

테라의 따끔한 말에 남자가 멍청하게 웃어 보였다.

"그럼 어떻게 해?"

"뭘 어떡해? 당장 저택으로 돌아가서 자고 있는 다른 하녀의 옷이라도 훔쳐 입어야지. 안 그러면 채찍질을 당할 텐데."

"하지만 옷도 없이 어떻게 돌아가려고?"

"그러니까 집에 들어가서 당장 걸칠 걸 찾아 가지고 나오란 말이야. 멍청하게 서 있지 말고!"

남자는 테라의 고함소리에 서둘러 집으로 돌아가 입을 것을 찾았으나 마땅한 것을 가지고 나오진 못했다. 가난한 자들은 남녀노소 단벌 신사니 넉넉한 여분의 옷이 있을 리가 없다. 그래서 남자가 가지고 나온 것은 테이블 위를 덮고 있던 낡은 식탁보.

테라는 참지 못하고 욕지거리를 내뱉었다.

"이 가난뱅이 새끼!"

음식물 찌꺼기가 붙은 지저분한 식탁보를 몸에 두르며 테라는 이를 바드득 갈았다. 당장은 어쩔 도리가 없었다. 채찍질을 맛보지 않으려면 이거라도 감지덕지하며 서둘러 돌아갈 수밖에. 테라는 자신의 옷을 가져간 사람을 한껏 욕하며 저택으로 돌아갔다.


아벨라는 도심을 걸었다. 처음 런던에 도착했던 날, 아빠와 함께 걸었던 길을 종일 반복해서 걷고 또 걸었다.

"잊어선 안 돼. 하나도 빠트리지 말고 전부 기억해 둬야 해."

그래야 잘못된 실타래를 풀 수 있다고 생각했다. 모든 일을 잊지 않고 있어야 이 혼란을 벗어날 수 있다고 믿었다.

길을 걷는 중에 작은 성당을 발견했다. 아벨라는 성당으로 들어가 가만히 무릎을 꿇었다. 아는 이 하나 없는 낯선 이곳에서 의지할 수 있는 건 신뿐이었다. 이 두려운 현실을 헤쳐 나갈 힘을 신이 주길 바랐다.

"신이시여."

아벨라는 두 손을 모으고 무릎을 꿇은 채 진심으로 기도했다.

"전 하루아침에 어른이 됐어요. 눈을 떠 보니 아빠는 사라지고 런던이 아닌 곳에 제가 있었어요. 제가 그 먼 거리를 어떻게 걸어간 걸까요? 그날 밤 제게 무슨 일이 일어난 걸까요? 전 앞으로 어떻게 되는 거죠?"

그동안 겪었던 일들이 떠올라 감정이 복받쳤다. 아벨라는 고개를 떨군 채 눈물을 흘리기 시작했다. 흐르는 눈물이 얼마나 많은지 가슴팍을 흠뻑 적시고도 남았다. 그만큼 간절하고 절실한 마음이란 걸 누가 알까. 그때 기도하고 있는 그녀의 머리맡에 그림자가 하나 나타났다.

"어라? 여기서 뭘 하고 있는 거야? 지금 한창 아침 준비하느라 바쁠 시간인데?"

낯선 남자의 목소리에 아벨라는 흐르는 눈물을 닦지도 못하고 고개를 들었다. 고개를 들자 우락부락한 체구의 중년 사내가 그녀를 물끄러미 내려다보고 있었다. 아벨라는 깜짝 놀라 자리에서 벌떡 일어섰다.

"여기서 뭘 하고 있어?"

"그, 그게 기도를."

"기도? 농땡이 치고 싶어 성당으로 숨어든 게 아니고?"

"아니에요. 기도 중이었어요. 정말이에요."

사내는 의구심 어린 눈길을 거두지 않았다.

"승낙은 받은 거야? 윗선에 보고는 했냐구."

아벨라는 사내의 말을 알아듣지 못했다. 기도를 하는데도 누구의 승낙이 필요한 것인가? 신부의 허락? 아니면 성당도 따로 주인이 있는 건가? 아벨라는 사내의 딱딱한 말투에 자신이 뭔가 실수했나 싶어 얼른 사과했다.

"승낙도 받지 않고 기도를 해서 죄송해요. 아버지를 위해 기도하고 있었어요. 급한 마음에 그만……"

사내는 연신 고개 숙여 사과하는 아벨라를 보고 갑자기 픽, 하고 웃었다.

"이거 참. 후작 댁 하녀장이 툭하면 하녀들에게 매질을 한다더니 정말인가 보군. 왜 그렇게 바들바들 떨어? 내가 뭘 어떻게 한대?"

사내는 아벨라에게 눈가에 매달린 눈물이나 먼저 닦으라고 말했다.

"하녀장에게 승낙을 받지 않고 몰래 나온 거라면 걱정 마. 내가 마침 그쪽으로 가는 길이니 태워 줄게."

"어디로요?"

"하녀가 일하러 가야지 어딜 가겠어?"

"하, 하녀요?"

"말장난할 시간 없어. 어서 타. 나랑 함께 가면 일하다 온 줄 알고 아무도 뭐라 안 할 테니 몰래 나온 걸 들키지 않을 거야."

사내는 성당 앞에 세워 둔 마차에 올라타며 아벨라를 재촉했다.

"아버지를 위해 기도하는 착한 여자를 하녀장에게 고자질할 마음은 없어. 그렇지만 후작 댁의 하녀복을 입고 성당에 오지는 마. 딱 봐도 그 집 하녀들만 입는 의복인 걸 아는데 다른 사람이 봤다면 넌 바로 끌려가 매질을 당했을 거야."

"하녀의 의복?"

"그래. 지금 입고 있는 그 옷 말이야. 그러니 다음에 기도하러 나올 땐 숄이라도 두르라고. 이 순진한 아가씨야."

이럴 수가!

아벨라는 그제야 자신이 분수대에서 주워 입은 옷이 후작 댁에서만 입는 하녀의 의복이란 걸 알고 할 말을 잃었다.

사내는 후작 댁에 고기를 납품하는 푸줏간 주인이었다. 이름은 조프리로 나이는 오십이 된 중년이다. 그는 자신의 집에서 도축해 온 고기가 드디어 일등품으로 판정이 나 후작 댁에 주 1회에 납품하던 걸 2회로 늘렸다며 들떠 있었다. 조프리는 마차에 싣고 온 생고기 한 덩이를 아벨라에게 덥석 안겨 주었다. 갑작스러운 무게감에 아벨라가 옆으로 휘청거렸다.

"부엌으로 가지고 들어가. 난 나머지를 가지고 갈 테니까."

"네? 아, 네."

"왜 늦었냐고 하면 마차 바퀴가 진흙에 빠져서 늦었다고 말해. 그 정도 거짓말은 할 줄 알지?"

아벨라는 어설프게 고개를 끄덕이며 부엌 안으로 들어갔다. 친절한 사람이었다. 아벨라는 조프리에게 고맙다는 인사도 못 한 채 무거운 고깃덩이를 안고 안으로 들어갔다. 다행히 음식을 만드느라 바쁜 하녀들은 아무도 그녀에게 관심을 주지 않았다.

"거기!"

뜨거운 솥 앞에 서 있던 테라가 아벨라에게 앙칼지게 소리쳤다. 그녀는 손에 든 국자를 위협스럽게 흔들어 댔다.

"왜 이렇게 늦었어? 얼마나 기다렸는지 알아?"

"그, 그게 마차 바퀴가 진흙에 빠져서."

"그럼 더 서둘렀어야지! 오늘 아침 메뉴는 고기 스튜라고 몇 번을 말했어? 당장 손질해서 이리 가져와."

테라의 사나운 말투에 아벨라는 고기를 들고 손질할 곳을 찾았다.

그 모습을 본 테라가 답답한지 다른 사람에게 대신 일을 시켰다. 낯선 하녀가 아벨라가 들고 있는 고기를 얼른 받아 가지고 나갔다. 손에 들고 있던 고깃덩어리가 사라지자 아벨라는 뭘 해야 할지 몰라 그저 멀뚱히 서 있게 되었다.

"비켜! 거기서 뭘 하는 거야?"

누군가가 그녀를 밀치며 소리쳤다.

"감자! 감자가 부족해. 손질해 놓은 감자 없어?"

"정신들 차려. 오늘 아침엔 왜들 이렇게 우왕좌왕이야? 벌써 여덟 시야. 후작님의 식사가 조금이라도 늦으면 굶어야 한다는 거 몰라? 일들 이렇게 할래?"

열 명이 넘는 하녀들이 각자 맡은 아침 준비를 하며 소란스럽게 난리를 쳤다. 그때 테라가 마른 수건을 아벨라에게 던졌다.

"멍청하게 서 있지 말고 접시라도 닦아. 얼룩 남기면 어떻게 되는지 알지?"

테라의 말에 아벨라는 허리만큼 높이 쌓여 있는 접시들을 닦기 시작했다. 생전 처음 하는 일이라 서툴고 불안했지만 테라가 말한 대로 얼룩을 남기지 않기 위해 노력했다. 그녀가 닦은 접시 위에 음식이 담기기 시작했다. 그 일도 얼마나 부산스럽게 진행되는지 하녀들은 서로를 향해 주의를 주고 비난을 하며 제대로 음식을 담으라고 잔소리를 퍼부었다.

"자. 후작님께서 식사를 하러 오셨다. 다들 식당으로 이동들 해."

주방장의 말에 하녀들이 앞치마에 두 손을 깨끗이 닦은 뒤 음식이 든 접시를 들고 제각기 부엌을 나갔다.

하녀들은 복도까지만 음식을 나른다. 나머진 그 앞에서 대기하고 있는 주방장들이 접시를 받아 최종적으로 음식 상태와 모양을 확인한 뒤 집사에게 건넨다. 귀족이 식사하는 곳에는 집사와 지정된 주방장이 아니면 들어갈 수 없기 때문이다.

그사이 나머지는 모두 전원 기립 상태로 부엌에서 대기한다. 중간에 음식이 맛이 없다고 물리거나, 다른 걸 주문하는 경우가 종종 있기 때문이다. 다행히 오늘은 특별한 문제가 없는 듯 조용히 식사 시간이 흘러갔다.

"식사가 끝나셨다는구나. 다들 주방 정리한 후 아침식사들 해."

주방장의 말에 다들 안도의 한숨을 내쉬었다. 이제 겨우 아침인데 삼시 세끼를 만든 것처럼 온몸이 피곤하다는 누군가의 말이 이어졌다.

"이거 다 정리하다 보면 또 점심 식사 시간이 돌아올 텐데. 어휴, 오늘도 그냥 스튜나 만들어 먹자."

"오늘도 스튜야? 일주일 내내 스튜만 먹다니 이러다 쓰러지겠어."

"바쁜 걸 어떡해? 다들 틈틈이 빵이라도 열심히 먹어서 허기를 달래도록 해."

테라의 말에 너 나 할 것 없이 다들 불만을 토로했다.

"후작 댁 하녀라고 해서 다들 굶고 살진 않을 거라고 부러워했는데 실상은 빵 하나 넉넉하게 먹기 힘드니."

"그래도 우리처럼 운 좋은 하녀들도 없지 않니? 난 파티가 있는 날은 아침부터 신나 죽겠어. 고급 샴페인과 달콤한 케이크. 넘쳐 나는 고기들을 전부 먹을 수 있잖아."

"남이 먹다 남긴 건데도?"

"입도 안 대고 버리는 게 얼마나 많은데? 그 정도면 차려 놓은 산해진미지."

누군가가 앞치마를 다시 동여매고 설거지를 하기 시작했다. 그 앞에 서 있던 아벨라는 자연스럽게 설거지를 돕게 됐다. 아침식사만 한 것치곤 방대한 양의 접시가 줄줄이 설거지통에 쌓였다.

"이게 고작 한 명이 먹은 거라니."

하녀 세 명이 달라붙어 통에 물을 받고 접시를 씻고 닦았다. 마지막으로 테라가 마른 수건으로 접시를 닦아 내려놓자 그들 손에 식은 스튜가 한 그릇씩 놓였다. 하녀들은 부엌 안에서 각자 앉을 곳을 찾아 스튜를 먹었다.

"떠먹을 것도 없는데 숟가락은 왜 주는 거야?"

누군가 투덜댔다. 그러고 보니 아벨라에게 주어진 스튜 그릇 안에도 건더기는 보이지 않았다. 단시간 안에 만들기 위해 건더기는 일부러 뺀 것이다. 아벨라는 스튜에 손을 대지 않았다.

"그거 안 먹을 거니?"

테라가 대답도 듣지 않고 아벨라의 스튜 그릇을 빼앗아 갔다. 한 그릇이라도 더 먹어야 버틸 수 있다는 걸 경험으로 터득하고 있는 그녀였다.

"아까 보니 일하는 게 엄청 서툴던데, 배정을 다시 받아야 하는 거 아냐?"

테라는 열심히 숟가락으로 스튜를 떠먹으면서 빠르게 물었다.

"얘, 너 말이야."

아벨라는 테라를 쳐다보았다. 촌스러운 붉은색 머리를 질끈 동여맨 테라는 제법 호리한 몸매를 가진 소유자였다. 그녀는 스튜가 묻은 숟가락으로 아벨라를 가리켰다.

"너. 부엌일해 본 적 없지?"

아벨라는 엉겁결에 어색하게 고개를 끄덕여 보였다. 길에 버려진 옷을 입고 이곳까지 오게 됐다는 사실을 말할 수는 없었기 때문이다.

"일손이 부족해서 다섯 명이 새로 오기로 했었는데 그중 하나가 넌가 보네. 이름이 뭐야? 나이는?"

"이름은 아벨라. 아벨라 모리스예요."

"그래. 아벨라. 난 테라라고 해. 부엌일은 직접 지원한 거니?"

아벨라가 역시나 의미 없이 고개를 끄덕였다.

"내가 이곳 생활 10년 차인 고참으로서 말해 주는데, 부엌일은 생각보다 쉽지 않아. 물론 실내에서 일하기 때문에 겨울엔 춥지 않으니 나름 좋기도 하지. 하지만 우린 사계절 내내 접시 닦고 음식 만드느라 손에 습진이 없어질 날이 없어. 하루 종일 서서 일해야 하고 밥 먹을 때 한 번 앉는 게 다야. 닭도 직접 잡아야 하고 종종 양도 잡아. 털을 벗기고 목을 잘라 내장을 발라낸 뒤 맛있는 부위를 찾아내서 고기를 굽지. 그런 일, 할 수 있겠어?"

"그건."

"칼질은?"

"해 본 적 없어요."

"손을 보니 그런 것 같네. 얼마나 못 먹고 살았으면 이 지경일까? 아사 직전에 구출된 노예 같다. 그런데도 용케 후작 댁에 차출되어 들어오다니 운이 좋은 건지 나쁜 건지."

테라는 앙상한 아벨라의 몸을 훑어보더니 말문이 막혀했다.

"얼마나 굶고 산 거니?"

"조금. 아니, 좀 많이."

"농사꾼의 딸은 아니지?"

"아빠는 사냥꾼이에요. 숲에서 짐승을 잡는 사람이요."

"아하. 지방 출신의 촌뜨기구나?"

테라의 말에 하녀들이 소리 내서 웃음을 터트렸다. 아벨라는 괜히 기가 죽었다. 그러나 그것뿐, 하녀들은 해야 할 일이 너무 많아 그 이상 그녀를 비웃지 못했다.

"자. 슬슬 움직여 볼까? 점심 준비 전에 양부터 잡아야 하는 건 알지?"

"너무해. 고작 물 같은 스튜 한 그릇 먹여 놓고 또 힘쓰게 만들기야?"

"부지런히 움직여야 한 시간이라도 더 잘 수 있다는 거 몰라? 신참이 들어왔으니 솜씨들 좀 보여 줘."

테라가 커다란 칼을 손에 쥐고 밖으로 나가자 나머지 하녀들도 그 뒤를 따랐다.

"어이, 신참. 잘 봐 둬. 여기 부엌에서 계속 일하고 싶다면 이거라도 잘 배워 둬야 안 쫓겨나니까 이제부터 정신 집중해."

테라의 말에 하녀들이 양의 앞발과 두 다리를 각각 잡았다. 하얀 양은 곧 닥쳐올 자신의 죽음을 느꼈는지 시끄럽게 울부짖었다.

"워. 워. 진정해. 난 베테랑이야. 한 방에 보내 줄 테니 염려하지 말라고."

테라가 손에 든 칼을 뒤로 숨기며 진정시켰지만 양은 버둥거림을 멈추지 않았다.

"이놈의 양이 오늘따라 왜 이래? 곱게 죽여 준대도 반항이 심하네."

양이 뒷다리를 마구 버둥거리자 다리를 잡고 있던 하녀가 더 이상 버티기 힘들다며 어서 시작하라고 소리쳤다. 순간, 테라의 칼이 양의 목에 콱 박혔다. 양이 경련했다. 포근한 털을 마구 흔들더니 이윽고 천천히 경련을 멈추고 몸을 축 늘어뜨렸다.

투욱.

목에서 다량의 피가 흘러내리기 시작했다. 하녀가 양동이를 가져와 떨어지는 피를 받았다. 짐승의 뜨끈한 피 냄새는 서서히 퍼져 나가 주변을 뒤덮었다. 뒤늦게 한 남자가 도끼를 들고 나타났다.

"빌리. 때마침 왔네. 저녁 재료야. 야들하게 잘 익혀서 올려야 하니 한 번에 딱 잘라 줘."

"그 전에 저거 한 잔 줘."

빌리의 말에 테라가 눈을 흘기는가 싶더니 서슴없이 양동이에 컵을 집어넣어 양의 피를 가득 담았다.

"양의 피를 마신 후 아픈 다리는 좀 나아졌어?"

"그냥 그래."

"그러게 내가 뭐랬어? 그런 말은 미신이라고 했잖아. 짐승의 피가 사람 몸에 좋을 리 있겠어? 차라리 의사를 찾아가라니까."

"그럴 돈이 어딨어? 잔소리 말고 한 잔 더 줘."

"주방장이 알면 혼나는 거 알지? 냉큼 마셔."

테라의 말에 빌리가 벌컥, 하고 피를 들이켰다. 아벨라가 손으로 입을 틀어막았다. 피를 마시는 빌리의 목젖을 보고 있자니 자신의 목도 근질거리는 느낌이었다. 침이 말랐다. 아니, 신물이 밀려오며 배가 뒤틀리는 느낌이었다. 이 느낌. 이 감각. 이건 뭐지? 아벨라는 뒷걸음질 쳤다. 그때 빌리가 양의 목을 향해 닭목 자르듯 도끼질했다.

퍼억.

아벨라는 더 이상 참지 못하고 돌아서서 도망쳤다. 최대한 **빠르**게. 최대한 멀리. 피비린내가 나지 않는 곳을 향해 심장이 터져라 뛰었다. 그리고 어느 순간 돌부리에 걸려 바닥으로 엎어지는가 싶더니 배를 부여잡고 구토를 하기 시작했다.

"우웨에에엑."

잔인해서가 아니다. 사냥꾼의 딸인 아벨라는 이런 모습이 낯설지 않다. 그런데 왜 이렇게 기분이 나쁜 걸까? 본능적으로 거부하고 싶은 저 광경은 대체 뭘까? 아벨라는 주먹으로 명치를 두들겼다.

"처음엔 다 그래."

어느새 테라가 다가와 그녀에게 말했다.

"그래서 내가 말했잖아. 부엌일은 생각보다 쉽지 않다고."

테라가 아벨라의 등을 두들겨 주었다.

"넌 딱 봐도 청소를 해야 할 타입이야. 바닥에 광이나 내면서 먼지를 털어 내는 게 적성에 맞을 것 같아. 이런 일을 할 수 있는 애로는 안 보여."

"그 남자. 피를 먹다니 제정신이 아니에요."

"오해할 만해. 하지만 빌리도 나름 사정이 있어. 몇 달 전에 짐을 옮기다가 마차 바퀴에 다리가 깔렸는데 살이 자꾸 썩어 들어간대. 이것저것 약도 썼지만 효과가 없나 봐. 그러더니 어느 날부터 돌팔이 연금술사의 말을 듣고 저렇게 짐승의 피를 마셔. 잘못된 거라고 말려 봐도 좀체 말을 듣지 않아."

"그렇다고 피를 마셔요? 어떻게 피를 마실 생각을 해요?"

"그래. 끔찍하지. 하지만 빌리의 입장도 이해해 줘야 해. 다리가 아파도 가족을 위해 계속 일을 해야 하거든. 동생이 다섯이야. 그 심정은 오죽하겠어?"

그래도 이해할 수 없다. 아벨라는 끔찍하고 징그럽다며 어깨를 부르르 떨었다.

"너는 내일 하녀장에게 말해서 소속을 바꿔 달라고 하는 게 좋겠다. 저택에서 할 일이야 지천으로 널렸으니 어디든 보내 주겠지. 이제 속은 좀 괜찮아?"

아벨라가 상체를 일으키며 고개를 저었다.

"속이 너무 안 좋아요."

"그러고 보니 너 피부가 굉장히 하얗구나. 하얗다 못해 파리한 걸. 혹시 어디 아픈 건 아니지? 건강하지 않은 사람이 음식 하는 데 있으면 곤란해."

"난 건강해요. 아픈 데는 없어요."

"그럼 다행이고. 몸에 열이라도 나면 즉각 말해. 하녀들은 모두 숙소생활을 하다 보니 여긴 한 명이 아프면 금방 전염되거든. 무슨 말인지 알지?"

아벨라는 대답 대신 고개를 끄덕이며 다시 테라를 따라갔다. 가는 도중에 도망을 칠까 생각했지만 눈치 빠른 테라가 미리 엄포를 놓으며 의지를 꺾어 버렸다.

"도망치다가 잡히면 너 하나 죽는 걸로 끝나지 않아. 하녀를 관리하는 담당자가 네 가족들을 찾아가 끊임없이 괴롭히거든. 문제가 생긴 것에 대한 보상을 하라며 생떼를 쓰는데 정말 독해. 결국 그 집안을 풍비박산으로 만들고 나서야 용서를 해 준다니 말 다했지 뭐. 그러니 도망은 꿈도 꾸지 마."

"난 팔려 온 게 아니에요."

"그럼 굶어 죽지 않기 위해 스스로 하녀가 됐니?"

아벨라는 길에 떨어진 옷을 주운 뒤 일이 이렇게 됐다고 말하지 못했다. 대답하지 못하는 그녀를 테라는 이해한다는 듯 더 이상 묻지 않았다.

"팔려 오는 애들은 대부분 가난한 농부들의 딸이야. 나도 그렇고. 난 열 살이 되기 전 아빠가 이곳의 하녀로 팔았어. 뭐, 그전에 이미 굶어 죽느니 하녀가 되겠다고 스스로 마음먹고 있었지만."

테라는 동생이 여섯이나 된다고 했다. 빌리보다 한 명이 더 많아서 허리가 휘다 못해 죽을 지경이라고 했다.

"내일 당장 먹을 게 없어서 구걸을 할 판인데도 아기를 계속 낳는 거야. 아무리 욕을 하고 난리를 쳐도 대책도 없이 계속 낳는 거지. 그래서 하녀로 팔리기 전 약속을 받았어. 여기서 동생이 하나 더 생기면 그날 바로 도망을 쳐서 모두 굶어 죽게 만들 테니 그리 알라고.

97

귀족한테 한 번 찍히면 죽는다는 걸 아니까 그들도 조심하는 듯하더니 결국 하나를 더 낳더라구. 그 뒤론 내가 연락을 끊었어. 물론 월급은 보내 줘."

"왜요?"

"난 여기서 의식주가 해결되니 돈 쓸 일은 없거든. 하지만 그들은 돈이 없으면 바로 굶어 죽으니까."

그러면서 테라는 자신은 평생 가난뱅이 팔자를 벗어날 수 없다고 덧붙였다.

"하나 있는 남자친구 놈이 내 월급을 탐내. 아참, 여긴 작긴 하지만 용돈 정도의 월급을 줘. 팔려 왔어도 예외는 아니야. 후작님이 그런 점에선 굉장히 진보적이신 분이거든. 덕분에 하녀라고 해도 돈을 모을 수 있어. 다행이지?"

모르겠다. 그게 다행인지 불행인지.

"그러고 보니 넌 몇 살이야?"

나이를 묻는 말에 아벨라는 마땅한 대답을 하지 못했다. 자신은 몇 살이 된 걸까? 사람들에게 몇 살로 보이는 걸까?

"테라는 몇 살이에요?"

"스물한 살."

아벨라는 자신도 그렇다고 대답했다.

"그럼 동갑이네. 하긴, 이곳 부엌데기들은 다 그 정도 나이야. 우리 나이가 제일 힘이 좋아서 부려먹기 딱 좋거든. 앞으론 편하게 말해."

"으응."

테라가 양동이에 물을 부었다. 빌리가 먹은 피만큼의 물이었다.

"하녀장은 눈썰미가 좋거든. 여차하면 걸리기 때문에 조심해야 해."

"피를 어디에 쓰는데?"

"몰라. 우린 그냥 시키는 대로 일할 뿐이니까. 어디에 쓰는지 알고 싶지도 않고."

테라는 그 말을 끝으로 양동이 안에 침을 탁 뱉었다. 눈살을 찌푸리는 아벨라에게 테라가 한쪽 눈을 찡끗해 보였다.

"너도 곧 내 행동을 이해하게 될 거야. 늙은 하녀장이 얼마나 우릴 괴롭히는지 이런 건 소소한 복수 측에도 못 낀다는 걸."

테라는 피가 든 양동이를 마차에 실었다. 그리고 곧장 빌리에게 소리쳤다.

"빨리 가. 조금 지체했어. 피가 식으면 하녀장이 또 난리 칠 테니 서둘러."

곧이어 아까 양의 피를 마시던 빌리가 마차를 끌고 어디론가 사라졌다.

빌리가 가고 난 뒤, 주방의 하녀들은 설거지를 하고 또다시 점심과 저녁식사 준비를 한 후 늦은 밤이 되어서야 그곳을 떠났다. 아벨라는 테라와 룸메이트가 되어 한 방을 쓰게 되었다. 새로운 신입은 그들끼리 따로 모여 생활하는데 아벨라는 침대 부족으로 인해 당분간 테라의 방에 신세를 지게 됐다.

"방이 춥지? 불을 떼 주지 않아서 그래."

테라가 온기 없는 이유를 알려 주었다.

"추위엔 익숙해."

"그렇겠지. 이유야 어쨌든 이곳에 올 정도의 신세니."

테라는 자신의 얇은 이불을 아벨라에게 내밀었다.

"그래도 이불 정도는 덮고 자는 게 좋을 거야. 안 하던 주방일 며칠 하면 곧 몸살이 나거든. 다들 그래."

받아도 될지 고민이 됐다. 아벨라가 선뜻 이불을 받지 않자 테라가 이불을 휙 던졌다.

"내게 이걸 주면 너는?"

"난 추운 건 딱 질색이야. 추위를 많이 타는 체질이기도 하고. 근육이 딱딱해지면 피도 안 통해서 손발이 저리고 아파."

"그런데 내게 이불을 줘도 돼?"

"물론 안 되지. 하지만 난 여기서 자지 않을 거니까 빌려 주는 거야."

테라는 부끄러움 없이 아벨라 앞에서 하녀복을 훌떡 벗더니 일상복으로 갈아입었다.

"오늘처럼 쌀쌀한 날엔 차라리 사내한테 시달리는 게 나아. 위스키도 얻어 마실 수 있고 운이 좋으면 아침에 맛있는 음식도 사 주거든."

테라는 묶었던 머리를 풀어 가볍게 흐트러뜨리더니 싱긋 웃어 보였다.

"나 괜찮아?"

앞섶의 단추를 세 개나 풀며 테라가 예쁘냐고 물었다. 아벨라가 가만히 고개를 끄덕였다. 그 반응이 마음에 들지 않는지 테라가 단추 하나를 더 풀었다. 가슴이 반 이상 드러났다.

"난 애인이 있어. 굴뚝 청소부의 아들."

"애인을 만나러 외출하는 거구나."

"그럴 리가. 말했잖아. 그 녀석은 착하지만 너무 가난하다고. 오히려 내가 주방에서 남은 빵을 몰래 가져다줘야 하는 판이라니까. 오늘 내가 만나러 가는 사람은 조프리야."

"조프리?"

"푸줏간 아저씨 말이야. 오늘 아침에 너랑 같이 고기를 배달했는데 기억 안 나?"

테라의 말에 아벨라는 성당에서 만났던 덩치 좋은 중년의 남자를 떠올렸다. 기억이 났다. 그런데 그 사람이 테라와?

"만약 누가 나를 찾으면 화장실에 갔다고 말해 줘. 난 지독한 변비라서 내가 한번 화장실을 가면 시간이 오래 걸린다는 걸 다들 알거든."

테라는 실없는 웃음을 터트리면서 마지막으로 가슴골 사이에 싸구려 향수를 뿌려 댔다.

"이미 눈치챘겠지만 이건 허락받지 않은 외출이야. 팔려 온 주제에 외출이라니 도망이나 마찬가지지. 하지만 이런 재미도 없다면 어떻게 버티겠어? 안 그래?"

테라는 벗어 놓은 자신의 하녀복을 둘둘 말아 아벨라의 베개 밑에 숨겼다.

"그건 왜?"

"내가 며칠 전 밖에서 하녀복을 잃어버렸거든."

"하녀복을?"

"애인을 만나러 갔다가 잃어버렸어. 분수대 근처였는데 그 새벽에 누가 옷을 훔쳐 갈 거라곤 상상도 못 했지 뭐야? 그런 이유로 어젯밤 내가 다른 애 거를 훔쳤어. 아마 그 하녀는 오늘 의복이 없어져서 난리가 났을 거야. 의복은 후작 댁에서 지급해 준 거니까 잃어버리면 물어내야 하거든."

테라는 그런 이유로 앞으로 의복 쟁탈전이 일어날지도 모른다며 아벨라에게 조심하라고 주의를 줬다.

"그러니까 내 옷도 잘 좀 지켜 줘. 알겠지?"

테라는 부탁의 말을 남기고 도둑고양이처럼 창문을 넘어 총총히 사라졌다. 야밤에 외출하는 게 아주 익숙해 보였다. 아벨라는 어둠을 향해 급하게 뛰어가는 테라를 한참 지켜보았다.

추위가 싫어서 사내의 품을 찾아간다는 테라. 그리고 그런 테라의 옷을 훔친 죄로 하녀가 된 나.

지금이 기회였다. 테라를 따라나서면 다시 자유의 몸이 된다. 그럼 얼토당토않게 하녀가 된 일을 바로잡을 수 있었다. 그러나 아벨라는 그러지 않았다. 오히려 입고 있던 하녀복을 벗고 테라가 했던 것처럼 의복을 돌돌 말아 베개 아래에 감췄다. 그리고 그녀가 남겨놓고 간 이불을 덮고 침대에 누웠다.

갈 곳이 없었다. 또다시 하수구의 쥐들과 생활하고 싶지는 않았다. 깨끗한 물 한 잔이라도 마실 수 있는 이곳이 그나마 나을지도 모른다. 아벨라는 그렇게 생각했다. 종일 일을 하는 하녀조차 가난과 배고픔에 허덕이며 밤거리를 헤매는데 아무것도 가진 것 없는 아벨라는 더 비참한 생활을 할 게 뻔했다. 지금 상황에선 하녀가 된 것조차 어쩌면 운이 좋은 일일 수도 있었다.

"······아빠."

아벨라가 나직하게 말했다.

"이 밤이 지나면 난 정말 여왕이 되어 있을까요?"

아벨라는 따뜻했던 지난날을 그리워하며 그렇게 고된 하루를 마감했다.


꿈을 꿨다. 혼돈과도 같은 꿈이었다. 꿈속에서 보는 광경은 놀랍고 끔찍했고 무엇보다 슬펐다. 침대에 누워 자고 있는 아벨라가 괴로운 신음 소리를 내뱉었다.

처참한 남자를 보았다. 그리고 더 비참한 여자를 보았다. 남자의 등에 업혀 울고 있는 여자는 누구?

아벨라는 감은 눈을 확 떴다. 눈에 실핏줄이 터져 있었다. 꿈을 꾸면서 생긴 흔적이었다. 자는 동안 얼마나 괴로웠는지 그 생생함을 대변하는 듯했다. 현실과 꿈의 간극이 없다니 무섭다. 아벨라는 한참 동안 천장을 바라보며 무엇이 현실이고 무엇이 꿈인지 구별하지 못했다.

"그러니까 여기는……?"

하녀의 숙소.

아벨라는 천천히 몸을 일으켰다. 정신이 되돌아왔다. 그녀가 지친 듯 창문을 열었다. 열린 창문으로 이른 아침의 차가운 공기가 들어왔다. 그제야 온전한 정신이 들었다. 옆의 침대가 비어 있는 걸 보니 테라는 아직 돌아오지 않은 모양이었다.

아벨라는 폐부 깊숙이 신선한 공기를 들이마시다가 슬그머니 자신의 뒤통수를 만져 보았다. 이유는 없었다. 그냥 자신의 머리가 괜찮은지 궁금했을 뿐이다. 꿈속에서 본 여자의 머리에서 피가 철철 흐르고 있었기 때문이다. 그런데 정확히 어떤 꿈을 꿨는지는 기억이 나지 않는다. 기억나지 않는데 몸은 마치 무슨 일을 겪은 것처럼 두 팔에 오소소 소름이 돋아 있었다.

"울고 있던 여자는 누굴까."

아벨라는 베개 밑에 숨겨 두었던 의복을 꺼내 입으며 중얼거렸다.

"그 여자를 업고 도망치던 남자는?"

문득 다친 여자를 끌어안고 절규하던 남자의 옆모습이 어렴풋이 생각났다.

"그 얼굴. 어디서 봤는데……."

낯익은 듯 낯선 꿈. 그러나 뭔가 환상 같고 혼돈 같은 꿈. 아벨라는 그날 하루, 바쁜 주방 일을 하는 내내 기분 나쁜 두통에 시달려야만 했다.

신참인 아벨라가 주방에서 맡은 일은 요리를 위해 재료를 준비하는 것이었다. 매일매일 주방장이 지시하는 음식 메뉴가 다르기 때문에 재료를 준비하는 일은 생각보다 고되고 힘들었다. 이른 아침 일어나 후작 소유의 밭에 가서 재배하고 있는 싱싱한 야채를 직접 캐와야 하고 아침마다 후작 댁에 배달되어 오는 도축된 고기들을 손질해 놔야 했다.

"테라. 사람을 찾으려면 어떻게 해야 해?"

"왜? 도망간 애인이라도 있어?"

아침에 배달된 치즈를 검수하던 테라가 부스러기를 입에 쓸어 담으며 웅얼거렸다.

"그건 아니고. 어떻게 해야 하는지 막연해서 그러는데 혹시 좋은 방법을 알고 있나 해서."

"제일 손쉬운 방법은 사람을 고용하면 돼. 비용은 얼마나 생각해? 사정은 모르지만 급한 거면 내 애인에게 부탁해 볼까? 돈 버는 일이라면 앞뒤 안 가리는데."

성의 없는 대답에 아벨라는 슬그머니 말을 돌렸다.

"테라. 오늘은 소고기 요리지?"

"맞아. 어떻게 알았어?"

"냄새를 맡고서 알았어."

"냄새가 나? 무슨 냄새?"

아벨라는 죽은 소의 피 냄새가 맡아지지 않냐고 물으려다가 입을 다물었다.

"텃밭에 갔다 오다가 고기를 싣고 오는 마차를 봤거든. 그래서 짐작해 봤는데 맞는 모양이네."

"난 또 무슨 말인가 했네. 맞아. 오늘은 소고기 요리야. 곧 고기가 들어올 시간이니 슬슬 맞춰서 칼이나 갈아야겠다."

사용할 치즈를 남겨 두고 나머지는 천에 쌓아 정리하며 테라가 말했다.

"두 마리 다 요리할 거야?"

"두 마리? 아니. 오늘은 소 한 마리만 오는데?"

아벨라는 창문 너머 어딘가를 바라보더니 고개를 갸웃했다. 한 마리만 요리한다는 말은 이해되지 않는다.

"이상하네. 분명 소 두 마리가 오고 있는데."

하인들이 죽어 있는 소를 부위별로 잘라 내는 작업을 시작했다.

"오늘 후작 댁에 오는 손님이 굉장한가 보지?"

작업하는 사내가 유난히 부산스러운 주방 안팎을 보곤 궁금해서 물었다.

"그렇다니까. 런던의 유명한 주방장 다섯 명이 초청돼서 지금 주방이 난리가 났어."

"혹시 그 남자가 오는 거야? 그 왜 있잖아. 귀족 여자들이 안달이 나서 너도나도 몸을 바친다는 어쩌고저쩌고하는 남자 말이야. 너희가 왕자님이라고 부르는 잘생긴 미남."

누군가의 말에 테라가 코웃음을 쳤다.

"어머. 관심 없다더니 잘도 아네. 맞아. 오늘 그분이 오셔."

"그래서 다들 이 난리구만."

사내의 말대로 오늘 후작 댁에는 단 한 명의 손님을 위해 아침부터 새로운 일손이 많이 와 있었다. 아벨라가 테라에게 물었다.

"두 마리 다 주방으로 가져갈까?"

"두 마리라니? 오늘 오는 손님이 대단한 분이시긴 해도 소 두 마리를 다 먹을 정도로 대식가는 아니야."

"그럼 나머지 한 마리는 저녁 만찬 때 쓰는 거야?"

테라가 이상한 얼굴로 아벨라를 쳐다보았다.

"아까부터 왜 자꾸 두 마리라고 하는 거야?"

"잠깐. 배 속에 뭐가 있는데?"

하인이 칼을 들고 소의 배를 갈랐다가 깜짝 놀라 소리쳤다. 배 속에 미처 다 자라지 못한 새끼가 들어 있었다. 테라가 신기한 표정으로 아벨라를 쳐다보았다.

"아벨라. 이걸 어떻게 알았어?"

"그냥. 우연히."

"우연히?"

아벨라는 그저 죽은 소의 상태를 보고 알았다고 말했다. 사실은 죽은 소에서 풍겨 나오는 피 냄새가 두 개였기 때문이지만 그것을 있는 그대로 말할 수는 없었다.

"아빠가 사냥꾼이었잖아. 동물에 대해선 어느 정도 상식이 있어서 알아차린 거야."

"대단한 걸. 네가 푸줏간 사내들보다 훨씬 낫다, 얘."

테라가 사내들에게 우리 주방은 이 정도라며 본받으라고 큰소리를 쳤다.

"자자. 다들 그만 떠들고 오늘 아침은 두둑이들 먹어 둬. 종일 음식 만드느라 밥 먹을 시간도 없을 테니까. 알아들었지?"

주방장이 평소와 달리 커다란 바구니에 빵과 치즈를 한가득 담아와 사람들에게 양껏 가져가라고 소리쳤다. 사람들이 자신의 그릇에 빵을 수북이 담느라 난리를 피웠다. 테라도 앞치마 양쪽 주머니에 빵을 듬뿍 쑤셔 넣고서도 부족한 듯, 입에 빵 하나를 문 채로 왔다.

"오늘도 안 먹을 거야?"

아벨라의 빈곤한 그릇을 본 테라가 대신 빵과 수프를 받아 와 주었다. 아벨라는 그 빵을 테라의 그릇 위에 다시 놓아 주었다.

"입맛이 없어."

"정말 안 먹어도 돼? 뭔가를 제대로 먹는 걸 본 적이 없어서 그 래."

아벨라는 괜찮다고 대답했지만 테라는 자못 신경이 쓰이는지 보 다 가까이 다가와 앉았다.

"솔직히 말해 봐. 배가 고프지 않은 게 아니라 못 먹는 건 아니 야?"

"그게 무슨 말이야?"

"먹고 싶은데 먹을 수가 없는 건 아니냐는 말이지."

테라는 주변을 살피더니 조심스럽게 아벨라의 손을 만져 보고 얼 굴을 만져 보고 마지막으로 가슴을 만졌다.

"앗."

깜짝 놀란 아벨라가 얼른 어깨를 움츠리자 테라가 영 이상하다는 듯 고개를 갸웃거렸다.

"손발이 너무 차. 얼굴도 그렇고. 온몸이 얼음장 같아. 이런 상태 로 그게 가능할 리 없는데. 계속 식사를 못 하는 건 그 이유 하나뿐 이거든. 맞지?"

"맞다니 뭐가?"

"임신이지?"

아벨라는 테라의 황당한 말에 너무 놀라 눈을 동그랗게 떴다. 하 지만 그 모습을 테라는 더욱 오해했다.

"이 바보. 진짜구나! 왜 진작 말하지 않았어? 어쩐지 계속 밥을 못 먹는 게 영 의심쩍더라니. 몇 개월이야? 애 아빠 누구고?"

"갑자기 그게 무슨 말이야?"

"너야말로 이대로 잠자코 있다간 큰일 나. 배가 불러 오면 그땐 어쩔래? 대책은 있어? 하녀장이 알면 난리 날 텐데 어쩔 셈이야?"

그때 주방장이 큰 목소리로 빌리를 찾았다.

"빌리! 빌리! 이 녀석이 어딜 간 거야? 누가 빌리 못 봤어?"

주방장이 급한 목소리로 이리저리 빌리를 찾아다니다가 마침 테라를 발견하자 반색하며 빠르게 손짓했다.

"왜요?"

"어서 좀 와 봐."

"아이참. 밥 먹는 거 뻔히 알면서 왜 저래!"

테라가 신경질이 난다는 듯 투덜거리면서도 터덜터덜 주방장에게 갔다.

"테라. 마침 잘 됐다. 이 양동이를 하녀장님께 갖다 드려야 하는데 빌리 녀석이 도통 보이질 않아. 네가 좀 가져다 드리고 와."

"여긴 어쩌구요?"

"일손이 넘쳐 나는데 무슨 상관이야? 이게 더 급하니 식기 전에 가져다 드리고 와."

주방장은 소의 피가 담긴 양동이를 마차에 실어 주며 서두르라고 했다. 테라는 펄쩍 뛰었다.

"안 돼요, 오늘은."

"왜 안 돼?"

"알잖아요. 곧 도착할 손님 구경 가야 된다구요. 몇 년에 한번 볼까 말까 한데 이깟 양동이 때문에 기회를 놓칠 수 없어요."

"눈요기보다 이게 더 중요한 일이야. 그걸 몰라?"

"이건 빌리가 하는 일이잖아요. 난 어디로 가져가야 되는지도 모른다구요."

"아차차. 그렇군. 거기를 어떻게 설명해 준다?"

주방장은 머릿속으로 위치를 떠올리며 설명을 시작했다.

"북쪽으로 가다 보면 숲이 나와."

"말도 안 돼. 숲까지 가야 해요?"

"그래. 후작님이 사냥을 할 때 가는 개인 영지까지 가야 해. 숲에 도착하면 입구에 외딴 통나무집이 나올 거야. 사냥개들을 키우는 곳인데 그 앞에 양동이를 두고 오면 된다. 쉽지?"

"대체 하녀장님이 거기서 뭘 하는데요?"

"낸들 알겠냐? 개를 관리하나 보지. 하녀장이라는 게 단순히 집 안팎을 관리하는 게 아니잖아. 우리가 모르는 무수한 일들을 처리하는 게 그 자리야. 양동이는 항상 거기로 보내는 거니 심부름 좀 하고 와라. 저녁때 음식 재료가 남으면 너희끼리 요리를 해서 먹는 걸 허락할 테니. 응?"

"정말요?"

"그렇다니까."

귀가 번쩍 뜨이는 허락이었지만 테라는 영 귀찮아 죽겠다는 얼굴 또한 감추지 못했다. 테라는 이러지도 못하고 저러지도 못하면서 빌리만 욕했다.

"빌리, 이 녀석. 다리가 아파서 어디 가서 농땡이 부리나 본데 걸리면 죽을 줄 알아."

"아참. 양동이는 문 앞에 놓고 오기만 해. 안에는 들어가지 마. 가끔 목줄 풀린 개들이 있다고 하니 물리면 큰일 난다. 알겠지?"

"알았어요."

주방장의 주의를 듣는 둥 마는 둥 테라가 신경질적으로 대답했다. 숲까진 거리가 너무 멀다. 갔다 오는 사이 손님을 볼 기회를 놓쳐 버릴 게 분명했다.

"운도 없지. 하필 오늘 같은 날."

그 순간 마침 테라의 눈에 아벨라가 들어왔다. 테라의 눈이 반짝였다. 테라는 주방장 모르게 조심히 아벨라를 불렀다.

"아벨라. 여기. 여기야. 그래. 이쪽으로 와 줘."

테라는 주변을 살피며 얼른 아벨라를 자기 쪽으로 데리고 왔다. 그녀가 아벨라의 귀에 지금의 상황에 대해 설명하면서 자신 좀 봐 달라고 부탁했다.

"그러니까 나 대신 좀 부탁해. 흔치 않은 기회야. 난 그분을 사모 한다구. 저것 봐. 벌써부터 모두 치장을 하기 시작했잖아."

테라가 가리키는 곳을 보니 정말 하녀들이 너 나 할 것 없이 머리 를 매만지고 옷매무새를 확인하며 단장을 하고 있었다.

"그렇게 대단한 사람이야?"

"아무렴. 귀족이라도 다 같은 귀족이 아니거든. 그분은 그런 분이 셔. 소문에 의하면 왕의 먼 친척이라고 하는데 모든 게 베일에 싸여 있어서 알려진 사실은 전무하대. 사교계에도 잘 나타나지 않아서 얼 굴 한 번 제대로 보기 힘들다고 하더라. 그런 분이 오늘 이곳에 오신 다니 다들 난리가 나는 건 당연한 거 아니겠어?"

테라는 생각만으로도 기분이 좋은지 아벨라의 두 손을 덥석 잡았 다.

"그분이 여기 후작님과 인연이 깊대. 그래서 간혹 이렇게 불시에 방문을 하곤 하지. 오늘이 바로 그 행운의 날이야. 그러니 나 대신 이 일 좀 해 줘, 제발. 이렇게 부탁해. 응?"

어린아이처럼 들뜬 테라의 모습은 처음이었다. 아벨라는 순수한 소녀처럼 들떠 부탁하는 테라의 청을 거절하지 못하고 들어주었다.

"초행길이라 좀 걸릴 거야. 마차를 끌어 본 적도 없으니까. 그래 도 괜찮다면 대신해 줄게."

테라는 그런 건 전혀 상관없다며 서슴없이 마차의 말고삐를 아벨 라에게 넘겼다.

"고마워. 갔다 오면 네 임신에 대해 진지하게 얘기해 보자. 내가 도움을 줄 수 있는 게 있다면 힘을 보탤게."

"저기, 난 임신이 아니라……."

"알아. 알아. 다 안다구. 늦지 않게 갔다 와. 기다릴게."

테라는 아벨라의 말을 듣지도 않고 신이 난 모습으로 치장 중인 하녀들 사이로 달려갔다. 아벨라는 자신의 납작한 배를 살짝 만져 보았다. 테라의 말대로 음식을 먹지 않은 지 오래됐다. 런던에 도착한 후론 한 끼도 제대로 먹지 못했다. 당시는 상황이 여의치 않아 굶었지만 이곳에 온 후로도 주어지는 식사를 하지 않았다.

"그런데도 허기가 느껴지지 않아."

어째서일까. 사람이 이렇게 오래 굶고 살 수는 없는데. 아벨라는 마차에 실은 양동이를 바라보다가 자기도 모르게 침을 꼴깍 삼켰다. 어쩐지 짐승의 피가 담긴 저걸 먹으면 맛있을 것 같다는 생각이 불현듯 들었다.

"맛있겠다니. 내가 점점 미쳐 가나 봐."

아벨라는 말도 안 되는 생각을 하는 자신을 나무라며 서둘러 마차를 타고 숲 속으로 향했다.

"아참! 아벨라! 통나무집 안으로는 들어가지 마. 목줄 풀린 개들이 있을 수 있다니까. 알겠지이이이?"

떠나는 마차를 향해 테라가 뒤늦게 소리쳤지만 너무 먼 거리라 그 말이 들렸는지는 알 수 없었다.


너른 들판 너머 숲이 보였다. 이 넓은 영지가 모두 후작의 것이라니 보기만 해도 대단하다는 생각이 들었다.

"저 집인 거 같은데."

들판과 숲의 경계 사이에 통나무집이 보였다. 아벨라는 그쪽으로 마차를 몰고 가서 조심스럽게 양동이를 내렸다. 그런데 문득 코끝에

서 맡아지는 냄새가 하나 있었다. 가지고 온 양동이의 피 냄새는 아니었다.

'뭘까, 이 냄새는? 낯설고도 낯익은 이 냄새의 정체는?'

아벨라는 통나무집 앞에서 자기도 모르게 숨을 크게 들이켰다. 공기와 함께 폐부로 들어오는 냄새들. 그것은 양, 돼지, 소, 닭의 피 냄새와는 다른 피 냄새였다.

'다른 피. 다른 냄새. 이건 짐승의 피 냄새가 아니야. 그럼 뭐지?'

묘하게 후각을 자극하는 기분 좋은 냄새가 궁금해졌다. 그것은 치명적인 유혹처럼 쉽게 뿌리칠 수 없는 냄새였다. 아벨라는 집 앞에 양동이를 내려놓고 최면에 걸린 듯 통나무집의 문을 열었다.

끼이이익.

스산스러운 문소리가 기이하게 울렸다.

"계세요?"

밖과 달리 집 안은 어두웠다. 아벨라가 안으로 한 발짝 내딛자 나무 바닥에서 삐걱거리는 소리가 연거푸 났다.

"아무도 안 계세요? 누구 없나요?"

얼굴을 내미는 사람이 없었다. 대신 비린내와 악취가 집 안에 가득했다. 아벨라는 자기도 모르게 코를 움켜쥐었다.

"욱. 이게 대체 무슨 냄새지?"

조금 전 통나무집 앞에서 맡았던 기분 좋은 냄새가 불편한 냄새에 가려져 맡아지지 않았다. 잠깐 사이 공기가 변한 걸까. 아벨라는 테이블 위에 놓인 촛대를 발견했다. 누군가가 종종 사용하고 있는지 흘러내린 촛농이 테이블 위에 수북했다. 아벨라는 서슴없이 불을 켰다. 그리고 촛대를 들고 돌아서는 순간이었다.

"크아아아아아앙!"

빛을 본 무언가가 귀를 찢을 듯 괴성을 내질렀다. 아벨라는 그때

보고 말았다. 촛불이 어둠을 밝히는 그 순간, 철창 속에서 두 팔과 두 다리가 쇠사슬에 묶인 채 그녀를 향해 이빨을 드러내고 있는 알몸의 사람을. 아니, 짐승을.

"꺄아아아악."

아벨라가 놀라 들고 있던 촛대를 바닥에 떨어트리며 문을 향해 달려 나갔다. 그때 발밑에 물컹한 무언가가 밟혔다. 뭐지? 그녀가 자신의 발아래를 내려다보다가 화들짝 뒤로 물러섰다. 사람이 쓰러져 있었다.

"누, 누구……?"

아벨라는 비명조차 지르지 못하고 제자리에 멈춰 서고 말았다. 바닥에 쓰러져 있는 건 다름 아닌 빌리였다.

4

후작의 대저택에 손님이 왔다. 시종들 모두를 바쁘게 만든 장본인
이 나타나자 저택이 소리 없이 들썩였다.

마차가 저택 입구에 도착하자 미리 나와 기다리고 있던 후작이 친
히 계단을 내려가 문이 열리기를 기다렸다. 평소 쉽게 볼 수 없는 후
작이 모습을 드러낸 것도 신기한데, 그런 그가 직접 손님을 마중하
기 위해 나타났다는 사실에 시종들은 들뜬 마음을 감추지 못하고 즐
거워했다. 잠시 후 마차 문이 열리고 고급 구두가 드러나는가 싶더
니 모두가 기다려 마지않던 손님이 모습을 드러냈다. 후작이 기다렸
다는 듯 최고의 예의를 차려 허리를 굽혔다.

"마티어스님."

후작은 허리를 숙인 채 환영의 표시를 남김없이 드러냈다.

"기다리고 있었습니다."

마차에서 내린 마티어스는 '베일의 사내' 라는 수식어대로 얼굴을

가린 채였다. 얼굴뿐 아니라 검은 망토를 길게 드리워 전신을 가리고 있었다.

"저게 뭐야? 얼굴이 전혀 안 보이잖아."

숨죽여 그를 지켜보던 하녀들이 비명 같은 한숨을 토해 냈다.

"대체 외출할 때 쓰는 모자 대신 망토라니 이게 무슨 날벼락이야?"

창가에 매미처럼 달라붙어 목이 빠져라 기다리고 있던 하녀들이 실망감을 감추지 못하고 아우성을 쳤다.

"너무해. 오랫동안 오늘을 손꼽아 기다렸는데 얼굴도 안 보여 주는 거야? 예전에 가든파티에서 어떤 하녀는 저분의 얼굴을 봤다고 그렇게 자랑하던데 난 이게 뭐니?"

"그런 운 좋은 사람이 있었어? 누군데?"

"루시라고 주근깨 많은 애 있었잖아. 한동안 신이 나서 떠들고 다녔는데 기억 안 나?"

"그런 애가 있었나? 어쨌든 본 사람이 있긴 하네. 부럽다, 정말."

"저택 안의 시녀들은 오늘 저분 얼굴 보겠지, 뭐. 그렇지, 테라?"

구경 중인 하녀가 안 그러냐며 테라에게 물었다. 그런데 대답이 들리지 않았다.

"응? 테라? 테라! 테라가 어디 갔지?"

"아까부터 여기에 없었어."

"없었다구?"

하녀들이 일제히 저택 쪽을 쳐다보았다.

"설마 저택으로 들어가 시종들 사이에 숨어든 거야?"

런던에서도 넓기로 소문난 저택이지만 오늘따라 유난히 더 텅 빈 느낌이다. 후작의 명으로 시종들 전부가 저택을 비우고 숙소에서 대기하라는 명령을 받았기 때문이다. 손님의 거처는 저택과 떨어진 별관이다. 그런데도 후작은 혹시라도 생길지 모르는 불상사를 대비해야 한다며 고용인들을 전부 내쫓았다.

마티어스를 별관으로 직접 안내하던 후작이 미소를 지으며 공손히 물었다.

"편히 쉬고 가시라는 의미로 저택 전체를 비웠습니다. 한적함이 마음에 드십니까?"

"집에서 여전히 짐승을 키우고 있더군."

망토에 달린 후드로 얼굴 전체를 가리고 있는 그가 처음으로 듣기 좋은 중저음의 목소리를 내뱉었다. 앞서 걸어가던 후작이 오랜만에 듣는 그의 목소리에 잠시 걸음을 멈추고 예의 바른 미소를 지었다. 평소 후작은 자신의 질문과는 다른 대답을 하는 손님에게 가차 없이 예의를 가르치곤 했지만 오늘만큼은 그런 오만함을 표출할 수 없었다. 상대는 후작의 오만함을 단 한마디로 우습게 만드는 강력한 힘이 있는 자였으므로.

"숲에 있는 사냥개 말씀이십니까? 집을 잘 지키는 충견입니다. 시체 처리를 하기엔 그만이지요. 뼈도 먹어 치우거든요. 흔적도 없이."

"저런 건 종족의 수치다. 적당히 키우다가 없애."

"그렇게 하겠습니다."

후작은 변명 한마디 없이 무조건적으로 명을 받들었다.

"몸 상태는 어떠십니까?"

"보다시피 죽지 않고 살아 있지."

"이럴 때일수록 마음의 여유를 가지셔야 합니다. 그동안 너무 등한시하셨어요, 피를."

후작은 아무도 없는 저택 안에서조차 조심스럽게 목소리를 낮췄다.

"그래도 휴식처로 제 집을 다시 선택해 주신 걸 무한한 영광으로 여기고 있습니다. 부디 이곳에서 당신만을 위한 시간을 보내 주십시오."

"내 선택이 올바르길 빈다."

"후회 없는 선택을 하신 겁니다, 마티어스님."

후작은 이 층으로 마티어스를 안내했다. 그때였다. 이 층 계단으로 발을 내디디려는 순간, 뒤따라 걷던 마티어스가 걸음을 멈추고 뒤를 돌아보았다. 흔들림 없이 고요하던 그의 얼굴이 묘하게 변한 것도 그 순간이었다.

"왜 그러십니까?"

별관 저택 안에 그의 시선을 받을 만한 게 전무하다는 걸 아는 후작이 의아한 얼굴로 그를 쳐다보았다. 그의 시선이 누군가에게 향해 있었다. 시선이 멈춘 곳을 확인한 후작이 빙그레 웃었다.

"입가심으로 하녀도 나쁘지는 않습니다. 병든 닭처럼 힘없는 귀족여자들보다는 힘이 넘치는 팔팔한 저것들이 색다르긴 하지요. 저들 중에 누구를 불러 드릴까요?"

다섯 명의 하녀들이 고개를 숙인 채 다소곳한 자세로 나란히 서 있었다. 마티어스는 후작의 말을 무시한 채 곧장 그녀들의 앞으로 걸어갔다.

"마티어스님?"

후작이 당황해하며 냉큼 그를 따라갔다. 마티어스는 다섯 명의 하녀들을 차례로 살피더니 그중 한 명 앞에서 멈춰 섰다.

"너."

마티어스가 테라를 가리켰다.

"네게서 그리운 냄새가 난다."

"네? 네?"

마티어스가 손을 내밀어 테라의 손을 잡았다. 테라는 깜짝 놀라 얼른 손을 뒤로 감췄다. 너무 놀라 당황해서 그런 것이기도 했지만 오래된 노동에 거칠어진 손이 창피하고 부끄러웠다.

"죄, 죄송합니다. 제가 너무 놀라서. 용서하십시오, 나리."

"오늘 네 손으로 무엇을 만졌는지 말해 줄 수 있나?"

"마, 만지다니 그게 무슨 말씀이신지."

"하녀. 놀라지 말고 묻는 말에 잘 대답해. 이분께서 누군가에게 말을 건네는 일은 결코 흔한 일이 아니다."

후작이 곁에 다가와 테라에게 경고조로 설명을 해 주었다. 테라는 놀란 얼굴로 얼른 고개를 끄덕였다. 그의 설명이 아니더라도 귀족이 하녀에게 먼저 말을 거는 법은 결코 없었다. 이건 평생을 두고 자랑할 만한 일이었다.

"좋아. 네 이름은?"

후작이 마티어스를 대신해 물었다.

"테, 테라. 테라라고 합니다."

잔뜩 겁먹은 테라는 평소답지 않게 목소리를 달달 떨었다.

"그래. 이분께서 네가 오늘 뭘 만졌는지 궁금해하시는구나. 하나도 빠짐없이 얘기해 줄 있지?"

"무, 물론입니다. 후작님."

언제나 귀족과의 대화를 꿈꿔 왔던 테라였다. 그들의 말투를 곁눈질로 따라 배우고 혼자 연습하기도 했다. 그러나 일생일대의 기회 앞에서 그녀는 보기 흉할 만큼 온몸을 덜덜 떨며 연신 식은땀을 흘려 댔다.

"그, 그러니까 저는 오늘 많은 물건들을 만졌습니다."

귀족은 확실히 존재만으로도 주변을 압도하는 뭔가가 있는 모양이다. 아니면 눈앞의 마티어스가 워낙 특별하기 때문일까? 테라는 기가 죽어 어깨를 자꾸 움찔거렸다.

"고기, 야채, 그리고 다양한 주방 도구들. 그리고 설거지를 하느라 무수한 접시들을 만졌고……."

"그런 것에서 내가 찾는 냄새가 날 리 없다."

마티어스가 바보 같은 말을 내뱉는 테라가 답답한지 한 발자국 더 가까이 다가와 테라의 얼굴에 자신의 얼굴을 가까이 댔다. 테라가 너무 놀라 숨을 딱 멈췄다.

"오늘 네가 만난 사람이 있나?"

"사, 사람요? 사람들은 늘 만나요. 주방의 하녀들과 여기 시종들. 그리고 일꾼들과 푸줏간 사내와 또……."

"네가 만난 여자만 얘기해. 사내는 필요 없다."

"여, 여자요?"

테라는 자꾸만 바보처럼 굴었다. 늘 꿈꿔 왔던 일인데 왜 이렇게 부들부들 몸이 떨리는지 스스로 생각해도 너무 한심스러웠다.

"그래. 여자. 이건 여자에게서만 나는 냄새야."

"여자라면…… 그러니까 제가 이 손으로 만진 여자는 딱 한 명이에요. 제 친구 아벨라요."

"아벨라?"

"같이 사는 룸메이트 하녀예요. 그 아이가 제 부탁을 들어줘서 제가 그 아이의 손을 한번 잡았어요."

그 말에 마티어스가 상체를 다시 세웠다. 원하는 대답을 얻었다는 의미 같았다.

"한 번 볼 수 있을까? 그 친구라는 하녀."

"물론이에요. 하지만 당장은 힘들어요."

"어째서지?"

"여기 없어요. 아침에 심부름을 갔는데 아직 오지 않았어요."

"심부름? 어디로?"

"숲으로요. 초행길이라 시간이 걸릴지도 모른다고 했는데 정말인가 봐요. 아직 오지 않았어요."

테라의 말에 마티어스가 후작을 쳐다보았다. 후작이 곤란한 표정을 감추며 억지로 웃어 보였다.

"별일 없을 겁니다. 사냥개는 늘 단단히 묶어 두거든요. 숲은 어느 때보다 안전하게 관리되고 있습니다."

하지만 변명이 끝나기 무섭게 후작은 곧장 밖을 향해 다급히 소리쳤다.

"말을 준비해! 지금 당장 숲으로 가겠다! 어서!"

후작은 하필 마티어스가 관심을 보이는 것이 숲으로 심부름을 갔다는 소식에 불편한 마음을 감추지 못하고 재빨리 움직였다. 냄새라니. 특별히 그가 좋아하는 피 냄새가 있었던가? 그게 하녀의 손에 남아 그의 후각을 자극한 것일까? 뭔진 모르겠지만 하필 그게 숲으로 간 뒤 돌아오지 않는다니 느낌이 좋지 않았다.

"마티어스님. 제가 곧장 숲으로 가 그 하녀를 데려오겠습니다. 그러니 여기서 잠시만 기다려 주시면……."

"나보다 빨리 갔다 올 수 있나?"

"네?"

"네 발 달린 동물을 의지하는 건 너나 해."

마티어스가 이 층 계단을 성큼성큼 올라갔다. 그 뒤론 보지 않아도 상상이 됐다. 큰 창문을 활짝 연 뒤 바닥을 박차고 뛰어오르겠지. 그리곤 허공을 가르며 바람처럼 숲으로 떠날 것이다.

"급한 성격의 소유자 같으니. 후각을 자극하는 냄새가 맡아진 모양인데 그렇다고 저리 서두를 건 또 뭐람. 흥분되게."

후작은 밖으로 나가 준비된 말 위에 올라타며 눈을 반짝였다.

"이런 기분 오랜만이네. 어쩐지 신나는 일이 일어날 것 같은 예감
이랄까."

그가 말고삐를 바짝 당기며 신이 나 목소리를 높였다.

"자, 슬슬 가 볼까? 오늘 밤 나의 숲에서 무슨 일이 일어나는지 관
람해 보자구."


한편 오두막집에 있는 아벨라는 너무 놀라 어쩔 줄 몰라 했다.

"어떻게 이런 일이. 빌리! 빌리!"

그녀가 쓰러져 있는 빌리를 일으키려 애쓰는 순간 그녀의 등 뒤로
소리 없이 누군가가 나타났다. 하녀장이었다. 하녀장은 아벨라의 뒤
를 태연하게 지나쳐 문 앞에 놓인 양동이를 들고 들어왔다.

쿵.

두꺼운 나무문이 닫히는 소리에 아벨라가 뒤늦게 하녀장의 존재
를 알아차렸다. 하지만 늙은 하녀장은 그런 그녀가 안중에도 없는
듯 유유히 철창문을 열고 그 안으로 들어갔다.

"그래. 아들아. 오늘 식사는 좀 늦게 도착했구나. 배고팠지?"

하녀장은 양동이의 피를 한 컵씩 떠서 아들이라 불리는 사람의 입
에 넣어 주었다. 그러나 아들이라는 자가 그것을 거부했다. 하녀장
은 평소와 달리 피를 거부하는 아들을 다독거렸다.

"이걸 마셔야지 오늘 하루를 버틸 수 있어. 너도 알잖아."

그러나 아들은 사나운 괴성만 지를 뿐 다른 것을 갈구했다. 뜻을
모르지 않는 하녀장은 한숨을 내쉬었다.

"짐승의 피는 질리도록 맛봤으니 이제 맛있는 사람의 피를 달라
는 거구나. 하지만 지금은 보다시피 줄 게 없단다."

짐승은 바닥에 쓰러져 있는 빌리를 쳐다보며 경중경중 뛰었다. 하
녀장은 곤란하다며 고개를 저었다.

"저건 이미 죽었어. 어제 네가 피를 전부 빨았잖니. 기억 안 나?"

그녀는 눈앞에 서 있는 아벨라를 마치 못 본 것처럼 혼잣말을 잘도 중얼거렸다.

"한심한 빌리. 그러게 평소 하지 않던 짓을 왜 해서 명을 재촉한 건지. 한 번도 집 안으로 들어오지 않던 녀석이 어젠 왜 들어온 거야? 또 내 아들의 족쇄는 왜 풀어 주려고 해서 개죽음을 당하냐구. 내가 아들을 가둬 놓을 수밖에 없는 건 다 이유가 있는데 눈치도 없는 녀석 같으니."

하녀장은 빌리를 향해 길게 혀를 차더니 뒤늦게 그 옆에 서 있는 아벨라에게 시선을 주었다.

"그러고 보니 여기 빌리처럼 멍청한 인간이 또 한 명 있었군."

하녀장이 그녀를 쳐다보았다. 아벨라가 쓰러진 빌리를 놔두고 자리에서 일어섰다. 긴장해서 경계하는 아벨라와 달리 하녀장은 너무나도 여유롭고 편안해 보였다.

"당신이 빌리를 죽였군요."

"빌리를 죽인 건 내가 아니라 철창 속의 저 아이란다."

"사람을 죽이게 놔뒀단 말이에요? 대체 왜요?"

"방금 알려 줬잖아. 발을 들이지 말아야 할 곳에 들였고 보지 말아야 할 것을 봤기 때문이야."

철창 안의 짐승이 침을 흘리며 몸을 흔들었다. 아벨라의 존재를 인식한 것이다. 짐승이 쇠사슬에 묶인 팔을 아벨라를 향해 내밀었다. 끊어질 듯 팽팽해진 쇠사슬을 본 아벨라는 공포감을 느끼며 황급히 뒤로 물러섰다.

"저, 저건 대체 뭐예요?"

"네 눈엔 뭐로 보여?"

"사람……?"

곰과 사자처럼 큰 덩치에 날카로운 이빨을 가진 사람. 그러나 아벨라를 보고 입을 찢어 트리며 내는 소리는 짐승의 울부짖음이었다.

"아니야. 저런 소리를 내는 게 사람일 리 없어요. 저건 짐승이에요."

하녀장은 아벨라의 말에 틀렸다며 고개를 저어 보였다.

"내 아들은 사람이 맞아. 단지 피를 마시고 산다는 게 일반적이지 않을 뿐이지."

"피?"

"그런 존재에 대해 들어 본 적 있어? 사람의 형상을 한 채 사람의 피를 마시고 사는 존재."

"몰라요. 난 그런 존재는 본 적도 들은 적도 없어요."

"하긴. 안다 해도 믿고 싶지 않겠지. 봤다 해도 불사의 존재를 보고 살아난 사람도 없으니까."

하녀장은 아들이라고 불리는 그것을 향해 늙은 두 눈을 반짝이며 뿌듯한 얼굴을 했다.

"내 아들은 말이야. 피만 마시면 죽지 않고 영생할 수 있어. 아들이 그것들에게 물린 건 벌써 사십 년 전 일이지. 늦은 밤, 들녘에 농기구를 챙겨 오다가 당했지 뭐니? 그런데도 내 아들의 얼굴을 봐. 여전히 그때 그 모습 그대로 늙지 않고 있어. 굉장하지?"

"늙지 않는다면 저건 사람이 아니에요. 사람들은 모두 나이를……."

"사람이야!"

하녀장이 버럭 소리를 질렀다.

"내 아들이라고 말했잖아! 몇 번을 말해야 알아들어? 직접 보고도 못 믿는단 말이야? 내가 낳은 아들이라구!"

하녀장은 갑자기 흥분하기 시작했다. 아들처럼 덩치가 좋은 하녀장이 화를 내자 그 모습도 제법 무섭게 느껴졌다.

"보고도 못 믿겠다니 저런 것들 때문에 내가 아들을 여기에 놔둘 수밖에 없는 거야. 이 착하고 순한 아이를 보는 너희 눈이 얼마나 잔인할 줄 알아? 우리 아들이 너희한테 무슨 잘못을 했다고 그런 멸시의 눈으로 보는 거지? 마녀의 주술에 걸렸다는 둥, 연금술사가 만들어 낸 괴물이라는 둥, 말도 안 되는 소문을 퍼트리더니 결국 살아 있는 아이를 죽이겠다고 바다에 던졌잖아. 내 남편은 이 가엾은 것을 구하겠다고 얼음물에 뛰어들어 심장마비로 죽었고. 그런데도 너희는 여전히 그런 거침없는 말을 마구 쏟아 낸다구! 어떻게 그럴 수 있어?"

하녀장은 울분을 터트리며 짐승 앞에서 눈물을 쏟아 냈다.

"이 아이가 이렇게 되고 싶어 된 줄 알아? 모두 그놈들 탓이라구. 그놈들 잘못인데 왜 벌은 우리 아이가 받는 거야? 억울해. 너무 억울해!"

하녀장은 억울함에 몸을 부르르 떨더니 더 이상 참지 못하겠다는 짐승의 몸을 묶고 있는 쇠사슬을 마구 풀기 시작했다.

"너희 같은 것들은 벌을 받아야 해. 불쌍한 우리 아들이 이곳에서 겪은 고통을 너희도 느껴 봐야 해. 전부 죗값을 받아야 한다구! 사람이 아니라구? 사람이 아니면 내 아들은 뭔데?"

하녀장의 재빠른 손놀림에 육중한 쇠사슬이 순식간에 풀어졌다. 짐승은 가벼워진 몸이 어색한 듯 잠시 주춤거리더니 이내 자유의 몸이 된 걸 인식하고 스스로 철창 안에서 걸어 나왔다. 아벨라는 하얗게 질린 얼굴로 뒷걸음질 쳤다. 하녀장이 분개한 목소리로 어디 한번 더 지껄여 보라고 다그쳤다.

"내 아들 앞에서 어디 한번 말해 봐. 사람이 아니라고 말해 봐!"

짐승은 그 말을 알아듣는지 못 알아듣는지 오로지 으르렁거리는 소리를 내며 벌린 입 사이로 침을 길게 늘어뜨렸다.

"먹으렴. 아들아. 그들이 네게 그랬던 것처럼 너도 저걸 먹어 치워 버려. 살가죽이 쭈글쭈글해질 때까지 단 한 방울의 피도 남기지 말고 전부!"

짐승이 아벨라를 향해 날카로운 이빨을 드러내며 입을 쩌억 벌렸다.

"시, 싫어. 저리 가. 내게 오지 마!"

짐승이 아벨라를 붙잡으려고 긴 팔을 뻗었다. 아벨라가 문을 향해 있는 힘껏 몸을 날렸다. 문이 활짝 열렸다. 아벨라의 몸이 계단 아래로 나뒹굴었다.

그 뒤를 따라오던 짐승도 문 앞의 계단을 제대로 밟지 못해 같이 나뒹굴었다. 짐승은 민첩성이 떨어졌다. 오랜만에 철창에서 나왔기 때문일 것이다. 두 팔과 두 다리가 항상 쇠사슬에 묶여 있어서 걷는 게 버거운 모양이었다. 짐승은 바닥으로 고꾸라진 상태에서 잠시 정신을 차리지 못하더니 좁은 철창과는 전혀 다른 세계에 놀란 듯 코를 몇 번이나 씰룩거렸다. 맑은 공기, 넓은 하늘, 그리고 저 멀리 달려가는 맛있는 음식.

짐승은 기분이 좋아진 듯 헤벌쭉 입을 벌리더니 이윽고 아벨라를 향해 달리기 시작했다.

"어디로 가야 해? 어떻게 해야 하지?"

아벨라는 숨을 곳을 찾지 못해 무작정 눈앞에 보이는 숲 속으로 내달렸다. 뒤에서 짐승이 울부짖으며 달려오는 소리가 들렸다. 무서웠다. 그리고 두려웠다. 풀들을 헤치고 나무를 피해 달려가면서 아벨라는 제발 누군가 자신을 구해 주길 마음속으로 빌고 또 빌었다. 그때였다.

쉐에에엑.

무언가가 허공을 가르는 소리가 귓가에 들리는 듯하더니 아벨라의 몸 어딘가를 퍼억 쳤다. 연약한 아벨라의 몸이 하늘로 붕 떴다. 그리고 허공으로 날아오른 만큼 곧장 바닥에 추락했다.

퍼억.

아벨라의 입에서 고통의 신음이 토해졌다. 어디를 어떻게 강타 당했는지 몸을 꼼짝할 수 없었다. 알몸의 짐승이 그런 그녀를 내려다보며 기분 좋게 헐떡거렸다.

"사, 살려…… 주세요."

아벨라는 쓰러진 채로 짐승에게 애원했다.

"제발…… 살려…… 주……."

헐떡거리는 짐승의 입에서 찐득한 침이 흘러내려 아벨라의 얼굴 위로 떨어졌다. 아벨라는 그것을 닦아 내지도 못한 채 기진해진 두 눈만 깜박거렸다. 짐승이 입을 쩌억 벌렸다. 벌어진 입 밖으로 크고 날카로운 송곳니가 한꺼번에 나타났다. 아벨라는 너무 공포스러워 차라리 정신을 잃고 싶었다. 짐승이 아벨라의 머리통을 물어뜯기 위해 입을 더 크게 벌리는 순간이었다.

"떨어져."

누군가의 손이 짐승의 머리를 붙잡았다. 짐승이 제자리에서 움찔했다.

"떨어지라고 했다, 사냥개."

손안의 힘이 얼마나 대단한지 짐승은 옴짝달싹 못 했다. 짐승은 당황한 것 같았다. 갑자기 움직이지 못하게 되니 답답한 쇠사슬에 다시 몸이 묶인 기분이 든 모양이다. 그래서 자신의 머리통을 잡고 있는 사람의 손을 물어뜯는 실수를 범하고 말았다. 짐승의 입장에선 최고의 협박이었고 경고였지만 그것이 문제를 일으켰다.

"감히 나를 먹으려고?"

그가 자신의 손을 먹은 짐승을 보며 불쾌하다는 듯 입꼬리를 올렸다.

"감당할 수 있겠어, 나를?"

그 모습이 섬뜩하고 기묘했다. 손이 물렸는데 비명을 지르지도 않다니, 짐승은 더욱 세게 그의 손에 이빨을 쑤셔 박았다. 그러나 뚫리지 않는 피부였다. 피가 흐르지 않는 몸이었다. 짐승이 이상하다는 듯 두 눈을 둥그렇게 떴다. 순간 그가 자신의 손을 덥석 문 짐승의 입에서 손을 확 빼냈다.

"으어어어억!"

짐승이 비명을 내지르며 입에서 왈칵 피를 뿜어냈다. 이빨들이 우수수 빠져 버렸다. 분명 그의 손을 꽉 문 채로 버티고 있었는데 어떻게 된 일인지 알 수 없었다. 처음 느끼는 고통에 짐승은 크게 휘청거렸다. 엉망이 된 입에서 흐르는 피만큼 고통이 너무 컸다.

"더럽게."

그가 짐승의 침이 잔뜩 묻은 자신의 손을 보며 몹시 언짢아했다.

"이래서 잡종은 키우지 말라고 했잖나, 후작."

그가 수풀 더미 뒤에 숨어 있는 후작을 나무라자 후작이 거듭 사과했다.

"시정하겠습니다. 바로 제가 처리할 테니 그만 사냥개로부터 물러나십시오. 고귀한 분께 감히 더러운 게 묻을까 염려스럽습니다."

"늦었어. 이미 묻어 버렸으니까."

그가 여전히 휘청거리며 정신을 차리지 못하는 짐승의 머리를 두 손으로 잡았다. 그리고 일말의 미련도 없이 그 목을 잡아 가차 없이 위로 뽑아 버렸다.

파아아아악.

고통에 난리치며 입을 틀어막고 있던 짐승은 비명도 내지르지 못

하고 목이 날아갔다. 아벨라는 그때 보았다. 짐승의 피가 흩뿌려지는 피의 향연을 느긋하게 즐기고 있는 한 남자의 모습을. 그리고 그 얼굴을.

아아, 나는 저 얼굴을 알아. 그래. 저 얼굴을 본 적이 있어. 그날도 그랬지. 어둠 속에서 홀연히 나타나 아무 죄책감 없이 잔인한 폭력을 휘두르며 피의 향연을 즐기던 모습을. 그래. 그랬어. 저자는 그날도 내 아버지의 목을 저렇게 잘라 버렸어. 기억나. 당신의 얼굴. 그리고 당신의 이름도.

당신은 바로.

"마……티어스!"

눈앞의 원수를 본 아벨라의 두 눈에 실핏줄이 튀어 올랐다. 그녀가 그를 잡기 위해 가녀린 손을 무작정 뻗었다.

"내…… 아버지의 원수. 죽여…… 버릴 거야……. 죽이고…… 말 거야. 내가…… 꼭 너를……."

마티어스를 향해 필사적으로 뻗은 손이 분노에 차 부들부들 떨렸다. 그러나 그게 전부였다. 아벨라의 연약하고 마른 손은 곧 힘없이 아래로 떨어졌다.

투욱.

미동도 없다. 숨소리도 없다. 죽은 것 같았다. 짐승의 피를 뒤집어쓴 아벨라는 그렇게 정신을 잃었다. 그런데 그 모습을 보고 너무 놀라 얼음처럼 굳은 채 움직이지 않는 사람이 있었다. 얼마나 놀랐는지 평소와 달리 표정을 드러내고 당황하기까지 했다.

"마티어스님?"

후작은 오늘따라 유난히 표정을 내비치는 그의 모습에 의아함을 감추지 못했다. 마티어스는 쓰러진 아벨라의 앞으로 걸어가 한참 동안 그녀를 내려다보았다. 뭔가를 확인하는 듯했고 이내 확신하는 얼

굴이었다. 그가 피에 젖은 아벨라의 뺨을 가만히 어루만졌다. 그 손
길이 애틋하게 떨렸다면 믿을 사람이 있을까?

파동이 컸던 그의 얼굴. 그가 정신을 잃은 아벨라를 향해 말했다.

"……클로에."

마티어스는 아벨라를 '클로에'라고 불렀다.


저택에 난리가 났다. 숲으로 갔던 마티어스가 피범벅이 된 여자를
안고 왔기 때문이다. 여자는 이미 죽은 사람처럼 축 늘어져 정신을
잃은 상태였다. 그녀의 팔과 다리에서 떨어지는 핏방울이 깨끗한 대
리석 바닥을 적셨다. 그 모습이 보는 이들을 질겁하게 만들었다.

"뜨거운 물과 수건을 가져와! 깨끗한 모포도!"

마티어스의 뒤를 따라 들어오던 후작이 저택이 떠나가라 소리쳤
다. 그렇잖아도 한참 손님에 대한 수다를 떨고 있던 하녀들이 갑작
스러운 상황에 놀라 사방으로 흩어지며 허둥거렸다.

"피! 피가……!"

하녀 중 한 명이 마티어스가 걸어간 바닥에 떨어지는 피를 보고
제법 큰 목소리를 냈다. 마티어스를 따라 이 층으로 뛰다시피 걸어
가던 후작이 곧장 돌아와 소리를 지르는 하녀의 뺨을 가차 없이 때
렸다.

철썩.

강도가 얼마나 센지 뺨을 맞은 하녀가 그대로 바닥으로 쓰러졌다.
그가 쓰러진 하녀를 향해 말했다.

"조용히 해."

냉정하고도 차분한 목소리가 뚜렷하게 귀에 박혔다.

"왜 소리를 질러? 피가 뭘 어쨌는데? 피가 떨어졌으면 바닥을 닦
으면 될 것 아냐? 뭐가 문제야?"

129

하녀가 잘못했다며 바닥에 납작 엎드렸다. 눈물을 흘릴 새도 없었다. 후작은 서 있는 하녀들을 한 명 한 명 쳐다보며 엄중히 경고했다.

"소리 내지도 마. 그 어떤 소리도. 너희 모두 다 마찬가지야. 이 시간 이후로 여기서 벌어지는 그 모든 일에 침묵해. 알겠어?"

서슬 퍼런 후작의 말에 하녀들이 얼른 허리를 굽히며 물론이라며 한 목소리를 냈다.

"그렇게 하겠습니다. 명심하겠습니다, 후작님."

"알았으면! 당장 수건과 따뜻한 물, 그리고 깨끗한 모포를 준비해 와. 지금 당장!"

후작의 날카로운 명령에 잔뜩 놀란 하녀들이 부산스럽게 움직이기 시작했다. 누군가는 모포를 꺼내다 떨어트리기도 했고 뜨거운 물에 손을 데기도 했다. 평소 하지 않는 실수를 연달아 하는 건 후작이 직접 물건을 가져가기 위해 기다리고 있었기 때문이었다. 후작에게 물건을 건네는 하녀들의 손이 덜덜 떨렸다.

"이 층엔 얼씬도 말도록."

후작은 그 말을 끝으로 곧바로 이 층으로 사라졌다. 마티어스를 위한 만찬은 취소됐다. 문제는 그럼에도 불구하고 예정에 없던 손님들이 느닷없이 저택으로 찾아오기 시작했다는 것이다.

문을 열고 들어온 사람이 없는데 갑자기 화려한 치장을 한 귀족 아가씨가 소파에 앉아 있었다. 다이닝 룸에서 낯선 목소리가 들려가 보면 처음 보는 신사가 불량스러워 보이는 한 소년과 대화를 나누고 있기도 했다.

"대체 이게 무슨 일이야? 저 사람들은 누구야?"

"우리가 모르는 손님이 또 오기로 한 거 아니야?"

"그럴 리가. 손님이 더 오기로 했다면 우리 다섯 명으로는 역부족인걸."

"그럼 저들은 누구야? 하나같이 옷차림이 대단하잖아. 우리가 모르는 손님 리스트가 더 있지 않고는 누가 감히 후작 댁에 함부로 들어올 수 있겠어?"

"이럴 때 하녀장님은 어딜 가신 거야? 어떤 것부터 해야 할지 전혀 아는 사람이 없잖아."

"그것보다 일단 차부터. 아니 쿠키 쿠키. 뭐부터 준비해야 하지? 누가 좀 도와줘."

하녀들은 갑작스러운 상황 변화에 어쩔 줄 몰라 했다. 하나같이 대단한 아우라를 지닌 사람들이 느닷없이 여기저기서 불쑥불쑥 튀어나오니 그럴 수밖에 없었다. 진두지휘해야 할 하녀장은 무슨 일인지 보이지도 않고, 급변한 상황에 대해 귀띔이라도 줘야 할 집사조치 코빼기도 보이지 않았다. 후작은 숲에서 돌아와 이 층으로 올라간 뒤 감감무소식이니 하녀들은 답답해 미칠 지경이었다. 그것도 찍소리 내지 말라는 엄명이 떨어진 상태라 어떡해야 할지 감도 잡지 못했다.

"대체 이 층에서 무슨 일이 벌어지고 있는 거지?"

아까부터 계단 위의 대형 창문이 활짝 열린 게 마음에 걸렸던 테라는 자기도 모르게 자꾸만 이 층을 힐끔거렸다.

침대에 누워 있는 아벨라를 바라보는 그의 얼굴이 무겁다. 어떻게 된 걸까. 어떻게 클로에가 후작의 영지에 쓰러져 있던 걸까.

"그것도 하녀의 옷을 입은 채로."

짐승의 피가 묻은 아벨라의 얼굴을 물수건으로 조심히 닦아 내던 그의 얼굴이 수많은 의구심과 놀라움에 뒤섞여 복잡했다. 누가 감히 지금의 그녀를 보고 클로에임을 알아챌 수 있을까.

"이렇게 완벽히 다른 얼굴인데."

짐승의 갈고리는 그녀를 할퀴지 못했다. 직접 인간 사냥을 해 본 적 없기 때문에 실수한 모양이었다. 천만다행인 일이었다. 만약 갈고리가 제대로 사용됐다면 지금의 그녀는 온전할 수 없을 것이다.

"으음."

아벨라가 신음 소리를 냈다. 짐승의 강력한 팔에 등을 맞았으니 고통이 보통은 아닐 것이다. 그래서 꿈에서조차 괴로워하는 걸까. 감고 있는 두 눈 사이의 미간이 잔뜩 주름진 걸 보니 그런 것 같기도 했다. 마티어스는 피를 닦아 내던 손을 멈추고 조용히 밖으로 나왔다.

"사냥개가 클로에님을 공격했다는 게 사실이야?"

"어떻게 그런 끔찍한 일이."

"그래서 내가 뭐라고 했어? 진작 그런 잡종은 없애 버려야 한다고 했잖아."

서재에 그들이 모여 있었다. 화려한 치장과 과한 노출로 언제 어디서든 관능미를 풍기는 성숙미의 대명사 신시아와 젊은 치기를 감당하지 못해 늘 사고를 치는 소년 카이. 그리고 마티어스의 그림자 심복인 중년신사 로렌즈가 그들이었다. 그들은 이번 사건에 대해 제법 흥분했는지 마티어스가 서재에 들어온 것도 모르고 수많은 말들을 쏟아 내고 있었다.

"후작이 수상해."

카이가 이 일의 배후로 후작을 지목했다. 서재에 있는 사람들 중 제일 나이 어린 카이였지만 그는 오늘도 성급한 성격을 다스리지 못하고 다짜고짜 후작을 몰아세웠다. 그렇잖아도 조금 전 숲에서 있었던 사냥개의 일로 마음이 불편했던 후작이 서재 한쪽에 조용히 자리를 지키고 있다가 은근히 언짢아했다.

"아니라면 설명해 봐, 후작."

"에녹이라 불러 주세요."

"에녹?"

"신에게 바쳐진 사람이라는 뜻입니다. 성경에 에녹서가 있는 건 알고 있죠? 거기서 따온 이름이에요. 물론 금서이긴 합니다만."

"그런 건 알 필요도 없고 알고 싶지도 않아. 네 이름 뜻풀이는 파티장에서 여자 꼬실 때나 써먹도록 하고 어서 대답이나 해 봐."

은근슬쩍 화제를 돌리려는 후작의 약삭빠른 행동에 카이가 조소를 날리며 당장 제대로 된 대답을 해 보라고 윽박질렀다.

"클로에님이 왜 이곳에 계시는 거지?"

"나도 모릅니다."

"발뺌하는 거야?"

"모르는 걸 어떻게 설명합니까? 뭘 알아야 설명을 하죠."

"네 영지에서 일어난 일이야. 그런데 모른다고 하면 다야?"

"글쎄. 아는 게 없다니까요."

카이는 꼬박꼬박 반말을 했으나 후작은 예의를 차려 말을 놓지 않았다. 외견상 후작이 나이가 더 많았지만 사실 이들에게 겉모습은 크게 중요하지 않다. 실제로 산 나이를 따지면 이 자리에서 후작이 제일 나이 어린 사람이 된다.

라베르 에녹 단튀쉬 후작.

그는 이제 갓 25살이 된 이탈리아 라베르 가문의 유일한 후계자로 영국 후작의 직위를 가지고 있는 자였다. 그의 가문은 이탈리아에서 명성이 높은 가문으로 그 이름만으로도 평생을 사교계에서 칭송받을 수 있는 권력을 가지고 있었다. 그런 그가 자신보다 훨씬 어린 카이에게 존대를 하며 예의를 차리는 것은 그들의 존재가 평범하지 않기 때문이다.

"말해 보라니까, 후작. 당신이 아랫사람 관리를 제대로 못 한 거 잖아. 주인이 누가 하녀로 있는지도 모른다는 게 말이 돼?"

"이 저택에 종사하는 시종이 몇 명인지 알고 하는 말이에요? 어림 잡아도 백 명은 넘을 겁니다. 그걸 내가 다 어떻게 관리하겠습니까?"

"그걸 관리하기 위해 하녀장을 둔 거잖아."

"물론이죠."

"근데 내가 알아본 바에 의하면 그 하녀장은 변종을 돌보느라 하루의 반 이상을 오두막에서 지냈던걸. 그 말은 즉, 하녀장이 맡은 소임을 등한시하게 된 이유는 후작이 쓸데없이 변종을 키우고 있어서 그 뒤치다꺼리를 하느라 그런 거고, 그래서 이런 일이 발생했다, 이 말이야. 내 말이 틀려? 틀리냐구."

후작은 골치 아픈 얼굴로 저 어린 친구 좀 어떻게 해 달라며 서재 안의 사람들을 바라보았다. 그러나 사안이 사안인 만큼 선뜻 아무도 나서 주지 않았다. 객관적인 자세를 유지하는 신사 로렌즈조차 팔짱을 낀 채 무리 속에 조용히 서 있을 뿐이었다. 후작은 그제야 자신의 편을 들어줄 이가 이곳에 없다는 걸 알았다. 그가 답지 않게 긴 한숨을 내쉬었다.

"숲에서 나오는 곰이나 들짐승을 막기에 그만한 변종이 없어서 거둔 거였는데."

후작은 섭섭하다는 듯 혼잣말을 중얼거렸다. 대화를 듣고 있던 마티어스가 의자를 빼고 자리에 앉았다. 뒤늦게 그가 온 걸 알아차린 일동 모두가 대화를 멈추고 그를 향해 인사를 했다.

"마티어스님."

신시아가 제일 먼저 고개를 숙이며 그를 향해 인사했다. 깊게 파인 드레스 사이로 풍만한 가슴이 육감적인 자태를 뽐냈다. 그 작은 몸짓 하나에 이성을 마비시키는 페로몬이 공기를 타고 퍼졌다. 다행히 이곳에 모여 있는 자들은 같은 패밀리로 신시아의 관능미에 유혹될 리는 없지만 인간인 후작은 손수건으로 코와 입을 막은 채 곤혹스러워했다.

"하등한 사냥개 때문에 크게 놀라셨겠습니다. 다친 데는 없으신가요?"

신시아는 그녀가 발견됐다는 소식보다 변종과 마주친 마티어스를 걱정했다. 새삼스러운 태도는 아니었지만 카이는 참지 못하고 성질을 냈다.

"신시아. 지금 확인해야 할 건 그게 아니잖아. 마티어스님. 클로에님의 상태는 어떻습니까? 크게 다친 데는 없으신가요?"

흥분해 걱정하는 카이의 말이 아니더라도 모두 심각하게 마티어스의 말을 기다리는 중이었다. 잠시 침묵을 지키던 그가 어쩐지 대답을 미뤘다. 그것이 불길해 카이가 감히 대답을 재촉했다.

"마티어스님."

"그것보다 더 큰 문제가 생겼다."

그의 짧은 대답에 서재 안이 일순 술렁거렸다.

"그것보다 더 안 좋은 문제라니 그게 대체 무슨 말씀이세요? 무슨 문제가 생긴 거예요? 네?"

마티어스는 대답 대신 침묵했다. 이유를 알 수 없었다. 그의 고민. 그의 문제. 그는 아벨라가 숲에서 쓰러지기 전 자신을 향해 했던 말이 마음에 걸려 생각에 잠겼지만 카이는 그를 침묵하게 만드는 게 뭔지 몰라 더욱 불안해했다.

"마티어스님!"

조급함을 참지 못한 카이가 다시 한 번 목소리를 낸 그때였다. 카이의 목소리를 듣고 서재 안으로 누군가 들어섰다. 수척한 얼굴의 소유자. 하녀복을 입은 피범벅의 여자. 그녀는 아벨라였다.

"방금 마티어스라고 했어요?"

아벨라가 카이를 향해 물었다.

"그 사람이 여기 있어요? 여기 있냐구요."

그녀의 등장에 자리에 앉아 있던 일동이 모두 황급히 자리에서 일어섰다. 단 일 초의 망설임도 없는 즉각적인 행동이었다. 자리에 앉아 있는 건 마티어스뿐, 모두 그녀를 향해 반듯한 자세를 취하며 아벨라를 맞았다. 그러나 그녀의 모습을 본 모두는 각자의 눈을 의심하고 말았다.

'어떻게 된 거야? 이 모습이 클로에님이라니.'

'이분이 정말 클로에님이라고?'

카이는 설마, 하며 로렌즈를 쳐다보았다. 그도 놀랍다는 얼굴을 감추지 못한 채 카이의 시선을 받았다. 살집 없는 마른 몸. 뼈마디가 드러난 손과 발. 움푹 팬 볼살 아래 퀭한 두 눈동자. 무엇보다 불에 타 엉망인 짧은 머리카락은 그들이 알고 있던 클로에가 아니었다.

아벨라는 자신을 보는 사람들의 시선이 의문투성이인 걸 알지 못한 채 오직 마티어스만 찾았다.

"마티어스는 어디 있어요? 난 그 사람을 만나야 해요. 그를 좀 만나게 해 주세요. 네?"

카이가 황급히 앞으로 나와 아벨라를 진정시켰다. 의심은 깊었지만 그만큼 그동안 그녀가 겪었을 상황이 예상돼 괜히 울컥했다. 숲에서 변종의 피를 뒤집어썼던 터라 역겨운 피비린내가 풍기고 몰골이 말이 아니었지만 카이는 개의치 않았다.

"클로에님. 진정하세요. 변종에 의해 다치셨어요. 무리하시면……."

아벨라가 카이의 손을 확 뿌리쳤다.

"비켜요. 난 클로에가 아니에요. 사람 잘못 봤어요."

아벨라는 서재 안을 두리번거리다가 벽 쪽 의자에 앉아 있는 마티어스를 발견했다.

"아저씨!"

마티어스를 향해 아벨라가 소리쳤다.

"아저씨! 내 아버지의 친구! 우리 아빠 어딨어요? 왜 당신 혼자 여기 있는 거예요?"

모두가 말릴 틈도 없었다. 아벨라는 의자에 앉아 있는 마티어스 앞으로 재빨리 다가가 수많은 말들을 쏟아 내며 설명을 촉구했다.

"진정하세요, 클로에님!"

"이거 놔요!"

아벨라가 자꾸 자신을 붙잡는 카이에게 소리쳤다.

"당신 뭐야? 왜 자꾸 나를 클로에라 부르는 거야? 사람 잘못 봤다고 했잖아!"

그녀의 고함에 카이가 당황했다. 마티어스가 뒤로 물러서라고 눈짓을 했다. 카이뿐 아니라 지켜보고 있던 모두가 서 있던 자리에서 보다 뒤로 물러섰다. 그들 모두 크게 당황한 표정이었다.

"당신."

아벨라가 앉아 있는 마티어스를 노려보았다. 메마른 눈동자는 경멸과 분노, 그리고 적의에 찬 감정들을 가득 담고 있었다.

"당신을 기억해요. 당신 이름이 마티어스죠? 그렇죠?"

아벨라를 바라보는 그의 얼굴이 묘했다. 그것은 충격이라고 말해도 좋을까? 그가 대답을 재촉하는 그녀를 향해 천천히 고개를 끄덕여 보였다.

"그래. 내 이름이 마티어스다. 내가 마티어스가 맞아."

"그런데 왜 내게 아무 말도 안 해 주는 거예요? 내게 설명해 달라구요! 그날 일을!"

"그날 일?"

"그래요. 그날 일. 아빠는 어딨어요? 우리 아빠를 어떻게 한 거예요? 그날 우리 부녀에게 무슨 짓을 한 거냐구!"

절박함이 묻어나는 아벨라와는 반대로 그의 표정은 서서히 굳어 갔다.

"이상하군."

동요 없이 앉아 있던 마티어스가 자리에서 천천히 일어섰다.

"뭔가 아주 이상해."

이상했다. 아주 많이. 갑자기 나타난 그녀는 낯선 사람처럼 무언가 달라져 있었다. 아니, 전부 달랐다. 삐쩍 마른 외모야 부상 때문이었음을 짐작했지만 그것 외에도 많은 것이 예전과 다르다. 그를 보는 눈빛까지. 그가 서재 안의 사람들에게 말했다.

"모두 나가 있어."

서재에 있던 사람들이 두 사람을 남겨 두고 자리에서 물러났다. 마티어스는 테이블의 의자를 빼 아벨라에게 앉으라고 권했다. 아벨라는 거절했다. 그녀는 당장 묻는 말에 대답을 해 주지 않으면 죽어 버릴 것 같은 표정을 지었다.

마티어스는 그녀가 자리에 앉길 거부하자 자신도 자리에서 선 채로 그녀와 마주했다. 아벨라는 그때 그의 얼굴을 처음으로 자세히 보았다.

그의 얼굴을 어떻게 묘사하면 좋을까. 눈보다 하얀 피부로 인해 투명해 보이기까지 하는 순백의 얼굴을 가진 남자를.

그는 태어나 단 한 번도 햇빛을 받지 않은 것 같은 얼굴과 달리 큰 키에 몸 전체에 보기 좋은 적당한 근육을 지니고 있었다.

그리고 흔하지 않은 회색 눈동자를 가지고 있었는데 그 눈매가 묘하게 뇌쇄적이라 가만히 보고 있노라니 누구든 매혹당할 눈빛이었다.

깊이를 가늠할 수 없는 눈매의 소유자. 그는 한마디로 설명하기 어려운 몹시도 이중적인 인상을 지닌 사람이었다. 분명 신화에 나오는 신처럼 고혹적이고 아름다운 미남이 분명했으나 반대로 차가움이 너무 강해 그 아름다움이 날카로워 보이는 폐해가 있었다. 비밀이 숨어 있는 얼굴이라면 이해가 갈까. 그는 가늠하기 어려운 무언가가 내재되어 있는 얼굴의 소유자였다.

"이름이?"

그가 듣기 좋은 중저음의 목소리로 물었다.

"아벨라예요. 아벨라 모리스."

그는 아벨라라는 이름을 천천히 되뇌었다.

"그래. 아벨라양. 방금 내게 한 말에 대한 자세한 설명을 듣고 싶은데."

"설명을 들어야 하는 건 나예요."

아벨라는 당장에라도 그를 죽이고 싶은 마음으로 사납게 대꾸했다.

"도통 무슨 말인지 알 수가 없군."

"그날 일이 기억나지 않는단 말이에요? 당신이 아빠를 만나러 항구의 선술집으로 찾아왔잖아요. 그리고, 그리고 당신이……!"

아벨라는 순간 말을 하다가 감정을 주체 못 하고 울컥 눈물을 쏟았다. 살인자 앞에서 눈물을 쏟다니 너무나도 바보 같았지만 그동안 일어났던 무수한 일들이 한꺼번에 기억나면서 감정을 주체할 수 없었다.

"이제야 당신을 만난 게 너무 기쁘면서도 한편으로는 절망스러워. 왜냐면 그건 내게 일어난 일이 꿈이 아니라는 걸 증명해 주는 거니까. 그래서 바보처럼 눈물이 나. 그래서 눈물을 멈출 수가 없어."

그녀가 두 손으로 얼굴을 가리고 어깨까지 들썩이자 마티어스는 울고 있는 그녀를 오히려 이상하게 쳐다보았다. 무슨 말을 하는지 하나도 알아들을 수 없었다. 항구는 뭐고 선술집은 대체 뭔지 가늠조차 되지 않았다.

한참 후, 아벨라가 눈물을 거뒀다. 애처롭게 울던 그녀가 손등으로 눈물을 닦아 내고 진정하고 있을 때 신시아가 그녀에게 차 한 잔을 주고 갔다.

"여유를 가지십시오. 모두가 걱정하고 있습니다."

신시아는 아벨라에게 공손히 인사를 하고 밖으로 나갔다. 귀족 아가씨가 자신에게 직접 차를 갖다 주다니 놀라웠다.

"처음이에요. 이런 건."

아벨라는 찻잔을 만지작거렸다.

"나는…… 이런 걸 마셔 본 적 없어요."

마티어스는 아무 말도 하지 않았다. 그는 오로지 그녀의 얼굴만을 뚫어지게 쳐다볼 뿐이었다. 하지만 그가 무표정 속에 애써 놀라움을 감추고 있다는 걸 아벨라는 전혀 모르고 있었다. 그녀가 천천히 차를 한 모금 마셨다. 아벨라는 입안으로 퍼지는 특유의 향이 좋은지 한 모금 더 마시고 찻잔을 내려놓았다. 마티어스는 적당히 기다렸다가 질문을 했다.

"내가 항구의 선술집에 왔다고 했지? 아버지를 만나기 위해."

"맞아요."

"거기서 무슨 일이 있었지?"

마티어스의 질문에 아벨라는 애써 눈물을 삼키며 대답했다.

"아빠가 죽었어요."

"아가씨의 아버지가 죽었군."

"네."

"항구의 선술집에서 죽었나?"

"당신이 온 날에요."

"난 항구의 선술집이 어디 있는지도 몰라. 내가 런던에 온 건 휴양을 위해서니까. 그런 내가 왜 당신의 아버지를 만나러 그곳까지 갔겠어?"

"당신은 아빠의 절친한 친구니까요."

"친구?"

"아빠는 계속해서 당신에게 편지를 썼어요. 하지만 답장은 오지 않았죠. 우린 돈이 떨어진 후에도 당신을 만나기 위해 선술집에서 당신을 기다렸어요. 결국 선술집에서 쫓겨날 상황이 됐고 아빠는 돈을 벌다가 다리를 잃어버리는 사고를 당했죠. 그 뒤에 당신이 왔어요. 너무 늦게."

그 말을 하며 아벨라는 그것이 마티어스의 탓인 것처럼 적개심을 드러냈다.

"마치 아버지의 죽음이 나와 관련이 있는 것처럼 말하는군."

"물론이에요. 당신이 죽였으니까."

그의 미간이 보기 흉하게 확 일그러졌다.

"내 말이 거짓 같나요?"

"진실은 아닌 게 분명해."

"당신 말이 맞다면 나는 당신을 어떻게 알까요? 우리가 만난 적이 없다면서 말이죠."

"어딘가에서 봤거나, 내 이름을 들었거나, 둘 중 하나겠지. 내 명성은 자자하니까."

"아뇨. 내가 당신의 이름을 아는 건 당신이 내 아버지를 죽인 살인자이기 때문이에요."

아벨라는 이 사실은 변하지 않는 진실이라며 한 점의 흔들림도 없이 자신의 의견을 피력했다.

"다른 건 필요 없어요. 내가 원하는 건 단 하나. 그 후에 아빠를 어떻게 했는지만 알려 주면 돼요."

마티어스가 의자에 앉았다. 서 있는 걸 자처하던 그였는데 스스로 의자에 앉다니 혼란스러운 모양이었다. 그는 조금 전보다 더 심각해진 얼굴로 아벨라를 보았다.

"답답하군. 처음 보는 아가씨가 갑자기 나타나 무작정 자신의 아버지가 어떻게 됐냐고 묻다니 뭐라 말해야 할지 모르겠어."

"발뺌해도 소용없어요. 난 당신이 살인하는 걸 목격한 목격자예요."

"말도 안 되는 소리. 내가 살인을 했다면 지금쯤 벌을 받고 있어야 할 텐데 어떻게 여기 앉아 있겠나?"

"내가 아는 한 귀족을 심판할 수 있는 사람은 이 세상에 없어요."

"증인이 있다면 다르지. 더구나 상대가 죽은 자의 딸이라면 매수되지도 않을 테니 가능하지 않은 일이야. 그리고 방금 아주 정확한 지적을 했어. 귀족을 심판할 수 있는 자는 없지. 그 말은 곧 귀족인 내가 아가씨의 가족을 만날 일도 없다는 말이 돼."

그가 아벨라의 옷을 가리켰다.

"일개 하녀의 가족을 내가 만날 필요가 있을까?"

그 말에 아벨라가 뒤늦게 자신의 옷을 내려다보았다.

"이건."

아벨라는 조금 당황했다.

"이 옷엔 사연이 있어요. 난 하녀가 아니에요."

"그럼 지금 내 눈앞에 하녀복을 입고 있는 아가씬 뭐지?"

"내 말을 믿지 못하는 거예요?"

"믿기 때문에 아직까지 아가씨의 이야기를 듣고 있는 거야. 그거 알아? 나와, 너와, 네 아비가 어디서 어떻게 무슨 사연으로 만났는지 모르지만 그 누구도 귀족에게 이런 황당한 이야기를 하고 살아남은 사람은 없다는 거."

"죽음은 두렵지 않아요. 내가 두려운 건 당신이 다른 사람들처럼 그날 일을 모른다고 말할까 봐 그게 두려울 뿐이에요."

"난 그날 일을 몰라. 내가 듣기엔 모두 아가씨가 꾸며 낸 이야기 같군."

마티어스의 단호한 부정에 아벨라가 두 주먹을 불끈 쥐었다.

"당신은 결국 자신이 살인하지 않았다고 말하고 싶은 거군요."

"살인하지 않았기 때문에 진실을 말하고 있는 것뿐이야."

"내가 거짓말을 하고 있다고 생각해요? 당신은 내 아버지를 죽인 살인자야!"

아벨라는 지금 당장 그에게 달려들 것처럼 분노를 감추지 않았다. 그러나 어쩐 일인지 마티어스는 맞받아 화를 내거나 소리치지 않았다. 우스워하지도 않았고 미친 여자라고 비웃지도 않았다. 그는 단지 이해할 수 없을 만큼 고요한 눈으로 불같이 화를 내는 그녀를 바라볼 뿐이었다.

"오늘 낮의 이야기를 해 볼까?"

그가 화제를 돌렸다.

"아까 숲으로 사냥을 나갔다가 미친개에게 쫓기는 여자를 목격했어. 먼 거리였지만 다행히 사정권 안에 있던 미친개를 총으로 쏴 죽일 수 있었지. 여자는 미친개가 달려들기 직전 총소리와 함께 기절을 했어. 그때 누군가가 기절한 여자를 안고 저택으로 왔고 그녀를 서재 옆의 침실에 데려다 놓았지. 사람들은 하찮은 하녀에게 큰 호의를 베풀 필요가 없다고 말렸지만 그 누군가는 그 만류를 뿌리치고 신사적인 매너를 보여 줬어. 누굴까, 그 신사가? 미친개에게 쫓기는 여자를 구한 사람이 누구라고 생각해?"

마티어스의 말에 아벨라의 눈이 서서히 커졌다. 그러고 보니 자신은 빌리 대신 하녀장에게 양동이를 건네주러 갔었다. 그곳에서 죽은 빌리를 발견했고 하녀장의 아들이라는 짐승을 만났다. 그리고 그 짐승에게 쫓기다가 숲으로 도망쳤었다. 그랬다. 그런 일이 있었다. 그런데 미친개라니?

"아직 닥터가 아가씨를 진찰하지 않았어. 지금 보니 미친개에게 물렸을지도 모르겠군."

"내가 숲에서 미친개에게 쫓기고 있었다구요?"

"그래. 커다란 미친개."

"그는 사람이었어요. 하녀장의 아들이요."

"미친개였어. 후작도 함께 봤으니 직접 확인해 봐."

"그럴 리가 없어요. 날 쫓아온 건 날카로운 이빨을 가진 사람이었어요. 아니, 짐승. 사람의 모습을 한 짐승이었다구요. 직접 봤다면서 그게 뭔지 몰라요?"

"미친개에게 물리면 누구든 환청과 환영에 시달린다더니 아가씨가 딱 그 짝이로군. 의사의 처방을 받는 게 좋겠어."

"뭐라고요?"

"내 눈에 아가씬 미쳐 보이거든. 그것도 아주 심각하게."

그가 자리에서 가차 없이 일어섰다.

"아버지의 일은 안됐어. 그러나 이것만은 다시 한 번 말해 주고 싶군. 난 아벨라 모리스라는 여자가 누군지 모르고, 그 이름을 가진 여자의 아버지를 죽이지 않았다는 사실. 날 벌주고 싶다면 내가 살인자라는 걸 증명할 수 있는 증거를 가져와. 그럼 그에 상응하는 벌을 받도록 하지."

그가 서재의 닫힌 문을 열고 나갔다. 문밖에서 긴장하며 기다리고 있던 모두가 일제히 그를 쳐다보았다.

"난 미치지 않았어!"

열린 문 사이로 아벨라의 고함이 터졌다.

"미친개에게 물려 헛소리를 하는 게 아니라고!"

핏대를 세우며 소리치던 아벨라가 마티어스를 쫓아 나와 그를 막아 세웠다. 그녀가 거칠게 그의 멱살을 잡았다.

"말해! 마티어스! 내 아버지를 왜 죽였어? 그를 죽이고 그의 시신을 어떻게 했냐고!"

용감하고 대담했다. 감히 귀족의 멱살을 잡다니. 하지만 마티어스는 멱살을 내주고도 화를 내거나 뿌리치지 않았다. 그는 부러질 듯한 그녀의 양손을 천천히 잡아 완력으로 그녀를 떼어 낼 뿐이었다.

"이 집의 하녀는 귀족의 이름을 함부로 부르면 안 된다는 걸 모르나 보군. 귀족의 명예를 훼손했을 때 어떻게 되는지 알려 줄 필요가 있겠어."

그가 후작을 불렀다. 밖에 있던 후작이 얼른 안으로 들어왔다.

"부르셨습니까? 마티어스님."

"하녀는 하녀답게 교육시켜. 그 정도도 못 하겠다면 이곳을 방문하는 것도 오늘로 끝이다."

"네? 하지만……."

"어서!"

후작이 하인들에게 그녀를 데리고 나가라고 명령했다. 여러 명의 하인들이 서둘러 들어와 아벨라를 잡아 끌어냈다. 양팔을 잡힌 아벨라가 끌려 나가지 않으려고 심하게 발버둥 쳤다.

"살인자! 가만두지 않겠어! 절대 용서하지 않겠어! 죽을 때까지 당신과 싸울 거야! 매일매일 당신을 저주하겠어! 기필코 당신을 죽이고 말겠어! 하늘에 맹세해! 내가 당신을……!"

그때였다. 가시 돋친 그녀의 말을 더 이상 듣고 있기 힘들었는지 이번엔 마티어스가 아벨라의 멱살을 틀어쥐고 말했다.

"알았어. 다 알아들었다. 넌 하녀 아벨라 모리스고 난 네 아비를 죽인 살인자야. 그러니까 이제 그만 지껄이고 본연의 네 자리로 돌아가 하녀 일이나 계속하는 건 어때?"

치켜뜬 그의 눈에서 처음으로 화난 표정이 나타났다. 무엇이 갑자기 그를 그렇게 화나게 만들었을까. 아벨라가 그의 거친 손아귀 안에서 버둥거렸다. 그가 아벨라를 바닥에 확 팽개쳤다. 지켜보던 모든 사람들이 숨을 죽인 채 슬그머니 고개를 숙였다. 쓰러진 아벨라가 강단 있게 다시 일어나 그에게 달려들었지만 돌아서는 그를 잡을 순 없었다.

"복수할 거야! 두고 봐! 두고 봐아아아!"

희망 없는 메아리가 복도를 울렸지만 그뿐이었다. 아벨라가 끌려 나가자 마티어스가 서 있는 신시아 앞에서 걸음을 멈췄다.

"그녀에게 무슨 차를 가져온 거야?"

"향이 좋은 차를 갖다 줬습니다만."

"잘도 장미 가시를 끓인 차를 내왔군."

마티어스의 말에 신시아가 움찔 놀라며 고개를 숙였다. 향을 숨겼는데 역시 그를 속이는 건 무리였나 보다.

"예의를 지켜. 기억을 잃었다고 그녀의 지위까지 사라지는 건 아니야."

"알고 있습니다."

"알고 있다면 제대로 해. 이 상황에서 너까지 신경 긁지 말고."

그가 진심으로 경고를 하고 사라지자 카이가 신시아를 다그쳤다.

"정말 그 차를 내어 준 거야? 대체 왜?"

"진짜 클로에인지 확인하기 위해서였어. 클로에는 장미가시 차에 알레르기가 있거든."

"그걸 알면서 차를 준 거란 말이야? 그러다 몸에 문제가 생기면 어쩌려고."

"그녀를 찾기 위해 그동안 고생한 마티어스님에게 살인자라는 얼토당토않은 말을 하는 것보다 낫지 않아?"

"신시아. 지금은 그녀를 질투할 상황이 아니야. 알잖아. 우리가 무엇 때문에 여기 와 있는 건지. 돌아가는 상황이 이해 안 가?"

"갑자기 하녀 복장을 하고 나타난 꼴도 이해할 수 있는 건 아니잖아. 우리를 우롱하는 클로에의 행동은 정상이야? 저길 봐. 마티어스님도 화가 나서 어쩔 줄 몰라 하시잖아."

이번엔 로렌즈가 나서서 그녀를 제지했다.

"레이디. 그 이상의 발언은 묵과하지 못하겠군. 그만해."

신시아는 로렌즈의 제지에 코웃음을 치더니 그대로 밖으로 나가 버렸다. 참담하기까지 한 기분이 드는 건 마티어스가 제일일 텐데, 신시아는 이럴 때도 삐딱선을 타고 있었다. 문제였다. 그녀의 시기와 질투는.

"괜찮으십니까, 마티어스님?"

과묵한 로렌즈가 마티어스의 안색을 살피며 조심스레 물었다.

"그래도 이렇게라도 클로에님을 다시 보게 돼서 전 기쁘기 그지없습니다."

"맞아요. 무엇보다 크게 다친 데도 없어 보였고요. 단지, 낯선 모습으로 이상한 말씀을 계속하시는 게 좀 마음에 걸리긴 하지만."

카이는 처음 보는 아벨라의 모습이 영 어색한지 걱정을 내비쳤다.

"기억을 잃으신 걸까요?"

두 사람의 말에 돌아선 마티어스는 대답하지 않았다. 오늘따라 자주 침묵을 유지하는 그였다.

"6개월 동안 템스 강 하구 주변을 이 잡듯 뒤졌다. 해가 지는 순간부터 동이 트는 아침까지 단 하루도 쉬지 않고 지방도시까지 샅샅이 훑었어. 그런데 그녀는 지방이 아닌 런던에 있었군. 그것도 바로 코앞에 살고 있었어. 후작의 집 하녀로."

그는 이렇게 어리석은 일이 세상에 또 있을까 반문했다.

"저희도 놀랐습니다. 전혀 동일 인물이라고 생각하지 못할 만큼 그동안 많은 고생을 하신 것 같았습니다. 더구나 그 복장. 과히 상식 밖이라 어떻게 받아들여야 할지……."

로렌즈의 조심스러운 말에 카이도 한마디 거들었다.

"마티어스님. 이제 어떻게 해야 해요? 정말 기억을 잃은 거라면 그동안의 상황을 설명해 주고 본연의 모습으로 돌아올 수 있게 도와야 하지 않을까요? 저대로 뒀다가 자칫 안 좋은 일이라도 벌어지면 큰일이잖아요."

"안 좋은 일은 이미 벌어졌다. 그녀는 날 적으로 기억해. 내가 자신의 아비를 죽인 살인자라더군."

"맙소사. 어떻게 그런 말도 안 되는 말을."

"본인의 이름은 아벨라 모리스라고 한다. 클로에가 아니야."

기억을 잃었다면 자신이 누군지도 잃어버려야 한다. 그런데 그녀는 완전히 새로운 기억을 가지고 있었다. 새로운 기억에 새로운 이름까지 갖춘 완벽한 인물이 되어 있다. 어떻게 된 걸까? 어떻게 그런 일이 가능한 걸까?

"무슨 일이 있었던 걸까요?"

"지금으로선 예측을 못 하겠다."

"이젠 어떡해야 해요?"

카이의 질문은 마티어스가 하고 싶은 말이었다. 그녀가 무사히 돌

아오기만 손꼽아 기다렸던 그로서는 지금의 상황을 어떻게 대처해
야 할지 선뜻 감이 잡히지 않았다. 미로 속에 갇힌 기분이다. 생사를
파악하고 나니 더 큰 문제가 그를 막고 있었다. 이럴 땐 그도 혼란스
럽다.

"조언이 필요해."

객관적인 판단 아래 현명한 방법을 강구해야 한다. 마티어스가 로
렌즈에게 지시했다.

"닥터 도르제를 불러와."

5

아벨라는 저택 뒤쪽의 오래된 건물 지하 감옥에 갇혔다. 불빛조차 없는 그곳은 캄캄하고 추웠으며 무척이나 고요했다. 아무도 없는 그곳. 아무것도 없는 지하. 벽 위쪽으로 새어 들어오는 햇빛으로 밤과 낮을 구분할 수 있었지만 밤이 되면 아벨라는 어둠 속에서 홀로 지내야 했다. 무섭진 않았다. 오히려 아무도 없다는 것이 그녀를 안도시켰다. 어둠이 이렇게 아늑하고 안정감을 주는 것이었던가. 짧지만 강하게 세상이 어떤 것인지 배운 아벨라는 어두운 지하 감옥에서 오히려 편안함을 느꼈다.

"두려워 마."

그녀는 스스로를 다독였다.

"아빠의 원수를 찾았으니 이제 더 이상 두려울 건 없어."

자신은 꿈을 꾸고 있는 게 아니었다.

"그날 일이 꿈이라면 마티어스라는 사람도 세상에 없어야 해."

하지만 그는 세상에 존재했고 여전히 살아 움직이고 있다. 그것이 그날의 일이 꿈이 아니라는 걸 증명해 주고 있다.

"내 기억이 사실이고 진실이야. 그러니까 복수하자. 반드시 똑같이 복수해 주자."

그러나 그것이 또 그녀를 슬픔에 잠기게 했다. 마티어스라는 사람이 존재하고 있다는 건 아빠도 그의 손에 죽었다는 얘기였다. 마음속에 슬픔과 환호가 공존했다. 아벨라는 울다가 웃으며 감옥에서 꼬박 이틀을 지내고 풀려났다.

예상했던 채찍질과 고문은 없었다. 오히려 주방에서 일할 때보다 더 좋은 대우를 받은 듯한 기분이 들었다. 하루에 세 번씩 꼬박꼬박 깨끗한 물과 정갈한 식사가 제공됐고 밤에는 따뜻한 이불이 주어졌기 때문이다. 지하 감옥의 문을 열어 주던 하인의 말로는 모든 것이 후작의 배려라고 했다.

"그러니 앞으로 후작님께 충성하면서 죽은 듯이 살아. 이런 일을 벌이고도 목이 붙어 있는 건 오직 너뿐이니까. 알겠지?"

아벨라는 아무 말 없이 하인을 따라 밖으로 나왔다. 하인은 걸어가는 동안 앞으로 그녀가 주의해야 할 사항들을 일러 주었다. 그러나 아벨라는 아무 말도 귀담아듣지 않았다. 오직 생각하는 것은 단 하나. 마티어스뿐이었다.

"아벨라!"

그녀가 풀려났다는 소식에 주방에서 일하던 테라가 달려왔다. 환영하고 걱정해 주는 사람은 오직 그녀뿐이었다. 테라는 그사이 정이 들었는지 아벨라를 보자마자 그녀를 얼싸안았다. 생각보다 따뜻한 포옹이었다. 아벨라는 그녀의 품 안에서 싹트는 우정을 느꼈다.

"괜찮은 거야? 다친 데는 없고? 어디 봐. 얼굴 좀 보자."

반가움과 걱정이 뒤섞인 목소리는 듣기 좋았다.

"초죽음이 돼서 돌아올 거라 생각했는데 완전 멀쩡하잖아?"

테라는 건강한 모습으로 돌아온 아벨라를 보고 진심으로 안도하는 얼굴을 보였다.

"귀족한테 대들고도 살아남은 하녀가 있다니 놀라워. 맞지 않았어? 채찍질은? 다른 데로 팔아 버리겠다고는 안 해?"

"난 괜찮아. 걱정 고마워, 테라."

"몰골은 엉망진창이지만 말하는 걸 보니 정신은 멀쩡하네. 내 이름도 잊지 않고 있어. 미친개한테 물렸다더니 광견병은 안 걸렸나봐. 내가 아는 아벨라가 맞아."

테라는 흥분해 이것저것 많은 말들을 쏟아 내다가 뒤늦게 아벨라의 얼굴을 보고 깜짝 놀라했다.

"잠깐. 너 얼굴이……? 얼굴이 왜 이래?"

아벨라의 얼굴이 보기 흉할 만큼 울긋불긋했다.

"내 얼굴이 왜? 이상해?"

"이상하다뿐이야? 엉망진창이잖아."

"그 정도야? 밤새 간지러워서 긁긴 했는데 거울을 보지 못해서 상태가 어떤지는……."

"맙소사. 어쩌다가 이런 지저분한 피부병까지 걸렸어? 미친개에게 물린 부작용인가 봐."

테라의 말에 아벨라는 잊고 있던 빌리가 생각났다. 숲의 오두막집에서 죽어 있던 빌리. 자신이 미친개에게 물린 거라면 빌리는 살아있어야 했다.

"테라. 빌리는 살아 있어?"

"응? 갑자기 그게 무슨 소리야?"

"빌리는 살아 있냐구. 빌리는 어떻게 됐어?"

"아, 빌리? 혹시 벌써 소식 들은 거야? 갑작스럽긴 하지만 그렇게 됐어."

뜸을 들이는 테라의 목소리는 그사이 무슨 일이 있었다는 걸 짐작케 했다.

"설마."

"그래. 그렇게 됐어. 그래도 오래 버틴 거지 뭐. 다리 때문에 더 이상 일을 할 수 없으니 별수 있나? 고향으로 돌아가서 다른 일을 찾아보는 게 낫지."

테라의 말은 전혀 다른 것이었다. 빌리가 죽었다는 얘기가 아니었다.

"빌리가 고향으로 돌아갔다고?"

"그래. 그래도 하녀장이 빌리가 떠날 때 여비를 좀 챙겨 줬다니 다행이지 뭐니? 빌리에겐 잘된 일이야."

아벨라의 표정이 딱딱하게 굳었다. 죽은 게 아니라 고향으로 돌아갔다니 말도 안 된다.

"어머. 너 반응이 이상하다? 굉장히 섭섭해하는 눈친데? 혹시 빌리가 마음에 들었던 거야?"

"그럴 리 없어. 빌리가 고향으로 돌아갔다니 믿을 수 없어. 그날 내가 본 건 분명……."

아벨라가 혼란스러운 얼굴로 말도 안 된다며 테라의 어깨를 붙잡고 재차 물었다.

"그럼 하녀장님은? 하녀장님은 지금 어딨어?"

"그게…… 공교롭게도 하녀장님도 이젠 후작 댁에 없어. 건강을 이유로 갑작스레 이곳을 떠났지 뭐야. 주방장님 말로는 사실 하녀장님이 우울증을 앓고 있었대. 그동안 많은 사람들을 괴롭힌 것도 다 그것 때문이라고 하더라. 후작님이 지방의 좋은 요양병원을 추천해 주셔서 그곳으로 갔대. 운도 좋지 뭐야? 빌리는 돈이 없어 다리까지 잃고 말았는데. 쳇."

테라의 말에 아벨라가 자리에 풀썩 주저앉았다. 온몸이 떨리고 정신이 아득해졌다.

"아벨라!"

테라가 얼른 그녀를 일으켜 급한 대로 나무 밑에 앉게 했다.

"아벨라. 괜찮아? 어디가 아픈 거니? 얼굴이 창백해."

"모르겠어. 하나도 모르겠어. 이젠 정말 뭐가 진실이고 거짓인지 아무것도 모르겠어."

테라의 손을 잡은 아벨라는 충격이 심해 몸을 바들바들 떨었다.

"어떻게 이런 일이 계속 일어나는 거지? 정말 내가 본 건 모두 환영이고 꿈인 거야?"

"아벨라. 진정해. 미친개에게 물린 것 때문에 충격이 큰 거 알아. 사람들 말로는 네가 너무 놀라서 당분간은 혼란스러울 거랬어. 악몽도 꿀 거라고 했어. 사실 네게 미안해. 나 때문에 이렇게 된 거잖아. 그날 내가 심부름을 대신 부탁하지 않았어도 이런 일은 없었을 텐데. 사과할게."

테라는 자기 책임이라며 오늘만큼은 주방으로 나오지 말고 숙소에서 쉬라고 권했다.

"곁에 있어 주고 싶지만 해야 할 일이 산더미라서 그러질 못해. 주방일은 걱정하지 마. 네 몫까지 두 배로 일할 테니까 넌 아무 걱정 말고 숙소로 돌아가서 쉬도록 해. 근데 뭘 뒤집어쓴 거니? 얼굴이랑 옷에서 비린내가 심하게 나."

테라는 안타까운 마음을 감추지 못하며 앞치마 속에 숨겨 두었던 말라비틀어진 빵을 아벨라의 손에 쥐여 주었다.

"밤에 먹을 걸 챙겨 가지고 올게. 그 전까진 이걸 좀 먹으면서 쉬어. 몸도 좀 씻고."

넋이 빠진 아벨라는 테라가 준 빵을 그대로 바닥에 툭 떨어트렸다. 테라가 그걸 다시 집어 그녀의 무릎 위에 놓아 주었다.

"조금이라도 먹어야 돼. 넌 그래야 되잖아."

테라는 배 속의 아기를 걱정하는 듯 안쓰러운 얼굴로 아벨라를 한 번 꼬옥 안아 주고 돌아갔다.

아벨라는 반복되는 혼란에 지친 듯 나무에 기댄 채 눈을 감았다. 세상 모두가 거짓말을 하고 있었다. 자신에게 모두 거짓을 얘기해 주고 있었다. 신의 장난인 걸까. 아니면 누군가의 음모?

"빌리는 죽었어. 내 두 눈으로 똑똑히 봤단 말이야. 그런데 어째서 테라까지 거짓말을 하는 거지?"

테라가 자신에게 거짓말을 할 이유는 없다. 그런데도 모두가 자신을 속인다는 느낌을 지울 수가 없다. 아벨라가 머리를 움켜쥐었다. 또다. 또 기분 나쁜 두통이 밀려오고 있다. 그녀가 신음을 토해 냈다.

그런 그녀를 지켜보던 마티어스가 곁에 서 있는 남자에게 물었다.

"어때?"

"놀랍습니다. 저 몸 상태. 저 상태로 버티고 있다는 게 너무 놀라워요."

닥터 도르제가 놀라움과 찬사를 동시에 보냈다. 동그란 안경을 쓰고 있는 그는 낡은 롱코트를 입고 있었다. 그는 나무 아래 앉아 있는 아벨라를 보며 신기한 표정을 감추지 못했다.

"그녀의 생명력은 경이롭군요. 경배하고 싶습니다."

"그걸 묻는 게 아니잖나. 상태를 확인해. 그녀의 현재 상태."

"아, 네."

도르제가 마티어스의 따끔한 지적에 얼른 자세를 바로 했다. 그의 몸에서 연한 포르말린 냄새가 났다.

"확실히 자신을 다른 사람으로 알고 있는 것 같습니다. 빌리는 누 굽니까?"

자세를 고친 도르제가 의사로서 아벨라를 살피기 시작했다.

"변종이 죽인 남자다. 이곳에서 막일을 하는 하인이었다는군."

"클로에님이 그자가 죽은 걸 봤군요. 근데 저 하녀는 왜 빌리가 고향으로 돌아갔다고 거짓말을 하는 겁니까?"

"내가 상황을 그렇게 마무리 지었어. 그렇지 않으면 변종의 존재 가 세상에 알려지니까."

"좋은 방법이 아니었습니다. 그로 인해 그녀가 혼란스러워하고 있어요."

도르제는 머리를 부여잡고 힘들어하는 아벨라의 모습에 신중한 태도를 취했다.

"앞으로는 그녀에게 혼란을 주는 일은 삼가는 게 좋겠습니다. 보 세요. 지금도 저렇게 괴로워하는데 이런 일이 반복되면 그녀가 기억 을 찾는 데 문제가 될까 염려스럽습니다."

"그렇다면 모든 사실을 말해 주는 건 어때?"

"그건 곤란합니다. 말해도 믿지 않을 테니까요."

"그럼 화이트 성으로 돌아가는 건?"

"그곳에 가는 게 무슨 의미일까요? 당신을 살인자로 알고 있다면 서요. 자신도 죽일 거라 오해하고 도망칠 겁니다. 지금 상황에선 그 러고도 남을 것 같네요."

이도 저도 안 된다는 말에 마티어스가 불편한 기색을 드러냈다.

"그럼 어떻게 하라는 거야? 하물며 하녀야. 하녀로 살게 그냥 놔 두란 말이야?"

"그녀의 기억이 그녀를 하녀로 지배하고 있는 걸요. 우리가 할 수 있는 일은 없습니다."

"그러다 위험한 일이 생기기라도 하면?"

"위험에 빠지면 당신을 찾게끔 만들어야죠. 스스로 당신 곁에 오도록 말입니다. 당신만이 그녀의 안전처니까요."

"내게 오지 않을걸."

"왜요?"

"화를 냈거든. 진저리를 칠 만큼."

"정확히 어떤 식으로요?"

"멱살을 잡고 바닥에 내팽개쳤어."

도르제가 진심으로 뜨악해했다.

"당신이 친절한 성격이 아니라는 건 모두가 알고 있습니다. 하지만 상대가 클로에님이라면 다르다고 알고 있었는데요. 착각이었나요?"

"순간적으로 대처 방법을 잘못 골랐을 뿐이야. 하도 날 죽여 버리겠다고 길길이 날뛰니 나도 충격을 받아서 그랬어."

"수면제를 미리 처방해 드릴까요?"

"무슨 말이야?"

"그녀의 기억이 돌아왔을 때를 생각하면 잠도 못 잘 것 같아서 말입니다."

후환이 두려울 테니 미리 약을 주겠다는 역설적인 훈계에 마티어스는 기가 막힌지 웃지도 않았다.

"해부학에 미친 정신병자 의사 따위, 장미가시 차만 아니었다면 부르지 않았을 거다."

"저 또한 중요한 해부 중이었는데도 불구하고 마티어스님의 부름에 열 일 제쳐 두고 무작정 달려온 상태입니다. 제 청을 들어주실 거죠?"

"아아. 그 형편없는 청."

마티어스의 얼굴이 오만하게 변했다.

"변종의 사체를 주십시오."

변종은 그의 실험과 해부학에 진귀한 자료가 될 것이다. 도르제는 유리알 안경 너머 두 눈을 빛내며 의학을 위해 자신의 부탁을 허락해 달라고 요청했다. 마티어스는 대답 대신 손가락으로 아벨라를 가리켜 보였다.

"현재 어느 정도로 기억을 잃은 건지 상태를 파악하고 와. 청은 그 뒤에 생각해 보겠다."

그가 마티어스의 명령에 낡은 가죽가방을 들고 천천히 아벨라에게 걸어갔다. 여전히 나무에 기대 있는 아벨라는 도르제가 다가온 것도 모르고 머리를 붙잡은 채 두통을 삭이고 있었다.

"실례합니다. 혹시 아벨라양인가요?"

아벨라는 자신을 부르는 목소리에 천천히 고개를 들었다. 기운 없어 보이는 얼굴은 그동안의 일들 때문이지, 아니면 두통 때문인지 무척이나 지쳐 보였다.

"누구세요?"

아벨라는 약간의 경계와 의구심을 가진 채 낯선 인물을 바라보았다. 도르제는 흘러내린 안경을 가볍게 위로 올리며 사무적인 인사를 건넸다.

"닥터 도르제라고 합니다. 이곳 집사가 연락을 해 왔더군요. 자신의 집 하녀가 개에게 물렸으니 살펴봐 달라고요."

"왜요? 내가 미쳤다고 하던가요?"

아벨라는 기분 나쁜 표정을 여과 없이 드러냈다. 도르제는 그녀가 자신을 전혀 알아보지 못하는 것을 확인하고는 결코 그런 뜻은 없다며 서둘러 손사래를 쳤다.

"아닙니다. 그런 말은 없었으니 오해 말아요."

아벨라는 이젠 그 일에 대해선 더 이상 말하고 싶지 않다는 듯 퉁명스럽게 대꾸했다.

"난 개에게 물리지 않았어요. 이미 믿지 않고 있겠지만."

"물리지 않았다면 그것보다 다행인 일은 없죠. 집사가 잘못 전달했을 수도 있습니다. 불쾌해 말아요."

그러면서 도르제는 화제를 다른 것으로 돌렸다.

"얼굴에 두드러기가 심각하네요. 이것 때문에라도 방문하길 잘한 것 같습니다. 언제부터 이런 상태였죠?"

그의 말에 아벨라는 애써 대답했다. 테라의 반응을 봐서도 피부병이 심각한 모양이었다.

"모르겠어요. 며칠 된 것 같아요."

"조금 살펴봐도 될까요?"

그는 양해를 구한 뒤 아벨라의 얼굴과 목, 그리고 손등을 관찰하더니 안심하라고 했다.

"전염병이 아니에요. 특정 물질에 대한 거부반응일 뿐이죠."

"특정 물질이요?"

"장미가시에 대한 거부 반응이에요. 처음 이틀은 햇빛을 보면 안 돼요. 심각해지거든요. 그 뒤로는 차츰 나아지면서 자연히 없어지니 걱정 안 해도 됩니다. 물론 그때까지 가려움에 잠을 설치긴 하겠지만요."

도르제는 그녀에게 앞으로 장미가시 차는 마시지 말라고 주의를 주었다.

"장미가시 차? 처음 들어 보는 이름이에요. 난 그런 걸 마신 적이 없어요."

"경황이 없었으니 잘 몰랐을 겁니다. 그건 소량만 마셔도 이렇게 두드러기가 나는 물질이에요. 우린 그 차를 다 싫어해요. 당신은 특히 더요. 난 당신이 왜 그 차를 마셨는지 이해되지 않네요. 향만 맡아도 진저리를 쳤을 텐데 말이죠."

그의 말은 더욱 이해되지 않았다. 아벨라는 들어 본 적도 없는 낯선 차 이름을 운운하는 그가 이상해 보였지만 그가 또다시 화제를 바꿔 질문을 하는 바람에 오래 생각할 겨를이 없었다.

"아까 보니 머리가 아파 보이던데 두통이 있나요? 언제부터 그랬죠?"

"잘 모르겠어요. 가끔 이렇게 머리가 아파요. 아무 이유 없이요."

"부지불식간에 아파 온단 말이군요. 실례인 걸 알지만 머리를 좀 보겠습니다."

도르제는 허락도 없이 아벨라의 작은 머리통을 진지하게 살폈다.

"머리를 다친 적이 있나요?"

"아뇨."

"누군가에게 피습당한 적은요?"

"피습요? 난 평범한 하녀예요. 그런 일은 내게 일어나지 않아요."

도르제는 그녀가 지난날의 모든 걸 아예 기억하지 못한다는 걸 확인하고는 더 이상 질문은 하지 않았다.

"내가 잘못된 질문을 했군요. 하녀가 피습이라니 말이 안 되죠."

"의사 선생님이라고 하셨죠?"

"그래요. 궁금한 게 있으면 편하게 얘기해 봐요. 내게 묻고 싶은 게 있나요?"

"사람이 밥을 먹지 않고 얼마나 살 수 있을까요?"

아벨라는 멍청하게 들리겠지만 자신에게 매우 중요한 문제라며 진지하게 대답해 달라고 말했다.

"글쎄요. 사람마다 다르겠지만 대부분 보름은 넘기지 못하지 않을까 싶습니다만."

도르제의 대답에 아벨라는 자신이 얼마 동안 음식을 입에 대지 않았는지 손가락을 꼽아 계산해 보았다. 그러다 어느 순간 움직임을 멈추더니 놀란 얼굴을 했다.

"무슨 문제가 있습니까, 아벨라양?"

"아, 아뇨."

"내게 말해 봐요. 의사로서 도울 만한 게 분명 있을 겁니다."

"혹시 허기를 느끼지 않는 사람도 있나요? 그러니까 밥을 먹지 않는데도 불구하고 배고픔을 느끼지 않는 사람요."

도르제는 그녀의 질문에 흐음, 하고 어떻게 대답할까 고민하는 표정을 지어 보였다.

"언제부터 식사를 하지 않았나요?"

"며칠 됐어요, 아니, 그 이상."

런던에 오고 나서부터 제대로 된 식사를 한 적이 없지만 아벨라는 도르제가 자신을 이상하게 생각할 것 같아 기간을 줄여 말했다.

"아벨라양은 음식을 먹지 않아도 허기가 느껴지지 않는 모양이군요. 혹시 갈증은 나지 않나요? 갑자기 목이 타들어 가는 느낌의 갈증요."

도르제의 질문에 아벨라는 고개를 저었다. 질문의 의미를 정확히 알아듣지 못한 것도 있었지만 허기와 갈증의 상관관계를 이해하지 못했기 때문이기도 했다.

"그런 건 없어요."

"다행입니다."

그는 가방에서 유리병 세 개를 건네주었다.

"약이에요. 일종의 처방이니 안심하고 복용하도록 해요. 두통이 오면 한 병을 마셔요. 갈증이 나도 마찬가지고요. 그럼 한결 나아질 겁니다."

유리병 안에는 붉은색의 물약이 들어 있었다.

"지금 먹어 봐요. 두통이 사라질 겁니다."

도르제가 유리병을 내밀었다. 아벨라는 망설이다가 그걸 들이켰다. 한 모금. 두 모금. 세 모금째에는 다 마시지 못하고 병을 내려놨다.

"먹기 거북한가요?"

"뭐랄까. 맛이 좀……."

"약이란 게 맛있을 리 없죠. 하지만 이 약을 먹은 만큼 기운이 날 거고 마음이 편안해지는 걸 느낄 거예요. 이건 그런 약입니다."

아벨라는 식도 아래로 넘어간 약의 정체를 찬양하는 그의 말에 나머지 약을 꾸역꾸역 마셨다. 도르제가 종이에 뭔가를 적어 그녀에게 내밀었다.

"내가 있는 병원이에요. 이곳에서 가까운 거리에 위치해 있으니 찾기 쉬울 겁니다. 아, 내 이름은 도르제예요. 다들 닥터 도르제라고 부르죠."

"닥터 도르제?"

"그래요. 혹시 목이 타들어 가면서 참을 수 없는 갈증을 느끼게 되면 이곳으로 날 찾아오도록 해요. 급할 때는 내가 준 약을 먹고요. 그리고 그것도 여의치 않을 때는 그 사람을 찾아요. 그럼 그가 급한 대로 당신의 갈증을 풀어 줄 겁니다."

"찾다니 누구를요?"

그 말에 도르제는 처음으로 옅게 웃어 보였다. 그 웃음이 어쩐지 비밀스러워 보였다. 마치 말하지 않아도 당신이 더 잘 알 거라는 웃음이랄까. 아벨라는 이해하지 못했으나 도르제는 다른 설명 없이 낡은 가죽가방을 다시 들고 처음처럼 그렇게 조용히 사라졌다.

"그럼 이만."

"선생님! 누구를 부르면 되는데요? 얘기해 주고 가세요. 이봐요! 의사 선생님!"

분명 그녀의 목소리를 듣고도 남을 거리인데도 도르제는 할 일을 마쳤다는 듯 뒤 한번 돌아보지 않았다.

"대체 무슨 말인지 하나도 알아들을 수가 없잖아."

아벨라는 그가 주고 간 유리병을 가만히 내려다보았다. 약병에서 연한 포르말린 냄새가 풍겼다.

붉은색의 물약. 아벨라는 유리병을 자신의 앞치마 주머니에 넣었다. 그때 문득 낯선 기분이 들었다. 그녀가 돌아보았다. 누군가 자신을 바라보는 시선을 느꼈는데 아무것도 없었다.

"뭐지?"

아벨라는 이상하다는 듯 텅 빈 공간을 한참 바라보다가 천천히 숙소로 발을 돌렸다.


도르제가 그녀를 유심히 지켜보던 마티어스 곁으로 임무랄 것도 없는 일을 마치고 돌아왔다.

"마티어스님."

"그녀의 상태는?"

"나쁘지 않아요. 기억을 잃은 것 빼고는. 두드러기야 시간이 지나면 자연히 없어질 테고 육안으로 살펴본 결과 몸 어디에도 그날의 상처는 없었습니다."

"당연히 실종됐던 6개월 동안 모두 치유가 됐겠지."

"그러니 현재로선 해야 할 게 아무것도 없습니다. 지금 우리에게 필요한 건 인내뿐이죠. 그리고 몰랐던 사실이 하나 있는데, 그녀는 지금껏 흡혈을 하지 않은 모양입니다."

"뭐라고?"

163

마티어스가 그답지 않게 목소리를 높였다.

"사실입니다. 사람이 식사를 하지 않고 얼마나 버틸 수 있는지를 묻더군요."

"말도 안 돼."

"신기해요. 기억을 잃으면 본능도 잠재워지는 걸까요?"

"의사인 네가 설명해 줘야 할 말을 내게 물어봤자, 내가 대답할 수 있는 건 하나도 없어."

"맞습니다. 오늘 제가 멍청한 질문을 자꾸 하네요. 저 또한 그녀가 기억을 잃고 하녀로 살고 있다는 게 꽤 놀랍고 당황스러운가 봅니다. 제가 이 정도인데 당신은 어떤 상태일지 가늠하기가 쉽지 않네요."

도르제의 말에 마티어스는 한동안 입을 굳게 다물고 말을 하지 않았다.

"그녀가 하녀로 살고 있는 이유는 모르나? 하녀가 된 이유라도."

"앞으로 차근히 알아봐야 되지 않을까요? 6개월 동안 어디에서 뭘 하고 있었는지도 함께요. 그리고 일단 급한 대로 제 임시 식량을 주고 왔습니다. 두통이 있다고 하는 걸 보니 아무래도 그날의 후유증 같아서요."

"쓰레기를 주고 오다니 의사로서 양심도 없군."

"강제로 먹여야 하는데 방법이 없어서 그런 거니 이해해 주십시오. 몹시 말라 있어서 주의가 필요합니다. 그나저나 그녀의 변화된 모습은 상당히 낯서네요. 아무도 그녀인 줄 모르겠어요."

한눈에 그녀를 알아본 마티어스가 대단할 뿐이다. 대화를 나누고 온 도르제조차 빼빼 마른 그녀가 완전히 다른 사람으로 보일 정도인데, 역시 눈썰미 하나는 대단하다. 그만큼 두 사람 사이가 빈틈이 없다는 걸 의미하는 거겠지만.

"그래서 검진 결과는 문제가 없다는 건가?"

"그렇습니다."

"좋아. 변종의 시체는 가져가도 좋다. 네 검진 결과대로 인내를 가지고 기다리도록 하지. 우리에게 시간이란 건 영원하니까."

"한 가지 더 말씀드릴 것이 있습니다."

"짧게 해."

"알고 계시겠지만 그녀는 자신이 누군지 전혀 모르고 있습니다. 완전히 다른 사람이 되어 있어요. 앞으로 보살핌은 필수적으로 이뤄져야 할 듯합니다."

"들었지, 후작? 너희 집 하녀는 보살핌이 필요하다는군."

마티어스의 말에 옆에 서 있던 후작이 고개를 끄덕였다.

"이곳에 좀 더 머물러 주신다면 저야 기쁠 따름이지요. 계시는 날까지 불편함이 없도록 하겠습니다."

후작이 도르제에게 변종의 시체를 주기 위해 자리를 떠났다. 마티어스는 한동안 그 자리에 가만히 서 있었다. 무슨 생각을 하는 걸까. 조금은 고민스럽고 조금은 심란한 그의 표정은 몹시도 복잡해 보였다.

"로렌즈."

그의 부름에 어둠 속에서 로렌즈가 소리 없이 나타났다.

"곁에 있습니다, 마티어스님."

"이곳에 좀 더 머물기로 했다. 기간은 그녀가 기억을 되찾을 때까지. 모두에게 그렇게 알려."

"알겠습니다."

후작은 도르제에게 두 구의 시체를 넘겼다. 분명 변종만 달라고 했는데 하나가 더 주어져 도르제는 누구의 시체를 주는 건지 물었다.

"변종의 어미야."

후작은 인심 쓰듯 대수롭지 않게 얘기했다.

"마티어스님이 그냥 두지 않을 테니 미리 손을 좀 썼어. 그분의 심기를 거스르지 않기 위해 내 선에서 미리 처리한 거니까 모르는 척 가져가. 해부에 도움이 될 거야."

후작의 말에 도르제는 죽은 하녀장의 목을 살폈다. 이빨 자욱이 없는 걸 보니 확실히 후작이 죽인 것 같았다.

"걱정 마. 독극물로 죽였으니까. 설마 닥터에게 줄 해부용인데 내가 다른 이들의 손을 빌렸겠어?"

"그렇군요. 배려가 깊으십니다."

변종의 죽음에 대해선 그 누구도 안타까워하지 않았다. 하긴, 존재 자체가 비밀이었으니 죽어도 슬퍼할 사람이 있을 리 없었다. 평생을 쇠사슬에 묶여 있던 변종을 지킨 건 오직 그의 어머니뿐이었으니까.

"변종을 길들이는 건 실패야. 아무리 애를 써도 이성이 없는 그들과는 대화가 되지 않아. 열심히 가르쳐도 대화가 통하지 않는다는 걸 이번 기회에 알았어. 안타까운 일이야. 감정 교류도 되지 않아 집에서 키우는 개보다 못 하다니."

후작은 그동안 들인 정성이 물거품이 된 걸 씁쓸해했다. 도르제는 그런 후작을 안경 너머로 짧게나마 유심히 바라보았다. 평범한 인간이 변종에 관심을 두고 있다. 그것도 사냥을 빙자해 먼 지방까지 가서 다 죽어 가는 변종을 찾아내 런던으로 데리고 와 숲에서 길렀다. 인간이 인간을 기른다. 인간이 변종을 기른다. 무서워하지도 않고 두려워하지도 않는다. 이유가 뭘까?

후작의 관심사가 평범하지 않다는 건 어제오늘 일이 아니었다. 뱀파이어들과 교류하는 유일한 인간이란 걸 알기에 도르제는 후작에게 호기심을 가진 적이 있다. 하지만 그 호기심은 금세 사그라들었다. 후작은 그저 지독한 염세주의자였으며 동시에 아름다움을 최고의 가치로 여기는 유미주의자일 뿐이라는 걸 알았기 때문이다.

"도르제. 변종은 어째서 새로운 변종을 만들지 못할까? 뱀파이어는 또 다른 뱀파이어를 만들 수 있는데."

뱀파이어에게 물린 사람은 체내의 피를 과다하게 잃고 나서 그 자리에서 죽는다. 그러나 종종 죽지 않고 살아나는 사람이 있는데 그런 자들이 변종이 된다. 대신, 뱀파이어의 피를 마시지 못해 뱀파이어는 될 수 없다.

변종은 뱀파이어처럼 영생을 살지만 이성이 없어 짐승보다 못한 존재로 산다. 그래서 인간 사회에서 마녀나 마귀에 씐 사람으로 취급받아 화형당하거나 정신병원에 갇혀 지내다가 생을 마감한다.

"피만 먹는 식인귀. 피만 찾는 짐승. 변종은 일종의 음식물 쓰레기야."

후작은 변종을 그렇게 결론 내렸다.

"변종은 위험합니다. 앞으론 관심을 거두고 다시는 키우지 마세요."

"그래야지. 이번 일로 느끼는 바가 크니까. 감히 클로에님께 덤비다니 죽어도 싸."

도르제의 주의에 후작은 반성하고 있다며 너스레를 떨었다.

"이제 시체 처리견인 변종이 사라졌으니 저택에서 나오는 시신은 모두 그대의 것이 될 거야."

"후원 감사합니다, 후작님."

도르제가 시체를 마차에 실었다. 변종의 무게만 해도 상당한데 도르제는 두 구의 시신을 양손으로 가볍게 들어 올렸다.

"카이가 자네의 예절을 반이라도 배웠으면 좋으련만."

"그게 젊은 친구들의 매력이죠."

"화이트 성의 패밀리들은 서열 정리를 어떻게 하지?"

"모든 약육강식의 세계가 그렇듯 힘이 센 자가 제일이죠. 우리도 틀리지 않습니다. 단, 이성을 가진 존재로서 서로 간에 예의를 지키려 노력하죠. 인간이었을 때처럼요."

"그럼 어린 카이는 그쪽에서도 제일 막내라는 말인데 나한텐 왜 그렇게 불친절한지 모르겠군. 여차하면 달려들 태세라니까."

"혈기가 넘치는 나이니까요. 매사 열정적입니다."

"내 눈엔 닥터만큼 의학에 열정적인 사람이 없는걸."

사람들과의 왕래 없이 병원에만 틀어박혀 사는 도르제. 그의 친구는 시신이고 그의 집은 병원이었다. 후작은 바닥에 놓인 도르제의 낡은 가죽 가방을 들어 그의 손에 건네주었다.

"일에 몰두하기 위해 잠을 자지 않고 있다는 건 들어서 알고 있지만 먹지도 않고 버티는 건 신기하군."

"아뇨. 전 신선한 것만 마시지 못할 뿐, 늘 섭취는 합니다."

도르제의 말에 후작이 인상을 찌푸렸다.

"설마 해부하기 전 죽은 시신의 피를 마신다는 건가?"

도르제가 대답 대신 머리에 모자를 썼다. 검은 모자를 쓴 그가 마차를 끌고 가는 모습이 영락없이 사신 같다.

"죽은 시신의 피를 마시다니 확실히 닥터 도르제답군. 어쩌면 저들 중에서 닥터가 제일 무서운 존재일지도 모르겠어. 피가 없어도 바퀴벌레처럼 살아남을 테니까."

후작은 포르말린 냄새가 짙게 남겨진 그곳에서 오소소 돋는 소름을 털어 내며 진저리를 쳤다.

다음 날.

아벨라는 주방으로 다시 나왔다. 두드러기가 가라앉지 않은 상태라 음식을 만들 수 없었지만 잡일을 위해 호출이 된 상태였다. 아벨라는 호출을 외면하지 않고 기꺼이 받았다. 이곳에 머물러야 할 이유가 생겼기 때문이다. 살인자를 찾았고 그를 만났으니 떠날 이유가 없었다. 다행히 그사이 두통은 사라졌다. 붉은 약물을 마신 뒤 확실히 머리가 개운해진 느낌이었다.

"섭섭해. 어젠 그분을 하루 종일 보지 못했어."

오늘 주방에서의 화두는 마티어스에 관한 것이었다. 그는 어느새 하녀들의 아침수다에 반드시 등장하는 사람이 되어 있었다.

"주방에 박혀 있는 우리가 만날 수 있는 분이니? 저택 안에 있는 하녀들도 쉽게 보지 못한다더라."

"그래도 저택 안에선 자주 보겠지. 이곳에 계속 머물게 되셨다니까. 안 그래?"

커다란 냄비에 국자를 집어넣고 수프를 휘젓던 누군가가 부러움이 섞인 목소리로 말했다.

"그분은 어떤 여성을 좋아할까? 아직 싱글이라고 하니 서신을 주고받는 귀족 아가씨 정도는 있겠지?"

"순진하긴. 사교계 파티에 한 번만 참석해도 밤마다 몸을 던지는 여성이 수십 명이라는데 시시하게 무슨 편지를 써?"

"어머. 수십 명씩이나? 그럼 몸이 남아나지 않겠는데. 역시 그분의 식사 메뉴로는 육질 좋은 고기를 올려야 하나?"

하녀들이 한바탕 웃어 젖혔다. 마침 짐을 들고 주방으로 들어오던 아벨라를 보고 누군가 그녀를 불러 세웠다.

"아벨라. 잠깐만. 마침 잘됐다. 어떤 것이든 좋으니 얘기해 줘."

"무슨 얘기?"

"그분이 널 미친개로부터 구해 주셨잖아. 테라 말로는 그분이 네

169

게 달려드는 개를 죽인 뒤 곧장 너를 안고 저택으로 왔다던데, 정말 이야?"

"어쩜. 너무 멋진 얘기야. 진정한 신사란 바로 그런 것인데. 좋겠다, 아벨라. 오늘 죽어도 여한이 없겠어."

하녀들은 상상만으로도 좋아 죽겠다며 어서 이야기해 달라고 재촉했다.

"어땠어? 그분 얼굴을 그렇게 가까이서 본 사람이 없는데 자세히 좀 얘기해 줘. 정말 끝내주는 미남이야?"

모두의 시선이 아벨라에게 쏠렸다.

"그래. 자세히 얘기해 줘. 그분의 품에 안겨 저택으로 오는 동안의 기분이 어땠어? 좋았지? 막 흥분되고 황홀했지?"

모두가 그녀의 대답을 기다렸다. 아벨라는 커다란 나무상자를 바닥에 내려놓으며 흐르는 땀을 닦았다. 기절한 상태였기 때문에 아무것도 기억나는 게 없었지만 딱 하나, 정확하게 알고 있는 사실 한 가지는 있었다.

"그 사람은 신사가 아니야."

"뭐?"

"난 그 사람이 신사라고 생각하지 않아. 멋지다는 느낌도 없었어. 대화를 할 때 상대방의 얘기에 귀를 기울이지 않았고 여자를 함부로 바닥에 팽개쳐 버릴 만큼 막돼먹은 사람이었어. 그런 사람과는 다시 마주치고 싶지 않아."

아벨라는 자신이 느꼈던 느낌을 여과 없이 그대로 말했다.

"그는 겉모습만 번지르르한 살인자일 뿐이야."

"뭐, 뭐야? 사, 살인자?"

아벨라의 말에 하녀들의 얼굴이 사색이 됐다. 살아 움직이는 조각상에 대한 여자들의 로망이 얼마나 대단한데 살인자라니. 하녀들은 마치 자신의 애인이 모욕당한 것처럼 참지 못하고 불쾌감을 터트렸다.

"어떻게 미쳐야 은인에게 살인자라고 할 수 있는 거지?"

"그분은 널 구해 주신 분이야. 은혜를 몰라도 유분수지 너무하는 거 아냐?"

"어련하겠니? 저 멍청이가 그날도 그분에게 대놓고 살인자라고 대들었다던데."

주방 분위기가 순식간에 냉랭해졌다. 하지만 아벨라는 자신을 향해 야유를 퍼붓는 그녀들을 아랑곳하지 않았다. 모두가 추앙한다고 해서 자신까지 그럴 필요는 없었다. 더구나 그는 아버지를 죽인 살인자로 추앙은커녕 그녀의 손에 죽어야 할 복수의 대상이었다.

아벨라가 새로운 상자를 들고 밖으로 나갔다. 테라가 아벨라를 노려보는 하녀들을 진정시켰다.

"오늘 다들 왜 이렇게 예민해? 이유야 어쨌든 사고를 겪고 온 애를 위로해 주지 못할망정 같은 처지끼리 이러기야?"

"하지만 테라. 생각해 봐. 우리가 이상한 게 아니잖아."

"아벨라도 이상한 게 아니지. 주방장의 심부름으로 숲에 갔다가 미친개에게 물린 상태로 곧바로 지하 감옥에서 갇혀 있었는데 화가 안 나겠니?"

"그렇긴 하지만."

"정확한 사정도 모르면서 동료를 몰아세우진 말자. 저택 안의 하녀들처럼 선배 대접 받겠다고 밤마다 신참을 데리고 가서 괴롭히는 일은 하지 않기로 약속했잖아. 어차피 귀족들 눈에는 다 똑같은 하녀들일 뿐인데 우리끼리 서열을 정해 봐자 우스운 거 아니겠어?"

"테라. 이건 서열을 정하려고 그러는 게 아니라……."

"자자. 다들 그만."

테라는 주방의 대표답게 하녀들의 엉덩이와 어깨를 한 번씩 다독여 줬다.

"허리 한번 펴기 힘든 우리야. 쓸데없는 일에 열 내지 말고 오늘도 정신 바짝 차리고 버텨 보자구."

테라가 활기차게 분위기 전환을 할 때였다. 주방장이 누군가와 함께 나타났다.

"지, 집사님."

하녀들이 손에 들고 있던 집기와 그릇을 내려놓으며 일제히 그를 향해 인사했다. 하얀 백발의 노인이 인자한 표정으로 그 인사를 받았다.

"다들 활기찬 모습으로 일을 하는군. 모두 건강하게 잘 지내고 있는 것 같아 다행이네."

느닷없이 방문한 집사의 말에 모두가 어리둥절한 표정을 감추지 못했다. 그도 그럴 것이 이곳에서 십 년을 넘게 일하는 동안 하녀장이 아닌 집사를 만난 건 처음이었기 때문이었다. 집사는 후작의 개인 비서 겸 최측근이다. 그의 지시는 저택을 총괄하는 세 명의 하녀장들에게 전달되고 하녀장들은 자신이 관리하는 하녀들에게 그 내용을 전달한다. 그러니 말단 하녀가 중간의 관리 체계를 무시하고 그를 만난다는 건 실로 하늘의 별 따기나 다름없는 일이었다. 그런 그가 미천한 주방을 방문했으니 모두가 놀라는 건 당연한 일이었다.

"자아, 다들 바쁠 테니 거두절미하고 찾아온 용건을 얘기하겠네. 테라라는 이름의 하녀가 누군가?"

테라가 깜짝 놀라며 앞으로 나왔다.

"저, 접니다. 집사님."

"오고 가며 종종 본 적이 있는 얼굴이로군."

"얼굴을 기억해 주시다니 감사드립니다, 집사님."

"자네는 이곳에서 일한 지 얼마나 됐는가?"

"올해로 14년째예요. 일곱 살 때 처음 이곳에 들어왔으니까요."

"그럼 올해 스물 하나인가?"

"그렇습니다."

집사가 주름진 눈을 휘며 인자하게 웃어 보였다.

"그래. 그 정도면 저택 분위기도 어느 정도 알 테니 문제가 없겠군. 자네를 오늘부로 별관 하녀장으로 임명하겠네."

"네?"

"저택에 머무는 손님에게 큰 도움을 줬지 않은가. 알다시피 그분은 후작가의 중요한 손님이시네. 주방의 하녀가 저택으로 숨어들어온 죄는 채찍질 감이지만, 진심을 다해 상대를 위하는 마음에 그 죄를 용서하기로 했네."

"네에?"

테라는 너무 당황스러웠다.

"자, 잠깐만요. 전 지금껏 부엌에만 있었는걸요. 저택에서 지켜야 할 매너 같은 건 전혀 몰라요. 교육받은 적도 없구요. 그런데도 가능한 거예요?"

"당연히 안 되지. 대저택의 하녀장들이 얼마나 많은 시간을 수련하고 공부한 뒤 그 자리에 오르는지 잘 알잖나. 하지만 후작님이 괜찮다고 허락하셨으니 우리의 의견은 중요하지 않네. 안 그런가?"

집사의 말에 테라는 그제야 실감이 나는지 주방장을 쳐다보았다. 주방장은 쓸데없는 질문은 하지 말고 그저 열심히 고개만 주억거리라고 무언으로 소리쳤다.

"오늘 안에 짐 싸서 저택 안으로 들어오도록 하게. 이제 자네가 일할 곳은 별관이 될 걸세. 손님들이 그곳에 머물고 계시니까. 자세한 건 그곳 하녀들이 일러 줄 테니 설명은 여기까지 하도록 하지. 축하하네, 테라양."

"가, 감사합니다."

엉겁결에 인사를 받은 그녀의 얼굴이 여전히 어리둥절했다. 집사는 주방을 나가면서 지체하지 말라고 덧붙였다.

"아참. 그리고 룸메이트도 함께 오도록 하게나."

"룸메이트요?"

"아벨라 모리스 말이네. 그러고 보니 그녀가 안 보이는군. 잠깐 자리를 비웠나? 어쨌든 두 사람이 함께 오도록 하게. 이미 알고 있을 테지만 윗분의 명령이 떨어진 이상 하인들이 늦게 움직이는 건 그분께서 질색하시니까 서두르는 걸 잊지 말고."

집사가 마지막 말을 마치고 돌아가자 테라는 몸을 크게 휘청거렸다. 하녀들이 달려와 그녀를 부축했다.

"테라!"

"어떻게 이런 일이. 기뻐도 눈물이 난다는 게 정말이었네. 나, 눈물이 나."

테라가 흥분을 감추지 못하며 하녀들과 얼싸안았다. 하녀들은 자신들의 일처럼 그녀를 축하해 주었다.

"축하해. 저택 안으로 들어가다니 상상도 못 할 일이야. 그것도 손님들만 머무는 별관 하녀장이라니, 이런 횡재가 어디 있겠어?"

"맞아. 거긴 손님들이 주는 팁이 엄청 많대. 팁뿐만 아니라 부수입도 많아서 잘만 하면 성공할 수 있다잖아. 테라. 너무 부럽다. 넌 우리의 희망이 됐어."

하녀들의 말에 테라는 기쁨을 감추지 못했다. 자신이 행운의 주인공이 되다니, 살다 보니 이런 기쁨도 있구나 싶었다. 테라는 흐르는 눈물을 손등으로 훔쳐 내며 서둘러 아벨라를 찾았다.

"아벨라! 지금 일할 때가 아니야. 당장 짐을 싸. 어서어서!"

흥분한 테라가 일을 하고 있는 아벨라의 손을 붙잡고 무작정 숙소로 향했다.

"왜 그래? 갑자기 무슨 일이야?"

"나 하녀장이 됐어. 별관을 관리하는 하녀장이 됐다구. 방금 집사님이 직접 와서 알려 줬어. 그러니 어서 오늘 안에 짐을 싸서 그곳으로 가야 돼."

"정말이야? 축하해. 그런데 나는 왜……?"

"너도 함께야."

"나도?"

"그래. 그러니 어서 짐을 챙겨."

테라는 낡은 옷과 구두. 그리고 이가 빠진 컵까지 전부 가방에 담았다. 아벨라는 갑작스러운 소식에 어떻게 해야 하나 고민했다.

"뭐해? 서두르라니까. 별관을 구경하고 싶지 않아? 거긴 후작 댁의 건물 중에서 제일 호화스러운 곳이야. 매일 밤 화려한 무도회가 열리는 곳이라구. 이곳을 방문하는 손님들의 거처라니까."

"손님들의 거처?"

그녀의 눈이 반짝였다.

"그래. 손님은 모두 그곳에 머물러. 널 구해 준 그분도 지금 그곳에 머물고 있어. 아, 넌 좀 불편할 수 있겠다. 넌 그분을 싫어하잖아. 하지만 집사님의 명령이니 불복할 수는 없는 거 알지? 우린 가라면 가야 하는 하녀들이잖아."

테라는 아벨라의 손을 잡았다.

"그러니 불편하더라도 참고 가자. 이건 기회야. 너와 나의 인생을 바꿀 기회."

기회. 아벨라는 마티어스를 떠올렸다. 맞아. 기회야. 그에게 복수할 수 있는 기회. 그에게 가까이 갈 수 있는 기회를 찾고 있었는데 이건 행운과도 같았다. 아벨라는 테라를 따라 짐을 싸기 시작했다. 그녀의 손이 빨라졌다. 밖으로 나가던 테라가 아벨라의 물건 하나를 팔꿈치로 쳤다.

챙그랑.

"이런."

유리병이 깨지면서 그 안에 들었던 붉은 액체가 바닥에 쏟아졌다. 테라가 화들짝 놀라 뒤돌아봤다.

"어떡해? 깨져 버렸네. 중요한 거니?"

도르제가 준 약이었다. 아벨라는 안타까웠지만 다행히 여분 하나가 남아 있음을 떠올리며 오히려 걱정하는 테라의 손을 잡아끌었다.

"괜찮아. 신경 쓰지 않아도 돼. 우린 빨리 별관으로 가자. 어서."

지체할 시간이 없었다. 아벨라는 한시라도 빨리 그가 있는 곳으로 가 복수를 하고 싶었다.


별관은 크고 화려했다. 테라의 말대로 커다란 무도회장과 다양한 다이닝 룸. 그리고 연주회가 가능한 공간이 완벽하게 갖춰져 있었다. 오직 귀족들의 즐거움과 향응을 위해 만들어진 이곳은 모든 게 최고급, 최신식이었다.

"대체 방이 몇 개야?"

서른 개가 넘는 방에는 후작의 집을 방문하는 손님들이 머문다고 했다. 방에는 각각 거실과 티 룸이 딸려 있어 하나의 독립된 공간을 이루고 있는데 아벨라와 테라는 그곳들의 위치를 파악하는 데만 꼬박 3일이 걸렸다.

"별관엔 총 네 분의 손님이 머물고 계시네."

집사가 말했다.

"이렇게 넓은 곳에 고작 네 분이요?"

"그만큼 중요한 분들이지. 저분들이 떠나기 전까지 다른 손님들은 받지 않을 거야."

그 후로 테라는 저택 안에서 지켜야 할 기본적인 예절과 매너, 그리고 평상시 귀족을 대할 때 갖춰야 할 인사법들을 배웠다. 교육이란 걸 단 한 번도 받아 본 적 없는 테라는 원형 탈모가 생길 만큼 너무 힘들어했고 결국 교육은 잠시 중단됐다.

"세상에 쉬운 일은 없다더니 대체 이게 뭐람. 기억해 둬야 할 게 너무 많아. 거기다 매일 이 두꺼운 책을 읽으며 공부를 해야 한다니 골치 아파."

테라는 불평을 쏟아 내며 함께 교육을 받은 아벨라를 쳐다보았다. 자신과 달리 지쳐 보이는 얼굴을 하지 않는 그녀가 새삼 대단해 보였다.

"아벨라. 숙소 배정받았어?"

"응. 일 층 서쪽. 너는?"

"난 일 층 동쪽. 나와는 반대네."

"단독실이구나. 아무래도 하녀장은 별관 구석구석을 살펴봐야 하니 일 층과 이 층을 쉽게 오고 갈 수 있게 그곳으로 배정해 준 모양이야."

"어머. 잘 아네. 벌써 저택 위치까지 파악하고 있다니 대단한걸."

테라의 말에 아벨라가 짧게 웃어 보였다. 복수를 위해 이 정도는 아무것도 아니라는 말은 삼킨 채였다.

"아벨라. 네 숙소는 어때?"

"나도 독실이야."

"겨우 그거야?"

테라는 불쌍하다는 표정을 지어 보였다.

"내 숙소 보러 갈래? 보고 싶지 않아?"

아까부터 숙소 이야기를 들먹거리더니 자신의 새 숙소를 자랑하고 싶은 모양이었다. 테라는 아벨라의 대답을 듣지도 않고 무작정 그녀를 끌고 자신의 숙소로 향했다.

"짜잔. 어때? 정말 좋지?"

테라의 개인 숙소는 깨끗하고 좋았다. 기존의 숙소보다 세 배는 넓었고 가구도 놓여 있었다. 테라는 그 사실을 굉장히 뿌듯해했다. 자랑하고 싶을 만했다.

"이것 봐. 옷장이랑 화장대도 있어. 여기는 티 테이블. 정말 놀랍지 않아? 난 늘 식사도 주방에서 허겁지겁 먹었거든. 그것도 서서 먹거나 식재료들 상자 위에 앉아서. 그런데 티테이블이 놓인 방을 갖게 되다니 믿어져? 이제 나도 여유롭게 티타임을 가질 수 있는 신분이 됐다는 얘기야."

테라는 연신 터져 나오는 비명을 주체 못 해 자신의 입을 두 손으로 막아야만 했다. 보기 좋았다. 소녀처럼 귀여웠고 희망에 부푼 모습이 생기 넘쳐, 보는 사람을 즐겁게 만들었다.

"드디어 사람답게 살 수 있게 되다니 너무 기뻐. 난 이제 식탁에 앉아 밥을 먹고 거울을 보며 옷을 입고 푹신한 침대에서 깨끗한 이불을 덮고 잘 수 있어. 그럴 수 있다구."

테라는 화장대에 앉아 보기도 하고 빈 옷장을 바라보며 앞으로 이곳을 어떤 옷으로 채울까 미리 걱정했다. 그동안의 삶이 고생이라면 이젠 행복뿐이라는 단순한 생각이 한 사람을 이렇게 기쁘게 만들고 있었다.

"아벨라. 난 앞으로 열심히 일할 생각이야. 이 기회를 놓치지 않을 거야. 그러니 네가 도와줘."

"내가?"

"난 손님들 시중들기도 바쁘거든. 그런데 어떻게 저택 관리까지 할 수 있겠어? 윗분들에게 인정받으려면 누군가의 도움이 필요해."

테라는 아벨라의 두 손을 잡고 활짝 웃어 보였다.

"네가 나의 시녀가 되어 줘."

"시녀라고?"

"하녀장의 시녀 말이야. 별관에 있는 기존의 하녀들은 믿음이 가지 않아. 난 걔네들과 한 번도 손발을 맞춘 적이 없어. 오고 가면서 얼굴도 본 적 없는 걸. 이곳 하녀들은 주방 보조 출신인 우리를 은근히 무시하더라고. 그래도 너는 나랑 같은 숙소를 쓴 경험이 있고 무엇보다 우린 친구잖아. 시녀라고 해도 별거 없어. 내가 바쁠 때 네가 나의 일을 좀 도와주면 되는 것뿐이야. 해 줄 수 있지?"

"하지만 난 이곳의 침실 청소담당으로 정해졌는걸. 집사님께서 허락하실까?"

"별관은 내 담당이야. 이곳에서 일어나는 일은 모두 내 소관이 된 거라구. 집사님의 허락은 필요하지 않아. 나의 허락이 필요하지."

"하지만."

"아벨라, 제발."

부탁하는 테라의 모습은 제법 절실해 보였다. 꿈꿨던 삶을 유지하기 위해 그녀는 미리 만반의 준비를 해 놓기를 원했다. 아벨라는 잠시 갈등하다가 그 부탁을 들어주기로 했다.

테라는 하녀장이었다. 저택 안의 어디든 갈 수 있었고 다른 하녀들에 비해 시간도 자유로웠다. 테라와 함께 있다면 마티어스를 만날 기회도 많아질 것이고 그로 인해 복수도 보다 빨리 이뤄질 것이라는 생각이 들었다.

"그래. 그렇게 할게. 침실청소를 하는 거나 하녀장의 시녀나 모두 하녀의 일은 맞으니까."

테라가 활짝 웃었다. 아벨라를 얼싸안고 연신 고맙다고 말하는 그녀의 얼굴. 문득 그 웃음이 예전에 지방 귀족의 저택에서 자신을 때리던 귀족아가씨의 미소와 비슷하게 보였다.

테라는 늘 들떠 있었다. 하루 종일 얼굴에서 미소가 떠나질 않았
다. 꿈을 꾸면서도 행복하다는 잠꼬대를 한다는 그녀는 그 소문이
사실이라고 믿겨질 만큼 매사 과한 웃음을 지은 채 방긋방긋 웃어
댔다. 그러나 그 웃음이 언제나 올바른 건 아니었다. 테라는 하녀장
이라는 타이틀이 준 자부심 속에서 점점 예민해지기 시작했다.
　"이 방 청소 상태가 왜 이래? 제대로 한 거 맞아?"
　테라는 청소를 마치고 검사를 받는 시녀들을 향해 매번 트집을 잡
았다. 잔소리가 한번 시작되면 몇 시간은 기본이었다. 그건 매일 아
침 반복됐고 시간과 장소에 구분 없이 일어났다. 오늘 아침엔 어디
서 구해 왔는지 기다란 나무 막대기를 가지고 와 자신의 질문에 대
답을 늦게 한 하녀의 손바닥을 때리기도 했다.
　"정신들 차리고 일해. 겨우 이 정도밖에 못 하니? 이래 가지고 어
디 가서 별관 하녀라고 말할 수나 있겠어?"
　훈계는 어느 순간 비아냥이 되어 하녀들을 다그치기 시작했다.
　"자, 다들. 손님들이 없는 시간을 이용해 어제 못 했던 청소를 시
작하자. 두 사람씩 짝을 지어 각 방의 양탄자를 꺼내 먼지를 털고 햇
빛에 말려. 나머지 사람들은 계단에 찍혀 있는 구두자국을 물걸레로
닦고."
　테라는 손에 든 나무 막대기를 흔들어 보였다.
　"한 점의 먼지라도 나오면, 다들 알지?"
　하녀들이 일사불란하게 움직였다. 테라는 그런 하녀들이 영 마음
에 안 든다는 표정을 지어 보였다.
　"손들이 왜 저렇게 굼뜬지 모르겠어. 난 주방에 있을 때 저러지
않았는데 말이야."

테라는 옆에 서 있는 아벨라를 향해 그렇지 않냐며 험담을 멈추지 않았다.

"시간이 남는 동안 차 한 잔 마셔야겠어. 오늘 새로 들어온 홍차는 뭐야?"

"글쎄."

"아벨라. 그런 건 미리 체크하고 있어야지. 내가 너한테 물은 거잖아."

테라가 따끔하게 한소리 했다. 아벨라는 아차 싶었다.

"미안."

"긴장감이 없어, 긴장감이. 주방에 가서 향 좋은 차 한 잔 가져와. 이곳에서 기다리고 있을게."

"그래. 금방 가져올게."

테라의 지시에 아벨라가 주방으로 달려가 차를 준비해 가지고 왔다. 다른 하녀들이 열심히 일을 하는 동안 테라는 복도에 놓인 벨벳 의자에 앉아 다리를 까딱거리며 여유를 만끽했다. 아벨라가 찻잔 속의 물이 쏟아질까 염려하며 조심조심 쟁반을 들고 오는 길이었다.

"쓰레기 냄새."

누군가가 그녀를 향해 악담을 내뱉었다. 뒤돌아보니 처음 보는 낯선 귀족 아가씨가 계단 난간에 기대서 있었다. 화려한 미인이었다. 풍성한 금발 머리가 멋들어지게 어깨 위로 내려와 있었고 풍만한 가슴 아래는 잘록한 허리가 성숙함을 뽐내고 있었다. 그녀가 아벨라에게 천천히 걸어왔다. 머리부터 발끝까지 화려한 장신구가 가득 달려 있어 움직일 때마다 장신구 부딪히는 소리가 났다.

"아까부터 어디서 쓰레기 냄새가 진동한다 싶더니 너한테서 나는 냄새였구나. 샤워를 하긴 한 거야? 사냥개의 피를 뒤집어썼다더니 그 냄새가 아직도 나잖아."

신시아였다. 아벨라는 독설을 내뱉는 신시아를 마주하자 교육받은 대로 먼저 하녀로서의 예의를 차렸다. 쟁반을 들고 있는 상태라 예법에 맞춰 인사할 수 없었기 때문에 그만큼 허리까지 숙여 정중하게 인사를 했다. 그런 아벨라를 신시아가 대놓고 비웃었다.

"하녀가 됐다더니 정말이네. 하나로 단정하게 묶은 머리. 하녀라면 누구나 하는 흰색 앞치마. 그리고 남자들이 화장실 갈 때 신을 것 같은 굽 없는 검정색 단화. 정말 최악의 드레스 코드야. 그런데 어쩜 좋을까? 너한테 너무 잘 어울리는걸."

"감사합니다."

"칭찬이 아닌데 모르나 봐."

"모르고 있었습니다. 말씀 감사합니다."

신시아가 웃음을 터트렸다. 그 웃음에 맞춰 풍만한 가슴도 함께 흔들렸다.

"재밌네. 뻐꾸기처럼 같은 말만 반복하며 무조건 감사하다고 하는 그 태도. 오래 살다 보니 이런 날도 오는구나. 이래서 인간들이 훈련과 교육을 받는 건가 봐. 우리에게도 도입해야 할 필요한 제도인데 말이지. 그런데 지금 쟁반 위의 차는 누구의 차? 난 차를 가져오라고 말한 적 없는데."

이번엔 아벨라가 아무 말도 하지 못했다.

"저런. 지금 질문엔 감사하지 않은가 봐."

그녀가 입꼬리를 올렸다. 말하지 않아도 알고 있다는 표정이 매서웠다. 신시아는 의자에 앉아 있는 테라를 쳐다보았다. 테라가 뒤늦게 신시아를 보고 의자에서 벌떡 일어나 고개를 숙였다. 신시아가 아벨라가 들고 있는 쟁반 위의 찻잔을 들더니 그대로 바닥에 떨어트려 버렸다. 찻잔이 날카로운 비명을 내지르며 박살이 났다. 덕분에 깨끗하게 청소된 복도도 엉망이 됐다.

"똑같은 하녀들끼리 꼴값 떨긴. 누가 누구에게 심부름을 시켜?"

신시아가 깨진 유리잔을 구두로 짓이기며 그대로 밟고 사라졌다. 그녀가 사라진 뒤에도 아벨라와 테라는 너무 놀라 아무 말도 하지 못했다.

"하아. 심장 떨어지는 줄 알았네."

먼저 입을 뗀 건 테라였다.

"쳇. 아주 대놓고 무시하네. 쓰레기가 뭐가 어쩌고 어째? 우리도 자기처럼 똑같이 숨 쉬고 빵 먹는 사람인데 너무한다, 진짜."

테라는 매섭기가 보통이 아닌 신시아를 떠올리며 진저리를 쳤다.

"아벨라. 너무 기분 나빠 하지 마. 넌 잘 모르겠지만 귀족아가씨들은 원래 저래. 사람에게 쓰레기 냄새라니. 내가 보기엔 자기가 더 쓰레기 같구만. 안 그래?"

"그래. 굉장히 거친 아가씨네."

"저건 약과야. 대놓고 뺨부터 때리는 사람들도 많아. 스트레스를 그런 식으로 푸는 거지. 저들의 일상이야."

그 말에 아벨라가 옅게 웃어 보였다. 자신도 경험한 적 있지만 무조건 화부터 내는 사람들은 대체 무슨 생각을 하며 사는 건지 이해되지 않았다.

"어쩐지 이곳에서의 생활이 녹록지 않을 것 같아."

"당연하지. 부엌이랑은 비교할 수 없어. 거긴 몸으로 때우는 곳이지만 여긴 머리와 몸을 함께 써야 하니까."

소란스러움에 청소를 하던 하녀들이 여기저기서 빼꼼 고개를 내밀어 이쪽을 쳐다봤다. 테라가 발끈했다.

"뭘 힐끔거려? 당장 와서 이것들을 치우지 않고. 청소들은 다 한 거야? 검사해서 먼지 한 톨이라도 나와 봐, 아주. 가만 안 둘 거야."

그녀가 으름장을 놓으며 방청소를 하고 있는 곳으로 쏜살같이 달려갔다.

"문 열어. 점검 시작할 테니."

하녀 한 명이 서둘러 문을 열었다.

"여긴 누가 머무는 방이지?"

뒷짐을 진 테라가 짐짓 거들먹거리며 물었다.

"신시아 아가씨 방입니다."

테라의 눈이 반짝였다.

"조금 전의 그 귀족 아가씨 말이야?"

"맞습니다. 그분이에요."

"청소는?"

"이미 끝났습니다. 검사해 보시겠어요, 하녀장님?"

"물론이지. 별관의 모든 관리는 내 담당인걸."

테라는 당연한 소릴 한다며 눈을 한번 흘기더니 어깨를 으쓱거리고 방 안으로 들어갔다. 그녀가 방을 청소한 담당 하녀에게 말했다.

"깨끗하게 청소했네. 볼 것도 없겠어. 나가 봐."

하녀들이 모두 방을 나갔다. 테라의 시녀인 아벨라만이 자리를 지켰다. 그녀의 얼굴이 멍했다.

"아벨라. 왜 그래?"

아벨라는 방에 들어온 뒤 넋을 놓고 있었다. 태어나서 이런 방은 본 적이 없었다. 화이트 톤으로 맞춤되어 있는 가구와 열린 창문 사이로 하늘거리는 커튼. 그리고 커다란 꽃병에 꽂혀 있는 꽃들의 꽃내음. 아벨라는 난생처음 보는 아름다운 방을 보고 자기도 모르게 감탄사를 내뱉었다.

"동화에 나오는 공주님의 방 같아."

"촌스럽긴. 하긴. 넌 이런 방을 처음 보겠구나. 소감이 어때?"

"딴 세상 같아."

"딴 세상은 맞지. 이것 봐. 화장대에 넘쳐나는 보석과 액세서리. 그리고 브로치까지. 나도 귀족들이 착용하고 다니는 걸 보기만 했지 이렇게 가까이서 보는 건 난생처음이야."

테라는 하녀들이 모두 간 것을 다시 한 번 확인한 뒤 화장대로 다시 왔다.

"어쩜. 이렇게 많은 보석이 모두 그 여자 거라니 말이 안 나온다. 대체 귀걸이가 몇 개야?"

테라가 화장대 위에 놓인 보석들을 빠르게 훑다가 귀걸이 하나를 집어 들었다.

"어때?"

자신의 귓불에 귀걸이를 대 보며 테라가 물었다. 여전히 아름다운 방을 구경하느라 넋을 놓고 있던 아벨라가 뒤늦게 대답했다.

"진주 귀걸이네. 비싸 보여."

"당연히 비싸겠지. 귀족 아가씨가 하는 건데."

테라는 손에 들고 있던 진주귀걸이를 화장대에 다시 내려놓고 이곳저곳을 기웃거렸다.

"아까 그 여자 말이야. 나 그 여자 알아. 여기 들어온 후 그 여자 심부름 몇 번 했어."

"벌써?"

"벌써라니. 이름도 알아. 신시아라고 해. 후작가의 친인척도 아니라는데 저 여잔 여기서 최고급 대우를 받더라. 하루가 멀다 하고 고급 보석이 이 방으로 배달돼. 대부분 마음에 안 든다며 문밖으로 내던져지지만. 그럴 때면 난 밖으로 던져진 것들을 치우느라 허리 한 번 못 펴지 뭐야. 그런 걸 보면 세상은 참 불공평하지 않니? 같은 여잔데 태생에 따라 너무 상반된 삶을 살잖아. 난 평생 손에 은반지 한 번 껴 본 적도 없는데."

테라의 불평을 아벨라는 말없이 공감했다.

"그거 알아? 밤이 되면 이 방에 남자들이 찾아와. 그럼 신시아가 종을 흔들어 날 찾아. 난 그 종소리를 듣고 쟁반에 술과 유리잔을 준비해서 부리나케 달려가 방문을 노크해. '하녀장 테라입니다, 아가씨.' 하고 말이야. 하지만 신시아는 들어오란 소리를 안 해. 난 목소리가 들릴 때까지 문 앞에 대기하고 있어야 하지. 방 안에서 들려오는 남녀의 정사 소리를 그대로 들으면서 말이야."

테라는 신시아의 옷장을 열었다. 고급 드레스들이 한가득 들어 있었다.

"난 몰랐지 뭐야. 귀족아가씨들은 그렇게 논다는 걸. 그 우아한 분들의 밤 문화가 그렇게 음탕할 줄 누가 상상이나 하겠니?"

테라는 부드러운 실크를 손끝으로 살짝 만졌다. 부드러운 촉감. 기분 좋은 느낌. 테라가 마음에 드는 드레스 한 벌을 꺼냈다.

"그런데도 후작이 보석을 갖다 바치는 걸 보니 신시아를 사랑하나 봐. 후작의 사랑을 받는 기분은 어떤 걸까? 나도 느껴 보고 싶어."

테라가 신시아의 드레스에 얼굴을 묻었다.

"테라."

"응."

"여기서 일한 지 일주일이 되어 가는데 아직 그 사람의 숙소는 청소한 적이 없어. 그의 숙소는 어디야? 마티어스라는 그 사람."

테라가 고개를 들었다.

"어쩐 일이야? 우리의 왕자님을 다 궁금해하고?"

"그냥 궁금해서. 지금껏 한 번도 마주친 적 없으니까."

"역시 그렇지? 너도 그땐 그분을 오해했던 거야. 보기만 해도 눈이 부신 그런 사람을 싫어할 여자가 어디 있겠어?"

"맞아. 생각해 보니 그때 고맙다는 인사도 제대로 못 했어. 그래서 말인데 우연히라도 그분을 만날 기회가 없을까?"

"왜 없겠어? 그렇잖아도 내가 여기 하녀들에게 물어봤더니 그분은 이 층에서 머문대. 이 층 전체를 혼자 쓴다지 뭐야. 그래서 만날 기회가 없었던 거야."

"거기 청소는 누가 해?"

"아무도 안 해. 집사님이 직접 하신다나? 워낙 까다로운 분이라서 시시한 우리네 손길은 싫어하신대."

테라의 말에 아벨라의 얼굴이 어두워졌다. 흔한 청소조차 아무에게나 안 맡긴다니 걱정이다. 아벨라는 조바심을 숨긴 채 어느새 침대 위에서 뒹굴거리는 테라를 쳐다보았다.

"테라. 하녀장인 너는 이 층에 올라갈 수 있지?"

"글쎄."

"넌 이곳을 관리하는 하녀장이잖아."

"누가 뭐래니?"

"기회가 되면 나도 이 층에 데려가 줄 수 있어?"

아벨라의 말에 테라가 고개를 들었다. 여전히 쟁반을 들고 있는 아벨라는 그녀의 대답만을 기다리는 중이었다. 누군가에게 부탁받는 입장이란 얼마나 우위의 즐거움을 느끼게 하는가. 신시아는 같은 하녀끼리 이러는 게 우습다고 했지만 지금 이 상황을 보면 그런 말은 할 수 없을 것이다. 귀족들은 이럴 때 아마도 이런 말을 하겠지?

"이 층에 가고 싶단 말이지?"

테라는 조금 전의 신시아를 떠올리며 빙그레 웃었다.

"네가 하는 것 봐서."

그날 밤.

화장대 앞에 앉은 신시아의 얼굴에 노기가 서렸다.

"이것들이."

진주귀걸이에서 인간의 냄새가 났다. 귀걸이를 만진 신시아의 눈에서 파란 불꽃이 이는가 싶더니 곧장 복도를 울리는 날카로운 목소리가 터졌다. 앙칼진 목소리에 조용하던 저택이 들썩였다. 근처에서 일을 하고 있던 하녀들이 순식간에 그녀의 방 앞으로 집결했고 딴짓을 하던 테라가 제일 마지막에 도착했다.

"누가 내 물건에 손을 댔지? 내 방에 들어와서 무슨 짓을 한 거야?"

신시아는 맨살을 드러낸 속옷 차림으로 하녀들을 노려보았다. 서슬 퍼런 그녀의 재촉에 모두가 어깨를 움츠리고 덜덜 떨기만 했다. 테라가 앞으로 나섰다.

"무슨 문제가 생기셨나요?"

"왜 내 물건에 손을 대?"

"어머. 설마 물건이 없어진 건가요? 어떤 물건이에요? 너희. 방을 청소할 때 아가씨의 물건을 만진 적 있어? 대체 왜 그런 무례한 짓을 한 거야? 누구니? 대체 누구야?"

테라는 모여 있는 하녀들을 향해 호통을 치더니 신시아를 향해 급히 사과했다.

"제가 하녀장으로서 대신 사과드리겠습니다. 없어진 물건이 뭔지 말씀해 주세요. 당장 범인을 찾아 데려오겠습니다."

테라는 설레발을 치며 당당하게 말했다. 그런 그녀의 모습에 신시아의 눈이 가늘게 변했다. 그녀의 후각이 진범은 여기 있노라, 알려주었기 때문이다.

"네가 범인을 찾아오겠다고?"

진짜 범인을 노려보며 신시아가 물었다.

"물론입니다."

"인간들은 왜 항상 거짓말부터 하는 걸까? 묻는 말에 그대로 말하면 되는 걸 굳이 일을 복잡하게 만들어. 너, 하녀장이라고 했지?"

"그렇습니다. 편하게 테라라고 불러 주세요."

"그래. 테라."

신시아가 화가 난 노기를 가라앉히지 않은 채로 명령했다.

"내 방으로 술을 가져와. 지금 당장."

신시아의 명령에 테라가 급히 술을 준비했다. 갑자기 술을 찾는 이유는 알 수 없었지만 차라리 잘된 일이었다.

"이럴 땐 술을 마시고 기분을 푸는 게 최고거든. 역시 놀아 본 여자라 참 잘 안다니까."

테라는 아벨라에게 쟁반을 들고 따라오라고 했다.

"너, 사람 부릴 줄 아는구나. 좋게 말하면 머리가 있고 나쁘게 얘기하면 영악한 타입이야. 그렇지?"

신시아는 아벨라를 앞세워 자신의 방에 온 테라를 향해 그렇게 평했다. 직접 들고 와야 할 술을 아벨라에게 대신 들고 오게 하고 자신은 편히 왔기 때문이다. 분명 그녀는 테라에게 일을 시켰는데 말이다. 신시아는 술병에 술을 따르며 테라에게 말했다.

"너에 대한 얘기를 들었어. 부엌데기에서 하녀장이 됐다지?"

"후작님의 은혜입니다."

"후작이 아니라 그분의 은혜지. 제대로 알고 주절거려."

"네?"

"어쨌든 출세했네. 축하해."

"감사합니다. 이곳에 계시는 동안 성심성의껏 모시겠습니다. 불편한 게 있으시다면 바로 알려 주세요. 즉각 시정하겠습니다."

"그래. 충성스러운 그 자세 좋아. 그렇다면 나도 하녀장이 된 네게 축하선물을 안 줄 수가 없지."

신시아가 자그마한 상자를 내밀었다.

"네게 어울릴 것 같아서 준비했어. 어때? 마음에 들어?"

테라의 얼굴이 조금 굳었다. 그녀가 준비했다는 선물은 오전에 테라가 만졌던 예의 진주귀걸이였다. 신시아가 자리에서 일어나 테라의 귓가에 대고 속삭였다.

"선물은 직접 해 주는 게 예의니까 내가 해 줄게. 고개를 들어 봐. 내게 네 귀를 보여 줘."

신시아는 귀걸이 한 짝을 손에 드는가 싶더니 곧장 테라의 귓불을 향해 꽉 눌렀다.

"악!"

귓불이 뚫려 버렸다. 귀걸이의 날카로운 뒷부분이 테라의 귓불을 뚫고 그대로 박혔다. 느닷없는 고통에 테라가 한쪽 귀를 감싸며 자리에 주저앉았다. 보고 있던 아벨라가 깜짝 놀라 소리쳤다.

"테라!"

"나머지 한쪽은 알아서 하든가 말든가. 한 번만 더 내 물건에 손대면 그땐 귀가 아니라 손목을 잘라 버릴 테니 명심해. 나가! 이 형편없는 것!"

신시아는 테라를 향해 일갈했다. 아벨라가 테라를 얼른 일으키며 신시아를 노려보았다.

"이게 무슨 짓이에요?"

아벨라는 차마 해선 안 되는 말을 신시아에게 했다. 그래선 안 된다는 걸 알면서도 당장 눈에 보이는 부당한 모습에 경솔해지고 만 것이다.

"왜? 너무 가벼운 벌을 줘서 우스워?"

신시아가 받아쳤다.

"너였으면 바로 손목을 잘라 버렸을 텐데. 그렇지?"

"뭐라고요?"

"원한다면 그렇게 해 줄까? 네 스타일대로?"

"말이 안 통하는군요. 사람을 이렇게 만들어 놓고 그런 농담을 하다니."

"내가 하고 싶은 말이야. 너야말로 팔자 좋게 하녀놀음이나 하고 있으면서 지금 뭘 하자는 거지? 내 얼굴을 봐. 그분을 위해 밤낮없이 사냥을 하느라 수면 부족으로 피곤한 이 얼굴을."

신시아는 알아들을 수 없는 말을 퍼부으며 테라의 얼굴에 수건을 던졌다.

"싸구려 피 냄새. 당장 피 닦아! 뭘 잘했다고 내 방에서 그 역겨운 피를 흘리는 거야? 어서 닦고 나가지 못해?"

신시아가 히스테릭한 모습으로 소리치자 아벨라는 치밀어 오르는 화를 억누르며 얼른 테라를 일으켜 밖으로 나왔다. 두 사람이 나가자 신시아는 바닥에 떨어진 핏방울을 보며 코를 막았다.

"하여간 남의 것을 탐내는 하녀는 피 냄새도 싸구려 같아."

신시아는 몹시 기분 나빠하며 방문을 쾅 닫아 버렸다.


아벨라는 귀를 붙잡고 아파하는 테라를 서둘러 숙소로 데리고 갔다. 급한 대로 귀에 수건을 대고 지혈을 했는데 뭐가 잘못됐는지 피가 멈추지 않았다.

"테라. 아무래도 귀걸이를 빼는 게 좋겠어."

"안 돼. 건들기만 해도 아픈데 어떻게 다시 뺄 수 있겠어?"

"하지만 피가 멈추지 않아. 이러다간 큰일 나겠어. 염증이 생겨서 문제가 생기면 어떡해?"

점점 부어오르는 귓불을 보며 아벨라가 걱정을 했지만 테라는 막무가내였다.

"이깟 피. 칼에 찔린 것도 아니니 곧 멈출 거야."

"그 여자는 정신 이상자야. 어떻게 사람의 귀를 단숨에 이렇게 만들 수가 있지? 내일 집사님께 말씀드려서 해결 방법을 찾아보자. 아무리 하녀들이 귀족들의 화풀이 대상이라고 해도 이건 아니야."

"됐어. 대신 비싼 진주 귀걸이를 얻었으니까."

"테라. 이런 상황에서 그런 말이 나오니? 그 여자는 네 몸에 허락도 없이 상처를 냈어. 화도 안 나?"

"순진한 아벨라. 넌 그래서 아직 멀었다는 거야."

테라는 고통 속에서도 억지로 웃어 보였다.

"이 귀걸이 값이 얼만지 알아? 아마 내가 십 년을 꼬박 일해도 살 수 없는 값어치의 물건일걸. 보석은커녕 반지 한번 껴 보지 못한 나 같은 무지렁이가 봐도 한눈에 반할 만큼 영롱하고 아름답잖아. 더구나 후작이 직접 사 온 물건인데 하급 제품일 리도 없겠지."

테라는 귀걸이를 되팔면 아마 그 가치가 엄청날 거라고 말했다.

"성격파탄자인 귀족아가씨 덕에 앉아서 돈을 번 거야. 그런데 내가 화가 날 리 없지. 안 그래?"

테라는 지혈 중인 수건을 내려놓고 상자 안에서 나머지 한쪽 귀걸이를 꺼냈다.

"이참에 이쪽도 뚫어야겠어. 난 늘 이런 진주귀걸이가 하고 싶었거든. 진주의 뜻이 우아하고 순수한 의미라지? 나한테 딱 어울리는 이미지야."

"하지만 테라."

"좀 도와줘. 아까 그 여자가 내게 한 것처럼 힘껏 누르면 돼. 할수 있지?"

테라가 귀걸이를 내밀었다. 그 손에 피가 묻어 있었다. 아벨라의 입에 이유 없이 침이 고였다. 아벨라는 그걸 자각하지 못한 채 귀걸이를 받기 위해 테라에게 손을 뻗었다. 서로의 손이 살짝 스쳤다. 아벨라의 손등에 테라의 피가 조금 묻었다. 그 즈음이었다. 그녀의 후각이 예민하게 반응하며 심장이 크게 펌프질하기 시작한 것은.

두근. 두근. 두근.

아벨라의 눈이 커졌다. 심장소리가 어찌나 큰지 그 소리가 테라의 귀에까지 들렸다.

"아벨라. 괜찮아?"

놀란 테라가 아벨라를 쳐다보았다. 아벨라는 자신의 손등을 내려다보았다. 무엇 때문일까. 무엇이 나의 호흡을 거칠게 만들고 시각을 뚜렷하게 만드는 걸까. 설마 이것일까. 손등에 묻은 이 작은 핏방울 때문에? 아벨라는 테라의 피 묻은 손을 자기도 모르게 확 움켜쥐었다. 그 힘이 얼마나 억센지 테라가 소리를 내질렀다.

"악. 아벨라. 아파!"

테라의 날카로운 외침에 아벨라는 순간 깜짝 놀라며 테라의 손을 확 쳐 냈다.

"아!"

"갑자기 왜 그래?"

"미, 미안해. 난 못 해. 이런 거 못 하겠어."

"아벨라!"

아벨라는 즉시 숙소를 뛰쳐나오며 무작정 내달렸다. 떨리는 가슴이 진정되지 않았다. 밖의 신선한 공기를 들이마셔도 흥분이 쉽게 가라앉지 않았다. 조금 전 자신의 행동은 대체 뭘까? 뭐지? 왜 그랬지? 진정하기 위해 찬물을 연거푸 들이켰다. 그래도 흥분은 가라앉지 않았다. 마치 더욱 힘이 나는 느낌이랄까. 한참을 굶주린 사자가 눈앞의 먹잇감을 보고 기뻐서 날뛰는 그 느낌처럼.

아벨라가 자신의 손등을 내려다보았다. 테라의 피가 한 방울 묻어 있었다. 얼굴이 파르르 떨렸다.

"피!"

아벨라는 자기도 모르게 반색하며 주변을 살폈다. 그건 너무 소중한 것을 발견했을 때 주변을 경계하는 모습이었다. 그녀의 혀가 슬그머니 밖으로 나왔다.

할짝.

붉은 혀가 앙증맞게 그것을 살짝 핥았다. 미비한 양의 피. 보슬비의 빗방울보다 작은 그것이 그녀의 입안에서 천천히, 그리고 달콤하게 퍼졌다. 아벨라는 가만히 눈을 감고 그 맛을 음미했다. 온몸의 세포들이 환호하는 기분이 뭔지 알 것 같았다. 그녀의 몸이 이 작은 핏방울 하나에 즐겁다고 난리를 쳤다.

"좋아."

뜻 모를 말이 자신의 입에서 흘러나왔다. 느긋하고 여유롭고 그러면서도 동시에 기꺼이 피를 즐기는 목소리. 놀랍게도 그건 분명 자신의 목소리였다. 아벨라가 놀라 퍼뜩 눈을 떴다.

"방금 뭐가 좋다고?"

그녀가 자신의 입을 손으로 틀어막았다. 너무 놀라 소리도 나지 않았다.

"나…… 지금 뭘 먹은 거야? 뭐가 좋다고 한 거야?"

아벨라는 조금 전 자신이 한 행동에 진심으로 놀라며 화들짝 어깨를 떨었다. 그녀가 즉시 자신의 방으로 달려가 도르제가 준 약을 찾았다.

꿀꺽꿀꺽.

아벨라는 숨도 쉬지 않고 한 병을 그대로 다 마셔 버렸다. 거칠 것이 없었다. 조금 전 자신의 행동을 정당화하기 위해서라도 스스로가 아프다는 것을 인정해야 했다. 약을 전부 들이켠 아벨라가 뒤늦게 긴 한숨을 토해 냈다. 대체 갑자기 이게 무슨 일인지 모르겠다. 자신이 낯설게 느껴졌다. 아벨라는 낡은 침대 위에 쓰러지듯 누워 버렸다.

"어떡하면 좋지?"

복수를 해야 하는 마당에 몸까지 이상해지다니 하늘이 무너지는 느낌이었다. 그녀가 괴롭다는 듯 이불을 머리끝까지 덮었다. 속상함에 눈물도 나지 않았다.

"나 정말 미쳤나 봐."

그러나 그녀가 모르고 있는 사실 하나. 도르제가 준 약은 인간의 피였고, 한 번 피를 마시기 시작하면 계속 갈구하게 된다는 제일 중요한 사실을 아벨라는 까마득히 모르고 있었다.

6

신기하게도 약을 먹은 뒤 모든 것이 다시 정상으로 돌아왔다. 귀를 울릴 정도로 크게 뛰던 심장도 가라앉았고 갑작스럽던 과호흡도 언제 그랬냐는 듯 싹 사라졌다. 닥터 도르제에게 신뢰가 갔다. 그러나 불행히도 이제 남아 있는 약이 없었다. 아벨라는 기회가 되면 그를 찾아가 약 처방을 받고 자신의 몸 상태를 검사받고 싶었다.

'혹시 그동안 겪었던 일들을 설명해 주면 도움을 받을 수 있을까?'

그는 의사로서 그녀의 이야기를 귀담아 들어 줄 것 같단 생각이 들었다. 아벨라는 힘없이 앞치마를 허리에 둘렀다. 근간에 느낀 것인데 아침에는 몸이 나른한 게 영 힘이 없었다. 그때 그녀의 머리를 가볍게 콩하고 쥐어박는 사람이 있었다. 테라였다.

"어제는 어떻게 된 거야? 귀 뚫는 거 도와 달라고 했더니 갑자기 도망이나 가고."

아벨라는 마땅한 변명을 찾지 못해 멋쩍게 웃어 보였다.

"미안."

"그렇게 겁이 많아서 어떡할래? 피 보고 기겁하는 애는 네가 처음이다."

"지금이라도 도와줄까?"

"괜찮아. 혼자서 처리했으니까."

테라가 고개를 치켜들고 자신의 귀를 가리켜 보였다. 그녀의 양 귀에는 빛이 고운 진주귀걸이가 달려 있었다.

"어때?"

"설마 혼자 뚫은 거야?"

"당연하지. 예뻐져야 한다는 일념하에 이를 악물고 뚫었어."

퉁퉁 부은 귓불은 밤새 테라가 얼마나 고군분투했는지를 여과 없이 보여 줬다. 보기만 해도 아파 보이는 두 귀를 드러낸 테라는 의기양양해했다.

"너무 부러워는 마. 일개 하녀는 액세서리를 할 수 없지만 내가 하녀장이 된 이상 언젠간 너희도 귀걸이 정도는 할 수 있게끔 제도를 바꿔 볼게."

테라는 못 보던 손거울을 들고 와 자신의 진주귀걸이를 바라보느라 정신이 없었다.

"하녀장님. 아침 순찰 시간이에요."

누군가 와서 시간을 알려 주자 테라는 깜빡 잊었다며 자신을 데리러 온 하녀와 함께 서둘러 밖으로 나갔다.

오전 일과를 시작했다. 손님방에 들어가 침대 시트를 갈고 욕실로 들어가 사용한 수건을 챙겨 커다란 바구니에 담았다. 바구니에 담은 빨랫감은 빨래터로 가져가 세탁해야 한다. 아벨라는 바구니를 들고 빨래터로 걸어가면서 앞으로 어떻게 복수를 진행할지 계획했다. 밤사이 다짐한 게 있었다. 더 이상의 시간낭비는 하지 않겠다는 것.

"이 층이 그의 숙소라고 했지?"

아벨라는 테라의 말을 떠올리며 오늘 밤 마티어스의 방에 잠입할 것을 다짐했다. 그는 어디에 있는 걸까. 이곳에 온 지 일주일이 됐지만 여전히 그의 모습은 볼 수 없었다. 그때였다.

"아벨라."

빨랫감을 모아 놓는 곳의 창문 밖에서 누군가 그녀를 불렀다. 아벨라는 머리통 하나만 내밀고 이쪽을 보는 낯선 사내의 모습에 고개를 갸웃하다가 뒤늦게 그를 알아보았다.

"조프리 아저씨?"

"그래. 나야. 긴가민가했는데 역시 맞구나. 이곳에서 삐쩍 마른 하녀는 너뿐이거든. 이쪽으로 좀 와 줘. 어서. 할 얘기가 있어."

조프리는 작은 창문에 얼굴만 겨우 들이민 채 다급하게 손짓을 했다.

"여긴 무슨 일이에요? 그보다 이곳은 외부인 출입금지인 곳이에요. 어떻게 들어온 거예요?"

"테라를 만나러 왔어."

"테라를요?"

그는 주변을 살피며 말을 계속 이어 나갔다. 그에게서 생고기의 비린내가 맡아졌다.

"약속한 장소에 계속해서 나오지 않아서 말이야. 오늘 고기를 납품하는 날이라 혹시 몰라 와 봤어. 테라가 이쪽 별관으로 옮겨 왔다고 하는데 사실이야?"

"맞아요. 테라와 함께 나도 이곳에 왔어요."

"너도? 그것 참 다행이네. 힘 많이 쓰는 부엌보단 이곳이 편하겠지. 별관은 나도 처음 와 보는데 휘황찬란하다. 그렇지?"

"할 얘기란 게 뭐예요?"

아무래도 주변이 의식되어 그녀가 재촉했다. 조프리는 깜박했다며 그제야 용건을 말했다.

"테라 좀 불러 줘."

"지금은 근무 중이라 곤란해요. 아침 순찰 나갔어요."

"아침 순찰? 그게 뭐야?"

"하녀장의 일이에요. 하녀장은 아침에 건물 전체를 돌면서 손님들의 안부를 확인하고 밤사이 문제가 없었는지 체크를 해요. 테라는 하녀장이니까 그 일을 직접 해야 해요."

아벨라의 말에 조프리가 살이 두둑한 볼을 씰룩거렸다.

"맙소사. 테라가 하녀장이 됐단 말이야? 어떻게 그런 일이 가능해? 걘 매너가 뭔지도 모르는 애야. 스프도 스푼 없이 입으로 먹는 애라구. 그런 애가 하녀장이 됐다니 말이 돼?"

조프리는 말도 안 된다며 숨어 들어온 것도 잊은 채 낄낄거렸다. 그 비아냥이 보기 안 좋았다.

"모르면 배우면 그만이에요. 저택 안에는 그런 걸 알려 줄 사람도 많고요. 처음부터 하녀장으로 태어나는 사람은 없어요. 비아냥거리지 마요."

아벨라의 따끔한 충고에 조프리가 웃음을 멈췄다. 그가 멋쩍어 하며 머리를 긁적였다.

"순진한 아가씨인 줄만 알았더니 제법 딱 부러지는 면이 있네. 알았어. 조금 전은 내 말실수야. 일단 테라한테 날 만나러 오라고 전해 줘. 중요한 일이라서 그래. 준비는 전부 마쳤는데 소식이 없으니 내가 죽겠어서 그래. 그러니 꼭 좀 만나자고 전해 줘. 응?"

"그럴게요."

"빌린 돈은 갚지 않아도 되니까 오기만 하라고 해. 꼭 그렇게 전해야 해."

바구니에서 빨랫감을 꺼내 통에 넣은 그녀에게 조프리가 한마디 더 보탰다.

"어이. 아벨라. 혹시 애인 필요 없어? 우리 동네에 돈 많은 홀아비가 있는데 어때? 다리 좀 놔 줄까?"

아벨라는 빈 바구니를 들고 걸어가다가 다시 돌아왔다. 그녀가 열린 창문을 부서져라 닫았다. 그리고 고리까지 걸어 다시는 그 문이 밖에서 못 열리게 막아 버렸다. 아직 돌아가지 않은 조프리가 뭐라고 더 외쳐 댔지만 아벨라는 귀를 막고 그곳을 빠져나와 버렸다.

아침 순찰을 돌고 온 테라는 숙소에 들어가 휴식을 취하고 있는 중이라고 했다. 아벨라는 바구니를 제자리에 갖다 두고 그녀의 방문을 두들겼다.

"들어와."

테이블에 앉아 티를 마시는 테라의 어깨를 하녀 한 명이 주무르고 있었다. 테라가 무슨 일이냐고 물었다.

"전해야 할 말이 있어서 왔어."

아벨라가 주춤거리자 눈치 빠른 테라가 마사지를 하고 있는 하녀를 내보냈다. 하녀가 꾸벅 인사를 하고 밖으로 나갔다. 아벨라가 목소리가 새어 나가지 않게 문을 꾹 닫았다.

"빨래터에 갔다가 조프리 아저씨를 만났어. 널 만나고 싶대."

테라는 조프리의 얘기에 조금 놀라는 듯하더니 이내 태연한 태도를 고수했다.

"나를 왜?"

"할 얘기가 있대. 늘 만나는 곳에서 기다리고 있겠대."

"난 그 사람과 할 얘기가 없는데 무슨 일일까?"

테라는 고개를 갸웃하며 그것 참 신기한 일이라고 잘라 말했다.

"준비한 일이 모두 마무리됐는데 소식이 없어서 답답해서 왔대. 빌린 돈은 개의치 말고 편하게 나와 달래. 얘기를 들어 보니 중요한 일 같은데 만나 보는 게 좋지 않겠어?"

테라가 찻잔을 소리 나게 내려놓았다. 그녀의 얼굴이 언짢은 빛을 가득 발산했다.

"빌린 돈? 돈도 없어서 비용을 덮어씌운 주제에 빌린 돈 같은 소리 하고 있네. 누굴 빚쟁이로 만들려고 하나? 어이없어라."

"무슨 문제가 있어?"

아벨라의 물음에 테라는 끔찍하다며 몸서리를 쳤다.

"부엌데기 신세 좀 면해 보려고 돈 많은 놈 좀 소개해 달라고 했거든. 종종 다리를 놔 주는 듯하더니 가게에서 마시는 술값이며 밥값을 전부 내라고 하더라니까. 알고 봤더니 자기 친형이 하는 가게로 날 끌고 가서 매상을 올린 거였어. 화가 나 이별을 통보했더니 찾아온 모양이야. 나쁜 놈이지 뭐니?"

"조프리 아저씨랑 너는 애인 사이 아니었어?"

"맞아."

"그런데도 다른 사람을 소개해 달라고 했단 말이야? 그는 또 그걸 허락했고?"

"유부남이랑 결혼할 수는 없잖아. 조프리는 딸린 자식만 셋이나 되는 걸. 창창한 내가 남의 자식을 키울 수는 없잖아. 그리고 귀족이 첩을 몇 명이나 두는지 알아? 도시는 그런 것에 관대해. 여긴 네가 살던 산속의 지방이 아니라구. 다들 그렇게 살아."

테라는 아벨라의 출신지역을 들먹이며 순진한 그녀를 답답해했다.

"그나저나 별것도 아닌 일로 괜히 마사지하던 하녀를 내보냈네. 다시 불러올 수도 없고 어쩐다?"

테라는 아벨라에게 자신의 어깨를 만져 주길 바라는 눈빛을 넌지시 보냈다. 아벨라는 단호하게 의사 표시를 했다.

"일이 많아."

하녀장의 시녀였지만 본업은 별관의 하녀다. 맡은 바 일을 먼저 한 뒤 테라의 시녀를 하는 게 옳았다. 할 말을 마친 아벨라가 몸을 돌려 문을 여는 찰나였다. 하녀 한 명이 드레스와 구두를 들고 나타났다. 테라가 반색을 하며 의자에서 일어섰다.

"이제 왔구나. 기다렸어."

"늦지 않았죠?"

"물론이지."

테라는 드레스를 넘겨받더니 함박웃음을 지어 보였다.

"웬 드레스야?"

"수선 집에 보낼 드레스야. 내가 담당 하녀에게 부탁했어. 돌려주기 전에 한번 입어나 보고 싶다고."

테라는 입고 있던 옷을 훌떡 벗어 버리고 그 자리에서 드레스를 입어 보기 시작했다. 옷을 가져온 하녀가 그녀를 도왔다. 아벨라는 걱정스러운 눈으로 두 사람을 쳐다보았다. 옷의 주인이 누군지는 모르지만 들키기라도 하면 혼이 나는 걸로 끝나지 않을 텐데 염려스러웠다.

"아참. 아벨라. 심부름 좀 해."

"뭔데?"

"조프리를 네가 만나고 와."

테라는 구두에 발을 끼워 넣으며 말했다. 그녀의 키가 단숨에 커졌다. 덕분에 아벨라는 테라를 올려다보게 됐다.

"그를 만나서 내 말을 전해. 유부남인 거 속이고 꼬리치더니 꼴좋다고. 평생 기다려도 앞으론 내 손끝 하나 만질 수 없게 됐으니 속이다 시원하다고. 그렇게 전해. 그리고 마지막으로 그놈의 거기를 발로 확 차 줘. 여자들 좀 작작 밝히라고. 이게 네가 할 심부름이야. 어때? 아주 쉽지?"

테라는 조프리를 만날 장소를 알려 주면서 밤이 되면 외출을 하라고 했다. 하녀장의 권한으로 특별한 외출증을 끊어 주겠다는 말을 덧붙이면서 말이다. 그러면서 자신의 시중을 드는 하녀를 가리켜 보였다.

"모두 날 위해 이렇게 뛰어다니는데 너도 그 정도는 할 수 있어야 하지 않겠니?"

테라는 드레스를 입고 제자리에서 한 바퀴를 돌았다.

빙그르르.

그녀가 드레스의 무게를 감당하지 못하고 옆으로 휙 넘어졌다. 넘어지는 그녀를 하녀가 붙잡았고 그 손을 테라가 잡으면서 둘은 함께 바닥에 쓰러졌다. 테라가 깔깔 웃어 댔다. 배를 잡고 웃는 그녀를 보며 아벨라는 조용히 문을 닫고 밖으로 나왔다. 그녀가 변하고 있었다. 아니, 닮아 가고 있었다. 어제의 신시아를. 오늘의 귀족들을.

아벨라는 긴 복도를 걸어 나오며 내일 집사를 찾아가야겠다고 생각했다. 저택에 머물되, 다른 업무를 달라고 부탁하기 위해서다. 그것이 테라와의 우정에 금이 가기 전, 자신이 할 수 있는 최선의 방법일 것 같았다.


어두운 밤.

하루 일과를 마치고 테라가 알려 준 장소로 가기 위해 저택을 나왔다. 두 사람이 비밀스럽게 만나는 약속장소는 후문에 위치한 언덕

아래로 별관에서 그리 멀지 않은 곳이었다. 테라는 평소에 숙소를 몰래 빠져나와 이곳에서 조프리를 만나 온 모양이었다.

"내키지 않아."

이런 심부름은 하고 싶지 않았다. 남녀의 연애사는 제3자가 끼어들면 안 되는 거였다. 하물며 이별통보라니.

"오늘은 무조건 이 층에 잠입하려고 했는데."

힘없는 두 다리를 억지로 끌며 약속장소에 도착했다. 자박거리는 발소리에 어둠 속에서 기다리고 있던 조프리가 모습을 나타냈다.

"테라!"

"아저씨?"

조프리는 기다리던 테라 대신 아벨라가 모습을 드러내자 의아한 표정을 지었다.

"어떻게 된 거야? 테라는?"

아벨라는 조프리에게 자세한 설명을 할 생각이 없었다. 그저 테라가 지금은 만날 수 없는 상황임을 알려 주고 이별통보를 했다고만 전해 줄 생각이었다. 그게 현명하다고 판단했다.

"테라는 사정이 생겨 나올 수 없어요. 대신 제게 말을 전해 달라고 했어요. 그녀가 이제 아저씨를 만날 수 없대요."

"뭐라고?"

"미안해요. 이런 메시지를 전할 수밖에 없어서요. 속상하겠지만 아저씨도 그만 포기하세요. 이렇게 기다리지도 말고요. 여기 경비병들한테 들키면 큰일 나요. 이 근처의 모든 영지는 후작님의 소유예요."

"그런 건 상관없어! 조금 전 했던 말이나 자세히 말해 봐. 테라가 어떻게 말했다고? 날 만나지 않겠다고 했단 말이야?"

조프리는 예상하지 못한 이별 통보에 무섭게 화를 냈다.

"그럼 돈은? 내 돈은 언제 갚겠대? 맨손으로 온 거야? 전달받은 게 없어?"

"돈이라뇨. 테라는 아저씨한테 돈을 빌린 적이 없다던데요. 오히려 아저씨가 친형의 가게 매상을 올리기 위해 그녀를 괴롭혔다면서요."

"그게 무슨 말이야? 난 외아들이야. 형이 없어."

"네? 테라는 아저씨가 유부남에 자식이 셋이나 된다고……."

그의 얼굴이 크게 일그러졌다. 자식이라니. 그는 결혼 후 아내가 병으로 죽은 터라 아이가 없다. 재혼도 하지 않고 혼자 푸줏간 일을 하다가 알뜰살뜰하게 모은 돈의 반을 테라에게 빌려준 게 엊그제다.

"그런데 뭐가 어쩌고 어째?"

함께 밤을 보내던 테라는 그에게 같이 살고 싶다는 말을 거듭했다. 가난한 하녀가 안쓰러웠지만 나이 차이가 많이 나는 터라 조프리는 내심 고민했다. 딸 같은 여자를 데리고 사는 건 귀족들이나 하는 몰염치한 짓이지 자신은 그런 속물에 포함되고 싶지 않았다. 그런 가치관으로 지금껏 버텨 왔는데.

그도 사내인 터라 테라의 속삭임에 굳건하진 못했다.

"사랑한다니까요. 뭐가 문제예요? 내가 괜찮다는데. 우린 아기도 가져야 하잖아요. 더 이상 미루다간 평생 아빠 소리 못 듣게 될걸요. 하루 빨리 가정을 이뤄서 행복하게 살아요."

테라는 그의 품에 파고들며 촉촉하게 속삭였다. 반신반의했지만 그게 악마의 속삭임이라는 걸 그는 이제 알았다. 조프리는 배신감에 온몸을 부르르 떨었다.

"어쩐지 갑자기 연락이 끊어졌다 했어. 난 그것도 모르고 결혼 준비를 하겠다는 테라의 말에 큰 금액을 손에 쥐여 줬지 뭐야? 어렵게 신부님까지 섭외해 놓은 상탠데 이별통보라니."

조프리는 눈이 뒤집혀 눈앞의 아벨라에게 달려들었다.

"내 돈 내놔! 내가 그 돈을 어떻게 모은 건지 알아? 나도 악마 같은 그런 여자랑 결혼할 생각 없으니 빌려 간 돈이나 내놔! 내 돈 어딨어? 내 돈 어딨냐구!"

"아, 아저씨!"

조프리는 아벨라의 목을 움켜쥔 채 두 눈을 부라렸다.

"중간에서 네가 훔친 건 아니야? 넌 테라의 친구니까 그러고도 남을 거야. 끼리끼리 논다잖아. 너희 모두 내게 의도적으로 접근한 거지? 그렇지?"

"수, 숨 막혀요! 이 손 좀 놓고……!"

"너희를 그냥 두지 않을 거야. 당장 매질을 해서 빌려 간 돈의 배를 갚게 만들 테다. 따라와!"

조프리가 아벨라의 멱살을 잡아끌었다. 끌려가지 않으려고 몸부림치며 버둥댔지만 커다란 소 한 마리를 어깨에 둘러멜 정도의 힘을 가진 조프리를 이길 수는 없었다. 아벨라가 숨을 컥컥거리며 맥없이 끌려갔다. 그의 손을 때리고 꼬집었지만 아무 소용없었다. 그녀의 신발 한 짝이 돌부리에 걸려 벗겨졌다. 돌멩이가 등을 찔렀고 나뭇가지가 얼굴을 때렸다.

아아, 차라리 죽여. 이 가련한 신세에 스스로 지쳐 쓰러지기 전에 차라리 깨끗이 죽여. 머릿속에서 그런 말이 흘러나왔다. 편할 수 없는 인생이다. 따뜻한 대우 한 번 받지 못하는 하녀 인생. 아빠의 복수는커녕 스스로의 앞가림도 못 하는 못난이.

아벨라는 그런 자신이 어리석고 창피해 눈물이 나려 했다. 개처럼 질질 끌려가는 이 모습을 누가 감히 도와줄 수 있을까? 휙휙 지나가는 아득한 저 밤하늘이 죽음 전의 주마등처럼 보였다. 도움을 받을 수도 없고 목이 졸린 후라 소리칠 수도 없는 상태다. 차라리 도살장의 칼로 비명 없이 죽여 준다면 덜 슬플 텐데.

그때였다.

"어디까지 끌려갈 셈이야?"

허공에서 홀연히 한 남자의 목소리가 들렸다. 그는 기이한 표정으로 그녀를 내려다보았다. 죽기 전 나타나는 사신이라고 생각했다. 어둠을 유영하듯 허공을 밟으며 오는 모습이 딱 사신이었다. 사람이라면 옷 한 자락 흔들리지 않은 채 그녀를 따라올 수 없을 것이다.

'당신!'

아벨라의 동공이 크게 확장됐다. 그는 마티어스였다. 그는 한 손에 어딘가에서 벗겨진 그녀의 신발 한 짝을 든 채 그녀를 따라오고 있었다.

"구두도 벗어 버리고 갈 만큼 급한 일이야?"

그 물음에 아벨라의 눈이 흐릿해졌다. 아니요, 라고 말하고 싶었지만 그럴 수가 없었다. 그녀의 눈에 대답 대신 눈물이 고였다.

그 순간.

그녀의 눈에 눈물이 고여 있는 걸 그가 봤다고 생각하는 그 순간이었다. 자신을 보고 있던 그가 갑자기 사라지더니 어둠 속에서 으득, 하고 뼈 부러지는 소리가 들렸다. 동시에 그녀의 목을 붙잡고 있던 거친 손이 떨어져 나가며 아벨라가 바닥으로 쓰러졌다. 그녀가 숨을 헐떡이며 연거푸 기침을 했다. 이번에는 기침소리 속에서 좀 더 선명하게 우드득거리는 소리가 들렸다. 비명도 없었다. 피 냄새도 없었다. 어둠 속에서 어떤 일이 일어나고 있는지 아벨라는 상상조차 하지 못했다.

한참 목을 붙잡고 기침을 토해 내던 아벨라가 정신을 차리고 고개를 들자 어느새 다가온 마티어스가 그녀의 발에 말없이 신발을 신겨 주었다. 당황스러웠다. 구두를 신겨 주는 그의 손을 피해 본능적으로 발을 움츠렸다. 그러나 이미 발에는 벗겨진 구두가 온전히 신겨진 채였다. 그는 아무 말도 하지 않았다. 괜찮냐, 무슨 일이냐, 어떻게 된 사연이냐. 어떤 질문도 하지 않았다. 그저 몸을 움츠린 채 불안에 떠는 그녀의 얼굴에서 눈물이 사라졌는지만 확인할 뿐이었다.

그가 말없이 일어나 앞서 걸었다. 따라오라는 말은 없었지만 그녀가 따라오길 바라는 듯 가지 않고 기다렸다. 아벨라가 몸을 추스르고 뒤늦게 그를 따라 길을 나섰다.

아벨라는 조프리에게 끌려온 길을 그대로 되밟아 돌아가는 중이었다. 두 사람은 말없이 그렇게 어두운 언덕을 지나 후작의 집으로 다시 돌아왔다. 중간에 목이 아파 아벨라가 기침을 하면 그는 도보의 간격을 줄여 열 걸음 차이를 다섯 걸음 차이로 줄여 주고, 그것도 안 되면 제자리에 서서 기다려 주었다. 이유가 뭘까. 어떤 생각으로 날 도와주는 걸까. 우리는 그래선 안 되는 관계인데.

익숙한 별관이 시야에 들어왔다. 정말 다시 돌아온 것이다. 그는 안도하는 아벨라를 보자 할 일을 마쳤다는 듯 냉정하게 돌아섰다. 아벨라는 고민했다. 그냥 보내도 되는 건지, 이대로 가게 둬도 되는 건지. 고민과 갈등을 거듭하던 그녀가 갑자기 결심한 듯 마티어스를 따라 달렸다.

퍼억!

걸어가던 마티어스가 우뚝 자리에서 멈췄다.

"은혜를 이런 식으로 갚는 건가?"

단단한 돌덩이로 그의 뒤통수를 내리친 아벨라가 그의 말에 어쩔 수 없다고 변명했다.

"아빠의 복수일 뿐이야."

"손에 칼이 있었다면 날 찔렀겠군."

"그래!"

마티어스는 돌덩이로 자신의 뒤통수를 후려갈긴 아벨라를 진심으로 어이없어 했다.

"하녀복을 입더니 생각이 짧아진 건가? 앞뒤 생각은 안 해?"

"나는 오로지 복수 생각뿐이야. 지금까지 그것만 생각해 왔고 앞으로도 그럴 거야. 당신을 죽일 때까지!"

"그게 가능하다고 생각해?"

"내가 못 할 것 같아?"

"넌 그래선 안 돼. 그럴 수도 없고. 나는 네게 함부로 대우받아야 할 존재가 아니다. 우린 그런 관계가 아니야."

"기회만 줘 봐. 바로 실행할 테니까."

그가 웃었다. 기억은 잃어도 성격은 그대로인 게 재미있다는 웃음이었다.

"그래. 너답다."

지지 않고 대답하는 아벨라를 보며 마티어스가 그럴 수 있으면 한번 해 보라는 듯 눈앞에서 보기 좋게 사라져 버렸다. 그가 사라지자 당당하게 서 있던 아벨라가 갑자기 자신의 손을 붙잡고 제자리에서 경중경중 뛰었다.

"아파! 너무 아파!"

쇳덩이를 손으로 내리친 느낌이었다. 이런 고통은 진심으로 처음이었다. 피해자는 멀쩡하고 가해자인 자신은 손이 아파 쩔쩔매는 꼴이라니.

"어떻게 이런 일이 가능하지?"

그는 머리에서 피가 나지도 않았고 다치지도 않았다. 아파하지도 않았고 소리를 지르지도 않았다. 마치 아무 일도 없었던 것처럼 멀쩡히 말도 했다. 작은 상처라도 생기는 게 정상인데 이해되지 않았다.

"내가 들고 있던 돌은 이렇게 가루가 됐는데 그 사람은 멀쩡하다니 이게 말이 돼? 돌보다 단단한 게 있을 리가 없잖아."

아벨라가 돌을 쥐고 있던 자신의 손을 내려다보았다. 사람이 돌보다 단단할 수는 없었다. 하지만 그의 머리는 돌보다 단단한 모양이었다. 아벨라는 아픈 한 손을 붙잡은 채 마티어스가 사라진 별관을 멍하니 쳐다보았다.

어둠 속에서 마티어스가 이 층 발코니에 내려섰다. 기다리고 있던 로렌즈가 그의 얼굴부터 살폈다. 표정은 생각보다 나쁘지 않았다.

"밤 산책이 나쁘지 않았던 모양이시군요."

"어느 정도는."

마티어스가 겉옷을 벗자 로렌즈가 정중한 태도로 옷을 받으며 물었다.

"왜 아무 말씀 안 하십니까?"

"무슨 말?"

"그녀에게 마티어스님에 대해 설명해 줘야 하지 않을까요?"

로렌즈가 마티어스의 목덜미에 묻은 돌가루를 털어 냈다. 그 손이 굉장히 조심스럽고 세심했다.

"왜?"

"친부의 살인자로 알고 있으니 정말 죽일까 봐 염려돼서요."

"감히 나를 죽여?"

"오해는 늘 문제가 되니까요. 방금처럼요."

마티어스가 로렌즈의 손을 치워 내고 상의를 벗었다.

"당분간은 인내를 가지고 지켜보라는 닥터의 의견이 있었잖아."

"화이트 성으로 가는 것도 안 되는 겁니까?"

"그건 기억을 찾는 데 도움이 되지 않는다는군."

"제가 알기론 그 반대로 알고 있습니다만. 기억을 잃은 사람들은 익숙한 것을 보면 안정감을 느끼며 조금씩 기억을 찾는다는 게 의학계의 지론일 텐데요."

"그건 본인이 사람일 때 해당되는 말이고."

그 말에 로렌즈가 아, 하고 수긍하는 얼굴을 했다.

"제가 그걸 놓쳤군요."

"화이트 성에 데려가면 반발심이 일어나 더 혼란스러워진다니 어쩌겠어? 스스로 기억이 돌아올 때까지 손 놓고 있을 수밖에."

상의를 탈의한 그의 몸이 드러났다. 신체 비율이 현실적이지 않았다. 그것은 인간이 가질 수 있는 최고이자 최대였으며 가장 현란한 미의 본체였다. 몸 전체에 단단히 자리 잡고 있는 근육과 우아한 골격을 에워싸고 있는 매끈한 피부. 그의 모습을 보며 로렌즈는 자기도 모르게 언제나처럼 할 말을 잃었다. 익숙한 모습이지만 감탄을 감출 수 없는 것이다.

안타까운 건 허리에 난 긴 자상이다. 완벽한 몸에 자리 잡은 상처는 굵고 넓어 보는 이의 마음을 안타깝게 했다.

그런데.

"신시아."

신시아가 그 방에 들어와 있었다. 그녀가 자신을 발견한 마티어스를 향해 인사를 했다. 머리부터 발끝까지 풀세트로 한껏 치장을 한 모습이었다. 한 치의 흐트러짐이 없는 모습을 보니 그녀가 얼마나 많은 시간 공을 들였는지 알 수 있었다. 신시아는 다소곳하게 두 손을 모아 그에게 잔을 바쳤다.

"오늘 밤은 그걸 조달해 오라고 말하지 않았는데."

붉은색의 유리잔을 보며 마티어스가 말했다. 허락 없이 자신의 방에 들어온 이유를 묻는 말이었지만 신시아는 모르는 척 들고 있는 잔을 보다 높이 들 뿐이었다.

"경배하는 당신을 위해 개인적으로 준비한 것입니다. 후작의 협조 아래 은밀하게 처리한 거니 염려 놓으세요. 지금은 무엇보다 마티어스님의 치료가 더 중요한 문제니까요."

신시아가 그의 치료를 명목으로 붉은 잔을 준비했다며 변명했다. 하루도 빠지지 않고 그를 위해 수많은 남자를 유혹하고 피를 바치는 정성은 가히 최고다. 어쩌면 마티어스가 그날의 충격과 고통에서 보다 빨리 벗어나게 된 것은 신시아의 정성 때문일지도 모른다. 그녀가 사라진 6개월 동안 그 자리를 차지하고 싶었던 신시아는 누구보다 열성적으로 마티어스의 치료에 매달렸다. 밤낮을 가리지 않았고 시간과 장소에 상관없이 언제나, 매일 밤, 지금처럼 그만을 걱정했다.

"아무리 치료를 위한 것이라지만 남자의 피는 영 내키지 않는데."

"하지만 신선합니다. 세상에 찌든 것들과는 달라요. 늙고 낡아 빠지지도 않았습니다. 깨끗한 것이죠."

"깨끗하다니, 수도자의 피라도 가져온 모양이군."

그의 농담에 신시아의 얼굴이 발그레해졌다. 로렌즈가 어이없어했다.

"정말 수도사를?"

"죽이지 않았어. 기절시키고 적당한 양을 이 잔에 담아 온 것뿐이야."

신시아는 중간에 끼어든 로렌즈를 노려보았다. 사사건건 주의를 주고 제지를 하는 그는 눈엣가시였다. 한시도 마티어스의 곁에서 떨어지지 않는 로렌즈 때문에 그의 곁에 있을 수 있는 시간은 늘 몇 시간을 넘기지는 못했다. 그녀만 사라지면 모든 게 마음대로 될 줄 알았는데 복병은 오히려 측근에 있었다.

"드세요, 마티어스님. 남녀를 떠나 당신의 기력을 회복하는 데 최고일 거예요. 제가 여자를 유혹할 수는 없잖아요. 그저 당신을 위한 제 정성만 알아주세요."

신시아는 꾀꼬리 같은 목소리로 그를 독촉했다. 마티어스는 그 잔을 받아 마셨다. 신시아의 얼굴에 흐뭇한 미소가 번졌다.

"몸은 좀 어떠세요?"

"좋아지고 있다."

"다행이에요. 조금 전 발코니로 내려서시는 모습을 봤어요. 이대로라면 몇 달 안에 기존의 체력을 회복하실 겁니다. 축하드려요."

평소의 거친 성격은 어디 갔는지 신시아는 어린아이처럼 잘도 조잘거렸다. 모두 그를 사모하는 마음 때문이겠지만 저런 모습을 보면 영락없이 순진하고 순수해 보이는 시골처녀 같다. 로렌즈는 마티어스가 비운 유리잔을 받아 신시아에게 내밀었다. 이만 돌아가라는 의미였지만 신시아는 모르는 척 등을 돌리며 그 잔을 받지 않았다.

"완치가 될 때까지 오직 휴식만 취하셔야 합니다. 아무것도 신경 쓰지 마시고 편히 쉬셔야 해요."

신시아가 그의 목덜미의 돌가루를 공손하게 털어 냈다. 피를 마신 마티어스가 의자에 앉았다. 오랜만의 밤 산책은 제법 만족스러웠다. 지면에서 적정한 높이로 몸이 부양될 만큼 회복되는 중이었다.

"피습을 당했을 때는 그대로 죽는가 싶었는데 말이지."

사실 하녀의 손에서 그녀의 냄새를 맡고 숲으로 달려간 건 무모한 행동이었다. 그는 아물지 않는 상처를 치유하기 위해 이곳에 온 것이었기 때문에 그날의 행동은 무리한 면이 없지 않았다.

"그런데 여기서 만나게 되다니."

그동안 다친 몸으로 그녀를 찾아다니느라 몸이 제대로 회복되질 않았다. 이제 그녀를 찾았으니 하루 빨리 체력을 보강해 그녀와 함께 이곳을 떠나는 일만 남았다. 그가 허리에 난 긴 상처를 만졌다. 굵고 긴 상처가 그의 손아래에서 꿈틀거렸다.

"내 상처가 완벽히 치유될 때 즈음 그녀의 기억도 돌아오면 좋겠군. 그럼 둘이 함께 화이트 성으로 돌아갈 수 있을 테니까."

그가 가만히 눈을 감았다. 과거를 생각하면 긴장이 사라진다. 꿈처럼 아득한 일상들이 아름다웠기 때문이다. 이제 곧 그날이 올 테지만 느긋하게 기다리기가 어렵다. 조바심이 나서다. 그래서 신시아의 무례한 행동을 눈감고 있다. 피를 많이 마실수록 치유의 속도가 빨라지기 때문이다.

"로렌즈. 카이는 어딨나?"

마티어스가 돌연 카이를 찾았다.

"현재 저택 안에는 없습니다."

"찾아서 데리고 와."

"알겠습니다."

조프리의 일은 문제가 있었다. 어째서 폭력 앞에서 무방비하게 당하고 있었던 걸까. 혹시 기억을 잃은 이유로 자신이 가지고 있는 힘도 사용할 줄 모르게 된 걸까. 의문이 많다.

"돌을 들고 덤비는 걸 보면 성격은 그대로인 것 같긴 한데 말이야."

생각을 거듭하던 마티어스가 피곤한지 스르륵 눈을 감았다. 아직 몸이 완전한 회복을 못 했기 때문이다. 그가 잠이 들자 로렌즈가 신시아를 밖으로 내몰았다.

"왜?"

"그만 나가."

로렌즈에게 팔을 붙잡힌 채 밖으로 끌려 나온 신시아가 그의 팔을 뿌리치며 짜증을 냈다.

"주무시는 것만 조용히 지켜보겠다는데 그것도 못 하게 막는 거야?"

"레이디의 짙은 향수냄새가 숙면에 방해될까 봐 그래."

"이건 화장품 냄새거든. 향수는 뿌리지도 않았어, 멍청아."

신시아가 정성껏 치장한 눈을 치켜뜨며 으르렁거렸다.

"신사에게 멍청이라니 레이디는 입이 거칠군."

언제나 그렇듯 로렌즈는 오늘도 신시아를 이름 대신 레이디라고 지칭했다.

"당신은 심복으로서 걱정되지도 않아? 왕성하게 활동해야 하는 밤에 마티어스님이 저렇게 곤히 주무시기만 하시는데 마음이 편해?"

"아무리 심복이라도 피곤해서 주무시는 걸 해결할 힘은 없잖아."

"그러니까 질 좋은 피를 공수해 오란 말이야. 나는 하는 걸 당신은 왜 못 해?"

"레이디가 가져오는 게 모두 질 좋은 건 아니잖아. 내가 가져오는 게 모두 나쁜 것도 아니고. 레이디는 나의 것을 마셔 본 적이 없으면서 늘 내 걸 무시하는 경향이 있단 말이야. 경험하지 않고 장담하는 건 지나친 오류야, 레이디."

"제발! 나를 설득하려고 하지 좀 마."

두 사람은 늘 이런 식이다. 신시아가 한 번 비아냥거리면 로렌즈는 기다렸다는 듯 그녀의 말을 정정하고 고치는 데 열을 올렸다. 뿐인가. 신시아가 화가 나 소리치면 레이디로서의 예절을 운운하며 충고를 아끼지 않았다. 오늘도 그의 긴 설명과 오류정정에 신경질이 난 신시아가 긴 손톱을 드러내며 로렌즈의 입을 찢는 제스처를 취했다.

"신이시여! 제발 저 남자의 입 좀 막아 주세요!"

"신을 찾지 마, 레이디. 신께선 우리 같은 죽은 자의 기도를 들어주시지 않아."

"당신이랑 말하면 답답해서 죽을 것 같아!"

"레이디가 죽을 일은 없으니 걱정 마."

"나도 내가 죽을 일이 없어서 걱정인 거야! 영원히 당신 얼굴을 봐야 한다니 끔찍해서! 대체 누가 당신을 과묵하다고 한 거야? 이렇게 말이 많은데."

"그러니까 마티어스님의 회복은 내게 맡기고 레이디는 평소대로 런던의 유흥이나 즐겨."

마티어스 곁에 있고 싶고 그의 몸을 걱정해 누구보다 혼신을 다해 노력한다는 걸 알면서도 로렌즈가 모르는 척 말하자 급기야 신시아는 우아하게 올린 자신의 머리카락 속에 손톱을 박았다.

"괴로워. 저 잔소리꾼 목소리를 듣지 않을 수만 있다면 이 삶도 천국일 거야. 정말로."

그녀가 듣기 싫다는 듯 자신의 두 귀를 막아 버리자 로렌즈는 조끼 주머니의 시계를 꺼내 시간을 확인했다. 늘 깔끔한 신사의 정장을 입고 있는 그는 오늘도 예외 없이 주름 하나 없는 슈트를 입고 있었다. 결벽증인 그의 성격이 여실히 드러나는 모습이었다.

"마침 외출 시간이군. 함께 나갈까, 레이디?"

"머리에 포마드를 잔뜩 바른 당신하곤 안 가. 그 올백머리 아주 촌스럽거든."

"난 조신하지 못하게 가슴을 훤히 드러낸 레이디라도 상관없는데 그것 참 아쉽네."

로렌즈가 보란 듯이 마티어스의 방문을 잠갔다. 신시아가 그걸 보고 코웃음을 쳤다.

"헛수고하지 마. 그런다고 내가 방에 못 들어갈 것 같아?"

"발코니나 창문을 통해 들어갈 생각은 하지도 마. 습격을 받은 후 마티어스님의 잠귀가 더 예민해지신 건 알고 있지?"

"그래서?"

"그러니까 딴생각하지 말고 레이디의 예쁜 목이 날아가는 일이 없게끔 먼저 돌아가란 말이야."

로렌즈가 신시아에게 먼저 가라며 길을 비켜 주었다. 그는 그녀가 먼저 가지 않는 한 이곳에서 밤새 문 앞을 지킬 태세였다. 신시아가 질렸다는 표정으로 욕설을 내뱉으며 애써 돌아섰다. 이곳에서 노닥거릴 시간이 별로 없었다. 아직도 마티어스님에겐 많은 양의 피가 필요했다. 앞서 걷는 신시아를 뒤따라 로렌즈도 그곳을 벗어났다. 문득 그녀의 높은 구두와 풍성한 치마가 버거워 보인 로렌즈가 그녀의 뒤쪽 치마를 슬며시 잡아 주며 뒤따랐다. 남자들은 잘 모르지만 여자들의 드레스 무게는 생각보다 엄청나다. 화려한 옷일수록 더 그렇다.

"신시아."

"왜?"

"그녀에게 실수한 건 없지?"

신시아가 걸음을 멈추고 뒤돌아보았다. 로렌즈가 잡고 있던 드레스 자락을 슬그머니 놓았다.

"그녀라니?"

"그분이라고 하면 레이디가 싫어하잖아. 그래서 그녀라고 했는데 그것도 마음에 안 들어?"

"내가 어떤 실수를 할 여자로 보여?"

로렌즈가 한 발 떨어지며 진정하라는 제스처를 취했다.

"그럴 리가. 우리 레이디가 실수할 리가 없지. 나는 단지 하녀가 된 그녀에게 레이디가 어떤 말실수를 하거나 문제를 일으켰을까 봐 걱정돼서 물은 것뿐이야."

유독 그녀 이야기가 나오면 날카롭게 신경을 곤두세우는 신시아다. 흠모하는 남자의 여자를 좋게 볼 수 없는 게 여자들의 생리라지만 신시아는 그 선을 넘은 지 오래였다. 덕분에 모질게 혼이 나기도 했지만 태도가 크게 달라지진 않았다.

"난 그녀를 괴롭히지 않으니 걱정 마. 왜냐하면 내가 괴롭히지 않아도 충분히 괴롭힘 당할 거 같거든."

"그게 무슨 말이야?"

"하녀들의 기싸움이 보통 아니더라구. 서로를 헐뜯고 우위를 선점하려고 난리도 아니야. 어찌나 우습던지."

"저런."

"그러니 그녀를 보호하고 싶으면 하녀들 관리부터 해야 할걸. 여자의 적은 여자라잖아."

"레이디가 보기에 인간으로서 그녀의 모습은 어때?"

신시아는 그 질문에 명쾌하게 대답해 주었다.

"아주 멍청해."

로렌즈의 입에서 저런, 이라는 말이 또 한 번 흘러나왔다. 기억을 잃은 그녀의 겉모습이 어때 보이냐는 뜻이었는데 신시아는 단순히 하녀가 된 그녀의 상황이 즐거운 모양이었다. 하긴. 이성적인 대답을 기대한 자신이 신사적이지 못했다. 신시아가 어떤 여자인지 뻔히 알면서.

"멍청하다는 말을 저렇게 속 시원하게 하다니."

로렌즈는 피식 웃으며 돌아섰다.

"역시 레이디라니까."


아벨라는 조프리와의 일이 있고 난 뒤 집사를 찾아가 자신을 주방으로 다시 돌려보내 달라고 부탁했다. 그러나 집사는 난색을 표하며 그녀의 요청을 거절했다. 이미 그 자리가 충원이 됐다는 이유에서였다.

"그럼 별관 안에서 다른 곳으로 옮길 자리는 없어요?"

"같은 곳에서 자리를 옮기는 게 무슨 의미가 있겠나? 정 그렇다면 별관이 아닌 다른 곳은 어떤가?"

아벨라는 고개를 가로저었다.

"아뇨. 그건 안 돼요."

이곳을 벗어나면 마티어스를 볼 수 없다. 속사정을 얘기할 수 없는 아벨라는 수확 없이 면담을 끝냈다. 그러고 보니 그는 어떻게 된 걸까. 지금쯤이면 난리가 났어야 하는데 어찌된 영문인지 며칠이 지났지만 아직도 조용하기만 하다.

"기회를 보는 걸까? 어떻게 하면 더 고통스럽게 죽일지 고민하고 있는 걸까?"

아벨라는 손에 붕대를 감으며 의문에 의문을 거듭했다. 일어나야 할 일이 생기지 않으니 괜히 더 긴장이 됐다. 그러다 문득 터진 한마디.

"최악이야."

붕대를 감던 그녀가 말했다. 이럴 땐 어떻게 해야 하는지 방법을 모르겠다.

"하필이면 아빠를 죽인 살인자가 날 도와주다니."

복수에 대한 의지는 변함이 없지만 마음 한편이 불편한 것도 사실이다. 아벨라는 자기도 모르게 어깨를 축 늘어뜨렸다. 생각지도 못한 고민이 생겨 버렸다.


테라는 여느 때와 마찬가지로 손에 긴 막대기를 들고 저택 안을 유유자적 걷고 있었다. 느긋한 하루를 보내는 중이었다. 아벨라의 손에 붕대가 감긴 걸 봤지만 굳이 이유를 묻지 않았고 목에 난 생채기를 보고서도 모르는 척했다. 테라는 자신에게 몰래 드레스를 가져다주었던 하녀와 히히덕거리느라 바빴다. 오로지 신시아의 방에 어떤 종류의 새 옷이 배달되었는지에 대해서만 귀를 열고 관심을 쏟았다.

"테라. 조프리 아저씨를 만나고 온 일은 궁금하지 않아?"

"응. 안 궁금해."

아벨라가 물었지만 테라는 관심 없는 표정으로 싸늘하게 대꾸했다.

"문제가 있다면 다시 찾아오겠지. 며칠이 지나도 잠잠한 걸 보니 네가 내 말을 잘 전달했나 본데? 거머리처럼 떨어지지 않을 거라고 생각했는데 다행이지 뭐니? 네가 이별통보를 제대로 해 준 것 같아."

그러면서 테라는 목을 길게 빼고 복도 끝을 자꾸만 힐끔거렸다.

"이상하네. 어디로 갔지?"

"누굴 찾아?"

"우리의 왕자님."

"마티어스?"

"얘 봐라. 무슨 동네 개 이름도 아닌데 마티어스가 뭐니? 님 자를 붙여야지."

테라가 말조심하라는 주의를 주며 다시금 복도 쪽을 살폈다.

"참 이상하단 말이야. 분명 저쪽으로 가는 걸 봤는데 어디로 사라진 거지? 저긴 막혀 있어서 다시 되돌아와야 하는데 기다려도 오질 않네. 같은 곳에 사는데 얼굴 보기가 이렇게 어렵다니."

아벨라는 테라가 말하는 복도 쪽을 바라보았다. 그가 도와주지 않았다면 지금쯤 어떻게 됐을지 자못 궁금하다. 아마도 나쁜 짓을 당한 뒤 어디론가 팔려 가지 않았을까? 아니면 죽었을지도 모르겠다.

"아벨라. 그거 알아? 신시아는 후작의 애인이 아니야. 어젯밤, 그 여자가 왕자님의 방에서 나오는 걸 내가 봤어. 대체 그 탕녀의 매력이 뭐길래 남자들이 그렇게 정신을 못 차리는 걸까?"

"예쁘니까 그렇겠지."

대꾸하는 아벨라의 목소리가 평소와 달리 사무적으로 변했다.

"예쁘다니? 넌 그 얼굴을 보고도 그런 말이 나오니? 그거 다 화장발이잖아. 보고도 몰라?"

"몸매는 멋져."

"가슴 얘기하는 거야? 그 정도 가슴은 내게도 있어."

테라는 자신의 가슴을 앞으로 쭈욱 내밀었다.

"나도 비싼 옷을 입고 화려한 화장을 하면 누구에게도 지지 않아."

테라는 자신의 부족함이 치장에서 온다고 생각한 모양이었다. 그녀가 자존심이 상한다는 얼굴로 부리나케 누군가를 부르더니 함께 쑥덕거리며 밖으로 나갔다.

'아마 또 손님방에 몰래 들어가 옷을 입고 구두를 신어 보고 화장을 하겠지. 보지 않아도 뻔해.'

언젠가는 들통이 나 저번처럼 큰 모욕을 당하겠지만 테라는 그때까지 행동을 멈추지 않을 것이다. 욕망에 눈을 떴기 때문이다. 한 번 불붙은 욕망은 꺼지지 않는다. 언제 꺼질지도 알 수 없다. 영원히 재가 될 때까지 끝없이 타올라 파멸로 이끌 뿐이다.

"이것 좀 받아."

혼자 남은 아벨라에게 키 작은 하녀가 높이 쌓인 접시를 내밀었다. 얼떨결에 무거운 접시들을 받은 아벨라에게 하녀는 엉뚱한 말을 했다.

"멀뚱히 서 있지만 말고 이 층으로 가지고 올라가. 설마 애프터눈 티타임 시간을 잊은 건 아니겠지?"

아벨라는 자신이 놓친 것이 있나 떠올려 보다가 접시를 다시 하녀에게 내밀었다.

"뭔가 오해한 것 같은데 이 층은 내 담당이 아니야. 거긴 하녀장님 관할이잖아. 내겐 다른 할 일이 있어."

"나도 그동안 내 담당이 아닌 일을 해 왔어."

다른 하녀가 아벨라의 말을 잘랐다. 체구가 좋은 하녀였다. 그녀는 건들건들한 걸음으로 다가와 아벨라 앞에 턱하니 섰다.

"그러고도 하녀장에게 혼이 났지. 넌 하녀장의 시중만 편하게 들어서 잘 모르나 본데 각자의 업무가 있다 해도 바쁠 때는 서로 도와야 해. 넌 파티나 연극이 있는 날에도 혼자 침실 청소를 할 거니? 당장 술과 음식을 서빙 해야 할 때도 시트의 주름을 펴고 베개를 바꿀 거냐구."

넉넉한 체구의 하녀는 아벨라를 향해 윽박지르듯 사나운 목소리를 냈다. 그동안 쌓인 게 있는 모양이었다. 그렇지 않고선 테라가 사라지자마자 기다렸다는 듯 이렇게 행동할 수 없었다. 그러나 자신은 테라가 아니었다. 자신에게 불만을 표출해도 해결해 줄 수 있는 건 아무것도 없었다. 아벨라는 들고 있는 접시들을 다시 탁자 위에 올려놓았다.

"미안. 도와주고 싶지만 손을 다쳐서 지금은 아무것도 해 줄 수 없어."

그녀 앞에 선 두 명의 하녀가 어이없는 얼굴을 했다.

"너 되게 뻔뻔하다?"

"내가 뻔뻔하다고?"

"습진으로 손가락이 쩍쩍 갈라져서 피가 나도 빨래를 하는 게 우

리야. 그런데 손 좀 다쳤다고 일을 못 하겠다니 너무 뻔뻔하지 않
아?"

"일을 안 하겠다는 게 아니라 지금은 널 도울 상황이 아니라서 그
래. 누군가를 돕는 것도 순서가 있잖아. 일단 내 일을 처리한 후에
하는 게 기본 아닐까?"

"왜 내가 네 편의를 봐줘야 해? 너 그 손, 일하다 다친 것도 아니
잖아."

아벨라의 옆으로 서너 명의 하녀가 더 몰려들었다. 그녀를 위축시
키려는 집단적 행동이었다. 한 명은 여차하면 달려들 것처럼 어깨마
저 들썩거리며 콧바람을 내뿜기도 했다.

"아벨라 모리스. 그래서 못 하겠다고?"

당당한 아벨라가 더욱 마음에 안 든 덩치 좋은 하녀가 성큼 앞으
로 나섰다. 그러나 눈앞의 아벨라는 위축되지 않았다. 오히려 정곡
을 찌르는 한마디를 해 주었다.

"듣기론, 전에 있던 하녀장은 꽤나 지독했다던데 너희 그때는 아
무 말도 못 했지?"

"뭐라고?"

"그런데 이런 식으로 사람을 몰아세우는 건 역시 테라가 어설프
게 군기를 잡은 탓이겠지? 더구나 테라는 주방 출신이라 만만하니
까."

"뭐어?"

정곡을 찔린 하녀들의 얼굴이 붉으락푸르락했다.

"틀린 말 아니잖아. 일 잘하기로 소문난 야무진 테라는 하녀장이
될 자격이 충분해."

단지, 갑작스러운 신분 상승에 너무 기쁜 나머지 본분을 잊은 게
문제라면 문제일 뿐. 그래도 처음엔 군말 없이 다들 잘 따랐는데 역

시 테라가 기강을 어설프게 잡은 게 문제인 모양이다. 아벨라는 바보, 라고 혼잣말을 내뱉었다.

"이게 지금 뭐라고 중얼거리는 거야?"

"아니. 테라가 없으니 이 일은 내가 하는 게 맞다고 얘기한 거야. 무슨 일을 하면 돼? 이걸 가지고 이 층에 가면 되는 거니?"

갑작스러운 태도 변화에 모여 있던 하녀들이 멍해했다. 여차하면 뺨이라도 한 대 때리려고 했는데 갑자기 순순히 일을 하겠다고 나서니 한순간 할 일이 없어진 것이다. 서로가 눈치를 보았다. 누군가는 어색하게 헛기침을 했고 누군가는 할 일이 많다는 변명을 내뱉으며 그곳을 빠져나갔다. 그러나 처음부터 자리를 지키던 하녀 둘은 끝까지 남아 아벨라를 째려보았다.

"이거 어떻게 하는 건지 안 알려 줄 거야?"

아벨라가 접시를 넘긴 하녀에게 물었다. 하녀는 벽면 구석에 있는 도르래에 쟁반과 접시, 그리고 찻잔과 티포트를 올려놓더니 이 층을 가리켜 보였다.

"이 층에 있는 다이닝 룸에 이걸 세팅해 놔. 손님의 시중은 하녀 장이 직접 해야 하지만 지금 테라가 어딘가로 내뺐으니 네가 대신할 수밖에. 애프터눈 티타임 정도는 설명해 주지 않아도 어떻게 하는 건지 알지?"

당연히 할 줄 모른다. 그러나 아벨라의 당황한 표정을 본 그녀들은 고소한 표정을 감추지 못하며 기다렸다는 듯 아벨라의 등을 있는 계단 쪽으로 힘껏 떠밀었다. 얼떨결에 밀려 이 층 계단을 오르는 아벨라의 귀에 하녀들의 수군거림이 들렸다.

"저번에 테라가 귀족 아가씨에게 뭘 밉보였는지 호되게 혼난 거 기억나지?"

"물론이지. 난리도 아니었잖아."

"이 층엔 그 아가씨보다 더 무서운 손님이 계셔. 손님들 중에서도 제일 중요한 분이지. 이제 아벨라가 쫓겨나는 건 시간문제야. 쟨 애프터눈 티타임 세팅을 할 줄 모르니까."

"앞으로 어떤 일이 벌어질지 기대되는 걸."

숨죽여 웃는 두 사람의 목소리가 어느 때보다 즐겁게 나풀거렸다. 여자들의 세계는 생각보다 우악스럽다. 특히 이곳 하녀들은 더. 왜 서로를 못 잡아먹어 안달일까? 텃세는 돌고 도는 법인데.

아벨라는 이 층 계단 중간에 잠시 멈춰서 위를 보았다. 하녀들이 자신을 골탕 먹이려고 한다는 걸 알면서도 이 일을 거절하지 않은 이유가 있다. 그건 바로 마티어스 때문이었다. 위에 그가 있다. 영원한 원수 마티어스가.

아벨라는 앞치마 주머니에 숨겨 둔 나이프를 소리 없이 움켜쥐었다. 조금 전 하녀들 몰래 테이블 위에 놓인 나이프 하나를 주머니에 감춰 둔 상태였다. 그를 만나서 물을 것이다. 행복했던 우리 부녀를 왜 이렇게 큰 고통에 빠지게 만들었는지를.

기회는 한 번뿐. 오늘은 돌로 머리를 치는 것으로 끝나지 않을 것이다. 아벨라는 용기를 내 계단을 성큼성큼 올라가기 시작했다.


발소리가 적나라했다. 이 층에 첫 걸음을 내딛는 순간, 아벨라는 적막을 깨는 자신의 발소리에 우뚝 걸음을 멈췄다. 발바닥에 잔뜩 힘을 주고 뒤꿈치를 들어도 소용이 없었다. 그녀가 한걸음 앞으로 내디딜 때마다 넓은 중앙 홀은 아벨라의 발소리를 메아리로 만들어 사방에 퍼트렸다.

"하필이면."

하루 종일 바지런히 움직이는 하녀들은 내부규칙에 의해 평소 실내화를 신는다. 소리를 최소화하기 위해서였고 활동적인 움직임을 위해서 그랬다. 그런데 아벨라는 오늘 실내화를 신고 있지 않았다. 업무 때문이었다. 그동안 밀린 빨랫감을 해결하기 위해 큰 장화를 신고 있던 것이 실수였다. 정말 말 그대로 하필이면, 이다.

양탄자라도 깔려 있다면 좋을 텐데, 이곳은 마치 이 층에 올라오는 모든 사람의 발소리를 반드시 들어야겠다는 듯 바닥이 전부 대리석이었다. 바닥뿐 아니라 벽과 천정까지 전부 차가운 대리석이었다. 그래서 일까. 일 층과 달리 공기도 서늘했다.

아벨라는 장화를 벗어 보이지 않는 구석에 가지런히 놓아두고 입고 있던 치마를 좀 더 아래로 내려 맨발을 가렸다. 그래 봤자 치마 아래 발가락은 숨길 수 없었지만 대신 적나라한 발소리는 완전히 사라져 행동이 훨씬 자유스러워졌다.

이제 아래층에서 올라오는 도르래를 찾아 다이닝 룸에 티 세트를 준비해 놓으면 된다. 그리고 그곳에서 마티어스가 나타나기만 기다리면 모든 준비는 끝난다. 그런데 아래층에서 올라오는 도르래가 어디에 위치했는지 찾을 수가 없었다. 중앙 홀을 두 번이나 돌았지만 도르래가 올라오는 곳은 보이지 않았다. 더 큰 문제는 티 세트를 준비해야 하는 다이닝 룸이 중앙 홀의 복도 끝에 있다는 것이며 그보다 더 큰 문제는 그 복도가 너무 어두웠다는 것이다.

"어떻게 된 거지? 지금은 분명 해가 쨍쨍한 낮인데 여긴 마치……."

마치 어두운 밤 같았다. 불빛도 없다. 벽면에 있어야 할 양초도 없다. 발바닥에서 느껴지는 대리석의 차가운 감촉이 지금 복도를 걷고 있다는 걸 알려 줄 뿐, 복도는 모든 빛이 차단돼 있어 한 치 앞도 보이지 않았다.

"어떻게 이럴 수가 있지?"

아벨라가 벽을 짚고 걸으며 중얼거렸다. 햇빛을 가리기 위해 커튼을 내렸다 해도 이렇게 깜깜할 수는 없는 법인데 참 이상한 일이었다.

"해가 중천인데 아직 커튼을 젖혀 놓지 않았다니 담당이 대체 누구야?"

그 담당자는 당연히 테라일 테니 이럴 땐 아벨라도 정말 테라가 미워진다. 하녀들의 시기와 질투를 알고나 있을까? 불만이 쌓인 하녀들이 언제 어디서 무슨 행동을 할지 모르는데 대체 어디서 태평하게 시간을 보내고 있는지 한심하다. 이럴 때는 모든 걸 조심해야 하는데.

"앗."

아벨라가 앞으로 넘어졌다. 아니, 넘어지려고 하는 찰나였다. 어둠 속에서 누군가가 그녀를 붙잡아 주었다. 그녀를 붙잡아 주는 그 손이 나타나지 않았다면 아벨라는 대리석 바닥에 엎어져 무릎이 시큰해지는 통증을 느껴야 했을 것이다.

잡아 준 손은 체온이 배제된 듯 유리처럼 차갑고 서늘했다. 마치 발바닥을 타고 올라오는 대리석의 온도와 비슷했다. 눈을 크게 뜨고 어둠 속을 살폈지만 아무것도 보이지 않았다. 하지만 아벨라는 확신했다. 자신을 도와준 것이 그라는 걸. 그일 것이다. 이 층은 마티어스만의 공간이다. 그가 아닌 다른 사람이 있을 리 없었다.

'그 사람이 맞아. 마티어스야. 내 앞에 있어. 보이지 않지만 느껴져. 분명 어둠 속에서 날 바라보고 있어.'

그는 지척에서 그녀를 지켜보고 있었다. 무엇을 보는 걸까. 왜 자신을 바라보고 있는 걸까. 의아했고 이해되지 않았으나 깊이 생각할 것은 아니었다. 두어 걸음 거리에 그가 있다. 좋은 거리였다. 아벨라는 앞치마 주머니에 재빨리 손을 넣었다. 금속물질이 손끝에 닿았다. 그의 손보다는 덜 차갑게 느껴지는 건 단순한 기분 탓일까. 아벨라가 그걸 꺼내 있는 힘껏 앞을 찔렀다. 완벽하진 않지만 최대한 깊고 정확하게. 하지만 목표를 향해 즉각적으로 매섭게 공격했다.

그러나.

그녀의 나이프는 아무것도 찌르지 못했다. 예상과 달리 그는 가까운 거리에 있지 않았던 모양이다. 그를 쉽게 죽일 수 있다고는 생각 안 했다. 하지만 이렇게 쉽게 실패할 거라는 생각도 못 했다. 그가 낮게 웃었다. 지금의 상황이 꽤 재미있다는 듯 길고 낮게 웃었다. 역시 그가 맞았다. 웃음소리를 들으니 이제 알겠다. 그의 웃음소리는 살인자에게 딱 어울리는 것이었다.

모든 걸 예상한 듯한 비웃음을 듣고 있자니 속이 뒤틀렸다. 아벨라는 그가 잡아 준 손을 앞치마에 닦았다. 아주 바득바득. 그가 자신의 불쾌감을 알아차릴 수 있도록 고개를 빳빳이 들고서 말이다. 그의 웃음이 멈췄다. 웃음이 멈췄다고 느끼는 순간 어둠이 일렁이는 느낌을 받았다. 마티어스는 어둠 속에 홀로 서 있는 아벨라를 뒤로한 채 복도 끝 어딘가의 방에서 자고 있는 카이를 깨웠다.

"카이. 일어나라. 아벨라가 왔다."

그의 말에 곤히 자고 있던 카이가 아직 잠에서 깨고 싶지 않다며 이불을 머리끝까지 덮었다.

"아벨라가 누군데요?"

'아벨라'라는 이름이 아직 익숙지 않아 바로 클로에를 연상하지 못한 카이가 귀찮은 듯 중얼거리다가 갑자기 벌떡 침대에서 일어섰다.

"클로에! 그녀가 여길 왔다구요? 왜요? 무슨 일이에요?"

"복도의 모든 커튼을 걷고 빛이 들어오게 해. 그녀가 복도에서 헤매고 있다."

카이가 이불을 박차고 일어났다. 속옷만 입고 있던 카이는 어쩔 줄 몰라 하며 구겨진 셔츠에 팔부터 집어넣었다.

"이 층은 하녀장만 출입하는 곳이잖아요. 그녀가 왜 온 거예요?"

"일하는 순서가 바뀐 모양이지. 아무래도 티타임 때문에 온 듯한데 그녀를 다이닝 룸으로 데리고 가서 하녀로서 자신의 일을 하게 놔둬. 다시 한 번 말하지만 그녀에게 혼란을 주는 행동은 하지 마라."

"알고 있어요."

"난 들어가겠다."

그의 말이 떨어지기 무섭게 카이가 방을 나와 바람처럼 복도의 수십 개의 커튼을 모두 거둬 냈다. 순식간에 커다란 벽면 유리창을 통해 빛이 쏟아져 들어왔다. 그의 행동이 얼마나 빠르고 민첩한지 아벨라는 여전히 벽을 짚으며 천천히 발을 내딛는 중이었다.

"아."

갑자기 시야가 밝아지자 아벨라는 자기도 모르게 눈을 찡그렸다. 빛이 눈부셔 눈을 제대로 뜰 수 없었다. 카이가 그녀 앞으로 후다닥 뛰어왔다.

"괜찮아요?"

커튼은 언제 젖혀졌고 이 남자는 또 어디서 나타난 걸까. 그녀가 놀란 눈으로 카이를 쳐다보자 카이 또한 아벨라를 보고 놀라워했다.

"이곳엔 무슨 일이에요? 이 층 출입은 하녀장만 하는 걸로 알고 있는데요."

"아, 그게…… 하녀장이 일이 생겨 부득이하게 제가 대신 오게 됐습니다. 미리 말씀드리지 못한 점 죄송합니다."

아벨라는 퍼뜩 정신을 차리고 카이에게 이곳에 올 수밖에 없는 사정을 설명했다. 사과하는 아벨라의 모습을 본 카이가 얼른 손사래를 쳤다.

"죄송하긴요. 나야 좋죠. 티타임을 준비하려고 온 거예요?"

"그렇습니다."

"다이닝 룸은 저쪽이에요. 이곳은 처음일 테니 제가 안내할게요."

카이가 앞장섰다. 친절하고 매너가 좋은 소년이었다. 아벨라는 얼떨결에 앞서 걷는 카이를 따라갔지만 고개를 갸웃거리지 않을 수 없었다.

'요즘 사교계에서 새롭게 유행하는 복식인가.'

카이는 구겨진 셔츠 아래 속옷만 입은 채였다. 양말도 신었고 구두도 신었는데 바지만 생략되어 있었다.

귀족들의 드레스 코드는 아침, 점심, 저녁, 그리고 외출용과 살롱에 갈 때와 티타임을 할 때가 모두 다르지만 이런 복장은 처음 봤다. 아벨라는 눈을 내리깔고 시선을 피했다. 소년이라고 하지만 남자의 토실한 엉덩이를 계속 지켜보는 건 부끄러웠다.

"여기예요."

카이가 다이닝 룸의 문을 열어 주었다. 아벨라가 어색하게 그 안으로 들어갔다.

"감사합니다."

"이쪽에 앉아 기다리세요. 차를 우려내는 데 시간이 좀 걸리긴 하겠지만 성심껏 준비할게요."

"아뇨. 그건 제가 해야 하는 일입니다만."

"무슨 소리예요? 당연히 제가 해야죠."

카이는 의자에서 일어나는 아벨라를 억지로 다시 의자에 앉혔다. 아벨라가 당황하며 이건 자신이 해야 하는 일이라고 설명했지만 카이는 틈을 주지 않았다. 어쩐지 상하 관계가 바뀐 모양새다. 손님이 하녀를 대접하겠다며 직접 움직이는 모습이라니 감히 상상할 수 없는 일이었다. 그래도 카이는 꿋꿋했다.

"가만있자, 티 세트가 어디서 나타나더라? 하녀장은 분명 맨손으로 이곳에 왔다가 어디서 짠하고 가져오던데. 이쪽? 저쪽? 어디였지? 아, 그대로 앉아 있어요. 이 정도는 제가 다 할 수 있어요."

그는 다시 한 번 아벨라에게 의자에서 일어나지 말라고 주의를 주더니 평소 하녀장이 했던 행동을 상기하며 부산스럽게 움직였다. 룸 밖으로 나간 그가 도르래를 찾았다고 소리쳤다.

"찾았다. 저기였어."

도르래는 복도가 끝나는 오른쪽 벽면에 위치하고 있었다. 카이는 손수 쟁반을 들고 이것저것을 가져와 테이블 위에 직접 세팅했다.

"이렇게 하는 게 맞나? 내가 이걸 해 본 적이 있어야지."

방법이 맞는지 모르겠다는 듯 집기들을 대충 나열하던 카이는 뭔가 마음대로 안 되는지 진열장을 열어 찻잔이 아닌 술잔을 꺼낸 뒤 그곳에 우러난 차를 따랐다.

"이미 알고 있겠지만 전 입으로 들어가는 모든 걸 술처럼 마셔야 몸이 받아들이거든요."

간접적인 취향을 얘기하는 건가. 전혀 모르고 있는 사실인데 카이는 당연히 그녀가 알고 있는 것처럼 말했다.

"차는 제가 모두 마셔도 되죠? 어제 술을 많이 마셨더니 수분부족 현상이 일어나는 것 같아서요. 어차피 모두 잠들어 있어서 마실 사람도 없으니 괜찮죠?"

자문자답하는 카이의 성격은 꽤나 급해 보였다. 찻잔을 입에 댔다가 뜨겁다며 괴성을 지른 것도 그렇고, 아직 우러나지 않은 차를 마신 뒤 쓰다며 다시 뱉어 낸 것도 그랬다. 그가 티테이블을 발로 찼다. 혀가 데여 신경질이 나서였다. 역시 귀족적인 모습은 아니었다. 저 성격을 이용해도 될까? 하인이 주인에게 먼저 질문을 한다는 건 상상도 할 수 없는 하극상이지만, 눈앞의 카이는 특별히 매너와 명예를 따지지 않는 사람 같아서 아벨라는 용기를 내 보기로 했다.

"이 층엔 남자 손님 한 분만 머문다고 들었습니다만."

예의를 차린 정중한 목소리다. 제 스스로 생각하기에도 다른 하녀들의 흉내를 잘 낸 듯싶었다. 카이는 예상대로 스스럼없이 편하게 대답해 주었다.

"맞아요. 이곳은 마티어스님의 거처죠."

"그분은 지금 어디에 계신가요?"

아벨라는 뻔뻔하게도 방금 자신이 칼로 찌르려고 했던 그를 찾았다.

"이곳 어딘가에 계시겠죠. 오늘은 제가 있고요. 왜요? 만나고 싶어요?"

"아뇨. 그분께 티타임을 준비해 드리라고 지시받아서 여쭤 보는 거예요."

그녀의 말에 카이가 물끄러미 아벨라를 쳐다보았다. 자신에게 경어를 쓰는 그녀의 모습이 낯설었다. 그러고 보니 그녀의 모든 것이 새롭다. 경직된 자세. 두 손을 바르게 모으고 앉아 있는 반듯한 모습. 하녀로서 머리 한 올 내려오지 않게 두른 머리 위의 스카프. 목 위까지 잠겨 있는 단정한 흰색 블라우스와 허리에 두른 깨끗한 흰색의 앞치마. 그리고 맨발.

'맨발?'

머리부터 발끝까지 쭉 훑던 카이가 두 눈을 휘둥그레 떴다. 왜 맨발인지는 묻지 않았다. 물어도 하녀로서 대답할 테니까.

"전 카이라고 해요. 풀네임은 기니까 단순하게 카이라고 불러 줘요. 그럴 수 있죠?"

카이의 요구에 아벨라는 순순히 고개를 끄덕였다. 물론 동의만 한 것이다. 귀족의 이름을 부를 날은 결코 없다는 걸 이제 그녀도 잘 알고 있다. 그래도 허례허식을 따지지 않는 그의 언행이 나빠 보이지는 않았다. 그때 복도 쪽에서 땡, 하고 맑은 종소리가 짧게 들렸다. 도르래가 왔다는 소리였다.

"아. 디저트다."

카이가 밖으로 나가 무언가를 잔뜩 들고 들어왔다. 갓 구워 낸 따뜻한 스콘과 달달한 비스킷. 그리고 볼록하게 솟아오른 먹음직스러운 머핀과 케이크 등.

"이것들 좀 봐요. 종류만 해도 엄청나. 이걸 누가 다 먹지?"

카이는 엄청난 양의 디저트를 보며 질려하는 얼굴을 했다. 그런데 뭔가 이상했다. 준비된 디저트들이 평소처럼 한 입에 먹기 좋은 미니사이즈가 아니었다. 언제나 앙증맞은 크기로 반듯하게 잘라 준비되던 디저트들과는 사뭇 다른 모습이다.

"어쩐지 크기가 너무 크네. 원래 이렇게 나왔나?"

카이가 이상하다며 고개를 갸웃할 때 아벨라 또한 뭔가 잘못됐음을 직감했다. 아래층의 하녀들이 일부러 그런 듯싶었다.

'바보 같은 것들.'

아벨라는 속으로 그녀들을 욕했다. 이렇게 눈에 띄는 잘못을 하면 모두에게 피해가 간다는 걸 모르는 걸까. 관리를 못 한 주방하녀들부터 하녀장, 케이크를 만든 제과점까지 전부 문제가 될 텐데 어쩌자고 이렇게 무모한 행동을 하는지 모르겠다.

"너무 크죠? 그냥 포크로 퍼먹어야 할까 봐요."

카이가 포크를 들고 어떻게 먹을까 고민했다. 그러다 역시 그건 좀 무리라고 생각되는지 그녀를 향해 손을 내밀었다.

"칼 좀 줘 봐요."

불쑥 내민 손을 멀뚱히 바라보고 있는 그녀에게 카이가 재촉했다.

"어서요."

"무슨 말씀이신지. 전 칼을 가지고 있지 않습니다만."

"앞치마 주머니 안에 있는 거 칼 아니에요?"

뜻밖의 말에 아벨라는 진심으로 놀라 자신의 앞치마 주머니를 와락 움켜쥐었다. 어떻게 알고 있는가는 중요하지 않았다. 이미 들켜버린 것이 놀라울 뿐이었다.

"이, 이건."

카이가 뜸을 들이는 그녀가 답답한지 거침없이 앞치마 주머니에 손을 넣어 나이프를 꺼냈다.

"맞네. 주방용 나이프. 있으면서 왜 모르는 척해요?"

아벨라는 당혹감을 감추기 위해 가느다랗게 떨리는 자신의 두 손을 마주 잡았다. 카이는 자신이 칼을 주머니에 숨겨 놓은 이유를 모른다. 그러니 당황할 필요도 없고 불순한 의도를 들켰다고 미리 떨 필요도 없다. 대신 가벼운 변명 정도는 해 줘야 이 어색한 상황이 해결될 것 같아 아벨라가 서둘러 변명을 했다.

"깨끗한 나이프가 아니라서 드릴 생각을 못 했어요. 바닥에 한 번 떨어졌던 겁니다."

카이가 케이크에서 손을 뗐다.

"어쩐지. 칼을 왜 주머니에 가지고 있나 했어요. 그런 이유였구나. 자, 그럼 이 케이크는 결벽증환자 로렌즈에게 넘기고 우린 대신 따뜻한 쿠키를 먹어요."

카이가 맛을 보라며 접시 위에 앙증맞은 쿠키와 머핀을 올려 주었다. 아벨라는 그것을 받았으나 입에 대진 않았다. 이 묘한 상황에서 마음 편하게 뭔가를 먹을 수 있는 하녀는 세상에 존재하지 않을 것이다. 티 세트를 직접 세팅하고 그것을 하녀에게 권하는 귀족이라니. 모욕일까? 아니면 배려? 더구나 처음부터 꾸준히 높임말을 해 주는 카이는 사실 불편하기 짝이 없다. 결국 어떤 것이든 지금 그의

234

행동은 범주에서 벗어난 건 사실이라서 아벨라는 허리를 꼿꼿이 펴고 긴장감을 잃지 않았다.

"손을 다쳤네요."

엉성한 붕대를 감은 그녀의 손을 보며 카이가 의아한 듯 물었다.

"제 부주의입니다. 신경 쓰지 않으셔도 돼요."

"당신에게 신경 쓰라고 하던걸요. 그래서 어젯밤 술집에서 잡혀 왔고요."

"네?"

카이가 대뜸 아벨라의 손을 잡았다. 허락도 하지 않았는데 무례했다.

"멀쩡한데요? 상처도 없고 붓지도 않았고 뼈도 멀쩡하고. 근데 붕대를 왜 감았어요?"

아벨라가 그 손을 빼 얼른 무릎 위에 놓고 카이가 다시 잡지 못하게끔 다른 한 손으로 감싸 쥐었다.

"아파서 감았어요. 이제 괜찮아진 거겠죠."

어색한 목소리였지만 나름대로 딱 부러지는 대답이었다. 아벨라는 하녀로서의 본분에 맞는 대답을 했다고 자부했다. 카이도 자신이 실수를 했다고 생각했는지 어색하게 웃어 보였다.

"닥터를 부를까 했는데 다행이네요. 아참, 이름이 아벨라 모리스라고 했죠?"

"네. 맞습니다."

"누가 지어 준 거예요?"

"아버지요."

"그 전 이름은 기억나지 않아요?"

그 전의 이름이라니.

"클로에라는 이름요."

그러고 보니 이 남자는 자신을 보고 클로에라고 했었다. 아벨라는 진지하게 카이를 살폈다. 기억에 없는 사람이다. 본 적도 없고 생소하며 낯선 사람임이 분명하다. 그런데 한 번도 아니고 두 번씩이나 그 이름을 언급하는 이유가 뭘까.

"실례지만 제가 손님을 뵌 적이 있었습니까?"

아벨라의 질문에 카이가 잠시 고민하는 척했다.

"아뇨. 전혀요."

"전에 저를 보고 손님께서 클로에라고 불렀던 걸 기억하고 있어요."

"그럴 리가. 제가 그랬어요? 왜 그랬지? 그날 술에 취해 있었나?"

카이는 술 핑계를 대며 전혀 그런 적이 없다고 시침을 뗐다. 입만 열면 계속해서 술 이야기를 하는 게 이해되지 않았지만 그만큼 신뢰가 가지 않는 남자였다.

"이상하네요. 분명 손님께서 그렇게 부른 걸 기억하는데요."

"잘못 들은 거겠죠."

"이곳 사람들은 이상해요. 모두가 아니라고만 해요. 왜 그럴까요?"

"그러게요. 다들 왜 그럴까요?"

카이가 씨익 웃었다. 장난기 많은 그 웃음 속에 그녀가 모르는 비밀이 있는 것 같았다.

"그건 그렇고, 아벨라. 하녀로 사는 삶은 어때요? 공주, 귀족, 선생님, 의사, 예술가, 여행가, 연금술사 등등 여러 가지 직업이 있는데 왜 하필 하녀로 살고 있어요?"

"질문이 좀 이상하네요. 하녀로 살고 싶은 사람은 없어요. 저도 그렇고요."

"사정이 있어요?"

"오해가 만들어 낸 사정이에요. 그리고 해야 할 일이 있어서 계속 하녀 생활을 유지하는 겁니다. 일을 마치면 고향으로 내려갈 거예요."

"고향이 있어요? 처음 듣는 얘긴데. 그곳이 어디예요?"

"화이트 성."

"성?"

성이라는 단어가 순간적으로 튀어나왔다. 카이의 의아한 표정이 아니더라도 아벨라는 지금 자신이 내뱉은 말에 스스로 놀라워했다. 성이라니. 무슨 성을 말하는 거지?

"성에 살았어요?"

카이가 신기하다며 되물었다. 아벨라는 그럴 리 없다며 단호하게 고개를 저었다.

"아, 아뇨. 전 산에 살았어요. 아빠와 단둘이. 그러니까 성은……."

성이란 말이 왜 튀어나온 것인지 모르겠다. 산 주변에 성이 있었던가. 아벨라는 기시감을 느꼈다. 머릿속에서 낯설고도 낯익은 성의 모습이 희미하게 떠오르는 것 같기도 했다. 아벨라는 저도 모르게 제 입에서 불쑥 튀어나온 성이란 단어에 불안감을 느끼며 자리에서 벌떡 일어섰다.

"손님. 제가 너무 무례했습니다. 감히 손님과 함께 자리에 앉아 티타임을 가지다니. 오늘의 친절은 정말 감사드립니다."

아벨라가 차후에 테이블을 정리하러 다시 오겠다며 꾸벅 인사를 했다.

"가 보겠습니다."

복도를 향해 빠른 걸음으로 사라지는 그녀를 카이는 잡지 않았다. 카이가 하품을 하며 자리에서 일어섰다. 그가 벽 쪽에 놓여 있는 책장을 가볍게 밀었다. 책장이 문처럼 열리며 반대편 공간이 나타났다. 그곳에 마티어스가 앉아 있었다.

"들으셨죠? 화이트 성에서 살았다고 하는 말. 그녀의 기억이 천천히 돌아오는 것 같아요."

"그런 것 같군."

"기다리면 곧 좋은 소식이 들리겠어요. 그런데도 제가 옆에서 지켜봐야 하나요?"

"내가 지켜볼 수가 없거든. 살인자로 지목돼서 말이야."

그가 자신의 목이 잘리는 제스처를 했다.

"그나저나 카이. 술을 얼마나 마시고 다니는 거냐? 아까 보니 포크 잡은 손이 떨리던데. 케이크를 제대로 잡아 올리지 못할 정도야?"

카이가 움찔했다. 그가 슬그머니 자신의 한 손을 뒤로 감추며 어색한 표정을 지어 보였다.

"근간에 피보다 술을 더 마셨더니…… 조심할게요."

"옷차림에도 신경 써. 아무리 정신이 없다 해도 기본은 지키도록 해라."

"네?"

그의 말에 카이가 자신의 하체를 힐끔 내려다보다가 충격적인 얼굴을 했다.

"이, 이런 젠장."

카이의 얼굴이 하얗게 질렸다. 그가 허둥지둥 가릴 것을 찾다가 테이블을 덮고 있는 흰 천을 확 빼 허리에 둘러맸다. 덕분에 테이블 위에 있던 찻잔과 각종 디저트가 전부 바닥에 쏟아졌지만 창피함에 얼굴이 벌게진 그의 감정보다 엉망이진 않았다.

"제길. 하필이면 그녀 앞에서 이게 무슨 망신이야?"

연거푸 욕설이 터져 나왔지만 모두 자신의 실수니 변명의 여지가 없다. 카이는 괜히 부아가 치밀어 자고 있던 자신을 깨운 마티어스 탓을 했다.

"즐거우십니까?"

예의 있는 목소리였지만 두 눈은 감히 마티어스를 향해 치켜뜬 채였다.

"아침부터 사내 녀석의 속옷 차림을 보는 게 즐거울 리가."

"근데 왜 웃으시는 건데요?"

카이의 말에 마티어스의 눈길이 눈앞에 서 있는 카이의 하체 앞부분을 향했다가 떠났다.

"그냥. 나 또한 피가 부족한 상태라 입까지 마음대로 되질 않는군."

무표정한 그가 고개를 돌렸다. 저 얼굴은 그냥일 리 없다. 그의 표정은 카이가 테이블보로 하체를 가리기 전 이미 어떤 것을 확인했다는 듯한 표정이었다.

같은 남자로서 자존심이 상했다. 보다 더 나아가면 치욕적이기까지 했다. 카이가 책장 문을 확 닫아 버렸다.

"제기랄. 직접 보지 않고 함부로 판단하지 말라구."

카이가 욱하는 성질을 참지 못한 채 괴성을 내질렀다.

크아아아악.

그 소리는 복도를 달려 나가는 아벨라의 귀에 명확히 들렸다. 갑작스러운 비명 소리에 놀란 그녀가 발을 멈추고 뒤를 돌아보았다.

"뭐, 뭐야. 이 소리는?"

크아아아아악.

이번엔 좀 더 소리가 길고 거칠었다. 그녀가 두 손으로 자신의 귀를 막았다. 그 소리는 마치 손톱으로 벽을 긁는 것처럼 끔찍하고 기괴했다. 신경을 긁는 소리. 듣기 거북한 짐승의 소리.

"소름 끼쳐."

아벨라는 귀를 막은 채 뒷걸음치다가 중앙 홀을 향해 내달리기 시작했다. 중앙 홀 모퉁이에 벗어 놓아둔 장화를 잊지 않고 두 손에 챙긴 그녀가 도망을 치듯 서둘러 그곳을 빠져나갔다.

왜 하녀가 됐냐는 카이의 물음은 지금의 상황을 다시금 되돌아보게 만들었다. 복수는 실패했다. 그것도 두 번이나. 이제 정말로 언제 끌려가 죽을지 모르는 상황이 됐다. 조프리로부터 살려 준 은혜도 무시하고 실행한 일인데 또 실패하다니 정말 답이 없었다. 아벨라는 괴로웠다. 답답한 이 상황을 더 이상 견디기 어려웠다. 이대로 있다간 복수는커녕 허드렛일로 몸이 망가지고 견제를 일삼는 하녀들에 의해 괴롭힘을 당할 게 뻔했다.

'다른 방법을 찾아야 해. 계속 이렇게 하녀로 지낼 수는 없어.'

아벨라는 하늘 높이 쌓인 빨랫감들을 발로 밟고 방망이로 때리면서 생각을 거듭했다. 아빠의 시신을 찾아 장례라도 치르고 싶었는데 어쩐지 그 소망조차 이루지 못할 것 같았다.

'장례.'

아벨라는 눈물을 훔쳤다. 시간이 지날수록 아빠의 시신을 찾을 수 없을 것 같은 느낌이 들었다. 그럴 리 없는데, 그래선 안 되는데 자꾸 마음이 기울었다.

물이 묻은 손으로 연신 눈가를 훔치는 그녀를 아무도 위로해 주지 않았다. 함께 빨래 중인 나머지 하녀들은 질리도록 많은 빨랫감을 기계적으로 해치우면서도 아벨라를 향한 고소한 눈빛을 거두지 않았다. 하녀장의 충실한 개가 이 층을 갔다 온 후, 빨래터에서 눈물을 흘리고 있는 모습이 즐거운 것이다.

"저걸 어쩌나? 곧 쫓겨나겠네."

"티 세트가 전부 깨져 있었다지? 테라가 이 층에 올라갔다가 기절할 뻔했다잖아."

"이제 쟨 어쩜 좋니? 이 층 손님이 얼마나 화가 났으면 찻잔을 전부 깨트렸겠어?"

"내일이면 곧 쫓겨나겠네. 어쩌나?"

"어쩌긴. 죽은 목숨이지 뭐."

하녀들의 조롱에 아벨라는 입술을 꽉 깨물었다. 쫓겨나기 전에 방법을 찾을 것이다. 죽을 때 죽더라도 복수는 반드시 이뤄 낼 것이다.

'이대로 물러서지 않아.'

그녀는 다시금 의지를 다지며 복수에 대한 계획을 세웠다. 그 많은 빨래를 하는 동안 오로지 그 생각에만 골몰했다. 그런데 상황이 묘하게 돌아갔다. 해가 지고 달이 뜨는 시각에 겨우 돌아온 그녀에게 뜻밖의 광경이 펼쳐졌다. 그건 아벨라가 벌을 받을 거라고 생각하고 있던 나머지 하녀들에게도 의아스러운 일이었다.

"열어 봐."

그녀에게 배달된 상자 안의 물건을 보기 위해 많은 하녀들이 숙소 앞에 모여 있었다.

"왜 안 열어 봐?"

"이 상자가 누구 건데 내가 열어 봐?"

상자를 들고 있는 하녀가 아차 하는 얼굴을 했다. 급한 마음에 아무런 설명도 하지 않은 터였다.

"네 거야. 카드에 네 이름이 적혀 있어. 누구에게 배달된 건지 확인하기 위해 카드를 열어 본 것뿐이니 오해는 말아 줘."

하녀의 말에 아벨라가 상자를 받았다. 화이트 레이스로 수작업된 긴 리본 사이에 카드가 꽂혀 있었다. 아벨라는 카드를 열어 보았다.

맨발의 아벨라 모리스양에게.

짧은 글귀가 적혀 있었다. 보내는 사람은 생략되어 있어서 누가
준 건지 알 수 없었다. 아벨라는 일단 상자의 무게를 가늠해 보았다.
그녀가 깃털 같은 리본을 쭉 잡아당겨 풀었다. 지켜보는 하녀들이
애가 타는 듯 발을 동동 굴렀다. 그리고 뚜껑을 연 순간 주위에서 함
성이 터져 나왔다.

"와아."

탄성 속에서 여자들 특유의 비명도 곳곳에서 터졌다. 더불어 아벨
라의 눈도 동그래졌다.

"세상에 어떻게 이런 물건이 있을 수 있지? 너무 예뻐!"

상자 속의 물건은 구두였다. 구두 전체에 촘촘히 박힌 작은 화이
트 다이아몬드가 얼마나 영롱하게 반짝거리는지 모두 탄성을 멈추
지 않았다.

"대체 이게 다 뭐야? 이 반짝이는 것들 좀 봐."

"눈이 부셔. 정말 다 보석일까? 다이아몬드?"

누군가가 차마 구두에 손을 대지 못한 채 눈부터 비벼 댔다.

"귀족도 이렇게 예쁜 구두는 신지 못할 거야. 그런 귀족을 본 적
도 없고. 아벨라, 너무 부럽다. 대체 누가 너한테 이런 선물을 보내
준 거니?"

누군가의 말은 무리를 술렁이게 만들었고 아벨라에게 일제히 부
러운 시선이 쏘아졌다. 그때 그 무리를 비집고 들어서는 한 사람이
있었다. 좀체 길을 열어 주지 않는 하녀들의 어깨를 굳이 밀치며 얼
굴을 내민 사람은 다름 아닌 테라였다. 자신의 숙소에서 희희낙락거
리다가 뜻밖의 소식을 듣고 부리나케 달려온 테라는 아벨라가 아닌

아벨라의 손에 들려 있는 상자를 보며 기겁을 했다.

"이게 네가 받은 선물이야? 이 아름다운 구두가?"

테라가 아벨라의 허락도 없이 그녀의 손에서 상자를 뺏듯이 낚아챘다. 테라의 눈에 이채가 번뜩였다. 그녀는 감격한 나머지 눈가에 촉촉한 눈물까지 보였다.

"어쩜. 너무 감격스러워. 이런 구두는 난생처음 봐."

선물 받은 사람은 따로 있는데 테라는 자신이 감격해 흥분을 감추지 못했다.

"대체 어떤 사람이 네게 이런 값진 선물을 해 준 거야? 이렇게 고급스러운 구두를 보내 줄 정도면 엄청난 재력가일 텐데, 이거 잘못온 거 아냐? 확실히 네 앞으로 온 거야?"

속사포처럼 무수한 질문을 쏟아붓는 테라는 믿기지 않는다며 아벨라에게 온 카드를 반복해서 읽어 댔다.

"아벨라에게 온 게 맞아. 정말 아벨라야. 믿을 수 없어. 일개 하녀에게 누가 이런 선물을 보내지? 어떤 미친놈이야?"

"이 층 손님이에요."

선물을 건네주었던 최초의 하녀가 테라에게 말했다. 한순간 손님을 미친놈으로 치부해 버린 테라의 얼굴이 쩌억 갈라졌다.

"손님이라고? 우리들의 왕자님 말이야?"

"아뇨. 왕자님 말고 다른 분이에요. 전 처음 보는 분이었지만 분명이곳 손님이에요. 붉은색 머리를 가진 십 대 도련님으로, 이름은……."

"카이."

아벨라가 대신 대답했다.

"맞아. 그 이름이야. 그분이 자신을 카이라고 소개한 뒤 이 상자를 네게 전해 달라고 하셨어."

테라는 하녀의 말에 말도 안 된다며 신경질을 냈다.

"잘못 안 거 아니야? 이 층엔 우리의 왕자님만 머물러. 왕자님의 이름은 마티어스야. 카이라는 사람이 누군데? 그런 사람이 이 층에 있을 리가 없잖아."

테라가 예의 하녀를 윽박질렀다. 하녀가 테라의 사나움에 기가 죽어 마땅한 말을 하지 못했다. 아벨라가 나섰다.

"테라. 카이라는 이름의 손님을 몰라?"

"몰라. 모른다니까."

"모른다면 명단을 체크해 봐. 넌 하녀장이잖아. 네가 모르면 누가 알아? 우리가 모르는 걸 알려 줘야 하는 게 너 아니야?"

아벨라의 따끔한 지적에 테라의 얼굴이 미묘하게 변했다. 기분이 나쁜 듯, 언짢은 듯, 뭔가 거슬리는 듯, 미간을 일그러트렸다.

"그래. 맞아. 말 잘했어. 난 이곳의 하녀장이야. 그래서 묻겠는데, 손님한테 어떻게 해야 이런 어마어마한 선물을 받을 수 있는지 말해 볼래? 오늘 네가 이 층에 가서 한 일을 죄다 빠짐없이 설명해 봐."

그건 모욕적인 언사였다. 아벨라는 눈앞의 테라를 똑바로 쳐다보며 있었던 일을 그대로 설명을 하기 시작했다.

"티타임을 준비했어. 마티어스님은 계시지 않았고 대신 카이라는 손님이 자리에 있었지. 그분은 전날 과음을 해서 혼자 차를 다 마시겠다고 했고 난 그걸 지켜봤어."

"그리고?"

"그게 다야."

"다라고?"

"그 이상도 그 이하의 일도 없었어. 티타임은 십 분을 넘지 못했어. 왜인 줄 알아? 디저트가 엉망이었거든. 케이크가 통째로 올라왔으니까."

아벨라가 일 층에서 티타임을 준비했던 두 하녀를 노려보았다. 그녀들은 뻔뻔하게도 선물을 구경하기 위해 마침 이곳에 와 있는 중이었다. 아벨라의 날카로운 시선을 받은 두 하녀가 흠칫 시선을 피했다.

"덕분에 손님은 케이크를 직접 잘랐고 난 창피함에 곧바로 내려올 수밖에 없었어. 그 뒤로는 뻔해. 빨래를 하기 위해 빨래터에 갔다 이제 들어온 참이야."

잔뜩 젖은 치맛자락과 아직 벗지 못한 장화가 그녀의 말을 뒷받침하는 명확한 증거였다. 아벨라는 한 치의 거짓도 없다며 테라에게 묻고 싶은 말이 뭔지 정확히 말하라고 요구했다.

"네가 궁금해하는 게 뭐지? 뭐가 궁금한 거야? 내가 이 층에서 뭘했을 거라고 생각해?"

불순한 의미를 담은 질문을 한 테라에게 아벨라는 지지 않았다. 이건 명확히 짚고 넘어가야 할 문제였다. 자리를 이탈한 테라로 인해 곤란에 처한 건 다름 아닌 자신이다. 그런데 오히려 많은 하녀들 앞에서 불분명한 이유를 거들먹거리며 명예에 상처를 내다니 묵과할 수 없었다.

"설마 내가 손님들에게 잘 보이기 위해 유혹이라도 했다고 생각하는 건 아니지? 넌 하녀가 그런 존재라고 생각해?"

아벨라는 가만히 있는 다른 하녀들을 끌고 들어가 테라의 생각을 물었다. 영리한 추궁이었다. 불구경하듯 서 있던 하녀들이 설마, 하며 불쾌한 눈초리로 테라를 쳐다봤다. 그녀들이 테라를 힐난하는 얼굴로 쏘아보자 테라가 당황했다. 오늘 따라 유난히 당당한 아벨라의 모습이 낯설어서 더욱 그랬다. 테라는 다른 하녀들의 시선을 받으며 어색하게 웃어 보였다.

"어머. 아벨라. 오늘 좀 예민한가 보다. 난 그저 네가 잘못된 행동으로 손님께 폐를 끼쳤을까 봐 확인 차 물어본 것뿐이야. 티 세트가 전부 깨져 있었잖아. 그 건에 대한 건 곧 지시가 내려오겠지만. 기분 나빴니?"

"아주 많이."

아벨라가 단호하게 내뱉었다. 확실히 무슨 이유에선지 태도가 변해 있다. 테라는 또 한 번 움찔했다. 순순히 괜찮다고 말할 걸 예상했는데 그게 아니자 머릿속이 한순간 복잡해졌다.

'얘 오늘따라 왜 이래? 보는 눈이 많은데 지지 않고 덤빌 태세로 나오면 어쩌자는 거야?'

둘만 있는 자리라면 장난을 치며 웃고 넘길 텐데 그렇지가 않았다. 그럼 이럴 땐 어떻게 해야 하지?

하녀장의 권력은 절대적이지만 아직 자신은 지지기반이 없는 초보 하녀장이기 때문에 오히려 다른 하녀들에게 휘둘릴 가능성이 있었다. 머릿수라는 건 그래서 중요하다. 테라는 아직 그 머릿수를 만들지 못했다. 말 많은 여자들의 입을 굳게 다물게 하려면 전의 하녀장처럼 성질을 부리고 트집을 잡고 쉬지 않고 못살게 굴어야 했다. 하물며 모두가 보는 앞에서 일개 하녀인 아벨라에게 진다면 앞날은 가시밭길인 게 불 보듯 뻔했다.

'기를 바짝 죽여야 해.'

바짝 죽여서 다시는 말대답도 하지 못하게 혼내야 한다. 하지만 마땅히 잘못을 뒤집어씌울 거리가 없다.

'그냥 나가기엔 아쉬운데 트집 잡을 게 없으니 어쩐다?'

머리를 굴려 보지만 당장 떠오르는 게 하나도 없었다. 테라는 마른침을 삼켰다. 그때 아벨라가 구세주처럼 모두에게 말했다.

"피곤해. 다들 그만 나가."

서 있는 하녀들이 쭈뼛거리며 문밖으로 나갔다. 테라에겐 좋은 기회였다. 그녀가 흩어지는 하녀들에게 어서 돌아가라며 살갑게 손을 흔들어 댔다.

"너도 그만 나가 줘."

테라는 물론 그렇게 하겠다고 말하면서도 미련이 남은 구두에 시선을 뺏긴 채 뭉그적거렸다.

"그런데 아벨라. 내가 잠깐 생각해 봤는데 하녀가 구두를 신을 일이 있을까?"

"그게 무슨 말이야?"

"생각해 봐. 별관 안에서 일을 하는데 저런 높은 구두는 거추장스러울 뿐이잖아. 그렇지? 맞지?"

아벨라는 기가 막혔다. 그녀가 테라의 등을 밀어 밖으로 내몰았다.

"잠깐. 잠깐만."

결국 아쉬운 발걸음을 절제 못 하고 테라가 닫히는 문틈 사이에 손을 넣었다.

"문 닫을 거야. 손 치워."

"날 줘. 내가 신을게. 내가 잘 간직할게."

소유욕이 가득한 눈은 주지 않으면 뺏기라도 하겠다는 듯 문틈 사이로 팔까지 들이밀고 있었다. 마르고 긴 팔. 그리고 그 끝에 달린 다섯 개의 손가락. 버둥거리는 손가락은 오랜 하녀생활로 굳은살과 상처투성이다. 마른 손이라 가녀리고 길쭉하기만 한 손. 그래서 욕망을 잡기엔 더 없이 연약하다. 그래서겠지. 가난한 손은 높은 욕망을 부여잡고 싶지만 그럴 수 없기에 결국 저 손으로 뺏을 수 있는 건 동급 하녀들의 주머니였다.

"테라."

안타깝지만 이제 테라의 상황을 받아 줄 여유가 없었다. 이미 두 번의 배려를 해 줬고 그로 인해 목숨이 위태롭기도 했다. 그녀는 할 만큼 한 상태였다.

"테라. 하녀장인 너도 결국엔 하녀야. 그걸 잊지 마."

버둥거리는 팔을 잡아 문밖으로 밀쳐 낸 뒤 사납게 문을 쾅 닫았다. 문고리를 걸자 테라가 주먹으로 문을 두드렸다.

"안 돼! 아직 신어 보지도 못했는데! 구경만 할게. 한 번만 더 보겠다니까!"

테라는 끈질겼지만 아벨라는 무시했다. 그녀가 구두를 상자에 담아 구석에 갖다 놓았다.

장화를 벗자 부은 발이 나타났다. 젖은 옷을 벗고 밤새 잘 마를 수 있게 창가에 걸어 놓은 뒤 침대 위에 드러누웠다. 종일 노동이 주는 고단함이 가혹하다. 육체는 지쳤다며 삐거덕거렸다.

아벨라는 닫힌 문을 바라보았다. 소리는 없지만 여전히 테라가 밖에 서 있는 듯했다. 문틈 사이로 움직이는 그림자가 보였기 때문이다. 아벨라는 그 모습을 바라보며 중얼거렸다.

"내일 이곳을 나가야겠어."

# 7

밤새 해가 뜨길 기다린 누군가가 허둥지둥 별관을 나섰다. 그 걸음이 얼마나 빠르고 힘이 넘치는지 무슨 급박한 일이 일어난 것처럼 보였다. 뛰는 중간에는 돌부리에 넘어질 뻔하기도 했지만 얼굴만은 어쩐지 신이 나 기분 좋아 보였다.

테라는 본관으로 달려가 집사를 만났다. 이른 아침이라 면담하기 좋은 시간이라고 생각했는데 그는 이미 혼자가 아니었다.

"후, 후작님."

허둥지둥 달려와 옷차림이 흐트러진 상태다. 그런데 하필이면 본관에 들어가기도 전에 대절해 놓은 마차에 오르려는 후작과 마주치고 말았다. 숨을 헐떡이는 테라를 보고 늙은 집사가 불편한 표정을 지었고 후작은 누구지, 라는 표정을 지어 보였다.

"인사드립니다, 후작님."

넙죽 허리를 굽혀 인사를 하며 뒤로 물러나는 테라의 어깨가 여전히 고르지 못한 거친 숨소리를 냈다. 고요한 아침에 일개 하녀가 내는 헐떡임이라니. 후작은 싸구려 숨소리가 듣기 싫은 듯 찝찝한 얼굴로 집사를 쳐다보았다. 감히 내 집에서 정숙하지 못한 모습으로 뛰어다니는 이 쓰레기는 뭐냐는 질책의 눈빛이었다. 하찮은 하녀를 당장 문책하라는 뜻이었지만 집사가 테라가 별관 소속이라는 걸 열려 주자 후작의 눈이 이상하리만큼 선하게 풀렸다.

"별관의 하녀인가?"

"그, 그렇습니다."

마차에 오르려던 후작이 다시 내려왔다.

"별관의 하녀가 이 아침에 근무지를 이탈하고 달려 나오다니 무슨 일이지?"

"지, 집사님께 긴히 드릴 말씀이 있어서 왔습니다."

후작은 지팡이로 바닥을 꽉 찍었다. 지팡이의 날카로운 부분이 흙바닥에 움푹 구멍을 냈다. 테라가 어깨를 움츠렸다.

"내게 말할 때는 집사님께가 아니라 집사에게 긴히 할 말이 있어 왔다, 라고 말하는 게 맞는 거다. 그런 기본도 몰라?"

당장 지팡이로 뺨을 내리칠 것 같은 험악한 기세에 테라가 어쩔 줄 몰라 했다. 그녀가 곧장 흙바닥에 무릎을 꿇었다. 그러나 그런 행동이 최고의 귀족인 후작에게 먹힐 리 없었다. 그는 오히려 가벼운 행동을 연거푸 보이는 테라를 더욱 불쾌해했다. 자신의 집안에 이런 종자가 있다는 것 자체가 혐오스럽다는 듯 계속 집사만 불러 댔다.

"집사. 이런 걸 별관 하녀로 둔 거야? 이런 유치한 행동을 일삼는 계집을? 너무 엉망이잖아."

"별관 하녀장입니다."

"하녀장? 대체 무슨 기준으로?"

후작은 있을 수 없는 일이라며 몹시 놀라워했다.

"이런 게 어떻게 하녀장이야? 이 얼굴과 몸가짐. 태도와 말투. 하나라도 제대로 된 게 없잖아. 아무리 식량으로 싱싱한 것들만 모아 놓는다고 해도 기준이라는 게 있는데. 집사, 설마 노망이라도 난 거야?"

무시와 천대는 거칠 것이 없었다. 아무 말이나 내뱉는 후작을 진정시키며 집사가 귓속말로 테라에 대해 빠르게 설명했다. 설명을 듣는 그의 표정이 '응?' 하고 의문을 나타내다가 사라졌다. 집사가 귓속말을 끝내자 후작은 제법 온화한 얼굴을 했다.

"아아. 난 또 뭐라고. 그때 그 하녀였군. 그녀를 찾는 데 도움을 준."

그래도 여전히 불쾌한 듯한 표정을 다 풀지 못한 후작이 애써 화를 삭이며 테라에게 용건이 뭐냐고 물었다.

"그래. 이른 아침부터 달려와 하려는 말은 뭐지?"

테라는 잔뜩 주눅이 들어 쉽게 입을 열지 못했다. 집사가 말해도 좋다는 신호를 보냈지만 우물쭈물하며 굽힌 어깨를 펴지 못했다.

"그러니까 제가 드리고 싶은 말씀은⋯⋯."

달달 떨리는 목소리가 모기 같았다. 후작이 짜증을 냈다.

"어깨 펴고 제대로! 우물쭈물하지 말고 또박또박 말해. 자부심도 없나? 그런 목소리로 어디 가서 뭘 하겠나? 후작가에서 일한다는 자긍심을 가지고 얘기해."

"네! 네! 그러니까 별관에서 함께 일하고 있는 하녀에 대한 걸 말씀드리고자 이렇게 왔습니다. 그러니까 하녀 한 명이 임신을 했어요. 그러니까 그 하녀 이름은 아벨라 모리스입니다."

그러니까를 연신 반복하던 테라의 말에 귀를 막고 싶던 후작이 진심으로 두 눈을 둥그렇게 떠 보였다.

"지, 지금 누가 뭘 어쨌다고?"

이번엔 후작이 말을 더듬었다. 집사 또한 주름진 눈을 크게 뜨고 테라를 쳐다봤다.

"아벨라 모리스양이 임신을 했단 말이야? 그러니까 내가 아는 그분이?"

후작이 이건 또 무슨 소린가 싶어 집사를 쳐다보았다. 집사는 금시초문이라는 듯 고개를 저어 보였다. 두 사람의 시선이 동시에 테라를 향했다.

"하녀장. 그게 사실인가? 아벨라 모리스양이 정말 임신을 했어?"

"그렇습니다. 그녀는 식사를 거의 안 해요."

"식사? 그건 당연히……."

후작은 뭔가를 말하려다 말았다. 그가 의외로 아벨라를 두둔했다.

"식사는 안 할 수도 있지. 여성들은 기본적으로 매일 다이어트를 하잖나."

"하지만 제가 지켜본 아벨라 모리스는 근 한 달간 그 어떤 것도 먹지 않았어요."

"그러니까 그건 말이지. 일반 사람들은 쉽게 이해할 수 없는……."

"임신 초기라서 그래요. 그 시기의 여성은 입덧을 하기 때문에 그 어떤 것도 먹을 수가 없습니다. 전 하녀장으로서 그녀의 행실을 고발합니다. 당장 벌을 주고 이곳에서 퇴출시켜야 해요."

아벨라에 대한 잘못을 고자질하는 테라는 떨지 않았다. 평소처럼 당당하고 대담했다. 후작은 들고 있는 지팡이를 만지작거렸다. 집사도 자신의 콧수염을 만지작거리며 고민하는 모습을 보였다.

"그게 가능해?"

후작이 앞뒤 말을 전부 자른 채 무작정 집사에게 물었다. 질문을 받은 집사는 전혀 모르겠다는 표정을 지었다.

"지식이 부족한 저로서는 잘 모르겠습니다."

"이 사실을 마티어스님도 알고 계시나?"

집사는 그건 아닐 거라고 대답했다.

"그럼 말씀드려야겠군."

후작은 외출용 지팡이를 집사에게 건넸다. 외출이 유보됐다는 의미다. 지팡이를 건네받은 집사가 그걸 본관 하녀장에게 건넸고 하녀장은 그걸 받은 즉시 마부에게 마차를 가지고 돌아가라고 눈짓했다. 말 한마디 없지만 무언의 눈빛으로 척척 손발이 맞는 모습이 진정한 베테랑들 같았다. 집사가 여전히 흙바닥에 무릎을 꿇고 앉아 있는 테라를 독촉했다.

"뭘 하고 있나? 어서 따라오지 않고."

집사의 말에 테라가 벌떡 일어서 별관으로 향하는 그들을 뒤따랐다. 행실이 나쁜 아벨라를 발고했는데 왜 왕자님의 이름이 언급되는 건지 이해되지 않았다.

'원래 하녀 한 명 해고하는데 이렇게 절차가 복잡한 건가? 그나저나 난 그냥 집사에게 사실을 알린 뒤 하루빨리 아벨라를 쫓아낼 생각뿐이었는데 하필 후작과 마주치다니.'

괜히 일을 크게 벌인 건 아닌가 싶어 찝찝했다. 테라는 종종걸음으로 그들을 따라 가면서 뭔가 개운치 않은 느낌을 받았다.


로렌즈는 별관을 찾아온 후작을 보고 의아해했다.

"이른 시간입니다만."

해가 지려면, 이라는 말을 생략한 로렌즈가 오묘한 조합의 방문자들을 보고 무슨 문제가 있는지를 물었다.

"문제가 있습니까?"

"마티어스님이 직접 들으셨으면 해서 부득이하게 이 시간에 찾아

왔어요, 로렌즈."

"직접 말입니까?"

"내가 섣불리 판단할 수 없는 얘기라서 말이야. 마티어스님이 깨어나시기 전까지 조용히 기다릴 테니 로렌즈는 좀 더 눈을 붙이도록 해요."

수면을 방해하지 않겠다며 조용히 책을 펼쳐드는 후작. 그는 이런 일에 익숙한 듯 집사가 가져다주는 폭신한 의자에 앉더니 책을 읽기 시작했다. 집사는 모닝티를 준비해 오고 무릎 담요를 후작에게 덮어줬다. 테라는 멀찍이 떨어져 그 모습을 멍하니 지켜봤다. 아무도 자신에게 관심을 두지 않았고 말을 시키지도 않았다. 딱히 할 일도 없어 그녀는 누가 시키지도 않았는데 후작 뒤에 한참을 서 있었다.

시간은 그렇게 흘러갔다. 하품이 나왔지만 억지로 참아야 했고 다리가 아파 와도 앉질 못했다. 그건 집사도 마찬가지였지만 베테랑인 그는 이런 노동이 아무렇지 않은 듯했다. 오직 테라만이 그 공간 안에서 좀이 쑤셔 어쩔 줄 몰라 했다.

'뭐가 이래? 우리 왕자님이 이런 사람이었던 거야? 손님이 찾아왔으면 벌떡 일어나야지, 해 뜬 게 언젠데 아직도 자고 있는 거야? 더구나 당연하다는 듯이 책을 읽는 후작은 또 뭐지? 대체 언제까지 이렇게 서 있어야 하는 거야? 다리 아파 죽겠네.'

테라는 터져 나오려는 재채기를 억지로 참았다.

'어쩐지 아까부터 몸도 으슬으슬해. 이제 알았는데 여기 꽤 춥네. 공기가 차갑다고나 할까. 아, 정말이지 사람 벌세우는 것도 아니고 이게 뭐람.'

목도 마르고 배도 고픈데 뭘 어쩌자는 건지 테라는 슬슬 부아가 치밀었다. 그래 봤자 자신이 할 수 있는 건 아무것도 없지만 짜증을 감추기 쉽지 않았다. 그때 로렌즈가 문을 열며 들어왔다. 후작이 자리에서 벌떡 일어섰다.

"마티어스님."

그가 나타났다. 테라가 늘 왕자님이라고 부르는 유일무이한 남자 마티어스.

짜증이 한순간 싹 사라졌다. 테라는 너무 좋아 조금 전까지의 고충을 잊고 그만 바라보았다. 마티어스가 나른한 얼굴로 중앙의 의자에 앉았다. 언뜻 보니 눈처럼 하얀 얼굴이 피곤해 보였다. 로렌즈는 그가 앉은 오른쪽에 반듯이 선 자세를 유지했다. 듬직한 심복임을 무언으로 나타내는 모습이었다. 후작이 최대한의 예의를 차려 마티어스에게 공손히 인사했다. 오만불손한 모습은 온데간데없었다.

"피곤해 보이십니다."

"쉬이 낫진 않겠지."

"조만간 무도회를 열어야겠습니다. 런던의 귀족들뿐 아니라 지방의 귀족들에게도 초대장을 보내 성대하게 말입니다."

후작은 결심한 듯 빠른 결정을 내렸다. 마티어스는 무관심했다. 그는 그저 알현을 요청한 후작의 이유를 듣고자 했다.

"이른 아침부터 하고 싶은 얘기란?"

"제가 아닙니다. 불쾌하시겠지만 하녀의 입을 통해 얘기를 직접 들어 주십시오."

후작이 옆으로 물러나며 멀뚱히 서 있는 테라를 보았다. 테라가 얼른 고개를 숙였다.

"누구지?"

"이곳 별관의 하녀장입니다. 기억 안 나십니까? 그녀를 찾게 해 준 가교 역할자입니다. 제가 그 보답으로 하녀장의 자리에 앉혔습니다."

후작의 말에 마티어스는 힐끔 테라를 보았으나 다른 말은 하지 않았다. 관심 없다는 의미였다. 눈치 빠른 후작이 얼른 테라를 재촉했다.

"하녀장. 아까 내게 한 말을 빠짐없이 말씀드려라."

후작의 말에 테라가 슬금슬금 앞으로 걸어 나왔다. 입을 열려는 순간 갑자기 두 명의 사람이 나타났다. 마티어스가 일어났다는 소식에 신시아가 가운을 입은 채 머리에 헤어롤을 말고 나타났고, 뒤이어 카이가 아직 술이 덜 깬 얼굴로 잠을 깨고자 물을 연거푸 마시면서 들어왔다. 굳이 오지 않아도 될 자리지만 호기심에 나타난 두 사람이었다. 집사는 두 사람을 위해 뜨거운 모닝티를 준비해 각자의 앞에 놓아 주었다.

"뭐하고 서 있어? 어서 말씀드리라니까."

후작의 독촉에 테라가 얼른 입을 뗐다.

"제가 드리고 싶은 말씀은 하녀 아벨라 모리스에 관한 것입니다."

아벨라의 이름이 언급되자 머리카락에 말린 헤어롤을 빼내던 신시아가 시큰둥한 표정을 지었다.

"난 또 뭐라고."

그녀는 괜히 일어났다는 듯 실망한 얼굴을 감추지 않으며 투덜거렸다.

"그래. 그녀는 어때? 불편해하는 건 없나?"

마티어스가 자신의 앞에 놓인 뜨거운 찻잔을 들며 물었다. 카이 또한 손에 든 물을 다 마시자 집사가 내어 준 찻잔을 손에 쥐었다. 테라는 전혀 집중하지 않는 그들 사이에서 조심스럽게 말을 이었다. 이제 곧 큰 벌을 받을 아벨라를 떠올리니 점점 몸에 힘이 들어갔다.

"많이 불편해하고 있습니다. 감춰야 할 게 있으니까요. 그녀는 행실이 올바르지 않은 하녀로, 당장 이곳에서 내쫓아야 합니다."

"행실이 올바르지 않다는 건 무슨 의미지?"

"아벨라 모리스는 현재 임신 중입니다."

"앗! 뜨거워!"

"콜록!"

쨍그랑!

순식간에 방 안이 아수라장이 됐다. 깜짝 놀란 카이가 차를 중요 부위에 쏟아 뜨겁다며 겅중겅중 뛰었고 신시아는 들고 있던 찻잔을 떨어트려 기어코 깨트렸다. 마지막으로 제일 놀란 마티어스는 사레가 걸려 고개를 숙인 채 연거푸 기침을 해 댔다.

"마, 마티어스님!"

콜록콜록.

그의 기침이 멈추지 않는다. 신시아가 정신을 차리고 서둘러 손수건을 가져가 내밀었다. 그런 그녀를 밀쳐 내고 로렌즈가 물이 담긴 컵을 내밀었다. 얼굴이 벌게질 만큼 거친 기침을 토해 내던 그가 급히 물을 들이켠 뒤에도 좀체 기침을 멈추지 못했다. 모두가 얼마나 놀랐는지 뜻밖의 소란스러움은 한참이 지나도 쉽게 진정되지 않았다.

웃기지만 웃지 못할 광경이었다. 뒤늦게 마티어스가 목을 가다듬으며 자리에 앉았지만 여전히 속이 거북한 듯했다. 신시아가 내민 손수건으로 입가를 닦는 그의 얼굴이 묘했다. 저렇게 복합적인 표정을 한꺼번에 얼굴에 담을 수 있다니 테라는 그의 모습이 신기했다.

마티어스가 목소리를 가다듬고 물었다.

"그러니까 하녀장의 말은 아벨라 모리스양이 임신을 했다는 말이로군. 그렇지?"

테라는 외치듯 말했다.

"그렇습니다."

"말도 안 돼!"

흥분한 목소리를 낸 건 마티어스가 아니라 신시아였다. 그녀는 사자처럼 부푼 머리카락을 제대로 만지지도 않은 채 테라를 죽일 듯 노려보았다.

"임신이라니! 누구 마음대로 임신이야?"

"신시아. 진정해."

"그럴 리 없잖아요, 마티어스님! 저 계집이 거짓말을 하는 거예요! 아기라니! 그게 말이 돼요?"

"신시아의 말이 맞아요. 그녀가 아기라니. 이건 모욕이고 모함이에요."

카이가 신시아의 말을 지지하며 테라의 멱살을 와락 움켜쥐었다. 뜻밖의 상황이었다.

"너, 거짓말했다간 알지? 네가 한 말이 얼마나 파장이 큰지 알아?"

"제, 제 말은 진심입니다. 믿어 주세요."

놀란 테라가 토끼눈을 하고 거듭 진실을 강조했다.

"만약 거짓말이라는 게 들통 나면 널 그냥 죽이지 않을 테다. 네 몸의 피 한 방울까지 전부 마셔서……!"

"둘 다 그만! 하녀장에게서 떨어져. 질문은 마티어스님이 하는 거다. 무례를 멈추고 뒤로 물러서. 어서!"

로렌즈가 카이에게 당장 손을 떼라고 명령했다. 카이가 드러냈던 이빨을 애써 잠재우며 테라를 잡고 있던 손을 억지로 놓았다. 신시아와 카이가 어서 이 말이 사실인지 확인을 해 달라는 독촉의 눈빛을 마티어스에게 보냈다. 그가 마지막 잔기침을 내뱉으며 명령했다.

"그녀를 불러와. 직접 확인해 봐야겠다."

집사와 함께 밖으로 나온 테라는 카이에게 잡혔던 멱살 부분을 손으로 매만졌다. 그 우악스러운 팔 힘이라니, 조금만 지체했어도 숨이 막혀 죽을 뻔했다.

'간담이 서늘했어. 어쩜 하나같이 다들 저렇게 무섭게 흥분하지? 아벨라가 임신한 게 무슨 큰일이라고.'

테라는 조금 전 자신이 있던 룸을 힐끔 뒤돌아보았다. 어쩐지 아까보다 더 냉기가 심해진 느낌이 들었다.

'맙소사. 여기 왜 이래? 아까보다 기온이 더 내려간 것 같아. 아주 차가운 한기가 돌고 있어.'

그녀가 점점 커지는 한기를 피해 걸음을 빨리했다.

"집사님. 아벨라는 바로 내쫓기겠죠? 후작 댁의 명예를 실추시켰잖아요."

"명예란 반드시 지켜야 하는 거니까 물론이네."

앞서 걷는 집사가 뒤돌아보지 않은 채 대꾸했다.

"그럼 짐을 미리 싸 놓을까요? 아벨라의 짐 말이에요."

"그것도 나쁘진 않겠지만 일단 이 일에 대한 보안을 지켜야 하는 게 더 중요하네. 이미 알고 있겠지만 이곳에서 일어나는 일은 결코 밖으로 새어 나가서는 안 되네. 오늘 일은 침묵하고 있게나. 윗분들이 아셨으니 우린 지시를 기다리는 게 좋네."

"물론입니다, 집사님. 하녀들은 언제나 입을 조심해야 하죠. 잊지 않고 있어요."

"임신이라니, 아주 중요한 일이네."

"그럼요. 그럼요."

"그녀가 임신한 사실을 또 누가 알고 있지?"

"아무도 몰라요. 저만 알고 있어요. 우린 주방에서 일할 때 룸메이트였으니까요."

집사는 잠깐 걸음을 멈췄다. 여전히 뒤돌아보지 않은 채였다. 오늘 벌어진 일이 그에게 관리 소홀로 질책이 될까 걱정하는 건가?

"숙소에서 기다리고 있게나. 곧 연락을 줄 테니. 아, 그리고 다시 한 번 자네의 지혜로움에 놀랐다네. 눈썰미도 좋고 머리 회전도 빠른 것 같더군. 우린 자네 같은 하녀가 많이 필요하네. 앞으로도 이번처럼 예리한 관리를 부탁하네."

"알겠습니다."

집사의 특유의 '네네' 거리는 끝말에 익숙해진 테라는 이 층에서 내려와 곧장 자신의 숙소로 돌아갔다. 아니, 자신의 숙소로 가기 전 승전한 군인의 걸음걸이를 흉내 내며 아벨라의 숙소로 당당히 들어갔다. 누가 보고 있든 말든 상관없었다. 집사의 칭찬 한마디가 자신의 든든한 뒷배나 마찬가지니 이제 누구의 눈치 같은 건 볼 필요 없었다. 텅 빈 방 안을 둘러보던 테라가 신이 난 표정을 감추지 못했다.

"여기 있다!"

테라는 기쁨을 감추지 못한 채 얼른 상자를 열어 구두를 신었다. 귀한 구두를 바닥에 함부로 놓아둔 아벨라를 욕하면서 얼른 구두에 발을 끼워 넣었다.

"좀 작네."

많이 작은 구두였지만 테라는 억지스러운 미소를 지었다. 아름다운 구두를 신은 것만으로도 이미 구두의 주인이 된 느낌이었다. 테라는 구두 밖으로 불룩 튀어나온 살을 아랑곳하지 않고 뒤뚱거리며 자리에서 일어섰다. 구두의 주인이 애초에 자신인 것처럼 거리낌 없는 행동이었다.

"자, 그럼 구두만 빼놓고 짐 좀 싸 볼까?"

테라는 흡족함을 감추지 못하며 아벨라의 짐을 함부로 정리하기 시작했다.

그 시각.

평소처럼 손님방을 정리하고 시트를 교환하며 일을 하고 있어야 할 아벨라는 별관을 몰래 빠져나와 후문 출입구 앞에 서 있었다.

저택의 출입문은 각각 오고 가는 사람들이 정해져 있다. 정문은 귀족들만 이용할 수 있고, 서쪽문은 관리인들과 저택의 출입을 허가 받은 사람들이 다닌다. 하녀들이 출입할 수 있는 문은 사실상 저택의 후문인데 특성상 외출할 일이 많지 않기 때문에 후문은 대부분 잠겨 있다. 그렇다고 저택에 아예 갇혀 사는 건 아니다. 지금 아벨라가 서 있는 곳처럼 허술한 문은 언제든 계속 존재해 왔기 때문이다.

'이곳만 통과하면 자유의 몸이야.'

이곳은 테라의 심부름을 위해 오고 갔던 곳이다. 특별히 관리되지 않는 출입문으로 보초도 없다. 그런데 오늘은 뭔가 이상했다. 어떻게 된 것일까. 마지막 관문에서 생각하지 못한 일이 변수가 발생했다.

'경비병들이잖아?'

경비병들이 있었다. 평소에 없던 보초들이 출입문 앞을 위풍당당하게 지키고 있었다. 아벨라는 생경한 보초들과 마주하자 옷수선을 위해 외출을 해야 한다는 거짓말을 했다. 들고 있는 나무 바구니는 이런 경우를 위해 준비한 것이다. 하지만 정말 이용하게 될 줄은 몰랐다. 애써 태연한 척했지만 긴장한 기색이 역력한 그녀가 옆구리에 끼고 있는 나무 바구니를 꽉 움켜쥐었다. 보초들이 그녀의 얘기에 반응을 보이지 않았기 때문이다. 군기가 바짝 든 자세로 그녀를 쳐다보지도 않았다. 이유를 알 수 없었다. 그가 자신의 이름을 부르기 전까지.

"아벨라 모리스양."

집사가 그곳에서 아벨라를 기다리고 있었다.

"지, 집사님."

아벨라는 당황한 표정을 애써 감췄지만 이미 집사는 그녀의 표정에서 많은 것을 읽은 모양이었다. 탈출은 실패했어. 넌 잡혔고 향후 그에 대한 벌을 받을 것이다, 라고 집사는 말하는 것 같았다.

'아, 안 돼!'

아벨라는 자신의 얄팍한 수법을 자책했다. 보다 계획적이지 못한 걸 반성했다. 그래도 집사를 향해 끝까지 그 어떤 변명도 하지 않았다.

'인정하는 순간 끝이야.'

비겁하고 유치한 변명은 통하지 않는다. 그런데 어떻게 된 일인지 집사도 그녀에게 왜 이곳에 있는지 묻거나 질책을 퍼붓지 않았다. 단지 그는 함께 가야 할 곳이 있으니 따라오라고 말했을 뿐이다.

"어디를요?"

"그분이 기다리고 있는 곳이네."

"저를 기다리고 있는 사람이 누군데요?"

"그야 마티어스님이시지."

집사는 눈을 반달로 만들며 아벨라가 들고 있는 바구니를 대신 들었다. 바구니 안에는 가짜 수선을 위한 빨랫감이 들어 있었다. 아벨라는 집사가 내용물을 확인하기 위해 그녀의 바구니를 가져갔다고 생각했다. 단순한 집사의 배려였지만 아벨라는 오해한 채 불안해했다.

'지금 도망쳐야 해. 이게 마지막 기회야.'

그녀가 뒤를 돌아보았다. 당장 저 늙은 집사를 밀치고 문밖으로 도망치려 했는데 어느새 두 명의 경비병들이 따라오고 있었다. 체념이 밀려왔다. 그들은 단순한 보초가 아니라 이곳에 상시중인 병사인 듯 허리춤에 장총과 검을 지니고 있었다. 결국 이런 결말인 건가. 아벨라는 울고 싶은 얼굴로 한동안 그곳에서 움직이지 못했다.

아벨라를 기다리고 있는 건 마티어스와 세 명의 손님이었다. 그들은 그녀가 나타나자 일제히 시선을 집중했다. 한꺼번에 네 개의 시선이 쏟아지자 아벨라는 후문 앞에서 그냥 도망치지 않은 것을 후회했다.

'귀족을 돌로 때린 건 결국 살인죄로 결론이 날 거야.'

뿐인가. 이 층 복도에서 나이프를 휘두른 일도 교수형을 면치 못할 거다. 지금이라도 무릎을 꿇고 빌며 목숨을 구걸해야 하는 걸까. 아니면 사실 미친개에게 물린 뒤 정신이 오락가락했다고 거짓말을 할까. 아벨라는 로렌즈와 신시아, 그리고 카이를 천천히 훑어보았다. 하찮은 하녀 한 명 죽인다고 달라지는 건 없으니 자비를 베풀어 달라고 호소하면 어느 정도 먹힐 것도 같았다.

그러나.

제일 마지막 시선에 걸린 마티어스를 보자 아벨라는 자신의 형편없는 변명을 소리 없이 접었다.

'아아, 그래. 나는 그날 조프리로부터 나를 도와준 저 남자의 머리를 돌로 때리면서 내 입으로 자백했었어. 이건 모두 아빠의 복수를 위해서라고. 그런데 이제 와서 제정신이 아니라고 해 봤자 그가 믿어 줄 리 없지.'

아벨라는 자신이 할 수 있는 것이 아무것도 없다는 사실에 괴로웠다. 더구나 자신을 바라보고 있는 마티어스의 표정은 너그러운 배려는 더 이상 보여 주지 않겠다는 듯 날카롭고 예민하게 굳어 있었다.

'차가워. 아주 많이. 오늘 저 사람의 눈은 몹시 차가워.'

자신을 보는 눈이 너무나도 차가워 뒷골이 송연했다. 그러고 보니 지금까지 그의 눈빛은 적당한 냉기를 담고 있을지언정 오늘처럼 냉담하진 않았다.

한참 정적이 흘렀다. 그곳에 있는 사람들은 언제나처럼 마티어스가 먼저 입을 열길 기다렸다.

"하녀장에게 네 얘길 들었다."

기다리던 그의 목소리가 들렸다. 만약 이런 상황이 아니었다면 그 윽한 저 목소리에 진심으로 반했을지도 모르겠다. 그가 물을 찾자 로렌즈가 깨끗한 물을 가져왔다. 목을 축이고 난 그가 마음을 먹은 듯 직선의 시선을 아벨라에게 보냈다.

"아벨라 모리스. 임신을 했다지?"

질문을 한 그가 그녀의 얼굴을 뚫어지게 쳐다봤다. 그녀의 얼굴에 나타나는 단 하나의 표정도 놓치지 않겠다는 듯, 혹은 어서 이 사태에 대해 제대로 된 변명을 해 보라는 듯, 직선의 시선을 떼지 않았다. 아벨라는 느닷없는 질문이 황당해 두 눈을 바보처럼 끔뻑하고 감았다 떴다.

"왜 대답을 하지 않지?"

그가 어서 진실을 말해 보라며 다시 한 번 독촉했다.

"임신을 했냐고 묻잖나. 지금 임신 중인가?"

갑자기 사람을 불러 놓고 임신 운운하다니 황당했다. 근무지를 이탈하고 후문에 있던 자신을 잡은 건 분명 귀족을 능멸한 벌을 주기 위함이 아니었단 말인가? 그게 아니더라도 외출증도 없이 옷수선을 빌미 삼아 이곳을 무단이탈하려고 했던 걸 들킨 게 확실한데 왜 임신 이야기를 꺼내는지 이해할 수 없었다.

"대답해. 진실을 말하기가 곤란한가?"

"아뇨."

"아니라고?"

"전 임신하지 않았어요. 제가 임신했다고 누가 말하던가요?"

그녀의 단 한마디에 방 안의 딱딱하던 분위기가 순식간에 옅어졌다. 아벨라는 그때 직감했다. 이들이 자신을 부른 이유는 아마도 지금의 질문 때문이라는 것을.

"누가 저를 그런 식으로 모욕하는 겁니까?"

아벨라는 헛소문을 퍼트린 대상이 누군지 물었다.

"너의 상관이다."

"테라 하녀장요?"

"그래. 하녀장은 확고한 믿음을 가지고 우리에게 그 사실을 알려 줬다."

아벨라는 테라의 이름이 언급되자 그녀와의 우정이 끝내 깨지는 느낌을 받았다. 결국 이런 식으로 자신을 몰아세울 수밖에 없었나 싶어 씁쓸하기도 했다.

"하녀장의 말이 정말 거짓인가?"

"그렇습니다. 제 아버지의 이름을 걸고 맹세할 수 있어요."

"하지만 하녀장이 그런 착각을 하기까지는 분명 오해를 할 만한 이유가 있었을 텐데."

"제게 문제가 있어요. 하녀장은 음식을 먹지 않는 저를 보고 계속 오해를 해 왔어요. 임산부들은 초기에 입덧이나 여러 문제들로 식사를 제대로 하지 못한다면서요. 전 식사를 잘 하지 못하는 문제를 가지고 있어요."

자신의 비밀을 이런 자리에서 말하게 될 거라곤 생각하지 못했다. 하지만 이곳에 불려온 이유를 안 이상 그 어떤 거짓말도 해선 안 된다는 걸 깨달았다. 상황을 잠자코 지켜보던 카이가 아벨라의 의견을 지지했다.

"그녀의 말이 맞습니다. 지금껏 지켜봤는데 그녀의 몸에서 다른 생명은 느껴지지 않아요."

"저도 마찬가지예요. 그녀의 몸에서 뛰고 있는 맥박은 하나뿐이에요."

아벨라를 한참 응시하던 신시아가 예리한 눈빛을 거두며 카이의 의견에 동조했다. 마티어스가 로렌즈를 쳐다보자 그 또한 고개를 끄덕이며 그들이 의견에 힘을 실어 주었다.

"두 사람의 말이 맞습니다. 임신 중이라면 새 생명의 심장소리가 들릴 텐데 그런 게 전혀 느껴지지 않습니다."

"만약 임신한 게 1, 2개월 정도라면?"

"그렇다면 놓칠 수도 있겠죠. 하지만 그런 상태라면 닥터 도르제가 와도 정확한 진찰을 하기 어려울 겁니다."

세 명이 동일하게 임신은 거짓이다, 라고 판명을 내놓았다. 그제야 마티어스는 곧게 세우고 있던 허리에 힘을 빼고 의자에 상체를 기댔다. 이미 그 또한 그렇게 판단한 상태였다. 아벨라가 이곳에 들어오는 순간부터 지금까지 계속 살펴봤지만 그녀의 몸 안에 또 다른 생명은 없었다.

인간의 몸은 신비하고 오묘해서 임신 후에도 배가 불러 오는 시기가 각기 다르다. 경험이 아닌 지식이지만 분명 의학책에는 그렇게 기록되어 있었다. 그리고 무엇보다 뱀파이어는 임신이 불가능한 것을.

그걸 알면서도 난리를 친 건 혹시 모를 기적이 일어난 건 아닐까 하는 희망 때문이었다. 적어도 마티어스는 그랬다.

"식사를 하지 못한 건 언제부터지?"

아벨라는 고개를 저어 보였다.

"잘 모르겠어요. 어느 날 갑자기 음식을 먹지 못하게 됐어요."

"지금도?"

"여전히요."

진실은 통하는 법이다. 아벨라의 말에 마티어스는 무한한 수긍의 빛을 보냈다. 마치 그녀가 식사를 하지 못하는 이유를 아는 것처럼 더 묻지도 않았다.

"그런 이유라면 하녀장이 오해를 할 만하군."

마티어스가 의자에서 일어났다. 더 이상의 면담은 무의미했다.

"잘못된 정보로 우왕좌왕한 우리의 모습이 우스워 보였겠군. 하지만 이해해 줬으면 좋겠어. 워낙 중대한 사안이라."

"이해합니다. 별관의 하녀에게 불순한 소문이 나면 이곳에 머무는 손님들의 명예가 실추될 수 있으니까요. 이번 기회를 바탕으로 보다 행실에 주의하도록 하겠습니다. 양방의 의견을 모두 듣고 문제를 해결해 주신 현명한 마티어스님께 감사드립니다."

그녀가 허리를 숙여 감사 인사를 했다. 원래 말을 저렇게 잘했었나? 처음 이곳에 왔을 때의 어수룩한 하녀 아벨라 모리스의 모습은 더 이상 보이지 않았다.

"나 또한 허심탄회하게 말해 준 그대에게 감사한다. 여성의 명예가 걸린 민감한 문제인데 전혀 거짓이 없었어. 그래서 그에 대한 상을 주고 싶군."

"상이요?"

"오늘부터 이 층에서 머물도록 해. 거북스러운 식사를 즐길 수 있는 방법을 알려 주고 싶으니까."

안 돼! 안 된다는 외침이 목구멍까지 튀어 올라왔다. 이곳을 탈출해 바깥세상으로 나가면 자신에게 도움을 줄 사람을 찾고자 했다. 귀족을 죽이는 일은 혼자 할 수 없다는 걸 깨달았기 때문이다.

'그런데 왜 이렇게 일이 꼬여 가는 거지?'

아벨라가 도움을 요청하듯 멀찍이 떨어져 있는 집사를 쳐다보았다. 집사가 그녀를 향해 인자하게 웃어 보였다.

"자네 짐은 이미 하녀장이 챙기고 있으니 아무것도 신경 쓰지 않아도 되네."

아무것도 신경 쓰지 않아도 된다는 집사의 말은 정말이었다. 일하는 공간이 바뀌었는데도 불구하고 아벨라에게 마땅히 알려 줘야 할 공지사항이나 지시사항은 단 하나도 없었다. 기존에 걱정하고 있었던 벌에 대한 우려 또한 언급조차 없었고 오히려 보상처럼 손님들의 방 중 하나가 숙소로 주어졌다.

"여긴 따로 하녀의 숙소가 없기 때문이네."

그것이 이유였지만, 사람 취급 하지 않는 하녀에게 귀족이 쓰는 방을, 그것도 후작의 손님을 위해 마련된 방을 선뜻 내준 건 이해하기 힘들었다.

"짐이 이것뿐이라던데 맞는지 확인해 보겠나?"

집사는 아래층에서 전달된 짐이 낡은 장화 한 켤레뿐이라고 알려 주었다. 선물 받은 구두가 떠올랐지만 집사가 가져오지 않은 걸 보니 이미 구두는 숙소에 없던 모양이다. 아벨라는 굳이 구두의 행방을 묻지 않았다.

"짐을 테라가 챙겼다니 구두가 있을 리 만무하지."

아벨라는 방 안에서 무료한 시간을 보냈다. 이렇게 한가하게 시간을 보내는 게 벌써 이틀째였다.

이 층은 온전히 마티어스만의 공간으로 그의 호출이 있지 않는 한 아무도 이곳으로 오지 않았고 그의 생활을 방해하지 않았다. 그의 생활은 단순했다. 은둔자인 듯, 사회부적격자인 듯, 혹은 염세주의자인 듯, 방에 틀어박혀 나오지 않았다. 간혹 깨어났다 싶으면 용케 그걸 알고 로렌즈라는 남자가 찾아와 그의 컨디션을 확인했다.

마티어스는 대체로 해가 지는 오후에 눈을 떴고 그럴 때면 로렌즈는 그런 그에게 줄 다량의 짙은 적포도주를 준비해 왔다. 눈을 뜨자마자 포도주를 마시는 건 그의 습관인지 단 하루도 거르지 않았다. 아니, 그는 눈을 뜨고 있을 때는 항상 포도주를 마셨고 손에서 포도주 잔을 놓지 않았다. 얼마나 많은 양을 마시는지 그녀가 본 것만 해도 하루 동안 대략 열 잔이 넘었다.

마른 천을 들고 가구를 닦고 있을 때 그가 처음으로 휴식공간인 거실에 나타났다. 그날은 해가 중천에 뜬 대낮이었다. 아벨라는 복수심은 잠시 접어 두고 하녀로서 정중히 인사를 했다. 그는 그녀의 인사를 받는 둥 마는 둥 커튼이 활짝 쳐진 복도를 언짢게 쳐다보았다.

"햇빛을 받아도 괜찮아?"

아벨라는 여전히 고개를 숙인 채였다. 그가 다시 물었다.

"너 말이야. 아벨라 모리스."

그녀가 고개를 들며 무슨 말이냐는 표정을 지어 보였다. 그가 됐다는 듯 손을 내저었다. 말해 무엇하냐는 의미였다.

바닥에 끌릴 만큼 긴 타월을 허리에 두른 그가 밖으로 나오자 역시나 언제나처럼 로렌즈가 나타났다. 마티어스가 긴 소파에 비스듬히 눕자 로렌즈가 그의 몸을 체크했다.

"상처는 잘 아물고 있습니다. 후작의 든든한 후원 덕분입니다."

마티어스의 배에 난 상처를 확인한 로렌즈가 육안으로 확인이 될만큼 상처의 길이가 줄어들고 있다며 기뻐했다. 우연히 상처를 본 아벨라의 눈매가 저절로 일그러졌다. 어쩌다가 저런 흉측한 상처를 가지게 된 건지 놀랍기만 하다. 안타깝냐고? 아니. 단지, 뭐랄까. 같은 사람으로서 저렇게 되기까지 얼마나 아팠을까 하는 생각은 들었다. 하지만 그 이상의 감정은 없다. 아빠를 죽인 살인자에게 그 이상의 감정이 들 리 없었다.

"어때?"

마티어스가 아벨라에게 물었다. 상처에서 시선을 거둔 지 오래였지만 그는 그녀의 시선을 알고 있었던 모양이다.

"징그럽나?"

그가 천천히 몸을 일으켜 의자에 바르게 앉았다. 분명 흉하고 징그러운 상처였지만 아벨라는 모든 하녀들이 그렇듯 당연하게 거짓말을 했다.

"아뇨."

"곧 사라질 상처지만 그렇게 보이지 않는다니 다행이군."

로렌즈가 적포도주를 가져왔다. 마티어스는 그걸 천천히 들이켰다.

한 번, 두 번, 세 번. 그리고 또다시 한 번.

적포도주를 삼키는 그의 목젖이 움직임을 멈출 때까지 아벨라는 자리에 서서 그 광경을 지켜봤다. 마지막 한 방울까지 아낌없이 들이켠 그가 붉은 혓바닥을 움직여 자신의 윗입술에 묻은 적포도주를 가볍게 핥는 모습까지 전부. 그리고 혀끝으로 핥은 마지막 것을 목 아래로 삼킬 때는 아벨라가 자기도 모르게 침을 꼴깍, 삼켰다. 눈을 뗄 수 없는 건 적포도주의 색 때문일까? 아니면 그걸 마시는 그의 묘한 몸짓 때문인가? 특별할 것도 없는 단순한 행동에 아벨라는 눈을 떼지 못하고 있었다. 그런 그녀를 본 그의 회색 눈동자가 잠깐 웃은 것도 같았다.

딸칵.

그가 테이블 위에 잔을 내려놓았다. 그 소리에 아벨라가 퍼뜩 정신을 차렸다. 부끄러웠다. 그 소리가 들리기 전까지 그의 입술에서 눈을 떼지 못하고 있었다는 걸 알고 몹시 당혹스럽기도 했다.

"내 몸 상태는 말이야."

그가 입을 열었다. 적포도주를 마신 영향 때문인지 그의 목소리는 조금 전보다 부드러웠고 훨씬 여유로워져 있었다.

"겉의 상처도 징그럽지만 속은 더욱 엉망인 상태야. 허리가 반은 잘렸었거든. 살점이 죄다 뜯겨나가 양동이만큼의 피와 장기를 쏟아냈더랬지."

아벨라는 잠자코 그의 이야기를 들었다. 그럴 수밖에 없었다. 조금 전의 모순된 자신의 행동이 스스로도 용납되지 않아 정신이 멍했기 때문이다.

"이런 걸 본 적 있나?"

마티어스의 손에 무언가가 들려 있었다. 그것은 앞쪽은 바늘처럼 뾰족하고 날카로웠으며 뒤쪽은 망치질하기 좋게끔 반듯하게 잘린 모양새였다. 크기는 사람의 손바닥만 했고 굵기는 손가락 두 마디 정도였다.

"은으로 만든 말뚝이야."

"말뚝이요?"

"잘 봐. 이게 어떤 식으로 작동하는지를."

그는 그걸 벽 쪽을 향해 확 던졌다. 탄탄한 벽에 그것이 쏜살같이 박혔다.

"보통은 석궁의 틸러 위에 놓고 쏘지만 내 팔의 힘도 그 정도는 되니까 큰 차이는 없어."

박힌 말뚝이 순간 우산처럼 활짝 펴졌다. 갑자기 네 개의 날개를 가진 것처럼 펴지는 모습은 신기하기도 하고 섬뜩하기도 했다.

"이 독특한 말뚝은 손잡이에 실이 달려 있어. 이름은 명주실이라고 해. 동방의 기술이라고 들었다. 날카로운 칼로도 두세 번은 내리쳐야 끊어지기 때문에 은말뚝이 몸에 박힌 자는 쉽게 도망가기가 어려워."

그는 줄을 잡아당겨 말뚝을 다시 수거했다.

"이건 재활용도 가능해. 무기치고는 대단한 장점이지."

벽의 한가운데가 움푹 파여 있었다. 저 작은 것의 파괴력이 저 정도라니 아벨라는 진심으로 놀랐다.

"이 말뚝은 내 허리에 박혀 있던 거야. 정확히 말하자면 네 개가 박혔지만 세 개는 놈들이 수거해 갔고 나는 이걸 몸에 지닌 채 살아남았지. 적들의 신분은 알아내지 못했지만 무기는 뺏은 셈이야. 최고의 수확이랄까?"

그는 살아남은 것보다 적의 무기를 획득한 것에 자부심을 느끼는 것 같았다.

"이것에 대해 조사해 봤어. 이건 불순물이 전혀 없는 완벽한 제조 기술로 만들어진 거라더군. 단단하기가 방패만큼이야. 철물에 녹이지 않는 한 그 어떤 힘으로도 변형시킬 수 없지. 불행하게도 런던 내에 이런 걸 만들어 낼 수 있는 곳은 너무 많아. 사실 어디서 생산되는지는 중요한 게 아니라서 조사를 하다 관뒀어. 팩트를 좀 다르게 봐야겠다는 생각이 불현듯 들어서 말이야. 순수 은말뚝을 만들 만큼 다량의 은을 가지고 있는 사람을 찾는 게 더 나을 것 같더군. 혹시 이런 은말뚝을 쓰는 자들을 본 적 있나?"

그의 질문은 느닷없었다. 낯선 이야기에 호기심을 가지고 이야기를 듣고 있던 아벨라는 전혀 모르겠다는 얼굴을 했다.

"아뇨."

"지금 무슨 생각이 들어?"

그는 아무거나 좋으니 떠오르는 모든 걸 말해 보라고 했다.

"고문을 당한 건가요?"

"습격을 당했지."

"저런 무서운 무기에 다치고서도 용케 살았네요."

그녀의 맹랑한 말에 마티어스가 킥, 하고 웃었다.

"내가 명이 좀 긴 편이긴 해."

아빠를 죽인 살인자는 명도 길었다. 아벨라는 그를 안타까워하지 않았다.

"반역을 한 건 아니죠? 귀족을 이렇게까지 다치게 할 사람이 이 나라엔 없을 텐데 이상해서요."

"맞아. 하지만 반역 같은 건 하지 않았음에도 불구하고 이렇게 다치기도 하는군. 이유 없이 당했어. 범인을 잡지도 못했지. 누군지도 몰라. 짐작도 가지 않아."

아벨라는 그가 무슨 말을 하고자 하는지 이해했다. 화가 날 만했다. 그의 짧은 설명으로도 저 무기가 얼마나 공포스러운지 알았기 때문이다.

"그리고 또 더 할 말은 없나? 예를 들면 불현듯 떠오르는 형상이나 생각이나 기억 같은 것."

"이 무기는 짐승을 사냥하기 위해 만든 것 같아요."

"활이 짐승을 잡기엔 더 편해. 이건 그 목적이 아니야."

"신께 벌받을 거예요."

뜻밖의 말에 마티어스가 그녀를 물끄러미 쳐다보았다.

"저런 걸 만들어 낸 사람들이요. 좋은 의도로 만든 게 아닌 것 같아요. 무기라는 게 그렇잖아요. 분명 뭔가를 헤치기 위한 건데 하물며 저런 기괴한 모양의 무기라니."

보기만 해도 무서운 은말뚝이었다. 저런 게 세상에 통용되는 순간 많은 사람이 다칠 건 불 보듯 뻔하다. 조프리가 자신에게 던졌다면? 테라가 구두를 빼앗기 위해 자신에게 쐈다면? 상상만으로도 몸서리가 쳐진다. 마티어스는 그녀의 감정은 읽은 듯 말뚝을 로렌즈에게 넘겼다.

"내가 식사하는 즐거움을 알려 준다고 했던 말 기억하나?"

아벨라가 고개를 끄덕거렸다. 그가 자리에서 일어섰다. 허리춤에 감싼 수건이 몸의 움직임에 의해 좀 더 아래로 아슬아슬하게 내려갔다. 덕분에 노출된 치골이 매끈한 자태를 뽐냈다. 아벨라가 고개를 숙였다. 그가 민망함을 감추기 위해 더욱 고개를 숙이는 그녀에게 말했다.

"오늘 나와 오찬을 함께하도록 하지."

귀족들은 의복에 대한 에티켓을 자신의 부와 권력으로 일치해서 보는 경향이 있다. 일상복도 아침, 점심, 저녁으로 구분해 입으며 외출복과 애프터눈 티타임의 옷도 따로 구별해서 입었다.

마티어스는 아벨라를 다이닝룸에 놔두고 돌아간 뒤 완벽한 정장을 갖춰 입고 나타났다. 화이트 셔츠 위에 조끼를 입고 셔츠칼라에는 진주 타이핀을 꼽은 차림이었다. 코트는 어깨와 허리라인이 드러난 프록코트를 입었는데 검은 색상이 그와 몹시 잘 어울려 그의 품격을 한층 높여 주는 듯했다.

"왜?"

넋을 잃고 쳐다보는 아벨라에게 그가 대놓고 물었다.

"너와의 식사 자리에 이런 모습은 당연한 거 아니야?"

그는 당연한 행동을 이상하게 보지 말라며 의아한 눈길을 거두라고 일렀다.

"요즘 시대 말이야. 확실히 과거와 달리 재미있는 맛이 있어."

그가 코트를 벗자 집사가 옷을 조심히 받아 챙겼다.

"사회는 하루가 멀다 하고 기계화되어 급진적으로 변화하고 있는데 사람들은 여전히 마녀의 예언에 귀를 기울이고 연금술사에게 재산을 갖다 바치거든. 기술혁신이 이루어지는 만큼 반대로 정서는 후

퇴하고 있지. 덕분에 우리 종족이 살기엔 최상인 시대가 됐다고 생각해."

종족이라니. 귀족들은 가끔 경계성이 모호한 단어를 선택한다. 저렇게 말하는 것도 그들 유행인가.

"너도 그렇게 생각하지?"

그가 식탁 의자를 빼 주며 그녀에게 물었다. 아벨라가 망설이다가 잠자코 의자에 앉았다. 이 층의 손님들은 모두 매너가 좋은 모양이라고 편하게 생각해 버렸다.

돔 스타일 센터피스의 꽃에서 향긋한 냄새가 풍겨 왔다. 테이블 위에 놓인 상아손잡이의 커트러리를 보고 있는 아벨라에게 집사가 메뉴판을 놓아 주었다.

"오늘의 오찬은 여덟 개의 코스로 나눠집니다."

음식의 순서와 종류를 적어 놓은 메뉴판에는 우선 애피타이저인 생굴과 감자 수프를 시작으로 절인 야채, 그리고 바닷가재와 소금을 친 육류, 주방장의 당일 추천요리를 외에 각각 여덟 개의 요리가 연달아 나올 계획이었다. 이것만으로도 배가 부르고 남을 텐데 그 아래에는 디저트와 크래커, 초콜릿, 치즈, 과일이 연달아 적혀 있었고 마지막으로 커피, 홍차, 물과 달콤한 캔디가 나올 것이라고 했다.

메뉴를 읽는 데도 한참이 걸린 그녀에게 첫 음식이 나왔다. 르네상스 양식의 굽이 달린 접시 위에 굴 두 개가 놓여 있었다. 집사가 갓 잡아 올린 거라며 싱싱함을 강조했다. 집사의 설명을 들으며 아벨라는 멀뚱히 음식을 바라보기만 했다. 아무리 좋은 진수성찬이라 해도 없던 식욕이 갑자기 생기진 않았다. 두 번째 음식이 나오고 세 번째 음식이 나왔지만 아벨라는 아무것도 먹지 않았다.

"전혀 관심이 생기지 않아?"

손도 대지 않은 음식이 식탁 위에 계속 쌓이자 마티어스가 물었다.

"맛도 보고 싶지 않을 정도야?"

그의 말에 아벨라가 지금껏 자신이 식사예절에 어긋난 행동을 하고 있음을 알고 얼른 포크 하나를 집었다.

"그 뜻이 아닌데."

마티어스가 그녀에게 포크를 내려놓으라고 지시했다. 아벨라는 다양한 커트러리 중에서 자신이 올바른 걸 들지 않았다고 생각해 얌전히 들었던 포크를 내려놓았다. 사실 세 개의 포크와 네 개의 숟가락. 그리고 크림 전용 수저까지 있는 상황에서 음식에 맞게 커트러리를 사용한다는 건 하녀인 그녀에게 어려운 일이었다.

"제가 어떤 걸 사용해야 하죠?"

"아무것도. 이건 보통 사람들의 식사니까. 집사, 식사는 다 나온 거지?"

"그렇습니다, 마티어스님."

"좋아."

마티어스가 자리에서 일어섰다.

"이건 일반적인 사람들이 하는 식사를 보여 주기 위함이야. 그들은 이런 것들을 먹지. 하지만 우린 아니야."

"우리요?"

아벨라가 말을 끝내기 무섭게 그가 크고 긴 식탁보를 잡아 당겨 식탁 위의 모든 것들을 바닥으로 쓸어 냈다.

와장창창.

식기들이 깨지고 음식들이 나뒹굴었다. 소란을 일으킨 그가 아무렇지도 않게 말했다.

"우리에게 이건 모두 쓰레기일 뿐이야."

그의 느닷없는 행동에 깜짝 놀란 아벨라가 자리에서 벌떡 일어났다.

"그대로 앉아 있어. 이건 하나의 교육이니까."

그의 말이 떨어지기 무섭게 이번엔 로렌즈가 그녀의 앞에 크리스털 잔을 놓아 주었다. 마티어스가 마시는 예의 적포도주가 담긴 잔이었다. 잔은 마티어스의 앞에도 놓였다.

"전 술을 마시지 않아요."

"이건 술이 아니야."

"포도주잖아요."

"색이 같다고 모두 포도주는 아니지. 향과 맛이 다르니까. 취한다는 공통점은 있지만 엄연히 달라."

아벨라는 크리스털 잔을 물끄러미 내려다보았다. 분명 붉은색의 적포도주로 보이는데 술이 아니라니 정체가 궁금했다.

"식사를 못 한다고 했지? 이걸 마시고 잃어버린 미각을 되찾도록 해."

"제 문제가 미각 때문이었나요?"

"정확히 얘기하자면 병이야."

"병?"

"그래. 난 너와 같은 병을 앓고 있거든. 병명은 음식 거부증. 이유 없이 음식을 먹을 수 없는 거지. 음식을 먹지 못하니 몸은 점점 말라가고 죽기 일보 직전이 돼. 수많은 의사들을 만나 원인을 알아내려고 했지만 돌아오는 말은 모두 원인 불명이었어. 그러다가 운 좋게 지금의 닥터 도르제를 만나게 됐지. 그를 만난 적 있지? 안경을 쓰고 낡은 코트를 입는 이곳의 담당 의사 말이야."

"알아요. 그 의사 선생님."

아벨라는 그를 기억하고 있다. 그가 준 약을 먹고 나서 기분 나쁜 두통도 사라졌는데 잊을 리 만무하다.

"그는 나의 주치의야. 나의 병은 그를 만나고 낫기 시작했어. 그가 만든 이 약을 먹고 나서부터지."

그의 말에 아벨라의 얼굴이 묘하게 변했다. 이걸 기뻐해야 하나? 동지를 만나다니 조금 신기하다.

"음식 거부증은 왜 생기는 거예요? 원인을 찾았나요?"

"원인은 몰라. 의사들은 그저 스트레스가 과하거나 정신적 충격을 받으면 발생한다고 말하더군. 이건 완치 불가능한 병이야. 그래서 꾸준히 관리해야 하지. 난 요즘 그 증상이 다시 시작됐어. 한 달째에 접어든 것 같군. 맞나, 로렌즈?"

날짜를 묻는 그의 말에 로렌즈가 조끼 주머니에서 시계를 꺼내더니 손가락 몇 개를 굽혔다 폈다.

"한 달하고 삼 일째입니다, 마티어스님."

손발이 멋들어지게 맞는 그들이었다. 아벨라는 두 사람의 거짓말에 진중한 얼굴을 했다.

"심각하게 생각할 필요 없어. 이걸 마시면 어느 순간부터 미각이 돌아오고 식욕이 살아나니까. 하지만 계속 식사를 하지 않고 버텨선 안 돼. 그대로 버티다간 죽음을 모면할 수 없어. 아비를 죽인 살인자를 찾지도 못한 채 죽고 싶지는 않지?"

그의 말에 아벨라가 식탁 아래 두 손을 꽈악 움켜쥐었다.

"물론이에요."

"그런데 왜 노력을 하지 않아?"

"네?"

"넌 노력은커녕 스스로를 돌보지 않고 있잖아. 사람은 음식을 통해 에너지를 얻고 생명을 유지해. 너라고 다르지 않아. 그런데 넌 무식하게 무조건 굶고 있어."

그의 말은 올바른 질책이었다. 잊고 있던 사실을 상기시켜 주는 따끔한 조언이기도 했다. 원수에게 듣는 조언이라니, 아벨라의 낯빛이 딱딱하게 굳었다.

"이 잔에 든 내용물은 뭐죠?"

그의 자극은 곧장 좋은 방향으로 흘러갔다. 아벨라가 약에 대해 경계심을 풀고 관심을 보였다. 마티어스의 입에 온화한 미소가 슬그머니 피어올랐다.

"닥터 도르제가 처방해 준 약이야. 약물의 이름을 들었는데 잘 기억이 안 나는군. 이미 복용해 봐서 효과는 체험했겠지?"

마티어스가 그녀의 의자 뒤로 걸어갔다. 그가 아벨라의 등 뒤에서 가만히 상체를 숙였다. 그녀의 귓가에 그의 얼굴이 가까이 다가왔다.

"그때 느낌이 어땠지? 분명 효과가 있었을 텐데."

속삭이는 그의 목소리는 어느새 작아져 있었다.

"두통이 사라졌어요."

"그리고?"

그리고 피를 보고 흥분하던 심장이 차분해졌다. 아벨라는 테라의 귀에서 흐르던 피를 보고 흥분했던 자신을 떠올리며 입술을 꾹 물었다.

"마음이 좀 차분해졌달까요. 그것뿐이에요."

"앞으론 그 이상의 효과를 볼 수 있을 거야. 귀가 열리고 시야가 트여서 훨씬 많은 것을 보게 되고 듣게 되지. 그땐 내게 화를 낼지도 몰라. 왜 진작 이것을 주지 않았냐고."

귓가에 그의 숨소리가 적나라하게 들렸다. 그는 필요 이상 너무 가까웠다. 말을 끝냈지만 자세를 고치지 않는 그로 인해 아벨라는 앉은 자리에서 한동안 벌을 서듯 미동도 하지 못했다.

"약은 얼마 동안 복용해야 하는 거죠?"

아벨라의 말에 마티어스가 소리 없이 웃었다. 원하는 답을 얻었다는 생각에 그가 굽혔던 허리를 드디어 일으켜 세웠다.

"길지 않아. 식욕이 돌아올 때까지만."

"매일요?"

"하루 세 번. 식사대용으로 꾸준히. 음식을 먹게 되면 끊고."

"약값은……."

"무상이야."

아벨라가 자신의 의자 뒤에 서 있는 그를 돌아보았다.

"제게 호의를 베푸는 이유를 알고 싶어요."

"같은 병을 앓고 있는 동지애랄까?"

"겨우 그런 이유로?"

"또한 나의 무한한 자애스러움 때문이지."

그 말을 하는 그는 진심인 듯했다. 거만함을 넘어서 오만해 보였지만 거짓은 없어 보였다. 하지만 아벨라가 모르고 있는 사실이 있다. 그의 관용은 지금 그의 눈앞에 있는 여자에게만 주어진다는 사실을 말이다.

"그 어떤 귀족도 명예를 더럽힌 하녀를 용서해 주는 관대함을 가지고 있지 않아. 돌로 머리를 때리는 무식한 하급 계층을 살려 두지도 않지. 넌 운이 좋은 거야. 나를 만났으니."

"대가도 없이 도와주겠다니 선뜻 믿음이 안 가요."

"공짜라고 얘기하진 않았는데. 대가를 받을 거다."

마티어스가 크리스털 잔을 들어 아벨라에게 내밀었다.

"네 얘기를 듣고자 한다. 모든 상관없어. 이왕이면 그동안에 있었던 일 전부를 듣고 싶군. 하녀인 아벨라 모리스가 기억하고 있는 모든 것을 아주 세세하게 말이야."

"저에 대한 얘기를요?"

"그래. 너에 대한 얘기를 해 주면 돼. 난 너의 이야기 속에서 찾아야 할 것이 많아. 네가 나에게 가지고 있는 적대감이 올바른 것인지도 알아내야 하지. 닥터의 요청이 있어서 기다리려고 했는데 임신 사건이 나를 그냥 있지 못하게 하는군. 난 그런 해프닝을 정말 싫어하거든. 너도 내 입장이 돼서 당해 보면 결코 좋아하지 않았을 거야."

그는 그 부분을 강조했다.

"그거 진짜 기분 더럽거든."

그가 들고 있는 잔을 부숴 버릴 것처럼 손에 힘을 주었다. 로렌즈가 아까운 피가 쏟아질 것을 염려하며 얼른 잔을 뺏어 챙겼다. 빈손이 된 마티어스가 잠시 흥분을 가라앉히고 다시 말을 이었다.

"그러니까 어때? 얘기를 해 볼 텐가? 널 이 층에 둔 이유는 그건데 말이야."

그가 대답을 독촉했다. 그의 시선을 받고 있자니 확실히 매혹이라는 단어가 떠오른다. 어떻게 눈동자가 저렇게 깊고 그윽할 수 있을까? 확실히 독보적인 회색 눈동자다. 그러나 아벨라는 현혹되지 않았다. 보고만 있어도 혼미해질 정도로 유혹적인 그 눈동자에 속지 않았다. 이유는 단 하나.

"살인자는 당신인걸요."

그 말을 하는 그녀의 목소리에는 그가 어떤 유혹을 해도 결코 넘어가지 않겠다는 확고한 믿음이 서려 있었다.

"아직도 날 살인자라고 생각해?"

"변하지 않는 사실이에요."

"그럼 내가 유일한 목격자인 너를 살려 두는 이유가 뭘까? 네가 무슨 가치가 있기에?"

"제가 알고 싶은 게 그거예요."

"내가 살인자라면 널 죽였을 거야. 목격자를 남겨 둘 필요가 없잖아. 하지만 난 그러지 않았지. 그건 역설하면 내가 살인자가 아니라는 반증이야."

"그렇지만 전 기억하고 있어요. 당신이 내 아버지를 죽이던 그날 밤을 아주 정확하고 또렷하게."

둘은 한 치의 양보도 없이 서로의 의견이 맞다고 강조했다.

"실로 그 기억의 진실이 궁금하군. 우리 둘 중 한 명은 분명 거짓말을 하고 있는 건데 대체 어느 쪽일까? 나는 아니니까 너?"

그의 손가락이 아벨라를 가리켰다.

"저는 아니에요."

"그럼 우리 둘 다 거짓말이겠군."

"아버지를 잃은 제가 거짓말할 이유는 없어요."

"좋아. 그렇다면 우린 각자의 진실을 규명하기 위해서라도 반드시 살인자를 찾아내야 하겠군. 그렇지?"

"맞아요."

"그럼 결정해. 어떻게 할 건지. 나의 협조는 흔하지 않아. 기회는 오늘뿐이다. 어떻게 할래?"

아벨라는 마지막으로 생각을 정리했다. 어쩌면 그가 조프리의 손에서 자신을 구해 준 건 사실 살인을 덮기 위해서가 아닐까? 더 이상 그 일이 언급되지 않게 하기 위해 선수를 친 걸지도. 하지만 그래야 하는 이유가 있을까? 귀족이 하녀를 죽이는 데에 걸리는 시간은 그들이 디저트 먹는 시간보다 오래 걸리지 않는다. 눈앞의 마티어스가 자신을 죽이는 건 일도 아닐 것이다. 그런 그가 먼저 협조를 제시했다. 과연 호의일까? 아니면 계략일까?

"저는 당신을 믿지 않아요."

"그렇게 보여."

"앞으로도 믿지 않을 거예요."

"그러길 바라."

두 사람의 시선이 허공에서 얽혔다. 그의 속내가 뭔지 알 수 없지만 그녀가 선택할 수 있는 다른 게 있지도 않았다. 거절은 어리석다.

"이거 독배는 아니죠?"

"성배도 아니야. 난 그렇게 착한 남자가 아니거든."

"이미 눈치챘어요."

아벨라가 식탁 위에 놓인 크리스털 잔을 들고 망설임 없이 들이켰다. 입안 가득 퍼지는 맛이 기묘했다. 부드러운 물 같기도 하고 말로 설명할 수 없는 특유의 냄새가 나는 것 같기도 했다. 아벨라는 내용물을 목구멍 아래로 모두 삼켰다. 그 모습을 지켜보던 마티어스가 빙그레 웃었다. 그러고는 자신의 잔을 들고 허공을 향해 외쳤다.

"아벨라 모리스의 첫 오찬을 위하여."

그의 감미로운 건배사 속에서 두 사람은 누군가의 피를 함께 마셨다.


신시아의 방에 로렌즈가 찾아왔다. 문을 열어도 되냐는 노크를 세 번씩이나 했으나 안에선 허락의 말이 떨어지지 않았다. 어쩔 수 없이 들어가겠다는 목소리를 내고 문을 열자 치장에 열중하던 신시아가 눈을 부라렸다.

"안에 있으면서 모르는 척하기는."

화장대 거울 앞에 찰싹 달라붙어 있던 신시아가 무슨 일이냐며 신경질부터 냈다.

"숙녀의 방에 함부로 들어오다니 무슨 예의야?"

"레이디야 말로 누군 줄 알고 노크를 무시해?"

눈썹을 그리던 신시아가 로렌즈를 비웃었다. 나머지 한쪽 눈썹을 그리기 전이라 미모의 얼굴이 우스꽝스러워 보였다.

"이 조용한 새벽에 숙녀의 방을 노크하는 사람의 흑심은 뻔하지. 설마 하녀겠어?"

"듣고 보니 그렇군. 외출 전이야? 아니면 후?"

"후. 하지만 다시 나갈 거야."

"곧 아침 해가 뜰 텐데 너무 무리하는 거 아니야?"

"사방이 먹잇감인데 잠자코 있을 수가 있어야지."

신시아는 사냥꾼으로서 어둠과 빛이 공존하는 여명이 제일 스릴 있다고 말했다.

"레이디의 식사만 잘 챙겨서 먹도록 해. 그분의 것은 내 담당이니 신경 쓰지 말고. 여명의 빛은 어둠을 밀어내는 첫 빛이기 때문에 레이디의 피부에 좋지 않아."

"어머. 속도 깊으셔라."

"오늘은 앙글레즈 스타일이로군. 아름다워, 레이디."

머리카락을 길게 말아서 늘어트리는 스타일을 앙글레즈anglaise 라고 한다. 프랑스어로 잉글랜드나 영국풍이라는 의미로, 요즘 귀족 여성들에게 인기 있는 헤어스타일이었다.

"용건만 말해. 내 방에 패션테러리스트인 로렌즈가 들락거린다는 소문이 나면 내 명성에 치명타거든. 난 자타가 공인하는 사교계의 유행 메이커야. 어제도 백작 부인이 자신의 파티 드레스를 골라 달라면서 마차를 직접 보냈단 말이야. 할 말이 뭐야?"

"오늘도 내 옷차림이 마음에 안 들어, 레이디?"

"몰라서 물어? 지금은 로맨틱 스타일 시대야. 낭만을 최고로 치는 때란 말이야. 당신처럼 레이스 장식 셔츠를 입지 않는다고. 상류계 층의 멋쟁이 신사들은 모두 칼라에 풀을 먹여 빳빳이 세운 셔츠를 입어. 그 정도는 봐서 알 텐데 따라 하지도 못해?"

"그거 목 아파. 까슬해서 생채기도 나."

로렌즈는 어린 아들이 엄마의 훈계에 변명하는 것처럼 뚱한 표정을 지어 보였다.

"맙소사. 지금 그게 불편하다고 변명하는 거야?"

"변명은 아니지만 나는 그렇다는 얘기야."

"유행이란 말이야. 모두가 즐기고 좋아하기 때문에 유행하는 거야. 그만큼 보기 좋고 멋지니까 입는 거라구. 그렇게 함으로써 당신의 신분이 드러나고 명예가 돋보이고 신사의 밑바탕이 만들어지는 거 아니겠어? 그런데 목이 좀 따끔하다고 싫다니 말이 돼?"

유행에 민감한 신시아가 흥분했다. 얼마나 흥분했는지 그녀가 거울에서 눈을 떼기까지 했다.

"그런가? 그래도 아직은 파티에 나가면 아가씨들이 말을 걸어 주던데."

"오, 신이시여. 얼마나 인기 없는 여자들이길래 남자한테 먼저 말을 건담."

신시아는 진심으로 혐오스럽다며 자존심이 없는 여자들은 존재 가치가 없다고 잘라 말했다.

"어쨌든 레이디가 바쁜 것 같으니 소식만 전해 주고 나가도록 할게. 그녀가 드디어 인간의 피를 마셨어."

신시아의 손에 있던 펜대가 툭, 하고 부러졌다.

"그녀가 피를?"

"그래. 레이디도 이미 눈치채고 있었겠지만, 그녀의 몸이 비정상적으로 마른 건 다치고 난 뒤 제대로 된 보충을 하지 못했기 때문이야. 그녀는 자신이 정상인이 아니라는 걸 모르니까 흡혈을 하지 못했겠지. 피를 마셔야 된다는 이유도 모르고 방법도 모르니 그저 굶었을 수밖에 없었을 거야. 닥터 도르제는 기억을 잃은 그녀에게 무작정 피를 주면 혼란이 생길지 모른다며 기다리자고 한 상태였어. 그런데 며칠 전 해프닝이 마티어스님을 자극한 모양이야. 임신 사건 말이야."

신시아는 애써 태연하게 대꾸했다.

"아니라고 판명 났는데 자극받을 게 뭐 있어?"

"레이디. 사내는 그런 일에 눈이 뒤집혀."

"뱀파이어가 임신이 될 리 없잖아. 다들 알면서 왜 그래?"

"알아. 다들 알고 있는 사실이지. 하지만 알면서도 흥분한 건 그렇게 되면 좋겠다는 희망 때문이야. 우리는 애초에 인간이었으니까."

로렌즈의 말에 신시아는 잠시 아무 말도 하지 않았다.

"마티어스님이 그녀에게 거짓말을 해서라도 피를 마시게 하는 건 꼭 그녀의 건강을 염려해서만이 아니야."

"그럼?"

"마티어스님의 몸이 거의 복구됐어. 생각보다 빠른 회복력이지. 그래서 이제 남은 건 그녀를 그렇게 만든 적들을 찾는 일뿐이라고 생각하셔. 적의에 불타는 그분의 의지는 상상을 초월해. 누구든 관련된 자는 용서받지 못할 거야."

로렌즈는 바닥에 떨어진 부러진 한쪽 펜대를 주워 신시아의 손에 놔주었다. 신시아는 로렌즈가 주워 준 펜대를 버리고 서랍에서 새 펜대를 꺼내 다시 눈썹을 그리기 시작했다.

"그래서 대체 무슨 말을 전해 주려고 여기까지 온 거야?"

"그녀의 기억이 돌아와도 괜찮아?"

신시아의 손에 있던 펜대가 와그락 우그러졌다. 그녀의 눈이 갑자기 사나운 붉은빛을 띠며 화르르 타올랐다.

"네놈이 감히 또!"

화가 난 신시아의 손톱이 확 길어졌다. 그녀가 이빨을 드러내며 거친 숨을 내뱉었다.

"또 내게 그런 말을 지껄여!"

"그녀가 죽어도 마티어스님은 레이디를 택하지 않을 거야."

"그래서 뭐! 내가 뭘 어쨌다고 나한테 자꾸 그런 말을 하는 거야? 그녀의 기억이 돌아오든 말든 나랑 무슨 상관이라구!"

신시아가 로렌즈를 노려보며 성큼성큼 걸어왔다. 갈고리처럼 날카롭게 변한 그녀의 다섯 손가락이 당장에라도 로렌즈의 입을 찢을 듯 허공에서 카랑거리는 마찰음을 냈다.

"너의 의심증은 정말 지겨워! 왜 자꾸 날 죄인 취급하는 거야? 내가 죄라도 졌어? 증거도 없으면서 왜 매번 날 괴롭히는 거야?"

"흥분을 가라앉혀, 레이디. 내가 레이디를 밀고하는 일은 결코 없을 거야. 신사의 명예를 걸고 약속해. 하지만 마티어스님이 진실을 알게 돼서 레이디를 데리고 오라고 하면 난 그 명령에 응할 수밖에 없어."

"당연하지! 명령이나 받드는 심복이 달리 할 수 있는 게 있겠어? 하지만 잘 알아둬. 마티어스님은 이미 우리 관계를 알고 계시니까 네 말은 눈곱만큼도 신뢰하지 않으실 거라는 걸! 네가 날 짝사랑하고 있다는 걸 그분도 알고 있는 이상 네 의견은……!"

소리치던 신시아가 놓치고 있던 것을 기억해 낸 듯 '아' 하고 탄성을 내질렀다.

"아아, 그래. 맞아. 그랬지. 바로 그거야. 당신은 날 몰래 짝사랑하고 있었지. 내가 그걸 잊고 있었네."

신시아가 로렌즈를 향해 흐응, 하고 콧소리를 냈다. 그녀가 노골적으로 색기를 흘리기 시작했다.

"신시아. 그만둬."

로렌즈가 그러지 말라며 자신을 향해 다가오는 신시아를 제지했다. 신시아가 거추장스러운 드레스를 벗어 버렸다. 뇌쇄적인 여체가 여실히 드러났다.

신의 축복을 받은 육감적인 몸이다. 미의 여신 아프로디테는 비교 대상조차 되지 않을 만큼 여성성이 최고의 비율로 자리 잡아 있었다. 매끄러운 어깨선 바로 아래 탐스럽고 풍만하게 자리 잡은 가슴과 잘록한 허리. 그리고 그 아래 비밀의 숲과 그걸 지탱하고 있는 길고 쭉 뻗은 다리는 찬사를 보내고도 남을 만큼 숨이 막혔다. 신시아는 뱀과 같은 긴 팔을 뻗어 로렌즈의 목에 둘렀다.

"뭘 그만둬? 당신은 언제나 날 안고 싶어 안달하잖아."

그녀가 자신의 가슴을 그의 얼굴을 향해 들어 올렸다. 살내가 물씬 풍겼다. 로렌즈는 실수하지 않기 위해 몸에 잔뜩 힘을 주었다. 신시아가 자신의 한쪽 다리를 들어 그의 다리 사이에 밀어 넣었다. 실오라기 하나 걸치지 않은 나체가 은밀하게 밀착됐다. 그녀의 무릎이 로렌즈의 남성을 살포시 짓눌렀다.

"마티어스님은 네 말을 믿어 주지 않으실 거야. 짝사랑하는 여자가 오로지 다른 남자만 쳐다보고 있으니 질투가 나서 모함하는 거라고 생각하실 거야. 증거가 없는 당신의 말을 믿어 줄 리 없어."

신시아가 로렌즈의 손을 들어 자신의 가슴 위에 올려놓았다.

"날 안고 싶어 죽겠지? 언제나 욕정이 가득한 눈으로 내 가슴과 엉덩이를 훑잖아. 아니야?"

로렌즈는 애써 부정하지 않았다.

"맞아."

"하룻밤 함께해 주길 원하지?"

"그래."

로렌즈가 유혹을 이기지 못하고 신시아의 가슴을 움켜잡았다. 힘을 느낀 신시아가 그의 귓가에 교태스러운 신음을 길게 내뱉었다.

"아아, 로렌즈. 너무해."

그녀의 붉은 혀가 그의 귓가를 한 바퀴 맴돌았다. 끈적한 타액이 그의 귀를 적셨다. 신시아의 혀가 이번엔 그의 귀를 타고 내려와 볼에 머물고, 그 볼을 애무하더니 그의 입술 앞에서 멈췄다. 특별한 기교도 아닌데 그녀의 행위가 얼마나 완벽하게 애간장을 녹이는지 로렌즈는 진심으로 미칠 것 같았다. 관능미의 대명사라 불리는 신시아인 것은 알았지만 실제로 그동안 그녀와 간단한 터치도 없던 터라 이 정도일 줄은 몰랐다.

"로렌즈. 네 마음 이해해. 그동안 얼마나 애가 탔으면 신사의 명예도 버리고 바로 내 유혹에 항복하겠어?"

"신시아."

"하지만 어쩌지? 내 마음속엔 영원히 그분뿐이라 네겐 그 어떤 것도 허락할 수 없는데."

신시아가 자신의 가슴 위에 올려놓은 로렌즈의 손을 확 비틀었다. 순간적인 공격에 로렌즈가 방어하지 못한 채 짧은 비명을 내뱉었다.

"꿈 깨, 로렌즈."

신시아가 붉디붉은 눈동자로 사납게 쏘아 붙였다.

"모든 남자들이 애걸복걸하는 이 몸은 오로지 그분에게 바쳐질 몸이니 넌 안 돼. 그러니 헛물 그만 켜고 내 방에서 꺼져. 당장!"

신시아가 화장대 앞의 의자를 로렌즈에게 던졌다. 정확한 조준은 아니라서 맞진 않았지만 바닥에 거칠게 내팽겨진 의자는 박살이 났다. 로렌즈가 진정하라며 두 손을 내밀어 보였으나 흥분한 신시아가 그의 말을 들을 리가 없었다. 신시아의 손이 이번엔 화장대를 집어 들었다.

"레이디! 거기까지!"

로렌즈가 항복의 의미로 두 팔을 들어 보였다.

"내 실수야. 내가 잘못했어. 다신 그런 헛소리 하지 않을게. 당장 사라질 테니 그건 내려놔. 거울 없이 하루도 못 살잖아. 여자가 그런 식으로 힘자랑하는 거 아니야. 오케이. 나가. 나간다구."

로렌즈가 뒷걸음질 치는 듯하더니 커튼을 확 뜯어 신시아의 몸을 향해 던졌다. 나체인 그녀의 몸을 가려 주기 위해서였다.

"저게 끝까지!"

조금 전 유혹에 넘어가 가슴을 움켜쥔 게 누군데 이제 와서 신사인 척 군다. 신시아가 문을 열고 도망치는 로렌즈를 향해 기어코 화장대를 던졌다.

와장창창.

닫힌 문이 부서질 듯 엄청난 소리를 냈다. 로렌즈가 놀란 가슴을 쓸어내리며 얼른 자리를 피했다. 하지만 돌아서는 그의 얼굴은 어느새 평소처럼 다시 진중하게 변해 있었다.

신시아의 말은 모두 맞다. 그에겐 심증만 있고 물증이 없다. 물증을 잡기 위해 미행도 해 봤지만 이상한 점은 찾아내지 못했다. 그런데도 그는 여전히 신시아를 의심했다. 짝사랑의 대상인 그녀를.

로렌즈는 자신의 손을 내려다보았다. 여전히 손안에 신시아의 여체가 느껴지는 것 같았다. 이성적인 신사라 자부하는 자신이었건만, 농익은 여체 앞에서는 보기 좋게 흔들리고 말았다.

"하긴. 누구든 남자로 태어났다면 레이디의 유혹을 이길 수 없지. 마티어스님 빼고."

그가 신시아의 방문을 다시 돌아보았다. 이곳에 오기 전 마티어스에게 물었다. 이런 식으로 아벨라에게 피를 줘도 괜찮은지를.

"괜찮지 않으면? 굶어 죽을 때까지 그냥 지켜보라고?"

"하지만 닥터 도르제는……."

"그만."

그가 노기를 띤 얼굴로 로렌즈의 질문을 막았다.

"너라면, 네 여자가 널 기억도 못 하는데 그냥 지켜만 보고 있을 수 있나?"

그가 무의미한 질문을 한 로렌즈를 언짢아했다. 로렌즈는 반박하지 못하고 그저 고개를 숙였다. 당연히 눈 감고 있지 못한다. 누가 감히 손 놓고 있겠는가. 사랑하는 내 여자에게 문제가 생겼는데.

"그러니 레이디. 뭔가를 숨기고 있다면 부디 내게 알려 줘. 내가 널 도울 수 있게."

오늘처럼 신시아가 계속 떳떳하면 좋겠다. 그래서 더 이상 그녀를 걱정하는 일이 없었으면 좋겠다. 로렌즈는 굳건히 닫힌 신시아의 방문을 바라보며 그런 소망을 빌었다.


아그작거리는 소리가 방을 울렸다. 부서진 화장대에서 떨어져 나온 유리를 신시아가 밟아 대는 소리였다. 유리에 찔린 발에서 피가 흘러나왔지만 잔뜩 흥분한 신시아는 그 사실을 인지하지 못한 채 맨발로 유리 파편 위를 몇 번이나 오고 갔다.

"가식적인 중년 신사 같으니. 대체 번번이 왜 저러는 거야? 뭘 알아내기라도 한 거야? 아니면 그냥 떠보는 거야?"

이유가 뭐든 마티어스의 심복인 로렌즈가 의심을 한다는 건 몹시 불편한 일이다. 신시아는 깨진 거울 조각에 비친 자신의 나체를 보았다. 실오라기 하나 걸치지 않은 몸 군데군데 흐릿한 상처 자국이 있었다. 매끈한 두 다리 아래 양 발목에는 제법 선명한 붉은 자국도 보였다. 신시아는 족쇄처럼 자리 잡은 그 상처 자국을 한참 바라보았다. 완벽한 그녀의 몸에 왜 이런 상처들이 있을까.

상처들은 6개월 전 생긴 고문의 흔적이었다. 다행히 시간이 지날수록 점점 흐려지긴 했지만 고통스러운 기억까지 없애진 못했다.

"그래. 알고 있어. 클로에가 기억을 찾는 순간 나의 미래도 결정될 거라는 걸. 그게 오늘이 될지, 내일지 될지, 혹은 몇 년 후가 될지 모르지만 배신자의 말로가 결코 아름답진 않겠지."

그 일로 인해 마티어스까지 다쳤으니 동정의 여지도 없다. 살고 싶다면 도망만 남았다. 그것만이 목숨을 부지할 수 있는 유일한 방법이다.

"하지만 난 도망 안 가. 그럴 생각 추호도 없어."

신시아는 애써 약해진 감정을 추스르며 헝클어진 머리카락을 매만지고 엉망이 된 화장을 다시 했다. 눈썹을 그리는 손이 잠시 가늘게 떨렸지만 이내 정상으로 돌아왔다. 후회는 수없이 했다. 반성도 많이 했다. 죄책감과 자책에 시달려 답지 않게 슬피 울기도 했다. 하지만 그뿐이다. 벌에 대한 두려움도 짝사랑하는 마음을 이기진 못했다.

"난 죽는 한이 있더라도 마티어스님 곁에서 죽을 거야."

뻔뻔하고 양심 없다고 손가락질해도 그녀가 그렇게 결정한 이상 아무도 그녀를 비난 할 수 없다. 후회도 없다. 버틸 수 있을 때까지 버티면서 그를 사랑하리라.

그때였다. 문밖에서 방문을 두들기는 소리가 들렸다.

"아가씨. 하녀장 테라입니다. 큰 소리가 들렸는데 별일 없으신가요?"

다급하게 두들기는 노크소리와 함께 테라가 걱정스러운 목소리를 냈다.

"대답해 주세요. 괜찮으십니까? 문을 열고 들어가도 될까요?"

테라의 목소리에 신시아의 길고 세련된 눈이 문득 가느다랗게 변했다. 조금 전의 흥분으로 인해 아직 붉은 기가 채 가시지 않은 두 눈동자였다.

"그래. 테라라는 저 계집. 가만히 생각해 보니 변종에게 죽을 뻔한 클로에를 발견한 것도 바로 저 계집이었어. 눈에 거슬린다 싶더니 처음부터 저 계집이 문제였던 거야. 저것만 없었더라면 클로에는 영원히 기억을 잃은 채 하녀로 살고 있었을 텐데 저게 문제였어."

신시아는 로렌즈가 던지고 간 커튼으로 몸을 감싼 뒤 문을 열었다.

"아가씨. 괜찮으신가요? 어디 다치신 데는 없으신가요? 방 안에서 뭔가 부서지는 소리가 들려서……."

말을 하던 테라가 문틈 사이로 얼핏 보이는 방 안 광경을 보고 놀란 표정을 감추지 못했다.

"아가씨. 이게 대체……."

지금은 새벽 다섯 시 반이었다. 하녀들이 눈을 뜨기엔 늦은 아침이었지만 귀족들에게는 이르고도 이른 시간대였다. 이 시간에 자고 있지 않은 귀족이라니 흔한 일이 아니다. 더구나 밤새 싸움이라도 했단 말인가. 난장판인 방은 도통 무슨 일이 일어난 건지 상상조차 되지 않았다.

"방의 가구를 다시 들여야겠어. 기존 건 마음에 안 들어서 말이야. 목수에게 거울이 세 개 달린 큰 화장대를 만들라고 해. 나의 아름다움이 사방에서 잘 보이게 아주 큰 거울을 단 화장대 말이야. 듣고 있어?"

"네? 아, 네. 목수에게 말을 해서……."

"여긴 다른 하녀들이 치우게 하고 넌 나를 따라오도록 해."

"네?"

"외출을 해야 하는데 화장대가 깨져서 치장을 할 수 없잖아. 보고도 몰라? 머리며 화장이며 엉망이잖아."

신시아는 무슨 일부터 해야 할지 몰라 당황하는 테라에게 무작정 따라오라고 말했다.

"외출 계획이 있으신가요? 이 새벽에?"

"남자를 만나는데 시간을 따지는 건 무의미한 일 아니야?"

"아, 네. 맞습니다. 옳으신 말씀이에요."

테라는 부끄러움도 모르는 신시아를 속으로 욕했지만 자동반사적으로 그녀의 의견에 적극 동조하며 기계적인 대답을 하고 또 했다.

"새 드레스가 필요해. 입고 있던 드레스가 찢어졌거든. 이럴 때 하녀장은 손님을 위해 어떤 조취를 취해 줄 수 있지?"

이럴 때 어떤 조취를 해야 할지 테라는 알지 못했다. 이게 바로 교육과 경험에서 오는 노하우였지만 고속 승진을 해 버린 탓에 그런 건 가지고 있지 못했다. 그래도 눈칫밥 먹은 세월이 긴 탓에 테라는 잔머리를 굴려 약삭빠르게 대답했다.

"저희는 오늘 같은 상황을 대비해 여벌의 드레스를 준비해 놓고 있습니다. 제가 그곳에 가서 아가씨께 맞는 사이즈가 있는지 확인해 보고 오고 올게요. 잠깐 기다려 주시겠어요?"

"그곳 위치는?"

"일 층이에요."

"그럼 그곳으로 가."

"여기서 기다리시면 제가 가지고 오겠습니다."

"벌거벗은 채로 여기에 서 있으라고?"

커튼으로 가슴과 중요 부위만 묘하게 가리고 있는 신시아가 무슨 황당한 말이냐며 테라를 쏘아보았다. 귀걸이 사건으로 이미 기싸움에서 진 테라가 얼른 앞장섰다. 등 뒤로 식은땀이 흘렀다.

'어쩌지? 거짓말이었는데 따라오겠다니. 난 몰라. 진짜 이 여자,

갈수록 괴롭게 하네.'

테라가 넓은 복도에서 방황했다. 신시아는 그런 테라의 속마음을 이미 꿰뚫은 듯 마음을 편하게 가지라며 다독였다.

"너무 고민할 필요 없어, 테라 하녀장. 나는 꼭 거기가 아니어도 되거든. 사람이 없는 곳. 그저 그런 곳이면 돼."

크리스털 글라스.

독배도 아니고 성배도 아니라는 그것은 실로 오묘한 맛이었다. 확실히 닥터 도르제가 건네주었던 그날의 약과는 분명 다른 뭔가가 있는 듯했다. 뭐라고 설명하면 좋을까, 이 맛을. 도르제가 준 약이 탁하고 걸쭉한 쓴맛을 남겼다면 마티어스가 준 약은 신선했으며 시원했고 목 아래로 넘기는 걸 느끼지 못할 만큼 부드러웠다. 약은 몸에 흡수가 잘 되는지 시간이 지날수록 마음을 편하게 해 주었다. 신기한 일이었다. 그리고 동시에 몹시 의아한 일이었다.

"내게 병이 있었다니."

그것도 처음 듣는 생소한 병명 음식 거부증.

"기분은?"

같은 병을 앓고 있다는 마티어스가 그녀에게 물었다. 밤낮이 바뀐 생활을 하던 그는 아벨라가 이 층 생활을 하기 시작한 뒤부터 아침에 일어나기 시작했다.

"나쁘지 않아요."

"그것뿐?"

"오랜만에 잠을 푹 잤어요. 이 약을 먹으면 몸이 나른해져요. 기분은 좋은데 기운이 빠지는 느낌이랄까. 이유 없이 노곤해져요."

"죽은 세포가 재생하기 위해 몸이 휴식을 필요로 하는 거야. 그럴 땐 아무 생각 없이 수면을 취하도록 해. 반복하다 보면 어느 날 몸에 활력이 돌아오는 걸 느끼게 될 거야. 그러고 보니 밤새 안색이 좋아 졌군."

컨디션은 그도 나빠 보이지 않았다.

"오늘의 아침 식사야."

그가 어제와 같은 크리스털 글라스를 내밀었다. 아벨라는 군소리 없이 그걸 받았다. 잔을 받을 때 그의 손가락이 그녀의 손등을 가만 히 훑고 지나갔다. 뜻밖의 행동에 놀란 그녀가 본능적으로 손을 확 움츠렸다. 바닥으로 떨어질 뻔한 유리잔을 그가 재빨리 받아 냈다. 하마터면 아까운 약을 그대로 낭비할 뻔했다.

"왜 그래?"

착각인가. 아니면 혼자만의 오해? 조금 전 분명 고의적으로 손등 을 훑었다고 생각했는데 그는 마치 무슨 일이 있냐는 듯 태연히 왜 그러냐고 되물었다. 아벨라는 그의 차가운 손길이 아직 남아 있는 자신의 손등을 내려다보며 고개를 내저었다.

"아뇨. 아무것도 아니에요."

아벨라는 그가 내민 잔을 다시 받았다. 이번에는 조금 전 같은 묘 한 터치는 일어나지 않았다. 역시 혼자만의 오해인 모양이다. 그녀가 약을 마시자 마티어스도 똑같이 잔을 들어 피를 마셨다. 그의 눈동자 가 잠시 그녀를 몰래 보고 갔다. 진중하고 그윽한 시선. 그리고 안도 하는 마음이 깃든 시선. 그는 그녀가 살아 있음을 감사하고 있었다.

세상에 존재하는 최상의 피는 살아 있는 인간의 피다. 짐승의 피 가 그다음이고 최악의 피가 죽은 자들의 썩은 피다. 양질의 피는 체 내 흡수력도 좋다. 그러므로 효과도 최상이다. 짐승의 피를 아무리 많이 마신다 한들 인간의 피 한 잔과 비교할 수 없다. 질적으로 다르 기 때문에 비교 자체가 무의미하다. 아벨라가 마시고 있는 건 인간 의 피였다. 그것도 깨끗한 피.

닥터 도르제가 기억을 잃은 그녀에게 약을 빌미로 썩은 피를 마시게 한 건 현명한 방법이었다. 이유야 어쨌든 그걸 바탕으로 신선한 피를 마실 수 있게 됐으니까 말이다.

"지금 자신의 모습이 어떤지 알아?"

내용물을 모두 마시고 내려놓는 아벨라에게 마티어스가 물었다. 의아한 질문이었다.

"아뇨."

"왜 모르지?"

"녹록지 않은 삶을 살았으니까요."

그가 자신을 따라오라고 했다. 그가 앞장서고 아벨라가 그 뒤를 따랐다. 두 사람은 커다란 룸으로 이동했다.

"거울을 봐."

그가 거울을 보라고 했다. 의아한 마음이 앞섰지만 잠자코 그의 말을 들으며 거울 앞에 섰다. 그 순간이었다. 그녀의 두 눈동자가 움찔거리며 크게 떨리기 시작한 것은.

"……이 모습."

목소리가 떨렸다.

"이게 나예요?"

그녀가 거울 앞으로 걸어가 거울 속의 자신을 만졌다. 손끝에 만져지는 차가움이 팔을 타고 올라왔다.

"정말 이게 나예요?"

낯선 얼굴이 되어 버렸다는 건 지방 귀족의 집에서 처음 눈을 떴을 때 알았다. 하지만 이렇게 거울을 통해 얼굴을 자세히 본 건 오늘이 처음이었다. 푹 꺼진 눈 아래 지방 하나 없이 말라 버린 껍질 같은 가죽살의 소유자. 아벨라는 자신의 얼굴을 보자 비참함에 눈물이 나려 했다.

"나는 몰랐어요. 내가 이렇게 생긴 줄은. 내가 이렇게 생겼군요. 이게 내 얼굴이었군요."

앙상한 뼈를 드러낸 골격은 안타깝다 못해 서글펐다.

"계속 이러고 살았다니 믿기지 않아요. 마르고 연약하고…… 참 못생겼네요."

눈가에 소리 없이 고이던 눈물이 마른 뺨 위로 흘러 내렸다.

"사람들이 내게 불친절했던 이유를 알 것 같아요. 단순히 볼품없는 차림 때문이라고 생각했는데 그게 아니었던 모양이에요. 나는 형언할 수 없을 만큼 보기 흉한 여자였네요."

아벨라는 진심으로 슬펐다.

"머리카락이 엉망이에요."

"불에 타서 그래."

"어떻게 알아요?"

"머리카락 끝을 잘 봐. 가위로 대충 잘랐다고 해도 끝이 이렇게 되진 않아."

그의 말에 아벨라가 또다시 눈물을 떨궜다.

"걱정 마. 머리카락이야 금방 자랄 테니. 길든 짧든 뭐든 잘 어울리는 얼굴이니까 스타일을 바꿨다고 생각해."

그의 위로에 아벨라가 그를 바라보았다.

"왜? 내 말이 거짓말 같아?"

"아뇨. 너무 큰 위로라서요. 당신에게 위로를 받다니 기분이 이상하네요."

"네가 날 믿고 따라와 주기만 한다면 난 네 병도 완벽하게 고쳐 놓을 수 있어."

자신만만한 그의 말을 전부 믿은 건 아니지만 안심은 됐다. 아벨라는 마음을 진정시키며 눈물을 닦아 냈다.

"약을 많이 먹으면 보다 빨리 회복될까요?"

"물론이지. 도르제의 약은 먹는 만큼 가속도가 붙어 회복력을 발휘한다는 장점이 있어. 염려 마. 후유증이나 부작용은 없으니까. 사람이 평생 음식을 먹는다고 해서 몸에 문제가 생기진 않잖아. 오히려 건강해지지."

그가 앞으로 변화하는 신체를 거울을 통해 확인하라고 말했다.

"아마 네 본모습을 보면 깜짝 놀랄 거야."

"왜요?"

"미치게 아름답거든."

그가 정말이라고 덧붙였지만 아벨라는 시시한 농담으로 생각해 귀담아듣지 않았다.

"그리고 한 가지 더. 네가 음식을 먹지 않는 병에 걸렸다는 걸 사람들이 알지 못하게 해. 그게 누구든 절대."

"비밀로 하란 말인가요?"

"그래. 사람들은 음식을 거부하는 너를 이상하게 생각할 거야. 악마가 씌었다고 수군거리거나 불길한 마녀로 몰아세워 죽이려 할지도 몰라. 난 음식 거부증에 걸렸다는 이유만으로 귀족임에도 불구하고 석탑에 갇혀 살았어. 돌팔이 의사가 날 정신병자로 몰아붙였거든. 덕분에 내 인생의 반은 감금과 퇴원을 반복하는 생활이었지. 그때 내가 받은 상처는 말로 설명하기 부족해."

물론 거짓말이다. 하지만 그 사실을 모르는 아벨라는 그의 말을 명심했다. 아벨라는 아무에게도 자신의 병을 말하지 않겠다고 다짐의 고갯짓을 했다.

"세상에 음식을 먹지 않고 사는 사람은 없어. 하녀장이 널 오해한 것도 어쩌면 당연한 일이었을지도 몰라."

"충고 기억할게요."

"좋아. 그럼 본론으로 들어가도록 하지. 전에 말했다시피 난 그동안 네가 어떻게 살아 왔는지 알고 싶어. 우린 서로 협조하기로 했으니 그 약속을 지금 이행해 줬으면 하는데."

"그 전에 약부터 주세요."

뜻밖의 말에 그가 다소 놀랍다는 얼굴을 했다. 하지만 놀라움도 잠시. 그는 곧바로 로렌즈를 불렀다.

"로렌즈."

그의 부름에 룸 앞에서 대기하던 로렌즈가 가볍게 목례를 하며 안으로 들어왔다.

"부르셨습니까?"

"아벨라양에게 약을 가져다줘."

"그러겠습니다."

"신선한 걸로."

"알겠습니다."

뜻을 알아들은 로렌즈가 밖으로 나가고 얼마 뒤 약을 가져왔다. 크리스털 잔 안에 붉은색이 예쁘게 찰랑거렸다. 아벨라는 물을 들이켜듯 단숨에 그것을 마셨다. 일말의 거리낌이나 거부감도 없었다. 거울을 본 게 무척 자극이 된 모양이다. 잔을 내려놓은 아벨라가 입을 열었다.

"어디부터 얘기하면 되나요?"

"아비가 죽기 직전의 얘기부터 시작해 보지."

그가 이야기가 길어질 것을 대비해 의자에 앉았다. 그를 따라 반대편 의자에 아벨라가 앉았다. 둘은 서로를 마주 본 채 잠시 침묵의 시간을 가졌다. 이윽고 아벨라가 마음의 준비를 마쳤는지 차분하게 과거를 회상하며 이야기를 시작했다.

나의 이름은 아벨라 모리스.

나이는 열한 살. 아빠와 깊은 산속에서 수렵을 하며 살다가 나의 심장병을 고치기 위해 런던으로 왔어요. 런던에는 의사이자 아빠의 친구가 있다고 했어요. 아빠는 그를 만나면 나의 병도 고쳐질 거라고 했죠.

우린 아빠의 친구를 만나기 위해 항구에 가서 그를 기다렸어요. 하지만 문제가 생겼어요. 주머니 사정이 넉넉하지 않아서 숙박비를 해결하지 못하게 된 거죠. 친구로부터는 여전히 연락이 없었어요. 아빠는 당장 쫓겨날 판국에도 꿋꿋이 친구를 만나기 위해 노동을 하며 버텼죠. 그러나 그게 문제였어요. 아빠의 다리가 철근에 깔려 절단이 됐거든요.

어린 나는 할 수 있는 게 없었어요. 아빠의 피가 낡은 침대 위를 흠뻑 적셔도 그저 눈물을 흘리는 게 다였죠.

며칠 후에 드디어 기다리던 아빠의 친구가 나타났어요. 그의 이름은 마티어스.

나는 침대 위에서 잠든 척을 하며 두 사람의 대화를 들었어요. 두 사람은 이상한 대화를 나눴어요. 어린 내가 이해하기 힘든 대화들이었죠. 하프. 생존의 방법. 미하이의 딸. 사교계 데뷔. 진상품. 그리고 뱀파이어라는 단어.

모두 처음 듣는 단어들이었지만 나는 똑똑히 머릿속에 기억해 뒀죠. 그때였어요. 갑자기 창문이 흔들리며 저 멀리서 기이한 짐승의 소리가 들렸어요. 아득히 먼 곳에서 들렸지만 분명히 들었어요. 방에 있던 두 사람도 기괴하고 소름끼치는 그 소리를 들은 듯했어요. 아빠가 마티어스에게 독촉했죠. 아이를 사교계에 데뷔시켜 주는 대가로 자신을 진상품으로 바치겠다고.

계약은 성립됐어요. 그는 아빠의 목을 뽑았죠. 그 광경을 목격한 나는 기절했어요. 어둠 속에서 자행된 무자비한 폭력과 살육전 속에서 고고하게 서 있는 마티어스를 보며 정신을 잃었죠. 마티어스란 이름을 가진 당신 앞에서.

나는 낯선 곳에서 눈을 떴어요. 그곳은 처음 보는 누군가의 침실이었어요. 밤새 있었던 피의 살인전은 흔적도 없는 곳이었어요. 나는 정신없이 아빠를 찾았지만 그는 보이지 않았어요. 나중에 알았어요. 내가 눈뜬 곳은 런던이 아니라는 걸. 그곳은 런던과 한참 떨어진 지방 귀족의 별장이라는 걸.

파티가 열리고 있는 곳에 무단 침입한 죄로 끌려가 몰매를 맞았어요. 지독하게 아팠고 무서웠어요. 나는 고작 열한 살이었는데 그들은 그런 걸 따지지 않는 사람들이었으니까요.

그들은 기절한 나를 마구간에 던졌어요. 그런데 정신을 차리고 보니 나는 마구간이 아닌 들판을 걷고 있었어요. 이상했어요. 이유를 알 수 없었죠. 도망을 친 건지, 아니면 누군가의 도움을 받은 건지 알 수 없었어요.

나는 떠돌았어요. 마을을 배회하는 나를 사람들은 도와주지 않았어요. 그들은 이유 없이 내게 돌팔매질을 했죠.

산과 들에 숨어 지냈고 비가 심하게 내리는 날에는 추위를 이기지 못하고 죽음을 기다리기도 했어요. 그때 정말 비참했던 것 같아요. 내가 어떤 잘못을 저질렀길래 이런 일이 내게 생겼나, 싶어서 눈물만 났어요. 그때 집시의 도움을 받았어요. 그들은 내게 따뜻한 물을 주고 모포를 둘러 줬죠. 그들의 도움으로 다시 런던에 올 수 있게 됐죠. 하지만 아빠를 찾을 수는 없었어요. 선술집의 주인은 나를 기억하지 못했고 내가 거짓말을 한다며 오히려 물벼락을 뿌렸으니까요.

나는 아빠를 찾지 못한 채 런던을 떠돌았어요. 갈 곳이 없어 하수구에 숨어 지냈어요. 남자들의 음흉한 희롱을 피해서요. 어느 날, 바닥에 떨어진 옷 한 벌을 발견했어요. 나는 냄새나고 낡은 거적때기를 벗어 던지고 그 옷으로 갈아입었어요. 지하 생활을 청산하기 위해서요. 그리고 성당으로 갔어요. 아빠를 찾게 도와 달라고 신께 기도했죠. 그때 나를 향해 누군가 말을 걸었어요. 조프리라는 사람이요. 그는 후작 댁의 하녀가 이 시간에 왜 밖에 있는지를 물었죠. 알고 보니 길에서 주워 입은 옷이 바로 이곳 하녀들의 의복이었던 거예요.

나는 그렇게 하녀가 됐고 이곳에서 당신을 만났어요. 이게 그동안의 일이에요. 당신이 궁금해 하는 나의 이야기.

이야기를 마친 아벨라가 눈앞의 마티어스를 조용히 바라보았다. 아픈 과거를 회상한 그녀의 얼굴은 다소 지치고 힘들어 보였다.

"얘기를 하고 나니 좋은 추억은 하나도 없네요."

"그런 것 같군."

마티어스는 고개를 끄덕이며 동의했으나 썩 공감하는 표정은 아니었다. 그가 냉정한 성격의 소유자라는 건 이럴 때 드러나는 듯싶었다.

"아버지의 이름이 뭐지?"

"피테르요. 수렵꾼 피테르."

"얘기를 듣다 보니 궁금해진 게 있어. 네가 아버지를 잃은 건 열한 살이라고 했잖아."

"맞아요."

"지금의 넌 아가씨의 모습인데 그럼 살인사건은 십 년 전 이야기인가?"

"네?"

"중간에 어떤 이야기가 생략된 것 같아서."

"그건……."

마티어스의 말에 아벨라는 선뜻 대답하지 못했다.

"그러니까 그건……."

하룻밤 사이에 어른이 되어 있었다고 말할 수 없었다. 거짓말을 하고 싶진 않지만 믿지 않을 게 뻔했기 때문이다. 다행히 머뭇거리는 그녀를 보고 마티어스가 휴식을 권했다.

"그 이후의 이야기는 다음에 듣도록 하지. 오늘도 많은 얘기를 들었으니까."

좀 더 상세하게 들어야 할 얘기들이 많지만 오늘은 이 정도 선에서 마무리하는 게 좋을 것 같다는 그의 말에 아벨라는 지체하지 않고 밖으로 나갔다. 아벨라가 밖으로 나간 후 마티어스는 한동안 의자에 앉아 일어나지 않았다.

"시작은 좋군."

실종됐던 6개월간의 행적에 대해 알았다는 것만으로도 성과는 충분하다. 하녀가 된 이유도 알았고 자신에 대한 적의감이 왜 생겼는지도 알아냈으니 꽤나 큰 수확이었다.

"문제는 날 살인자로 기억하는 확고한 기억이 문제인데."

습격을 받은 그날, 그녀는 머리를 다친 채로 템스 강에 빠졌다. 기억은 그때 잃은 게 분명했다.

마티어스는 서재로 자리를 옮겼다. 지도책을 꺼낸 그가 아벨라가 한 말을 하나씩 떠올리며 책을 살폈다.

"이 즈음일까?"

템스 강이 끝나는 방향에 마을이 있었다. 그리고 이어진 줄기를 따라 내려가면 이름 모를 영주의 영토가 나타난다. 아벨라는 이 근처 어딘가에 있었던 모양이다.

다친 몸으로 처음 눈 뜬 곳이 이곳이라면 지금보다 더 흉한 몰골이었을 거다. 그가 산 증인이다. 출혈이 심했던 그도 지금의 모습으로 복귀하기까지 얼마나 큰 고통을 겪었는지 모른다. 하물며 만신창이였던 그녀는 어땠을까? 그는 상상이 되지 않았다.

"이곳이 그녀가 얘기한 지방 귀족의 집인가 보군."

마구간에서 풀려난 그녀는 근처를 떠돌았다고 했다.

"그리고 여기가 그녀가 방황했다던 들판."

그녀는 마을 사람들의 돌팔매를 피해 산과 들을 헤맸다고 했다. 지도를 보니 그녀의 말과 일치하는 부분이 많았다. 그녀는 이곳에서 방향을 잃고 죽음을 기다리다가 집시의 도움을 받은 모양이었다.

"집시의 도움이라."

뱀파이어와 집시는 서로에게 껄끄러운 존재였다. 그들은 뱀파이어의 실체를 잘 알고 있는 몇 안 되는 집단이기도 하거니와 시대의 지혜를 구전으로 지키는 터라 종종 비책을 가지고 대적해 오기도 했다. 그녀는 운 좋게 도움을 받은 것 같다.

"그녀의 존재를 모르고 도와준 모양이로군."

하긴. 자신을 제외한 그 누구도 그녀를 알아보지 못했는데, 하물며 아무리 혜안을 가진 집시들이라고 해도 그녀의 실체를 쉽게 파악하긴 어려웠을 것이다. 마티어스는 아벨라가 말해 준 과거의 이야기를 바탕으로 궁금한 퍼즐을 잘 맞춰 냈다.

"로렌즈."

"옆에 있습니다, 마티어스님."

"지도를 봐라."

그가 자신이 보고 있던 지도책을 가리키자 로렌즈가 그 앞으로 왔다.

"여긴 우리가 실종된 그녀를 찾기 위해 수색한 지점이군요."

"맞아. 우리가 몇 번씩이나 수색했던 그 지점이다. 그녀는 기억을 잃고 이 지역을 헤맸어. 장장 6개월이란 시간 동안 그곳에 머물렀지. 그런데 왜 나는 그녀를 발견하지 못했을까? 우린 반복적으로 그 지역에서 그녀를 찾았는데 말이야."

같은 지역에 있었는데 이렇게 어긋날 수도 있는 건가. 마티어스는 좀 더 일찍 그녀를 찾아내지 못한 자신을 자책했다.

"자책 마십시오. 살면서 간혹 말도 안 되는 실수를 하는 것처럼 어떤 일이 풀리지 않으려고 할 때는 아무리 노력해도 해결되지 않는 법입니다. 마티어스님은 누구보다 클로에님을 찾기 위해 노력하셨어요. 모두가 아는 사실입니다. 자책하실 필요 없어요."

로렌즈는 지금껏 잘해 왔다며 그를 위로했다. 매사 직선적이고 즉흥적인 그들 사이에서 유일하게 이성적적인 성격의 소유자인 로렌즈의 위로에 마티어스는 다시 이성을 되찾았다.

"런던의 사냥 범위는 어떻게 되지?"

"후작에게 피해가 갈 걸 우려해 근방에선 사냥하지 않습니다. 불편하더라도 모두 항구 쪽으로 나가고 있습니다. 가끔 귀족들의 파티에 참석하긴 하지만 그곳에서도 역시 사냥은 하지 않습니다. 신분 높은 사람이 실종되면 곤란해지니까요."

"오늘 밤부턴 나도 사냥을 나가겠다."

뜻밖의 말에 로렌즈가 의아함을 감추지 못했다.

"아침식사가 입맛에 안 맞으셨습니까?"

"그럴 리가. 네가 가져오는 피는 최고지."

"그런데 왜 굳이 무리를 하시려고 합니까? 몸의 회복에 좀 더 주력하셔야지요."

"그녀가 마실 피는 직접 사냥하고 싶다. 다행히 피를 거부하지 않고 있거든. 스스로 더 마시기 위해 노력도 하고. 이럴 때 보다 많은 양을 먹을 수 있게 박차를 가해야 해."

마티어스는 곧 좋은 소식이 들릴 거라고 했다.

"피는 그녀의 신체를 복구시키고 온전하게 만든 뒤 본능을 일깨울 거야. 잊혀진 기억도 그 본능과 함께 돌아오겠지. 그때를 위해 준비해야 할 건 딱 하나, 피다."

그가 그랬듯이 그녀도 피를 마시고 본연의 모습을 찾을 것이다. 그러기 위해선 다량의 피가 무한대로 필요했다. 마티어스는 그때를 대비하기 위해 사냥을 나가겠다고 했다.

"그동안 고생했다, 로렌즈."

그가 로렌즈의 고생을 치하했다.

"나를 신경 쓰느라 편안하고 우아한 식사를 한 게 까마득할 텐데 이제부턴 부담을 덜고 느긋한 식사를 하도록 해."


테라는 신시아를 자신의 숙소로 안내했다. 사람이 없는 곳을 원하던 신시아가 별관의 빈방도 거절했고 구석에 위치한 응접실도 거부했기 때문이다.

"싫어. 이곳은 곤란해. 내가 원하는 곳은 이곳이 아니야."

단순히 옷을 입기 위해서인데 뭐가 그렇게 까다로운지 그녀는 계속해서 고개를 저어 댔다. 테라는 신시아가 자신을 골탕 먹이려고 일부러 그런다는 것을 알았지만 싫은 내색을 할 수 없었다.

"이곳은 여성전용 드레스룸이에요. 이곳은 괜찮으시겠죠?"

"정말이지 이렇게 센스가 없는데 어떻게 하녀장이 된 거지? 싫대두. 난 조용한 곳을 원한다니까. 그곳이 어딘지 아직도 모르겠어?"

그런 이유로 결국 테라는 자신의 숙소로 방향을 틀었다. 먼저 언급한 게 아니었다. 신시아가 그걸 원했다. 하고 많은 곳 중에서 하필 자신의 숙소로 가길 원한다니 테라는 진심으로 신경질이 났다. 그건 그녀에게 보이고 싶지 않은 물건이 그곳에 있었기 때문이다.

"예쁜 구두가 있네. 네 거야?"

심드렁한 눈으로 방을 보던 신시아가 아니나 다를까 아벨라의 구두를 보고 눈을 반짝였다. 테라의 얼굴이 굳었고 신시아는 호기심을 나타냈다.

"답지 않게 취향이 고급스럽네. 어디서 난 거야? 하녀가 구매할 수 있는 게 아닌데 선물? 아니면 다른 사람의 걸 훔쳤어? 둘 중 하나겠는데?"

대놓고 모욕하는 신시아의 입을 진심으로 때려 주고 싶었다. 테라는 앞치마 자락에 고이 포개고 있는 두 손을 억세게 움켜쥐었다. 얼마나 힘을 주고 화를 참는지 굳은살이 박인 손등 위로 핏줄이 보기 흉하게 튀어나왔다.

"아가씨."

구두를 신어 보는 신시아에게 테라가 입술을 물며 물었다.

"구두를 신어도 괜찮으신 거예요? 아까부터 발바닥에서 피가 나고 있어요."

깨진 유리를 밟은 신시아의 발은 이곳으로 오기 전부터 대리석 바닥 위에 발자국을 내고 있었다.

"괜찮아."

"의사를 불러올까요? 파상풍이라도 걸리면 큰일이잖아요."

어떻게든 자신의 구두를 신지 못하게 할 양으로 테라는 자꾸 말을 걸었다. 그러나 교활한 신시아는 그녀의 말을 귓등으로도 듣지 않았다.

"날 걱정하다니 의외인걸. 하지만 걱정 마. 이깟 상처, 네 덕분에 금방 사라질 테니까."

"네?"

테라는 그녀의 말을 못 알아들었다. 신시아가 입꼬리를 올리며 웃었지만 그 이유도 알지 못했다. 비아냥은 신시아의 트레이드 마크였다. 새삼스러울 것도 없으니 기분 나쁠 것도 없었다. 테라가 어설프게 웃어 보였다.

"무슨 말씀이신지."

신시아가 신었던 구두를 벗었다. 처음 봤던 상자 안에 넣었고 친절하게 뚜껑까지 닫아 주었다.

"일단 옷을 가져올게요. 기다려 주세요, 아가씨."

"아니 아니. 기다릴 수 없어. 어디 가지 말고 그 자리에 그대로 서 있어. 내 발의 상처를 낫게 하기 위해선 네가 필요하니까 말이야."

"네? 그게 무슨 말씀이세요?"

신시아가 테라의 머리채를 다짜고짜 잡았다.

"악! 아, 아가씨!"

신시아가 테라를 다그쳤다.

"너처럼 말귀 못 알아듣는 하녀는 정말 처음이야. 어쩜 이렇게 할 줄 아는 게 없어?"

"아, 아가씨. 살려 주세요. 제가 잘못했습니다. 용서해 주세요! 제발!"

테라가 그녀의 손안에서 괴롭게 버둥거렸다. 그러나 이미 먹이를 낚아챈 포식자의 손아귀에서 벗어날 수 있는 방법은 없었다. 신시아의 입이 아귀처럼 쫘악 찢어졌다. 아니, 먹잇감을 앞에 두고 기분 좋게 벌어졌다.

"아, 아가씨!"

테라는 눈앞에서 벌어지는 광경에 놀라 아가씨라는 말만 연달아 반복했다. 그사이 신시아의 잇몸 위에서 두 개의 송곳니가 과하게 튀어나왔고 팽창된 두 눈알은 얼굴 아래로 쏟아질 듯 앞으로 나와 붉게 변해 갔다. 충격을 받은 테라가 기절할 듯 몸을 떨었다. 피처럼 붉디붉은 두 눈동자. 육식동물만 지니고 있는 날카로운 두 개의 송곳니. 그리고 거대한 열 개의 갈고리 손.

"당, 당신은!"

신시아가 테라의 목을 콱 움켜쥐었다.

"그만 떠들고 목이나 쭉 내밀어. 이 쓸모없는 것아."

신시아가 입을 길게 찢더니 무자비한 송곳니로 테라의 목을 꽈악 물었다.

꺄아아아아악.

"……뭐지?"

마티어스와 대화를 마치고 계단을 내려가던 중이었다. 아벨라는 느닷없이 들린 비명소리에 걸음을 멈췄다.

"분명 절규하는 여자의 비명소리가."

그녀가 조용히 숨을 죽인 채 귀를 기울였다. 그때 희미하지만 다시금 살려 달라는 소리가 들렸다. 일 층이었다. 아벨라가 계단을 뛰어 내려갔다. 여자의 목소리 때문에? 아니. 사방에 퍼지는 신선한 피의 냄새를 맡았기 때문이다.

아벨라가 달렸다. 뛰는 그녀의 얼굴엔 놀랍게도 기쁜 빛이 퍼지고 있었다. 그녀의 발이 테라의 숙소 앞에서 멈췄다. 이 안에서 날것의 피 냄새가 강하게 나고 있었다. 그녀가 문고리를 잡고 돌렸다. 방문이 잠겨 열리지 않았다. 아벨라는 화가 나 씨근덕거렸다.

"열란 말이야!"

그녀가 다짜고짜 문고리를 우악스럽게 잡아 뜯더니 닫힌 문을 발로 차 열었다. 거침없는 행동이었다. 두려움도 없었다. 후각을 파고든 피 냄새가 너무 강해 정신을 차리기 힘들었다. 아벨라는 흥분으로 눈이 뒤집힌 채 피를 찾아 두리번거렸다.

그런데.

그녀 앞에 펼쳐진 광경이 너무 이상했다. 아벨라는 테라의 숙소 안에서 자행되고 있는 무자비한 광경과 맞닥뜨린 순간 충격을 받아 그 자리에서 꼼짝도 하지 못했다.

신시아가 테라의 목에 얼굴을 처박고 피를 마시고 있었다.

꿀꺽꿀꺽.

신이 난 듯 목구멍으로 피를 삼키는 신시아의 모습에 아벨라는 전신이 마비되는 것 같은 충격을 받았다.

'저게 뭐지? 저게 뭐야? 인간? 아니면 짐승? 아니면······!'

정체가 뭐든 상관없었다. 아벨라는 고개를 꺾은 채 죽어 가는 테라의 목에서 흘러나오는 피를 보자 무작정 신시아에게 달려들었다.

"죽여 버릴 거야!"

깜짝 놀란 신시아가 퍼뜩 고개를 들었다. 그녀의 얼굴이 일순 딱딱하게 굳었다. 흡혈 중에는 경계심이 낮아지기 마련이다. 싱싱한 피가 몸과 마음을 여유롭게 만들어 주기 때문이다. 더구나 이곳은 후작의 별관으로 먹이를 편히 먹기에 최적의 장소였다. 그런데 너무 안일했었나? 아벨라가 언제 나타났는지도 파악하지 못한 신시아는 자신을 향해 달려드는 아벨라를 피해 창문을 부수며 도망치고 말았다.

테라가 허수아비처럼 바닥에 버려졌다. 목에 뚫린 두 개의 구멍에서 피가 하염없이 흘러내렸다. 아벨라가 침을 꼴깍 삼켰다.

"나는······."

두 개의 작은 콧구멍이 벌름거렸다.

"나는······."

아벨라가 테라에게 천천히 다가갔다. 그녀가 마른 손을 뻗었다.

기절한 테라는 죽어 가는지 눈을 감은 채 미동도 없었다. 아벨라의 손이 테라의 목에 닿으려고 할 때였다.

"우읍!"

누군가 그녀의 손을 쳐 내면서 입과 코를 막아 버렸다. 아벨라는 등 뒤에서 갑자기 나타난 정체 모를 손아귀에서 벗어나기 위해 몸부림쳤다. 하지만 강력한 힘을 가진 두 팔은 그녀를 덩굴처럼 옭아매며 꼼짝달싹 못 하게 만들었다.

"미안."

그 손이 사과를 했다.

"여기는 런던의 중심가야. 굶주린 네가 여기서 폭발하면 나도 감당하기 힘들어."

숨이 막힌 아벨라가 어느 순간 고개를 아래로 푹 꺾었다. 마티어스는 그런 그녀를 조심히 안았다.

"로렌즈. 뒤처리를."

"알겠습니다."

마티어스는 신시아가 그랬던 것처럼 아벨라를 안고 깨진 창문으로 몸을 날렸다. 로렌즈는 재빨리 열린 문을 닫은 뒤 방 안에 혹시 남아 있을지 모르는 신시아의 흔적을 없앴다. 그리고 바닥에 쓰러져 있는 테라를 죽이기 위해 순식간에 두 손을 갈고리로 변화시켰다.

"용서하시오."

테라는 아직 숨이 붙어 있었다. 그러나 이미 다량의 피를 뺏긴 상태로, 치료를 해도 부작용이 발생할 가능성이 컸다. 그 부족용이란 바로 흡혈의 후유증인 변종이 되는 것. 로렌즈는 신시아 대신 미안하다는 짧은 사죄를 한 뒤 테라의 목을 움켜쥐었다. 그때였다. 비명 소리를 들었는지 갑자기 여러 명의 하녀들이 닫힌 문을 벌컥 열며 안으로 들어왔다.

"꺄아아악! 하녀장님!"

하녀들이 비명을 내지르기 시작했다. 로렌즈는 얼른 주머니 안의 손수건을 꺼내 테라의 목을 지혈하는 척했다.

"진정들 해요! 놀라지 말고 다들 침착해요! 다행스럽게도 하녀장은 살아 있습니다!"

"이, 이게 어떻게 된 일인가요? 무슨 일이 벌어진 거예요?"

"다친 그녀를 운 좋게 내가 발견했어요. 치료를 해야 하니 내 방으로 옮기겠습니다. 다들 날 도와줘요."

로렌즈는 테라를 안고 자신의 방으로 이동했다. 기회를 놓쳤다. 그래선 안 되는데. 느닷없이 나타난 하녀들로 인해 계획에 차질이 생겼다.

"테라 하녀장님이 다쳤어! 누가 의사 선생님 좀 모셔 와. 어서!"

하녀의 외침에 누군가 밖으로 달려 나갔다. 로렌즈는 행진하듯 자신의 뒤를 쫓아오는 하녀들을 의식하며 아무래도 테라를 죽이는 일은 더 이상 진행하기 어려울 것 같다고 판단했다.


마티어스는 기절한 아벨라를 자신의 침실에 눕혔다. 흉포한 광경을 목격한 충격 때문인지, 아니면 그의 손힘이 너무 셌던 건지, 아벨라는 꽤 오랫동안 눈을 뜨지 못했다.

"거기다 날것의 피 냄새를 맡았으니 돌아버릴 수밖에."

그녀의 머리가 힘없이 옆으로 꺾였다. 그가 조심히 그녀의 머리를 반듯하게 해 주었다.

"그래도 피를 향한 네 집념은 꽤 큰 수확이랄까. 이 정도 속도라면 기억을 찾는 것도 순식간이겠어."

마티어스는 기대감에 부푼 손으로 아벨라의 마른 볼을 부드럽게 쓰다듬었다. 곧 이 얼굴이 무절제한 아름다움을 뿜낼 거다. 감당할 수 없을 만큼 매혹적인 여인의 모습으로 변모할 것이다.

"하지만 그걸 볼 수 있는 건 나뿐이지. 나 외엔 그 누구도 너의 아름다움을 지켜보지 못해."

그가 천천히 아벨라의 입에 입맞춤했다. 그 입맞춤이 깊고 애정 어렸다. 마침 문을 열고 들어오던 로렌즈가 그 모습을 보고 멈칫거렸다. 슬그머니 돌아서는 그의 기척을 모를 리 없는 마티어스가 나직이 로렌즈를 불러 세웠다.

"뒤처리는?"

"하녀들에게 별관에 강도가 침입했다고 거짓말을 했습니다. 침입한 강도가 하녀장을 다치게 한 뒤 창문으로 도망치는 걸 제가 목격했다고 모두에게 설명했습니다."

몰려든 하녀들에게 로렌즈는 그렇게 말해 주었다. 그녀들은 한 치의 의심도 하지 않았다. 오히려 손님인 그가 다쳤을까 봐 전전긍긍했다.

"하녀장은 죽이지 못했습니다."

"어쩔 수 없지. 보는 눈이 많았으니까."

"신시아는 어떻게 할까요?"

신시아에 대한 처사를 물어보는 로렌즈의 목소리가 조금 떨렸다.

"이곳에서 사냥을 한 이유가 뭐라고 하나?"

"잘못된 임신 사실을 알린 하녀장을 혼내 주고 싶었답니다."

"혼을 내주고 싶다면 다른 곳으로 데리고 가든가. 하필 별관 안에서 피 냄새를 풍기면 어떡하나? 내게 들켰으니 망정이지 흥분한 클로에와 싸움이라도 벌어졌어 봐. 어쩔 뻔했어?"

그의 말에 로렌즈는 마치 자신이 잘못을 한 것처럼 고개를 숙였다. 모두 맞는 말이었다. 마티어스의 빠른 행동이 아니었다면 별관은 오늘 큰일을 겪었을 것이다. 어쩌면 별관 내에 있는 하녀 모두를 죽여야 했을지도 모른다. 뱀파이어의 존재를 감추기 위해서 말이다.

"신시아는 지금 어딨지?"

"방에 있습니다. 문을 걸어 잠그고 죽은 듯이 있습니다."

"정말 죽은 듯이 있다는 게 어떤 건지도 모르면서 흉내나 내고 있 겠지. 당분간 내 앞에 얼씬도 못 하게 근신시켜."

"그렇게 조취하겠습니다."

로렌즈가 돌아섰다. 다행히 가벼운 근신이라 안심했지만 완전히 안도하진 못했다. 제발 더 이상 마티어스의 눈 밖에 나는 행동을 하지 않으면 좋으련만. 로렌즈는 밖으로 나가며 침실에 누워 있는 아벨라를 한번 돌아봤다.

피에 즉각적으로 반응한 그녀. 그건 곧 본성이 깨어날 거라는 의미였다.

'클로에. 당신의 기억이 돌아오면 우린 다시 예전처럼 지낼 수 있을까요?'

로렌즈의 두 눈동자가 천천히 가라앉았다. 가라앉은 두 눈동자 안에 얼핏 스쳐 가는 불안감. 그것은 결코 행복해 보이지 않는 미래의 모습이었다.

8

목에 붕대를 잔뜩 감은 테라가 간지러움을 참지 못해 하소연했다.
정신을 차린 지 이미 닷새가 지났지만 도르제가 목의 붕대를 풀지
말라고 주의를 주었기 때문이다.

"답답해 죽겠는데, 왜요?"

"상처가 있습니다."

"아물었다면서요? 그럼 붕대를 풀어도 되잖아요."

테라는 더 이상은 못 참겠다며 탁자 위의 포크를 붕대 안에 집어
넣은 채 목이 물린 자리를 긁어 댔다. 도르제가 얼른 테라의 손에 든
포크를 빼앗아 제자리에 갖다 놓았다.

"하녀장님. 다시 한 번 말하지만 이런 행동은 전혀 도움이 되지
않습니다."

"간지러워 죽겠다구요."

"그러다 상처가 덧나서 감염이라도 되면 더 큰일 나요."

"지금보다 더 큰일 날 일은 없을걸요. 의사 선생님도 내 입장이 되면 이해할 거예요. 얼마나 간지러운지 밤에 잠도 못 자요. 그런데도 계속 이 상태로 지내라니, 너무한 거 아니에요?"

목에 두 개의 구멍이 생겼다. 테라는 정신을 차린 첫날, 이틀을 꼬박 사시나무 떨듯 몸을 떨었다. 헛소리를 했고 자신을 진찰하는 도르제에게 몇 번이나 달려들었다.

"악마! 악마야! 당신은 악마라구! 그날 내 몸에서 뭘 꺼내 간 거야? 말해 봐!"

테라는 도르제가 자신의 몸에서 중요한 뭔가를 훔쳐갔다고 생각했다.

"여기! 내 목에 아귀 같은 입을 대고 뭘 빼 갔잖아. 내가 모를 줄 알아? 다 기억한단 말이야! 돌려줘. 내걸 돌려 달라구!"

테라는 침대 위에서 도르제의 멱살을 잡고 길길이 날뛰었다. 하녀들은 안타까워했다. 그날의 충격이 얼마나 크길래 당차고 강한 테라가 저렇게 정신을 놓은 걸까, 다들 걱정의 눈빛을 거두지 못했다.

"창문으로 도망친 강도는 결국 잡지 못한 겁니까?"

도르제의 물음에 다른 하녀가 그렇다고 대답했다.

"그 많은 인원을 풀어 주변을 수색했지만 워낙 감쪽같아서 잡지 못했어요."

후작은 감히 자신의 집에 침입한 강도에게 분개하며 현상금까지 걸었지만 강도를 잡는 데는 역부족이었다. 당연했다. 애초에 존재하지 않은 강도를 어떻게 잡겠는가. 진짜 강도는 방에 틀어박혀 근신 중인 것을.

모두가 손발을 맞춰 무마해 버린 이 일은 그렇게 피해자만 만들고 잠잠해졌다. 그러나 별관 내 하녀들의 입을 통해 강도에 대한 소문은 점점 커져 갔다.

"강도는 남자래. 후작 댁에 있는 고가품을 훔치려고 들어왔다가 여의치 않으니 이쪽 별관으로 방향을 튼 거야. 그러다가 마침 하녀 장님과 마주쳤고 강도는 자신의 얼굴을 본 하녀장님을 죽이려다가 별관에 있는 손님에게 딱 걸린 거래."

"어머. 정말?"

"그렇다니까."

그 말은 로렌즈가 다친 테라를 안고 갈 때 그를 따라오던 주근깨 하녀에게 한 말이었다. 추측하건대 아마 강도는 그런 동선으로 움직였을 거라고.

주근깨 하녀는 로렌즈의 말을 마치 사실인 것처럼 떠벌리고 다녔다. 문제는 다른 하녀들도 꽤 설득력 있는 추리라며 그 말을 전달하기 시작했다는 점이다.

"칼에 목을 찔렸다며?"

"에이, 아니야. 칼이 아니라 포크."

"포크?"

"하녀장님 목에 난 상처는 두 개거든. 내가 봤는데 딱 포크 자국이더라."

"강도가 포크를 들고 다닌다고?"

"급하니까 사용했겠지. 얼떨결에. 아님 말고."

하녀들은 어느새 강도가 들었다는 무서운 사실보다 테라가 어디를 어떻게 다쳤는지에 초점을 맞추고 수군거렸다.

"그런데 너 그 손님 봤니? 하녀장을 구해 주신 분 말이야."

"아. 그 중년의 신사?"

주근깨 하녀가 으쓱거렸다.

"내게 어찌나 친절하시던지. 존대어까지 써 주시더라."

주근깨 하녀는 로렌즈와 마치 긴 대화를 한 것처럼 우쭐거렸다.

이미 그 얼굴에는 로렌즈에게 반한 티가 역력했다.

"무척 인상 깊은 분이야. 난 그날 알았지 뭐니? 세상에서 그분처럼 슈트가 잘 어울리는 멋진 분은 없다는 걸. 머리부터 발끝까지 어쩜 그렇게 반듯하고 깔끔한지. 그런 분위기의 중년 신사는 처음 봤어. 역시 귀족으로 태어난 사람들만이 가질 수 있는 분위기는 따라갈 수가 없겠더라."

"어? 그러고 보니 네가 의사 선생님이 오기 전까지 그분을 도왔다는 애구나."

"맞아. 그게 나야."

"어쩜."

하녀들이 부럽다는 눈빛을 보냈다. 손님과 안면을 트면 아벨라처럼 비싼 선물을 받을 수 있다는 게 요즘 그녀들의 생각이었다. 그런데 존재감 없던 눈앞의 주근깨 하녀가 중년의 손님과 대화까지 나눴다니 은근 질투가 났다.

하녀들은 아벨라처럼 손님들의 개인 하녀가 되고 싶어 했다. 아벨라가 어떤 조건으로 이 층으로 차출되어 간 건지는 모르지만 그곳으로 올라간 그녀는 별관의 모든 잡일로부터 배제되었고 하녀장의 신경질적인 관리를 받지도 않았다. 그런데 이번엔 주근깨 하녀에게 그런 조짐이 보이고 있었다. 하녀들 사이에 은근한 시기심이 스멀스멀 피어났다.

"그분 나이가 어떻게 된대?"

"글쎄."

"이름은? 이름은 뭐래?"

"모르겠는데."

번갈아 터져 나온 질문에 주근깨 하녀는 고개를 흔들었다. 하녀들 사이에서 피식거리는 비웃음이 터졌다. 그건 마치 아직 별거 없네,

라는 뜻 같았다. 그 의미를 모를 리 없는 주근깨 하녀가 애써 웃어
보이며 화제를 돌렸다.

"집사님은 요즘 바쁘신가? 보통 별관에 손님들이 오면 기본적인
정보부터 주는데 이번엔 전달해 주는 게 없네. 혹시 누구 받은 사람
있니? 손님들이 즐기는 요리나 구비해 놓아야 할 도서, 선호하는 침
구 같은 정보 말이야."

그녀의 질문에 아무도 대꾸하지 않았다. 다행히 근처에 서 있던
곱슬머리 하녀가 눈치 없이 대답을 해 주었다.

"받은 사람 없을걸. 나도 못 받았어."

주근깨 하녀가 구세주를 만난 듯 반색하며 그녀를 향해 몸을 틀었
다.

"너도?"

"전부 못 받았을 거야. 그러고 보니 집사님이 이번 손님들께는 좀
무신경한 것 같아. 이 층엔 우리의 왕자님까지 머물고 있는데 고작
전달받은 지시사항은 이 층 출입을 하지 말고 조용히 지내라는 것뿐
이거든."

곱슬머리 하녀의 말에 주근깨 하녀가 활짝 웃었다. 단 한 번의 우
쭐거림으로 모두의 질책을 받게 된 그녀로선 지금 눈앞에서 눈치 없
이 조잘거려 주는 곱슬머리 하녀가 너무도 고맙게 느껴졌다.

"있잖아. 아까 말한 중년 신사분이 나한테 하녀장님이 다 나을 때
까지 옆에서 도와주라고 부탁하셨어. 하녀장님이 목을 다친 건 알
지? 목의 붕대를 갈 때는 도움이 필요한데 그걸 내가 해 줬으면 좋
겠대. 신사분의 부탁이라서 엉겁결에 그렇게 하겠다고 했는데 난 좀
떨려."

"왜?"

"붕대를 새로 감아야 하는 시간이 되면 어김없이 그분도 오시거

든. 그래서 말인데 오늘 나랑 하녀장님의 숙소에 같이 가 주지 않을 래?"

주근깨 하녀는 곱슬머리 하녀를 향해 조금 전 자신을 지지해 준 것에 대해 고맙다는 표시로 대놓고 의사를 물었다. 주변에 있던 하녀들이 일순 잠자코 두 사람의 대화에 귀를 기울이는 게 느껴졌다. 곱슬머리 하녀도 그걸 느꼈는지 선뜻 대답하지 못했다.

"내가 거길 가도 돼?"

"그럼. 당연하지. 날 도와주러 왔다고 하면 되지. 안 될 게 뭐니? 해가 지면 같이 가자. 그분을 가까이서 볼 수 있는 기회야. 이런 기회 흔치 않다는 거 알지?"

주근깨 하녀가 그녀의 팔에 팔짱을 꼈다. 곱슬머리 하녀는 그녀의 느닷없는 행동이 어색했지만 이내 빙그레 웃으며 그 손을 잡아 줬다.

테라의 숙소는 새 단장을 했다. 깨진 유리창을 다시 달고 새 침대를 들여 놓고 그녀가 아꼈던 티 테이블도 전보다 나은 것으로 배치되었다. 흥건했던 핏자국을 없애기 위해 바닥과 벽을 모두 물걸레로 닦아 내고 나니 숙소는 기존의 방보다 훨씬 안정감 있고 좋게 변했다. 그러나 숙소의 주인인 테라는 새로워진 것들에 환호하지 않았다. 그녀는 다른 사람이 된 것처럼 웃지도 않고 울지도 않았다. 이제 테라의 하루 일과는 마주치는 사람들의 앞길을 막고 그들이 들고 있는 물건을 무조건 빼앗는 데 집착할 뿐이었다.

"내놔."

어딘가에서 숨어 있다가 갑작스럽게 나타난 테라가 턱 하니 앞을 막고 하는 말은 무조건 내놔, 였다.

"뭐, 뭘요?"

"훔쳐 간 거 다 알아! 내놓으라구!"

"그러니까 뭘요? 제가 뭘 훔쳤는데요?"

테라는 반문하는 하녀의 손에 든 걸 막무가내로 뺏었다.

"아얏. 쟁반 내놔요. 안 돼요, 하녀장님. 잠깐만요. 그걸 어디로 가져가는 거예요?"

테라는 하녀들의 손에 있는 건 무엇이든 뺏어 득달같이 사라졌다. 손에 들고 있는 물건이 없을 때엔 앞치마 주머니라도 뒤져 물건을 빼앗았고 그거라도 없는 때에는 상대의 멱살을 잡고 난리를 쳤다. 처음엔 걱정을 해 주던 하녀들도 이젠 진저리가 난다는 듯 테라만 봐도 돌아서서 도망쳤다. 그 덕에 조용했던 별관은 하녀들의 달리기로 인해 하루 종일 거친 숨소리가 사방에서 멈추지 않았다.

"하녀장님이다! 피해!"

"또? 대체 하루 종일 이게 무슨 난리니?"

체력이 바닥난 하녀들이 업무에 지장이 있다며 더 이상은 못 버티겠다고 항의를 했다. 결국 테라는 집사의 지시에 의해 하녀장 자리에서 강등됐으며 그 자리는 새로운 다른 인물로 대체되었다. 예의 주근깨 하녀로.

"다들 주목. 주목해 주세요. 모두 알다시피, 현재 테라 하녀장은 큰 곤란을 겪고 있습니다. 이제부터 모두 앞치마 주머니에 사탕을 넣어 가지고 다니도록 해요. 그리고 불시에 그녀를 만나면 그걸 넘겨주세요. 의사 선생님 말로는 일시적인 상황이라고 하니 그녀가 안정을 되찾을 때까지만 모두 동참하도록 합시다. 다들 알겠죠?"

주근깨 하녀는 수십 명의 하녀들 앞에서 떨지도 않고 야무진 목소리로 가뿐히 명령을 내렸다. 그녀가 하녀들에게 바구니 안에 든 사탕을 직접 나눠 주며 테라를 불쌍히 여겨야 한다고 덕담 같은 악담을 날렸다. 마침 그 상황을 이 층 계단 위에서 지켜보던 아벨라와 그녀의 눈이 마주쳤다. 아벨라를 발견한 주근깨 하녀가 사탕을 집어 허공에 들어 올렸다.

"이 층의 하녀. 너도 필요하니?"

아벨라는 대답을 하지 않고 돌아섰다. 주근깨 하녀가 손에 쥔 사탕을 다시 바구니에 집어넣으며 혼잣말을 중얼거렸다.

"흥. 겨우 한 층 높은 데서 일하는 주제에 감투라도 쓴 줄 아네."

새로운 하녀장이 된 그녀가 모인 하녀들을 향해 간단한 자기소개를 했다. 앞으로 별관을 위해 노력하겠으니 자신을 잘 따라와 달라고 부탁했다. 그녀가 웃으며 인사하자 군데군데에서 형식적인 박수 소리가 흘러나왔다. 아벨라는 그날 저녁에 아무도 모르게 테라를 찾아갔다. 테라는 숙소에 없었다. 대신 주방 한쪽에 쪼그리고 앉아 생고기를 우적우적 먹고 있었다. 핏물이 흐르는 비리고 질긴 생고기를 입에 열심히 욱여넣는 테라를 보며 아벨라는 그 앞에 가만히 쪼그리고 앉았다. 정신이 온전치 못하다는 소문보다 현실은 더욱 심각했다.

"테라. 왜 이러는 거야?"

허겁지겁 생고기를 먹는 테라는 당연히 대꾸하지 않았다. 아벨라는 계속 대화를 시도했다.

"이러면 안 돼. 사람들이 수군거려."

"시끄러워. 배가 고픈데 어떡하라구. 하루 종일 일해도 고기 한 점 안 주면서 이것도 못 먹게 하려는 거야? 주방장님은 내게 그러고 싶어요?"

테라는 아벨라를 주방장이라고 생각하는 모양이었다.

"우엑. 맛이 없어. 무슨 고기 맛이 이래?"

"생고기니까 맛없는 게 당연해. 그러니까 그만 먹어. 그러다가 탈 나겠어."

323

아벨라의 말이 아니더라도 테라가 갑자기 먹던 고기를 죄다 뱉어 냈다. 먹은 게 많은 만큼 뱉어 내는 양도 많았다. 고약한 냄새가 순식간에 주방에 퍼졌다. 테라는 이상한 냄새에 얼굴을 잔뜩 찡그렸다.

"역겨워. 이게 무슨 냄새야? 숨도 못 쉬겠어."

자신이 뱉어 낸 것인 걸 인지하지 못하고 테라가 코를 움켜쥐었다.

"내가 치울게. 너는 일단 숙소에 가 있어. 곧 따라갈 테니 얘기 좀 하자."

"싫어. 조프리를 만날래. 조프리는 어딨어?"

테라는 자리에서 벌떡 일어서더니 느닷없이 조프리를 찾았다. 아벨라는 테라가 조프리를 언급하자 그녀가 정신을 차렸다고 생각했다.

"테라. 정신이 드니? 여기가 어딘지 알겠어?"

테라는 갑자기 무슨 소리냐며 아벨라를 타박했다.

"얘 좀 봐. 내가 언제 정신을 잃었니? 이상한 말을 하고 그래. 그나저나 조프리를 만나야겠어. 지금 당장."

조프리는 죽었을 것이다. 아벨라는 차마 그의 죽음을 알려 주지 못했다.

"갑자기 조프리 아저씨는 왜?"

"그의 가게엔 신선한 고기가 많거든. 나 그곳으로 갈래. 너, 그의 가게가 어딨는지 알아?"

가게 위치를 묻는 테라의 눈동자가 초점 없이 허공에서 허우적거렸다. 그의 가게는 테라가 제일 잘 알 것이다. 그런데 위치를 묻는다는 건 아무래도 이해되지 않았다. 정신을 차린 게 아닌가? 테라는 현실과 비현실의 경계 사이에서 정신이 오락가락하는지 금세 다른 말을 했다.

"목이 타."

테라는 갈증이 난다며 갑자기 물을 퍼마셨다. 배가 볼록 튀어나오다 못해 팽팽해질 때까지 마셔 몹시 위험해 보였다. 아벨라는 그런 테라를 더 이상 두고 볼 수 없어 억지로 주방에서 끌고 나왔다.

"이러다간 정말 몸이 망가질 거야. 테라, 제발 정신 차려. 대체 그날 네게 무슨 일이 있었던 거야?"

아벨라는 가지 않겠다고 버티는 테라의 팔을 잡았다. 테라는 도망쳤다. 그러나 다시 아벨라에게 잡혀 와 숙소로 끌려갔다. 고함소리가 별관 안에 퍼졌지만 아무도 나와 보지 않았다. 이제 모두 아는 듯했다. 테라가 한밤중에 소란을 일으킨다는 걸 말이다. 테라는 아벨라를 보고 심하게 흥분해 날뛰었다.

"저리 가! 오지 마! 이건 내 거야. 내 구두라구!"

테라는 예의 그 구두를 품에 안고 아벨라를 향해 욕설을 퍼부었다.

"나쁜 계집애! 이걸 훔치러 내 숙소까지 오다니. 하지만 내가 뺏길 것 같아? 천만에! 이건 왕자님이 내게 보내 주신 선물이야. 내 발에 직접 신겨 주시기도 했어. 너 질투 나서 죽겠지? 한 번 신어 보고 싶어 미치겠지?"

테라는 구두를 안고 좋아 죽겠다는 얼굴로 낄낄거렸다. 역시 예상대로 자신의 구두가 이곳에 있었다. 하지만 아벨라는 기분 나빠 하지 않았다.

"그래. 그건 네 구두야. 너 가져. 처음부터 난 신을 생각이 없었으니 네가 신으면 좋겠어."

"그 말을 내가 믿을 것 같아? 제대로 약속하란 말이야."

"무슨 약속을?"

"하늘에 맹세해. 절대 구두를 뺏어 가지 않겠다고 약속해."

테라는 어린아이처럼 떼를 썼다. 아벨라는 그런 테라를 가만히 바라보다가 그녀 앞에 천천히 앉았다. 그리고 한쪽 무릎을 바닥에 대고 구두를 그녀의 발에 신겨 주었다. 테라가 조금 움찔하는 듯하더니 이내 기분 나쁜 얼굴로 아벨라에게 쏘아붙였다.

"무슨 수작이야?"

"이 구두가 네 거라는 증거를 보여 주는 거야."

테라가 신경질을 내며 구두를 냅다 벽에 던져 버렸다.

"나쁜 년!"

"테라."

"빈정대는 건 그만둬. 이 나쁜 년아!"

테라가 눈물을 글썽거렸다.

"저건 작아서 내가 신을 수 없다구. 아무리 탐내도 내 구두가 될 수 없단 말이야. 난 그걸 모르지 않아. 너도 지금 내 발의 사이즈를 보고 알아챘잖아. 구두가 너무 작다는 걸. 그런데도 가식적으로 굴래?"

테라는 흥분한 채로 아벨라를 노려보았다.

"난 널 시기하는 다른 하녀들로부터 너를 보호했어. 넌 모르겠지만 처음 네가 이곳에 왔을 때 신고식을 하겠다는 애들을 말렸고 네게 많은 일을 시키려는 애를 다독이며 널 보호했어. 삐쩍 마르고 볼품없는 네가 옛날의 나 같아서! 측은하고 불쌍했던 지난날의 나 같아서! 너도 은연중에 눈치챘지? 나의 비호 아래 네가 얼마나 편하게 하녀 생활을 했는지! 그런데 넌 그걸 알면서도 날 외면했어. 외면하고 경계하면서 내 하녀장 자리를 무시했어. 왜 무시해? 왜 외면해? 네가 그 자리에 오르면 넌 그렇게 행동하지 않을 거라서? 웃기는 소리 마. 나보다 더하면 더했지 덜하지 않을걸? 너 같은 가식덩

어리들이 하녀장 자리에 오르면 더 난리를 친다는 걸 난 안다구!"

테라의 눈에서 기어코 서러움과 애증의 눈물이 투욱 떨어졌다.

"네가 다른 하녀들과 다를 게 뭐야? 기회만 있으면 온갖 술수를 써 가며 어떻게든 하녀장 자리에서 끌어내리려는 그것들과 네가 뭐가 달라? 난 강도에게 죽을 뻔했는데 다친 나를 안타까워한 하녀들이 있어? 오히려 고소하다는 듯 수군거리며 내 자리를 차지하려고 아귀다툼을 벌이잖아. 지금 그 자리를 누가 차지했지? 욕망을 숨기고 있던 주근깨 계집이야!"

테라가 소리 내어 울기 시작했다. 아벨라는 그 모습을 보며 코끝이 알싸해졌다. 그녀의 말이 모두 옳은 건 아닐 것이다. 그러나 전부 틀리지도 않았다.

"난 이곳에서 십 년이 넘게 일했는데…… 코흘리개 때부터 감자를 나르며 일했는데……"

테라는 한참을 목 놓아 울었다. 아벨라는 서러운 그녀의 이야기를 묵묵히 들어 주었다. 울다 지친 테라가 스스로 침대 위로 올라가 누웠다.

"아벨라."

테라가 붕대가 감겨 있는 목을 긁으며 그녀를 불렀다. 정신이 돌아온 건지 아닌지 구별되지 않았다.

"응. 테라. 나 여기 있어. 말해."

"목이 간지러워."

어린아이처럼 안쓰러운 목소리가 흘러나왔다. 그건 평소 테라의 목소리가 아닌 것처럼 순수하고 차분했다. 아벨라가 얼른 주변을 뒤적거려 부채를 찾아와 테라의 목에 부채질을 해 주었다. 테라가 소용없다며 자신의 목을 연신 긁었다.

"의사 선생님은 계속 붕대를 감고 있으래. 언제까지라는 말도 없이 영원히 그러래. 이유를 모르겠어. 상처도 없는데 이유가 뭘까? 네가 좀 봐 줘. 내 목 상태를 말이야."

테라가 붕대를 풀었다. 아벨라는 의사의 말을 따라야 한다며 붕대 푸는 걸 막았지만 소용없었다.

"어때?"

"다행히 아무렇지도 않아. 그런데…….."

아벨라는 테라의 목에 나란히 있는 두 개의 구멍을 보았다.

"구멍이 나 있어. 그때 강도로부터 다친 것 같은데 이게 간지러운 증상을 일으키는 모양이야."

구멍이 작지 않았다. 손가락 마디 하나 정도였다. 테라는 그 부위를 자꾸 긁었다.

"아무래도 이 동그란 상처가 널 망치는 것 같아. 느낌이 그래."

아벨라는 침대에 누운 테라의 눈물을 닦아 주었다.

"테라. 그날 무슨 일이 있었는지 얘기해 줄 수 있어? 강도가 네게 왜 이런 상처를 냈는지 혹시 기억나?"

"아니. 하나도 기억 안 나."

테라는 지친 얼굴로 하품을 했다.

"무슨 일이 있었는지 알아야 실마리를 풀 수 있어. 기억을 떠올려 봐."

"난 그냥 일을 잘하려고 노력했을 뿐이야. 갑자기 덮칠 거라곤 생각도 못 했어. 그 긴 혀가 뱀처럼 뻗어 나오다니 너무 끔찍해. 그건 사람이 아니었어. 내 피를 마시다니 사람이 아니야."

"피?"

"난 하나도 잘못한 거 없어. 내가 얼마나 굽실거렸는데. 지금껏 잠자는 시간 외엔 모두 귀족을 위해 일했어. 그런데 이젠 내 피까지 탐을 내? 나쁜 것들! 나쁜 강도!"

테라는 분을 참지 못하고 침대에서 몸을 일으키더니 손에 잡히는 물건을 마구 던지기 시작했다. 크고 작은 물건들이 그녀의 손아귀에서 전부 박살이 났다. 또 정신이 나간 모양이었다.

"내게서 가져간 것을 돌려줘! 내 걸 내놓으란 말이야!"

"테라, 그만둬! 그러다 다치면!"

테라가 자신을 제지하는 아벨라의 손등을 콱 물었다.

"악!"

아벨라가 날카로운 비명을 내지르며 뒤로 물러섰다. 하지만 이를 드러낸 채 계속해서 공격해 오는 테라를 이기긴 어려웠다. 테라는 마치 굶주린 미친개처럼 으르르, 거리는 목소리도 냈다. 결국 아벨라는 문밖으로 도망치다시피 그곳을 빠져나왔다. 그녀를 찾는 테라의 목소리가 쩌렁쩌렁 복도를 울렸다. 다행히 쫓아 나오지 않아 야밤의 뜀박질은 없었지만, 기둥 뒤에 숨은 아벨라는 아픈 손등을 움켜쥔 채 복잡한 얼굴을 감추지 못했다.

"테라. 정말 기억 못 하는구나. 널 그렇게 만든 건 강도가 아닌 신시아라는 걸."

아벨라는 테라와 달리 그날 일어난 일을 모두 기억하고 있었다. 갑자기 어디선가 풍기는 피 냄새를 맡고 이성을 잃은 채 무작정 피 냄새가 나는 곳으로 달려갔던 자신도 말이다.

"그곳은 테라 너의 숙소였어. 넌 괴물에게 목이 물린 채 피를 빨리고 있었지. 나는 그 괴물의 얼굴을 봤어. 물론 괴물도 나를 봤지. 우린 서로를 봤지만 어쩐 일인지 괴물이 먼저 창문을 박차고 떠났어. 나는 피를 흘리며 쓰러진 네게 다가갔어. 뭘 하려고 그랬는지는 나도 몰라. 그냥 네 목에 흐르는 피를 보고 무의식적으로 손을 뻗었어. 그런데 그때 내 코를 간질이는 하나의 냄새가 맡아졌어. 난 그 냄새를 알아. 하지만 아무 말도 못 한 채 그대로 쓰러지고 말았지.

누구 때문에? 바로 마티어스 때문에."

아벨라는 하마터면 그의 태연자약한 거짓말에 깜박 속을 뻔했다. 기절한 그녀가 눈을 떴을 때 마티어스는 인자한 미소를 지으며 괜찮냐고 물었다.

"……여기가 어디예요?"

"기억 안 나? 계단에서 쓰러져 있는 걸 발견했어."

"계단에서요?"

"갑자기 어지럼증이 생겼나 본데 다음부터는 조심하도록 해."

아벨라는 처음엔 그의 말을 의심 없이 믿었다. 그와 대화를 나눈 뒤 바람을 쐬기 위해 계단을 내려가던 일을 또렷이 기억하고 있기 때문이었다. 하지만 조금씩 그 뒤의 일도 떠오르기 시작하면서 아벨라는 마티어스가 거짓말을 하고 있다는 사실을 알게 됐다.

"대체 왜? 네 목을 문 건 강도가 아니라 괴물이었는데. 죽은 하녀장의 아들과 비슷한 모습의 괴물이었는데 그는 단순히 강도가 든 것처럼 이야기를 꾸며 낸 거지?"

무엇 때문에.

"그 사람도 그 괴물을 봤는데도 불구하고."

그는 자신의 코와 입을 막으며 속삭였다. 굶주린 그녀가 여기서 폭발하면 감당하기 힘들다고. 그게 무슨 말일까. 무슨 의미일까. 뭔가 비밀이 있는 느낌이다.

"그는 중요한 뭔가를 숨기고 있어."

마티어스는 그녀가 그날 일어난 일을 전부 기억하고 있다는 걸 모르고 있다. 아벨라도 끝까지 모르는 척할 작정이다. 마티어스가 거짓말하는 이유를 알아내려면 그래야 할 것 같았다. 아벨라는 테라에게 미안해했다.

"미안해, 테라. 난 널 도울 수 없어. 난 마티어스가 뭘 숨기고 싶

어 하는지 알고 싶어. 그가 숨기려고 하는 게 혹시 죽은 아빠와 관련
된 일은 아닌가 해서."

아벨라는 테라의 숙소를 바라보았다.

"어차피 사람들은 나의 말을 믿어 주지 않을 거야. 귀족아가씨가
하녀의 피를 빼앗아 갔다면 누가 믿겠어? 그래서 난 널 못 도와줘.
그러니까 이제 그만 아프고 제자리로 돌아와, 제발."

아벨라는 자신이 침묵해야 하는 이유를 이해해 달라며 테라의 숙
소 앞에서 쉽게 떠나질 못했다.

그러나.

그날 밤, 마음이 변하는 일이 발생했다. 우연히 그들의 대화를 들
었기 때문이다.

반쯤 닫힌 문 사이로 희미하게 담배 냄새가 퍼졌다. 로렌즈의 파
이프에서 흘러나오는 연기였다.

"하녀장이 슬슬 이상한 행동을 하기 시작했는데 알고 있어?"

질문하는 목소리는 로렌즈가 아니라 카이였다. 아벨라는 카이의
목소리를 바로 알아챘다.

"그렇잖아도 지켜보는 중이다. 깨어나면 괜찮을 줄 알았더니 변
화가 생기기 시작한 모양이야. 저 상태로 가다간 결국 변종이 되겠
지."

아벨라는 가던 걸음을 멈추고 문 뒤에 숨어 그들의 얘기에 귀를
세웠다.

"정말 변종이 된단 말이야? 운도 없네, 그 여자."

"그러니까 신경 써라, 카이."

"뭘 신경 써?"

"그녀를 보호하라는 명령을 받았잖나?"

"그게 이거랑 무슨 상관인데?"

카이는 무슨 말이냐며 반문했다.

"그녀가 하녀장을 신경 쓰니까 그렇지. 아무도 신경 쓰지 않는 하녀장을 그녀만 걱정하고 있어. 그러니 평소처럼 설렁설렁하게 굴지 말고 좀 더 신경 써서 주시해. 하녀장이 언제 어느 때 변종으로 바뀔지 모르니까."

"그러지 말고 그냥 죽여 버리면 안 돼? 어차피 별관에 있는 하녀들은 후작이 우리에게 준 먹잇감일 뿐이잖아."

"물론 당연히 죽일 거야."

"근데 왜 뜸을 들여?"

"하녀장이 제정신이 아니라는 걸 사람들이 직접 봐야 편히 요양원에 보내 버릴 수 있으니까. 그래야 요양원에 보낸다면서 죽여 버릴 수 있잖아."

로렌즈가 파이프를 깊이 빨았다. 그가 후우, 하고 숨을 내뱉자 매캐한 맛을 풍기는 연기가 문 뒤에 숨은 아벨라의 코끝까지 맡아졌다.

"그러고 보면 현대는 귀찮은 시대야. 하찮은 하녀 한 명을 죽이는 데도 명분이 필요하니까."

아벨라는 문 너머 로렌즈와 카이를 노려보았다.

"언제 죽일 거야?"

"내일. 아니면 모레. 더 미루진 않을 거다. 상태가 좋지 않아서 오래 끌 수 없어."

사람을 죽이겠다는 말을 담담하게 뱉는 저 사람이 과연 그녀가 알고 있던 로렌즈가 맞나 싶었다. 카이도 마찬가지다. 이유 없이 친절했던 건 모두 가식이었던가. 아벨라는 저들이 대체 무슨 대화를 하는 건지 도통 알 수 없었다. 그러나 시기를 기다렸다는 말은 그동안 의문스러웠던 일들의 한 부분을 명쾌하게 해소시켜 주었다. 갑자기 요양을 떠났다는 전대의 하녀장의 일 말이다. 그녀는 요양을 빌미로 죽음을 당해 어딘가에 버려진 게 분명했다.

아벨라는 발소리를 죽이고 슬금슬금 뒷걸음질 쳤다. 카이와 로렌즈는 그것도 모르고 대화를 계속 지속시켰다.

"그나저나 신시아는 언제까지 방에 갇혀 있어야 해?"

"근신이 풀릴 때까지다."

"그게 언젠데?"

카이의 질문에 로렌즈는 모르겠다며 고개를 저어 보였다.

"신시아는 경솔했어. 마티어스님뿐 아니라 그녀의 회복을 위해 사람의 피가 계속 필요한 이 시점에서 굳이 하녀장을 건드릴 필요는 없었어."

"듣고 보니 그러네. 배가 고팠던 것도 아닐 텐데 왜 그랬지?"

카이가 혹시 이유를 아냐며 로렌즈를 쳐다보았다. 로렌즈가 피식 웃었다.

"화려한 외모 속에 숨겨진 그 본심을 누가 알겠어? 그 마음속을 들여다 볼 수 있다면 나도 이렇게 외롭게 혼자 있지 않을 거야."

로렌즈가 자리에서 일어나 열린 문을 닫았다.

"부디 이번 일을 경험 삼아 신시아가 현명하게 변해야 할 텐데."

문이 닫혔다. 기둥 뒤에 숨죽인 채 서 있던 아벨라가 두려움과 공포 속에서 주먹을 꾹 움켜쥐었다.

약 복용은 계속 이어 나갔다. 아벨라는 마티어스의 침실에서 그의 부축을 받으며 눈을 떴을 때도 그가 내민 약을 거절하지 않았다. 그는 체력을 키워야 한다는 이유로 약을 내밀었고 아벨라는 그 의견에 동의하며 약을 거르지 않았다. 따지고 보면 단 하루도 약을 먹지 않은 날이 없었다. 하루에 세 번. 혹은 그 이상.

그래서일까. 그에게 말하지 않았지만 아벨라는 미묘한 몸의 변화를 느끼고 있었다. 그건 타인의 눈에도 확연히 드러나는 모양이었다.

"어머, 아벨라. 오랜만이야."

두 명의 하녀가 아벨라를 향해 반갑게 인사해 왔다. 누군가 싶어 보니 그녀를 궁지에 몰았던 티타임 사건의 예의 두 하녀들이었다. 두 하녀는 마른 수건을 가져오기 위해 일 층에 내려온 아벨라를 보고 넉살 좋게 알은체를 했다.

"마침 전할 말이 있었는데 잘됐네. 하녀장님 바뀐 거 알지? 저녁때 일 마치면 별관 뒤뜰로 모이라는 전언이야. 서로 얼굴도 익힐 겸 인사하는 자리니까 빠지지 말래. 간단한 다과도 준비된다니 늦지 않게 오도록 해."

두 하녀는 연락이 닿지 않는 아벨라에게 메시지를 어떻게 전달할까 고민했던 참이었다며 잘됐다고 덧붙였다.

"이 층에서의 일은 어때?"

"나쁘지 않아."

"혼자 넓은 데를 다 관리하려면 힘들진 않니?"

"전혀."

수건을 사각형 모양으로 반듯이 개는 아벨라가 무심하게 대꾸했다. 두 하녀는 이미 예상하고 있었다며 부러움과 질투가 섞인 목소리를 냈다.

"이 층 일이 편하긴 한가 보네. 얼굴만 봐도 알겠어."

"내 얼굴이 어떤데?"

"글쎄. 딱히 뭐라고 꼬집어 말하긴 어려운데 뭔가 달라진 것 같아. 아, 맞다. 피부. 푸석한 피부가 꽤 좋아졌어. 그리고 살도 좀 붙었고."

"맞아. 살이 좀 찐 것 같아. 그새 뭘 먹은 거니? 예전보다 훨씬 나아졌어."

두 하녀들은 아벨라의 얼굴을 뚫어지게 살피며 비법 타령을 했다.

"그 짧은 시간 동안 뭘 어떻게 한 거야? 무슨 비법이 있어? 비법이 있다면 함께 공유하자, 얘."

아벨라는 그녀들의 질문을 무시한 채 수건을 높이 쌓아 두 손으로 받쳐 들었다. 수건이 자연스레 얼굴을 가려 주자 아벨라는 미련 없이 그 자리를 박차고 나왔다. 두 손을 못 쓰니 발로 닫힌 문을 있는 힘껏 쾅 차면서 말이다.

쾅.

두 하녀가 갑작스러운 소리에 깜짝 놀라며 어깨를 들썩였다. 그러나 전처럼 포악스럽게 반응하진 않았다.

"인정하고 싶지 않지만 쟤 좀 예뻐진 것 같지 않아?"

"에이. 내 눈에는 똑같은데 뭘."

"아깐 너도 달라져 보인다고 했잖아."

"그건 맞장구 쳐 준 거지."

두 사람은 아벨라가 그랬던 것처럼 똑같이 수건을 개며 속닥거렸다.

"그래? 내가 잘못 봤나? 내 눈엔 확실히 뭔가 좀 달라 보이던데."

"일이 편하니까 살이 좀 붙었겠지, 뭐. 워낙 삐쩍 말라 볼품없던 애잖아."

"그럼 지금보다 살이 더 쪄서 정상 체중이 되면 꽤 예뻐지겠다는 얘기네."

이야기를 듣던 하녀가 설마, 하며 인정하고 싶지 않은 마음을 내비쳤다. 그러나 혹시라도 그렇게 되면 질투가 날 것 같은 얼굴로 아벨라가 사라진 문을 다시 한 번 쳐다보았다. 아벨라가 발로 찼던 문

한쪽이 여전히 움직이고 있었다.

아벨라는 수건을 들고 이 층으로 돌아와서 즐비하게 위치한 룸 중한 곳으로 들어갔다. 마티어스가 보여 줬던 거울이 있던 룸이었다. 손에 들고 있는 수건들을 잠시 내려놓은 그녀가 거울 앞에 섰다. 머리에 쓰고 있던 스카프를 푼 아벨라가 자신의 머리카락을 만졌다.

"빨라, 확실히."

시간이 지나면서 자연스럽게 자라는 게 머리카락이라지만 그 속도가 무척 빨랐다. 손가락 사이로도 잡히지 않았던 게 고작 며칠 전인데 이제 아벨라의 머리카락은 손가락 사이를 비집고 나오고도 한참 길어져 있었다.

"평범하지 않은 속도야. 이게 가능해?"

아벨라는 거울 속의 자신을 세밀하게 응시했다. 약을 먹은 지 겨우 일주일이 넘었다. 이제 겨우 일주일이다. 그런데 이렇게 효과가 좋을 수가 있을까. 아벨라는 거울을 바라보며 두 가지 감정을 동시에 느꼈다. 기쁨과 두려움, 그리고 기대감과 무서움을.

몸이 완전히 회복됐을 때는 어떤 느낌일까. 그녀의 손에 가만히 힘이 들어갔다.

"효과가 놀랍지?"

소리 없이 마티어스가 나타났다. 그녀가 커진 눈동자로 거울에 비친 마티어스를 쳐다보았다.

"내가 말했잖아. 도르제의 약은 먹는 양과 효과가 비례한다고."

어느새 나타난 그가 그녀의 등 뒤에 서서 그녀와 같은 시선으로 거울 속을 바라보았다.

"인기척이 없었어요."

아벨라가 이상한 눈으로 그에게 물었다.

"거울 보는 데 신경을 집중하느라 네가 놓친 거겠지. 여자들은 종종 그러잖아."

그렇지 않다. 자신은 거울에서 단 한순간도 눈을 떼지 않고 있었다. 결국, 이 사람도 신시아와 같은 괴물인 걸까. 문득 그런 생각이 들자 등 뒤로 오소소 소름이 돋았다. 아벨라가 한발 앞으로 걸어 나와 등 뒤에 서 있는 그와의 거리를 넓혔다.

"제가 말하지 않은 게 있어요."

"그래? 그게 뭐지?"

"제게 물었죠? 살인사건이 있은 뒤 많은 이야기가 생략된 것 같다고."

"그랬지."

아벨라가 그를 향해 돌아섰다.

"전 그 뒤로의 기억이 없어요. 열한 살 이후의 기억은 하나도 없어요. 제가 눈을 떴을 때 저는 이미 성인이 되어 있었어요."

고백과도 같은 그녀의 말에 그는 생각보다 아무런 표정 변화를 일으키지 않았다. 아벨라는 그가 얼토당토않은 말에 화가 났기 때문이라고 오해했다.

"믿지 않을 거라는 걸 알아요."

"누가 믿지 않는대?"

그가 앞서 나가지 말라며 잘라 말했다.

"나는 믿어."

"제 말을 믿는다고요?"

아벨라는 그가 단언하건대 웃기는 소리라며 무시할 것을 예상했다. 그런데 일말의 의심도 없이 믿는다는 그의 대답은 몹시 놀라웠다.

"그래. 나는 네 말을 믿어. 네가 하는 말 모두를 믿고 너의 얘기를 존중한다. 그 어떤 말도 거짓이라고 생각하지 않아. 그러니까 믿음을 가져."

"무슨 믿음이요?"

"너를 믿는 나에 대한 믿음."

믿음이라니. 앞서 나가는 경솔함이다. 고작 대화 몇 번 나눴다고 없는 믿음이 생길 리도 없다. 아니면 같은 병을 가지고 있기 때문에 서로 믿자는 건가? 아벨라는 안일한 그의 생각을 비웃고 싶었다. 더구나 로렌즈의 대화를 들은 이상 믿음이 생길 리가 없었다.

"믿음이란 단어는 함부로 쓸 수 있는 게 아니에요. 무엇보다 우리 사이에선 조심히 써야 할 단어가 바로 믿음이에요."

"그래?"

"그래요."

"뭐 그러든지."

그는 대수롭지 않는 투로 화장대 앞에 놓인 스카프에 눈길을 주더니 그걸 만지작거렸다. 아벨라는 그의 행동을 말없이 지켜보았다. 확실히 이 남자는 만날 때마다 새로운 모습을 보여 준다. 진중한 듯 가볍고 우울한 듯 밝다. 아직도 그가 불편하지만 처음 만났던 날의 포악함은 이제 없었다. 두 번째 만남은 어땠는가. 서슴없이 자신을 도와줬고 놀라울 만큼 자상한 모습으로 벗겨진 신발을 신겨 주기까지 했다. 임신 유무를 파악하기 위해 맞닥뜨렸던 세 번째에는 어느 때보다 초조해서 의아하기까지 했다. 네 번째는 온화했으며 다섯 번째인 오늘은 느슨한 모습으로 그녀를 편하게 대해 주고 있었다.

"스카프에 집시들이 사용하는 특유의 문양이 있군. 그들에게 받았나?"

"선물 받았어요."

"효과가 있어?"

"무슨 효과요?"

"누군지는 모르겠지만 주술을 걸어 났어. 잡귀들을 물리쳐 주는 주술을. 연금술사나 마녀들이 싫어하는 그런 내용인데 뱀파이어에게도 효과가 있는지는 모르겠군."

그가 아벨라에게 스카프를 내밀었다. 아벨라는 그걸 받아 다시 머리에 썼다.

"계속 착용해 왔던 거야?"

"네. 선물 받은 날부터 쭈욱."

"효과가 전혀 없군."

그가 그럴 줄 알았다며 집시들을 나무랐다. 아벨라는 혼자 문답을 하고 있는 그의 이야기를 귀담아듣지 않았다.

"오늘, 우리의 대화를 건너뛸 수도 있을까요?"

"우리라니 아주 좋은 표현이야. 듣기 좋은걸. 이유는?"

"하녀장이 바뀌었어요. 인사 겸 모두 모이라는 지시가 있어서요. 저녁때 빠지지 말고 참석하래요."

"그럼 지금 얘기를 나누는 건 어때?"

아벨라는 자신이 바쁜 걸 보여 주기 수건 뭉치를 다시 손에 들었다.

"낮에는 제가 할 일이 많습니다."

아벨라가 아까 하녀들 앞에서 그랬던 것처럼 수건을 양손에 받쳐 들고 그의 시선을 가렸다. 그가 어떤 표정을 짓고 있는지 예상되진 않았지만 특별한 말이 없는 걸 보니 수긍하는 것 같았다.

"네가 하녀라는 걸 잠시 잊었군. 그렇다면 오늘의 대화는 취소하도록 하지. 마침 저녁엔 나도 약속이 있으니까. 제법 시간이 오래 걸리는 일이라 언제 돌아올지 모르니 편하게 볼일을 보도록 해. 대신 내가 없더라도 약은 챙겨 먹어야 한다는 걸 잊지 말고."

"물론이에요."

아벨라가 룸을 나왔다. 마침 반대편 룸에서 술을 마시고 있는 카이가 보였다. 아벨라는 그 앞을 지나가며 잊지 않고 인사를 했다. 평소처럼 자연스럽게.

"카이님."

그녀의 목소리에 카이가 마시던 술잔을 뒤로 감추며 얼른 자리에서 일어섰다. 하녀 앞에서 술잔을 가릴 이유가 없는데 이상한 행동이었다. 하지만 이젠 아무래도 상관없다. 살인 모의를 하는 그들의 행동에 일일이 의미를 붙일 필요는 없었다.

"아벨라. 일하는 중이었어요?"

"네. 인사가 늦었습니다. 선물해 주신 구두는 잘 받았어요."

카이가 활짝 웃었다.

"마음에 든다면 다행이에요."

"그런 고가의 구두를 제가 받아도 되는지 고민돼요. 무례한 질문이긴 한데 너무 궁금해서요. 혹시 구두에 달린 장신구가 모두 진짜인가요?"

아벨라의 질문에 카이가 당연하다며 목청을 높였다.

"물론이죠. 구두에 달려 있는 장신구는 모두 값어치 높은 진짜예요. 스타일은 언제나처럼 똑같이 주문했는데, 왜요? 마음에 안 들어요?"

"안 들긴요. 사이즈도 딱 맞아요. 다시 한 번 감사드립니다."

아벨라는 구두가 마음에 든다며 감사를 표시했다.

"지금은 일하는 중이라 정중하게 인사드리지 못하는 걸 용서해 주세요."

"아니에요. 인사라뇨. 바쁘실 텐데 얼른 일하세요."

아벨라는 높게 쌓아 올린 수건 사이로 고개를 숙여 보이더니 이내 총총히 사라졌다. 그런 아벨라를 향해 카이가 고개를 꾸벅 숙였다 올렸다.

"카이."

룸으로 들어가 콧노래를 부르며 술을 들이켜던 카이가 또다시 잔을 얼른 뒤로 감췄다. 가뜩이나 인기척 없는 사람들인데 양쪽에서 소리 없이 불쑥불쑥 나타나니 앞으로는 편하게 술도 못 마시겠다는 예감이 들었다.

"네. 마티어스님. 무슨 일이세요?"

카이가 마티어스를 향해 뒤돌아섰다.

"그녀에게 선물을 보낼 때 카드를 동봉하지 않았나?"

"했습니다. 최고급 양지로요."

"그런데 왜 그녀가 네게 감사인사를 하는 거지?"

그가 의문을 가지고 질문을 했다.

"카드에 내 이름을 쓰지 않았어?"

"썼습니다. 아주 크게."

"썼다고?"

"네. 카드 말고 상자 밑바닥에요."

카이가 시킨 대로 했는데 뭐가 잘못됐냐며 철없는 얼굴을 했다.

"그걸 보지 못한 모양인데요. 지나가는 하녀에게 그녀의 선물이니 잘 전달하라고 했는데 아마 그래서 제가 준 거라고 생각하는 모양이에요."

선물 상자의 밑바닥까지 확인하는 사람은 없다. 그 바닥에 뭐가 있다고. 카이는 일부러 그런 것이다. 속옷 차림으로 그녀를 영접했던 날에 대한 복수로. 마티어스는 카이의 해맑은 얼굴을 보며 매끈한 미간을 흉하게 일그러트렸다. 어린 녀석의 장난을 나무라기엔 그 내용이 너무 가벼워 추궁하기에도 옹졸해 보였다.

'뻔뻔한 면상 같으니.'

그는 그 말을 입 밖으로 내뱉진 않았지만 카이는 이미 그 말을 선명하게 들은 것처럼 그의 등을 향해 용서해 주셔서 감사합니다, 라고 허리 굽혀 인사했다.

"해가 지면 나는 외출한다."

"외출을요? 중요한 일이 있으십니까?"

"오늘 밤부터 사냥을 나갈 생각이야."

"혼자 나가시려구요?"

"그럴 생각이었는데 로렌즈가 함께 동행하겠다고 하는군. 오늘 밤, 이곳엔 너뿐이야. 그러니 그녀의 안위에 문제가 생기지 않도록 신경 써. 약도 잊지 말고 챙겨 주고. 할 수 있겠지?"

"물론입니다, 마티어스님."

운이 그녀를 위해 움직여 주는 느낌이다. 새 하녀장의 부임 축하를 위해 하녀들이 전부 뒤뜰로 사라진 뒤 얼마 되지 않아 마티어스와 로렌즈도 외출을 했기 때문이다. 별관이 텅텅 비었다. 별관 안에 있는 사람은 오직 셋. 이제 행동을 개시할 때였다. 그때 남아 있는 세 명 중 한 명인 카이가 저녁 시간에 맞춰 약을 가지고 왔다. 친절하게도 은쟁반 위에 약을 가지고 온 카이를 보며 아벨라는 조바심을 숨기고 최대한 자연스럽게 약을 마셨다.

"한 잔 더 마실 수 있을까요?"

아벨라의 부탁에 카이는 물론이라며 어디론가 가서 자연산의 그것을 다시 가져왔다. 신기했다. 이 층엔 모두 숙소로 이용되는 룸만 있을 뿐인데 약을 매번 어디서 가져오는지 알 수가 없다. 룸 하나에 약이 다량으로 비치되어 있기라도 한 걸까. 아벨라는 두 번째의 잔을 기울이며 자기도 모르게 아쉬운 듯 입맛을 다셨다.

"약이 입에 맞아요?"

"어제랑 다른 맛이에요. 그러고 보면 늘 새로운 맛인 것도 같아요."

"놀라워라. 그 차이를 알다니 슬슬 미각이 살아나는 모양이에요. 마티어스님이 기뻐하실 소식이네요."

"그래요?"

"미각이 살아난다는 건 다른 감각들도 서서히 깨어난다는 뜻이거든요. 오감 중에 제일 첫 번째로 미각이 살아나고 제일 마지막으로 촉각이 눈을 떠요. 아, 이건 마티어스님이 음식 거부증을 이겨 낼 때 했던 말을 그대로 전달한 것뿐이니 오해는 말아요."

카이는 혹시나 실언을 했을까 봐 얼른 설명을 덧붙였다. 아벨라는 물론이라며 오해 같은 건 없다고 잘라 말했다.

"제가 한 잔 더 요청한다면 무례일까요?"

"그럴 리가요. 약복용이 얼마나 중요한데요. 아무도 그런 걸 무례라고 생각하지 않아요. 마티어스님이 보셨다면 오히려 기뻐하셨을 걸요."

카이는 앞서보다 잽싸게 약을 가져다 바쳤다. 약을 먹는 아벨라를 바라보는 그의 표정이 어쩐지 들떠 있었다. 신이 나 보이기도 했다.

"보기 좋아요. 보고 있는 것만으로도 흥분돼요."

카이는 동경의 눈빛으로 그녀가 약을 복용을 모습을 바라보았다. 그의 박수를 받으며 아벨라는 하녀들의 모임에 참석하기 위해 이제 그만 자리를 비워야겠다고 말했다. 카이는 이 층 계단을 내려가는 그녀에게 손까지 흔들어 주었다.

"즐겁게 놀다 와요."

아벨라는 약으로 단단히 배를 채우고 그의 배웅 속에서 자연스럽게 테라의 숙소로 걸음을 옮겼다.

오늘 카이는 테라를 죽이지 않을 모양이다. 어쩌면 마티어스가 돌아오는 시간에 맞춰 죽일지도 모르는 일이다. 결론은 누가 있든 없든 그들은 테라를 죽일 것이고 아벨라는 그걸 막기 위해 오늘 테라를 데리고 이곳을 도망치기로 결심했다.

"초대받지 못한 건 너뿐인데 뭐가 좋아서 실실 웃고 있어?"

테라는 누군가의 드레스를 입은 채 화장을 하느라 바빴다. 콧노래까지 부르며 들떠 있는 모습이 태평해 보이기까지 했다. 아벨라는 그런 그녀를 보며 어지간하다는 표정을 지었다.

"그 드레스는 또 누구 거야?"

어디서 가져오는 건지 참 잘도 가져와서 잘도 입는다. 그러나 이젠 드레스의 주인이 누구 것인지 염려하며 마음 졸이지 않아도 된다.

"더 잘됐어. 드레스를 입었으니 마차를 타고 이곳을 빠져나가기가 훨씬 수월하겠어."

아벨라는 화장을 하는 테라를 도왔다. 묶인 머리를 풀어 한껏 부풀려 주고 옷장을 열어 겉에 걸칠 길고 커다란 숄을 찾아내 테라의 얼굴을 가렸다. 망토가 있다면 좋았겠지만 이걸로도 대충 구색이 갖춰졌다. 테라는 자신을 예쁘게 꾸며 주는 아벨라에게 환호했다.

"이것도. 저것도. 더 해 줘. 더 더."

테라는 신이 나 기분이 좋아 보였다. 다행이었다.

"그래. 이 상태를 계속 유지해. 그래야 여길 나갈 수 있어."

아벨라는 테라가 아끼는 구두를 손에 들고 나머지 한 손으로는 테라의 팔목을 움켜쥐었다. 테라가 갑자기 반항했다. 가만있을 그녀가 아니라는 건 이미 예상했다. 아벨라는 조프리를 언급하며 밖으로 나가자고 유혹했다.

"조프리 아저씨한테 가는 거야. 그의 푸줏간에 맛있는 고기가 많

아. 고기가 먹고 싶다고 했지? 내가 사 줄게."

"싫어. 난 안 가."

테라는 갑자기 아벨라의 유혹을 거절했다. 아벨라는 당황했다. 정신이 완전히 나가기 전에 어서 탈출해야 하는데 갑자기 왜 이러는지 이유를 알 수 없었다.

"고기 먹고 싶지 않아? 내게 고기가 먹고 싶다고 했잖아."

"이런 고급스러운 차림으로 꼭 고기를 먹어야 해? 난 파티장에 가고 싶어. 멋진 신사와 귀족들이 우아하게 담소하는 그런 곳."

이유를 알았다. 아벨라는 당연히 파티장에도 갈 거라며 테라를 잡아끌었다. 테라는 아벨라의 거짓말에 기쁨을 감추지 못하며 허둥지둥 아벨라를 따라나섰다.

별관에는 손님들을 위해 네 대의 마차가 항상 대기하고 있다. 아벨라는 제일 앞에 위치한 마차를 현관 앞으로 불렀다. 그사이 답답한 숄을 벗어 내는 테라를 마부가 힐끔 쳐다보기는 했지만 짙은 화장을 한 테라가 누군지 알아보진 못했다. 아벨라가 재빨리 테라의 얼굴을 숄로 다시 감싸며 그녀를 얼른 마차 안에 태웠다.

"어디로 모실까요?"

마부의 말에 아벨라가 멈칫했다. 가는 곳을 아직 정하지 못한 상태였다.

"일단 밖으로 나가 주세요. 그러고 난 뒤 정확한 위치를 알려 줄게요."

"평소처럼 말입니까? 알겠습니다."

마부는 테라를 신시아로 착각하는 모양이었다. 신시아는 이맘때 화려한 치장을 하고 마차를 타고 밖으로 나갔다. 행선지는 매번 달랐기 때문에 일단 밖으로 나가자는 아벨라의 요구는 특별한 것도 아니었다.

"오늘은 아가씨를 직접 모시고 나가나 보죠? 하녀가 동행하는 건 드문 일이에요."

"모시고 나가야 할 일이 생겨서요. 약속 시간에 늦겠어요. 서둘러 주세요."

아벨라는 마차 위에 오르며 태연하게 부탁했다. 그러나 자연스럽게 행동하는 것과 달리 내심 속마음은 긴장한 채였다.

마부는 그녀들을 태운 뒤 정문 앞까지 이어진 길로 이동했다. 그 길이 얼마나 긴지 한참 동안 다그닥거리는 말의 발소리만 들렸다. 마부가 출입구에 서 있는 보초병들에게 모자를 벗고 인사를 했다. 첫 번째 출입구는 일종의 울타리 같은 개념이었기 때문에 별관에서 나오는 마차를 보며 순순히 철제문을 열어 주었다. 아벨라는 창문 틈으로 밖을 관찰하며 신경을 곤두세웠다. 두 번째 출입구에선 마차가 멈춰 서고 대기했다.

"그분이십니다."

"그분?"

"별관 손님이요. 새삼스럽게 뭘 확인하려고 합니까?"

마부는 마차 안을 확인하려는 보초병들에게 괜히 트집 잡힐 일 만들지 말라며 어서 문을 열라고 독촉했다. 별관 손님은 특별대우 대상이다. 그걸 모르지 않는 보초병들은 마부의 그 말을 알아듣고 육중한 문을 힘껏 열어젖혔다. 아벨라는 자기도 모르게 옆에 앉은 테라의 손을 움켜쥐었다. 이렇게 쉬운 방법이 있었던 걸 왜 하필 몰랐던 것일까. 그동안 얕은 꾀로 이곳을 빠져나갈 생각을 했던 자신이 한심했다.

마부가 저택을 완전히 벗어나자 속력을 내기 시작했다. 아벨라의 입안에서 드디어 안도의 숨이 흘러나왔다. 긴장이 풀린 아벨라가 옆

의 테라를 바라보았다. 거울을 들고 입술을 바르는 테라를 보고 있
노라니 피식 웃음이 나왔다.

"웬일로 얌전한가 싶었더니 급한 와중에도 잘도 거울을 챙겨 가
지고 나왔네. 잘했어. 덕분에 아무 소란 없이 잘 탈출했어."

아벨라는 창문을 열고 밖을 내다보았다. 구경을 하기 위해서가 아
니었다. 어디로 가야 할지 갈피를 잡지 못해 그런 것이다. 런던이 어
떤 곳인지 그녀는 잘 모른다. 아빠와 함께 겉핥기식으로 구경한 게
전부다.

'어디로 가야 안전할까?'

일단 이곳으로부터 멀리 떨어진 곳이 좋겠다. 아벨라는 마차의 천
장을 손으로 크게 두 번 두들겼다. 밖에 있는 마부에게 할 말이 있다
는 표시였다. 그녀가 창문 밖으로 마부에게 말했다.

"항구로 가 줘요."

마부는 의아해하지 않았다.

"매번 가시는 곳 말씀하시는 거죠? 이스트 엔드가 있는 동쪽 템스
강 근처의 항구요."

신시아는 그곳으로 밤나들이를 가는 모양이다. 동선이 같으면 안
된다는 생각이 들었지만 아벨라는 일단 그쪽으로 데려가 달라고 말
했다.

"그쪽으로 최대한 빨리 가 주세요. 아주 빨리."

탈출은 완벽했다. 이젠 한시라도 빨리 이곳을 벗어나 자취를 감춰
야 한다. 그리고 마부를 돌려보내고 항구 안쪽으로 깊숙이 숨어들어
야 했다. 후작이 사람을 풀고 쫓아오기 시작하면 그땐 감당할 수 없
었다.

마부가 속력을 냈다. 아벨라는 콧노래까지 흥얼거리는 테라를 보
며 손에 들고 있던 구두에서 장식품 몇 개를 잡아 뜯었다. 카이에게

구두에 장식된 장신구가 진짜인지 물었던 이유는 이럴 때를 대비해서였다. 아벨라는 항구에 도착 하자마자 마부에게 그걸 쥐여 주었다.

"이제 됐으니 당신은 후작 댁으로 돌아가도록 해요."

"네에?"

"걱정 말아요. 아가씨 내가 안전하게 모실 거니까. 이건 아가씨가 주는 수고비예요. 오늘 일은 비밀로 해 달라고 하시는군요."

마부는 손에 쥐여진 걸 힐끔 바라보다가 기겁을 했다.

"무, 물론입니다. 지금껏 단 한 번도 아가씨를 모셔다 드리면서 입을 놀린 적 없어요."

"그럼 됐어요. 이제 그만 가요."

"하지만 여긴 경찰도 손을 못 쓴다는 이스트 엔드예요. 날품팔이들과 부랑자와 창녀들이 들끓습니다. 저는 매번 새벽까지 이곳에서 기다렸다가 아가씨를 모시고 다시 후작 댁으로 갔어요. 그런데 오늘은 왜……?"

마부는 혹시 생길지도 모르는 불상사가 염려되는지 문이 열린 마차 안을 자꾸만 힐끔거렸다.

"오늘은 내가 따라왔잖아요. 그러니 안심하고 그냥 돌아……."

아벨라는 미처 말을 끝내지 못했다. 마차에 있던 테라가 도망치듯 저만치 달려갔기 때문이다. 아벨라는 테라를 쫓아가며 마부에게 신경 쓰지 말고 돌아가라고 다시금 소리쳤다. 마부는 다급해 보이는 아벨라 등에 대고 소리쳤다.

"무슨 일이 생기면 후작 댁으로 연락 주세요! 후작 댁 사람이라는 걸 말하면 그 누구도 함부로 대하지 못할 겁니다! 아시겠죠?"

마부는 수고비로 받은 보석을 바라보았다. 믿기지 않았다. 어떻게 이런 횡재가 있을 수 있단 말인가. 같은 마부라도 이래서 귀족집의 마부가 좋은 것이다. 길에서 손님을 태우기 위해 밤낮없이 일할 때는 예의 없는 손님들 때문에 곤혹을 치르기가 일쑤였다. 술에 취해 시비를 거는 사람, 트집을 잡으며 삯을 깎는 사람 등. 그런데 수고비로 보석이라니. 그의 손이 너무 좋아 달달 떨렸다.

마부는 기쁨의 눈물까지 흘리며 아벨라가 사라진 곳을 향해 연신 허리를 굽히고 또 굽혔다. 후작 댁에서 일을 하는 건 자자손손 행운이라는 말이 헛소문이 아니었다. 마부는 마차를 끌고 돌아가면서 후작과 그의 주변인들에게 복이 있길 기도했다. 그 기도 속에서 아벨라는 숄도 벗어 던지고 길을 질주하는 테라를 겨우 잡았다.

"테라! 당장 멈추지 못해?"

"아이참. 나 좀 놔! 파티장을 찾아야 할 거 아니야? 어느 쪽으로 가야 하니? 내가 길을 잘못 들었나?"

테라는 사방을 두리번거리면서 파티장을 찾겠다며 수선을 피웠다. 해가 진 저녁에, 그것도 빈민가 근처에서 화려한 드레스를 입고 뛰는 테라는 사람들의 시선을 끌었다. 마부의 주의가 아니더라도 이곳은 불량한 분위기가 물씬 풍겼다. 아벨라는 바닥에 떨어진 숄을 주워 들고 테라를 자신의 곁으로 잡아당겼다. 길을 헤매는 건 올바르지 않았다.

"파티가 열리는 곳은 이쪽이 아니야."

"아니야?"

테라가 그곳이 어디냐며 어서 그곳으로 가자고 독촉했다.

"파티가 열리려면 아직 더 있어야 해. 그러니 쉴 수 있는 곳을 먼저 찾자. 따라와."

"싫어!"

아벨라는 싫다는 테라의 의견을 묵살한 채 빠르게 앞으로 걸어 나갔다. 방향을 살필 겨를도 없었다. 양쪽으로 나란히 즐비해 자리 잡고 있는 것들은 모두 술집이었다. 그 사이에 자리 잡은 부랑자들이 그녀들을 주춤거리며 따라오고 있었다. 아벨라는 제일 처음 눈에 띈 숙박시설로 무작정 들어갔다.

"어서 오세요."

문에 걸어 놓은 종이 딸랑 소리를 내자 인사를 한 주인이 두 여자를 보고 의아한 표정을 지었다. 이곳에서 볼 수 있는 행색이 아니었다. 그런 이유로 주인은 어서 오세요, 에 이어 엉뚱한 말을 내뱉고 말았다.

"무슨 일이십니까?"

"방을 주세요. 선불인가요?"

아벨라의 질문에 주인이 황급히 아니라며 고개를 저었다.

"숙박비는 나갈 때 지불하셔도 됩니다만."

누추한 이곳도 괜찮냐는 말은 생략했다. 주인은 아벨라에게 손을 잡힌 채 들어 온 테라를 쳐다보았다.

"여기가 어디야? 여긴 파티장이 아니잖아!"

언성을 높이며 화를 내는 테라는 자신의 손을 잡고 있는 아벨라의 손을 뿌리치려고 안간힘을 썼다. 아벨라는 혹시 모를 오해를 차단하기 위해 다급히 연기를 시작했다.

"테라 아가씨. 제발 술 좀 깨고 진정하세요. 여기서 그분을 만나기로 했잖아요. 밖에선 그분을 기다릴 수 없어요."

아벨라는 얼른 주인장을 바라보며 난감한 표정을 지었다.

"아가씨가 많이 취하셨어요. 그러니 어디든 안내해 줘요. 방은 두 개로."

주인은 알겠다며 열쇠꾸러미를 들고 카운터에서 나왔다. 테라가 뜻 모를 말을 연거푸 쏟아 냈지만 술에 취했다는 아벨라의 말을 믿는지 크게 신경 쓰지 않고 방을 안내해 주었다.

"이쪽입니다."

아벨라는 테라를 방에 놓여 있는 의자에 억지로 앉혔다. 주인이 예의 바르게 인사하며 문을 닫아 주었다. 테라가 의자에서 벌떡 일어나더니 문으로 달려 나갔다. 아벨라가 그녀를 잡아와 다시 의자에 앉혔다.

"앉아 있어."

"날 지금 어디로 데려온 거야? 당장 문 앞에서 비켜서! 여길 나갈 테야!"

"시끄럽게 굴지 말고 가만히 좀 있어!"

아벨라가 처음으로 소리쳤다. 그 목청이 얼마나 크고 매서운지 길길이 날뛰던 테라가 처음으로 움찔거렸다.

"똑똑히 들어. 우린 파티장에 가기 위해 여기 온 게 아니야. 넌 후작 댁에 있었으면 죽었어. 그들이 널 죽이겠다고 한 말을 내가 들었다구. 그러니 정신 똑바로 차리고 그만 좀 칭얼대. 우린 이곳으로 놀러 나온 게 아니라 살기 위해 그곳을 탈출한 거니까. 알겠어?"

아벨라는 굳은 얼굴로 자신을 바라보는 테라의 어깨를 힘주어 잡으며 현실을 직시할 수 있도록 다시 한 번 경고했다.

"대답해 봐. 방금 내가 우리가 여기 왜 왔다고 했지?"

"노, 놀러 온 게 아니라 도망친 거라고."

"맞아. 살기 위해서 온 거야. 그러니까 발광은 그만하고 의자에 앉아 네가 좋아하는 치장을 계속해."

아벨라의 갑작스러운 태도 변화에 테라가 주눅이 드는지 고분고분 의자에 앉았다. 여차하면 한 대 때릴 듯 사납게 눈을 치켜뜬 아벨라는 생경했다. 테라는 손거울에 비춰 보이는 아벨라를 바라보며 목을 긁었다.

"어디 가?"

"필요한 물건 좀 사 올게. 여기서 얌전히 기다리고 있어."

아벨라는 문을 닫고 품속에 넣어 둔 구두 한 짝을 꺼냈다. 테라가 보았다면 또 자신의 것이라며 난리칠 것이 분명하기 때문에 미리 몰래 품에 숨기고 있었다. 아벨라는 구두에 달린 장신구를 하나씩 떼어 냈다. 손끝이 아리고 아팠지만 지체할 시간이 없었다. 보석들을 전부 떼어 낸 아벨라가 몇 개를 제외한 나머지를 모두 앞치마 주머니에 넣어 보관했다. 그녀가 곧장 주인을 찾아갔다.

"아주 독한 술 두 병과 생고기를 구해다 줄 수 있어요? 갓 도축한 거면 더 좋아요."

주인은 아벨라가 손 위에 내민 것을 보다가 다시 그녀를 쳐다보았다.

"하녀복을 입었네."

그의 말이 짧아졌다. 동시에 목소리에서 어렴풋한 무시가 묻어났다.

"맞아요. 그게 왜요?"

"아니. 여기 와서 생고기를 찾는 게 이상해서."

그는 아까 테라와 함께 있을 때 느끼지 못한 진득한 호기심을 내비치며 능글거렸다.

"주인이 사내놈과 어울리면 넌 뭘 할 거야? 시간이 많이 남을 텐데."

아벨라를 바라보는 그의 눈에 저속한 욕망이 드러났다.

"보아하니 네 주인아씨도 한두 번 밤나들이를 다닌 게 아닌 모양인데, 그때마다 넌 뭘 하면서 시간을 보내? 밤새도록 문 앞에서 기다리진 않을 거 아니야."

과거에 아빠와 함께 숙소를 찾아다녔을 때가 떠올랐다. 허술한 차림의 가난한 부녀를 그들은 어떻게 대했던가. 아벨라의 눈매가 단단해졌다.

"방에 있는 분은 귀족 댁의 영양이시죠. 당신도 눈치챘겠지만 지체 높은 분이에요. 그런 분이 왜 이곳에 왔을까 사정을 궁금해하지 말아요. 호기심이 생겨도 모르는 척해요. 그분들의 사정을 알려고 하다가 목 날아간 사람들이 여럿이니까."

"아, 그거야 뭐……."

"왜? 내 말이 거짓말 같아? 넌 목 날아가는 게 우스운가 보지?"

아벨라가 그와 똑같이 반말을 내뱉었다.

"착각하는 모양인데 난 네 하녀가 아니라 네 가게에 온 손님이야. 그러니까 주절주절 그만 떠들고 제대로 된 서비스 정신을 보여. 너의 하찮은 호기심에 부응해 줄 만큼 한가하지 않으니까. 알겠어?"

소리치는 아벨라의 눈은 적안이었다. 그녀는 모르고 있었지만 세 잔의 피를 연거푸 마신 탓에 눈동자가 붉게 물들어 있었다. 주인은 치근덕거리던 태도를 슬그머니 감추며 헛기침을 내뱉었다. 저런 눈동자는 듣지도 보지도 못했는데 막상 마주하니 기괴한 걸 본 듯 기분이 이상했다.

"말귀를 알아들은 듯하니, 이제 그만 내가 부탁한 걸 처리해 줄 수 있는지 대답해 주면 좋겠군."

"그, 그게 말이죠. 너무 늦은 시각이라 다들 가게 문을 닫았을 텐데 구할 수 있을지 원."

아벨라가 앞치마 주머니 안에서 진주 한 알을 꺼내 내밀었다. 주인이 다시 한 번 헛기침을 했다.

"문을 연 가게가 있는지 찾아보고 오겠습니다. 술과 고기라고 하셨죠?"

그가 손을 뻗어 그걸 받으려 하자 아벨라가 주먹을 쥐어 진주를 손안에 감췄다.

"구해 오면 주겠다. 네 믿음을 보여 줘."

진작 이랬어야 옳다. 이게 주인과 손님의 명확한 태도다. 주인은 그제야 아벨라에게 기다려 달라고 말한 뒤 가게를 나갔다. 그리고 오래 지나지 않아 큰 바구니에 그녀가 말한 것들을 담아 가지고 왔다. 혼자 고군분투했는지 땀을 닦아 내는 그가 친절한 미소를 잃지 않은 채 유리잔까지 내밀며 아벨라의 비위를 맞췄다. 아벨라는 그에게 넉넉한 수고비를 주었다.

"진짜 장신구야. 값어치는 당신이 더 잘 알 테지."

"가, 감사합니다!"

"아, 그리고 한 가지 더. 혹시 밤에 방에서 이상한 소리가 나도 신경 쓰지 마. 영애님의 애인은 회포를 거하게 푸는 분이시라서 말이야. 무슨 뜻인지 잘 알지?"

"그럼요. 그럼요."

주인은 당연하다며 바구니를 아벨라의 방 앞까지 들어다 주었다. 고맙다는 인사는 무시했다. 숙박비의 천 배나 되는 수고비를 준 이상 밤새 그의 절을 받아도 부족하니까 말이다.

아벨라는 테라 앞에 그가 준 바구니를 풀었다. 그릇에 담긴 그것이 모습을 드러내자 비린내가 확 풍겼다. 아벨라는 냄새를 참지 못하고 고개를 틀었는데 테라는 반대로 고개를 쭉 빼며 바구니에서 눈을 떼지 못했다.

"그게 뭐야?"

"음식."

아벨라는 일단 주인이 준 잔에 술은 넘치도록 따라 테라에게 건넸다.

"술이야. 일단 마셔."

테라가 방긋 웃더니 맛을 봤다. 다행히 입에 맞는 모양인지 물쳐럼 벌컥벌컥 마시기 시작했다.

"내 입맛에 딱이네. 역시 아벨라라니까."

"이것도 준비했어."

아벨라는 늦지 않게 접시에 올려진 커다란 고기 하나를 들어 내밀었다. 테라가 입을 쩌억 벌리며 그걸 전부 입안으로 구겨 넣었다. 우적우적 씹는 소리가 주방 안에서 고기를 먹던 테라의 모습을 떠올리게 했다. 테라는 목을 긁으며 맛있다는 표정을 지어 보였다. 아벨라는 잔에 술은 다시 가득 따라 테라의 손에 쥐여 주었다. 많이 먹고 많이 마시게 해서 잠을 재워야 했다. 그렇지 않으면 또다시 정신이 나간 채 밤새 발광을 할 것이다. 그렇게 되면 지금의 도피는 더 이상 유지할 수 없었다.

고기와 술을 사 온 건 그런 이유다. 배고픔을 달래 주고 술에 취해 잠이 들게 하기 위해서였다. 그런데 테라가 씹고 있던 고기를 이유 없이 전부 게워 냈다. 고기만 뱉어 냈다면 다행이건만 술까지 게워 낸 테라가 속이 아프다며 술잔을 벽에 던져 버렸다.

"이런 게 아니야! 내가 먹고 싶은 건 이게 아니라구!"

테라가 갑자기 성질이 내며 아벨라에게 항의했다.

"아벨라! 너 날 끝까지 속일 셈이니? 내가 먹고 싶은 게 겨우 이런 고깃덩어리인 줄 알아? 정말 내가 먹고 싶은 게 뭔지 모르겠어?"

두 주먹을 불끈 움켜 쥔 채 씨근거리는 테라를 아벨라는 무심할 만큼 조용한 얼굴로 바라봐 주었다.

"네가 먹고 싶은 게 뭔데?"

"그걸 몰라? 모른다고?"

"몰라. 고기 아니었어?"

"아니야! 내가 먹고 싶은 건!"

"피야?"

아벨라는 그 말을 하기까지 무수한 고민을 거듭했는데 테라는 피라는 단어 하나에 몹시 기뻐했다.

"맞아. 피. 바로 그거야. 내가 먹고 싶은 건 피야. 피!"

테라가 아벨라의 손을 잡고 애절한 눈으로 부탁했다.

"아벨라. 나한테 피를 줘. 그럴 수 있지? 그렇게 해 줄 수 있지?"

"역시 변종이니 미친개니 하는 말, 전부 사실이었어. 내가 겪었던 그 모든 게 사실이었던 거야."

"뭐? 그게 무슨 말이야?"

"하녀장의 아들은 피를 먹고 싶어 했어. 동물의 피를 먹다가 결국 사람 몸속에 있는 피를 원했지. 그 괴물이 빌리를 죽였어. 빌리의 피를 먹어야 했으니까."

"네 말은 하나도 못 알아듣겠어! 무슨 말을 하는 거야? 내가 원하는 건 피라구! 당장 내게 피를 가져와! 쓸데없는 소리 그만 주절거리고 나한테 피를 줘! 피를 달라니까!"

테라는 꿈쩍 않는 아벨라의 발아래 무릎을 꿇었다. 그러곤 손등에 입을 막 맞추기 시작했다.

"아벨라. 피를 줘. 나 목이 너무 말라. 목이 타들어 가는 것 같아. 이건 견딜 수 있는 고통이 아니야. 제발 날 불쌍히 여겨서 피를 주면 안 돼? 넌 착하잖아. 착한 하녀잖아. 한번만 날 좀 도와줘. 그렇게 해 줄 수 있지? 해 줄 거지?"

가식적인 행동이었다. 당장 원하는 걸 손에 넣기 위해 하는 연기였다. 지금 이 행동은 더도 말고 덜도 말고 딱 테라다웠다.

"아니. 나는 네게 피를 줄 수 없어."

"뭐라고?"

아벨라가 테라의 손을 차갑게 내쳤다.

"하녀장의 아들처럼 괴물이 되면 어떻게 되는지 알아? 평생 쇠사슬에 묶인 채로 철창에 갇혀 있어야 해. 햇빛도 못 보고 신선한 공기 한번 못 마신 채 죽을 때까지 계속 그렇게 살아야 해. 그렇게 살고 싶어? 개 줄에 묶인 채로 살고 싶니?"

"개 줄?"

아벨라가 술병을 들고 와 테라의 입에 강제로 부었다.

"마셔."

"뭐, 뭐야? 뭘 하는 거야? 저리 비켜!"

"마셔! 살려면 입 벌리고 마시란 말이야!"

테라가 버둥거렸지만 아벨라의 힘이 더 세 꼼짝달싹 못 했다. 마른 그녀가 이렇게 힘이 좋았었나? 테라는 술을 마시지 않기 위해 발버둥 쳤지만 결국 항복하고 말았다. 바닥에 흘린 절반의 술을 제외한 나머지가 모두 테라의 입안으로 모두 들어갔다. 술병이 비자 아벨라가 테라를 저 멀리 밀쳐 냈다. 테라는 아벨라의 손아귀에서 벗어난 기쁨도 잊은 채 그녀를 향해 삿대질부터 했다.

"너! 너어!"

화가 뻗친 테라가 탁자를 던지고 낡은 화병을 던지며 성을 냈지만 아벨라에게 달려들진 않았다. 우악스러운 손아귀에 잡히면 또 어떤 형태로 괴롭힘을 당할지 모른다고 생각해서였다.

"테라. 이건 널 위해서야. 이유야 어쨌든 처음 나에게 이불을 빌려주었던 네 따뜻한 마음에 대해 은혜를 갚는 거라고 생각해."

테라는 아벨라를 노려보았고 아벨라는 그 시선을 묵묵히 받았다.

"이겨 내야 해."

아벨라가 손에 든 빈 병을 바닥에 툭 던졌다. 힘없는 빈병이 데구루루 굴러 벽에 툭 부딪혔다.

"이 모든 걸."

그건 테라뿐 아니라 자신에게도 하는 다짐과 같은 말이었다.

"그래야 살 수 있어. 너나 나나."

이 비극 같은 악몽에서 살아남으려면 정신 똑바로 차려야 한다는 그녀의 마지막 중얼거림을 들으며 테라가 비틀비틀 침대 위에 주저앉았다. 취기가 오르는지 다소 힘이 빠진 모습이었다. 아벨라를 향해 기분 나쁜 욕을 쉬지 않고 내뱉던 테라는 그새 술기운이 도는지 하품을 하며 껌벅이던 눈을 내리감았다.

테라는 얌전한 고양이가 된 듯 잠들었다. 아벨라는 구두 한 짝을 테라의 손 위에 올려 주었다. 테라는 잠결에도 구두를 손으로 잡아 쥐었다. 그녀가 잠들고 방에 고요가 찾아왔다. 그 모습을 지켜보던 아벨라는 예전에 도르제가 건네주었던 약도를 주머니에서 꺼냈다. 자신과 테라가 사라진 게 곧 들통날 것이다. 그전에 도르제를 찾아가 약을 받아 올 생각이었다.

"아직 소식이 의사 선생님에게까지 전해지진 않았을 거야."

아벨라는 앞치마 주머니에 넣어 둔 보석을 확인하고 그곳을 나왔다.

어둠이 더욱 짙어져 있었다. 아벨라는 약도가 그려진 종이를 손에 쥐고 어둠 속을 뛰었다. 병원까지의 거리가 너무 멀었다. 방향도 이곳과 정반대였다. 한참을 가야 한다는 생각에 마음이 급해진 그녀가 문득 걸음을 멈췄다.

"이 멍청이."

그녀가 손에 쥔 종이를 와락 움켜쥐었다. 달까지 뜬 이 시간에 병원 문이 열려 있을 리 없다는 사실이 퍼뜩 떠올랐기 때문이다.

"정말 멍청이."

어떻게 그걸 간과한 채 무작정 찾아갈 생각부터 했을까. 아벨라는 자신이 너무 한심하게 느껴져 그 자리에서 한참 자책했다.

"어이, 아가씨."

서 있는 그녀에게 검은 그림자들이 스윽 다가왔다. 이런 목소리를 내는 인간들을 안다. 멀지 않은 과거에 이와 똑같은 목소리를 내는 사내들의 목소리를 들었다. 아빠를 잃은 선술집에서 쫓겨 난 뒤 골목 안에서 그녀를 희롱했던 자들이 이런 목소리를 가지고 있었다. 그건 불쾌한 경험으로 여자로서 평생 잊지 못할 상처와 모욕이었다.

아벨라는 능글거리는 목소리를 내는 사내들을 쳐다보았다. 총 세 명. 밤의 거리를 배회하는 건 그들이나 아벨라나 마찬가지였지만 목적만은 분명히 달랐다. 한 사내가 아벨라의 마른 어깨에 덥석 손을 올렸다. 그 행동이 얼마나 자연스러운지 모르는 사람이 봤다면 야밤에 애인끼리 어깨동무를 하는 걸로 오해할 정도였다.

"놀라지 마. 잠깐이면 되니까. 뭐가 있나 좀 보자구."

사내는 손에 쥐고 있는 차가운 금속을 아벨라의 목에 바짝 댄 채 그녀에게 웃으라고 협박했다.

"자. 스마일. 이를 활짝 드러낸 채 방긋 웃어 줘."

단검이 꽤나 날카로워 비명을 지르면 단박에 목을 그어 버릴 것 같았다. 사내들은 휘파람을 불며 그녀를 후미진 골목으로 끌고 갔다. 우두머리 두비가 그녀의 주머니를 성급하게 뒤졌다. 아벨라는 목의 칼날을 느끼며 꼼짝도 하지 못했다.

"어디 보자. 딱 봐도 가진 게 없는 가난한 계집인 건 나도 알겠는데 앞치마 주머니가 볼록한 게 자꾸 눈이 가더란 말이지. 우린 돈 냄새 하나는 귀신같이 맡거든. 보통 계집이라고 하면 가슴에 눈이 가는 게 맞는데 넌 아니더라니까."

그러면서 앞치마에 손을 넣고 뒤적이던 두비가 뭔가를 발견했다.

"응? 이게 뭐야?"

두비의 입에서 너무 놀라 환호 같은 비명이 짧게 터졌다. 그건 나머지 두 명에게서도 마찬가지였다.

"혀, 형님. 그건 다이아몬드잖아요!"

"맙소사! 술값 정도의 푼돈이 나올 줄 알았더니 어떻게 이런 계집에게 다이아몬드가 나와요?"

"내가 묻고 싶은 말이다. 이게 대체 무슨 일이야?"

두비가 팔뚝만 한 칼을 아벨라의 코앞에 들이밀었다.

"이 야밤에 하녀 옷을 입고 뛰어다니는 계집이 수상쩍다 했다. 너 도둑이지?"

목을 누르고 있는 칼에 힘이 들어갔다. 두비는 당장에라도 아벨라를 죽일 듯 위협스럽게 물었다. 아벨라는 달빛을 받아 반짝이는 칼끝 아래서 겨우 대답했다.

"그, 그건 내 거예요. 선물 받았어요."

"뭐? 선물?"

사내들이 크게 웃었다. 너무 웃어 목에 대고 있던 날카로운 칼이 그녀의 여린 목에 기어코 상처를 냈다. 살갗 위로 한 줄기 피가 흘러내렸다. 그 피가 목을 타고 옷 앞섶을 적셨다.

"선물이라니. 이 계집 참 맹랑하네. 어떤 얼빠진 놈이 하녀에게 다이아몬드를 선물해? 그것도 이렇게 뭉텅이로."

두비가 아벨라의 머리채를 확 쥐어 잡았다.

"진주. 오팔. 사파이어. 다이아몬드. 종류도 각색이고 크기도 다양해. 이걸 선물해 준 사람은 무슨 보석상이냐? 응?"

"내 말은 진짜예요. 믿어 주세요."

고개가 옆으로 완전히 꺾인 아벨라가 사실이라며 믿어 달라고 호소했다. 두비는 웃기지 말라며 아벨라의 앞치마 주머니에 우악스럽게 손을 집어넣어 나머지 보석들마저 꺼냈다.

"안 돼요! 돌려줘요!"

"안 되긴 뭐가 안 돼? 도둑이 훔친 걸 강도가 다시 훔치는 건데."

"난 도둑이 아니에요!"

"주인집에서 훔치고 도망치던 중이었잖아!"

"그렇지 않아요! 그건 내 거라구요!"

두비가 아벨라의 복부를 발로 퍽 찼다. 아벨라가 마른 장작처럼 맥없이 뒤로 나뒹굴었다.

"짜증나게 구네. 시끄럽게 어디서 소리를 질러 대?"

두비가 귀찮다는 얼굴로 나머지 사내들에게 눈짓을 했다. 한 명이 골목 안에 미리 준비해 놓은 커다란 양탄자를 쓰러진 아벨라의 몸에 훌떡 덮어씌웠다. 죽이기 위해서다. 두비는 불량배 중에서도 질이 안 좋은 자로 밤거리를 배회하며 약자를 강탈하고 그저 재미로 사람을 죽이는 쓰레기들이었다. 그렇게 비명을 막아 주는 양탄자를 아벨라에게 덮은 뒤 사내가 허리춤에 찬 칼을 꺼내 들었다.

"안 돼!"

아벨라는 그물처럼 몸을 덮어 버린 양탄자 속에서 밖을 향해 있는 힘껏 팔을 뻗었다. 뻗은 손 사이로 밖의 상황이 시야에 들어왔다. 야밤에 횡재한 두비의 입이 크게 벌어져 있었다. 아벨라는 놓치지 않겠다는 듯 야윈 손을 내밀어 허공을 움켜쥐려 애썼다. 보석은 앞으로의 생활을 위해 무조건 필요한 재산이다. 그러나 그녀의 손을 사내의 날카로운 칼이 막았다. 그 모습을 보던 두비가 콧노래를 부르며 골목을 빠져나갔다. 끝까지 지켜볼 필요 없었다. 자신의 부하들은 프로였고 항구를 장악해 온 뒤 이런 일은 수 없이 많이 저질렀다.

"사람 하나 죽이는 거야 일도 아니지."

오늘 같은 경우는 시시한 축에 드는 일이었다. 두비가 옆의 부하에게 말했다.

"하녀를 멍청하게 건드렸다가 괜히 귀족과 엮이면 골치 아파져.

아깝지만 죽이고 가는 게 좋아.”

“당연하죠, 두목.”

“예쁘지도 않고.”

두비는 어쩜 저렇게 볼품없냐며 투덜거렸다.

“저렇게 생긴 하녀를 쓰는 주인도 참 어지간하다. 안 그러냐?”

“그러게요. 이왕이면 인물 있는 하녀 좀 쓰지. 너무 볼품없어요.”

“가자. 아지트로 가서 시원하게 술부터 마시고 다른 계집들을 불러서 회포를……”

회포를 풀자고 말하려던 두비가 뒷말을 삼킨 채 우뚝 걸음을 멈췄다. 작은 두 눈동자가 시큰한 통증이 느껴지는 자신의 옆구리를 내려다보았다.

“미안해, 두목.”

두비의 뒤를 따라 걸어오던 부하가 그의 옆구리에 찔러 넣은 칼에 더욱 힘을 주었다.

“뒷골목 생활 이십 년 동안 이렇게 많은 보석을 본 적이 없어. 이 정도면 평생 호의호식할 수 있을 텐데, 또 두목 혼자 독식할 거잖아.”

“네, 네놈이 감히!”

“그동안 두목 똥오줌 닦아 준 값이라고 생각해요. 잘 가요, 두목.”

부하가 옆구리의 칼을 빼 다른 급소를 다시 찔렀다. 두비가 비명을 내지르며 바닥에 쓰러졌다. 부하가 두비의 주머니에 있는 보석을 빼앗기 위해 가까이 다가왔다. 두비가 고통을 참으며 힘겹게 허리 뒤의 칼을 뺐다. 그리고 주머니 안의 보석을 꺼내는 부하의 목을 향해 마지막 힘을 쥐어짜 칼을 찔러 넣었다. 뜻밖의 공격을 당한 부하가 칼이 박힌 자신의 목을 움켜쥐며 두비를 쳐다봤다.

“뭘 쳐다봐? 이 두비님께서 너 같은 잔챙이의 손에 쉽게 죽을 거라고 생각했냐?"

부하가 주춤주춤 뒤로 물러났다. 억울한 눈으로 입을 벙긋거렸으나 말 대신 피가 울컥 흘러나왔다. 그 모습을 본 두비가 뱃살을 출렁이며 낄낄 웃었다.

"잊었나 본데 이 두비님의 것을 훔치고 살아남은 놈은 없어. 당연히 너도 예외는 아니야."

부하의 목에서 분수처럼 피가 뿜어 나왔다. 그는 아직 숨이 끊어지지 않은 두비를 꼭 죽이고 말겠다는 듯 두 눈을 부라리며 걸어왔으나 결국 두비보다 먼저 숨을 거뒀다. 두비는 죽은 부하의 얼굴에 침을 뱉었다.

"버러지 같은 새끼. 쫄쫄 굶는 거지새끼를 데려다 키워 준 은혜도 모르고 감히 내게 칼을 들이밀어? 어떻게 이 두비님의 것을 훔칠 생각을 해?"

두비는 자신의 허리와 급소에서 흐르는 피는 아랑곳하지 않고 죽은 부하에게 기어가 보석을 다시 빼앗았다.

"이건 내 거야. 전부 내 거라고."

피 묻은 손으로 보석들을 다시 자신의 주머니로 옮긴 두비는 어림도 없는 일이라는 듯 죽은 부하를 조소했다.

"제이크! 하녀는 놔두고 이쪽으로 와 날 도와줘! 이 거지 출신 놈이 날 배신했다! 날 칼로 찔렀다구!"

그가 골목 안을 향해 목청껏 소리쳤다. 그러나 단박에 들려야 할 부하의 씩씩한 대답은 들리지 않았다. 목소리는커녕 얼굴을 보이지도 않았다.

"멍청한 녀석. 사람 하나 죽이는 데 왜 이렇게 뜸을 들여? 한두 번 해 본 것도 아니면서."

점점 식어 가는 몸을 의식하며 두비가 억지로 몸을 일으켜 앞으로 걸어갔다. 도움이 필요했다. 두비가 어두운 밤하늘을 향해 큰 소리로 외쳤다. 그러나 터져 나오는 목소리는 어쩐지 크지 않았다.

"거기…… 누구 없소? 아무도…… 없어요? 나 좀…… 도와줘. 내가…… 칼에…… 찔렸……."

그가 밭은 숨을 몰아쉬며 천천히 바닥으로 주저앉았다. 구원의 손길은 어디에도 없었다. 그가 목을 꺾으며 마지막 숨을 몰아쉬더니 고개를 푹 꺾었다.

두비가 죽은 뒤 얼마 뒤에 지붕 위에서 그림자 하나가 불쑥 나타났다. 남자였다. 그는 가벼운 몸놀림으로 바닥에 착지하더니 담담한 얼굴로 죽은 두비와 부하를 슥 훑어보았다.

"난투극이라도 벌어진 건가?"

도움을 요청하는 소리를 듣고 왔는데 아무래도 늦은 듯싶었다. 그래도 혹시나 살아 있는 사람이 있나 싶어 주변을 둘러보는데 어두운 골목 안에 볼록한 양탄자가 눈에 들어왔다. 남자는 대담하게도 골목 안으로 뚜벅뚜벅 걸어 들어갔다. 가만히 살펴보니 양탄자 위로 드러난 형태가 어쩐지 사람 같았다. 안에 뭐가 있는지 궁금했다. 이곳에도 시신이 있는 것 같았다. 그가 볼록한 양탄자를 위로 잡아 올렸다. 그 순간이었다.

끼야야야아아악.

양탄자 안에서 팔뚝만 한 박쥐가 허연 이빨을 드러내며 그의 얼굴을 향해 확 날아들었다. 곧이어 수백 마리는 될 것 같은 수많은 박쥐가 그를 잡아먹으려는 듯 푸드덕 날개 소리를 내며 날아와 그의 몸을 지나쳐 그대로 사라져 버렸다. 정말 순식간이었다. 아주 찰나적인 일이었다.

남자는 환상을 본 것처럼 양탄자를 움켜 쥔 채로 잠시 멍해했다.

흠칫 몸을 미세하게 떤 것은 오히려 그 이후였다. 남자는 방금 일어난 일이 정확히 무엇인지 파악하지 못한 채 다소 느리게 주변을 살피고 고개를 들어 어두운 하늘을 쳐다보았다. 아무것도 없었다. 잘못 본 것이 아닌데 잘못 본 것처럼 아무 일도 없었다. 그가 허깨비를 본 것처럼 두 눈을 꿈뻑, 하고 감았다 떴다.

"······뭐야, 이거."

그때였다. 양탄자가 미약하게 움직였다. 그리고 이내 조금 더 크게 흔들거리더니 그 안에서 누군가 꿈틀거리며 양탄자 밖으로 기어 나왔다. 남자가 재빨리 뒤로 물러섰다.

'누구? 사람? 죽은 게 아니었나?'

어둠 속에서 홀연히 일어서는 그림자를 보며 남자는 허리춤의 총을 움켜잡았다. 눈앞의 물체가 모호하다. 남자는 총을 꺼내 쏠지, 아니면 등 뒤에 숨겨 둔 칼을 꺼내 던질지 고민했다.

'여긴 너무 어두워. 어둡고 습해.'

골목 안은 빛 한 점 들지 않는 곳이었다. 어둠을 꿰뚫어 보는 시야를 지니지 못한 남자가 시선을 모아 상대를 노려볼 때였다. 구름에 가려 있던 달이 찬찬히 모습을 드러내 그곳을 비췄다. 미비한 달빛이 두 사람을 비출 때 남자는 실루엣의 주인이 여자라는 걸 알았다.

'여자?'

남자는 여자를 보았고 여자도 남자를 보았다. 두 사람은 서로를 한참 쳐다보았다. 누군지 파악하기 위해서였다.

"괜찮아요?"

먼저 입을 연 건 남자였다. 양탄자 안에서 나온 게 죽은 시체가 아니라 사람인 건 다행한 일이었다. 그런데 그를 보고 있는 여자의 얼굴이 이상했다. 여자는 무슨 이유에선지 두 눈에 눈물을 가득 담은 채 그를 보며 몸을 떨었다.

"왜 그래요? 어디를 다친 겁니까?"

혹여 큰 상처를 입었을까 봐 걱정되어 묻는 그를 향해 아벨라는 더 이상 참지 못하고 남자의 품에 와락 달려들었다.

그것은 순간을 벗어난 찰나적인 시간. 결코 벗어날 수 없는 운명과도 같은 포옹의 파도. 아벨라는 남자의 가슴에 얼굴을 파묻으며 그렇게 말하고 싶던 단어를 소리 높여 외쳤다.

"아빠!"

남자는 피테르. 아벨라는 꿈에 그리던 아빠를 그렇게 만났다.

9

피테르는 아벨라를 보며 진심으로 당황했다. 당황뿐만이 아니다. 그녀가 연이어 쏟아 내는 말들은 그를 아연하게 만들었다.

"믿을 수 없어! 이게 어떻게 된 거예요? 정말 아빠예요? 다친 데는 없는 거예요? 아픈 데는요?"

아벨라는 믿을 수 없다는 말을 반복하며 그의 몸 여기저기를 확인하고 또 확인했다. 그러다 마지막엔 피테르의 얼굴을 두 손으로 감싸 쥐었다.

"아빠가 맞아. 정말 우리 아빠야. 다른 게 하나도 없어."

그녀가 와락 그를 다시 끌어안았다. 그 두 팔의 힘이 얼마나 크고 억센지 피테르는 미처 밀어내지도 못했다.

"날 버리고 어딜 갔던 거예요? 어디 갔다가 이제 나타난 거예요? 너무해! 난 하루도 잊지 않고 계속 찾았는데! 아빠가 정말 보고 싶었다구요!"

아벨라는 그의 가슴팍에 얼굴을 묻은 채 서러운 눈물을 토해 냈다. 눈물의 양이 얼마나 많은지 그의 가슴이 뜨끈했다. 어깨를 들썩이며 울음을 토해 내는 아벨라. 피테르는 멍한 얼굴로 할 말을 잊은 채 그녀의 행동을 지켜볼 뿐이었다.

"아빠가 다치지 않아서 다행이야. 정말 다행이야. 난 그것도 모르고, 아무것도 모르고, 그동안 바보처럼 혼자……."

그간의 일이 주마등처럼 머릿속을 훑고 지나갔다. 그동안 받은 상처와 고통이 떠올라 더욱 서러웠다. 그녀가 고개를 들었다. 눈물범벅의 그 얼굴이 달빛 아래서 애처롭게 웃었다.

"사랑해요, 아빠."

그녀는 열한 살의 아벨라가 그랬듯 그의 손을 들어 자신의 뺨에 가져다 댔다.

"이 말을 못 한 게 얼마나 후회스러웠는지 몰라요. 난 늘 마음속으로 기도했어요. 우리가 다시 만날 수 있다면, 아빠를 다시 만난다면, 난 이 말을 꼭 하고 싶었어요. 그깟 말이 뭐가 어렵다고 난 그동안 아빠에게 말하지 않았던 걸까? 뭐가 그렇게 쑥스럽고 힘들다고 아껴 뒀던 걸까? 이젠 안 그래. 그런 어리석은 짓은 다시 안 해. 사랑해요, 아빠. 아벨라는 언제나 아빠를 사랑해요."

그녀가 울면서 고백했다. 진작 말하지 않은 어리석은 딸을 이해해 달라며 그에게 용서를 빌었다.

"이젠 놓치지 않을 거예요. 그때 같은 그런 일이 다신 없게 하겠어요. 그러니까 다신 혼자 가지 말아요. 아무 데도 가지 말아요."

아벨라는 그에게 약속하자고 말했다.

"나와 약속해요."

약속을 해 달라는 아벨라의 얼굴을 보며 피테르는 그제야 대충 상황을 파악했다. 마구잡이로 이야기를 내뱉는 낯선 여자의 말이 무엇인지를 어느 정도 이해한 것이다. 그러니까 대략 여자의 이야기는 이런 모양이다. 다친 아빠가 사라졌고 여기서 다시 만난 것. 그런데 그 대상은 우연히도 하필이면 자신인 것이다. 혹시 정신이 온전치 못한 걸까.

"저기요. 아가씨."

"아가씨라뇨. 민망해요, 그런 말은. 하지만 아빠가 놀랄 만해요. 내가 갑자기 너무 커 버렸죠? 아빠는 그대론데 나만 이상해졌어요."

아벨라는 혼자 변한 자신이 속상해 눈물을 더 흘렸다.

"이유를 모르겠어요. 왜 나만 이렇게 된 건지. 마녀의 마술일까요? 아니면 누군가의 저주? 하지만 이젠 그게 뭐든 상관없어요. 아빠가 멀쩡하니 아무래도 상관없어요."

"이름이 아벨라예요?"

그의 질문에 아벨라가 눈물을 뚝 멈췄다. 아벨라는 의아함이 잔뜩 담긴 눈으로 왜 자신의 이름을 묻는지 모르겠다는 표정을 지었다.

"이름이 아벨라가 맞아요?"

그녀의 눈동자가 불안하게 흔들렸다. 그의 질문은 받아야 할 것이 아니었다.

"갑자기 왜 이름을……?"

"성은 뭐예요?"

"아빠!"

그녀의 목소리가 날카로워졌다.

"설마 내가 누군지 몰라서 그런 건 아니죠? 나는 아빠 딸 아벨라예요. 아벨라 모리스요."

아벨라는 그의 반응에 혼란스러워했다. 이건 상상해 왔던 해후가 아니었다. 기쁨과 환호가 가득해야만 했다. 그런데 피테르는 어렵게 만난 그녀를 너무나도 낯설어했다.

"그래요. 알아요. 이해해요. 내 모습이 너무 형편없어져서 마치 딴사람 같다는 거. 하지만 아빠. 놀랍고 두렵더라도 날 못 알아보면 안 돼요. 난 열한 살의 아벨라가 맞아요. 내가 그동안 얼마나 아빠를 찾아다녔는데요. 아빠가 날 못 알아보면 어떡해요? 이런 거 싫어. 내가 지금 얼마나 혼란스러운데. 아빠가 날 못 알아보면 난……."

자신은 이제 어쩌냐는 말을 피테르가 가로막았다.

"난 아가씨 아빠가 아니에요. 사정은 대충 짐작되지만 처음 보는 사람한테 이러는 건 큰 실례입니다."

"아빠!"

"내 얼굴을 잘 봐요. 아가씨 아빠와 나는 닮은 데가 없을 겁니다. 이곳 골목은 너무 어두워서 착각할 수 있어요."

"아니요! 똑같아요!"

그녀의 눈 위에 눈물이 뺨을 타고 흘러내렸다.

"하나도 변한 게 없어요! 내가 아빠를 못 알아볼 리 없잖아요!"

"아가씨. 난 그동안 런던을 떠나 있다가 오늘 이곳에 도착한 상태예요. 아가씨를 어디서 봤겠어요? 아가씬 내 이름도 모르잖아요."

"알아요!"

"안다고요?"

"피테르."

피테르의 얼굴이 의아해졌다.

"어떻게 내 이름을 알죠?"

"아빠니까요. 딸이 아빠 이름을 모를 리 없잖아요."

아벨라가 그에게 바짝 다가섰다. 피테르는 본능적으로 한 걸음 뒤로 물러섰다. 없었던 경계심이 생겨났기 때문이다. 그의 뒷걸음질을 본 그녀의 발이 더 이상 앞으로 나아가지 못하고 주춤거렸다. 그 덕에 그와의 간격이 조금 더 늘어났다.

"아빠. 제발."

멀어진 간격이 서글퍼 아벨라가 울먹였다.

"난 아빠의 딸이에요. 우린 산속에서 살았고 아빠 친구를 만나기 위해 런던에 왔잖아요. 왜 그래요? 왜 그런 낯선 눈으로 날 보는 거예요? 설마 그날 일로 인해 머리를 다친 거예요? 정말 내가 누군지 모르겠어요? 설마 날 잊은 거예요?"

"진정해요. 아가씨 사정은 대충 알겠어요. 하지만 이렇게 계속 착각을 하면……."

"나는 아빠의 딸 아벨라 모리스라구요!"

그녀의 몸이 바닥으로 무너졌다. 자신을 경계하며 낯설어하는 그를 믿을 수 없다는 듯 허무하게 쓰러졌다. 두 손으로 얼굴을 가린 채 흐느끼는 그녀의 울음소리가 밤하늘을 울렸다. 피테르는 난감한 얼굴로 우는 그녀를 내려다보았다. 사정이야 안타깝지만 그가 해 줄 수 있는 건 없었다.

"집이 어디예요? 이곳은 위험한 곳이에요. 오래 머물면 안 돼요. 아가씨도 나도."

"난 아가씨가 아니에요. 나를 기억해 내 줘요. 아빠의 딸을 떠올려 줘요, 제발."

아벨라는 어서 빨리 자신을 기억해 내라며 울부짖었다. 어둠 속에서 길게 퍼지는 여자의 울음소리는 시선을 끈다. 아니나 다를까 근처 어딘가에서 웅성거리는 남자들 목소리가 들렸다.

"야밤에 웬 울음소리야? 재수 없게."

"두목은 아직이야? 여기서 만나기로 했는데 어딜 간 거야?"

"좀 찾아봐. 언제까지 기다릴 수 없잖아."

그가 골목 밖을 쳐다보았다. 설마 싶었는데 역시나였다. 불량해 보이는 자들이 삼삼오오 걸어오고 있었다. 아무래도 아까 죽은 자들과 연관되어 있는 자들 같았다. 자칫하다간 싸움에 말려들 소지가 있었다. 만약 그가 사내들을 죽였다는 누명이라도 쓰면 골치 아파진다. 피테르가 울고 있는 아벨라에게 일어나라고 재촉했다.

"일어나요. 사람들이 오고 있어요."

다소 다급한 그의 말에도 아벨라는 요지부동 움직이지 않았다. 그가 안 되겠다 싶은지 울고 있는 아벨라를 일으켜 세웠다. 모르는 척 두고 갈 수도 있었지만 그렇기엔 장소가 너무 험악했다.

"아무 소리도 내지 말고 날 따라와요."

골목을 빠져나오자 그 앞에 죽어 있는 두 구의 시체가 보였다. 피테르는 이미 본 상황이었지만 아벨라는 피범벅인 그들을 보고 놀라 어쩔 줄 몰라 했다.

"피, 피가!"

깜짝 놀란 그녀의 입에서 비명이 터지려는 순간이었다. 피테르가 즉시 그녀의 입을 틀어막았다.

"쉿."

그가 그녀의 귓가에 대고 재빨리 말했다.

"진정해요. 소리 지르면 안 돼요. 그대로 천천히 옆으로 비켜서 걸어요."

그녀의 두 눈이 두비의 몸에서 흘러나온 피를 보며 크게 흔들렸다. 붉은 피. 분수대의 물처럼 콸콸 쏟아져 내린 낭자한 그 진한 피의 색감.

"보지 말아요. 내 손을 잡고 나만 따라와요. 할 수 있죠?"

피테르는 그녀를 진정시키며 급히 그곳을 빠져나가려 했다. 하지만 아벨라는 피에서 좀체 눈을 떼지 못했다. 그녀가 이성과 감성 사이에서 경련을 하듯 몸을 부르르 떨었다.

'안 돼. 여기선 안 돼. 피를 보고 흥분하는 모습을 보여선 안 돼.'

그녀가 초인적인 자제력으로 두비의 피를 외면했다. 피테르 앞에서 이상한 모습을 보일 수는 없었다. 아벨라가 질끈 눈을 감았다. 자제하기 위해 잔뜩 움켜쥔 주먹 위로 심줄이 튀어 올랐다. 그래도 후각을 파고드는 달콤함을 차단하는 건 쉽지 않아 잇새를 물고 또 물었다.

"이쪽이 아닌가 봐. 아무것도 없어."

"젠장. 너무 어두워서 어디가 어딘지 알 수 있나? 불도 들어오지 않는데 가로등은 왜 설치해 놓은 거야?"

"그러니 자지러지는 여자 울음소리가 들렸겠지. 어두워야 재미를 볼 수 있잖아."

사방은 여전히 어두웠지만 저질스러운 사내들의 목소리는 보다 가깝게 들렸다. 피테르는 두 주먹을 쥐고 비명을 참아 내는 아벨라를 보며 온전히 빠져나갈 수 있는 길을 찾기 시작했다.

"어이. 거기 누구냐?"

그때 패거리 중 한 명이 어둠 속의 두 사람을 발견했다.

"누구야, 너?"

순간 위협을 느낀 피테르가 아벨라의 손을 잡고 외쳤다.

"뛰어요!"

그의 외침과 동시에 그녀의 몸이 의지와는 상관없이 앞으로 쏠렸다. 피테르가 그녀를 잡고 달리기 시작했다. 아벨라는 멋모르고 그를 따라 달렸다. 크고 따뜻한 손. 아벨라의 작은 머리통을 쓰다듬어 주던 애정 깊은 손. 그녀가 기억하고 있는 그 손과 일치하는 굳은살이 박인 아빠 손.

축축한 바닷바람이 밤거리를 달리는 그녀의 뺨을 스치고 지나갔다. 음식물 찌꺼기를 주워 먹던 쥐들이 깜짝 놀라 흩어졌다. 항구의 뒷골목도 그가 이끌어 준다면 두려울 것이 없다. 아벨라는 부드러운 갈색 머리카락을 흩날리며 앞서 달리는 피테르의 뒷모습을 아득한 눈으로 바라보았다. 재회는 기쁘나 외면하는 그는 슬프다. 만남이 겨우 이루어졌는데 그는 자신의 아버지가 아니라고 잘라 말한다. 어떤 점을 기뻐해야 하고 어느 부분에서 슬퍼해야 하는지 모르겠다.

'이렇게 굳건히 손을 잡아 준 채 안전한 곳으로 인도하는 당신이 내 아빠가 아니라니.'

아벨라는 피테르와 함께 어둠을 달리며 눈가에 고이는 눈물을 공기 중으로 흩뿌렸다.

한참을 달려 기어코 우범지대를 벗어난 두 사람이 숨을 헐떡이며 자리에 멈춰 섰다. 얼마나 달렸는지 모르겠다. 오랜 뜀박질에 아벨라가 상체를 숙이고 힘들어했다.

"괜찮아요?"

아벨라는 콧물을 훌쩍이며 고개를 끄덕여 보였다.

"다행히 우범지대를 벗어났어요. 이제 안심해도 돼요."

그가 잡고 있던 손을 놓았다. 잡을 것이 사라진 그녀의 손이 허공에서 잠시 방황했다.

"여긴 인적도 많으니 그곳보단 훨씬 안전해요."

그의 말에 아벨라가 주변을 둘러보았다. 풍경이 눈에 익었다. 가까운 곳에 숙소가 있다고 생각했다.

"그런데 정말 괜찮은 거예요?"

그가 아벨라의 옷 앞쪽을 보더니 걱정스레 물었다.

"옷에 피가 흥건해요."

그의 말에 고개를 숙여 옷을 본 아벨라가 화들짝 놀랐다.

"다친 겁니까? 혹시 불량배의 칼에 찔렸어요?"

"아, 아뇨. 불량배들은 날 위협하긴 했지만 칼로 찌르진 않았어요. 이건 내 피가 아니에요. 피가 어디서 묻은 거지? 그것도 이렇게 많이."

아벨라는 이상하다며 의아한 표정을 지어 보였다.

"다치지 않았다니 다행이네요. 그럼 집이 어느 방향인지 알려 줄 래요? 내가 데려다줄게요. 아니면 마차를 불러 줄까요?"

옷에 스며든 핏자국을 만지작거리던 아벨라가 원망스러운 눈을 했다.

"날 여기에 두고 또 혼자 떠나려고요?"

"아가씨."

아벨라는 고개를 숙이고 슬퍼했다. 피테르는 난감해했다. 상황이 묘하게 흘러 여기까지 함께했으나 계속 같이 있을 수는 없었다.

"그러고 보니 입고 있는 옷이 평범해 보이지 않는군요."

"맞아요. 이건 하녀복이에요. 아빠를 찾으러 런던으로 왔다가 갈 곳이 없어 노숙을 했어요. 그러다 숙식 해결이 가능한 하녀가 됐고 요. 하지만 이젠 괜찮아요. 그곳을 나왔으니까요. 아빠를 만났으니 다시 돌아가지도 않을 거예요."

"그렇군요. 그럼 집은……."

"없어요."

그가 대답 대신 작게나마 고개를 끄덕여 보였다. 집을 나온 하녀. 그리고 자신을 아빠라고 생각하는 착각. 도움이 필요해 보였다.

"이걸 받아요. 주머니 사정이 넉넉하지 않아서 많은 돈을 주진 못 하지만 이틀 정도 지낼 수 있는 숙박비는 될 거예요."

"왜 내게 돈을……?"

"이곳에서 노숙을 할 수는 없잖아요."

"싫어요!"

아벨라는 단호히 거절했다. 피테르는 그녀의 손에 억지로 돈을 쥐여 주었다.

"난 그만 돌아갈게요. 일을 하기 위해 여기 온 거라 오래 머물 수 없어요."

그가 마지막 인사를 했다. 아벨라가 안 된다며 그를 붙잡아 세웠다.

"이대로 가지 말아요. 나도 데려가 줘요."

그녀가 애원했다.

"제발 부탁이에요. 이대로 헤어질 순 없어요. 아니면 사는 곳이라도 알려 주세요. 네?"

피테르는 고개를 저었다.

"난 런던에 살지 않아요. 알려 줄 집이 없어요."

"머무는 곳은 있을 거 아니에요? 임시거처 말이에요."

"아가씨. 우린 여기서 헤어지는 게 좋아요. 난 아가씨를 도울 수 있는 형편이 아니에요."

"얼굴. 목소리. 키. 몸. 머리카락. 모든 게 내가 알고 있는 아빠의 모습이에요. 아까 내 사정을 이해한다고 했잖아요. 귀찮게 하지 않을 테니 함께 가게 해 줘요. 날 좀 데려가 줘요, 제발!"

"내가 누군 줄 알고요."

그가 그녀를 향해 돌아섰다. 그의 등을 잡고 있던 아벨라의 손이 자연스럽게 떨어졌다.

"여긴 부둣가예요. 아무나 따라가는 건 대단히 위험한 일이에요. 이곳이 우범지대라는 걸 아가씨가 인식했으면 좋겠어요."

"아무나가 아니에요. 우리 아빠예요."

"사연이 있는 건 알겠어요. 아가씨의 아빠와 내가 닮은 것도 알겠구요. 그렇지만 아닌 건 아닌 겁니다. 난 결혼한 적도 없어요. 내 나이 고작 스물이에요. 아가씨는 몇 살이죠?"

아벨라는 입을 다물고 대답하지 않았다. 그런 걸 말하고 싶지 않았다. 그런 건 중요하지 않았다.

"나와 비슷한 또래 같아요. 아가씨도 스무 살은 되어 보인다는 말이죠."

"난 스무 살이 아니에요."

"아가씨가 스무 살이 아니라고 해도 이건 가능하지 않은 일입니다. 스무 살인 내게 장성한 딸이 있을 수는 없잖아요."

"하지만."

"우린 남이에요. 오늘 처음 만난."

"난 아빠의 이름을 알고 있잖아요."

"그 부분이 의아하긴 하지만 그게 중요한 건 아니죠."

그는 그녀가 잘못 판단하고 있다는 걸 논리적으로 지적해 정정해주었다. 아벨라는 단단한 장벽 앞에 서 있는 느낌을 받았다.

삐이이익.

문득 낯선 소리가 밤하늘을 울렸다. 특이한 소리였다. 음파가 너무 높아 자연적인 소리로 들리진 않았다. 그 소리를 그도 들었는지 그가 재빨리 고개를 들어 밤하늘 어딘가를 바라보았다. 그의 얼굴이 조금 다급해졌다.

"가 봐야겠어요. 시간을 지체해서 집에 데려다줄 수는 없겠어요."

"자, 잠깐만요! 어딜 간다는 거예요? 나도 데려가요!"

"미안해요. 그럼 이만."

"안 돼요! 나도 같이……!"

그를 잡기 위해 재빨리 손을 뻗었지만 놓치고 말았다. 이미 땅을 박차고 지붕 위에 올라선 피테르는 건물과 건물 사이를 뛰어 넘고 있었다. 사람의 몸놀림이라고 하기엔 너무 빠르고 날렵했다. 아벨라가 허둥지둥 그를 쫓아갔다.

"아빠! 나도 같이 가요! 나도 같이 가요, 아빠!"

그가 어둠 속에서 유유자적하게 모습을 감췄다. 악착같이 뒤쫓던 아벨라가 그를 놓치자 급한 마음에 벽을 타고 오르려 했다. 연속해서 미끄러진 건 당연했다. 여자의 몸으로 벽을 타는 건 쉽지 않은 일이었다. 용케 몇 걸음 올라갔다고 해도 손톱만 부러지고 다시 바닥으로 주르륵 미끄러 떨어졌다.

"안 돼. 이럴 수는 없어. 다시 돌아와요. 돌아와요, 제발. 나도 데리고 가 달란 말이에요!"

그녀가 까치발을 하고 지붕 위를 살폈다. 아무것도 보이지 않았다. 온 동네를 다 찾아 헤맸지만 그의 그림자조차 볼 수 없었다.

사라졌다, 완전히.

어둠이 지배하는 밤하늘은 그의 모습을 다시 보여 주지 않았다. 눈앞이 뿌예졌다. 그가 잡아 준 손에 여전히 그의 온기가 머물고 있는데, 아직 나누지 못한 말이 무수히 넘쳐 나는데, 그는 기뻐야 할 재회를 떨쳐 버리고 그녀를 다시 버려 둔 채 떠났다.

"이 형편없는 껍데기."

아벨라가 자신의 가슴을 주먹으로 퍼억 쳤다.

"이 비루한 몸뚱이."

아벨라가 가슴을 연거푸 쳐 댔다.

"왜 이렇게 변해 버린 거야? 대체 왜!"

고개가 바닥으로 추락한다. 숙인 고개 아래 와락 깨문 입술이 아프다. 아빠가 자신을 알아보지 못하는 건 모두 몸 때문이었다. 몸이 변했기 알아보지 못하는 것이다. 어느 누가 믿을 텐가. 갑자기 나타난 성인 여자가 열한 살의 딸이라고 우기는 것을. 그러니 이건 그의 잘못이 아니었다. 변해 버린 자신 탓이었다.

"아빠."

커다란 눈에서 눈물이 후두둑 떨어졌다. 그 색이 피처럼 붉었다. 피 묻은 가슴에 눈물이 떨어졌기 때문이다.

"아빠아아아아!"

사라진 그는 다시 나타나지 않았다. 어둠 속에 혼자 남겨진 아벨라는 열한 살의 어린아이로 돌아가 그 자리에서 빼액 빼액 울기만 했다.

지붕을 넘나들던 피테르가 도착한 곳은 어느 건물 앞이었다.

"피테르."

더스틴과 대원들이 건물 앞에 서서 피테르를 기다리고 있었다.

"기다려도 오지 않아서 피리를 불었네. 혹시 그것을 보기라도 했나? 그래서 늦은 건가?"

"아뇨. 그건 아닙니다. 지붕 위에서 몇 시간 동태를 살폈으나 특별한 점은 없었습니다. 지붕을 넘나드는 도둑들은 들끓고 있지만 말입니다."

대원들은 6개월의 여정을 마치고 오늘 런던에 도착했다. 추적 중이던 뱀파이어를 런던 근처에서 놓쳤기 때문이다. 수많은 인파가 모여 있는 도심 속에서 사라진 뱀파이어를 찾기란 사실 어려운 일이다. 그래도 의지와 인내만은 최강인 더스틴은 반드시 이곳에서 놓친 뱀파이어를 찾아내리라 다짐하며 도착 첫날부터 경계를 게을리하지 않았다.

"다른 뱀파이어도 보이지 않는다 이거지?"

"그렇습니다."

피테르의 보고에 더스틴이 흐음, 하고 입소리를 냈다.

"항구는 그것들의 먹이창고야. 외국에서 물밀듯이 들어오는 노예나 이주민들을 노리지. 그들은 당장 죽어도 찾아 주는 사람이 없거든. 뱀파이어들은 그 점을 악용해 이곳으로 기어 들어와. 그런데 보이지 않는다니 뜻밖이군. 우리가 온 걸 알고 숨기라도 한 건가?"

더스틴의 농담 같은 진담에 여정에 지친 대원들이 낮게 웃었다. 하나같이 키가 크고 체격이 우람한 사내들이었다. 등에 커다란 대검도 매고 있어 정체가 묘했다.

"좋아. 그것들이 없다니 아쉽긴 하지만 오랜만에 두 다리 뻗고 잘 수 있겠군. 우린 당분간 이곳에서 여독을 풀면서 그것들을 잡을 새로운 계획을 세운다. 보다 정확한 계획은 내일 상부에 들어가 보고 후에 결정되겠지만 그동안은 모두 편히 휴식을 취하도록. 알겠나?"

"네! 수장님!"

더스틴이 눈앞의 이층짜리 건물을 가리켰다.

"빈 건물이다. 보시다시피 주인 없는 집으로 폐가다. 일단 이곳을 임시거처로 지정한다. 집기들과 가구들은 그대로니 생활하는 데 불편함은 없을 거다. 방은 많아. 아무 데나 먼저 들어가서 눕는 놈이 임자니까 싸우지들 말고 잽싸게 움직이라구."

더스틴의 허술한 규율에 단원들이 후다닥 눈앞에 보이는 건물 안으로 들어갔다.

"다들 창문은 꼭 닫고 자. 피테르의 말대로 뱀파이어보다 좀도둑이 극성이라니까."

더스틴의 말에 피테르가 웃었다.

"건물이 호화로운데요."

"왜? 런던에서도 언제나처럼 노숙을 할 거라 생각했나?"

"그렇습니다."

"자네는 런던 출신이 아니라서 모르나 본데 런던은 노숙할 자리도 없는 곳이야. 빈민가 골목마다 자리 잡은 부랑자들의 수는 감당할 수 없을 지경이라 경찰도 두 손 두 발 다 든 상태지. 그들을 모두 잡아다 구제소에 보내도 내일이면 다시 그만큼의 머릿수가 이 골목을 채워. 그런데 뱀파이어만 쫓아다닌 순진한 우리 대원들이 이 골목에서 잔다고 생각해 봐. 아마 밤사이 소매치기들한테 짐을 다 뺏기고 몰매 맞아 템스 강에 버려질걸?"

더스틴은 정이 많은 고향을 떠올리면 안 된다며 정신 바짝 차려야 한다고 주의를 주었다. 피테르가 빙그레 웃었다.

"그래. 그 미소. 다들 여정에 지쳐 힘들어하는데도 자네만은 여전히 미소를 잃지 않는군."

그의 말에 놀란 피테르가 곧바로 허리를 꼿꼿이 펴며 군기가 바짝 든 자세를 취했다.

"주의하겠습니다, 수장님."

"아니야. 내 말은 청량해서 좋다는 뜻이었어. 자네의 따뜻한 미소를 좋아하는 사람들이 많네. 나를 포함해서. 안심이 된달까. 보기 좋아."

사실이다. 피테르의 얼굴은 순수하고 깨끗한 느낌을 준다. 특별한 특징이 없는데도 보고 있으면 기분이 좋아졌다.

"늘 입가에 미소를 지니고 있으니 더 그런 느낌이야."

더스틴이 피테르의 어깨를 한번 꾹 잡았다 놓았다. 피곤한 건 그도 마찬가지일 텐데 그는 끝까지 대원들을 챙기느라 혼자 동분서주다. 피테르는 그의 고된 얼굴을 보며 측은함과 존경심을 동시에 느꼈다.

"궁금한 게 있습니다. 수장님께서 너그럽게 대답해 주시면 좋겠습니다."

"우린 6개월 전, 뱀파이어와의 싸움에서 유일하게 살아남은 동지네. 난 그 사실만으로도 난 자네에게 큰 우정을 느껴. 모든 편하게 물어봐."

"그렇게 말씀해 주시니 질문 드리겠습니다. 우리는 여왕을 놓친 겁니까?"

"대답해 주고 싶지 않은 날카로운 질문이군. 그러나 말하지 않는다고 해도 이미 대원들 사이에 수군거림이 있다는 걸 알고 있네. 맞아. 우린 여왕을 놓쳤어. 하지만 완전히 끝난 게임은 아니라고 말해 주고 싶군. 난 아직 포기하지 않았거든."

"저도 마찬가지입니다, 수장님."

"그렇게 말해 줘서 고맙네."

"아까 항구는 뱀파이어들의 먹이창고라고 하셨죠? 그렇다면 이곳엔 놈들이 얼마나 있는 걸까요?"

"놈들은 마음만 먹으면 개체수를 늘릴 수도 있으니까 아마 그 수는 헤아릴 수 없을 거야. 어디서 어떤 모습으로 살고 있는지 쉽게 분간하기도 어렵지. 지금은 그런 시대네. 숨을 곳도 많고 먹이도 많으니 놈들의 개체수가 폭발하는 시기."

그러나 더스틴은 염려 말라며 피테르를 안심시켰다.

"걱정 말게. 우리도 신무기를 가지고 있잖나? 이곳은 내가 지킬 테니 그만 들어가 쉬어. 당분간은 휴식이 계획이니까. 방전된 체력도 보충할 겸 내일은 고기 맛 실컷 보게 해 줄 테니 기대하고."

더스틴이 피테르를 건물 안으로 밀었다.

"아참, 피테르 대원."

걸어가는 피테르가 뒤돌아보았다.

"네. 수장님."

"뱀파이어와 싸우고 난 헌터들은 여러 감정을 느낀다고 하네. 혼란, 허무, 갈등, 분노 등등. 자네는 놈들과 맞닥뜨리고 난 후 어떤 감정을 느꼈나?"

피테르는 고민할 것도 없다는 듯 딱 부러지게 대답했다.

"제가 인간인 걸 다행으로 생각했습니다."

더스틴이 웃어 보였다. 아주 마음에 든다는 얼굴이었다. 그가 들어가라며 고갯짓을 했다. 피테르가 인사를 한 뒤 사라졌다. 남은 그는 품 안의 파이프를 꺼내 오랜만에 담배를 피웠다.

"인간인 게 다행이라니 명답이야. 어쩐지 저 녀석, 갈수록 마음에 드는걸."

습격의 날, 그와 오랫동안 함께 싸워 온 대원들은 모두 죽었다. 유일하게 살아남은 사람은 그와 새내기 피테르였다. 단순한 우연이라고 치부하기엔 피테르는 그날 용기백배한 모습으로 눈부신 활약을 했다. 마지막에 운이 따라 줬다면 그날의 승리자는 피테르였을 것이다. 아쉽게도 행운의 여신은 새내기에게 트로피를 선사하지 않았지만 대신 더스틴의 신뢰를 얻게 됐다.

사실 피테르의 첫인상은 그를 실망시키기 충분했다. 뱀파이어와 겨뤄 이길 만한 체격도 아니었고 뛰어난 검술과 궁술을 가지고 있지도 못했기 때문이다. 유일하게 내세울 건 사명감과 성실함이었는데 그걸로는 거친 헌터의 일을 버텨 내기 어려워 보였다.

"착해 보이다 못해 따뜻한 미소를 가진 사내라니. 이런 새내기를 받아도 되는 거야?"

더스틴의 불평은 당연했다. 인간의 탈을 쓴 뱀파이어와의 결투는 상상을 초월한다. 잔인하고 지독하다. 쫓기만 하는 게 아니라 간혹 놈들에게 쫓기기도 하는 게 이 일이었다. 무보수에 희생은 덤인 이 일을 자원한 피테르를 대원들은 철없는 행동이라고 혼내며 당장 그만두라고 협박했다.

"그런데 기특하게도 이렇게 잘 해내 줄 줄 누가 알았겠나."

지금까지 지켜본 결과 피테르는 결정적인 순간 헌터로서의 기질을 명확히 드러내는 승부사였다. 놈들의 심리를 잘 읽는다고나 할까.

"순간적일 때 결정력이 부족하긴 하지만 그건 모두 경험 부족에서 오는 것뿐이야. 앞으로 현장 경험을 잘 익히면 최고의 뱀파이어 헌터가 될 거다. 두고 봐. 내 눈은 정확해."

더스틴은 피테르가 사라진 폐가를 바라보며 흐뭇한 얼굴을 감추지 않았다.

울음소리가 길고 질겼다. 술에 취해 코를 골며 잠든 테라는 귓가를 괴롭히는 끈질긴 울음소리에 몸을 뒤척이다가 결국 눈을 뜨고 말았다. 그녀의 눈동자가 흐린 회색을 띠었다. 원래의 눈동자는 갈색이었으나 무슨 이유에선지 색소가 흐려져 있었다. 테라는 그 눈으로 어두운 방 안을 둘러보더니 동그랗게 몸을 말고 있는 존재를 발견했다.

"왜 그렇게 울어?"

고개를 숙인 채 구석에 웅크리고 앉아 있는 아벨라를 본 테라가 고개를 갸웃거리며 물었다.

"테라. 아빠가 날 버렸어."

눈물범벅인 그녀가 처량한 얼굴을 들어 보였다.

"아빠가 나를 못 알아봐. 내가 누군지 몰라. 나를 버리고 갔어. 그냥 갔어."

슬픔에 젖은 목소리는 버림받은 아이와 같았다. 아벨라는 서럽게 하소연했다.

"아빠가 살아 있기만을 바랐어. 나를 알아보지 못해도 좋으니 무사하기만 바랐어. 그런데, 내 바람대로 기도가 이뤄졌는데, 왜 이렇게 눈물이 멈추지 않는 걸까? 함께하지 못한다는 게 이렇게 가슴 아픈 거였다면, 그런 거라면 나는 그 기도를 다시 물리고 싶어."

테라는 무슨 말인지 못 알아듣겠다는 표정을 지었다. 이게 꿈인지 현실인지 구분하지 못하는 것 같기도 했다. 그녀가 빈 침대를 한 번, 달빛이 들어오는 낡은 창문을 한 번 쳐다보았다. 뭘 보는 걸까. 뭘 찾는 걸까.

"달빛이 좋아. 밤이 이렇게 아름다웠던가?"

습관처럼 목을 긁던 테라가 우는 아벨라의 머리를 쓰다듬어 주며 입을 열었다.

"아가씨."

체온이 사라진 차가운 손이었다. 그 손은 머리를 타고 등을 쓰다듬어 주더니 눈물로 얼룩진 뺨까지 어루만져 주었다.

"저도 알아요. 남자는 바람이 나면 자식도 못 알아본대요."

테라가 갑자기 엉뚱한 소리를 내뱉었다. 아벨라는 그런 그녀를 물끄러미 바라보다가 더욱 서럽게 울어 댔다. 온전치 못한 테라도, 버림받은 자신도, 모두 안타까워 눈물이 멈추지 않았다.

"울지 말아요, 아가씨. 세상사가 그래요. 사연 없는 인생이 없다니까요. 그가 걸으면 비단길이고 내가 걸으면 가시밭길이에요."

테라는 아벨라를 일으키더니 침대로 안내했다. 지친 아벨라는 순순히 테라의 뜻에 따랐다. 테라는 침대에 누운 아벨라에게 이불을 덮어 준 뒤 흐르는 눈물을 소매로 닦아 주고 볼에 입맞춤까지 해 주었다.

"제가 자장가를 불러 드릴게요. 아가씨가 어릴 때 듣던 그 자장가요."

테라는 아벨라를 다른 사람으로 단단히 착각하고 있었다. 그러나 아벨라는 아무 말도 하지 않았다. 새삼스러운 일도 아니었기에 크게 신경 쓰지 않았다. 오늘 밤은 누군가의 위로가 필요한 밤이다.

테라가 아벨라의 머리카락을 부드럽게 쓰다듬으며 천천히 자장가를 부르기 시작했다.

"자장자장. 우리 아가. 우리 아가 잘도 잔다."

슬픔을 다독여 주는 목소리였다. 아벨라는 퉁퉁 부은 눈으로 자장가를 불러 주는 테라를 올려다보았다.

"테라. 내일 아침 해가 뜨면 나와 함께 널 이렇게 만든 괴물을 찾아가자. 가서 해독제를 달라고 하자. 없다고 발뺌하면 만들어 내라고 협박하자. 그래도 안 된다면 그 괴물을 죽여서라도 네게 걸린 이 저주를 풀자."

아벨라는 그렇게 하자고 했다.

"내가 그 괴물을 봤어. 나는 그 얼굴을 알아. 그러니 같이 가자."

"그래요. 아가씨. 어려울 거 없어요. 해가 뜨면 우리 같이 가도록 해요."

테라는 웃어 보였고 아벨라는 그 웃음 속에서 안정을 되찾았다. 잠이 들면 안 되는데 몸이 노곤했다. 마치 신체가 성장을 위해 많은 잠을 필요로 하는 느낌이랄까. 언제부터였더라. 이 성장의 느낌은. 마티어스가 준 약을 먹었을 때부터였던가. 그래. 맞아. 그 약을 섭취하면 묘하게 몸이 노곤해지며 잠이 온다. 하지만 후작의 집을 탈출하며 먹은 약은 저녁때인데 왜 지금 약 효과가 지금 나타나는 거지?

아벨라가 연달아 하품을 했다. 잠들면 안 되는데 버티기 힘들었다.

"테라. 어디 가지 말고 내 옆에 있어야 돼. 사고 치면 안 돼. 그러면 안 돼. 그러면 우린……."

아벨라는 점점 희미해져 가는 의식 속에서도 테라를 걱정하며 그녀의 손을 꾹 잡아 쥐었다. 테라는 그런 아벨라의 마음을 아는지 모르는지 그 손을 맞잡고 자장가를 불러 주었다.

"자장자장. 우리 아가. 우리 아가 잘도 잔다."

아벨라가 잠든 뒤에도 주문 같은 자장가는 오랫동안 이어졌다. 테

라는 음유시인처럼 자장가를 밤새 읊조렸다. 동생들은 잘 있나. 그
사이 또 동생이 생긴 건 아니겠지? 그러고 보니 고향에 가지 않은
지 오래됐다. 보고 싶은 가족들. 문득 그들에 대한 그리움이 물밀듯
이 밀려왔다. 테라가 자장가를 멈추고 자리에서 일어났다. 이곳이
어딘지 모르겠다. 낡은 숙소의 방 안을 살펴보던 테라의 눈동자가
허공을 더듬었다.

"여기가 어디지?"

초점이 사라진 테라의 눈동자가 그사이 더 많은 색을 잃고 방황했
다. 목이 간지럽다. 간지러운 부위가 어느새 더 넓어진 듯하다. 그러
고 보니 목뿐 아니라 목구멍 안이 공허한 게 갈증이 났다. 테라는 손
톱까지 세워 신경질적으로 목을 긁어 댔다. 그러다 침대에 잠들어
있는 아벨라가 눈에 들어왔다. 낯선 여자다. 처음 보는 얼굴이다. 테
라는 입을 비죽거렸다. 낡은 창문을 통해 들어오는 달빛을 받은 여
자가 예뻐 보여서 기분 나빴다.

"내 구두."

침대 한쪽에 나뒹구는 구두가 보였다. 테라는 침대 위에 잠든 여
자를 노려보며 잽싸게 구두를 집어 뒤로 물러섰다.

"누구야? 이 단발머리의 여자는."

대체 이 낯선 여자가 누군지 모르겠다. 여긴 어디고 구두는 왜 한
짝뿐인 거지? 테라는 부아가 치밀었다.

"배고파 죽겠는데 아벨라는 어딜 간 거야?"

테라는 목을 길게 빼 방을 휘둘러보더니 창문 앞으로 걸어갔다.
목이 마르고 배가 고팠다. 저 창문을 열고 나가면 먹을 게 있을까?
그리운 가족을 볼 수 있을까?

"먹고 싶다. 엄마의 스튜. 엄마가 해 준 감자스튜를 못 먹은 지 너
무 오래됐어."

닫힌 창문을 향해 손을 뻗었다. 창문이 삐거덕 소리를 냈다. 열린 창문 사이로 밤공기가 부드럽게 안으로 밀려 들어왔다. 테라는 어둠 속 공기를 한껏 들이마셨다.

"아아. 기분 좋아."

기분이 좋아졌다. 길게 찢어진 입가에도 절로 미소가 걸렸다. 그 미소는 빌리를 죽인 변종과 비슷했다. 테라가 창문에 머리를 들이밀었다. 이곳은 이 층 높이의 건물. 그러나 눈동자의 색이 완전히 사라진 테라는 마치 이 정도는 아무것도 아니라는 듯 유유자적하게 창문을 빠져나가 어둠 속으로 사라졌다.

사냥을 마친 마티어스가 돌아왔다. 사냥감이 잠들어 있는 마차를 끌고 지하로 내려가는 로렌즈를 보며 그가 손에 끼고 있는 검은 장갑을 벗었다. 어둠 속에서조차 하얗게 빛나는 손가락이 길고 희다. 조금 전 살인을 한 사람의 손이라고 하기엔 너무 깨끗해 감히 살인자의 손이라고 의심조차 할 수 없을 정도다.

마차 안에는 기절한 두 명의 사람들이 있다. 둘 다 남자로, 그녀를 위해 그가 생포해 온 먹이들이다. 살아 있는 자들의 뜨끈한 피는 내일 아침 그녀를 위해 바쳐질 것이다.

"이 피를 먹고 그녀는 생명에 활력이 생기게 되겠지."

마티어스가 훌쩍 몸을 움직여 이 층 발코니에 올라섰다. 자연스러운 몸짓이 그새 한층 부드러워진 듯하다. 그는 사냥을 나가 생명 하나를 먹었다. 직접 흡혈을 한 게 얼마 만이던가. 그는 오랜만의 희열에 상대의 거죽이 너덜거릴 때까지 이를 박고 고개를 들지 않았다. 그럼에도 불구하고 그의 몸 어디에도 혈흔이 없다. 한 방울의 피도 튀지 않을 만큼 노련한 사냥꾼이라는 뜻이다. 6개월간의 휴식 속에서도 그의 야성은 녹슬지 않고 오히려 보란 듯이 더 진보한 듯했다.

이 층 발코니에 올라 선 그가 닫힌 창문을 열고 복도에 가볍게 내려섰다. 소리도 없고 흔들림도 없다. 굳이 복도 쪽 커다란 창문을 통해 별관으로 들어온 이유는 딱 하나. 긴 복도를 지나 자신의 방으로 가기 전 잠든 아벨라를 보기 위해서였다. 아벨라가 머무는 방의 문이 조금 열려 있었다. 양초가 꺼진 걸 보니 잠이 든 모양이다. 자정이 넘었으니 피곤하기도 할 것이다. 고민이다. 언제까지 하녀로 살게 놔둬야 하는지 말이다.

그런데 이상하다. 어떻게 된 일인지 침대에 있어야 할 그녀의 모습이 보이지 않았다. 그의 안광이 빠르게 이 층을 훑었다. 그러고 보니 그녀의 체취도 맡아지지 않았다. 이 층엔 그녀가 없었다.

"그녀가 없다고?"

그의 몸이 순식간에 일 층으로 이동했다. 홀에서 잔무를 하고 있는 두 명의 하녀가 보였다. 한곳에선 다 타 버린 양초를 새 양초로 바꾸는 작업을 하는 하녀도 보였다. 그리고 각자의 숙소에서 잠이 든 하녀들의 모습.

잠든 하녀들의 얼굴을 일일이 확인해 봤지만 그 안에 아벨라는 없었다. 그가 거실 중앙에 우뚝 멈춰 섰다.

그녀가 사라졌다. 아니, 사라진 한 명 더 있다. 하녀장 테라였다. 불안감이 뒤통수를 훑고 지나갔다. 그가 별관의 닫힌 정문을 인정사정없이 열어젖혔다.

콰강!

잠겨 있던 문이 그의 강력한 힘에 의해 반 이상 부서지며 열렸다. 그가 안광을 번뜩이며 정원과 주변을 샅샅이 살폈다. 어디로 사라진 걸까. 근처에도 그녀의 모습이 보이지 않았다. 낮에 대화를 할 때까지만 해도 별다른 점을 느끼지 못했는데 어떻게 된 일인지 그는 감을 잡지 못했다.

갑작스러운 굉음에 지하에 내려가 있던 로렌즈가 다급하게 달려
왔다.

"마티어스님! 무슨 일이십니까?"

"그녀가 사라졌다."

"네?"

"별관에 그녀가 없어. 어디에서도 그녀의 기운이 느껴지지 않는
다."

"그럴 리가요."

"카이도 보이지 않아. 설마 녀석이 무슨 실수를 한 건 아니겠지?"

그때 어둠 속에서 다그닥거리는 말발굽소리와 함께 마차 한 대가
나타났다. 마차는 그들이 서 있는 별관 앞을 지나 반대편에 멈춰 섰
다. 그곳이 마차가 대기하는 자리였다. 마차에서 마부가 홀로 내렸
다. 지켜보던 마티어스의 눈에 의구심이 걸렸다.

"빈 마차?"

그가 마부를 불러 세웠다.

"별관 전용 마차인가?"

"맞습니다, 나리. 외출을 하시려고요?"

"왜 빈 마차지? 함께 나간 사람은 어디 두고? 누구를 태우고 나갔
다 오는 거냐?"

갑작스러운 질문에 마부는 조금 놀란 듯하더니 이내 별관에 투숙
중인 귀족 아가씨와 하녀 한 명을 밖으로 모시고 갔다 오는 길이라
고 설명했다.

"투숙객 아가씨와 하녀가 마차를 이용했다고?"

"그렇습니다. 아가씨께서 하녀를 대동하시고 외출하셨습니다."

마티어스가 로렌즈를 쳐다보았다.

"신시아는 여전히 근신 중입니다. 근신이 내려진 이후로 밖으로

나온 적이 없습니다."

"그럼 마부가 이야기하는 아가씨는 누구냐? 설마 하녀장 테라?"

마티어스는 확신했다. 그 두 사람이 테라와 아벨라라는 것을.

"그녀들이 어디로 갔지? 그들을 어디로 데려다줬나?"

다급해하는 그를 보고 마부는 직감적으로 뭔가 잘못됐다는 것을 알아챘다. 그가 그녀들을 데려다준 곳으로 직접 안내하겠다고 나섰다.

"저를 따라오십시오. 제가 그곳으로 안내하겠습니다."

마부가 마차에 오르자 마티어스는 다른 마차의 말 위에 올라탔다. 말이 앞발을 들며 히히힝, 소리를 내질렀다.

"로렌즈! 너는 혹시 모르니 근방을 다시 한 번 훑어봐! 하녀들을 깨워 그녀가 언제 사라졌는지도 확인해 보고!"

"알겠습니다!"

"모두 그녀를 찾는 데 힘을 보태라고 해라, 지금 당장!"

그가 말고삐를 있는 힘껏 잡아당겼다.

"이럇!"

갈색 말이 먼지를 일으키며 정원을 질주했다. 마부도 있는 힘껏 속도를 냈다.

"문을 열어라! 당장!"

마티어스가 저 멀리서부터 채찍을 휘두르며 경비병들을 향해 소리쳤다. 다급한 말발굽 소리에 놀란 경비병들이 황급히 철제문을 열어젖혔다. 평소처럼 신분 확인도 못 하고 문을 여는 건 이곳의 주인인 후작을 제외하곤 없었다. 그런 그들이 쏜살같이 달려오는 말 한 마리에 허둥지둥 문을 열고 만 것은 바닥의 흙이 파일 만큼 내리치는 채찍 때문이었다.

"비켜서!"

열린 문으로 빠르게 달려 나가는 말과 마차를 보며 경비병들은 자신들이 누구에게 문을 열어 줬는지조차 몰랐다. 그건 다음 처소에서도 마찬가지였고 그다음 정문에서도 똑같았다. 마티어스는 저택을 완전히 빠져나온 후에야 채찍을 말아 허리춤에 찼다. 이번엔 마차가 앞장서서 길을 내달렸다. 요란한 말발굽 소리가 으리으리한 저택들 앞을 한참 달려 도심을 벗어났다. 이윽고 달리던 마차가 멈춘 곳은 아벨라와 테라를 내려 준 예의 항구였다.

"나리. 이곳입니다."

마차가 멈추고 마부가 얼른 내려와 마티어스가 말에서 내리기 편하게 흙바닥에 무릎을 꿇고 어깨를 내 주었다. 귀족들이 말에서 내릴 때는 시종들의 어깨를 밟고 내려선다. 마부는 차후에 생길 일이 두려워 미리 허리 숙이고 몸을 바쳐 복종하는 자세를 취했다. 하지만 마티어스는 그의 어깨를 밟는 대신 비켜서라 말했다.

"미리 말해 두지만 이 일에 관해 널 탓하는 일은 없을 거다. 마부는 손님이 가자는 곳으로 갈 수밖에 없다는 걸 모를 만큼 난 아둔하지 않다."

마티어스는 마부에게 돌아가라고 지시했다. 마부는 펄쩍 뛰었다.

"안 됩니다, 나리. 저도 이곳에서 그분들을 기다리겠습니다. 이걸 좀 보세요. 아까 제 마차를 타셨던 아가씨께서 주신 넉넉한 마음씨를요. 이렇게 대단한 수고비를 받고서도 제가 제 임무를 다하지 못했는데 어떻게 또 같은 실수를 반복하겠습니까?"

마부는 아벨라가 준 장신구를 꺼내 마티어스에게 바쳤다. 그에게 내민 두 손이 파르르 떨렸다. 이럴 때는 모든 미리 사실을 밝히고 먼저 머리를 조아리는 게 중요했다. 마티어스가 공손히 내민 두 손 위에 장신구 중 하나를 집어 들었다.

"이걸 준 사람이 귀족 여자인가? 아니면 하녀인가?"

"하녀입니다. 오늘 일을 발설하지 말라면서 아가씨가 주는 수고비라고 제게 말했습니다."

"선물한 구두의 장신구로군."

이로서 마차를 타고 이곳에 온 사람이 아벨라라는 것이 명확해졌다.

"그녀들이 어느 방향으로 갔나?"

"저쪽 방향입니다. 저곳으로 뛰어가는 것까지 제가 지켜봤습니다."

"헤어진 시간은?"

"얼마 되지 않습니다. 이곳에 모셔다 드리고 전 바로 돌아왔으니까요."

"좋아. 내게 좋은 정보를 줬다. 이건 네 수고비가 맞으니 네 것이다."

마티어스가 장신구를 마부의 손에 다시 올려 주었다.

"이만 돌아가도록."

마티어스는 마부를 남겨 두고 아벨라가 사라졌다는 방향으로 걸음을 옮겼다. 비좁은 길을 사이에 두고 양쪽으로 허름한 숙박시설이 즐비하게 자리 잡고 있었다. 제대로 된 건물들은 하나도 없었다. 가건물들이거나 나무판자를 얼기설기 이어서 만든 집들뿐이었다. 어두운 골목엔 삼삼오오 무리를 지어 담배를 피우고 있는 노동자들이 있었는데 그 틈 사이로 진한 스킨십을 아무렇지 않게 나누고 있는 남녀의 모습이 보이기도 했다.

거리의 바닥은 진흙이었다. 군데군데 물이 고인 웅덩이도 있었다. 술에 취한 누군가가 바지를 벗고 그곳에 오줌을 쌌다. 손님을 기다리던 술집 여자는 그런 사내를 향해 당장 그만두라고 소리를 질러 댔고 구경꾼들은 싸움을 부추기며 웃어 댔다.

"항구의 어느 선술집에서 아비가 죽었다고 했었지. 그래서 이곳
으로 온 것인가."

그가 눈앞의 풍경을 가만히 눈에 담더니 성큼 골목 안으로 걸어
들어갔다. 떠들고 웃어 젖히던 사람들의 눈동자가 모두 그에게 쏠렸
다. 산만한 주변을 진정시킬 만큼 이질적인 고고함을 가진 존재.

"누구지?"

누굴까. 마티어스는 수군거리는 사람들을 뒤로하고 그녀가 사라
진 방향으로 홀연히 사라졌다.

얼마나 잤을까. 기절한 듯 잠들어 있던 아벨라가 눈을 떴다.

몸이 개운했다. 전신에 힘이 넘치는 느낌이랄까. 간밤에 많은 일
들이 있어 꽤 힘들었는데 다행이었다.

"테라가 없었다면 그렇게 쉽게 탈출할 수 없었을 거야."

모든 건 테라 덕이다.

"테라?"

아벨라가 침대에서 벌떡 몸을 일으켰다. 테라가 보이지 않았다.
좁은 방 어디에도 없었다. 테라가 걸쳤던 숄 하나만 침대 위에 버려
진 채였다. 열린 창문이 눈에 들어온 건 그 뒤였다. 아벨라의 얼굴이
딱딱하게 굳었다.

"설마."

그녀가 얼른 창문 밖으로 고개를 들이밀고 밖을 살폈다. 혹시나
창문으로 뛰어내렸을지도 모른다는 불길한 생각 때문이었다. 다행
히 그런 불상사는 일어나지 않은 모양인지 창문 아래는 멀쩡했다.
그러나 순간의 안도도 잠시, 아벨라는 테라의 숄을 손에 움켜쥐고
얼른 밖으로 달려 나갔다.

"주인장! 주인장!"

다급한 그녀의 목소리에 주인이 졸린 눈을 비비며 무슨 일이냐고 물었다.

"시키실 일이 있으신가요? 곧 아침 식사를 준비해 올릴 참이었습니다. 일단 차부터 대령할까요? 홍차가 좋으세요? 아니면 밀크티가 좋으세요? 취향을 알려 주시면……."

"그런 건 됐고 방에 아가씨가 없는데 나가는 걸 보지 못했어?"

"아뇨. 간밤에 밖으로 나간 사람은 아무도 없습니다만."

"한 명도 없다고?"

"이제 해가 뜨기 시작한 걸요. 아직 새벽 5시예요."

이른 새벽이라는 걸 인식시켜 주는 주인장의 말에 아벨라는 가슴이 철렁했다. 그녀가 해가 뜨는 문 밖을 쳐다보았다. 밤새 테라가 불러 준 자장가가 아직 귓가에 들리는 듯한데, 오늘은 신시아를 찾아가기로 약속했는데, 테라는 사라지고 어디에도 없었다.

"배고파."

밤새 이곳저곳을 배회했지만 허기를 달래 줄 그 어떤 것도 찾지 못했다. 테라는 마치 오랫동안 굶은 사람처럼 배를 움켜쥐고 엉거주춤한 자세로 걸었다. 한쪽만 신은 구두 때문에 발을 심하게 절뚝거렸지만 테라는 결코 구두를 벗지 않았다. 작은 구두 안에 구겨 넣은 발이 까지고 피가 났지만 개의치 않았다. 어쩌면 아픔을 느끼지 못하는 걸지도 모르겠다. 벌어진 입 밖으로 끈적한 침을 계속 흘리는 걸 보면.

테라가 두비가 죽어 있는 골목 앞을 지나간 건 그 즈음이었다. 어쩌면 희미한 피 냄새에 본능적으로 끌려온 것일지도 몰랐다. 주먹만한 쥐가 죽은 두비의 몸 근처를 배회하고 있었다. 파리가 위잉 소리를 내며 죽은 부하의 몸 이곳저곳에 앉았다 날아올랐다. 테라는 그 광경을 보고 기분이 좋아져 입을 길게 찢어 트렸다.

"맛있겠다."

입맛을 다신 테라가 황홀한 표정을 지으며 서둘러 두비에게 걸어 갔다. 이번엔 구두가 벗겨졌지만 개의치 않았다. 시체에서 흘러나온 피가 테라를 미치게 했다. 테라가 두비를 향해 입을 크게 벌렸다. 그 녀의 입이 박힌 곳은 상처가 난 옆구리였다.

쭈우욱.

흡착된 입은 구멍을 통해 안에 있는 피를 마시려고 열심히 빨아 댔다.

쭈우욱. 쭈우욱.

문득 일을 하러 가기 위해 아침 일찍 집을 나섰던 누군가가 그 모 습을 보고 비명을 내질렀다. 어찌나 놀랐는지 생명처럼 소중히 여기 는 청소통까지 내던져 버리고 뒷걸음질 치다 바다에 빠지기까지 했 다. 테라를 본 다른 누군가도 소름끼치는 그 광경에 자리에서 그대 로 기절해 버렸다.

"사, 사람이 죽었다! 여자가 사람을 죽였어!"

"마녀다! 마녀가 나타났다! 마녀가 사람의 피를 마시고 있다!"

죽은 시체에 얼굴을 박고 있는 테라를 보고 사람들은 난리를 쳤 다. 금세 구경꾼들이 모여 들었고 그 숫자는 순식간에 수십 명으로 늘어났다. 사람들은 충격적이면서도 공포스러운 그 광경에 테라를 마녀라고 몰아붙였다. 마녀가 아니라면 지금의 광경을 설명할 방법 이 없었기 때문이다.

꾸역꾸역 피를 빠는 테라의 모습은 가히 공포스러웠다. 주변을 의 식하지 않는 대범함에 더 그랬을지도 모르겠다. 구경꾼 중 한 명이 몽둥이를 들고 와 테라를 때리려고 했다. 그럼에도 테라는 숙인 고 개를 들지 않았다. 아니, 사람들이 모여든 것도 인식하지 못하고 있었다. 테라는 피를 먹음으로써 마지막으로 남아 있던 인간으로서의 이성이 사라진 상태였다. 그때 테라를 향해 한 발의 총알이 날아왔다.

타앙!

총알이 어깨에 상처를 내고 지나갔다. 테라가 처음으로 고개를 들었다.

"네가 죽인 거냐?"

더스틴이었다. 그가 테라에게 말했다.

"사람을 두 명이나 죽이다니. 아니, 골목 안의 사람까지 총 세 명을 죽였군."

더스틴은 총알이 빗나간 것을 아쉬워하며 재빨리 다른 한 발을 충전해 테라의 심장을 겨눴다. 테라는 총을 빤히 바라보았다. 텅 빈 눈동자는 총이 무엇인지 알지 못하는 듯했다. 그녀가 인식한 건 자신이 아껴 마지않는 예쁜 구두가 바닥에 떨어져 있다는 것뿐이었다.

"으……어."

그녀가 구두를 신기 위해 자리에서 일어섰다. 모여 있던 사람들이 비명을 내지르며 사방으로 흩어졌다. 그걸 위협이라고 생각한 더스틴이 즉각 총을 쏘았다.

타앙!

총알이 총구를 벗어나 테라의 가슴에 박혔다. 하지만 테라는 심장을 건네주고 대신 구두를 손에 쥐었다. 이미 변종이 되어 버린 후라 이성이 없을 텐데도 구두에 대한 기억만은 아직 그대로인지 테라는 구두에 대한 애착을 버리지 못했다.

타앙!

한 발이 더 날아와 테라의 심장을 다시 꿰뚫었다. 이번에는 테라가 손에서 구두를 놓쳤다. 떨어지는 구두를 보며 그녀가 손을 뻗었다. 손을 뻗어 구두를 잡아 보려 하지만 그 거리가 천 리 길처럼 멀어 잡을 수가 없다. 그녀의 손이 허공에서 부들거렸다. 그러고 보니 갈고리처럼 길게 늘어난 손이 누구 것인지 모르겠다. 윗니에 돋아난 송곳니도 왜 생겨났는지 모르겠다.

"으어……어어어."

자신이 왜 이렇게 됐냐는 물음은 입 밖으로 나오지 못했다. 더스틴이 쏜 두 발의 총알이 이미 그녀의 심장에 명중했기 때문이다. 파괴된 심장은 전신의 기능을 모두 중지시키며 그녀를 죽음의 길로 인도했다. 테라는 조각이 난 심장을 움켜쥐며 천천히 바닥으로 쓰러졌다.

# 10

테라의 일은 삽시간에 소문이 퍼져 항구를 공포에 떨게 했다.

"골목에서 사람을 죽인 그 여자 말이야. 백 년 전 불에 타 죽은 마녀가 환생한 거라며?"

"남자가 아니었어?"

"무슨 소리야? 치마를 입고 있던 걸 똑똑히 봤는데."

"그럼 그 여자가 덩치 좋은 사내 세 명을 전부 죽인 거란 말이야?"

"말이야 바른 말이지, 그놈들은 이 거리의 쓰레기들이었어. 두비가 우리를 보통 못살게 굴었나? 칼을 들고 다니면서 죽인 사람도 수십 명이야. 자네들도 알잖아. 내가 길을 지나가다가 그놈에게 걸려 이유 없이 맞은 거. 그때 부러진 꼬리뼈 때문에 내가 몇 년을 고생했는지. 뿐이야? 그놈에게 구타당해 빠진 어금니가 위아래로 세 개나 된다구."

"놈한테 당한 게 자네뿐이겠어? 홀아비 더글라스는 술집에서 놈과 시비가 붙어 그 자리에서 맞아 죽었는걸. 그때도 끔찍했었지."

"그런 걸 보면 마녀가 썩 잘못한 건 아니네. 사실 그동안 누가 제발 두비 놈 좀 죽여 줬음 좋겠다고 다들 기도했잖아."

사람들은 죽은 두비에게 일말의 안타까움도 느끼지 않았다. 오히려 빨리 사라져 준 것에 대해 고마워했다.

"아무튼 마녀는 정말 끔찍한 얼굴이었어. 입이 귀밑까지 찢어진 채로 죽은 사람의 피를 쭉쭉 빨아 대는데 얼마나 흉측하던지 꿈에 나올까 무섭더라니까."

"마녀들은 피를 먹고 사나 보지?"

"뭔들 못 먹겠어? 그 모습이라면 사람도 씹어 먹을 것 같던걸."

사람들은 여자 남자 할 것 없이 지독한 얘기라며 고개를 설레설레 흔들었다. 생각만 해도 역겨운 일이었다.

"근데 이상해. 그 마녀, 아주 값비싼 비단 드레스를 입고 있었잖아."

"맞아. 나도 봤어."

"그건 귀족들만 입는 건데 왜 마녀가 그런 옷을 입고 있었을까? 평범한 마녀가 입기엔 너무 화려하고 비싼 가격의 의상이지 않아?"

"그깟 드레스 한 벌이 마녀에게 별거겠어? 당연히 훔치거나 마술로 만들어 냈겠지."

"그런가? 그런데 마녀가 정말 사람 피를 마시면서 생명을 연명해? 피를 마시면서 사는 건 다른 거잖아."

"뱀파이어?"

"그래그래. 그거. 그것들이 사람 피를 마시지 마녀들은 아니지 않아? 누구 뱀파이어에 대해 아는 사람 있어?"

"내가 좀 알아. 우리 할머니한테 들었던 얘긴데, 그러니까 언제라

더라. 고대 때부터라고 하던가? 뱀파이어의 존재는 사람이 살기 전
부터 존재했대."

소문만 무성한 미지의 존재들에 대해 사람들은 너도나도 알고 있
던 얄팍한 지식을 토해 냈다. 그건 아름다운 동화 같기도 했고 무서
운 살인자의 이야기 같기도 했다.

"결국 귀족들이 뱀파이어일지도 몰라."

누군가의 어설픈 말에 사람들은 설마, 하고 웃어넘겼다.

"웃을 일이 아니야. 귀족들이 얼마나 희귀한 취미를 가지고 있는
지 알아? 죽은 사람의 뼈를 모으는 사람. 요리장 대신 동물을 직접
도축해서 요리해 먹는 사람. 기괴한 사람투성이라구."

"맞아. 근친혼만 유지하는 어떤 귀족은 가족 모두 생김새가 똑같
대."

"맙소사. 정말이야? 대체 왜 그런 짓을 하는 거야?"

"피를 지키기 위해서지."

"피?"

"한마디로 흔한 잡종과 섞이기 싫다는 거야. 그럼 우월한 순수 혈
통이 보존되니까. 하지만 내가 아는 의사 선생님이 말하길, 그게 도
태되는 첫걸음이래. 설명을 들어도 난 잘 모르겠지만. 어쨌든 아까
그 여자는 마녀가 아니라 귀족인 게 분명해. 귀족들은 우리를 못 죽
여서 안달이잖아. 어떤 방법으로든 이용해 먹고 없애려고 하더니,
결국 밤에는 뱀파이어로 변신해 본색을 드러내는 거야."

결론이 내려졌다. 테라는 귀족이다. 산업화 속에서 기계가 사람을
대신하는 시대가 되었지만 사람들은 믿을 수 없는 것들 앞에서는 의
외로 과거로 돌아가는 성향을 보인다. 미신을 믿고 옛이야기에 귀를
기울이면서 말이다. 그래서 테라는 순식간에 마녀에서 귀족으로 상
향 조정됐다. 누구의 뜻도 아니었다. 그들의 뜻이었다. 사람들이 그

렇게 믿기 시작했으니 그걸로 끝이었다.

밤이 되면 귀족이 뱀파이어가 돼서 사람들을 죽이러 다닌다.

수군거리는 사람들 틈으로 피테르와 대원 몇 명이 도착했다. 시체를 살피고 있던 더스틴이 피테르에게 가까이 와 보라고 손짓했다. 피테르는 놀란 얼굴로 감추지 못한 채 그에게 달려갔다. 그도 그럴 것이 여긴 어젯밤 그가 왔던 곳이었기 때문이다.

"어떻게 된 겁니까?"

"이리 와 보게."

더스틴은 골목 안으로 그를 데리고 들어가 양탄자를 들어 그 아래 죽어 있는 시체를 보여 주었다.

"어때? 얼마나 빨아 댔는지 피부가 너덜너덜하지?"

피테르는 순간 읍, 하고 코와 입을 막았다.

"이런 걸 본 적 있나?"

"아, 아뇨. 처음입니다."

죽은 시체는 온몸의 수분이 모두 증발한 것처럼 말라비틀어져 있었다. 피테르는 더 보기 힘든 듯 고개를 돌려 버렸다.

"나도 이런 건 처음이야. 힘이 보통인 녀석이 아니었다고 생각돼. 얼마나 강력한 흡혈을 해 댔길래 이지경이 됐는지 상상도 안 가는군."

상상이 안 되는 건 피테르도 마찬가지였다. 양탄자 안에 죽은 사람이 또 있을 거라곤 생각 못 했다. 그렇다면 그가 떠난 뒤 뱀파이어가 온 걸까.

'아니야. 그건 아닐 거야. 뱀파이어가 사람을 죽이고 양탄자로 덮어 놓을 리 없어. 그건 말도 안 돼. 그럼 이건 어떻게 된 거지? 분명

양탄자 속에는 그 여자뿐이었는데.'

유독 어둠이 짙은 밤이긴 했다. 그래서 제대로 못 본 걸 수도 있다. 하지만 미묘한 찝찝함이 몸에 달라붙은 것 같은 기분이 들었다. 피테르는 자신이 놓치고 있는 게 있나 싶어 어제 일을 다시 떠올려 보았다.

"이게 원흉인가요?"

죽은 테라를 보며 피테르가 물었다.

"그래. 죽은 시신에 나 있는 상처에 입을 대고 피를 빨고 있었어."

"목을 물지 않고요?"

"이빨 자국이 나 있는 건 양탄자 안의 시신뿐이야. 나머지는 멀쩡해."

더스틴은 상황을 파악하기 위해 빠르게 머리를 굴렸다.

"피가 무지 먹고 싶었나 봐. 한마디로 급했던 것 같아. 사람들이 모여든 것도 전혀 인식하지 못하고 있더군."

더스틴이 바닥에 놓인 구두를 집어 들었다.

"흔하지 않은 고가의 구두야."

"귀족일까요?"

"아마도."

"어느 집안의 영애인지는 모르겠지만 사실이 밝혀지면 집안이 발칵 뒤집어지겠군요."

"반대로 모르는 척 외면할 수도 있지. 과거에 실제로 그런 일이 있었거든. 집안의 명예를 위해서 뱀파이어가 된 딸을 모른 척하더라구. 죽은 시체조차 확인하러 오지 않았어. 시체는 우리가 화장시켰지."

더스틴이 대원들에게 테라의 시신을 옮기라고 지시했다. 대원들이 테라의 몸에 천을 덮은 뒤 곧바로 마차에 싣고 사라졌다. 이런 일에 익숙한 듯 굉장히 일사불란한 모습이었다. 흉측한 시체들을 보고 놀라는 기색도 없었다. 그건 더스틴도 마찬가지였다. 피테르만이 여전히 굳은 얼굴로 주먹을 쥔 채 애써 놀라움을 참고 있었다. 이제 겨우 6개월 차 초보 헌터인 그는 아직 이런 일에 익숙하지 않았다.

"항구는 어느새 뱀파이어들의 무법천지가 됐군. 하긴, 세계를 오고 가는 저 많은 배들 속에 어떤 뱀파이어가 숨어서 런던으로 오는지 알 수가 있나."

경찰이 왔다. 살인사건이 났다는 신고가 여러 건 접수됐다며 그들이 모여 있는 사람들에게 비키라고 소리쳤다.

"경찰이군. 우리는 경찰과 정보를 공유하지 않는 게 원칙이야. 뱀파이어의 시체는 확보했으니 그만 돌아가자."

더스틴과 피테르가 훌쩍 벽을 타고 지붕 뒤로 몸을 숨겼다. 골목에 들어선 경찰들이 우왕좌왕하는 소리가 들렸다. 죽은 시체가 끔찍해서였다. 경찰의 등장에 모여 있던 사람들도 슬슬 흩어졌다. 괜한 불똥이 튈지 모르니 사라지는 게 상책이었다. 하지만 흩어지는 군중들 속에서 자리를 지키고 있는 사람이 한 명 있었다.

"은탄이라."

코트 양쪽 주머니에 두 손을 쿡 찔러 넣은 마티어스가 더스틴과 피테르가 사라진 곳을 바라보고 있었다.

"저놈들은 뱀파이어를 알고 있는 것 같군."

마티어스는 먼 거리에서 경찰들이 치우는 양탄자 속의 시신을 물끄러미 쳐다보았다. 저건 그녀의 소행이 분명하다. 그는 그녀의 흡혈 방법을 알고 있다.

"그렇다는 건 이 근처 어디에 그녀가 있다는 말인데."

일행인 테라는 총에 맞아 죽었는데 그녀는 보이질 않는다. 그가 주변을 둘러보았다. 덩치 좋은 놈을 먹어 치웠으니 모습이 바뀌었을 거다. 크게는 아니더라도 어느 정도는.

"그렇다고 해도 내가 못 알아볼 리 없는데 말이지."

얼마나 변했을까? 어떻게 변했을까?

그때였다. 경찰의 제지를 뿌리치며 골목 안으로 들어오는 여자가 있었다. 여자를 본 마티어스의 눈이 놀라움에 크게 떠졌다가 기분 좋게 호선을 그렸다.

"찾았다."

아벨라는 후작의 집을 있을 때와는 또 다른 모습으로 변해 있었다. 머리가 단발로 자라 있었고 전체적으로 살이 좀 붙은 모양새였다. 피부도 원래의 색을 찾아가는지 전보다 하얗게 변해 있었고 도톰한 입술은 생명의 피를 머금은 탓인지 보기 좋은 붉은색으로 변해 있었다. 그래도 아직은 많이 부족하지만 짧은 시간 속에서 이 정도의 변화는 대단한 변화였다.

"잠깐만요. 나 좀 안으로 들어가게 해 줘요. 우리 아빠가 방금 저쪽에 있었다구요."

아벨라는 자신을 제지하는 경찰들에게 호소했다.

"안 돼요. 물러서요. 여긴 살인사건 현장입니다. 아가씨 같은 사람이 올 곳이 아니에요."

"하지만 아빠가 방금 저쪽으로 사라지는 걸 봤단 말이에요!"

"아가씨 아빠를 왜 여기서 찾아요? 어서 썩 물러서요!"

경찰은 저지선 밖으로 나가라며 엄포를 놓았다. 아벨라는 제발 부탁이라며 다시 한 번 골목 안으로 들어가길 부탁했으나 묵살당했다. 마음이 급해진 그녀가 안 되겠다 싶은지 피테르가 사라진 방향을 향해 달리기 시작했다.

"좋은데."

변한 아벨라를 본 그가 기분 좋은 얼굴을 했다.

"기억은 여전히 돌아오지 않은 모양이지만, 얼굴은 제법 많이 따라왔군. 나쁘지 않아."

고작 오십 프로 정도 회복된 모습이지만 열심히 변화되는 모습이 보기 좋았다. 마티어스는 은근히 기쁜 마음으로 아벨라를 따라가기 시작했다.

이리저리 한참을 뛰어다니던 아벨라가 결국 피테르를 찾아냈다. 그는 낡은 폐가 건물 앞에서 더스틴과 대화를 나누고 있었다.

"아빠!"

반가움에 자기도 모르게 그를 부르던 아벨라가 순간 아차 싶어 곧바로 골목에 몸을 숨겼다. 무작정 그에게 달려들었다가는 또 거부당할 게 뻔했다. 아벨라는 골목에 숨어 고개만 내밀고 피테르를 지켜봤다. 그가 정말 자신의 아빠가 맞는지 확인해 보려는 심산도 있었다. 하지만 다시 봐도 그는 그녀의 아빠가 맞았다. 의심할 여지가 없었다.

"누구지?"

대화를 나누고 있던 더스틴이 건물 모퉁이에 숨어 있는 아벨라를 발견하고 물었다.

"아까부터 우리를 관찰하고 있는 아가씨가 있는데 누굴까?"

몸은 숨겼는데 목은 쭉 빼고 있으니 꼭 그가 아니더라도 그녀를 볼 수 있었다. 더스틴은 아벨라를 따라 자신도 목을 쭉 빼고 그녀를 쳐다보았다.

"아무래도 저 아가씨, 자네를 보고 있는 것 같은데 가서 확인 좀 해 봐. 한 시 방향이야."

더스틴의 말에 피테르가 자연스럽게 뒤돌아섰다가 두 눈을 동그랗게 떴다.

"어?"

"아는 아가씨야?"

피테르는 그렇다고 대답하기도 어렵고, 아니라고 말하기도 곤란한 표정을 지었다. 그건 아벨라도 마찬가지였다. 그와 눈이 마주친 아벨라는 숨기엔 이미 늦었다는 걸 알고 고개를 숙였다 다시 올리기를 반복했다. 두 사람은 그렇게 각자의 자리에서 서로를 멀뚱히 바라보며 서 있었다. 먼저 움직인 건 다행스럽게도 피테르였다. 그가 뚜벅뚜벅 걸어오자 아벨라는 얼른 흐트러진 머리를 매만지고 옷의 먼지를 털며 반듯한 자세를 취했다.

"여긴 어떻게 왔어요?"

"아, 저, 그게, 그러니까."

아벨라는 선뜻 대답을 하지 못하고 얼버무리다가 이내 고개를 숙였다.

"설마 밤새 나를 찾아다닌 거예요?"

"아, 아뇨. 그건 아니에요. 함께 있던 친구가 갑자기 말도 없이 사라져서 새벽부터 찾고 있었어요. 그러다 우연히 아빠를 보고 쫓아오다 보니 여기까지……."

"얼굴은 왜 그래요?"

"네?"

퉁퉁 부은 두 눈이 눈에 들어왔다. 아벨라는 발끝만 내려다보며 좀 울었다고 대답했다.

"얼마나 울었길래."

피테르는 이렇게 된 이상 더 외면하긴 힘들 것 같다고 판단했다. 그가 겉옷을 벗어 그녀의 어깨에 걸쳐 주었다. 옷 앞에 묻은 핏자국을 가리기 위해서였다. 옷도 갈아입지 않고 밤새 울기만 했나 보다.

"따라와요."

아벨라의 눈이 휘둥그레졌다.

"그래도 돼요, 아빠?"

"아빠?"

두 사람이 한참 서서 대화하는 걸 지켜보던 더스틴이 근처까지 걸어왔다가 뜨악해했다. 피테르가 멋쩍은 표정으로 그간의 상황을 해명을 했다.

"어젯밤 불침번을 서다가 만난 아가씨입니다. 길에 쓰러져 있었는데 여기서 다시 만났습니다."

"그랬어?"

"잠시 귀 좀."

피테르가 더스틴에게 귓속말을 했다.

"문제가 좀 있는 아가씨입니다. 저를 아버지라고 생각합니다. 그러니까 이 아가씨는 제 딸이죠. 제가 자신을 알아보지 못하는 걸 무척 슬퍼하고 있습니다. 어제 이곳으로 복귀하기 위해 숙박비만 쥐여주고 왔는데 여기서 다시 만나게 될 줄은……."

빠르게 아벨라에 대한 설명을 하는 중이었다. 갑자기 아벨라가 피테르의 등 뒤에 몸을 숨기며 어깨를 움츠렸다.

"무서워. 너무 무서워."

그녀의 느닷없는 말에 두 사람이 동시에 그녀를 쳐다보았다.

"아빠. 이 사람 누구예요? 우리 다른 데로 가요. 네? 이 사람 날 죽일 것 같아."

"내가?"

더스틴은 자신에게 한 말이냐며 스스로를 손가락으로 가리켜 보였다.

"내가 왜 아가씨를 죽이겠소?"

더스틴은 오해하지 말라며 손사래를 쳤지만 한번 겁먹은 아벨라는 다른 곳으로 가자며 떼를 썼다. 피테르가 당황하며 그녀를 진정시켰다.

"진정해요. 이분은 제 상관이에요."

"싫어. 무서워. 이 사람 무서워요, 아빠."

아벨라는 무섭다며 급기야 골목 안으로 도망쳤다. 더스틴이 떨떠름한 표정을 지어 보였다.

"뭐. 내 얼굴이 좋은 인상은 아니지. 얼굴에 보기 흉한 상처도 있고."

"아, 아닙니다, 수장님. 아가씨의 말에 신경 쓰지 마십시오. 저 아가씨는 지금 정신이……."

"알고 있네. 정신이 온전치 못하다는 거."

더스틴은 괜찮다며 한쪽 눈을 찡끗 거렸다.

"자네를 아빠라고 부를 정돈데 당연하지. 그렇다고 너무 대놓고 그런 말을 하진 말아. 상처받겠어."

더스틴은 그런 말은 아벨라가 없을 때 하자고 했다.

"그나저나 숙박비가 필요할 정도면 현재 거처가 없는 건가?"

"네. 그래서 말인데 수장님께서 허락해 주신다면 아가씨가 머물 곳을 찾기 전까지 며칠간 숙소에서 숙식을 하게 해 주고 싶습니다."

"숙소에서?"

"이대로 방치했다간 사고를 당할 것 같아서요. 밤새 저를 찾아 길을 헤맨 모양이에요."

"하긴. 숙박비를 줬는데도 따라온 걸 보면."

더스틴은 잠깐 고민하더니 선뜻 허락을 했다.

"경찰서에 보내 봤자 빈민구제소나 구립 정신병원에 보내질 거야. 그런 곳보다는 이곳이 낫지. 어제 말했다시피 방은 많으니 며칠 정도라면 괜찮네. 대신 시커먼 사내들뿐이니 그건 아가씨가 감수해야 할 거야. 아무 방이나 쓰게. 대원들에게는 내가 말해 놓도록 하지."

"감사합니다, 수장님."

피테르가 허리 굽혀 거듭 감사의 인사를 했다. 대원 한 명이 더스틴을 찾았다. 더스틴이 곧 가겠다며 손을 흔들어 보였다.

"난 아침에 소란스러웠던 그것을 가지고 상부에 다녀와야겠네. 보고할 내용이 많아 좀 늦겠지만 신경 쓰지 말고 휴식을 취하고 있게."

"그렇게 하겠습니다."

더스틴이 시선을 돌려 아벨라를 쳐다보았다. 그녀는 여전히 골목 안에서 두려워하고 있었다.

"함께 지내는 동안만이라도 아가씨가 날 많이 무서워하지 말아야 할 텐데요. 부디 너무 겁먹지 말고 잘 지내 봅시다."

더스틴은 조금은 어색한 미소를 아벨라에게 지어 보이더니 기다리고 있는 대원들과 사라졌다. 피테르가 그녀에게 다가갔다.

"아벨라."

그가 처음으로 그녀의 이름을 불러 주었다. 아벨라가 그의 목소리에 고개를 조심히 내밀었다. 볼 때마다 사람을 당황스럽게 만든다. 대체 이 아가씨에게 무슨 사연이 있는 걸까.

"수장님은 안 계시니 안심하고 나와요."

밖으로 나오라는 그의 말에 아벨라가 슬그머니 발을 움직였다.

"미안해요. 갑자기 너무 놀라서 그만."

"수장님께서 이해하신대요. 숙소에서 지내는 것도 허락하셨구요. 물론 지낼 수 있는 곳을 찾을 동안이긴 하지만."

그의 말에 아벨라의 눈에 두려움이 가시고 기쁨이 가득 서렸다.

"정말요?"

"그래서 말인데 앞으로 우리 서로 이름을 부르는 게 어때요? 아빠라는 말은 계속 들어도 적응이 안 돼서요."

"피테르라고요?"

"맞아요. 피테르. 그렇게 부르도록 해요. 나도 당신을 아벨라라고 부를 테니."

"피테르."

아벨라가 그의 이름을 부르며 감격스러워했다. 서로 얼굴을 보고 대화할 수 있게 되다니 꿈만 같았다.

"피테르."

그녀가 그의 이름을 계속 불렀다.

"피테르."

"네."

"그냥 불러 봤어요."

"피테르."

"또 왜요?"

"그냥이요."

피테르는 자신의 이름을 부르며 따라오는 그녀 때문에 얼굴을 붉혔다. 곁에서 떨어지지 않고 졸졸 따라오는 아벨라는 마치 새끼오리가 어미오리를 쫓아다니는 모습과 흡사했다. 그 모습을 보고 있던 마티어스가 쯧, 하고 길게 혀를 찼다.

"남자 보는 눈이 아주 형편없어졌군."

더구나 은탄을 사용하는 놈들과 어울리다니 한심한 일이다.

"그나저나 어쩐다? 사내들 틈에 머물게 할 수는 없고."

마티어스가 주변을 휘둘러보았다. 아벨라가 피테르를 따라 들어간 건물 옆에 곧 쓰러질 것 같은 집 한 채가 보였다.

"저 집을 이용해야겠군."

사람이 살 것 같지 않은데 그 안에서 사람이 나왔다. 청소통을 등에 맨 어린아이였다. 마티어스가 아이를 조용히 불러 세웠다.

"심부름을 하나 해 주련?"

아이는 낯선 그를 보더니 주변을 한번 살폈다. 자신을 부른 게 맞는지 확인하는 듯했다. 마티어스는 검지로 아이를 정확하게 한 번 더 가리켜 보였다. 피곤함이 가득 묻어 있는 아이가 그에게 터덜터덜 걸어왔다.

"제게 시키실 일이 있으세요?"

"그래. 어렵지 않은 일이야."

"전 일을 가야 하는데요. 늦으면 일당을 받을 수 없어요."

아이는 등에 메고 있는 나무통을 보여 주었다. 한눈에 봐도 무거워 보이는 그 통 안에는 여러 청소도구가 들어 있었다.

"일을 한 지 오래됐니?"

"일곱 살 때부터 일했어요. 아빠를 따라다닌 건 다섯 살부터구요."

아이는 잔기침을 했다.

"무슨 청소를 하는지 듣고 싶구나."

"굴뚝 청소요."

"그건 어떻게 하는 거지?"

"밧줄을 허리에 묶고 굴뚝 안으로 들어가 벽에 달라붙은 석탄재를 긁어내는 거예요. 재가 쌓이면 굴뚝이 막혀서 연기가 빠지지 않거든요. 딱딱하게 굳은 건 꼬챙이로 두들겨 깨고요. 그것도 안 되면 손으로 긁어내요."

시대의 비극이다. 막힌 굴뚝을 청소하기 위해 열 살 이하의 어린아이들을 그 안에 집어넣어 청소를 시키다니.

"눈은 왜 그러니?"

"굴뚝 청소 중에 석탄재가 들어갔어요. 눈이 아파서 밧줄을 올려달라고 소리쳤는데 함께 일하던 동료가 도와주지 않았어요."

"어째서?"

"주인이 일당을 주지 않겠다고 으름장을 놨거든요. 빨리 청소를 끝내야 다시 불을 때서 물을 끓이고 집안을 훈훈하게 할 수 있는데 제가 중간에 나오면 그게 안 되니까요. 결국 청소를 다 끝내고 반나절 뒤에 굴뚝에서 나올 수 있었어요. 밖으로 나오자마자 후다닥 템스 강으로 달려가 눈을 씻었는데 진물이 나고 퉁퉁 붓기만 할 뿐 나아지지 않았어요. 결국 이젠 한쪽 눈이 안 보여요."

한쪽 눈동자가 하얗게 변해 버린 눈은 회생 불능으로 보였다.

"템스 강은 오염된 물이야. 런던의 수도시설은 악명 높잖아. 사람들은 집에서 나온 오물을 거기에 그대로 버리고 그 물을 다시 식수로 사용하지. 검은 템스 강은 언제나 콜레라의 원인이 되고 그만큼 그곳엔 해악스러운 회충과 기생충이 들끓어. 그 물로 눈을 씻은 건 큰 잘못이야."

"몰랐어요. 전 그런 교육을 받은 적이 없어요."

"이제 굴뚝 청소는 하지 않아도 된다. 내 심부름을 해 준다면."

아이가 기침을 내뱉으며 그를 쳐다보았다. 마티어스가 금화를 내밀었다.

"네 이름은?"

"마누엘이요."

"그래, 마누엘. 펜과 종이가 필요한데 구해다 줄 수 있을까?"

"집에 가면 있어요."

아이는 담담히 말했다. 금화를 손에 쥐었지만 흥분하거나 놀라지도 않았고 고맙다는 인사를 하지도 않았다. 환경이 아이를 성숙하게 만든다. 이 시대에는 모두가 그랬지만 아이는 조금 더 그 시기가 빠르게 온 듯했다.

"앞장서거라."

마누엘이 문을 열고 들어간 곳은 가히 말로 표현할 수 없을 만큼 엉망이었다. 좁은 복도에 정체 모를 짐이 가득 쌓여 있었고 천장 여기저기엔 쥐 오줌 자국이 선명하게 나 있었다. 그 복도를 지나자 공동으로 쓰이는 거실 겸 주방이 나왔는데 그 역시 불결하고 더러웠다. 마누엘은 그곳을 지나쳐 어느 문 앞에 멈춰 섰다.

"엄마."

마누엘이 안으로 들어갔다. 마티어스도 따라 들어가려는 찰나였다. 문득 커다란 거미가 벽을 타고 내려와 먹잇감을 찾았다. 마티어스는 눈앞까지 내려온 거미를 향해 후, 하고 입김을 불었다. 느닷없는 냉기를 직격으로 맞은 거미가 거미줄을 놓치고 바닥으로 툭 떨어졌다. 마티어스는 떨어져 버둥거리는 거미를 발로 꾸욱 밟고 방 안으로 들어갔다.

초췌한 한 여성이 갓난아기를 안은 채 두 명의 아이를 돌보고 있었다. 고만고만한 아이들은 다섯 살과 세 살 정도로 보였다. 마티어스가 마누엘의 엄마에게 공손히 인사했다.

"잠시 실례하겠습니다, 부인."

그녀는 갑자기 나타난 그를 보며 무척 당황했다. 남루한 이곳에 귀족이 무슨 일일까 걱정하는 모습이었다. 품 안에 아이를 꼭 끌어안은 그녀가 두려운 얼굴로 마누엘을 쳐다보았다. 마누엘은 아이를 안은 엄마 대신 서랍장을 뒤져 구겨진 종이와 펜을 찾아냈다.

"아빠가 쓰던 거예요."

"지금은 사용하지 않으시나 보구나."

"작년에 돌아가셨어요. 공장 안에 있는 대형 굴뚝을 청소하다가 떨어져서 즉사했어요."

덤덤하다 못해 남의 얘기 하듯 무심한 그 말투 속에 아이가 그동안 가장으로서 지녔을 무게감이 느껴졌다.

"후작이 사는 곳을 아니? 이곳과 동떨어진 동네에 있다만."

종이에 글씨를 쓰며 마티어스가 물었다.

"으리으리한 대저택에 사는 그분이요?"

"으리으리한 대저택에 사는 그분이 누군지 모르지만 아마도."

"그쪽 지리는 아주 잘 알아요. 왜요?"

"잘됐구나. 그곳으로 가서 문 앞의 경비병에게 내 메시지를 전달해다오. 별관에 있는 로렌즈를 만나러 왔다고 하면 돼. 그럼 그가 널 만나러 나올 거다. 그에게 이 종이를 전달해 주면 심부름은 끝이다. 이건 심부름값."

그가 두 개의 금화를 꺼내 하나는 마누엘에게 주고 나머지 하나는 부인에게 주었다.

"이건 펜과 종잇값입니다, 부인."

부인은 당황한 눈빛으로 또 마누엘만 쳐다보았다. 마누엘이 돈을 대신 받아 그녀의 손에 올려 주었다.

"갔다 오는데 얼마나 걸릴 것 같니?"

"금방요. 저 뜀박질 잘해요."

마누엘은 갔다 오겠다는 인사가 끝나기 무섭게 밖으로 달려 나갔다.

"부인. 아이가 돌아올 때까지 아무래도 이곳에서 기다려야 할 것 같습니다."

"다, 당연히 그러셔야죠. 누추하지만 이쪽으로 앉으세요. 제가 곧 차를 내오겠습니다, 나리."

낡은 의자를 내준 부인은 넋을 놓고 있다가 곧장 밖으로 달려 나가 옆방 문을 두들기며 마른 찻잎을 빌려 왔다. 찻잎조차 빌려 올 형편이라면 그동안 끼니는 어떻게 해결했을까 싶다.

"아들은 발이 빨라요. 금방 심부름을 마치고 올 테니 잠시만, 아주 잠시만 기다려 주세요."

그녀가 물때가 끼고 이가 빠진 찻잔을 그에게 내밀었다. 마티어스는 기꺼이 그 잔을 받았다.

"일 층엔 몇 가구가 살고 있습니까?"

"네 가구요. 방 하나에 한 가구씩 살고 있어요. 바로 옆방엔 일곱 명이 살아요. 3대가 함께요."

부인은 아차 싶어 했다. 옆방 이야기를 괜히 꺼냈다 싶은 것이다. 가난은 부끄럽지 않지만 초라한 현실을 드러내야 할 때는 창피한 게 사실이다.

"주인은 이 층에 살고 있습니까?"

"아뇨. 이 층도 모두 월세예요. 위에는 두 가구가 살고 있어요. 집주인은 다른 곳에 살아요. 숙박업이 돈이 되니까요."

그가 차를 한 모금 마셨다. 싸구려 잎차가 분명한데 생각보다 맛이 좋았다.

"부인. 오늘부터 이 집 관리인이 되는 건 어떻습니까?"

"네?"

갑작스러운 이야기에 부인이 평소보다 높은 톤의 목소리로 크게 반문했다.

"오늘 갑작스레 사정이 생겨 이 집을 사야 할 일이 생겼습니다. 그런데 집이 워낙 낡아 관리인이 필요할 듯하네요. 어때요? 매달 월급 외에 수고비를 따로 챙겨 줄 테니 관리인을 해 보는 건?"

"나, 나리."

"일 층은 내가 사용하도록 하죠. 부인은 아이들과 이 층을 사용하도록 해요."

"나리! 이 은혜를 어떻게 감사드려야 할지!"

"커튼을 조금 쳐도 될까요? 사악한 어둠을 물리치는 아침 해는 눈이 부셔서 말입니다."

일조량이 많지 않은 런던에서 빛을 싫어하는 사람은 처음이었다. 그러나 부인은 흔쾌히 커튼을 내려 빛을 가려 주었다. 귀족들은 까다로우니까 그럴 수도 있다고 생각했다.

마누엘은 두 시간이 지나서 돌아왔다. 생각보다 오래 걸렸지만 혼자가 아닌 걸 보고 이해가 됐다. 넓고 큰 마차를 타고 나타난 건 로렌즈도 함께였다.

"여기예요. 이곳에 그분이 계세요."

마누엘이 달려 들어오자 부인이 아들을 얼싸안았다.

"마누엘!"

"어, 엄마. 왜 그래요?"

"네가 자랑스러워서 그러시는 거다. 로렌즈, 메모를 받았으니 무슨 일인지 알겠군."

"그렇습니다."

"난 오늘부터 여기서 생활할 거야. 나머지는 처리를 부탁하지."

"알겠습니다."

로렌즈는 당장 집주인을 찾아가 집을 사고 명의를 옮긴 후 입주한 세입자들에게 넉넉한 금액을 주고 방을 빼게 했다. 집안 곳곳에 쌓여 있는 정체 모를 쓰레기들을 찾아 버리는 데 시간이 제법 걸리긴 했지만 벽을 새로 칠하고 바닥을 다시 깔고 가구를 새로 들이는 일은 일사천리로 진행됐다. 부인은 꿈같은 기쁨을 눈물로 대신하며 기존의 낡은 가재도구를 빠짐없이 이 층으로 옮겼다.

"이 집이 마음에 드세요?"

낡은 집이 새집으로 탈바꿈하는 모습을 바라보며 마누엘이 신기한 듯 물었다.

"그래."

"어째서요? 나리는 이런 누추한 곳에 살 필요가 없잖아요."

"그 질문이야 말로 어째서인걸. 난 이곳이 세상에서 가장 멋진 곳이라고 생각하는데."

마티어스가 창문 밖의 아벨라를 손가락으로 가리켰다. 마누엘이 까치발을 했다.

"혹시 나리께서 이곳에 이사 온 이유가 저 여성분과 관련 있나요?"

"빙고. 정확해."

"짝사랑이에요?"

"지금은."

"앞으로는 아니겠죠?"

"물론."

"멋져요. 사랑하는 그녀를 보기 위해 나리 같은 분이 누추한 이곳으로 이사를 오다니. 동화 속 얘기 같아요."

"그걸 이해하다니 성숙하구나. 몇 살이라고 했지?"

"열두 살이요."

훨씬 어려 보이는데 열두 살이라니 놀라웠다. 아마도 잘 먹지 못해서인 듯싶었다.

"나리께 은혜를 갚고 싶어요. 엄마의 웃음소리가 들리세요? 전 살면서 우는 엄마만 봤지, 웃은 엄마는 본 적 없어요. 그런 모습은 기억에 없어요. 기억에 없다는 건 그런 모습을 본 적이 없다는 거예요. 그런데 그동안 듣지 못했던 엄마의 웃음소리를 오늘 계속 듣고 있어요."

"울음소리라고 생각했는데 저게 웃음소리였나?"

"울다가 웃고, 웃다가 우는 거죠 뭐. 오늘 저녁 메뉴가 뭔지 아세요?"

"아니."

"고기래요. 나리께서 주신 돈으로 처음 고기를 사 왔어요. 그런데 엄마는 요리를 할 줄 모르겠대요. 지금껏 고기요리를 해 본 적이 없어서요."

"저런."

"저 내일부터는 굴뚝청소를 그만두고 학교 가요."

"축하한다."

"우린 이제 돈이 없어 템스 강의 썩은 물로 배를 채우지 않아도 되고 엄마는 갓난아기를 안고 신문을 주워 팔지 않아도 돼요. 더 좋은 건 동생들이 빈민 구제소에 가지 않아도 된다는 사실이에요. 저 또한 더 이상 아픈 몸을 이끌고 굴뚝 안의 석탄재를 손가락으로 긁어낼 필요가 없어졌어요."

"잘됐구나."

"다 나리 덕분이에요. 나리는 우리 가족 다섯 명뿐 아니라 우리의 후손까지 가난에서 구제하신 거나 다름없어요."

"그렇게 되나?"

"네. 그럼요. 그러니 언제든 필요한 일이 있으시면 절 불러 주세요. 나리를 위한 일이라면 모든 할 테니까요."

"기대하마."

그가 손을 내밀어 악수를 청했다. 굳은살이 자리 잡은 작은 손이 차가운 그의 손을 꽉 움켜잡았다. 마티어스가 웃었다. 보통의 사람들은 얼음처럼 차가운 그의 손을 잡으면 주춤거리거나 놀라 손을 빼는데 마누엘은 그 반대였다. 그때 로렌즈가 누군가와 함께 나타났다. 그를 따라 모습을 나타낸 건 다름 아닌 카이였다.

"손님이 왔군."

악수를 하던 손을 빼며 마티어스가 순식간에 싸늘한 표정을 지었다. 심상치 않은 분위기를 느꼈는지 어린 마누엘이 서둘러 인사를 하고 이 층으로 총총히 사라졌다. 로렌즈를 통해 밤사이 있었던 일을 전해 들은 카이는 그 앞에서 차마 고개를 들지 못했다.

"밤새 어디 있다 지금 나타난 거냐?"

"지하 와인실에 있는 걸 발견했습니다."

대답을 로렌즈가 대신했다.

"또 취해 있었겠군. 고개 들어라, 카이."

마티어스의 말에 카이가 억지로 고개를 들었다. 와인실은 후작의 집에서도 제일 후미진 안쪽에 위치한 곳으로 와인을 숙성시키기 위해 지하 깊이 굴을 파 놓은 곳이었다. 그 속에 숨어 들어가 있었으니 별관에서 그녀가 사라져도 모르는 게 당연했다.

"밤사이에 무슨 일이 있었는지 알고 있나?"

카이는 죽을죄를 지었다는 표정으로 고개를 끄덕였다.

"들었습니다."

"그럼 테라라는 하녀장이 누구 손에 죽었는지도 알고 있겠군."

"네? 아, 아뇨. 그, 그건."

"아벨라 모리스가 은탄을 쏘는 놈들과 함께 지내게 된 이유도 아직 못 들었나?"

"그, 그게."

마티어스가 카이의 얼굴을 향해 곧장 주먹을 날렸다. 카이가 크윽, 소리를 내며 벽에 날아가 부딪혔다.

"너란 놈은 습격의 그날에도 술에 취해 코빼기도 안 보인 놈이었지. 그녀를 짝사랑한다고 입버릇처럼 말하던 네가 정작 그녀가 이름 모를 살인자들에 의해 몸이 난도질당할 때 네가 그녀를 위해 한 일이 뭐냐! 말해 봐라!"

그의 날카로운 질책에 카이는 아무 말도 하지 못했다.

"통제가 싫으면 화이트 성을 떠나. 아무도 말리지 않으니까. 어린 놈이 술에 취해 번번이 난리치는 걸 봐주는 것도 이젠 지겹다."

카이가 얼굴을 부여잡고 겨우 일어섰다. 아마 사람이었다면 한쪽 턱뼈가 산산조각이 나 지금쯤 기절했을 것이다.

"죄송합니다."

"진정성 없는 사과는 받고 싶지 않아. 그러니 오늘 이후로 술을 끊든지 우리와의 인연을 끊든지 네가 결정해라."

카이가 고개를 숙인 채 제자리에서 머뭇거렸다.

"당장 안 사라져?"

마티어스가 나가라고 소리쳤다. 로렌즈는 카이가 한 대 더 맞을 것 같아 서둘러 밖으로 내보냈다. 제대로 된 변명조차 하지 못한 카이는 머뭇거렸지만 자신이 어떤 잘못을 저질렀는지 알기 때문인지 결국 밖으로 걸어 나갔다.

"카이가 많이 반성하고 있습니다. 너그러이 용서해 주십시오, 마티어스님."

"안 돼. 호되게 혼나지 않는 한 절대 저 버릇 못 고친다. 저번 일을 잊었어? 술에 취해 다른 뱀파이어들과 싸운 일을."

"난감한 상황이었죠."

"운 좋게 발견하지 않았다면 카이는 놈들 손에 크게 다쳤을 거다. 녀석은 철이 좀 들어야 해. 뱀파이어가 된 지 얼마 안 됐다고 그 혼란을 빌미로 계속 저렇게 방황하다가는 죽음뿐이다."

"옳으신 말씀입니다. 저렇게 살다간 결국 파멸뿐이죠."

나약한 뱀파이어는 거리에서 생존할 수 없다. 몸을 숨기는 방법도 터득하지 못해 오히려 인간들의 손에 죽고 만다. 배불리 먹을 수 있을 거란 착각도 하면 안 된다.

런던에만 숨어 있는 뱀파이어가 수백이고 그들은 다른 뱀파이어가 자신의 구역에 머무는 걸 원치 않는다. 원치 않을 뿐 아니라 상대가 나약하다고 판단되는 즉시 가차 없이 죽여 버리는 게 이 바닥의 생리였다. 그런 이유로 카이는 좀 더 현실을 직시해 바라볼 필요가 있었다.

"로렌즈. 넌 그만 돌아가도록 해라. 일이 생기면 전서구를 날릴 테니."

"혼자 계셔도 괜찮으시겠습니까? 은탄을 사용하는 저놈들의 정체를 먼저 파악한 뒤 머무시는 게 낫지 않을까요?"

"저놈들의 정체가 뭔지는 상관없어. 적으로 간주되면 모두 죽여 버릴 거니까. 중요한 건 그녀가 저 중에 한 놈을 아비로 착각하고 있다는 사실이야."

다른 건 문제될 게 없다는 그는 도르제를 불러오라고 말했다.

"준비하고 있는 일에 대해 보고받아야겠다. 샘플을 가지고 이곳으로 오라고 전해."

"그렇게 하겠습니다."

로렌즈가 돌아가자 마티어스는 창가로 걸어가 옆 건물을 바라보았다. 저 안에 그녀가 있다. 그녀는 무엇을 할까. 누구와 어떤 대화를 나눌까. 여전히 아비라는 놈의 꽁무니를 종종거리며 따라다니고 있을까.

"클로에. 확실히 넌 날 긴장시키는 데 일가견이 있어. 기억을 잃은 것도 부족해 존재하지도 않는 아빠라는 놈을 만들어 낸 걸 보면 말이지."

그가 창문 유리창을 손가락으로 툭 쳤다.

"마침 잘됐어. 6개월 동안 침대 신세만 져서 지루한 참이었는데.

나도 오랜만에 너처럼 사람 흉내 한번 내 보도록 하지."

똑똑.

피테르가 아벨라의 방문을 조심스레 두들겼다. 옷을 갈아입으러 들어간 그녀가 한참 동안 기다려도 나오지 않았기 때문이다. 혹시 문제가 생긴 건 아닌가 싶어 문에 귀도 대 보았다. 온전한 정신 상태가 아니라서 옷 입는 방법을 모르진 않나 하는 노파심 때문이었다.

"혼자서 옷을 못 갈아입는 건 아니겠지?"

과소평가하고 싶진 않았지만 걱정되는 것도 사실이었다. 노크 소리에 대꾸라도 해 주면 좋을 텐데 아벨라는 뭘 하는지 조용하기만 했다.

한참 뒤에 삐거덕 소리를 내며 문이 열렸다. 새 옷으로 갈아입은 아벨라가 어색한 얼굴로 나타났다. 피테르가 쌈짓돈을 탈탈 털어 사 온 옷이었다. 피가 묻은 옷을 계속 입게 놔둘 수 없었고 하녀복을 입은 채로 돌아다니는 건 아무래도 다른 문제를 야기할 것 같아서였다. 물론 당사자인 그녀는 그 모든 걸 개의치 않는 듯했지만 피테르는 외면하기 힘들었다.

"어때요?"

어떠냐는 물음에 피테르는 머뭇거렸다. 그녀에게 어울릴 만한 옷이 뭘까 고민하다가 사 온 건 고작 제일 가격이 저렴한 소재의 원피스 한 벌이었다. 주머니 사정이 여의치 않아 어쩔 수 없었지만 혹시라도 아벨라가 기분 나빠 할 수도 있겠다 싶었다. 그런데 아벨라는 옷이 예뻐서 한참 거울을 보느라 시간이 걸렸다고 말했다.

"내가 말라서 옷이 많이 커요."

피테르는 미안했다. 착한 그녀가 고맙기도 했다.

"이제부터라도 잘 먹으면 되죠. 마침 아침식사 시간이니 같이 먹을래요?"

그의 말에 아벨라가 정말이냐며 눈을 크게 떠 보였다. 그가 사 준 옷을 입고 그와 함께 식사를 하다니 마치 꿈만 같은 현실이라고 느껴졌다. 이 흔한 일상을 얼마나 염원했던가. 아벨라는 그를 따라 식당으로 걸어가며 너무나 행복해했다.

그녀의 등장에 대원들이 웅성거렸다. 더스틴에게 이미 얘기를 들었지만 정말 여자가 숙소에서 함께 생활할 줄 미처 몰랐다는 반응들이다.

"여어, 피테르. 순진한 시골 청년인 줄 알았는데 이런 재주가 있다니 놀라운걸."

"대체 이렇게 예쁜 아가씨를 어디서 낚은 거야? 런던에 도착한 지 이제 겨우 이틀인데 재주도 좋아."

그녀가 왜 이곳에 머물게 됐는지를 알면서도 짓궂은 대원들은 건수를 잡은 듯 너 나 할 것 없이 한마디씩 뱉었다.

"아가씨. 피테르가 어떤 사탕발림을 해서 꼬시던가요? 녀석의 뭐가 좋아요? 네?"

테이블에 앉아 있던 네이트가 신이나 묻자 아벨라는 당당하게 대답했다.

"다요."

"다?"

"네. 다요. 아빠인걸요."

아벨라가 해맑게 웃으며 피테르의 접시에 스튜를 듬뿍 담아 주었다. 질문한 네이트가 헛기침을 했다. 괜히 물어봤다는 얼굴이다. 아벨라는 그걸 아는지 모르는지 피테르를 위해 이것저것 챙기느라 혼자 바빴다.

"스튜 더 가져올까요? 빵은요? 더 필요한 건 없어요?"

하나부터 열까지 피테르만 찾고 부르는 아벨라를 보며 대원들은 떨떠름한 표정을 지었다. 네이트가 옆에 앉은 대원에게 물었다.

"내가 지금 피테르를 부러워한다면 너 나를 욕할래?"

바게트 빵을 고기처럼 질겅질겅 씹던 대원이 아니라며 고개를 저었다.

"아니. 이유야 어쨌든 여자가 좋다고 하잖아. 여자가 좋다는데 아빠라고 불리면 좀 어때?"

"그렇지?"

"그럼. 진짜 아빠와 딸도 아니잖아. 그리고 수장님한테 들은 말과 달리 그렇게 맛이 간 거 같진 않은데. 너무 마른 것 빼고는 생각보다 예쁘장하게 생겼어."

"역시 넌 나처럼 눈이 높아."

네이트와 대원이 의견 일치를 확인하고 하이파이브를 했다.

"피테르 녀석 부럽다. 나도 저렇게 상냥한 아가씨랑 대화해 보는 게 소원인데."

"난 오늘부터 자진해서 불침번 서련다. 혹시 아냐? 귀족 아가씨라도 걸릴지."

"나도 나도."

"그럼 난 세 번째. 순서 바꾸지 마. 알겠냐들?"

대원들의 순번 정하기가 극에 달했다. 너도 나도 서로 좋은 번호를 갖겠다며 이내 고성이 오고 갔다. 단순하고 무식한 사내들의 모습을 외면하며 피테르가 물었다.

"식사가 입에 안 맞아요?"

그가 식사를 다 할 동안 아벨라는 물 한 모금 마시지 않았다. 그가 묻자 아벨라가 후다닥 포크를 집어 들었다.

"아뇨. 그럴 리가요."

"남자들이라서 좀 짓궂죠? 불편하면 식사는 방에서 해도 돼요. 내가 가져다줄게요. 먼저 가 있어요."

"그렇게까지 하지 않아도 되는데."

"불편해 마요. 어려운 일 아니니까."

그는 먼저 가 있으라며 새로운 식판에 음식을 담았다.

"그럼 오늘은 괜찮으니까 내일부터 그렇게 할게요. 지금은 나가 봐야 해서요."

"어디를요?"

"사라진 친구를 찾아야 해요."

"어제 얘기했던 그 친구 말인가요?"

"네. 몸이 아픈 친구라서 빨리 병원으로 데리고 가야 돼요. 아무 일 없어야 할 텐데 걱정이 커요."

피테르를 만난 기쁨에 테라를 찾는 일이 잠시 늦어지긴 했지만 그녀를 아예 잊은 건 아니었다. 아벨라는 외출을 하고 오겠다고 했다.

"숙소에서 사라졌다고 했죠? 그곳부터 찾아볼까요? 내가 함께 동행할게요."

"함께 가 준다고요?"

"그럼 안 돼요?"

그의 말에 아벨라가 함박웃음을 지으며 고개를 세차게 흔들었다.

"아뇨. 너무 좋아요."

피테르가 잠깐 기다리라며 자신의 방으로 들어가 옷 속에 단검과 총을 착용했다. 자칫 발생할지 모르는 불상사를 대비하기 위해서였다. 물론 뱀파이어와 싸울 때나 사용하는 무기들을 준비하는 건 과도한 방어심이긴 했지만 언제 어디서 나타날지 모르는 적을 대비하는 건 지나치지 않다고 생각했다. 더구나 골목에서 발견된 여자 뱀파이어의 시체를 본 뒤라 긴장되는 것도 사실이었다.

"갈까요?"

커다란 가방을 어깨에 멘 그가 중무장한 모습으로 나타났다. 아벨라는 전투적인 그의 모습을 보고 다소 놀란 듯했지만 이내 커다란 가방만큼은 자기가 들겠다며 손을 뻗었다.

"이건 내가 들게요."

"어어? 굉장히 무거워요. 아벨라처럼 연약한 여자가 들 수 있는 무게가 아니에요."

"그럼 더욱 내가 들어야죠. 아빠에게 무거운 걸 들게 할 수는 없어요."

그녀가 기어코 가방을 뺏어 들었다. 무게가 상당해 몸을 휘청이긴 했지만 끝까지 고집을 부리면서 앞장서 걸었다. 아빠로 착각하고 있다고 해도 이런 모습은 썩 나쁘게 보이지 않았다. 피테르는 잔잔히 미소 지으며 그녀의 뒤를 따랐다. 그때였다.

"아벨라 모리스는 노예근성이 있나 보군. 어떤 하녀도 남자가 든 물건을 억지로 뺏으면서까지 들어 주진 않는데 말이야."

갑자기 나타난 한 남자가 그녀가 들고 있는 가방을 확 빼앗았다. 깜짝 놀란 아벨라가 고개를 돌렸다가 진심으로 놀란 목소리를 토해 냈다.

"여길 어떻게!"

"그러는 넌 저택의 하녀가 여기서 뭘 하고 있는 거지?"

이유를 묻는 그의 표정은 제법 사나웠다. 그녀가 사라진 걸 안 순간 느꼈던 초조함과 걱정이 다시 떠올라 그랬다. 놀란 아벨라가 주춤거리며 뒤로 물러섰다. 마티어스는 로렌즈의 주인이다. 로렌즈는 테라를 죽이려 한 장본인. 어쩌면 테라를 죽이라고 명령한 건 마티어스일지도 모른다. 뿐인가. 신시아가 괴물이란 걸 그는 알고 있다.

알면서도 모르는 척하고 있다. 그런 그도 괴물일지 모른다.

'괴물!'

눈앞에 있는 그가 괴물이라고 생각하자 몸이 떨려 왔다. 도망쳐야 하는데 긴장한 탓에 몸이 움직이지 않았다.

"왜 말을 못 해? 이 시간에 여기서 뭘 하고 있냐니까."

그의 매서운 독촉 속에서 아벨라는 진정하자, 침착하자, 스스로를 다독였다.

'머리를 써야 해. 잡혀 가면 끝장이야.'

그는 아벨라를 보자마자 왜 도망쳤냐고 추궁하지 않았다. 그건 그의 질문처럼 단순히 그녀가 왜 여기 있는지 궁금하다는 뜻일지도 모른다. 아벨라는 기지를 발휘했다. 일종의 도박이었다.

"밤사이 테라 하녀장이 감쪽같이 사라졌어요. 제가 여기 있는 건 지금 그녀를 찾아다니고 있기 때문입니다."

침착하려 했으나 긴장한 탓에 목소리가 떨리는 건 어쩔 수 없었다. 마티어스가 물끄러미 그녀를 쳐다보았다. 워낙 무표정한 사람이라 무슨 생각을 하는지 알 수 없지만 특별한 반응이 없는 걸 보니 그녀의 말을 믿는 눈치였다. 이때다 싶어 인사를 하고 돌아서려는 순간이었다. 그가 먼저 뜻밖의 말로 그녀의 발목을 사로잡았다.

"테라 하녀장이 사라진 건 알고 있어. 그렇잖아도 집사가 아침부터 널 찾더군. 그녀가 사라지기 전에 네게 남긴 게 있다면서 말이야."

"테라가요?"

"그래. 내가 그걸 전달받았는데 어떻게 할까? 지금 나와 함께 가서 그 물건을 받는 건 어때? 네게 남겨진 물건이니 네가 가져가야지."

아벨라는 능청스럽게 말을 이어 가는 그를 무례할 만큼 빤히 바라보았다. 무슨 속셈일까. 테라는 새벽까지 그녀와 함께 있었다. 그녀가 사라진 건 잠깐 잠이 든 새벽이다. 그런 테라가 그사이 후작 집으로 가 아벨라에게 뭔가를 남기고 사라졌다니 믿을 수 없었다.

'얼토당토않은 거짓말이야.'

그는 지금 거짓말을 하고 있다. 그녀의 거짓말에 그도 거짓말로 맞장구를 쳐 주고 있는 것이 분명하다. 어째서? 무엇 때문에?

"그러고 보니 일행이 있나 보군. 저 남자는 누구지?"

그가 조금 멀찍이 떨어져서 이쪽을 보고 있는 피테르에게 관심을 보였다.

"아. 저 사람은……."

굳이 소개하고 싶지 않아 일부러 미적거리는데 피테르가 먼저 다가와 스스로 자신을 소개했다. 예의바른 그의 태도가 이럴 땐 문제였다.

"피테르라고 합니다."

"피테르?"

마티어스의 눈이 조금 전까지와는 또 다른 의미로 은근히 날카로워졌다.

"그렇습니다. 실례지만 누구신지 여쭤 봐도 되겠습니까?"

"내 이름은 마티어스. 아벨라 모리스는 내 지정 하녀야."

지정 하녀라는 말로 자신의 신분을 적당히 드러낸 마티어스가 피테르에게 악수를 청했다. 피테르는 장갑도 벗지 않은 그의 손을 바라보았다. 오만한 태도였다. 그러나 계층의 차이가 뚜렷한 시대이기에 거절할 수 없었다. 피테르는 침착하고 예의 바르게 그의 손을 잡아 인사했다.

마티어스가 지그시 웃었다. 장갑을 낀 이유는 얼음처럼 차가운 몸의 온도를 감추기 위해지만 그걸 알 리 없는 피테르는 그저 그를 거만한 귀족이라고 생각하는 모양이었다. 귀족이란 좋은 신분이다. 거만함을 내세워 무언가를 숨기기에 안성맞춤이니까.

"검을 잡는 손이군. 수렵꾼이 총이 아니고 검을 잡는다니 이해되지 않는걸."

"무슨 말인지 모르겠습니다. 전 수렵꾼이 아닙니다만."

"그래? 아벨라가 말하길 자신의 아버지는 수렵꾼이라고 해서 그런 줄 알았지. 그녀의 아비 이름이 피테르거든."

"네?"

"아비가 죽었다고 하지 않았어?"

마티어스가 그렇지 않냐며 아벨라에게 물었다.

"설마 내게 거짓말을 한 거야? 그래?"

"그건."

"내게 거짓말을 했군, 아벨라 모리스."

그가 서늘한 얼굴을 드러냈다.

"귀족의 명예를 실추시켰을 때 어떤 대가를 치러야 하는지 잘 알고 있겠지? 변명할 기회를 줄 테니 따라와."

쫓아오지 않으면 앞으로 어떻게 될지 각오하라는 무언의 협박을 그가 날렸다. 아벨라가 낚싯대에 잡히지 않자 아예 그물을 던지는 그였다. 아벨라의 얼굴이 복잡해졌다. 운 좋게 위기를 모면했다고 생각했는데 그게 아니었다. 아벨라는 당장 따라오라는 말을 남기고 차갑게 돌아서는 그를 어두운 얼굴로 바라보았다. 피테르가 조심스럽게 입을 열었다.

"무슨 사정인지는 잘 모르지만 지금이라도 서로 오해를 푸는 게 낫지 않을까요?"

"쉽게 풀 수 있는 오해가 아니라서 그래요. 아, 정말 모르겠어요. 이럴 때 어떻게 해야 하는지."

속사정을 모르는 피테르야 쉽게 말할 수 있지만 이건 단순한 문제가 아니었다. 쫓아갈 수도 없고 쫓아가지 않을 수도 없는 답답한 상황. 한시 바삐 테라도 찾아야 하는데 어떻게 해야 할지 혼란스러웠다. 걸어가던 마티어스가 뒤를 돌아보았다. 왜 쫓아오지 않느냐는 얼굴이었다.

"아벨라. 내가 보기에 저 사람, 당장은 아벨라를 어떻게 할 생각이 없어 보여요. 그러니 고민하지 말고 일단 그를 따라가 봐요. 저 귀족이 변명할 기회를 준다고 할 때 그 기회를 이용하는 게 현명한 일인 것 같아요."

"저 사람 말을 어떻게 믿고요?"

"귀족들이란 옹졸하고 치사하지만 때때론 어이없을 만큼 관대하기도 해요. 주변의 시선을 의식해서요. 일종의 과시욕이죠. 그러니 가서 진실을 얘기해 주고 와요. 늦으면 더 큰 오해가 생길 테고 그땐 걷잡을 수 없어요. 모든 일은 때가 있는 법이에요."

"하지만."

"만약을 대비해 내가 근처에 있을게요. 이거 보여요?"

피테르는 옷자락을 들어 여기저기 숨겨 둔 무기를 하나씩 보여 줬다. 총과 다양한 칼이 그녀의 눈에 들어왔다.

"이상하게 보이겠지만 여차하면 이 무기들로 당신을 보호할게요. 사람한테 써선 안 되지만 여의치 않은 상황에선 어쩔 수 없죠. 무슨 뜻인지 알죠? 문제가 생기면 비명만 질러 줘요."

걱정으로 딱딱하게 굳어 있던 아벨라의 얼굴이 조금 풀어졌다. 평범한 사람이 왜 무기를 지니고 있는지 의아했지만 지금은 그런 것보다 그녀를 지켜 주겠다고 말하는 그가 그저 든든하게 느껴질 뿐이었다.

"고마워요. 정말."

"아무 일도 없을 거예요. 날 믿고 갔다 와요."

용기를 심어 주는 그의 말에 아벨라가 고개를 크게 끄덕였다. 그녀가 저 멀리 걸어가는 마티어스를 향해 달려갔다.

"나리!"

아벨라가 다급하게 마티어스를 불렀다.

"잠깐만요, 나리!"

당장 쫓아오라며 매섭게 눈을 치켜뜰 때와는 달리 마티어스는 기다리는 그녀의 목소리에도 걸음도 멈추지 않았다. 먼 거리가 아닌데 마치 그녀의 목소리가 들리지 않는 것처럼 행동했다. 아벨라가 급한 마음에 달려가 그의 팔을 잡아 버렸다.

"나리!"

팔이 잡힌 그의 입꼬리가 소리 없이 올라갔다 내려왔다.

"날 부른 거야? 나리라는 이름으로 부르길래 다른 사람을 부르는 건줄 알았지."

"제가 감히 나리 이름을 부를 수는 없잖아요."

"전에는 죽여 버리겠다고 욕도 했잖아."

"그땐 제정신이 아니어서……."

"지금도 제정신으로 안 보여."

"네?"

"내 집으로 가서 얘기하도록 하지."

"집이요?"

"그래. 저 폐가 같은 집."

그가 아벨라가 묵는 숙소 옆집을 가리켜 보였다. 아벨라가 말도 안 된다며 그를 쳐다보았다.

"믿지 않아도 좋아. 이미 살고 있으니까."

그가 문을 열어 주며 안으로 들어가라고 권했다. 아벨라가 슬쩍 뒤를 돌아보았다. 적당히 떨어진 거리에서 피테르가 걱정하지 말라는 듯 빙그레 웃어 보였다. 세상의 때가 전혀 타지 않은 지고지순한 웃음이다. 살면서 저렇게 따뜻한 미소를 본 적 없다. 아벨라는 그의 든든한 시선을 받으며 마티어스의 집으로 들어갔다. 피테르의 시선을 모를 리 없는 마티어스는 그녀가 집 안으로 들어가자마자 보란 듯이 문을 쾅 닫아 버렸다.

복도를 지나 거실로 향한 아벨라가 바닥에 놓여 있는 뭔가를 보고 움찔 걸음을 멈췄다. 꼬물거리는 그것은 모포에 쌓여 있는 아기였다.

"갓난아기가 있어요."

"부인이 와 있나 보군."

"부인이요?"

차를 준비하고 있던 마누엘의 엄마가 뒤를 돌아보았다. 그녀가 마티어스를 보고 얼른 허리 굽혀 인사를 했다.

"나리. 무례한 행동이라는 걸 알지만 나리께 모닝티를 드리려고요. 시내에 나가 비싼 수입차를 사 왔어요. 귀하신 분들은 아침에 꼭 차를 드신다고 하더라구요. 아직 하녀를 구하지 못하셨죠? 그동안은 제가 준비하겠습니다. 드셔 보세요."

부인은 정성껏 끓인 차를 탁자 위에 올려놓더니 바닥에 눕혀 놓은 갓난아이를 안고 허둥지둥 사라졌다. 이렇게라도 보답을 하고 싶은 모양이었다.

"곤란하군. 아무도 없을 때 불쑥 찾아오면 사생활 보장에 문제가 생기는데."

마티어스가 탁자 위에 놓인 찻잔을 내려다보았다. 이가 빠지고 물때가 낀 어제의 찻잔이 아니었다. 금세 새 찻잔도 사 온 모양이었다.

어린 세 아이들을 간수하기도 벅찰 텐데, 더구나 이사를 하느라 힘이 들었을 텐데, 그럼에도 불구하고 차 한 잔을 접대하기 위해 바삐 움직였을 그녀를 생각하니 오히려 고마워해야 할 듯싶었다.

"뭐, 일단 이해해 줘야 하나?"

그가 불편한 표정으로 서 있는 아벨라에게 손짓했다. 앉으라는 표시였지만 잔뜩 굳은 얼굴은 경계를 감추지 않은 채 고개를 저었다.

"편히 앉아. 널 어쩌자는 게 아니니까."

그가 자리에 앉으며 찻잔을 그녀 쪽으로 밀어 주었다. 부인이 타 준 차가 한 잔뿐이었기 때문이다.

"내게 설명할 말들이 있지? 이것저것 다양하게."

"그 전에 먼저 사과드릴게요."

그녀가 무작정 허리부터 굽혔다.

"아빠에 대한 일로 소란 피웠던 일, 사과드립니다. 제가 나리를 크게 오해하고 있었어요."

사과하는 그녀의 자세는 진지했으나 그걸 보는 마티어스는 시큰둥해했다. 고작 사과를 하려고 따라온 거냐는 얼굴이었다. 그는 고개 숙인 아벨라의 작은 머리통을 보며 덤덤하게 맞장구를 쳐 주었다.

"지금 이 상황에 사과만 하면 된다고 생각해? 그렇다면 몹시 뻔뻔한걸."

"용서해 주세요. 전 정말 그동안 아빠가 죽었다고만 생각하고……."

"이래서 경찰이 필요하고 법이 존재해야 하는 거야. 실추된 명예는 어떻게 해도 복구되지 않는데 미안하다고 사과만 하면 그만이라고 생각하는 무책임한 철면피들 때문에."

시답지 않다는 그의 말에 아벨라가 숙인 고개를 들었다.

"어떻게 하면 제 말을 믿어 주시겠어요?"

"못 믿어."

"그럼……?"

"거짓말한 죗값을 치러야 하지 않겠어?"

그가 웃었다. 애초부터 사과를 받을 생각이 없어 보였다. 진실은
통한다는 피테르의 말이 틀리다는 게 확인되는 순간이었다.

"경찰에 신고해서 재판에 회부하실 건가요?"

"그 생각은 미처 못 하고 있었는데 그런 방법도 있었군."

"아빠 얘기는 사실이에요. 믿어 주세요."

"피테르를 얘기하는 게 아니야. 테라 하녀장에 대한 일을 말하는
거지."

"네?"

아벨라는 그의 말을 선뜻 알아듣지 못했다.

"왜 그녀와 도망을 쳤지? 테라는 후작의 소유다. 넌 귀족의 소유
물을 가지고 도망친 범죄를 저질렀어. 그게 얼마나 큰 죄인 줄 알
아?"

아벨라는 뒤통수를 맞은 것처럼 충격을 받았다. 테라와 도망친 걸
알고 있다니. 그럼 아까 그녀가 거짓말한 것도 알면서 모른 척했단
말인가.

"전부 알고 있었어요?"

"모두 다."

"그런데 왜 모른 척한 거예요?"

"테라 하녀장 때문에."

그가 다시 한 번 자리에 앉으라고 권했다. 아벨라가 잠시 고민하
다가 의자를 빼 자리에 앉았다.

"자리에 앉았다는 건 대화할 마음이 있다는 거겠지?"

"네."

"좋아. 이제 허심탄회하게 이야기해 보도록 하지. 네가 약속 하나만 해 주면 난 널 본 걸 모르는 척 눈 감을 거야. 모르는 척할 뿐만 아니라 차후에 후작이 청구할 손해배상 및 기타 법적인 모든 문제로부터 널 보호하겠다. 어때? 좋은 조건이지?"

"어떤 약속을 해야 하는데요?"

"더 이상 테라 하녀장을 찾지 않는다는 약속."

"테라를요?"

"그녀는 고향으로 돌아갔거든. 네가 찾을 수 없는 그녀만의 고향으로."

뭔가 묵직한 대답이었다. 직감적으로 속뜻이 숨겨져 있다는 걸 알았다. 무슨 의미일까. 그녀만의 고향으로 돌아갔다는 건.

"테라가 사라진 건 오늘 새벽이에요. 그사이 고향으로 갔을 리 없어요."

"그녀의 고향이 어딘지 알아?"

"아뇨."

"그런데도 끝까지 아는 척하면서 내 의도를 캐묻는 거야? 이런 때는 아주 대담하군. 하지만 뭐 익히 알고 있는 성격이니 이해해."

그가 이해한다고 말했다. 뭘 이해한다는 건지 알아듣지 못했지만 되묻진 않았다.

"테라는 몸이 아파서 고향으로 돌아갈 수 없을 거예요."

"어디가 어떻게 아픈지는 알고?"

이번 질문엔 대답을 하지 않을 수 없었다. 마주 보고 있는 고고한 그의 눈동자를 바라보며 아벨라는 그날 목격한 일을 떠올렸다.

"알아요, 그 이유. 괴물에게 목을 물렸기 때문이죠. 그 괴물이 누군지도 알아요. 별관에 머물고 있는 귀족아가씨 신시아가 범인이에요."

큰 용기였다. 괴물의 비밀을 숨겨 주는 사람에게 괴물의 존재에 대해 알고 있다고 당당히 밝혔으니 그녀에겐 더 없이 큰 도박이었다. 마티어스는 뜻밖의 고백에 조금 놀란 듯했다.

"그걸 알고 있었어? 그날의 일을 기억하고 있었단 말이야? 그런데 모르는 척한 거야? 이거 정말 놀라운걸."

"당신의 부하인 로렌즈가 테라를 죽이겠다고 한 말도 들었어요."

"이런."

그는 신시아가 테라의 목을 물었다는 그녀의 말보다 두 번째 말에 더 큰 반응을 보였다. 그녀가 도망친 이유를 이제 알았다.

"그거였군. 일이 그렇게 된 거였나."

"테라는 신시아에게 목을 물리기 전까진 멀쩡했어요."

"알아. 지금은 변종이 됐지."

"변종이라뇨? 그게 무슨 말이에요?"

"네 친구는 피를 원했지?"

정곡을 찌르는 질문에 아벨라는 본심을 숨기지 못하고 얼굴에 드러내고 말았다.

"설마 벌써 마신 건가?"

"아뇨! 테라는 사람의 피를 마신 적 없어요! 내가 산 증인이에요. 신께 맹세해요."

"표정은 그게 아닌데?"

"질문이 너무 허무맹랑해서 놀란 것뿐이에요. 사람이 피를 마실 리 없잖아요."

"하지만 언젠가는 피를 마시게 될 거야. 그 갈증은 참을 수 있는 게 아니니까."

이해할 수 없는 기괴한 말들을 아무렇지도 않게 얘기하는 그. 문득 아벨라는 그가 정말 괴물일지도 모른다는 생각에 사로잡혔다.

"기억나? 숲의 오두막에서의 일. 그곳에 있던 하녀장의 아들이 널 죽이려 했던 일."

오두막에서의 일이 뭐였는지 바로 기억하진 못했다. 기억이 늦게 떠올랐기 때문이다. 기억이 잘 나지 않은 건 그 모든 일들을 사람들이 그녀의 착각이며 환상이라고 무시했기 때문이었다. 아무도 믿어주지 않던 지난날의 일들.

"당연히 기억해요. 전부요. 사람들은 모두 내가 숲에 사는 미친개에게 물렸다고 했었어요. 당신을 포함해서."

"그건 전부 내가 꾸며 낸 얘기야. 미친개 같은 건 처음부터 없었어. 단지 피에 굶주린 변종이 있었을 뿐."

"뭐라고요?"

"빌리가 고향에 내려갔다는 얘기와 선대 하녀장이 요양병원에 갔다는 말은 모두 거짓말이야. 그들은 전부 죽었어. 하녀장의 아들도 마찬가지야. 널 죽이려던 그 변종은 내가 죽였어. 네 눈앞에서 목을 뽑아서."

아벨라가 너무 놀라 자리에서 벌떡 일어섰다. 태연한 그가 무서웠다. 모든 걸 알면서 모르는 척해 온 그가 두려웠다.

"내게 왜 그런 무서운 거짓말을 한 거예요? 어떤 이유 때문에……?"

"널 위해서. 지금처럼 네가 충격받을까 봐."

"그게 무슨 말도 안 되는 소리예요? 그때의 난 정말 미칠 뻔했다구요. 너무 혼란스러워서 딱 죽고 싶었다구요. 그런데 왜 그런 무시무시한 거짓말로 날 속인 거죠? 사람이 죽었단 말이에요! 나도 죽을 뻔했고!"

"알아."

"내가 받을 충격이 걱정돼서 숨긴다는 건 말도 안 돼요!"

"널 위해서라면 난 뭐든지 해. 그런 건 일도 아니야."

그는 악을 쓰는 그녀와 달리 일말의 흐트러짐도 없었다.

"잘 들어. 이제부터 더 믿지 못할 얘기를 할 테니."

그가 자리에서 일어나 그동안 말하지 못한 이야기를 할 거라고 말했다.

"테라를 그렇게 만든 신시아는 뱀파이어다."

뱀파이어.

담담한 어투는 큰일도 아니라는 듯 그 단어를 아주 쉽게 내뱉었다. 뱀파이어라는 말은 아벨라도 들었던 적이 있다. 런던으로 올 때 그녀를 도와줬던 집시 노파를 통해서 말이다. 그녀는 박쥐의 모습을 한 뱀파이어가 사람의 피를 먹는다고 했었다. 마티어스는 종족에 대한 개념과 상식이 사라진 아벨라에게 설명을 시작했다.

"뱀파이어들은 인간의 피를 먹고 사는 종족이야. 그들은 살아 있는 것들의 피를 마심으로써 생명을 유지해. 인간과 동물이 그 대상이지. 뱀파이어들은 인간의 피를 흡혈하지만 그렇다고 전부 죽이진 않아. 적당히 배를 채우고 나면 기절한 그들을 그대로 놔두고 오는 게 기본이야. 목이 물린 인간들은 흡혈당한 것을 기억하지 못하거든. 몽롱함 속에 잠깐 잠들었다가 깬 것 같은 기분을 느끼지. 물론 갑자기 목에 생긴 상처가 의아하겠지만 기억이 없으니 그냥 넘어가 버리고 말아. 그걸로 인해 몸에 특별한 문제가 생기진 않거든."

그가 여기까지는 어려운 얘기가 아니니 아마 이해하기 어렵지 않을 거라며 다음 이야기를 이어 나갔다.

"문제는 목을 물린 인간들 중 종종 괴물이 발생한다는 거야. 우린 그걸 변종이라고 부른다. 변종은 이성이 사라진 채 피만 밝히는 괴물이 돼. 왜 그렇게 되는지 이유는 몰라. 우린 아직 그 이유를 밝혀 내지 못했어. 체질 때문인 건지, 아니면 특정 인간들에게만 나타나

는 건지 전혀 알 수가 없어. 단지, 우린 변종이 세상을 활보함으로
인해 우리의 존재가 드러날 것을 우려할 뿐이야."

변종은 그래서 죽어야 한다. 그대로 방치했다간 뱀파이어의 존재
여부를 오픈하는 열쇠가 될지 모르니까.

"네 친구는 그 변종이 된 거야. 생전의 자신을 모두 잃어버리고
피만 원하는 그런 짐승 말이야."

이성이 잠식되어 피만 갈구하게 되는 변종. 하지만 변종이 된 건
테라의 잘못이 아니었다.

"그게 누구 때문인데! 테라가 그렇게 된 건 그 여자 탓이에요! 신
시아!"

"알아."

"그런데 왜 신시아가 뱀파이어라는 걸 알면서도 그냥 내버려 두
는 거예요? 당장 잡아서 다시는 그런 짓을 못 하게 막아야 하잖아
요. 또 다른 변종을 만들면 어떡하라구! 귀족이라서 눈감아 주는 거
예요? 그녀의 신분이 그런 것도 무마할 만큼 막강한 거예요?"

"아니."

"그런데 왜 모르는 척하는 거예요? 이 모든 게 사실이라면 왜 사
람들에게 알리지 않는 거예요? 경계하고 조심해야 할 것이 저기 있
다고 알려 줘야 하잖아요. 이런 일이 생기는 건 전부 뱀파이어라는
것들 때문인데!"

마티어스는 흥분해 소리치는 아벨라를 보며 도르제가 염려한 것
이 어떤 것인지 알게 됐다. 그녀에게 뱀파이어란 퇴치하고 없애 버
려야 할 존재로 보였다.

"설마 당신도 신시아와 같은 괴물이기 때문에 침묵하는 건가요?"

"네 눈엔 어때 보여?"

웃음기 하나 없는 담백한 말은 그럴 가능성이 충분하다는 말처럼

들렸다.

"네게 한 가지 묻겠다. 후작 집을 도망쳐 나온 후에 뭘 먹었지?"

"갑자기 무슨 엉뚱한 소리예요?"

"자신이 뭘 먹었는지 기억나지 않아?"

"난 아무것도 먹지 않았어요. 먹고 싶어도 먹을 수 없어요. 내가 음식 거부증이란 걸 알고 있잖아요."

"거짓말."

그가 비웃었다.

"큰 걸 먹었잖아. 그것도 아주 싱싱하고 거대한 걸로. 야식도 아닌 폭식으로. 아니야?"

"대체 무슨 말을 하는 건지 하나도 모르겠어요."

"대답 안 하면 직접 확인하는 수가 있어."

"먹은 게 없다구요."

"확실해?"

"당신의 이상한 말은 더 이상 듣고 있을 수가 없어요."

"좋아. 직접 확인해 주지."

순간이었다. 그가 그녀를 향해 팔을 뻗은 건.

그의 손이 아닌 그의 얼굴이 다가온다고 느낀 순간이었다. 시야를 가리며 예고도 없이 들이닥친 그의 얼굴 아래서 아벨라는 순간 입술을 강탈당했다.

조금 전 웃음의 의미를 대략적으로 파악했을 때 그대로 도망쳤어야 했다. 이상한 소리를 남발하며 그녀의 정신을 어지럽히는 말들을 할 때 여길 나갔어야 했다. 아니, 애초에 이곳에 오지 말았어야 했는데.

무례한 그의 혀가 좁은 입안을 비집고 들어와 말캉한 그녀의 혀를 단숨에 삼켰다. 삼키고 쓸어내리고 그것을 놓칠세라 다시 빨아들였다. 그의 키스는 거칠었고 허기짐이 느껴졌다. 그녀가 그리웠던 마음이 표출된 거지만 그걸 알 리 없는 그녀는 그와의 첫 키스에 이질감을 느껴야 했다.

그가 그들 사이에 놓인 탁자를 옆으로 확 밀어 버렸다. 불필요한 탁자가 사라지자 그가 기다렸다는 듯 아벨라의 몸을 덮쳐 왔다.

아벨라는 아득함에 몸에 힘이 빠졌다. 넝쿨처럼 단단히 조여 오는 것은 그의 입맞춤만이 아니었다. 단단한 두 팔은 일말의 움직임도 용서하지 않았고 조금의 틈도 주지 않고 바짝 당겨 안아 자신의 가슴팍에 가둬 놓은 채 놓아주지 않았다. 그 안에서 은밀히 움직이는 그의 손을 잡아 내고 밀쳐 내고 꼬집으면서 몸을 지키는 건 실로 어렵고 힘에 겨운 일이었다.

그의 손이 욕구를 지닌 채 그녀의 허리를 움켜쥐었다. 엉덩이를 만졌고 다시 척추를 타고 등을 쓰다듬다가 그녀의 작은 가슴을 잡아 쥐었다. 타액은 마르지 않는 샘처럼 그들의 입안을 채우고 사라졌다가 다시 채우며 길고 긴 입맞춤을 멈추지 않게 했다.

"솔직해져."

밀착된 입술 사이로 그가 속삭였다.

"사실은 너도 피를 마시고 싶지?"

키스가 독처럼 썼다. 부유하던 정신이 화악 들었다. 아벨라가 황급히 그를 밀쳐 내며 그의 뺨을 세차게 때렸다.

철썩.

그의 고개가 반대로 꺾였다.

"무례한 자 같으니."

그녀는 피에 흥분했던 지난날을 떠올리며 더 크게 화를 냈다. 그래야 비밀이 감춰질 것 같았다.

"난 피를 마시지 않아. 너희 같은 괴물이 아니라구. 그런 내가 왜 피를 마시겠어? 나를 모욕 말아요!"

"네 모습을 봐."

그가 붉어진 뺨을 손등으로 쓸어내며 말했다.

"후작의 집에 있을 때와 또 다른 모습이야. 이상하지 않아? 사람이 어떻게 계속 변할 수 있는지. 넌 어제와 오늘이 달라. 내일은 또 다른 모습이겠지."

"그건 당신이 준 약 때문에……!"

"그 약이 피가 아니라는 증거가 있어?"

그녀의 얼굴이 깨진 유리처럼 쩌억 갈라졌다. 그를 바라보는 그녀의 몸이 충격으로 뒤죽박죽 새파래졌다.

"당신!"

두려운 목소리가 터져 나왔다.

"대체 내게 왜 이러는 거야?"

"혼란을 느끼고 싶지 않으면 네가 먹은 게 뭔지 기억해 내. 그럼 내가 하는 말도 모두 이해하게 될 테니까."

"난 사람이야! 그 누구에게도 목을 물리지 않았단 말이야!"

"넌 애초에 물릴 필요가 없으니까."

"뭐……라고?"

그 말은 너무 무서운 말이었다. 아벨라가 탁자 위의 찻잔을 그에게 던졌다. 뜨거운 찻물이라는 걸 알고 있었지만 개의치 않았다.

"정신병자들!"

그녀가 자리를 박차고 문으로 내달렸다. 하지만 너무 당황해 잠긴 문의 장치를 제대로 열지 못했다. 두렵고 무서워 손이 자꾸만 미끄러졌다. 몇 번씩이나 미끄러지는 손을 그가 가만히 잡아 주었다. 그녀의 손등 위에 포개진 그의 손은 소름 끼치도록 차가웠다.

"어떻게 사람이 이런 체온을!"

휘둥그레진 눈동자는 연거푸 받는 충격에 이제 공포심마저 서렸다.

"정말 뱀파이어라서?"

인간의 몸은 이렇게 차갑지 않다. 차가울 수 없다. 아벨라는 악몽 같은 현실에 부르르 몸을 떨었다.

"잊지 마. 난 후작의 소유물을 가지고 도망친 널 모른 척할 생각이야. 그러니 잘 생각해. 어떻게 행동하는 게 현명한 건지."

그가 잠금 장치를 열고 문을 열어 주었다.

"네가 먹은 걸 기억해 내. 그럼 너의 혼란도 종식될 거야."

문이 열리자 아벨라는 마치 감금이라도 당했던 것처럼 미친 듯이 앞을 향해 달려 나갔다. 그녀가 달려 나오자 피테르도 그녀를 향해 달려왔다. 앞으로 고꾸라질 뻔한 그녀를 피테르가 단박에 잡아 주었다.

"아벨라!"

몸을 떨고 있는 그녀를 확인한 그가 다급하게 물었다.

"왜 그래요? 무슨 일이에요?"

"날 좀 저쪽으로 데려가 줘요. 어서요. 부탁해요, 피테르."

아벨라가 부들부들 몸을 떨며 그에게 부탁했다. 다리에 힘이 풀려 일어서지 못하는 그녀를 그가 일으켜 세웠다.

마티어스가 그런 그들을 느긋하게 지켜보고 있었다. 웃음이 사라진 얼굴은 날카로웠고 범접할 수 없는 존재감이 느껴졌다. 그건 귀족들의 화려함과 치장에서 오는 것이 아닌 본연의 기질이 내뿜는 불편한 우월감이었다.

피테르는 그의 시선을 차단하지 못한 채 서둘러 그녀를 다른 곳으로 이동시켰다.

"괜찮아요? 안에서 무슨 일이 있던 겁니까?"

피테르는 측은할 정도로 몸을 떠는 그녀를 보며 마티어스가 있는 곳으로 몸을 틀었다. 무슨 일이 있었는지 당장 따질 태세였다.

"피테르!"

그녀가 다급하게 그의 팔을 붙잡았다.

"안에선 아무 일도 없었어요. 정말이에요. 단지 놀라운 소식을 들어서 내가 좀 흥분한 것뿐이에요. 그러니 가지 말아요. 그냥 곁에 있어 줘요."

아벨라는 그대로 있어 달라며 부탁했다. 위험한 마티어스와 그가 대면하는 일을 만들고 싶지 않았다.

"내 말을 믿어 줘요. 난 괜찮아요. 정말이에요."

아벨라는 믿어 달라며 그의 팔을 놓지 않았다. 분명 안에서 무슨 일이 있었던 게 확실한데 계속 아니라고만 하니 그도 난감했다. 피테르는 잠시 고민하다가 순순히 그녀의 말에 따르기로 했다.

"정말 괜찮은 거죠?"

"멀쩡해요, 아주."

아벨라는 서글픈 얼굴로 반대의 말을 내뱉었다.

"저 귀족이 당신한테 해코지를 한 줄 알았어요."

"그렇지 않아요. 당신의 말대로 잘 해결됐어요. 잘 해결됐고, 또……."

말을 하던 아벨라가 그들을 지켜보고 있는 마티어스를 봤다. 그녀가 의식적으로 시선을 피하며 고개를 숙였다.

"친구가 내게 편지를 남겼어요. 급하게 고향으로 돌아가게 됐다고요. 말 못 하고 가서 미안하다고요. 그걸 보고 갑작스러운 이별에 혼란이 좀 왔어요."

거짓말이 술술 잘도 나왔다. 아벨라는 마티어스가 해 준 충격적인 말들을 마음속에 꾸역꾸역 구겨 넣으며 이상하게도 그가 말한 대로 행동했다.

"다행이네요. 갑자기 사라졌다고 해서 걱정이 컸잖아요."

"맞아요. 저 사람이 알려 주지 않았다면 계속 길이 어긋났을 텐데 다행이에요."

"그럼 오해도 다 풀린 건가요?"

아벨라는 힘없이 고개를 끄덕였다. 혼란의 구렁텅이에 빠진 것 같지만 그 사실들을 피테르에게 털어놓을 수는 없었다.

"혼자 무서웠을 텐데 잘 대처했어요."

그가 따뜻하게 그녀를 다독여 주었다.

"그럼 이제 그만 집으로 돌아갈까요?"

그가 그녀를 조심히 일으켜 세웠다. 그는 지친 그녀가 걷는 데 불편하지 않게 바닥에 있는 크고 작은 돌들을 발 빠르게 옆으로 치워 주었다. 마음이 울컥했다. 세상 그 누구도 피테르의 따뜻함을 따라올 수 없을 것이다.

'그런데 왜 우리가 이렇게 됐을까? 대체 뭐가 잘못된 걸까요, 아빠.'

마티어스의 말을 모두 믿을 수는 없다. 전부 동의할 수도 없다. 그러나 계속 외면할 수도 없었다.

'피에 대한 갈증.'

아벨라는 아무도 모르게 주먹을 움켜쥐었다. 대안을 찾아야 했다. 병을 고칠 수 있는 약과 명의를 찾고 할 수 있는 모든 방법을 강구해야 한다.

'이제 겨우 아빠를 만났는데 이대로 헤어질 수는 없어.'

아벨라는 의지를 다졌다.


마티어스가 말없이 지켜보고 있는 광경을 꼬마 마누엘도 함께 지켜봤다. 낯선 남자가 그가 짝사랑한다는 아벨라를 부축하며 걸어가고 있었다. 남자가 누군지는 모르겠지만 짐작하건대 삼각관계 같다. 그 모습을 보고 있는 마티어스의 모습이 제법 성나 보이는 건 아마도 그런 이유 때문이 아닌가 싶었다.

"엄마가 갖다 드리래요."

작은 나팔꽃이 자잘하게 그려져 있는 찻잔을 들고 온 마누엘이 말했다.

"손님 거래요."

"늦었어. 이미 갔다."

"뺨에 손자국이 선명해요."

마누엘의 말에 마티어스가 자신의 뺨을 손등으로 무심하게 한번 쓸어 냈다.

"뭘 먹었는지 힘이 장사야."

"강제로 키스했어요?"

"훔쳐본 거야? 짐작인 거야?"

"짐작이요. 여자에게 뺨 맞을 일은 그거뿐이잖아요. 그래도 너무 섭섭해하지 마세요. 원래 여자들은 키스를 좋아하지 않는대요. 우리 아빠는 첫 키스 후 엄마를 두 달 동안 만나지 못했대요."

"왜?"

"아빠가 키스를 너무 못 해서 엄마가 만남을 거부했대요."

"그건 네 아버지가 키스를 너무 못 해서 그런 거니, 여자들이 키스를 싫어한다는 편견은 버리도록 해."

"옷은 왜 젖은 거예요?"

"찻잔을 던지더라고. 뜨겁다는 걸 알면서도 던진 걸 보니 죽이고 싶었나 봐."

"우와. 키스 한 번에 살인미수. 무섭다."

"어머니께 깨진 찻잔 값은 따로 청구하라고 말씀드려라. 학교 가는 길이냐?"

"등록하려요. 등교는 다음 주부터예요."

"네 손톱 밑에 낀 석탄재를 보고 놀리는 녀석들이 있으면 주소를 적어 와. 지금 이 기분이라면 그 녀석들이 사는 집 근처 전방 십 키로까지 아주 박살을 낼 수 있을 것 같으니까."

마티어스는 마누엘이 내민 찻잔을 들고 차를 마셨다. 뺨에 적나라한 손바닥 자국을 지닌 채 고상한 척 차를 마시는 모습이 재밌기도 하고 웃기기도 했다. 등록을 위해 집을 나서던 마누엘이 저만치 걸어가다가 갑자기 그를 향해 돌아섰다. 그러곤 골목이 떠나가라 쩌렁쩌렁 외쳤다.

"나리! 키스 못 하는 우리 아빠도 결국엔 엄마랑 결혼했어요! 그러니까 기죽지 말고 반드시 쟁취하세요! 제가 응원할게요!"

차를 마시던 그의 입매가 피식 웃음을 터트렸다. 확실히 맹랑한 꼬마 녀석이다. 그의 서늘한 기운 앞에서도 기죽지 않고 저렇게 당당한 걸 보면.

"염려 마라, 꼬마 녀석아. 그녀는 기억을 잃기 전부터 내 여자였어."

뛰어가던 마누엘이 앞에서 걸어오는 남자와 부딪혔다. 낡은 코트를 입은 남자였다. 마누엘이 황급히 사과를 하며 옆으로 비켜섰다. 남자는 사과를 받는 대신 마누엘을 보고 있는 마티어스를 보았다. 그가 마티어스를 향해 고개를 숙이며 인사를 했다. 닥터 도르제였다.

사각의 커다란 검은색 가방을 들고 나타난 도르제는 새로운 집에 호기심을 나타냈다.

"햇빛이 잘 들지 않는 좋은 집이군요."

낡은 이층집은 초라하고 궁색했으나 빛이 들지 않아 그의 관심을 끌었다.

"운 좋게 명당을 찾았지. 주변엔 시궁창 쥐들이 들끓어. 오물을 어찌나 먹었는지 뒤룩뒤룩 살이 쪄서 제대로 기지도 못하더군. 맛 좀 볼래? 간식으로 내줄까? 손님 접대용으로."

"오랜만에 듣는 기분 나쁜 농담이네요. 그녀가 도망쳤던 일 때문에 그런 거라면 제가 이해하고 넘어가겠습니다."

도르제가 손에 든 가방을 어디다 놓아야 하냐고 물었다.

"탁자 위치가 원래 저깁니까?"

벽 쪽에 함부로 밀려 있는 탁자가 이상했다. 위치를 벗어나 있는 탁자를 마티어스가 제자리에 끌고 왔다.

"일이 있어서 좀 밀어 놨어. 가방 열어 봐."

도르제가 가지고 온 가방을 열었다. 가방을 열자 순백의 그것이 단숨에 모습을 드러냈다. 마티어스가 시야를 가득 채우는 그 빛에 현혹된 듯 무작정 손을 뻗어 은 덩어리 하나를 집었다.

"손끝이 짜릿한걸."

"백 프로 순도니까요. 장갑을 끼세요. 계속 들고 있으면 근육이 아파 올 겁니다."

"굉장해. 이걸로 만든 은 말뚝이 심장에 박히면 정말 죽을지도 모르겠군."

습격의 날, 적들은 은탄과 은화살촉으로 그들을 공격했다. 마티어스는 그때부터 시중에 유통되고 있는 은괴들을 차곡차곡 구매하기 시작했다.

"곧 시중에 은이 부족한 현상이 일어날 겁니다."

"그렇겠지. 우리가 사들인 은의 양이 유통량의 절반이니까."

손끝이 따끔거리기 시작했다. 피테르의 말대로 조금만 더 잡고 있으면 근육이 뒤틀리고 경련할 것 같았다.

"순도 백 프로의 위력은 이런 것이군. 들고만 있는데 수십 개의 바늘이 손바닥을 찌르는 느낌이야. 이렇게 무시무시한 게 그날 우리의 살을 뚫고 뼈에 박힌 건가?"

마티어스가 들고 있는 은괴를 와그작 우그러트렸다. 생각만 해도 분노를 참을 수 없었다.

"나머지는?"

"보관이 여의치 않아 대형 창고를 매입해 보관 중입니다. 일부는 병원 지하실에 넣어 놨습니다."

"모두 에스파냐산이겠지?"

"그렇습니다."

에스파냐 은은 중량과 순도가 거의 일정해서 세계적으로 가치가 굉장히 높았다. 세계에서 화폐로 통용되는 은화는 모두 그쪽에서 나오는 것들이었다.

"순도 백 프로의 은을 찾는 놈들은 흔치 않아. 대부분 만들어진 은화를 찾지. 적들은 반드시 이 은을 구매하러 올 거다. 우린 이 은을 미끼로 놈들을 잡아야 해."

은을 대량으로 사들여도 수입되는 양이 그 이상이기 때문에 시중에 부족현상은 쉽게 일어나지 않는다. 세계를 지배하는 대영제국 안에는 상상을 초월하는 금과 은이 각국에서 밀려들어 오기 때문이다.

하지만 그만큼 은닉되는 것들이 많았고 때때로 국가에서 거대 사업을 할 때 잠깐이나마 부족현상이 일어나기도 했다.

마티어스는 그 잠깐의 순간을 이용할 생각이었다. 거상들을 통해 이미 소문은 흘려 놓았다. 양질의 많은 은을 시중가보다 싸게 판매할 테니 원하는 구매자를 찾는다고 말이다.

"로렌즈에게 들었습니다만 변종을 은탄으로 쏴 죽인 자는 누굽니까?"

"아직 정체를 파악하지 못했다. 하지만 솜씨가 보통이 아니었어. 단 두 발의 총알로 변종의 심장을 정확하게 쐈으니까. 무엇보다 피를 마시는 변종의 모습에 놀라지도 않더군. 오히려 태연하기까지 했어."

"놈은 뱀파이어란 존재에 대해 알고 있는 모양이군요."

"맞아. 그렇지 않고서는 변종에 대해 그렇게 발 빠른 태도를 취할 수 없지. 변종의 기괴함을 처음 본 사람은 그런 태도를 취하지 못해."

마티어스는 옆 건물을 향해 총을 쏘는 시늉을 해 보였다. 장난스러운 모습이지만 동정과 연민은 조금도 없어 보였다.

"전 말입니다. 습격의 날, 놈들의 얼굴을 하나도 보지 못했습니다. 그들이 쓴 가면 때문에요. 마티어스님은 놈들의 얼굴을 보셨습니까?"

"아니. 난 그때 겨우 살아났는걸. 목숨 부지하기도 힘든데 놈들의 가면을 벗기고 확인한다는 건 가능하지 않은 일이지. 알잖아. 그때 내가 얼마나 추하게 살아남았는지를."

그가 웃으며 지난날 자신의 졸전을 스스로 비웃었다.

"그녀는 옆집에 머물고 있는 겁니까?"

"아빠를 찾았거든."

"하필이면 운이 나쁘게 수상한 자들과 엮였군요."

"기분 나쁜 일이지. 아빠란 놈이 아주 새파랗게 젊은 놈이야. 고작 스물이나 됐을까. 상식적으로 말이 돼? 스무 살짜리가 자기보다 나이 많은 여자를 딸로 데리고 있다는 게. 웃음도 안 나오는 막장 스토리야. 그런데도 어미 잃은 새끼 새처럼 아빠 아빠거리며 쫓아다니

451

는 꼴이라니. 클로에는 기억을 잃어버리더니 자존심도 잃어버린 게 분명해."

그의 말에는 얕은 질투와 시기심이 묻어 있었다. 그리고 답답한 심정과 들끓는 분노도 조금 섞여 있었다. 시간이 지나면 조금씩이라도 기억이 돌아올 줄 알았는데 오히려 갈수록 일이 꼬이니 그로서는 당연한 반응이었다.

"아빠라는 사람을 이미 만나신 겁니까?"

"물론. 아주 기분 나쁘게 생긴 놈이야. 저 은괴들처럼 생겼지."

은괴처럼 생긴 사람이란 건 어떤 모습일까. 도르제는 그의 농담을 잘 이해하지 못했다.

"뭐 하는 사람입니까?"

"알 게 뭐야? 면상만 봐도 욕이 치미는데. 놈을 만나게 되면 손이든 발이든 물어뜯어 버려."

"그녀가 아빠로 생각하는 사람에게 그런 일을 할 수는 없죠. 뒷감당할 자신 없거든요. 어쨌든 존재하지 않는 아빠를 실제로 만나다니 이게 정말 무슨 일인지 모르겠습니다."

그녀의 머릿속을 지배하고 있는 아벨라 모리스는 대체 누굴까. 어떻게 해서 클로에는 아벨라 모리스의 인생 스토리를 통째로 머릿속에 담고 있게 된 걸까. 원인은 모두 습격의 날 때문이었기에 두 사람은 참담한 침묵을 한동안 유지했다.

"그녀가 사람 하나를 통째로 먹어 버렸다."

마티어스가 고민스럽게 입을 열었다.

"그런데 기억을 못 해. 자신이 어떤 행동을 했는지 전혀 몰라. 마치 본인에게 불리한 건 의식적으로 거부하는 듯 보여. 그게 네가 예상한 기억상실자의 혼란인가?"

"그렇습니다."

"너의 충고가 있었지만 난 오늘 그녀에게 자신이 어떤 존재인지 여러 가지 힌트를 줬어."

"왜 그러셨습니까?"

"그녀가 아벨라 모리스로 사는 시간이 길어지는 게 싫어서. 그러다 영영 기억을 찾지 못하게 될까 봐 불안하기도 하고."

마티어스는 진심을 말했다. 도르제는 그의 진심에 한없는 지지를 보냈다. 이제 버텨 내는 건 그녀의 몫이다. 그 누구도 도와줄 수 없다. 도르제가 가방을 챙겼다.

"시간이 날 때 그녀의 아버지를 만나 봐야겠습니다. 어떤 형태로든 한번은 봐야 할 얼굴이니까요."

"보면 구역질할걸. 순교자의 얼굴이니까. 그리고."

돌아가려는 도르제에게 그가 말했다.

"이제부터 체력을 잘 쌓아 둬. 그때처럼 비실거리는 일이 없게. 앞으로는 적과의 싸움뿐이다."

"요양한다고 오래 쉬긴 했죠. 알겠습니다."

습격의 날에 도르제가 받은 타격 역시 마티어스보다 적지 않았다. 단지 도르제가 어딜 어떻게 다쳤는지는 아무도 모른다. 비밀스러운 그가 스스로를 어떻게 치유했는지도 알 수가 없다. 피투성이의 그가 싸움터에서 마티어스를 구하고 홀연히 사라진 뒤, 한참 뒤에 수척한 모습으로 다시 나타났을 때 동료들은 그저 그가 죽지 않고 살아 있음을 알았을 뿐이다.

도르제가 가볍게 목례를 하고 돌아갔다. 혼자 남은 마티어스는 창가에 서서 옆 건물을 주시했다. 아침 해가 뜬 지 오래지만 아무도 밖으로 나오지 않았다. 빵이 가득 든 바구니를 머리에 이고 종을 흔들며 가정집을 방문하는 빵장수를 부르지도 않았다. 이 시간을 놓치면 갓 구운 고소한 빵을 구하기 힘들어 이곳에 사는 서민들 모두 아침마다 그를 기다리느라 창문 밖으로 얼굴을 내미는데, 그런 사람도 없었다.

시간이 흐르고 정오가 될 무렵, 덩치 좋은 사내 두 명이 나와 기지 개를 힘껏 켜고 몸을 풀기 시작했다. 간단한 맨손 체조 같은 몸풀기 에 옷자락 아래 숨은 근육들이 꿈틀거리며 모습을 드러냈다. 뒤따라 나온 누군가는 불량배보다 더 험악한 얼굴로 날카롭게 주변을 훑어 보기도 했다.

"우울한 놈들이 살고 있군. 하나같이 다들 아주 우중충해."

그나마 저 인물들 중 피테르가 곱상한 축에 속한다는 사실이 그를 신경질 나게 했다. 마침 건물 안에서 더스틴도 모습을 드러냈다. 대 원들과 몇 마디 말을 주고받은 그가 홀로 어딘가로 걸어가기 시작했 다.

"은탄을 사용하는 자."

테라를 죽인 당사자가 나타나자 마티어스가 재빨리 외투를 걸쳤 다. 태양 빛 아래 직접 나서는 건 실로 오랜만이다. 그동안은 다친 몸을 복구하느라 일부러 빛을 피해 어둠 속에 숨어 지냈다. 이젠 어 느 정도의 복구가 된 상태라 빛 정도는 견뎌 낼 정도가 됐다. 마티어 스는 셔츠 깃을 올려 세우며 더스틴의 뒤를 밟기 시작했다.

더스틴은 항구를 걸으며 그곳의 바쁜 일상을 구경했다. 대형 선박 이 들어와 짐을 내리는 모습을 지켜보기도 했고 고용주에게 호되게 혼나는 짐꾼을 구경하기도 했다. 그의 그런 행동은 바쁜 항구와는 어울리지 않았으나 이곳의 지리를 익히기 위해서라는 걸 아는 사람 은 없었다.

똑같은 장소를 두어 바퀴 더 돌고 난 그가 이젠 대략적인 항구의 위치를 파악했는지 이번엔 솜씨 좋은 구두 수선공을 수소문해 찾아다니기 시작했다. 사람들이 알려 준 곳엔 늙은 수선공이 구두 밑창을 손질하고 있었다. 삐거덕거리는 문을 열고 들어섰지만 좁은 탁자에 앉아 있는 수선공은 고개 한번 들지 않고 대뜸 흥정부터 했다.

"지금 맡기면 저녁에 찾아갈 수 있소. 가격은 언제나처럼 그 가격. 일이 밀려 오후까진 안 되니 싫으면 딴 데 가시오."

성격이 급한 건지 일이 바빠 그런 건지 알 수 없지만 수선공은 기계적으로 지금의 상황을 알려 주었다.

"수선을 할 게 있어 온 건 아니고 뭣 좀 물어보러 왔습니다."

"바쁜 거 뻔히 안 보이오? 길 같은 건 다른 데 가서 물어보시오."

"사람들 말로는 이곳에서 수선을 한 지 꽤 오래됐다고 하던데 맞습니까?"

"사십 년은 넘었지. 그걸 왜 묻소?"

더스틴은 대답 대신 수선공의 어깨 쪽으로 테라의 구두를 내밀었다. 열심히 가죽의 겉면을 밀고 다듬던 그가 흘깃 구두를 보았지만 의외로 관심을 보이지 않았다. 그는 고집스럽게 붙잡고 있던 구두를 다 고친 뒤에야 손을 놓고 더스틴을 돌아보았다.

"뭐가 궁금한 거요?"

"이 구두를 만든 사람을 만나려면 어디로 가면 되는지 알려 주십시오."

"그걸 알려면 여기가 아니라 전문 구두점을 가 봐야 한다는 걸 모르오?"

뻔한 질문을 한다며 잔뜩 얼굴을 찌푸리는 수리공에게 더스틴은 그래도 내민 구두를 거두지 않았다. 수리공이 허리춤에 매달아 놓은 수건에 검댕이 묻은 손을 닦았다. 귀찮은 표정은 여전했지만 이내 구두를 달라고 했다. 더스틴이 구두를 내밀자 수리공은 주름진 눈으로 구두를 꼼꼼히 살폈다.

"장인의 솜씨군. 어디 보자. 바느질 솜씨도 그렇고 가죽의 질도 그렇고 장신구까지 진짜로군. 값어치가 대단하겠어. 구두의 주인이 누구요?"

"귀족이겠죠. 아니면 어마어마한 신흥 부자."

"흥. 어림없는 소리. 그깟 귀족과 부자가 이런 구두를 신는다고?"

"네?"

"이 정도의 기술을 가진 장인을 단순히 돈으로 살 수 있을 것 같아?"

수리공의 느닷없는 꾸짖음에 더스틴이 평소와 달리 어안이 벙벙한 표정을 지었다.

시대가 변해서 장인들은 이제 많이 남아 있지 않다. 산업화에 밀려 설 곳을 잃어버렸기 때문이다. 소비가 빨라진 시대에 한 달에서 길게는 몇 달이 걸리는 제작과정을 거쳐야 하는 수제화를 사람들은 기다려 주지 않았다. 무엇보다 자긍심이 높은 장인의 물건을 사기엔 서민들의 주머니는 너무나도 가난했다. 공급과 수요가 어긋난 관계가 되어 버린 그들은 결국 서로를 외면했다. 그로 인해 많은 장인들은 가업과 생업을 포기하고 새로운 일을 찾아 거리로 나섰다. 시대의 변화 앞에서 그런 일이 장인들에게 국한된 일인 건 아니었지만 그들의 명맥을 끊어 놓는 데 사람들의 외면이 한몫한 건 사실이었다.

그런데 그런 장인이 뭐가 대단하다고 귀족에게 그깟이란 말을 쓰는가?

"이 구두를 만든 장인은 마음에 우러나서 이걸 만든 모양이로군. 재질만 최고급이 아니라 정성도 최고급이야. 나머지 한 짝은 어디 있소?"

"없어요. 불행히도 가지고 있는 건 그것뿐이에요. 이곳에 온 이유는 구두의 소유자를 알고 싶어서 온 겁니다. 그러기 위해선 먼저 이 구두가 누구의 손에 만들어졌는지 알아야 해요. 그래야 구두가 누구에게 전달이 됐는지를 알 수 있거든요."

"장인은 작품의 어딘가에 알게 모르게 자기의 이름을 남기기 마련이오. 자기가 만든 건 예술품이라고 생각하거든. 보통 구두 안쪽 안 보이는 곳이나 구두 밑창에 이름을 새겨 넣지. 나머지 한 짝에 그 증거가 남아 있었을 것 같은데 그게 없다니 누구의 것인지 알기가 쉽진 않겠소."

수리공은 구두의 안팎을 샅샅이 뒤졌다. 더스틴은 그런 그의 행동을 유심히 지켜보았다. 그는 핀셋으로 구두 밑창의 가죽을 조심스럽고도 섬세한 동작으로 살며시 긁어 드러냈다.

"여기 있군."

그가 구두를 들어 햇빛 아래로 들고 갔다. 더스틴도 그의 곁으로 다가가 구두 안쪽을 보았다.

"이건 댄 가문의 것이오."

"댄 가문이요? 아는 사람입니까?"

"아니. 전혀. 하지만 가죽 제조업 쪽에선 굉장히 유명하지. 대대로 목장을 하던 집안인데 양털을 깎아 팔다가 어느 날부터는 소, 말, 양 가죽으로 조끼, 모자, 장갑 등을 만들어 팔기 시작했거든. 그러다 장갑 사업이 큰 이윤을 가져다주어 부자가 된 집안이오. 귀족들은 너 나 할 것 없이 하루에도 몇 개씩의 장갑을 버리고 새 걸 끼잖소이까?"

"아, 그래서 돈을 벌었군요."

"구두까지 만드는지는 몰랐지만 이건 댄 가문에서 만든 구두요."

"구두 하나로 여러 가지를 알아내는군요."

"길거리에 앉아 허드렛일하는 우리를 무시 마시오. 목구멍이 포도청이라 다들 이리 살지만 생전엔 솜씨를 인정받아 궁에 드나들던 자들도 있소.”

그중에는 자신도 포함된다는 말은 생략된 듯싶었다. 더스틴은 지금껏 장인들이 도태된 이유는 솜씨 하나만 믿고 터무니없는 가격을 책정해 왔기 때문이라고 생각했었다. 그런데 지금 보니 그게 다는 아닌 듯싶었다. 기계가 기록하지 못할 세월의 노하우는 보호하고 보존하는 게 어떨까 싶었다.

“지도를 그려 주겠소. 유명하니 금방 찾을 거요. 상점이 크거든.”

수리공은 항구가 아닌 신흥 부자들이 모여 산다는 지역의 어느 곳을 그려 주었다. 더스틴이 사례로 돈을 내밀었지만 수리공은 받지 않았다.

“오랜만에 좋은 작품을 보니 옛 생각도 나고. 잠깐이나마 즐거웠소.”

수리공은 다시 일에 집중했다. 더스틴은 작지만 고마움의 표시로 화병 옆에 돈을 놓고 나왔다.

상점은 수리공의 말대로 규모가 컸다. 규모가 큰 만큼 찾을 것도 없이 단박에 알아볼 수 있었다. 상호는 걸려 있지 않았지만 유리 너머 안에 진열된 물건을 보니 이곳이 댄 가문의 상점이라는 걸 알 수 있었다.

더스틴은 문을 열고 안으로 들어갔다. 다양한 가죽제품의 수가 얼마나 많은지 다 헤아릴 수 없을 정도로 가득 차 있었다. 가죽에 대해선 지식이 전무해 봐도 모르지만 진열된 것만 봐도 입이 떡 벌어졌다. 가게 규모가 큰 만큼 점원도 많았다. 잠시 가게 물건을 구경했다. 그런 그를 보고 한 명의 점원이 곁으로 다가왔다.

“찾으시는 물건이 있으신가요?”

더스틴은 상냥한 미소를 짓는 여자를 향해 이 상점에서 일하는 장인을 만나고 싶다고 했다.

"다짜고짜 이렇게 얘기하면 이상하겠지만 여기에서 구두를 만드는 장인이 있다고 해서 왔소."

"장인이요? 여긴 가죽제품을 파는 곳이에요. 우리는 구두는 만들지 않아요."

점원은 잘못 찾아온 게 아닌가 물었다.

"내게 댄 가문에서 만든 구두가 있소. 궁금한 점이 있어서 그러는데 지금 주인을 만날 수 있소?"

더스틴은 진지했다. 점원은 고개를 갸웃하더니 잠깐 기다리라며 안으로 들어가 누군가를 불러 왔다. 나이는 많지 않았으나 그렇다고 젊은이도 아니었다. 삼십 대 후반으로 보이는 말끔한 정장 차림의 한 남자가 점원을 따라 더스틴에게 왔다.

"손님. 댄 가문에서 만든 구두를 가지고 오셨다고요."

"그렇소."

"안으로 잠깐 들어오시겠습니까?"

남자를 따라 장소를 옮겼다. 가게 뒤쪽에 자그마한 야외 정원이 있었다. 그의 권유에 따라 푹신한 소파에 앉자 곧이어 점원이 향이 좋은 차를 가져와 직접 그에게 따라 주었다. 남자가 웃으며 차를 권했다. 차 맛을 본 더스틴이 고개를 갸웃했다.

"술인가요?"

"장미 차입니다. 잎을 직접 따 끓인 뒤 그 증기를 모아서 물에 희석해 마시는 꽃차죠. 알코올은 전혀 없어요."

"그런 차도 있소?"

"제 고향 특산물입니다. 물을 타지 않고 숙성시켜 놓으면 그게 장미주가 되죠."

"처음 듣는데."

더스틴의 말에 남자가 친절한 미소를 잃지 않으며 웃어 보였다.

"가지고 온 구두를 보여 주시겠습니까?"

남자의 말에 더스틴은 먼저 그가 누군지 물었다.

"아참. 제 소개를 안 해 드렸군요. 저는 이곳 주인입니다. 댄 가문의 둘째 아들이죠. 런던의 상점은 제가 운영하고 있습니다."

더스틴이 구두를 내보였다. 남자는 시선을 사로잡은 구두를 보고 탄성부터 내질렀다. 마치 이런 구두는 처음 본다는 듯 낯설어하는 모습이기도 했다. 이곳에서 만든 구두를 보고 놀라는 모습이라니. 더스틴은 잘못 찾아온 건 아닌가 걱정했다.

"댄 가문의 구두가 아니오?"

"아뇨. 맞습니다."

"그런데 반응이 왜."

"아, 그건 완성된 구두를 본 건 어릴 적 빼고 처음이라서요. 워낙 수작업의 시간이 길고 공을 들여 만들다 보니 작업실 하나는 이 구두를 만들기 위해 늘 비어 있어야 했죠. 만들어지는 과정을 매일 지켜볼 수도 없는 일이니 완성품은 오랜만이네요. 역시 멋진 솜씨예요."

남자는 구두를 들어 훑어보더니 찾아온 이유를 물었다.

"구두에 문제는 없어 보이는데 장인을 찾는 이유가 뭡니까?"

"이 구두의 주인을 만나 봐야 해서 장인을 찾고 있소. 장인은 구두의 주인이 누군지 알 테니까 말이오."

"이 구두를 어떻게 손님이 가지고 있는지부터 설명을 해 주면 좋겠군요."

남자는 친절했으나 질문해야 할 것을 놓치진 않았다. 더스틴은 살인사건의 현장에 이 구두 한 짝이 있었다는 짤막한 설명으로 장인을 찾는 이유를 알려 주었다.

"경찰인가요?"

"아니오."

"댄 가문의 구두가 그런 무서운 현장에서 발견됐다니 안타깝습니다. 제 생각엔 원래 주인이 구두를 도둑맞은 게 아닌가 싶군요."

"어째서 그렇소?"

"구두를 만든 장인은 제 아버지십니다. 런던이 아닌 고향에 살고 계시죠. 이곳에서 굉장히 먼 곳입니다. 장미가 많이 나는 지역으로 위치상으로는 영국의 위쪽 끝에 위치해 있어요. 우리 가문은 그 지역에 커다란 목장을 가지고 있는 집안입니다. 염소와 양과 그 밖의 가축을 키워 집안을 일으킨 목동들이 우리의 선조죠."

남자는 가문에 대한 자부심이 대단한 듯 자랑을 늘어놓았다. 그러나 그 뒤에 이어진 이야기는 더스틴에게 확실히 중요한 단서가 되는 말이었다.

"이 구두는 아버지의 고향에 있는 가문의 영애를 위해 만들어지는 구두예요. 그녀의 어머니가 자신의 딸을 위해, 손녀를 위해, 그리고 또 그 집안에서 태어나는 여러 딸들을 위해 제작을 요청하는 구두죠. 그리고 그 딸들은 결혼 후 태어난 자신의 딸들을 위해 다시 우리 댄 가문에 구두를 제작 요청합니다. 이 구두는 그 요청에 따라 매해 한 켤레씩 제 아버지가 만드는 겁니다. 그러니 이 구두가 런던의 살인사건 현장에 있었다는 건 도둑맞았다는 것 외엔 설명이 불가능하죠."

일이 복잡해져 버렸다. 장인을 찾으면 단번에 구두의 주인을 만날 수 있을 거라고 생각했는데 착각이었나 보다.

"누군가는 이 구두를 예술품이라고 칭하던데."

"아버지가 들으시면 좋아하실 칭찬이군요. 맞습니다. 종종 듣는 얘기죠."

"구두에 보석을 장신구로 달 정도면 그 가문은 상당한 재력가이 겠소이다."

"그렇죠. 신흥부호들이 무역으로 엄청난 부를 축적해도 대대로 권력가인 귀족들의 재산은 쉽게 따라갈 수가 없죠. 그들은 가문의 이름으로 숨겨 둔 은닉재산도 엄청나거든요."

남자는 귀족들의 취향에 대해서도 짧게 언급했다.

"귀족은 말입니다. 본디 머리핀 하나에도 예술을 수놓는다고 합 니다. 구두가 아니라 양말에 보석을 박아도 그건 그들에겐 일상적인 일일 뿐이에요."

그러니 사치스러운 구두 하나 때문에 너무 유난 떨 필요가 없다는 남자의 말에 더스틴은 쓴물을 마신 듯 마시던 장미 차를 그대로 내 려놓았다.

"구두를 주문하는 그 가문의 이름이 뭔지 알 수 있소?"

"그럼요. 고향 사람들은 모두 화이트 성의 영주님이라고 부릅니 다. 그곳에선 그 한마디면 되죠."

"보다 정확한 호칭은 없소?"

"글쎄요. 그것 외엔 모르겠군요. 나중에 다시 한 번 방문해 주세 요. 그럼 그동안 그 가문의 이름을 알아봐 놓을게요."

남자는 거짓말을 하는 것 같지 않았다. 막힘없이 담담히 얘기하는 모습엔 특별히 미심쩍은 내용이 없었다.

하지만 변종이 그 먼 곳까지 가서 구두를 훔쳐 올 리는 없다. 그렇 다면 남자의 말대로 화이트 성의 주인이 런던에 왔다가 구두를 잃어 버리고 그걸 변종이 주은 걸까? 만약 같은 귀족끼리 구두를 선물로 주고받은 거라면? 변종은 귀족의 드레스를 입고 있었으니까 말이 다. 그럼 변종이 화이트 성의 주인인가. 이자에게 죽은 변종의 얼굴을 보여 줘서 확인을 해 볼까? 아니지. 그건 십자단의 규칙에 어긋난다. 그럼 어쩐다?

더스틴은 내놓았던 구두를 다시 집어 들었다. 더 머물러 봤자 캐낼 수확이 없었다. 남자가 그를 배웅했다. 더스틴은 차후에 다시 들르겠다는 형식적인 말을 남기고 상점을 나왔다.

"손님. 잠깐만요."

답답한 마음에 파이프를 꺼내 무는 그에게 남자가 달려왔다.

"미처 알려 주지 못한 게 있어서요."

남자는 잠깐 뜸을 들이더니 이윽고 결심한 듯 한 가지 정보를 알려 주었다.

"화이트 성의 주인이 지금 런던에 있습니다."

"정말입니까?"

"그래요. 그러니까 한 달 전쯤이던가? 갑자기 우리에게 연락이 왔죠. 새 구두가 필요하니 급하게 만들어 달라고요. 마침 아버지가 만들고 있는 구두가 있어서 용케 시일을 맞춰 완성할 수 있었습니다. 우린 고향에 계신 아버지께 구두를 받아 주인이 원하는 곳으로 보냈죠. 이건 구두가 배달된 주소입니다."

더스틴은 남자의 손에 있는 종이를 성급하게 빼앗아 얼른 확인했다.

"아까는 왜 이런 말을 해 주지 않았소?"

"살인사건현장에 구두가 있었다는 게 마음에 걸려서요. 화이트 성의 영주님은 우리 댄 가문의 은인이나 마찬가지기 때문에 어떤 이유로든 그분들이 불온한 소문에 휘말리길 원치 않거든요. 그런데 구두가 한 짝뿐이라니 제 짐작대로 도둑맞은 게 맞는 것 같아서요. 그러니 주소가 적힌 곳으로 가서 직접 확인해 보도록 하세요. 만약 잃어버린 게 맞다면 당신은 후한 사례를 받을 겁니다."

후한 사례를 받을 거라는 그에게 더스틴은 종이에 적힌 주소가 누구의 집이냐고 물었다.

"르베르 에녹 단뮈쉬. 후작 댁입니다."

〈2권에서 계속〉